原来你是这样的宋医生

[上]

Zhe yang De Songyi sheng

夜雪 著

青岛出版社
QINGDAO PUBLISHING HOUSE

图书在版编目（CIP）数据

原来你是这样的宋医生 / 夜雪著. -- 青岛 : 青岛出版社, 2017.5

ISBN 978-7-5552-4946-7

Ⅰ. ①原… Ⅱ. ①夜… Ⅲ. ①言情小说－中国－当代 Ⅳ. ①I247.5

中国版本图书馆CIP数据核字(2016)第302465号

书　　名　原来你是这样的宋医生
著　　者　夜　雪
出版发行　青岛出版社
社　　址　青岛市海尔路182号（266061）
本社网址　http://www.qdpub.com
邮购电话　010-85787680-8015　13335059110
　　　　　0532-85814750（传真）　0532-68068026
责任编辑　郭林祥
责任校对　姚冬霞
特约编辑　郭红霞
装帧设计　李红艳
照　　排　孙顾芳
印　　刷　三河市鹏远艺兴印务有限公司
出版日期　2017年5月第1版　2019年3月第4次印刷
开　　本　32开（880mm×1230mm）
印　　张　15
字　　数　400千
书　　号　ISBN 978-7-5552-4946-7
定　　价　49.80元
编校印装质量、盗版监督服务电话　4006532017　0532-68068638

建议陈列类别：畅销·青春文学

目录【上】

CONTENTS

目录[下]

CONTENTS

第一章　医院检查

绵绵细雨接连下了几天。晚上八点，晏长晴刚走上雪声会所三楼，想起还没问阮恙她们在哪个包厢。正准备打电话，突然看到走廊左侧站着几个人，可不正是阮恙、江朵瑶和管樱她们。

几个人都是大学同一宿舍的，关系很好，今晚难得有空，又都在北城，便在朋友圈里邀约聚聚，只是此刻管樱身边站着一抹醒目的灰色身影。

昏暗的灯光稍显迷离，男人注视着管樱的清隽眼底透着一丝寒意，精致的脸部线条绷得紧紧的，看不出一丝表情。

长晴还以为管樱得罪了什么人，赶紧走过去。男人突然迈开长腿朝她这边走来，步履极快，长晴的肩膀和他触碰后，撞到一边的墙壁上。

她捂着被撞痛的肩膀，莫名其妙地看着男人下楼，消失。

“长晴，你没事吧？”阮恙赶紧走过来看她。

长晴摇摇头，看到管樱柔柔弱弱的一张脸上布满泪痕，便问道：“怎么回事啊？”

江朵瑶和阮恙面面相觑，沉默不语。

“长晴，你来啦，进去吧。”管樱擦擦泪，上前轻轻拉着她往包厢里走。进去后，长晴才发现贵宾包厢里还坐着一个伟岸的男人，着黑色衬衫、长裤，指尖一抹猩红的烟星，幽暗中，五官线条虽模糊却坚硬深沉。

“长晴，这位是我们上纬影视的总裁傅总，”管樱偎依着那个陌生男人，细语介绍，“傅愈，这是我的好朋友晏长晴。”

长晴愣住，记得最后一次见傅愈的时候是大一那年暑假，她站在缠满了绿意盎然的爬山虎的阳台上，看着他把行李一件一件搬上轿车。

一别就是五年，只是没想到再见时，他竟然成了影视公司的总裁。

她的目光落在管樱缠在他臂上的手上，心里隐约升腾起一缕缕复杂的情绪，胸口闷闷的，还有一丝灼痛。

他认出自己了吗？不知道是该假装不认识，还是……

“长晴，你都长这么大了。”傅愈深邃的眉峰动了动，打破了她的顾虑。

管樱十分惊讶，问道：“你们认识？”

江朵瑶开玩笑似的埋怨：“长晴，认识傅总这尊大佛，你怎么不早点跟我们说呢？”

“我跟傅总也四五年没见了。”长晴干笑了一下，坐在阮恙身边，解释道：“以前我们跟奶奶住在扬州，傅总就住在我们家隔壁，后来我们家搬来北城了，就一直没见过，也断了联系。早知道傅总如今发展得这么好，我就算死皮赖脸也得把这层关系攀上啊。”

傅愈冲她温柔地笑：“你啊，倒是会开玩笑了，有你爸在，哪还需要我这层关系。”

长晴抿着唇笑了，双手放在膝盖上，是规规矩矩的坐姿。其实她自己知道，只有很紧张的时候她才会这样。

“所以说，这个世界真小。”管樱浓情蜜意的小脸靠在傅愈肩上。

长晴默默地别开脸。确实是小，她曾经追了好多年的青梅竹马结果成了她好朋友的男朋友。

傅愈原来喜欢管樱这种类型的，她果然还是一点儿都不了解他。

晚上十一点，管樱牵着傅愈的手走出会所。傅愈回头看着长晴问道：“住哪儿，要不要我送你？”

“不用了，我和阮恙顺路，坐她的车。”

“好，再见！以后有空联系，我也好久没有见过叔叔和你姐姐了。”傅愈的唇色在灯光下显得十分柔和。他上车，管樱自己拉开副驾驶的车门也坐了进去。

在阮恙的保姆车上，车子开出一段距离后，长晴才想起一件事来，有点难以接受地问：“上次听管樱说她男朋友不是医生吗？”

“就是你上来时撞到你的那位，”阮恙表情很复杂，“今晚管樱带了傅愈过来，结果在这儿遇上了正牌男友。他男友这才知道管樱早做了傅愈的女人，你说这么大顶绿帽子扣下来，换谁受得了？”

“管樱她怎么能这样？”长晴喃喃地说道。她的三观接受不了脚踏两只船这种事，但这个男人是傅愈，她不能多做评价。

“正常，”阮恙扯起樱花般的嘴唇，“我们四个人里，我和朵瑶都算小有名气了，只有你和管樱还没有火起来，不过你在主持界做得也还算不错，家里条件也不差，但管樱就不一样了，她家条件不大好，今年也二十五岁了，出道早，算是圈内的老人了，再不红，年纪越大也就越不好红。傅愈是个很大的金主，很多人都想傍他，这也是管樱改变命运的机会。”

“但是我觉得管樱男朋友挺惨的……”

“哎，不过我听管樱说她男朋友那……那方面不行。”江朵瑶小声说。

“不会吧？”

“真的，管樱说他们交往一年多了都没那个过，连亲密接触也很少。我听说很多男医生因为见惯了女人的身体结构，对那方面都没什么兴趣了。”江朵瑶肯定地说着。

“长得还挺不错啊，如果真不行也太暴殄天物了。”阮恙扼腕叹息，长晴也小鸡啄米似的点头，深有同感。

晚上，长晴没睡好，又做梦梦到大一那年给傅愈写情书被拒绝的场面，后来还是长芯打电话才将她从梦里解救出来。

“你昨天不是说不舒服，要看妇科病吗？我帮你和医院妇产科的一位朋友打过招呼了，明天晚上七点钟过去。你到医院了就打我电话，我带你过去，让她给你做个检查。”

“姐，你那朋友可靠吗，不会把我做检查的事泄露出去吧？”长晴不大放心地说，“我现在好歹也算知名人士，要是传出去，那些八卦记者肯定会写什么我堕胎、私生活混乱之类的。”

“得了，就你，还知名人士，纯粹是在主持界瞎胡闹的，”长芯没好气的口吻充满了宠溺，“你就放一百二十个心吧，是靠得住的人。”

长晴放了心。

第二天晚上，长晴特意戴了个口罩去医院。长芯直接把她带去了妇产科。

路上，长晴问：“姐，医生是女的吧？”

“当然是女的！”长芯瞥她一眼，“姐能让男人给你做检查吗？”

长晴笑眯眯地挽紧她的胳膊，说道：“有姐真好。”

到了诊室，长芯突然接到一个电话。听完后，她为难地回头说：“我帮你约好做检查的陈医生的一个病人临时送进了手术室，这个病人比较棘手，晚上值班的女医生都进去了。陈医生说她拜托神经外科的宋医生过来，这位宋医生和她关系不错，兼修的妇产科，也是医院里拔尖的……”

“只要是可靠的人就行。”长晴现在挺不舒服，只盼着能早点治好。

“是晏医生吗？”

这时，一抹秀雅颀长的身影从外面进来。苍白的灯光下，男人一张棱角分明的脸清清冷冷，他的眼睛下有卧蚕，疲倦又性感。

长晴的第一反应是：这人不是昨晚在会所遇到的管樱的前男友吗？第二反应就是：给我做检查的该不会就是这位男医生吧？

当她看到他胸前名牌上“宋楚颐”三个字时，整个人都不好了，不敢相信地看着长芯问道：“姐，该不会这位就是……你说的宋医生吧？”

长芯咧嘴朝她歉意地笑了笑。

长晴快疯了，如果眼神可以杀死人，长芯肯定死一千次了。

“你是晏医生的妹妹吧，哪里不舒服？”宋楚颐坐到办公桌边的椅子上，用礼貌且带有磁性的声音问道。

只是长晴现在没法冷静，她使劲拽着长芯走出科室，一副奓毛的表情：“你怎么没告诉我这位宋医生是男的？”

长芯赶紧拍拍她肩膀，捋顺她的毛：“你听我说，在病魔面前，医生是不分男女的，再说这位宋医生虽然是男的，技术却比妇产科的主治医师还好，有他给你看，保证药到病除。”

长晴抓狂道：“男的怎么行，技术再好都不行。姐，别忘了你刚才还说不能让男人给我做检查。你平时善变也就算了，这节骨眼上能别坑我吗？”

“哎呀，如果是别的男人，姐当然不会同意。但宋医生真不是一般人，人家是斯坦福大学毕业的华裔天才。在校期间就在美国医学院拿了好几个大奖，美国好几家医院争着抢着留他，他却选择回国从医。宋医生长得年轻又帅气，是我们全院乃至医学界的偶像，你能让他看一下病是你的荣幸。快去吧，你那‘小长晴’能被这样一个大帅哥检查也不吃亏。”长芯直接将她推了进去，然后猛地把门关上。

长晴严重怀疑这是不是她亲姐姐。

“你的名字？”宋楚颐像是没有看到她眉宇间的纠结，继续平静地换了个问题。

“……晏……长晴，上面是日，下面是安的晏。”

长晴低头，看着他写字的手，漂漂亮亮、干干净净，又很白，和他的脸一样。只是那钢笔在纸上顿了那么一秒，他才飘逸地写下“晏”字，然后继续问：“是哪里不舒服？”

不可避免地又问到这个问题，长晴憋得脸色通红，好在戴着口罩，别人看不清楚，只是声音显得极为羞涩："上个星期月事后不久，录节目时在又冰又凉的脏水里待了很久，之后就……一直不大舒服……"

宋楚颐这才抬头认真地看了她一眼，他浓而翘的睫毛下不易察觉地闪过一丝阴霾，晏长晴心里怦怦乱跳，唯恐他认出自己是管樱的朋友，到时候把戴绿帽子的怒火发泄到自己身上。

不过她现在相信管樱说他那方面不行是真的了。

也是，一个男人在妇产科领域出类拔萃肯定是天天面对女人的生理器官，时间长了，那方面不正常或者没反应也不是没有可能，没心理变态就不错了。

"怎么个不舒服法，是痒还是痛，白带有异常吗？"出乎意料地，宋楚颐并没有问多余的话，只是又换了一个让长晴更尴尬的话题。

这个问题究竟要她怎么回答，她要疯了。

墙上的指针转动了几下，宋楚颐习惯了这样的病人，起身拉开后面的白帘，说道："进来吧，做个检查，躺上去。"

"没……没那个必要吧，"长晴面上气血上涌，再也淡定不了，"你不是医术高超吗？问问情况给我开点药就行了啊！"

宋楚颐背对着她戴一次性手套，回答道："小姐，再厉害的医生也要望闻问切才能对症下药，我现在并不清楚你究竟什么情况。放心吧，我对你没有什么非分之想，医生看病人的身体不会带一丝感情色彩的。我遇到很多女病人，有些人跟你一样，扭扭捏捏的，不好意思做检查，非要疼得受不了才来，结果最后发展成盆腔疾病，更有甚者要做手术治疗。"

长晴能想象到做手术那个可怕的场景，嘴唇颤了颤，一咬牙，决定豁出去了，心里嘀咕着：反正他那方面不正常，都不能算是个真正的男人，让他检查检查算了。然后朝那台躺椅走去。

她穿的是一条牛仔裤，躺上去后，腰上的皮带却怎么也解不开。

宋楚颐准备好仪器回过头见她还没准备好，深邃的瞳孔里涌出一丝不耐烦："晏小姐，你能快点吗？今天晚上科室是我值班，有很多病人可能在下一秒就会发生突发情况等我去救治。你要是一直这么拖拖拉拉，那我只能给你换一个医生了，不过也是男的，而且四十多岁了，还没结婚。"

长晴蔫儿了，四十岁简直是变态中的老变态了。都是变态，她还是宁愿选择一个又帅又年轻的变态。

像被送上刑场的犯人，她毫无表情地躺在床上，眼睛使劲瞪着头顶的天花板，心跳加速得像快要蹦出来似的。

长晴口罩下的双唇使劲咬着，身体也烫得厉害，整个过程中长晴尴尬得想哭，万万没想到她好好保护了二十几年的“小长晴”第一次竟然被一个男医生看了，还是自己大学舍友的前男友，她以后不要见人了。

五分钟的时间，对长晴来说简直比五年还要漫长。

“好了。”宋医生抬起头，看着紧张地躺在那儿的女人眼睛红红的，像要哭了一样，口罩下看不到脸色，但是两个耳朵红通通的，像清晨被雨露沾过的玫瑰花瓣，瑟瑟发抖，我见犹怜。

他的眸色不自觉地加深，立即转过身去收拾器具，长晴火急火燎地穿戴整齐。

可能是检查的时间太久，她落地时腿脚打颤，没站稳，轻呼着，想要抓住什么，让自己站稳。

宋楚颐听到动静后回身扶了她一把，长晴看着搭在自己手臂上的白皙长指，浮想联翩。

她面红耳赤地推开他，拉开帘子，走出去，找个地方坐下，仍然有点尴尬，第一次被男人触碰那里，好丢脸。

宋楚颐低头边开单子边问：“持续几天了？”

“四天。”

“上一次月经结束是几号？”

“八号。”声音细若蚊哼。

“你这个已经有点严重了，需要消炎。平时多注意个人卫生，每天记得清洗，还有……没好之前不要有性生活。”

长晴再次奓毛：“我还没有男朋友。”

宋楚颐轻笑了一声，说：“你们这行，有无男朋友和性生活有冲突吗？”

“你什么意思？”长晴感觉自己被侮辱了，气鼓鼓地走过去，手压在他的药单上，“向我道歉。”

宋楚颐的眸子离开单子，与她对视，清浅的眸如一抹深不见底的墨，明明只是一个医生，却带着与生俱来的清贵。

长晴的心咯噔一下，却越发恼火。

“检查完了吗？”长芯找准时间敲门进来。

“在开药，马上就好。”宋楚颐继续把药开好。

长晴板着脸，算了，看在他被管樱戴绿帽子的分儿上，她大人不记小人过，今天以后，再不跟这个变态医生见面就行了。

两分钟后，宋楚颐把药单递给长芯："你去楼下领药，然后让护士给她输液，她这情况不打点滴消炎不行，我楼上还有事，有什么不明白的可以打我电话。"

"谢谢你啊，宋医生，改天请你吃饭。"

"不客气。"

长芯拽过长晴走出去后，笑眯眯地问："被帅哥检查的感觉如何啊？"

"你这么喜欢被他检查，那你干吗不自己装病让他查个够啊？"长晴双眸恶狠狠的，一肚子火无处发泄。

"可惜我结婚了啊，你姐夫会吃醋。"长芯一脸遗憾。

长晴暂时不想搭理自己这个姐姐了，没出息，花痴。

输液的时候，长晴饱满的唇嘟得高高的。

长芯忍不住捏捏她腮边的小肉肉："别生气了，姐姐去外面给你买樱桃吃行不行？"

"不用了，"长晴心情不好，"对了，姐，你还记得在扬州时住咱隔壁的傅愈吗？"

"记得啊，不是跟我同龄吗？你以前老跟在我们后面，跟屁虫似的，"长芯暧昧地偷笑，"你那小眼珠还天天围着人家转呢。"

长晴脸热，说道："我昨天碰到他了，他现在是上纬影视公司的总裁，不过他有女朋友了，是我大学的朋友管樱。"

"你说管樱啊，以前我在你宿舍见过，"长芯皱了皱眉，"那姑娘很美，清秀可人，也会讨男人欢心，男人会喜欢她不奇怪，不过她条件不好，傅愈那样的人不见得会娶她，纯粹是闹着玩的。不过姐说实话，傅愈呢，你小时候暗恋一下也就算了，长大了就别瞎想了，听说影视公司的那些人都喜欢玩潜规则那套。"

"姐，你不要这样说，说不定傅愈是认真的。"长晴郁闷，不喜欢自己曾经喜欢的人被说成这样。

"傻丫头，人是会变的，尤其站在高位的男人。姐劝你以后找男朋友还是找一个跟这个圈子无关的人。好啦，我还要去值班，你别乱走。"

长芯走后，长晴郁闷地玩手机，正玩着，来电屏幕上闪着"管樱"两个字。

她惊得差点把手机扔了。

喝口水，压压惊，她略带心虚地接起电话。

其实她没必要心虚的，是管樱劈腿在先，她也只是让管樱的前男友检查了自己的"小长晴"。

不行，不能再乱想了。长晴拍拍乱跳的胸口，里面传来管樱温柔的声音："长晴，你在做什么？”

“没做什么，我在休息，”长晴尽量自然地说话，“你怎么突然给我打电话了？”

“我……昨天晚上的事……”管樱欲言又止，“长晴，你都知道了吧，你会不会看不起我？”

“怎么会，其实我们都在一个行业里，我明白，也能理解你。”长晴不想让她难受，尽力安慰她。可理解归理解，她自己可做不来那样，她认为要和另一个人交往，最起码要结束前一段感情才能再开始，就算人家那方面不行，也不能这样脚踏两只船。

“长晴，我没有阮恙那么漂亮，也没你那么幸运，有个好爸爸跟你们台长熟悉，我只能靠我自己，但我努力打拼了这么多年，没人在前面拉我一把，真的很难熬出头。”

“嗯……”长晴在心里叹气，管樱哪里明白，她现在的情况也好不到哪儿去。

她前面之所以还算一帆风顺，是因为老爸每年给电视台一大笔赞助费。今年晏家公司不景气，赞助费没了，台长现在也不管她了，年初安排好的几个大型节目都将她从名单上去掉了。她有预感，她现在跟着左骞做的《挑战到底》节目的主持人位置也快保不住了。

被管樱挑起这个话题，长晴突然觉得自己心情更郁闷了。

凌晨十二点多，长芯过来帮她拔了针。

长晴要小解，急急忙忙去了洗手间，解决完出来洗手时，旁边的男厕所突然走出一抹白色身影。

长晴先是看到他白大褂上的鲜红血渍，害怕地往后退了几步，才看清楚宋楚颐那张英俊清冷的脸。

“宋……宋医生……”她对鲜血素来畏惧，说话也打颤。

宋楚颐看到长晴的时候愣了一下，然后才认出她。

她之前检查时戴着口罩，露出的桃花眼流露出一种诱人的媚态，好像时时刻刻都在对男人放电，因此给宋楚颐留下的印象并不是很好。现在没戴口罩，下面的鼻子和嘴唇都是如画的感觉，略微婴儿肥的脸蛋没有化妆，干干净净，样貌说清纯吧，又挺魅人，说魅人吧，似乎又挺清纯。

长晴这才想起自己没戴口罩，心想：他不会认出自己是管樱的朋友吧？

两秒钟后，她发现自己想多了，对方眼里丝毫没有那种见到认识的人的光泽。

也是，昨天她去得晚，他愤怒离开时，根本没有正眼看她。

不过他直勾勾地看着自己，长晴突然挺不好意思，扭捏地别开脸，看到他洗手时露出袖口处一枚精致名贵的袖扣。

长晴想起前几天，在电视台采访的一位知名企业家也戴过相同的袖扣，当时听同事说这款袖扣是欧洲某一线品牌的经典袖扣，一枚就要人民币两三万。

现在的医生都这么有钱吗？看来果然是那方面有问题了，不然管樱干吗要放弃一个这么有钱的医生去冒险选择傅愈那样不好掌控的男人？

长晴觉得有时候名气固然重要，但比起一个真心相爱的人，她还是愿意选择后者。

“刚抢救完一个病人，动刀时病人的血溅到我身上，还来不及去清洗，”宋楚颐回过神淡淡解释了一句，“身上好些了吗？”

“呃……”长晴刚刚从自己的思绪中回过神，一时不知道怎么回答。

“药效可能到明天才有作用，你还是要多注意休息，”宋楚颐忽然说，“你应该有月经不调的毛病吧，而且来月事的时候很痛，平时饭量是不是很少？”

“是的。”长晴脸红，难道这也是检查出来的？

“别总熬夜，我看你脸色不大好，平时多吃点儿饭，增加营养。开的药还是要每天涂擦才会好得快。”宋楚颐说完，白衣飘飘地从她面前走过了。

涂擦……

长晴的脸不争气地又红了。她脸色不好吗？她使劲摸了摸。

翌日，长晴走进电视台大楼。

行走之间，她不得不赞叹宋楚颐医术确实不错，女人那种地方生病确实挺尴尬的，不过今早醒来她自己感觉好很多了。

“你今天来得挺早啊。”体育台的主播郑妍从后面赶上来，两人一起等电梯。

“我想跟导播再沟通一遍今天要录的节目内容。郑姐，你也很早啊！”长晴朝她微微一笑。

郑妍眸色复杂地四处看了看，进电梯后，只剩两人，她才小声说：“长晴，昨天我跟谢总编辑他们吃饭的时候，听他们的意思是最近台长想把你从《挑战到底》节目上换下来，由池以凝接手。”

长晴的心猛地跳了跳，脸也唰地一下白了。

去年来了一帮实习生，台里上上下下的老主持人都有一些危机感，她也有。最近这阵子的预感特别强烈，可她没想到危机来得这么快。

"想开点，现在池以凝可是冯台长的心头肉。"郑妍轻声安慰她。

长晴瞪大眼睛："真的假的，池以凝真的跟了冯台长？"

"不然呢，她一个没背景的新人年初能挤掉你，和左骞他们一块儿担任元宵晚会的主持人？"郑妍冷笑。

长晴有点倒胃口，冯台长那张小嘴巴、塌鼻子的脸，池以凝也能下得了口，真够让她佩服的。

演播室的化妆间里，长晴无精打采。郑妍是电视台的资深前辈，职位虽然说不上有多高，但待了十多年，高层很多人和她关系都不错，她的风声也比别人收到得快一些，而且郑妍一直对她颇为照顾，是不会骗她的。

后台闹哄哄的声音传过来，她突然想哭。

自从进电视台后，她一直很努力，可这个平台太过残酷，说淘汰就要被淘汰。

"长晴，怎么还没换衣服？"左骞俊美如斯的身影出现在化妆间里，"哭了？"

"……没……没有，"长晴赶紧低头用衣服蹭了蹭眼睛，再抬头，对上左骞温柔的眼神时，喉咙堵了堵，"左老师，我是不是要离开这档节目了？"

左骞目光里多了一丝凝重。

"我明白了，这可能是我最后一期跟你录节目了，我会好好表现的。"长晴深吸了一口气，打起精神拿眉笔画眉。

就算要走了，她也要让电视机前的观众朋友明白她是最适合这个节目的主持人。

左骞心疼得眉头紧皱："长晴，我会努力和台长争取让你继续留在这个节目。"

"真的吗？"头顶亮眼的灯光照得长晴的桃花眼亮亮的，流露出别样的风采。

左骞眼眸渐深，微笑着点点头，又揉揉她的刘海。

左骞是台里的一哥，连台长也敬重他几分。长晴听他那么说，心里稍安，可录完节目后，她还是被冯台长派人叫了过去。

到办公室门口时，正好遇上池以凝出来，她娇嫩的唇鲜艳欲滴，脸上泛着酡红。长晴没经历过这种事，可看过电视和小说啊，多少猜到了些许，再瞄了一眼里面的冯台长，不免有点儿恶心。

池以凝得意地看了她一眼，也不打招呼，趾高气扬地拂发离去。

长晴气结，自己好歹也是她的前辈，她现在连招呼都不和她打，真是没礼貌。

"进来吧。"冯台长在里面叫她。见她进来，起身走过去把办公室的门关上。

长晴的心也跟着那合上的门咚了一声。

“长晴，《挑战到底》这档节目你做的时间也不短了，当初主要是想让你跟着左骞磨炼磨炼，现在既然磨炼出来了，也是时候让你独当一面了。我和台里的人商量过了，正好卡通动漫台那边新出一档节目，打算由你去主持，《挑战到底》这边就由池以凝接手。”冯台长倚靠在桌边，一副和颜悦色的表情。

长晴的心仿佛沉入谷底，卡通动漫台虽然傍晚的收视率还算不错，但都是小朋友看的，根本没什么知名度。“台长，我在《挑战到底》主持一年多了，积累了不少粉丝，观众也习惯了我和左老师主持，池以凝她才来台里没多久，功底也不熟练，没办法撑得起《挑战到底》这样的大型综艺节目吧？”

“有左骞在，这个节目就撑得起。”冯台长轻佻地望着她，突然低笑着将手放在她肩上。

刚握住长晴的肩，冯台长的身体差点都酥了。

这肩，软得像水一样。

再看长晴的打扮，白色的细纱长袖搭配黑色长裙，腰肢透着让每个男人都想握一握的柔软，目光再停留在她高耸的胸上，冯台长差点就要流鼻血了。

整个电视台，晏长晴的身材最妖娆。当然，还有那双眼，像猫爪一样，瞧一眼便感觉被挠一下，挠得人难耐极了。

“当然啦，”冯台长话锋一转，手也顺着她的肩往下滑，“你爸以前经常赞助咱们电视台，我跟他也算有些交情，我也不是个不讲情面的人。”

眼看着那手要落在自己胸口了，长晴立即厌恶地往旁边闪躲。

冯台长握住她的肩膀，不希望到嘴的肉飞了。

“台长，请把手拿开，好吗？你再这样我要叫了。”长晴沉不住气，使劲扳掉那只手。毕竟在办公室里，冯台长也怕她闹得太过，只能松开，不过脸色很难看：“晏长晴，你别给脸不要脸，以前我是看在你们家那点赞助费上才提携你，不然你哪能有今天？”

“台长，您想换就换吧，不过时间长了，您会明白我到底靠的是赞助费还是自己的实力。”晏长晴再也不想多看这个人一眼，快速拉开门，离开了办公室。

“晏长晴，你给我等着！”冯台长阴狠地盯着她的后背吼道。

下午，长晴回家，有关她被调换节目的消息已经在网络上铺天盖地了。

晚上，晏磊回来敲响她的房门：“宝贝儿，是爸爸不好，都怪爸爸今年没给电视台赞助，才让你在电视台被人欺负。”

“爸，不关你的事，”长晴下午早偷偷哭过了，这会儿眼睛也不红了，“我要是自己争气点儿，就能像左老师一样，台长想换都不敢换，不过我现在想通了，做卡通综艺就做呗，我这么可爱，小朋友肯定也喜欢我。”

晏磊叹气：“傻孩子，每年那么多的应届毕业生来电视台实习，今天那个池以凝能把你挤下《挑战到底》的节目，下次就会有第二个池以凝把你挤得连卡通台都待不下去，到时候合同一到期，台长就能让你走人。”

长晴再次被打击得沮丧了，她不是没有考虑过，可事已至此，能怎样呢。

“爸，你公司现在怎么样了？”长晴不想让爸爸操心自己的事情，赶紧转移话题。

晏磊坐到床边，摸摸她的头：“长晴，明天有事吗？陪爸出去吃顿饭，也算是相亲。”

长晴傻眼，说道：“爸，我还年轻呢，你不会也要搞商业联姻那套吧？”

晏磊看着女儿受伤的表情着实难受，可没办法，歉疚地回答道：“相亲的事是Sky集团的宋总提出来的，以前你陪爸参加晚会的时候，他见过你一次，印象不错。他有个儿子也到了结婚的年龄，想让你们见个面。长晴，爸实话跟你说，近年来很多政策对我们公司都不利，晏氏从去年开始业绩就下滑，到今年一直在补亏损。年初行内其他公司还一直在打压晏氏，现在公司四面楚歌，这样下去迟早会宣布破产，我们就得背着几亿的欠款过日子。如果是爸一个人也就算了，可你跟你姐还年轻，你姐夫哪怕再喜欢你姐，沾上这么多的债，时间长了也会受不了的。”

长晴突然发现晏磊的鬓角都有白发了，她真的很心疼。从小爸最疼她，要不是真熬不过去这个坎儿，爸是不会跟她说这些的，可她一直衣食无忧地过着日子，从没想过要去面对这些。

“爸，要是对方长得又胖又丑，人品也不好，我也得硬着头皮答应交往吗？”她撇嘴问道。

“宋总长得比爸爸还帅，他的儿子肯定不会丑的。至于人品，明天看看，要是真不行，爸就是去坐牢也不能委屈了你，”晏磊强挤着笑说，“不过宋家那样的门槛，能嫁过去也是我们晏家高攀了。爸倒是希望你能嫁过去，一辈子衣食无忧。而且，有宋家撑腰，那冯台长以后还得看你的脸色行事。”

长晴不屑于用自己的终身大事去换工作上的前途，可又不能让爸爸五十多岁了还背一身债去坐牢，他身体不好，一直是用药养着，这样为公司操心身体会一天不如一天。

她心疼爸爸，也只能去相亲。

第二章　已婚身份

第二天，长晴跟着晏磊去了本城一家没有去过的私房菜馆。

进去时，包厢里已经坐了两个人，沙发上的年轻男人一双大长腿随意地伸着，熨烫得一丝不苟的黑色西装修饰得身体线条特别流畅，里面搭着白色衬衣，脚上是国外一款刚上市的白色运动鞋，露出的脚腕很精致。

长晴很少用“精致”去形容一个男人，可当再次看到宋楚颐那张脸时，便没办法淡定了。

“宋……宋医生……”她没关紧嘴巴，声音泄露了出来。

晏磊和宋怀生都听到了。

“怎么，你们认识？”晏磊很高兴，他第一眼看到宋楚颐的时候，印象格外好，这模样、这身高配自己女儿完全绰绰有余。

长晴脸红，唯恐他说出自己去做妇科检查的事，赶紧道：“上次去医院看姐姐的时候见过宋医生，他和姐姐一个医院的。”

宋楚颐看她一眼，和晏磊打招呼：“晏叔叔，您好！没想到原来您是晏医生的父亲。”

宋怀生高兴地笑起来：“老晏，原来你大女儿和我儿子一个医院，看起来这两个年轻人真是有缘分啊，说不定这亲家还真能结成。”

“是啊，”晏磊也真心高兴起来，“我倒没想到这么巧。”

“坐吧，坐吧。”宋怀生招呼大家。

宋楚颐拿来菜单让大家点菜。

晏磊瞧着他待人接物礼貌周到，在心里更是赞不绝口。心想回头还可以从长芯那里打听打听这人的品行。

“老晏，你大女儿在医院哪个科啊？”宋怀生问。

“儿科。”

“行，有能力。”宋怀生不住地点头。

“就是太忙了，”晏磊叹气，“忙到连生孩子的时间都没有。”

宋怀生笑道：“这两个孩子要是谈得拢，将来我拜托院长给你大女儿换个好点的岗位，工作轻松，发展也好。”

“还要看长晴有没有这个福气了。”晏磊笑笑，他知道宋怀生不是吹牛的，以宋家的能力这确实是不费吹灰之力的事。

长晴始终低着头，很少说话，宋楚颐也说得少，大部分时间都是两个长辈在说。

末了，要结束时，宋楚颐突然主动邀约长晴：“时间还早，要不要一块儿去喝杯咖啡？”

一直处于游离状态的长晴打了个激灵，还没回答，晏磊已经替她答应了：“去吧，年轻人就是爱喝咖啡，你们好好聊聊，我和你宋叔叔就不参与了。”

长晴完全没法反对，两位长辈走得快，一眨眼就只剩长晴和宋楚颐了。

她两只水汪汪又勾人的桃花眼呆滞地看着他，宋楚颐抛抛车钥匙，说道：“走吧。”

他开了一辆奥迪A7，黑色的。

长晴坐进去时，感觉里面的设施构造格外熟悉。很巧，她自己的车也是奥迪A7，白色的，不过她的车里乱糟糟的，他的却干净得一尘不染。

长晴两只手纠结地拧在一起，局促又尴尬。

前天还想着再也不要见到这个人了，今天就相亲遇到了，她想哭，偏偏旁边的宋楚颐还一动不动地注视着她。

“怎……怎么啦？”她紧张。

“安全带。”宋楚颐提醒。

长晴赶紧扯过安全带扣上。

“你有喜欢的咖啡馆吗？”宋楚颐问。他的声线清亮干净。

“没有。”

“那我随便挑个环境好一点的咖啡馆了。”

地方并没有多远，是一家老洋房咖啡馆，里面装修得很有情调。

长晴以前和管樱、阮恙她们来过，管樱说这家店的蛋糕很好吃。她猜想宋楚颐应该和管樱经常来。

果然，坐下后宋楚颐说：“要不要吃蛋糕，这里的蛋糕味道还不错。”

长晴故意问："宋医生怎么知道这家店的蛋糕好吃？你来过吗？"

宋楚颐敛眉沉默，窗外光线落在他清冷的眉目上，仿佛有一丝淡淡的不悦。

长晴也难受，她喜欢了好久的青梅竹马成了管樱的男朋友，现在这个自己要努力搞好关系的相亲对象似乎也没忘了管樱这个前女友。如果可以，她真的想走。

"晏小姐认为跟我结婚如何？"

"啊？"咖啡香刚飘过来，他突然说的话让长晴呆若木鸡。

"据我所知，晏家的情况不太乐观，"宋楚颐完美的身子靠在沙发上，彻彻底底是一副贵公子模样，"一旦晏家宣告破产，背负着几亿的债款根本无力偿还，你爸也许要去坐牢，你现在拥有的房子、车子都会失去，可能在电视台你也待不下去，还有你姐……据我所知，你姐夫虽然是位工程师，工资还算不错，但时间长了，面对这样数目庞大的债务，我想，在现实面前也未必能坚持这段婚姻。"

长晴咬牙道："有些爱情是不能用金钱衡量的。"

宋楚颐的剑眉一挑，不说话，只是用一双能穿透人心的眼睛看着她。

长晴渐渐地底气不足："没错，我在电视台工作，遇到很多真人真事，都很不堪，但我还是相信有不变的爱情。"

宋楚颐静静地端详她几秒，低头喝咖啡："如果结婚的话，我希望可以尽快。"

长晴握拳："我想知道，你为什么会选我？没错，我们家公司的情况确实不好，但以你们宋家的条件应该可以找到比我更好的结婚对象。"

"晏氏是个传统的老牌子，有好几种药在国内卖得很火，正好是我们宋家需要的。如果晏家真的对我们宋家没有一丝利益帮助的话，我们两家也不会坐在一起吃饭、喝咖啡了，"宋楚颐淡淡地说道，"而且我不想在谈恋爱上面浪费时间，对我这样的人来说，商业联姻在所难免。正好，你们家需要我们宋家的帮助，我也需要完成我的义务。我们结婚，彼此都能获得益处，不是很好吗？"

长晴沉默。

她对恋爱和婚姻一直抱有很大的幻想，可没想到要走入这样一段婚姻，她被打击得面无血色，却无力反驳。

晚上九点，宋楚颐送她到晏家别墅门口，在她要下车时突然说道："结婚后，你们晏家现在面临的一切问题都会得到解决，你还可以继续在电视台上班，我不会干涉你的事，你姐在医院也会有更好的发展。你自己好好想想，想通了给我打电话一起去领证。"

他递给她一张名片，说话的时候，眼睛没有一丝温度："我想晏氏也等不了几天了。"

长晴接过名片，默默地下车回家。

家里灯火通明，晏磊和晏长芯正聊得热火朝天，看起来心情很好。

"长晴，我听爸说你的相亲对象是宋医生，缘分啊！"长芯调笑着揽过她的肩膀，小声地说，"现在可以让他为你的'小长晴'负责了。"

"姐……"长晴瞪了她一眼，真是哪壶不开提哪壶。

"长晴，我都问过你姐了，这位宋医生不但家世好，连医术都是全医院最好的，主要是听说他人品不错，从来没在医院里拈花惹草过，"晏磊现在对宋楚颐是赞不绝口，"配你足够了。"

长芯笑眯眯地说道："我虽然只跟宋医生打过几次交道，别看他平时冷冷淡淡的，话很少，但对待病人真的非常好，不管病人什么身份都一视同仁，而且特别有耐心。上回有位老太太在医院晕倒没钱治病，宋医生二话不说就替那位老太太出了诊治费。更重要的一点是低调不炫富，要不是爸说了，我都不知道他是宋怀生的儿子，我们医院都是他们宋家的产业，弄了半天他就是太子爷啊！"

长芯很少这样夸一个人，可见就是真有其事。长晴难以想象宋楚颐有这样温和细致的一面。

晏磊夸赞："这样的富家子弟不多了。"

长晴心里嘀咕，那方面不正常的富家子弟确实不多，而且她要是跟宋楚颐结婚了，以后要怎么面对管樱啊？

不过看到爸爸那么高兴，她不想让让爸爸失望。

晚上，长晴十分郁闷，也没睡好觉。第二天去台里的路上，她接到冯台长秘书的电话："长晴，台长说你的职位暂时不调动了，还是继续在《挑战到底》待着。"

这个天降的好消息让长晴以为自己没睡醒，不敢相信地问道："为什么呀？"

秘书冷笑了两声："你厉害啊，你有手段啊，迷得左骞那样的人团团转。昨天左骞亲自找台长说，要是节目组换了你，他明年的合同一到期就跳槽到其他台去。"

秘书挂了电话，长晴发了好一会儿呆，赶紧打给左骞："左老师，我听说你为了我去找台长……"

"长晴，你什么都不要想，好好待在我身边主持吧。"左骞温煦的声音打断她。

长晴感动不已：“左老师，谢谢您，你就是我的贵人，我的伯乐。”

左骞低声笑了笑，忽然问：“只是伯乐吗？”

“嗯？”

电话那端的左骞欲言又止：“……我现在在北京出差，等我回来请你吃饭吧。”

“不不不，这顿饭应该我请。”长晴赶紧说。

“呵呵……好。”左骞愉快地答应。

长晴手捧着电话笑得合不拢嘴。

左老师真是好人啊，就像恩师一样，不但教会了她很多东西，还一直提携她，别说请他吃顿饭，就是吃满汉全席也是应该的。

到电视台后，长晴忽然发现不少人在她背后议论。不过她一回头，大家又安静地低头工作。

她感到莫名其妙。回办公室，不一会儿，池以凝主动找上门来。高跟鞋哒哒的声音散发着一股强烈的气愤：“晏长晴，我还真是低估了你啊，平时装得跟圣女一样，没想到私下里早勾搭上了左老师，真是手段高明啊。”

“你说谁呢？”长晴平时很少跟人吵架，可不代表她没有脾气，“池以凝，你以为你是谁？跑到我办公室里来大吼大叫，难道你的老师都没有教过你要尊重前辈吗？还有，你不要随便血口喷人，不是人人都能像你一样靠出卖肉体上位。”

“你有什么资格说我，你自己还不是一样，现在全台里都在传，你和左骞的事儿，如果你没上左骞的床，他干吗那样帮你？平时就经常看到你们私下里眉来眼去，说是什么老师和学生的关系，我看你们早就暗度陈仓了。不要脸，怪不得大家都说你长得一副狐媚相，依我看，你本来就是这样的人。”

门口陆陆续续地有人过来看热闹，长晴气得脸色发红，用力推开池以凝：“你再说一句试试看。”

“好啦，好啦，你们别吵了。”路过的梁导赶紧把两人拉开。

“梁导，你没听到，她刚才污蔑我，还要动手打我。”池以凝声音哽咽地告状。

“到底是谁先来找麻烦的？”长晴从来没受过这种侮辱，也红了眼睛，不是只有池以凝会哭。

梁导头疼，这事儿他要不管，这两人吵下去只会让台长为难；要管了，他自己为难。

“这件事你们两个都有错。以凝，你这样跑到长晴办公室瞎闹确实很没礼貌，不管如何，长晴是你的前辈。还有长晴，以凝毕竟还年轻不懂事，你何必跟她这样争吵，大家都是公众人物，要传出去多不像话，好啦，好啦，大家都散了吧。”

梁导是总导演，大家都要看他几分薄面。

散了后，长晴一个人坐在办公室里，难受极了。

她不觉得自己做错了，明明全是池以凝的错，可认识了两年的梁导也不帮她，大概是怕得罪冯台长吧。

以前，晏氏还很好的时候，台里人人都捧着她，现在知道晏氏不行了，大伙也跟着换了方向。人，怎么能这样势利呢？

下午，晏磊打电话过来，问她宋楚颐晚上约她没有。

长晴喉咙一噎，没作声。

晏磊有点失望了：“他昨天应该是看上你了啊，不然干吗约你去喝咖啡，是不是医生都太忙了？我打电话问问你姐。”

“爸，公司状况真的有那么糟吗？”长晴拼命忍着才没落泪，以前受了委屈都会跟晏磊说，可现在却不能再给他添负担。

晏磊有点心虚：“长晴，爸之前确实是怕委屈你，可宋楚颐确实是不错……”

“好了，我知道了，你不用担心，昨天我们聊得挺好的。”长晴把电话挂了，拿出包里精致的白色名片。

她看了许久，才拨通宋楚颐的号码。

“你好，哪位？”电话那端的声音低沉而又陌生。

“……是……宋医生吗？我是……晏长晴。”

“晏小姐……”宋楚颐似乎一点都没有惊讶，“打算什么时候和我去领证？”

长晴嘴角抽搐：“你怎么就这么肯定？”

“我想我找不到你拒绝我的理由。”宋楚颐完全能猜到她要说的话。

长晴无语了一阵才吭哧道：“你想什么时候？”

“嗯，我后天上午应该能抽出点时间，我们十点钟民政局门口见。关于拜访你家人的事就定在后天晚上吧，本来我应该提前去的，主要是这几天有几个大手术要做，实在没有时间。”

“没事儿。”反正长晴对这段婚姻也没抱什么想法。

算了，就这样吧，反正对方那方面不正常，应该也不用她履行夫妻义务，以后就各过各的。

领证那天早上，长晴睡过了头，最后还是保姆张阿姨上来敲门：“小姐，有位宋先生打家里电话找您。”

长晴猛地惊醒，赶紧下楼，接电话的时候看了下钟表，十点过五分了。

“晏小姐，从早上九点开始，我打你电话不下五次，即使不打算领证了，是不是也应该回个电话告知我一下。”宋楚颐的声音有种敲击玉石的冰冷。

“不是的，我……我睡过头了，”长晴小声解释，“手机关机没听到。”

“……你来民政局吧，我在这儿等你，记得带上户口本。”宋楚颐沉默了一下，说道。

长晴到达民政局门口的时候，看到宋楚颐已经站在大门口，单手抄着裤兜，剑眉斜飞，挺拔俊朗的身形足以让周围的一切成为他的陪衬。

长晴心中酸楚，虽然宋楚颐各方面条件都不错，但并不是她喜欢的人。她从小到大想嫁的是傅愈那种人，不过傅愈有女朋友了，她也不能再痴心妄想了。

她戴上口罩走过去，宋楚颐亮着清眸，浅浅笑了一下：“这么重要的日子我以为你会失眠，没想到你还能睡过头。”

长晴被说得不大好意思，低头，小声解释：“我是失眠了，昨天晚上三点才睡。”

宋楚颐看了她一眼，转身道：“进去吧。”

“等等，”长晴叫住他，心里头微乱，“你要答应我的条件，我才能跟你领证。”

“说。”宋楚颐淡定地说道。

长晴略微高傲地抬头：“婚后不能对外告诉任何人我们结婚的事，不准你亲我，也不准你碰我，要分房睡，你过你的，我过我的，不能干涉彼此的生活。”

“好。”他回答得干脆，眸光冷冷。

长晴没想到他能答应得这么爽快，呆了呆，更加深信不疑，果然是那方面不行啊。她忽然有点儿小小的失望。

要是以后能离婚还好，要是不能离婚，她岂不是连那种事情是什么滋味儿都不知道。虽然她不好色，也不喜欢他，可总归是好奇啊。

到了婚姻登记处，为了能做到绝对隐私，宋楚颐找了熟人。

字签下去的时候，长晴的心突然空荡荡的，眼泪莫名其妙地涌了出来。

她渴望的美好爱情，就这么斩断了。

办证的大姐看到她这副模样吓了一跳：“哎哟，怎么哭了，是不是不想结婚啊？我这章还没盖，你们想清楚。”

宋楚颐低头看向她，长长的睫毛上挂着一滴滴小水珠，粉嫩嫩的脸上也有泪痕，他揉揉眉心，无奈地说："你要是不愿意结就算了。"

真冷漠。

"……不是。"长晴吸吸鼻子，把签好的字推过去。

"肯定是婚前恐惧症，宋先生你要多安慰安慰她。女人嘛，都是要呵护的。"大姐很快就把结婚证弄好了，递过去，"祝你们新婚愉快！"

"谢谢。"长晴低头接过。

办好手续走出民政局，她始终低着头，宋楚颐很高，看不到她的脸，只说："我等会儿打电话给你爸，晚上去你家拜访，顺便告诉他我们领证的事。"

"噢，那我先走了。"长晴往自己的车走去，她现在很落寞，不想说话。

宋楚颐一直看着她上车，也注意到了她的车——白色的奥迪A7。他眼底划过一丝浅浅的讶异，这才开车回医院。

晚上，长晴回到晏家，看到院里停了辆黑色奥迪，她的心扑通一跳。

进屋时，正传来姐夫林亦勤爽朗的笑声，宋楚颐坐在他旁边，见长晴进来，唇角弯起一道笑容。

长晴第一次见他这样笑，如沐春风，看得她一愣一愣的。

"你这孩子，领证这么大的事怎么也不跟爸打声招呼，一声不响地就办了。"晏磊口气责备，但眼里却充满了复杂又喜悦的笑意。

长晴咬唇，懊恼地瞪了一眼宋楚颐，他提前来了也不说一声，弄得她都没做好心理准备。

长芯打趣道："爸，刚才宋医生不是说了，他们是一见钟情。要我看，这两人在医院第一次见面的时候就有好感了，再这么一相亲，缘分到了，趁热打铁就把证领了，这就是命中注定。"

"对，是这样的。"宋楚颐淡笑地附和。

长晴不敢相信从他嘴里能说出那样的话。

一见钟情，见鬼，明明对她冷漠得要死。

晏磊又高兴又惆怅："楚颐，我这个女儿从小被我宠坏了，没吃过什么苦，以后你多担待点儿，也多照顾她点儿。"

"爸，您放心吧。"宋楚颐始终温文有礼。

"这就叫爸了……"长晴小声地嘟囔。

"当然该改口了，你以为都像你一样不懂事，"晏磊轻斥，"你啊，以后跟楚颐住一块儿的时候也勤快点儿，别总玩到半夜三更才回家。记住，从今天开始，你是已婚人士了，凡事要以家庭为重。”

“住一块儿？”长晴眨眼。

“当然了，都领证了肯定要住一起呀。”晏磊虽然舍不得女儿，可女儿总归是要嫁人的，“楚颐说婚礼下半年办，别墅也有了，只是暂时还没装修，他为了工作方便暂时住在医院附近的公寓里，三室两厅，也足够你们两个人住了，明天楚颐就来帮你把东西搬过去。”

“明天？”长晴整个人都不好了，“爸，我这才刚结婚，不能让我在家多住些日子吗？让我多陪陪你吧，而且我明天要录制节目，没时间搬东西。”

“那就后天吧，”晏磊宠溺地摸着她的头，不舍地说，“新婚燕尔的，多处处。”

“噢……”长晴不愿意，可也只能老老实实地答应了。

晚饭时，晏磊开了瓶收藏多年的白酒。

宋楚颐神色轻微地变了变：“爸，我酒量不好，还是算了吧。”

“不行，”晏磊亲自给他倒了满满一杯，“我很久没这么高兴了，这酒必须喝。来来来，就当陪陪我，平时亦勤不来，在家里总是一个人喝很没意思。”

林亦勤也笑：“喝点吧。”

晏磊每餐都要来点儿小酒，宋楚颐根本不好拒绝。谁知道喝了一杯后，上了兴致的晏磊又倒第二杯。到第三杯时，宋楚颐已经迷迷糊糊，白皙清冷的脸上染满了醉醺醺的红晕，双眸氤氲，在柔和的灯光下，透着一股鲜亮的艳丽，简直像个妖孽。

长晴都看呆了。

“这孩子，酒量真不行，这就醉了。”晏磊看他趴在桌上的模样乐呵呵地打趣道。

“爸，你以为人人都跟你一样是酒仙啊！”长晴听了撇撇嘴。

“才结婚就帮着老公说话了，”晏磊笑着摆手，“还不快点扶楚颐回你房里去休息，看他这个样子今晚是回不去了。”

长晴心里一紧：“爸，你的意思是他今晚要……要睡在我房里？”

“都结婚了，不睡一个房里睡哪儿？”晏磊冲林亦勤说，“她肯定扶不动，你帮下忙。”

林亦勤身材高大，扶着宋楚颐上了二楼房间，放在长晴粉色的大床上。

长晴小步子跟上去，看到霸占了自己大半张床的男人，小嘴儿噘得高高的。

“他醉得挺厉害的，等会儿你帮他擦把脸。”林亦勤笑着叮嘱了长晴一句，出去了。

长晴把门关上后，推了他好几下：“喂，你起来啊，你这个样子，晚上让我怎么睡？”

“爸，不要了，我不能喝了……”他呓语着推开长晴的手，两脚蹬掉鞋子，往床里蹭，像个耍赖的大男孩一样。

长晴好气又好笑，真是，醉得真是可以，以为还在酒桌上呢。不过她才不会帮他擦脸呢。

长晴拿衣服去洗澡，她自己的房间带有浴室，不过是磨砂玻璃的。她也没锁门，想着宋楚颐睡着了也就没在意。

洗到一半，哗啦啦的水声中，她好像听到外面有动静，心里掠过不好的预感，忙关了花洒。

门突然被推开，宋楚颐摇摇晃晃地从外面走进来。

长晴的脸好像被滚烫的火焰蹭过：“啊！”她尖叫着喊，“你干什么？快点儿出去！”

她想去拿衣服，可衣服还在门后面，她完全没地方可挡，只能双手护着胸口，意识到下面没挡，又手忙脚乱地腾出一只手护住下面，但只有她自己知道挡跟没挡其实没啥区别。

偏偏宋楚颐像没发现她的存在一样，蒙胧的眸光从她身上掠过，又跌跌撞撞地走到马桶前，掀开马桶盖，解开皮带，拉下拉链……

长晴震惊了，她再次发出尖叫声，顾不得还没穿衣服就冲出了浴室。

套了件睡衣后，长晴呆滞地坐在更衣室里，脑海中不受控制地回荡着刚才看到的一幕。

她弱小的心灵受到了一万点伤害后，心脏开始不听使唤地乱跳。

她没想到宋楚颐的……是那个样子的，感觉有点被吓傻了。

长晴这辈子做的最大胆的事就是大学里被阮恙拉着在宿舍里看A片。除了大胆的阮恙和闷骚的江朵瑶外，她和管樱都挺不好意思的。

那会儿她就有点被惊到了，可没想到宋楚颐的……更吓人。

长晴捂着发烫的脸，突然怀疑，宋楚颐是真的不行吗？看着不像啊。

她使劲地摇摇头，不能再想那些龌龊的事情了。

十多分钟后，她探头从更衣室出来，宋楚颐已经又睡回到床上了。长晴心里有点儿复杂。头一回，她床上睡了个男人。

她小步子移过去，发现宋楚颐的外套扔在地上，身上白色的衬衣纽扣全部解开了，他右手搭在额头上，凌乱的发丝往后拢着，俊脸和耳朵、薄唇都是粉红的。这画面，太活色生香了。

长晴的眼睛不听使唤地往下移，她还是第一次发现平时那一本正经的白大褂下竟然会是流畅的胸肌和腹肌，他不像健身房里肌肉过剩的教练和运动达人，胸肌和腹肌都是性感得恰到好处，不会让人感觉恶心，再下面……

长晴发现他闭着眼睛，放心了，心虚又带点说不清的小兴奋往下看，大约是他刚上完洗手间，腰带处松松垮垮的，完美的V字型人鱼线露出来，让她头晕目眩。

她活了二十四年，头一回这样仔细观察男人的身材，以前在电视台虽然也常看到很多身材较好的模特和明星，可也只能瞄两眼，不好意思总盯着看。

长晴别开脸，又忍不住回头再瞄了一眼，不得不说她这个老公的身材真是完美得没话说，比那些模特和明星还要好。

不过欣赏归欣赏，长晴别的想法还是没有，晚上睡觉时拿着被子在床边上打了个地铺。她一定是世界上最悲惨的新娘了，领证第一天竟然睡在地上。

这一天发生了太多事，长晴又失眠了，半夜两点钟才睡着。

早上宋楚颐醒来，睁开眼，发现眼睛所到之处都是一片粉红，他手动了动，触感毛茸茸的，像是抱住了个东西，低头看去，嘴角抽了抽，竟然是一个棕色的大狗熊。

四下瞧瞧，一片粉嫩，一看就是女孩子的房间。他的头还有点儿昏昏沉沉的，好几年没有醉成这个样子了。

他坐起来去找鞋时才发现长晴睡在床边上，穿着薄荷绿的棉质睡衣，一床被子一半垫着一半盖着，不过显然睡觉不安分，盖着的被子全踢开了，人也滚到了冰凉的地板上，还是趴着的睡姿，脸朝地，地板上还有一小摊口水。

宋楚颐难以想象平日里看着挺光鲜亮丽的女人睡相差成了这样，有点像动物园里懒懒散散的大熊猫，又萌又二。

他眉角划过一丝无奈，轻轻弯腰把她从地上抱起来放回床上。

长晴翻个身，又撅着屁股钻进了被窝里。

宋楚颐看了她一会儿，帮她盖上被子后走了出去。

长晴睡醒后发现房里只有她一个人，自己也不知什么时候回到了床上。去上班的路上，她接到宋楚颐打来的电话："你姐说你去上班了？"

"嗯。"长晴不知道他会不会记得昨晚的事，心里七上八下。

“我昨天晚上喝醉了没做什么冒昧的事情吧？”宋楚颐忽然声音清润地问。

“没……没有啊，什么都没，你睡得死死的。”长晴松了一口气，看来他什么都不记得了。

“那就好，你明天晚上有时间吗？我爸说想让你来我家吃个晚饭，本来是约今天的，但我今天要值晚班。”电话那端好像有人在着急地叫“宋医生”，他赶紧说道，“我这里有点儿事，那明天电话联系。”

“可以……”长晴没说完话，电话就挂了。

她朝着电话嘟了嘟嘴，不大高兴。

傍晚，台里录完节目已经是六点了，长晴刚卸完妆，左骞就走过来轻声笑道：“长晴，还没走呢？你上回说请我吃饭的，择日不如撞日，就今晚吧。”

“好啊！”他不说，长晴也打算主动邀请。

吃饭的地点是左骞预订的，一家复古的名媛料理，露天的餐厅里树影婆娑，晚风轻柔，桌上点着蜡烛，环境很适合情侣。

不过看着对面的左骞，长晴感觉有点儿奇怪。

两人刚点完菜，身后突然传来曾经熟悉得不能再熟悉的声音：“长晴，真的是你啊！”

长晴回头，看到傅愈站在皎洁的月光下，身形伟岸英俊，在她面前犹如一座山峰，压得她的心脏漏跳了半拍。

她腾地站起来：“傅……傅总……”傅愈看着她这副模样，低低地笑起来：“咱们又不是不熟悉，你还是像以前一样叫我吧。”

长晴听了，心里涩涩的，她以前总是软乎乎地叫他傅愈哥，可她再也不是自己的傅愈哥了，他是管樱的男朋友。

“这位就是左骞吧？”傅愈目光转向左骞，淡笑地朝他伸手，“你好，傅愈。”

傅愈的名字寻常人不知道，可在圈内待了许多年的左骞还是知道的，去年空降上纬的新任总裁，年纪轻轻却老辣得像只狐狸。他没见过，可身边好几个相识的朋友都是在傅愈公司上班，那些朋友提起他都胆战心惊地说得罪谁也不要得罪傅愈。

“傅总，你好，久仰大名。”左骞立即站起来说。

“这话应该我说，”傅愈撩起唇角，“业内最优秀的主持人非你莫属，长晴这些年也多亏你照顾了。”

他这种长辈的口吻让左骞一怔。傅愈继续说：“长晴跟我从小一块儿长大，算得上青梅竹马吧。”

青梅竹马，两小无猜。

长晴低头苦笑。

“难得能碰到，也算有缘，一起吃吧。”傅愈自己拉开椅子坐下，他的下属赶紧又叫人过来重新点菜。

长晴强装镇定地问：“傅愈哥，你怎么也来这家餐厅了？”

“这里菜色不错，以前也常来，我不想一个人做饭，下班就直接过来了。”傅愈唇角始终挂着笑意，“本来这几天一直想联系你的，不过去外地出差了，还想着晚上打电话约你呢，没想到在这儿碰到你了。”

“是啊，”长晴抿嘴找话题，“你现在一个人住吗，伯父伯母呢？”

“我爸在香港，我妈在医院里，她最近身体不好。”

“伯母怎么了，她以前身体不是挺好的吗？”

“脑肿瘤，”傅愈漆黑又深沉的眸有些黯淡，“最近准备做手术，我妈原来挺喜欢你的，什么时候有空去医院看看她吧，平时都是护工陪着她，她也挺无聊。”

“好。”长晴点点头，傅母以前对她确实挺好的。

一顿晚饭，傅愈偶尔和左骞聊聊，三个人一起，倒也不尴尬，也不会没话聊。

将近八点结束时，傅愈的下属争抢着把账单结了。

“长晴，我送你回去吧。”傅愈拿上烟盒，空气中飘荡着一股好闻的烟草气息。

左骞刚要开口，傅愈已经转过身说：“走吧。”

长晴见状，只好跟左骞说了声再见，然后坐上了傅愈的进口保时捷。

车开出一段距离，傅愈从后视镜里看到左骞还站在路灯下看着这边。

他眼眸敛了敛，问：“这个左骞是不是对你有意思？”

长晴吓了一跳，眼波儿也颤了颤。

“我记得他好像三十三岁了吧，比你大快一轮，别考虑了。”傅愈漫不经心地丢出一句话。

长晴瞄了他一眼：“你以前不是说找男朋友要找大点儿的吗？”

“大个四五岁正好，九岁，太大了。”傅愈眯眼看着她说。

长晴的心脏猛跳了一下，他正好比她大四岁。

长晴的大脑不受控制，有点想多的时候，傅愈放在操控台上的手机响了，长晴一眼就瞄到“管樱”两个字。

她捏捏大腿，望向窗外，暗示自己：已婚之人，该清醒了。何况朋友的男朋友是绝对不能染指的。

傅愈双眸一暗，按下拒绝键后关机。

手机不响了，长晴疑惑地看过来：“你干吗不接？”

“跟重要的人在一起不想接电话。”傅愈懒洋洋地说。

重要的人，是她吗？

长晴看着他俊朗的眉目，心里涌出缕缕复杂，说不上高兴：“傅愈哥，你跟管樱已经交往了，下次还是别这样，女孩子被男朋友拒接电话会很难受的。”

傅愈问道：“你跟管樱玩得很好吗？”

“是啊，我们是很要好的朋友，”长晴点头，“所以你要好好对管樱。”

傅愈握着方向盘的手紧了紧，蹙眉盯着她看。

长晴被他盯得有点呼吸困难：“至于……以前我们那些事都过去了，我也挺不好意思的，那会儿总是让你为难。现在我长大了，也忘了，傅愈哥，真高兴你能找到喜欢的人，管樱她很好。”

“是吗？”傅愈手背青筋暴起，不过长晴没有看到。

到别墅门口时，长晴自己解开安全带：“傅愈哥，晚安！”

明亮的桃花眼睁得大大的，好像唯恐别人发现她眼底的柔弱。傅愈手背一松，忍不住轻轻捏了捏她粉嫩的脸颊。

从小到大，他不知捏了多少次，亲昵的时候，生气的时候，淘气的时候……

长晴再也憋不住心头的难受，转过身往院子里走去。

第三章　老公要狗不要人

翌日，长晴录完节目后，打开手机，看到两个未接来电，都是宋楚颐的。

她赶紧回拨过去："我刚录完节目……"

"我知道了，我快到电视台楼下了，你准备一下出来吧。"宋楚颐的话一如既往地简洁。

他在楼下等了十五分钟，才看到长晴从大楼里急匆匆地跑出来，上面是清新素雅的雪纺面料荷叶袖上衣，下面是蓝色的短裤。今天变了天，还是有几分冷的，她似乎挺爱俏，好在外面套了件驼色的风衣，步履间非常有时尚女人范儿。

宋楚颐一直看着她走到自己车前，不得不说他随便找的结婚对象确实很漂亮，只是她手里提的一大堆礼品似乎和风格不搭。

他打开车窗，清淡地道："我已经准备了礼品，你把这些东西放在后备厢里，晚上带回家。"

长晴提得满头大汗，一听他这话，整个人都不好了。都怪爸爸早上非塞给她，让她带去宋家，说第一次去空着手不好。

长晴不解："你去我们家的时候，你提了东西，我去你们家，自然是要带点儿东西啊！"

宋楚颐略凉的眸色里难得掀起一抹异色，"我们都已经结婚了，这些事由男人负责是理所应当的。"

长晴心里顿时泛起奇异的滋味儿，从小被宠惯了，上面有姐姐和爸爸照顾着，她这人其实不大想事儿，很多人情世故也不太懂，此时此刻宋楚颐的话让她莫名觉得自己以后好像又多了个靠山似的，这种感觉一点都不讨厌。

她老老实实地把东西放进后备厢时，发现里面竟然摆满了礼品，各种名烟名酒、土特产、补品。

长晴回到副驾驶位上，忍不住问道："后面那些全是你买的？"

"不是，别人送的，只是没提回家，都放车里而已。"宋楚颐不紧不慢地发动车子。

长晴感叹又羡慕："原来当医生这么好啊，从来没人送我这些，不过我姐也是医生，怎么没见像你这样有人送礼啊？"

宋楚颐瞥了一眼单纯的长晴，居然耐心地解释："你想多了，不是病人家属送的，是我的哥们儿送的，因为我给他家亲戚做了手术，一点小心意，不算灰色收入的。"

"那些小心意一个能值好几千呢，你要是做一个成功的手术别人就送一点儿，随随便便不就上万了！"长晴桃花眼里蹦出羡慕的光芒，突然觉得这个老公好有钱。

宋楚颐难得莞尔，原来她还是个小财迷。

要是她知道自己做一个手术有时候几十万或者上百万，那大眼睛会不会变得更亮。

"不是每个手术都能成功，"宋楚颐修长而骨节分明的手轻巧地转动方向盘，"每一个大型手术背后要承担的风险也是很大的，有些甚至只有百分之一二的成功率。我只是个医生，不是神仙，即便我的医术高明，成功率也只有六七成。"

"六七成也已经很厉害啦！"长晴忍不住拍他的马屁。

宋楚颐薄薄的唇勾出似笑非笑的弧度："你身体好些了吗？"

突转的话题让长晴脸部忽然燥热起来。

那尴尬的检查让她无地自容。

"……好了，多亏宋医生医术高超啊，宋医生该不会经常给女人做检查吧？"

"不是啊，只有妇产科忙不过来的时候才会帮忙，这个月我也就给你一个人看了诊。"宋楚颐好像没有察觉到她的尴尬，不紧不慢地开口。

长晴悄悄地将脸转往窗外，心里抓狂，怎么就偏偏遇上他。

宋家，院子里生机勃勃。

长晴下车时还是蛮紧张的，亦步亦趋地跟在宋楚颐身边。大厅里，坐着宋奶奶、宋怀生，还有一个看起来只有二十八九岁的靓丽女性紧挨在宋怀生身边，略隆起的肚子看起来已经有几个月的身孕了。

长晴来之前听爸爸特意提起过宋怀生前年娶了一个二十多岁的老婆，但亲眼见到，内心还是挺复杂的，典型的老牛吃嫩草啊，虽然宋怀生保养得不错，可看起来也有五十岁了。

“长晴，快过来。”宋怀生笑呵呵地朝她招手，一个厚实的大红包塞进她手里。

红包太大，长晴手足无措地看向宋楚颐。

“爸的心意，收下吧。”宋楚颐说。

“谢谢爸！”长晴漂亮的小脸立即堆满了笑容。

接着宋怀生老婆也给了她一个大红包，长晴差点飙出一句“谢谢妈”，幸好她嘴巴刹得快，又看向宋楚颐。

“叫阿姨。”宋楚颐提醒。

长晴窘，只比自己大几岁，却要叫阿姨，不过她还是乖乖地叫了。

再接着是宋奶奶，递给她一个精致的礼盒，长晴打开一看，里面是一整套的钻石项链、戒指和耳环，看钻石的亮度和克拉，价值不菲。

“这个……太贵重了。”长晴被惊到了。

“是聘礼，”宋奶奶笑眯眯地说，“也是我们宋家的习俗。”

长晴见大家都没说什么，也只好收了。到宋楚朗时，那倨傲又暗沉的眼神定在她身上一动不动。

“楚朗，弟弟娶媳妇儿你这准备的红包应该挺厚吧？”宋怀生带点儿警告地看向大儿子。

“爸，我忘记了。晏小姐应该不会介意吧？”宋楚朗用带着几分痞意的口吻说道。

“当然不介意。”长晴有点儿纳闷，这个大哥对自己好像有敌意似的。

“时间不早了，去餐厅用餐吧。”这时，宋楚颐上前一步，揽了揽她的肩膀。

两人第一次这样亲密接触，长晴不大适应地被他揽着走进餐厅。

用餐时，宋楚颐的后妈戴媛笑得无比亲和：“前几天才听说你爸给你介绍了晏总的小女儿，不承想才几天就领证了，我听到的时候都吓了一跳，你们这证领得也太快了。”

宋楚朗眯眸，勾着嘲讽的笑：“听说是晏氏实在不行了，我们宋家再不出手，估计撑不过这个星期。”

长晴很是尴尬，宋怀生沉了眸。

只有宋楚颐淡定从容地夹了个凤爪放入她碗里，说：“关晏氏什么事，是我自己看对了眼，先求的婚。”

长晴感激地看了他一眼，低头咬凤爪。

宋楚朗皱眉看着他们，正要开口，发现宋怀生瞪着自己，才住了口。

晚饭后，长晴陪着宋家人聊了会儿天，离开前顺便去了趟洗手间。

出来就碰到宋楚朗靠在墙壁上，脸色晦暗深沉：“开个价吧，你要多少钱才能跟楚颐离婚？”

长晴满头雾水：“大哥，我是不是哪里得罪你了？”

宋楚朗上前一步，低头，危险的面容凑到她面前，冷笑：“你嫁给楚颐不就是为了拯救晏氏吗？你离婚，我帮晏氏，不成吗？难道你还想觊觎我们宋家的财产？”

长晴气得小脸通红：“没错，我是为了救晏氏才和宋楚颐结婚，可这是我跟他之间的事，不需要你来干涉。”

她转身就走，懒得搭理他，宋楚朗的脸猛地沉下来，扯住她胳膊。

“大哥，你干什么？”宋楚颐皱眉出现在转角口，大步过来把长晴拉进怀里。

他手臂紧紧地箍着她，长晴抬头，橘色的走廊灯光下，这张迷倒众生的脸散发出强烈的不悦。

他的胸膛有节奏地起伏，长晴闻到他身上有一股男士的香水味，很淡，淡到如果不是这样零距离地挨着他，绝对闻不到。

“楚颐，刚才爸在，我不好意思说，”宋楚朗盯着长晴的脸说，“这个女人，和左骞勾三搭四的，肯定有着不正当的关系，上回本来杂志都要刊登了，不过被左骞的公关压了下去，我是为你好，不然戴了绿帽子都不知道。”

长晴错愕，微微地蹙眉：“大哥，你好歹也是Sky集团的掌舵人，应该明白娱乐杂志爆出的很多绯闻都不是真的。左骞是我老师，我也一直尊敬他，他上回只是帮了我一个忙，那家杂志完全是捕风捉影。”

她边说边注意观察宋楚颐的脸色：“宋楚颐，我们领证虽然快，但我可以用我的人格向你保证，我不是那样的人。”

宋楚朗嗤笑了一声：“你们这些戏子说得比唱得都好听，我见多了。楚颐，你忘了那个管樱，要不是我叫你过去，你到现在还被蒙在鼓里呢。”

长晴隐约明白过来，看来那天晚上宋楚颐会出现在雪声会所，也是这个哥哥的原因。

“够了，”宋楚颐神情越来越不悦，“哥，我的事我自己有分寸，不早了，我先走了。”

他转过身，拽着还在发呆的长晴往外走。

上车后，他俊朗的脸显得异常严肃。

长晴琢磨着是不是管樱的事刺到他心里的伤疤了，她忍不住又想到了傅愈，心里酸楚。

记得上大学那会儿，每当她和管樱玩在一起的时候，学校里的男生第一眼看到的都是自己，可不用多久注意力就会转移到管樱身上。后来偷偷听到男生们私底下的议论，说自己长得太艳，而管樱的长相清纯动人，越看越耐看，能让男人产生呵护的欲望。

要换成任何人她都能嫉妒，可管樱是她的好朋友，她不能。

大学四年，她、阮恙、江朵瑶、管樱，共同拥有太多的欢声笑语。

长晴越想越郁闷，一股脑儿把红包和首饰盒全塞到宋楚颐手里。

宋楚颐愣了一下，推回去："这是我家人给你的，好好收着。"

"我不能要，"长晴噘起小嘴，"免得又有人说我贪图你们宋家的钱，再说我们结婚本来就是商业联姻，有些事还是分清楚点儿比较好。"

宋楚颐本来还想挖苦她几句，可看她这副模样，小嘴巴噘得像茶壶把儿一样，唇上还涂着水润的淡色口红，波光流转的桃花眼还横了他一眼，娇俏、妩媚又幼稚，心里的那一点气就像忽然被阳光照晒成一缕缕水汽，凭空消散。

"好啦，把东西收好吧。刚才是我哥不对，既然结婚了，我不喜欢有些事分得太清楚、斤斤计较，除非……"宋楚颐语气一顿，淡淡地说，"你是想一早就划清界限，等着以后好离婚。"

长晴短暂失语后说道："离婚也很正常啊，你又不喜欢我，我们也没感情。"

"虽然我不清楚我们的婚姻能够走到什么时候，但既然结婚了，婚姻的规则该遵守的还是要遵守，"宋楚颐低沉地说道，"首饰是聘礼，礼金是人情，回去你爸爸肯定会问的。如果我们宋家什么都没给，或者给了，你还我，我又收了，你爸肯定会不高兴，也会认为我们宋家小气、怠慢你。不管我们出于什么理由结婚，礼节方面还是要遵守，这也是对你们家的尊重，结婚不是我们两个人的事，是两家人的事。"

长晴听得愣愣的，不过她不傻，还是明白的。

"那……我是为了我爸收的，不是为我自己啊。"她把手上的东西慢慢地收回来，一副"我不贪财"的表情。

宋楚颐的嘴角不易察觉地微弯。

长晴忍不住问道："你哥是不是严重的兄控啊？"

宋楚颐挑了挑眉。

长晴怕他不懂，详细解释：“就是那种不准任何人抢走你，不准你跟别人交往，你永远只能跟他在一起，依赖他一个，喜欢他一个……”

宋楚颐越听越不对劲，眉头猛地抽搐：“晏长晴，你还可以更恶心点儿吗？”

“人家开个玩笑嘛。”长晴咧嘴，笑得很心虚，好吧，她承认自己邪恶了。

都怪阮恙以前总在宿舍看日本动漫，什么兄控、妹控……

宋楚颐抿着唇，没说话。

气氛陷入尴尬，长晴觉得应该找点儿话题，她脑子转啊转。这时，车子到了十字路口停下，宋楚颐朝她看过来，她脑子一阵短路，脱口道：“你后妈怀孕几个月了？”

宋楚颐的脸彻底黑了，难道她没看到自己吃饭的时候对戴媛一直冷冷淡淡的吗？

长晴也想拍自己嘴巴一掌，弱弱地说：“对不起，戳到你的痛处了，你要是不愿意说就别说了。”

“你这样的性格在电视台混到现在还没被整走真是个奇迹。”宋楚颐摁了摁眉心讽刺道。

长晴不服气地说道：“我只有面对你才会这样好吧，谁让你总是板着个脸那么吓人。”

宋楚颐懒得搭理她，到晏家门口下车时，他郑重其事地警告：“晏长晴，我不管你以前怎样，但结婚后还是要多注意点儿自己的行为，我不希望哪天在娱乐版看到你乱七八糟的绯闻。”

长晴气结，之前他在宋楚朗面前帮自己，她还以为他是相信自己的：“行，你放心，就算哪天我被人绑架了，我宁愿壮士断腕，也会保全你们宋家的名声。”

她摔门离去，宋楚颐摁着眉心，都有点怀疑自己是不是不该找这样的公众人物做结婚对象。

第二天上午，长晴特意请假搬家。

早上九点多，宋楚颐过来帮她搬行李，他住的地方是博瀚医院附近一带最高档的小区观湖公馆，进去还要刷卡按密码。

开门的时候，宋楚颐道：“记住我按的密码。”

他嘀嘀地按了几个键，长晴反应过来，心里泛起奇异的感觉：“怎么是我生日？”

宋楚颐目光略带嫌弃：“你爸说你记性不好，怕你记不住，所以昨天我改了。”

长晴无语。

“还有件事……”宋楚颐话还没说完，门突然被里面一股力量撞开，一条米白色的拉布拉多犬扑到宋楚颐身上，绒绒的尾巴热情地甩动，只是看到长晴时，乌黑的眼睛忽然一亮，转而又朝长晴身上扑去。

长晴起初吓了一跳，但当它扑到腰边使劲蹭着她时，她便忍不住抱住它亲亲又蹭蹭：“好可爱的狗，是你养的吗？”

宋楚颐见她没有讨厌狗，淡淡一笑，解释：“我刚就是想跟你说，其实我养了条狗，是前年我的一位病人去世前交给我照顾的，希望你不会介意家里养狗。”

“当然不会，我从小就想养狗，不过我爸不让，”长晴的心都被狗狗给萌化了，“不过那位病人没家人吗，怎么会交给你照顾？”

“他是一个孤寡老人，儿子早年意外去世了，只有这条狗陪着他。他的病情很严重，只有做手术一个办法，但手术成功的几率非常低，”宋楚颐边换鞋边说，“他说如果手术失败了，希望我能替他养这条狗，后来……手术失败了，那是我第一次手术失败。”

他说话的时候，神情依旧是淡淡的，可从他的只言片语里长晴还是感觉到这条狗对他的意义不一般，她心情变得有些复杂，姐姐也说他对自己的病人都很好，她以前不信，现在有些信了。

“换鞋吧。”他拿了一双崭新的淡粉色拖鞋放到地上，鞋上可爱的笑脸萌萌的。

长晴惊喜：“这不会是给我准备的吧？”

“你说呢？”宋楚颐神色冷淡地转开脸。

长晴眉开眼笑，低头去换鞋，狗狗突然调皮地咬住她的拖鞋往一边跑。

“罗本，别闹。”宋楚颐蹙眉警告。

“这不是球星的名字吗？”长晴扯动嘴角。

“嗯，之前养他的主人是罗本的球迷。”宋楚颐阴鸷地盯着罗本。

罗本摇摇尾巴，又老老实实地把鞋放回长晴身边。

“好听话噢！”长晴扫了眼宋楚颐冷冰冰的脸，看来狗狗是长期生活在他的恐吓与威严之下啊，真是条可怜的狗狗。

长晴摸摸罗本的脑袋，四下望望，这是色调很冷的房子，她不是很喜欢。

“那是你的房间。”宋楚颐指指右边。

长晴凑过去，表情再次呈现出惊喜。和外面的客厅不同，房间里的床上用品和小沙发都是粉嫩粉嫩的，尤其是大床上还放了一只大号的白色毛绒北极熊。

“哇，好可爱，”长晴一把抱起北极熊，看得出来，这些都是新的，“你什么时候买的？”

看着长晴过分明亮的大眼珠，宋楚颐移开目光：“昨天晚上。”

那就是昨天送她回家之后去买的啦。长晴心里有一丝小小的感动，长这么大，除了爸爸之外，还没有哪个男人给他准备过这些，而且眼光还很不错。她忍不住又问道：“那你怎么知道我喜欢什么样的？”

“睡过你房间，你喜欢什么都一目了然了。”宋楚颐淡淡地将双手插在裤袋里。

“谢谢，”长晴眉开眼笑，他了解是一回事，但做又是另一回事，“我很喜欢这里。”

带电的桃花眼干净得不行，曼妙的声音也甜滋滋的，宋楚颐握拳低咳地转开脸：“看看还有什么需要的？”

“没有了，都挺好的，”长晴说完后就看到了衣柜，不大好意思，“就是衣柜小了点。”

“旁边还有一间房，留着你放衣服、鞋子吧，牙刷、毛巾都放浴室里了，日常用品我是买了，看还缺什么你自己去买，我还要上班，中午饭你看是叫外卖还是自己做……”

“没关系，你去忙吧，我自己可以解决的。”长晴不停地点头说。

宋楚颐出门时，罗本还围绕在长晴身边，一点儿也不像往常一样跟着他到门口，果然是条公狗，他暗自摇头。

到十一点钟时，长晴把东西收拾好后，又牵着罗本开车去街上，家里颜色太淡了，她决定多买点装饰品和盆栽。

车窗打开一半，罗本漂亮可爱的小脑袋探出窗外。

不少路过的车主都朝罗本投来喜爱的目光，长晴感到莫名的骄傲和得意，腰也挺得直直的。以前她特别羡慕别人牵着漂亮的狗狗出门，没想到宋楚颐扔了条这么拉风的狗狗给她。

她突然觉得嫁给宋楚颐值了。

车子停在一个花卉基地，罗本屁颠屁颠地跟在长晴身后。

基地老板还夸了罗本几句，长晴笑得嘴角都快咧到耳朵上了。基地很大，她从这边走到那边，凡是看中的一律都买了，最后到鲜花基地时，看到不少罕见的品种，眼花缭乱，老板一一给她介绍，都是国外进口的鲜花。

长晴拿了个花瓶亲自挑花，挑完后，突然回过神儿来，发现之前用狗绳拴在一边的罗本不见了。

这犹如一个晴天霹雳。

长晴蒙了，花也不要了，四处寻找罗本，基地老板也帮着找。

可找了很久，狗毛都没见着一根。

长晴感觉额头冒冷汗，焦急万分。

她以前干过不少害怕的事，初中考试不及格，不小心摔了爸爸花了十多万买的烟斗，开长芯的车撞上了院子的围墙……

可那些都是血浓于水的亲人，训几句也就算了，但宋楚颐不同，他是自己还不太熟悉的老公，自己在他心里，恐怕连罗本的一根毛儿都比不上。

完了完了，她肯定是这个世界上因为狗而被扫地出门，最后离婚的第一个女人。

还有可爱的罗本，说不定会被无良的狗贩子杀了卖到餐馆去，现在的狗贩子为了赚钱都能把地里埋的狗挖出来卖。

“哎哟，美女，别哭啊，”老板安慰，“拿狗的照片打印了到处贴贴，看能不能找到？”

“老板，你不懂，这不是我的狗，”长晴心虚地说，“是我老公的狗。”

“难道狗丢了你老公还能把你吃了不成？”老板说。

长晴颤抖：“你不懂，我老公是要狗不要人的。”

老板无语了。

长晴急得手足无措，完了，她下午两点半还要出席一场品牌活动，不去的话是要付一大笔违约金的。

她认命了，只能打给宋楚颐。

一点多钟，宋楚颐刚看完诊，坐在食堂里吃午饭，他正琢磨着上午看的几个特殊病例时，手机突然响了。

电话接通后，长晴弱弱的声音传过来：“宋楚颐，我跟你说件事儿，你要冷静点儿。十一点钟的时候我带罗本出来买盆栽，本来我不想带它的，可是出门的时候，它一直黏着我，我关上门它就在屋里闹，我……我实在不忍心就带了它出来，谁知道买盆栽的时候它突然不见了，我有把它拴在一边的。”

宋楚颐腾地站起来，面如寒霜：“谁让你带它出去的，你在哪个地方？”

长晴说了位置，宋楚颐真恨不得丢的是她：“你在那儿给我等着，我马上过来。”

“宋医生，你干吗去？”旁边的严医生问。

“我的狗丢了。”

宋楚颐连饭都没吃，边往停车场走边打电话给辛医生，让辛医生和他换班，辛医生今天是晚班，自然乐意跟他换。

去的路上，宋楚颐越想越气，这个晏长晴，真是行啊，搬过去才几个小时就捅这么大的娄子。

他真是后悔找了她这样大大咧咧的结婚对象。

今天丢狗，明天会不会门都忘了关就出去了。

到了花卉基地，宋楚颐面色焦急地大步过去，看到长晴时，眼睛射出凛冽的寒光，还没教训她，长晴就泪眼汪汪地先哽咽开口：“你……要骂……就骂吧……我不是……故意的，只要能……找到……罗本，你……怎么惩罚我都行……”

她抽噎着，桃花眼里蓄满了亮晶晶的泪水，鼻子、脸颊都哭得红通通的，这千娇百媚的模样，像雨滴落在牡丹花上，看上去娇滴滴的。

宋楚颐一路上想要骂的话突然骂不出口了。

长晴吸吸鼻子，背过身去使劲儿抹眼泪。

瞧这模样委屈得，任何男人都会心疼。

连旁边花卉基地的老板都实在不忍，说：“这位先生，你可千万别怪你老婆了，狗没了，她也急，到处跑着找，又怕你为了狗不要她，吓得一直在哭……”

老板露出一副“你要是为了狗骂你老婆就实在不是个男人”的表情。

宋楚颐头疼地按按眉心，把自己随身带的手绢递过去给长晴：“好啦，擦擦，别哭了，罗本原本就顽皮，我之前应该叮嘱你的，现在它走丢才两个小时，还是有机会找到的。”

“真的能找到吗？”长晴接过手绢，眼神透出希望。

宋楚颐深吸一口气点头。

长晴又可怜巴巴地说：“我两点半要去参加一个品牌活动，可不可以……你先找狗，我晚点再过来找。”

宋楚颐僵住，满脸不满：“你信不信我……”

长晴腿脚一软，赶紧抓住他的衣摆可怜兮兮地说：“如果我不去的话，要付十多万的违约金呢，我赔不起啊。”

“行啦，行啦，你赶紧走，反正你留下来也派不上什么用场。”宋楚颐算是明白了，这个女人就是成事不足，败事有余。

“那你别生我的气，如果狗找到了马上打电话给我，好吗？”长晴捏着他的衣角摇啊摇，不自觉把对付爸爸那一套给拿了出来。

宋楚颐呼吸一顿，眼神如一把锋利的刀朝她劈过去。

长晴吓得拔腿就溜。

“长晴，长晴……”活动会场上，左骞轻唤了好几声，长晴才猛地回过神来。

“你怎么了？心不在焉的。”左骞关切地注视着她。

长晴无精打采地撇嘴：“我把我新认的干儿子弄丢了。”

左骞一怔：“你什么时候认干儿子了？这事可不小，那你报警了没有……”

长晴嘟唇，沮丧地说：“我干儿子是条狗，今天上午带它逛街，它趁我不注意走丢了。”

左骞无语，抿了口香槟，心想这丫头真是心地善良，丢了狗都这么失魂落魄。

“我接个电话。”手机突然响了，长晴拿着去了一边接，“宋楚颐，你找到罗本了吗？”

“嗯……”宋楚颐也挺莫名其妙，自己干吗真给她打这个电话。

“你好厉害，怎么这么快就找到了？”长晴高兴得连害怕都忘了，她中午可是找了两个小时呢，现在也才四点钟。

“拜托朋友找的。”宋楚颐不耐烦地说。

“那罗本……”话还没说完，长晴就听到嘟嘟的挂断声。

“真是没礼貌。”长晴恶狠狠地嘟囔两句，不过也总算安心了。

第四章　同居生活

晚上九点，长晴在外面应酬完便风风火火地赶回观湖公馆，屋里灯亮着，一进门，罗本就嗷嗷地蹿进她的怀里。

“你这个小坏蛋，害我担心了半天。”长晴没好气地揪起它两只垂着的耳朵，眼睛心虚地往屋里四处望，似乎没人……

她三间屋子找了找，宋楚颐都不在。

晚上一个人住在一间陌生的房子里，长晴还是有点害怕的。她胆子挺小，以前在自己家别墅，爸爸出差时，至少还有张阿姨在的。

长晴突然想家了。

她眼睛微涩，不知道宋楚颐什么时候回来，想打电话给他又不敢打。

洗完澡出来，一看手机，竟然发现有宋楚颐的来电，她立即拨过去：“我刚才在洗澡……”

“嗯，晚上记得把门反锁了，我今晚值班，不回来睡了。”宋楚颐靠在医院的走廊上，想起刚才晏磊还特意打电话告诉他，长晴以前单独在家，害怕得睡不着觉。

“你怎么不早说啊，”长晴整个人都不好了，嘟囔，“早知道我就回自己家睡了……”

宋楚颐语气变冷：“要不是你把罗本弄丢了，我白天跟人换班去找狗，晚上用得着值班吗？”

长晴顿时心虚了，还升起一股小小的愧疚。

“晚上怕的话让罗本留在你房里。”宋楚颐轻声提醒。

“我才不怕呢，你不在更好。”长晴轻哼，声音娇娇的。

宋楚颐心里莫名泛起一丝涟漪。

算了，两人确实不熟悉，兴许他今晚不在家，她可能还更自在点儿。

放下手机，值晚班的护士刘真找他："宋医生，郭主任找你。"

宋楚颐转身往主任办公室走，到那里时，严医生也在。

"楚颐，下午你不在，我和院长、严医生他们商量了下VIP2号病人的病情，打算由你和严医生一起负责，"郭主任继续说道，"一来这个病人的家属是上纬集团的傅愈，二来这起手术的难度极高，你的技术是全院最好的，由你主刀我放心些。"

宋楚颐蹙眉，傅愈他见过，真是不想接这个手术。

他说："我现在负责的几个病人情况挺特殊的，我怕顾不过来。"

"这也是没办法，傅愈毕竟不是一般人，"郭主任解释，"当然，我知道这家医院还是你们宋家的，不过作为医生我们还是应该把病人安危放在第一位。"

"好，我知道了。"宋楚颐无奈地答应着。

值完晚班，宋楚颐拖着疲倦的身子返回公寓，客厅的灯亮着，长晴的房间门敞开着。

他走过去，屋内飘出一股女性特有的香味。站在床边的罗本朝他摇摇尾巴，然后咬着被子一角往地上拖，床上柔软玲珑的身体突然露出来，长晴侧着身子，只穿了件白色的吊带睡裙，领口滑落，露出一大半雪白的酥胸，睡裙的裙摆全部卷在了腰上。

宋楚颐轻轻地吸了一口气，用眼神瞪了罗本一眼。

它委屈地嗷了一声，放开被子，跑到一边趴下。

宋楚颐放轻脚步走过去，捡起掉在地上的被子正要为长晴盖上，她忽然睁开迷糊的桃花眼，瞳孔停顿了几秒，像是想起什么来，神情僵硬地低头看向自己的身子……

"啊……你……你……"长晴一边尖叫着，一边满脸通红地迅速扯过被子盖住自己。她裹得像只北极熊一样，眼睛羞愤地死命瞪着宋楚颐，"流氓……老色狼。"

她真是快羞死了，自己这个样子竟然全被他看到了。

宋楚颐英俊的眉峰抖了抖，竟然叫他老色狼，他很老吗？这死丫头。

男人面沉如水，想想还是不能告诉她是罗本干的好事："我是刚才回来看你把被子都踢开了想帮你盖上。"

长晴一愣，自己好像确实有踢被子的习惯。

真是可恶。长晴越想越丢脸，脸往被子里藏，露出的小耳朵红通通的，整个人像只小乌龟一样。

宋楚颐忍不住打趣道：“再说，你用不着这么紧张吧，我还帮你做过妇科检查呢！”

长晴的脸像噌地被一团火点燃了。再次遇到宋楚颐，她最怕的就是他提那件事，她这回连头都缩进了被子里，藏得紧紧的，只有闷闷的声音从被窝里传出来：“宋楚颐，你这个大坏蛋，我不理你了。”

宋楚颐看着那蜷缩在被窝里的一团，心满意足地说：“好啦，别在被子里闷坏了，我只是回来换件衣服，等会儿还要去上班。”

他起身带上门，走了出去。

长晴把头钻出来，看着紧闭的房门，小脸烫得要命。

她在床上又趴了半个小时才慢吞吞地爬起来走出房门，看到餐桌上放着热腾腾的玉米、豆浆、鸡蛋。

这早餐是她的吗？长晴不大确定。

这时，宋楚颐从主卧里走出来，他换了件浅灰色的衬衣，微潮的刘海全弄了上去，整张脸清冽又干净得不可思议，只是双眼显得很疲惫。

长晴的脸又不争气地又热了，眸子扫了他一眼又飞快地别开。

长晴羞羞的模样也让宋楚颐诧异自己先前竟然会说出那样的话来，除了读书那会儿，后来性子稳重后，很少再这样去调戏女人了。

“桌上早餐是给你带的，我去上班了。”宋楚颐交代了几句就往门口走。

长晴一愣，难以置信地问道：“昨天上了通宵，白天都不能休息吗？”

“没办法，我这几天都是负责白班，只是昨天晚上临时跟人调换，如果今天白天休息，晚上又得上晚班了。”宋楚颐边说边换鞋子。

等他离开后，长晴才嘘了一口气，若是让自己接连上二十四个小时的班，她肯定会吃不消。

上午，长晴也赶着要去电视台开会，早餐还是拿在车上吃的，玉米和豆浆的味道都不错，宋楚颐会给她买早餐，她是万万没想到的，现在感觉这个老公还不错。

路上，接到一个陌生来电：“你好，哪位？”

“长晴，是我，沈阿姨，还记得吗？”慈祥的声音从电话那端传来，长晴没想到竟然是傅愈的妈妈沈璐。

长晴七岁的时候，妈妈就去世了，她和姐姐那会儿住在扬州，沈璐简直把她当亲生女儿一样疼。

长晴那时候很喜欢去傅愈家，因为沈璐像她妈妈一样温暖，给她买好吃的点心、漂亮的衣服。甚至她第一次来月事，不敢跟奶奶和姐姐说，还是沈璐心细发现的。上次傅愈说沈璐住院了，长晴也早想去看看的，只是没想到沈璐先联系上了她。

沈璐笑着说："昨天愈儿跟我说他前两天碰到你了，长晴，阿姨好像很久没见到你了。"

"是啊，"长晴心里温暖，"阿姨，我听说您身体不大好，您现在住哪家医院，我下班后去看看您。"

"不会耽误你吗？"沈璐没拒绝，倒是很高兴。

"阿姨，您不要这么说，这是我应该做的，而且我也挺想您的。"这倒是真话，不是客套话。

"好好，阿姨在博瀚医院。"沈璐很是欣慰地说。

长晴微怔后马上说道："这么巧，我姐现在也在博瀚医院上班。"心里想着，也不是巧啦，博瀚医院是全城顶级的权威医院，大部分人都会选择去那里就医，更别说傅愈这种有财力的人了。

"是吗？"沈璐高兴，"我也好久没见到长芯了，你能把她电话告诉我吗？"

"好。"

之后长晴又给姐姐打了个电话，长芯说她午休的时候去看看沈璐。

上午十点，电视台在会议室召开大会，各大节目的编导、主编、主任、主持人都会出席。

台长还没来之前，都在议论这次会议的主要内容。其实长晴心里也猜到些许，年初就听说台里打算和某家传媒公司合作出品一部电视剧，据说里面几个重要的角色都会在台里选，这正是提高知名度的好机会。

她竖起耳朵仔细聆听，从大家嘴里听到了几个耳熟的名字，都是形象不错的主持人。

"要我说，你的外形和年龄完全适合这部电视剧。"郑妍凑在她耳边小声说。

长晴正要回答，冯台长突然进来了。

会议室里瞬间鸦雀无声，冯台长坐下后果然直接说起了这件事："这次和我们合作的公司是上纬集团，上纬已经定下了由他们公司刚签约的管樱和当红小生柯永源、于凯出演主角，剩下的四个角色由我们台出。当然，现在最主要的还是女二号，女二号的戏份很出彩，性格、角色也很讨喜。我昨天私下和各部门的主编、导演商量过，大家一致认为池以凝比较适合这个角色。”

“果然……”郑妍讽刺地轻嗤，在长晴耳边说，“冯台自己心里就是那个意思，部门的人哪敢得罪他。”

长晴没仔细听郑妍的话，她满脑子都是管樱、上纬。

看来傅愈真的很疼她啊，管樱毕业后打拼了几年都是接的女三号、女四号的戏份，这样也好，管樱一直想红，但愿这次能如她的愿。

“冯台，池以凝真的合适吗？”左骞突然开口，众人都看向他，池以凝的脸色微微变了变。

左骞淡淡道：“首先，我要承认池以凝的外形确实不错，可前几次台里的大型晚会，她的表现在网络上都有不少负面评论。我认为这个角色晏长晴比较合适，她的漂亮是圈内公认的，再者她在外界树立的形象不错，还有最重要的一点，她和江朵瑶、阮恙她们一样都是毕业于北城电影学院，表演的功底是没话说的。”

他一开口，不少人都默默地点了下头，只是没敢开口。

冯台长毕竟是只老狐狸，心里不悦，脸上却露出惋惜的神色：“左骞，我明白你和长晴感情好，说实话，女二号的角色我当时第一时间想到的就是长晴，可后来我看过剧本，曹总编辑、总导演他们都一致认为长晴长相过于艳丽，而这部电视剧是小清新的，我怕弄不好给长晴带来负面评论。”

“是啊，要不让长晴出演女三号？”曹总编辑笑着提意见。

左骞气结，长晴比池以凝资历高多了，这时候再让她去演女三号还不被外面笑死去。

“不用了，其实我并不是很喜欢演电视剧，谢谢曹总编辑的一番好意。”长晴很清楚再争执下去也不会有结果，立即看了左骞一眼，然后温声拒绝。

池以凝嫣红的唇立即露出似笑非笑的笑容：“左老师，看吧，你好心想帮她争取角色，结果人家根本就不稀罕。”

左骞蕴着薄怒的寒光朝池以凝扫过去。

长晴懊恼地皱眉。

会议室里鸦雀无声，冯台长毕竟不愿得罪左骞，冷脸警告池以凝示意她闭嘴，之后转移话题让大家推荐女三号的人选。

会议直到中午才结束，出来时，有人欢喜有人愁。

长晴收拾笔记本准备走，池以凝挂着得意的笑走到她面前：“长晴姐，你干吗要推了女三号呢，其实女三号也挺好的，要是你来，咱们就可以同一个剧组了。我们都是为台里工作，在片场的时候我肯定会多多照顾你的。”

长晴压制着怒气笑眯眯地道："谢谢你这番好意啊，不过我奉劝你还是趁这段时间多练练自己的演技吧。管樱、柯永源他们可都是电影学院毕业的，你到时候千万不要拖剧组的后腿，给咱们电视台丢脸啊。唉，我真的是很担心呢，毕竟你的水平在那儿呢，平时只是在台里录个综艺节目，网友都评论你做作呢。"

郑妍扑哧一笑，点头附和："是啊，我也蛮担心的。"

"你们……"池以凝气得满脸通红。

长晴和郑妍等人却看也不看地离开了。

左骞在门口等着她，儒雅的眉目深锁："长晴，其实台里的人都看好你，只是冯台在上面施压。"

"我知道啊，"长晴无奈地耸耸肩，"没事啦，我现在还是专心做主持吧，拍电视剧的事以后再说。"

左骞见她好像确实没有想拍电视剧的打算，也就没再说了。

傍晚，长晴买了水果和鲜花去医院，找到病房，走进去，看到躺在病床上的沈璐时，她怔住，眼睛像进了沙子一样，泪光闪烁。

曾经的沈璐是真正的美人，举手投足都显得娴静得体，可现在面颊消瘦，脸色苍白，一头乌黑的长发也因为手术被剃得干干净净。

"长晴，长这么大了，"沈璐慈爱地朝她招手，"快过来，现在漂亮得阿姨都快不认识你了。"

"阿姨，您怎么……会病了"，长晴抹着泪握住沈璐一只手，"是不是美国的伙食不好？"

"是啊，说不定当初留在扬州身体还会好好的，"沈璐惆怅地开了下玩笑，"时间过得真快呀，当初你还是个小不点，是咱们两家的小宝贝儿。"

长晴脸红："对了，您病得这么重，叔叔怎么没来？"

"我们……离婚好多年了。"沈璐轻轻地说道。

长晴呆了呆。

咚咚咚，病房门突然响了几下，就被推开了。

走进来的男人着一身昂贵的手工黑色西装，气宇轩昂的身形显得气场十足，只是看到屋里的人后，漆黑的瞳孔掠过一抹柔和。

长晴紧张地站起来，不久前还想着要彻底忘掉傅愈，没想到几个小时后又遇着他了。

沈璐看看长晴，又看看儿子，眼底涌出笑意："平时很少见你这个时间点来，不会是因为长晴要来看我吧？”

傅愈望着她微笑地颔首：“是啊，长晴来多久了？”

“没多久，”长晴拼命按捺住自己的心不要因为他的答案而乱跳或者有所期待，“阿姨，您什么时候动手术？”

“明天，”沈璐叹气，“还不知道手术能不能成功。”

“阿姨，您心地这么好，老天爷一定会保佑您长命百岁的，”长晴眼眶一热，“我不许您有事。”

“希望吧，”沈璐柔软地拍拍她手背，“只要长晴答应明天手术后来看我，想着醒来能看到你，我说不定就能咬着牙撑过来了。”

“别说来看您，住这儿都行。”长晴红着眼睛回答。

“要是我能有你这样一个女儿就好了。”沈璐感慨地望了眼儿子。

傅愈沉默地取出一个苹果开始削皮，沈璐和长晴又聊起了一些从前的事情。一直到护工给沈璐送来晚饭，沈璐这才对傅愈说：“时间不早了，你陪长晴去外面吃点儿东西吧，记得以前这丫头一到饭点就喊饿。”

“不用了，我回家去吃就行了，”长晴赶紧摇头，“而且我也不饿。”

傅愈仿佛没听见她说话，立刻站起来，说道：“走吧，这附近好像就有家不错的餐厅。”

“去吧，去吧。”沈璐笑眯眯地不停挥手。

长晴不忍拂了沈璐的好意。

她和傅愈走出病房，迎面就看到走廊上浩浩荡荡走过来四位身穿白大褂的医生。宋楚颐手抄裤袋走在最前面，脖子上挂着听诊器，透着一股让人望而生畏的清贵。

长晴内心一颤，她选这个时间来就是以为宋楚颐下班了，谁知道还是碰到了，更糟的是她还跟傅愈在一起。

想躲已经是来不及，宋楚颐看到了她，眉峰瞬间皱紧。

傅愈没注意，以为宋楚颐只是不想看到他，不过他并不担心宋楚颐会愚蠢到公报私仇，除非他不想要自己的前程了。

“傅先生，这是要走吗？”宋楚颐的视线扫过下巴快垂到锁骨上的女人，冷漠地询问。

“是啊，出去吃个饭，”傅愈也冷然地开口，“你们这是要给我妈做检查吗？”

“明天早上要动手术了，我们按照手术流程给沈女士再做个详细检查，”宋楚颐不疾不徐地说，“我建议傅先生您这顿饭还是晚点儿再吃，待会儿我们还需要跟您聊聊明天手术的相关事宜。”

傅愈蹙眉，长晴忙逮着机会说：“阿姨的事情比较重要，我就先回去了。”

她说完，也不等傅愈答应就赶紧走开，好像后面有只猛虎在追她一样，溜得飞快。

傅愈有点儿没好气，却也无可奈何，只能转身和宋楚颐他们一道返回去。

“哎，你怎么又回来了，长晴呢？”沈璐抬头。

“先回去了，等您手术后我再约她吃饭吧。”傅愈解释。

沈璐看到这群医生大概也猜得到原由，任由他们做了检查后，严医生留下来叮嘱她一些手术前要注意的事情，宋楚颐则让傅愈和他回办公室。

合同打印出来，傅愈签了字后，透着阴森的眼神警告道：“其实字面上的这些东西对我来说没什么意义，一旦手术失败了，需要承担的后果我只会按照我自己的手段来。”

宋楚颐仔细收好文件后才抬起眼皮：“傅先生好手段啊，自己母亲生了这样的重病，还能左一个女人右一个女人地周旋。”

傅愈仔细盯着他脸上的神情，勾勾优雅的唇，语调傲慢：“宋医生，男人在感情上输了就是输了，管樱那样有野心的女人不是你能hold（掌控）住的。也许若干年后，你该感谢我，若不是我帮你解脱了，说不定等你们结婚后再给你戴绿帽子，你丢的脸会更大。”

闻言，宋楚颐缓缓站起身来，清雅的脸阴沉得能滴出水：“那我要恭喜傅先生这样心甘情愿地当女人的垫脚石。”

“好好准备明天的手术吧，成功了，钱是够你花的。”傅愈嗓音淡淡的，转过身去，举步离开。

他一走，宋楚颐脱掉身上的白大褂，冷冷地甩到椅子上。

长晴心虚。

将近七点钟，宋楚颐才从医院下班，天已经全黑了。

到家时，四处都是明亮的，厨房里传来细碎的动静。

他大步走过去，橘黄的灯下，长晴正在使劲地盖电饭煲盖儿，回头看到他时，桃花眼里心虚地闪烁了好几下：“那个……我是想给你做晚饭的，可电饭煲弄了好久也没盖上。”

宋楚颐胸口憋闷地过去把电饭煲用力合上，咯噔的声响弄得长晴忐忑不安，忙小声解释："你千万别误会，傅愈和沈阿姨是我们家以前住在扬州的邻居，我小时候沈阿姨对我很好，我得知她生病了才会去探望她，我姐姐中午也去了，不信你可以打电话问我姐问我爸都行。"

小丫头仿佛很担心，一双桃花眼湿漉漉又讨好地望着他，身上的浅白色家居服衬得她皮肤水嫩嫩的，脖颈纤细优美，紧张地抓着他衣袖边的小手修长匀称，嘴巴上唇抿进下唇里，甜美又娇憨。

这是一个太会撒娇的女人。

宋楚颐不得不承认自己回来的路上非常恼火，也很后悔觉得不该跟她结婚，他脑海里有无数个想法，也许长晴私底下可能也像管樱一样，为了红，情愿被潜规则，但他没想到回来会看到她这么紧张的模样，还特意做饭。

他听晏磊说过她根本不会做饭，是想讨好自己吗？

他的脸色好了一下后又开始阴沉不定："我刚才好像什么都没有说，可以理解为你心虚吗？"

"我才没有，"长晴瞪大眼睛，"我是怕你误会，才好心先解释，反正我是坦坦荡荡的。"

她下意识地将胸挺了挺。

宋楚颐低头，她的家居服是拉链式的，大约是胸太大，撑开了些，正好看到里面的无限春光。

他眸色深了深，伸出手帮她把拉链拉上去一点儿。

长晴的脸腾地红了，羞意渐浓，正要骂他，宋楚颐却先开口："难道我帮你拉上去也有错吗?"

长晴面红耳赤地甩了他一副"不想跟你说话"的表情，懊恼地离开了厨房。

宋楚颐忽然不生气了，还想逗逗她："哎，你不是要做饭吗？"

"不做了，哼！你惹恼我了！"后半句在心里说着，长晴气呼呼地去客厅里看电视。

宋楚颐好笑地摇摇头，他其实挺累了，回来能吃到香喷喷的饭菜固然最好，吃不到只能自己动手了。只是平时在家吃的时候并不多，打开冰箱，里面的菜少得可怜，最后只弄了一个紫菜鸡蛋汤、黄瓜炒火腿。

长晴看到的时候，樱粉色的小唇嘟得高高的，不高兴："我来这儿第一顿饭就吃得这么寒酸，都没肉……"

以前在家里，有着大厨手艺的张阿姨，顿顿都弄得很丰盛。落差太大，一时之间觉得好委屈。

宋楚颐不怪她，自己都觉得伙食差："这几天太忙，一直没时间买菜，今天将就下，明天我再去买点你喜欢吃的菜，行吗？"

长晴猛地想起他上了一天一夜的班，回来他做饭菜，自己还抱怨，确实不太好，她顿时感到过意不去。不过他能这样低声哄自己，她心里听着还是蛮舒服的，有种自己还是在被宠着的感觉，于是说道："好啦，那今天这顿我就将就一下吧。"

她傲娇地望了他一眼后，起身去盛饭。

可能是她真饿了，也可能是他厨艺不错，长晴觉得这个紫菜鸡蛋汤还不错。

"不喜欢吃黄瓜？"宋楚颐看她一块都没夹。

"嗯。"她低着头喝汤。

"那你喜欢吃什么？"

长晴想了想，不客气地说："蜜汁叉烧排骨、牙签牛肉、玉米烙、水煮鱼片……"

宋楚颐点了点头。

长晴惊喜："你都会做吗？"

"都不会。"他摇头。

"不会点什么头啊？"长晴心里默语。

吃了小半碗饭后，长晴紧张地问："明天沈阿姨的手术是你主刀吗？"

"嗯。"宋楚颐语气淡淡的。

"那你有几分把握？"长晴明亮的大眼睛充满希望地望着他。

宋楚颐吃了口饭，说："五成吧。"

"这么少……"长晴沮丧，"你能不能尽尽力，沈阿姨真的是个好人。"

宋楚颐眸光一正："长晴，每一个病人我都会尽全力，不管她是什么身份，什么病情。"

长晴一怔，对他还真有了刮目相看的想法，她咬着筷子，问："你为什么会想去学医啊，难道你不觉得……当医生有时候其实挺恶心吗？尤其是动手术的时候，多恐怖啊。"

"难道有人生了重病，医生因为恶心、恐怖就不给病人做手术了？"宋楚颐眉心不大明显地拧了拧，但并没有生气。

长晴被堵得哑口无言，她突然特别佩服姐姐，当初报考大学那会儿，晏磊见大女儿报了医学院，也劝着让她考，她觉得学医太恐怖，死活不肯。后来正好有一回在街上被一家杂志社相中，找她当了一期封面模特。那之后，长晴就对娱乐圈产生了兴趣，也误打误撞地考上了电影学院，其实相对而言，她对自己的人生没什么规划。

“我不是这个意思，”良久，长晴复杂地开口，“可能每个人都有自己喜欢的工作吧。”

“做这份事业无关喜好。”宋楚颐淡淡地夹了一口菜，睫毛幽长地垂下。

长晴愣住：“你不喜欢，那干吗要去学医？”

宋楚颐吃了根黄瓜，咀嚼完咽下去才回答了她这个问题：“我12岁的时候，爷爷诊断得了脑瘤，恶性的，第一次手术的时候还算好，勉强成功了，可没两年又复发了，再加上他本身又有高血压、糖尿病，第二次手术后不久，他几度病危，那些日子我时常看他做着各种治疗，很痛苦。好几次他说让我们别救他了，他撑不住了，后来没多久就去世了。我当时很愤怒，认为我爷爷的离世是因为医生医术太差，我总是想如果我的医术比这些医生都高明，我爷爷肯定就不会去世，后来我一直想证明这个原因，高中毕业后就去学医了。”

他说话时一贯清冷的眼神带着淡淡的忧伤。

长晴久久说不出话，爷爷去世的时候他一定很伤心吧。

她突然有点懊悔，可能自己刚才不该冒冒失失地说那些话的。

“其实我妈也是生病去世的，不过那时候我太小，什么都不懂，”长晴惆怅地说，“但是我姐比我大几岁，她痛恨病魔夺走我妈的生命，所以也才会选择学医。”

“每个人学医的初衷都不同，”宋楚颐轻声叹息，“有些人是觉得医生工资高、待遇好，也有些人是真的为医生这个职业感到骄傲。”

“那你呢，你也为这个职业骄傲吗？”长晴仰头，正好看到他弧度完美的下巴。

宋楚颐扯扯唇：“一开始只是想证明那些医生没用，结果轮到自己时才发现，有时候面对病人真的是束手无策，我毕竟不是上帝。当我的第一个病人去世时，我一度想放弃，直到后来我在门诊看到很多病人吃了我开的药痊愈时，心里才有了继续做医生的信念。医生嘛，看到一个个病人在自己的手术刀下重新获得健康，那种满足感才是我坚持做这个职业的原因，也许你姐姐也是如此，如果真的只是痛恨病魔夺走你母亲的生命，她不可能会坚持这么久，因为这个职业太苦、太累。”

他说完，起身去盛饭，长晴看着他挺拔的背影，突然觉得有那么一点点帅，有一点点高大。

这个人并不像表面上看到的那么光鲜，他也有着平凡人一样的苦恼，但他的医德却是让她敬佩的。

拿自己和他一比，长晴突然开始质疑自己的职业、自己的人生了。

他盛好饭重新回到餐桌上，又转回到沈璐的话题上：“你关心沈璐没关系，但你以后不要跟傅愈走得太近了，更不要单独跟他出去吃饭。”

长晴噘嘴：“不是说不干涉彼此的生活吗？”

“如果是别人我不干涉，但傅愈不行，”宋楚颐板起俊脸，“这次就算了，下次再让我看到你跟他单独在一起，别怪我不客气。”

长晴有点生气，虽然她现在敬佩他，但她最讨厌被人威胁了：“那你说说你要怎么个不客气法？”

“你真的想试试吗？”宋楚颐眯眸，寒光迸出。

长晴不争气地畏缩了，唇嘟了嘟，用鼻子哼了哼，继续吃饭。

宋楚颐心里很满意，他就喜欢这种纸老虎式的女人。

第二天，长晴起来，宋楚颐已经去上班了，餐厅里一个中年女人正在倒牛奶，罗本两腿搭在餐桌上，一脸嘴馋，长晴揉揉眼睛，问道：“你是……”

“我是宋先生昨晚请的钟点工，姓王，”中年女人笑说，“早餐都弄好了，太太洗漱一下就能吃了。”

第一次有人叫自己“太太”，长晴心里别扭，不大好意思，不过看到餐桌上丰盛的西式早点后，心情顿时大好：“你手艺真不错。”

王阿姨笑了笑：“宋先生昨晚打电话到家政公司，跟我们老板说找钟点工，首先要求会做饭菜，尤其是要会做什么牙签牛肉、蜜汁排骨之类的。”

长晴的心扑通一跳。

难道他昨天问了那么多是为了找钟点工，她真的没想到他会对自己这样好。

王阿姨笑眯眯地看着她，长晴的脸忽然红了红，转过身钻进浴室里，因为昨夜太生气没睡好，黑眼圈微微严重，长晴突然觉得自己挺小心眼儿的。

到了电视台，长晴接到宋楚颐打来的电话：“早餐好吃吗？”

“挺好吃的，”长晴笑得甜丝丝的，“王阿姨做的西多士上面放了好多蜂蜜，特别好吃。”

“喜欢吃就好，好啦，我要手术了，再见。”宋楚颐说完，就挂了电话。

长晴纳闷地望着手机，难道他特意来电话就是要问自己早餐好不好吃？

“看什么呢，笑得这么春心荡漾，”经纪人文桐暧昧地撞撞她的肩膀，“哎，你不会瞒着我找男朋友了吧？”

“才没有呢。”长晴摸摸自己的脸，她刚才笑了吗？

下午，长晴忙完电视台的事情就赶往医院。沈璐的手术已经成功做完了，不过人还没有醒。

长晴过去的时候只有傅愈一个人守在病床边，她正犹豫要不要进去的时候，傅愈已经看到了她：“长晴，到了怎么不进来？”

“我也是刚到，”长晴只得进去，“阿姨什么时候醒？”

“可能还要一个小时。”傅愈捏了捏眉心。

长晴注意到他模样疲累，嘴边上新长出来的胡子也没刮，想起曾经的傅愈眉目舒朗、干净斯文，她顿时有些心疼：“你昨晚一直在这儿？”

“是啊，我妈她一直头疼。”傅愈声音微涩。

长晴关切地安慰：“手术后一切都会好的，对了，叔叔和阿姨真的离婚了吗？他们以前感情不是挺好吗？”

“那只是你看到的，我读高中那会儿他们就不好了，都是为了我才没有离婚，”傅愈冷漠又自嘲地扯了扯唇，“搬离扬州后没多久我爸就在香港再婚了。”

长晴愣住。

傅愈看着她眼睛深处溢出来的心疼感，这些年孤寂的心突然好受了许多，不管过去多少年，这个傻丫头都一直关心自己，自己当然也要帮她：“对了，我们公司最近和你们电视台合拍一部电视剧，女二号在你们台里挑选，应该是你吧？”

“不是啊，是池以凝。”长晴还在为他和沈璐难受，无精打采地摇头。

傅愈皱眉：“怎么是她？据我所知，以你的年龄、外形、资历，应该是你们台里的不二人选才是啊。”

长晴尴尬地低头。

傅愈到底精明，立即想通了这中间的弯弯绕绕。

这时，外面进来两个人，是宋楚颐和医院的一名女实习生，实习生还推着一台仪器。

宋楚颐瞄了他们两人一眼，长晴想起昨晚他的警告，如临大敌般浑身紧绷。

傅愈不满这样被打扰：“宋医生，有事吗？”

“我来看看患者的情况。”宋楚颐示意了一下女实习生，实习生赶紧拉上帘子。

帘外，傅愈的手机突然响了，长晴听到好像公司那边有急事，于是道：“你先去忙吧，沈阿姨这里我守着就行。”

“那这里麻烦你了，我大概晚上七点钟过来，”傅愈皱眉柔声说：“那部电视剧的事我会和你们台长打招呼。”

长晴一慌：“不用，我……”

“原本我会和你们电视台合作也是因为，我以为不打招呼你也会是女二号，看来我把你们台长想得太好了。”傅愈冷冷一哼，不等她再说话就匆匆离开了。

长晴整个人都不好了，一扭头，宋楚颐从帘子后走出来，目光清冷得如冰雪。

她被那眼神冻得哆嗦，死定了，他肯定误会了。

“宋医生，检查完了，病人心律、血压都没问题。”实习生的声音打破了病房的寂静。

“嗯，走吧。”

飘逸的白大褂一角掀起，宋楚颐率先离开，实习医生推着仪器小步跟在后面。

长晴松了一口气，谁知没几分钟，手机传来宋楚颐的短信：来我办公室，五楼，不来的话，后果自负。

赤裸裸的威胁。

长晴小心翼翼地编辑短信过去：沈阿姨一个人在病房，我不放心。

宋楚颐：你是要我来揪你，是吗？

长晴想到那张冷冰冰的面孔，心颤，只能硬着头皮上去了。

他的办公室门上是写了名字的，长晴很容易便找到，推门进去。

宋楚颐正在安静地敲击电脑键盘，见她进来，眼尾扫了一下：“把门关了。”

长晴才不想老老实实听他话，可手没跟上脑袋，回过神来，自己已经关了门。她暗恨自己不争气，但嘴巴还是小声解释：“我不是昨天跟你说过吗？我跟傅愈从小认识，我姐跟他又是同学，他把我当妹妹一样。”

“只是妹妹就为了你投资拍电视剧？”宋楚颐冷笑，脸上透着戾气，“是什么妹妹，干妹妹吗？”

他话里充斥着轻蔑的讥讽，长晴也懊恼了：“反正我没有骗你。”

“你们女人最擅长的就是欺骗，”宋楚颐站起来，居高临下，身体笼罩住她，“只可惜啊，你耗尽了心思也不过就是个女二号。”

“你……你简直太过分了，”长晴气得颤抖，脱口道，“我跟你只不过是假结婚，就算我想怎么样也跟你没关系。”

“假结婚？”宋楚颐怒极反笑，手猛地握住她的肩膀，“结婚证上白纸黑字，写得清清楚楚，一切法律效力都具备了，你是不是以为我们没有履行夫妻义务就是假结婚了？”

长晴的肩膀被他握得生疼，委屈和愤怒涌上心头，带着哭腔说：“当时签字前我们说得清清楚楚的，说来说去我们不过都是为了各自的利益而结的婚。”

“看样子你遇到了傅愈，所以现在急着想跟我撇清关系了。”宋楚颐嗓音里发出低低的笑，那笑犹如闷雷一样，散发着浓烈的危险气息。

“我不是……”长晴看他这副模样有点害怕了。

一直以来，宋楚颐虽然冷淡，但对她还是不错的。

“你还记得我昨晚说了什么吗？我让你远离傅愈，但显然你把我的话当作耳边风了。”宋楚颐另一只手也握住了她一边的肩膀。

长晴想起他曾经受到管樱的背叛，彻底慌了，声音颤颤地问：“你要干吗？”

她害怕的眼睛里泪水涌动，嘴唇哆嗦，尽是娇软。

宋楚颐渐渐冷静下来，他这辈子最头疼的就是女人哭。不过不管怎么样，有些事发火也是没用的，他现在这副样子大约也是受了昨天傍晚傅愈那些话的刺激：“行了，别哭了，有些事我只是希望你站在我的立场考虑，毕竟结了婚，你就是我的女人，自己的女人被别的男人投资事业，简直是在践踏我的尊严。”

长晴松了一口气，不过还是忍不住嘟唇小声反驳：“谁是你的女人了？”

“我结婚证上配偶那一栏有你的名字那刻起，你就是我的女人了，”宋楚颐没好气地弯腰，俊脸警告般地凑近她，“难道非要我把你办了才算是我的女人？”

长晴咬唇，脸又红又气，结结巴巴地说：“你……你耍流氓……”

宋楚颐好笑地挑眉：“我什么都没做，哪里耍流氓了？”

长晴嚅了嚅唇，半天没吭出一个反驳的字，反正心里就是觉得他有时候说的那些话就像流氓。

宋楚颐瞅着她小兔子般的模样，低低地说：“那个电视剧你不要拍了，我这么做也是为你好，你到底还是太单纯，哪怕你和傅愈以前的关系再好，但他现在是一个非常精明的商人，这样的人不会平白无故地为你投资，他需要回报，男人跟女人之间能回报什么？长晴，有时候别把男人想得太干净了。”

他的口气是语重心长的。

长晴一半信，一半不信。

别人肯定是那样的，但傅愈不会。

他不过是因为傅愈抢走了管樱而怀恨在心。

“行了，我知道了，我要去看沈阿姨了。”长晴推开他往门口走。

“你真要等傅愈来？”宋楚颐这次倒没拉她，他还有工作没忙完。

“反正要等沈阿姨醒来。”长晴说完，就走了出去。

出来后，她整个人瘫软了一样。说实话，她刚才在里面挺害怕的，听说被伤害过的男人都很容易有暴力倾向，幸好宋楚颐没有，吓死她了。

回到病房，长晴守着昏迷的沈璐玩手机。

外面的天色一点点暗下来，长晴刷微博刷得眼睛涩涩的，这时，外面传来脚步声。

她抬头，宋楚颐来了，手里拿着一个浅黄色饭盒。

“我给你在食堂里盛了点饭菜，你先趁热吃吧。”

长晴睁大眼睛，不可思议地看着他，不敢相信刚才争执完后，他还会对自己这么好：“你……你不会在里面下毒吧？”

宋楚颐脸一黑，转身就走：“爱吃不吃。”

“我吃，我吃，开玩笑呢。”长晴赶紧把饭盒抢过来，她其实早就饿了。

打开饭盒，里面是青椒排骨，她吃了两口就皱眉：“味道普普通通，昨天还说做我喜欢吃的，说话不算话，你好歹也给我弄个五星级酒店的饭菜啊，简直是敷衍我，虐待，哼！”

宋楚颐抚额，他后悔来给她送饭菜了：“我们医院食堂的味道虽然普普通通，但很干净卫生。”

“所以说你们医生就是麻烦，成天只知道卫生卫生，你应该学学我姐，她也是医生，可她的座右铭是只要吃好喝好就行了。”长晴严肃地纠正他的观点。

“是啊，所以她是你姐，”宋楚颐无可奈何，“我还有事去忙了，对了，病人醒来记得按铃，她醒来后我还得过来一趟才行，晚上我们一起回家。”

长晴吃饱后，沈璐醒了。她立即按铃，先是护士过来，宋楚颐是晚五分钟过来的。

他又做了一系列检查才拔了氧气管。

沈璐虚弱地说：“宋医生，真是谢谢你了！”

“等平安过了这三天再说吧，”宋楚颐细心地叮嘱道，“这几天如果有什么不舒服要马上跟我们说，手术虽然成功了，但有些病人往往会出现术后反应。”

“嗯，”沈璐又望向长晴，“你这孩子，让你来还真来了。”

“那当然，小时候我就最听阿姨的话了。”长晴笑着说。

沈璐微微一笑，叹气：“我早上手术前想着要是失败了唯一的遗憾就是没有看到傅愈娶媳妇儿，要是你能成为我儿媳妇儿就好了，小时候你不是最喜欢跟在傅愈后面，成天嚷着要嫁给傅愈哥哥吗？”

后面的话长晴没仔细听了，她只注意到宋楚颐的脸色都变了，比之前的还要难看。

“阿姨，那都是小时候的事了，傅愈哥哥现在也有女朋友了。”长晴说完后发现宋楚颐脸上由八级台风变成十级了。

完啦，他肯定想到管樱了。

“沈女士，我先走了。”宋楚颐冷着脸离开。

长晴着急地想上前去解释，偏偏沈璐拉着她不放：“傅愈真有女朋友了？”

“嗯，是啊，是我朋友，她人很好的。”

沈璐沉默了。

长晴手机震动了一下，她预感不好，果然是宋楚颐发来的：二十分钟后我在医院门口等你。

“妈，你醒了。”这时，傅愈突然来了，手里拿着几个饭盒，只是看到桌上的浅黄色饭盒时，他便怔住了：“长晴，你已经吃完饭了？”

“是啊，傅愈哥你来就好，我台里还有点急事就先走了。阿姨，我下次再来看你啊。”长晴拿上黄色饭盒就溜了。

她才不会傻到乖乖地和宋楚颐回家，现在逃命要紧。

傅愈失望地放下饭菜，他之前以为她没吃饭，特意给她在酒店里订了饭菜，不过长晴那个饭盒是哪来的，难道有人给她送饭来了？

“愈儿，刚才我听长晴说你找了女朋友，而且是她的朋友？”沈璐皱着眉头问，“你以前不是很喜欢长晴吗？”

“妈，我一直都喜欢她，”傅愈面露懊悔，“那个女人是她自己黏上来的，我正好想收购她之前签下的公司，利用了她一回，我要是早知道她跟长晴是同学，根本就不会招惹她。”

“你这孩子，怎么这么糊涂，”沈璐斥责，“长晴是个很重感情的人，她就算喜欢你，为了朋友也不敢和你有半点瓜葛。”

“我会想办法的。”傅愈瞳孔微微昏暗。

第五章　楚楚可怜

宋楚颐在医院门口等了十多分钟，别说长晴的影子没见着，连电话都打不通。

他气得火冒三丈，开车回公寓，她没在家。

他在家里等了一个小时，最后带着满腔怒火去了晏家别墅。

晏磊正好在，见他来了，忙说："楚颐，是不是长晴在你那儿住得不愉快啊，怎么这才第三天就回来了。"

"爸，是这几天我总加班，没时间陪长晴，她有点不高兴，我晚上回家没看到她，这不就着急赶过来了。"宋楚颐皱眉担忧地说。

晏磊恍然，自己女儿这小脾气他是一清二楚的，也没过多怀疑："她在房间里，刚才一听到外面有车声就跑上楼了，肯定是闹脾气呢。"

"那我上去找她。"宋楚颐准备上楼，晏磊拉住他，小声说："你敲门她肯定不会开的，我把她房门的钥匙给你。"

宋楚颐一愣，晏磊立即找了钥匙给他，笑眯眯地叮嘱："小丫头抱着哄两句就好了。"

"……呃，谢谢爸。"

长晴听到车声后立即跑上楼把门反锁，宋楚颐敲门反正她不开就是，谅他也不敢在家里耍横。

长晴想通了，就心情愉快地在房间里玩起了电脑，听音乐，刷娱乐新闻，阮恙这丫头厉害啊，又冲进影后候选名单里了。

宋楚颐进来看到的就是这样一幅画面：小丫头穿着粉色睡衣，脚丫子撩着，一只手玩电脑，一只手拿苹果，屁股还跟着动感的音乐一扭一扭的。

直到一抹阴影罩下来，长晴才看到宋楚颐阴森森的脸，手里的苹果吓得掉在地上，像见了鬼一样，起身拔腿就跑。

宋楚颐没好气地扯住她的睡衣，长晴腿动了半天却一步都没跑出去，她懊恼：“你怎么进来的？”

“呵呵……”宋楚颐摇了摇她房里的钥匙，“看得出你平时在家经常耍小性子啊，所以你爸很相信我，毫不犹豫地就把你房间钥匙给我了。”

长晴咬牙切齿，大叫：“爸，你到底是不是我亲爸？”

不放心地趴在门口听墙脚的晏磊立即说：“长晴，不要闹了啊，小两口之间有误会要好好解释，楚颐很担心你，爸这也是为你们好。”

晏磊想起自个儿年轻时候床头打架床尾和，可能接下来的话不适合他再听了，他很放心地去看最近中央台放的抗日电视剧了。

长晴抓狂：“你到底跟我爸说了什么？”

“也没什么，就说我工作太忙没时间陪你，你生气了。”宋楚颐冷笑着，突然将她横抱起来。

“啊啊啊……”长晴惨叫，“你要对我干吗？爸，救我，救我！”

“你叫破喉咙也没用。”宋楚颐把她扔到床上，长晴爬起来想跑，他抓住她两条腿一扯，她身子又轻易地到了他怀里。

看着这张通红的小脸，宋楚颐很生气：“我让你等我，你倒是有胆，还给我逃了，是不是以为回了晏家我就没办法了。”

逃也没用，长晴只好使出她最拿手的绝招了，撒娇、卖萌、装可怜：“不是的，我是怕你生我气。”

她噘嘴，楚楚可怜。

若是之前宋楚颐会受用，但他现在真的很恼火，为什么这个傅愈阴魂不散，总是缠绕在他身边，管樱依附于他，连长晴也曾经喜欢过他。他也不是嫉妒傅愈，主要是被同一个男人抢两次女人，换成任何男人都不是滋味。

“你怕我生气吗？”他冷笑，“长晴，我之前是相信你的，你说你和傅愈只是从小认识，我倒不知道你还打小就一门心思想要嫁给他。是不是现在很后悔突然跟我结婚了，再怎么说傅家也是有权有势的，如果当初你找他结婚，他肯定会同意，说不定只要你陪他睡一晚，他也会帮你呢。”

“宋楚颐，你说这话太伤人了，”长晴这次真的被他的话伤到了，眼睛里的泪花不是装的，是真哭了，“没错，我是没告诉你，可那都是小时候的事了，那时候什么都不懂，难道这也是我的错吗？反正我比你强，至少我的初恋和初吻都还在，你呢，虽然我对你的过去不了解，但我相信你是肯定交过女朋友的。”

宋楚颐一愣，她倒打一耙，他竟然好像有点无法反驳。

不过他万万没想到她的初吻还在。

“你真的没谈过恋爱，没接过吻？”他调侃地问道。

他有点不大相信，她也大学毕业几年了吧，还在娱乐圈这种大染缸里。

“你爱信不信，反正我真没有。”长晴越想越觉得心酸，长这么大恋爱都没谈就莫名其妙地结婚了。

宋楚颐狐疑地看了她两眼，这才慢慢放开她的手臂。

长晴心中委屈，逃了出来后，立刻翻身做主人，爬起来捶他。

“够了啊。”宋楚颐被她弄得头晕，下意识地抓住她的两只手。

长晴脑袋晃了晃，回过神来，躺在了床上，宋楚颐压在她上面，清雅的脸没有刚才那么阴沉，头顶柔和的光线照在他精致的脸部轮廓边缘，眼睛明亮得像橱窗里珍贵的宝石。

长晴盯着那双宝石，薄薄的脸莫名泛起一层热气。

宋楚颐也看着她仿佛映了一抹彩霞的俏脸，一双桃花眼里仿佛有电流闪烁，煞是勾人。

长晴望着男人近在咫尺的眼睫毛，心跳快得仿佛要从胸口里蹦出来。

两人这样近距离地注视着，好尴尬。

“你放开我。”长晴推他。

“别动。”他深邃如深渊的眼睛注视着她，声音暗哑。

长晴眨眨眼，猛地察觉到腰处不大对劲，这才意识过来，脸都热傻了：“你怎么……你不是不行吗？”

宋楚颐愣住，脸色顿时发黑：“你说什么，谁说我不行？”

长晴捂住嘴巴，要是让他知道管樱说他不行，他还不把自己弄死：“我……那个……我听说很多男妇科医生那方面都有问题。”

“晏长晴，你脑子里成天装些什么乱七八糟的东西，”宋楚颐揉了揉的她耳朵，“我告诉你，我很正常，非常正常，你要不要试试？”

“不用不用，”长晴的头摇得像拨浪鼓，“你快起来。”

因为那句试试，长晴受到过度惊吓，小脸蛋一会儿白，一会儿红。

“等等。”宋楚颐停留了将近半分钟才缓缓爬起来，坐到一边。

长晴撑着肘坐起来，目光瞄了瞄他的裤子。

宋楚颐逮个正着：“你看什么呢？”

长晴窘：“我什么都没看啊。”

“你好像很好奇啊，要不要我给你看看？”宋楚颐的身躯朝她这边侧斜过来，还没碰着，长晴的屁股就像着了火一样弹跳起来，马上远离他："流氓……"

宋楚颐挑眉，解开衬衣领口的纽扣，男人的锁骨展露在水晶灯下。

"你脱衣服干什么？"长晴心里如万马奔腾，赶紧捂眼睛。

"我洗澡啊，"宋楚颐黑脸，"你还要更污一点吗？"

"谁污了，"长晴懊恼地涨红了脸，"你不知道去浴室里脱吗？"

"我只是解开上面几粒扣子，这也不行吗？"宋楚颐被弄得好笑又好气。

长晴咬唇背过身坐回电脑桌旁，干脆不理他，也不看他了。

宋楚颐去了浴室后，长晴这才气冲冲地下楼。

客厅里，晏磊看抗日片看得正兴致勃勃。

她冲过去把电视机关了："爸，你把我房门钥匙给他干吗？能不能尊重下我的隐私。"

"结婚了，两个人的房间就没隐私可言，"晏磊不满道，"快把电视打开，我正看到紧要关头。"

"我可是你亲生女儿啊，"长晴负气，"他说什么你都信。"

"就因为你是我亲生的，我才知道你的脾气，"晏磊宠溺地说，"人家楚颐多实诚的一个孩子啊，不像你，从小到大耍小性子，还不断闯祸，你以为爸不知道啊。"

长晴跺脚："他到底给了你什么好处，你就这么信他？"

"你就是在闹小脾气，爸不跟你争，爸回房看去。"晏磊三十六计，溜为上计。

长晴懊恼地回到自己的房间生闷气。

宋楚颐洗完澡出来，腰间系着一条粉色浴巾，胸膛上几滴水珠儿，性感得犹如艺术家深思熟虑后的画笔勾勒出来的线条，令人遐想。

她看了一眼，脸不争气地热了，然后羞愤地说："你干吗用我的浴巾，还包……包……"

后面的话她说不出口。

"我也不想用啊，不过我没有干净的衣服，暂时只能将就了，"宋楚颐斜睨了她一眼，"要是我去洗澡前你给我条干净的浴巾我也不会用你的。"

长晴想骂人，用了她的私人物品，还说将就，好像很勉强似的："你不晓得回家去洗啊？"

"你就这么希望我走，"宋楚颐清俊的眉目一沉，"如果换成傅愈呢？"

“你并不爱我，我不相信你会为了我吃醋。”长晴反击。

宋楚颐狭长的眼眸眯起，他承认，自己今天确实和往常不一样，可能是真的被气到了。

他不想管樱的事再次发生在晏长晴身上。

一个男人失败一次勉强可以隐忍，但再次失败，他不确定会不会拿手术刀直接对付傅愈了。

他沉了一口气，淡淡地扫了她一眼：“无论如何你现在是我的妻子，再说，你搬我那儿去不到三天就回家来，如果我不过来找你，你爸会怎么想？没错，我们的婚姻是建立在利益上面的，不过我看得出你很孝顺，虽然在单亲家庭里长大，但你爸给你的爱很完整，你并不希望他为你操心。婚后，我不敢说我做得面面俱到，但我还是在竭尽全力让你的家人放心，如果你认为我做的是多余的，我可以不用来晏家，那我无话可说，我现在就可以走。”

他说完，就转身走向浴室。

长晴愣怔了一阵，跟了过去。

他在浴室里已经换好了长裤，正拿着衬衣往身上套。

长晴见状，心里掠过一丝茫然和不知所措。如果他以后再也不来了，她不敢想象爸爸会有多么失望和生气。

她和宋楚颐虽然是因利益而结婚，但宋楚颐和宋家对她礼仪周全，这点，她是感激的。她可以不要宋楚颐爱她，但宋楚颐不能不来晏家。

“你别……”她低垂着脑袋走到他面前，眼睫轻颤，“别走，我刚才没那个意思。”最后几个字，说得声音很小，软软的。

宋楚颐看她：“那我希望你记住我们结婚的事实，你的事业、你平时的兴趣爱好、跟朋友出去玩，我都不会干涉，但前提是要尊重婚姻。”

长晴心里挺委屈的，她什么时候没有尊重过婚姻了，不过不想跟宋楚颐争，还是老老实实地点了一下头。

“好啦，我先睡了。”宋楚颐摸摸她的脑袋就脱衣服上床了。

长晴去楼下洗澡，他看到了也没说什么。长晴洗完回来，宋楚颐已经睡着了。

她玩了一会儿电脑后，像上次一样在床边打了个地铺。

睡的时候难免心里凄凉，男人不都应该有风度地礼让女人吗？为什么每次都是他睡床，她睡地上？

好惨……

更惨的是，好不容易睡着了，半夜时大腿突然被人踩了一脚。

她吃痛地醒来，借着月色正好看到宋楚颐模糊的轮廓。

“宋楚颐，你干吗踩我？”她很生气，“痛死我了。”

“谁让你睡到床边上，半夜三更的我去洗手间当然很容易踩到。”宋楚颐也恼火，他差点就被绊倒了。

“你睡了床我当然只能睡地上。”长晴撇嘴揉大腿。

宋楚颐皱了皱眉后大步往洗手间走去。

长晴烦躁地翻了个身，继续睡。

闭眼没几分钟，她感到被子突然被掀开，紧接着她的身体落入两条结实的臂弯，她挣扎大叫。

“别叫了，大晚上的吵人。”宋楚颐不耐烦地把她放到床上。

她怔了怔，以为他好心决定跟她换一下。谁知，下一刻他就睡在床的另一边了。

她立即就往床下爬，宋楚颐揪住她的胳膊：“睡床吧，这个天气地上还挺凉，床很宽，我不会碰着你的。”

“你这人说话不算话，谁知道你会不会图谋不轨啊？”长晴嘟囔，缩成一团，很警惕的样子。

“你到底睡不睡，不睡我真碰你了。”宋楚颐清冷的双眼绽放出火气。他足足做了五个小时的手术，这种手术最耗费精力，他实在太累了，困得很，大半夜被她唠叨得也没以前有耐心和涵养了。

长晴这只纸老虎真被唬得畏畏缩缩地睡到床沿上，再不敢多吭一声。

凌晨三点多的时候，宋楚颐在幽暗中看着黏在自己胸膛上的小藕臂和腰上的大腿，真的很后悔刚才把她弄床上了。

明明不久前还一副贞洁烈女唯恐他会碰她的害怕表情，这才多久，她便开始一个劲儿地往他身上滚。

宋楚颐深吸一口气，尽量让自己静下心来。

闭上眼，又快睡着时，忽然长晴的大腿离开了他，扭动着上半身往他胸口蹭，在那上面找了个枕头般的舒服位置继续睡。

宋楚颐咬牙，不去理会。

可没几分钟，这死丫头的小手又开始乱摸了。她真的不是在装睡耍流氓吗？

凌晨五点，宋楚颐憋屈地感受到胸口被滴落了一摊口水。

清晨，长晴被浴室哗啦啦的水声吵醒，她拿被子蒙住头。

五分钟过后，听到浴室门开动的声音。

长晴钻出来望过去，宋楚颐整齐地穿着昨天的衣服，不过黑色的短发湿漉漉的，还滴着水珠。

长晴小声地嘟囔抱怨：“大清早洗什么澡啊，昨晚又不是没洗。”

宋楚颐阴森森的眼神扫过她，她还有脸抱怨，要不是她骚扰他，他至于大早上起来洗澡吗？

长晴感觉被冷风吹了一下，她是哪里又惹到他了，还是男人的“大姨父”来了，阴晴不定？

“我要去医院了，你是等会儿去电视台还是我现在顺道送你去？”宋楚颐轻吐一口晨气问。

“我自己开车去就行了，”长晴怕他误会自己不喜欢他送，又补充，“因为我还要挑衣服、化妆，需要挺长时间的。”

宋楚颐点点头：“今天会去医院吗？”

“不去了，我今天有个广告要拍。”长晴说。

他拿起她化妆台上的谭木匠梳子瞅了瞅，然后把前面的头发往后梳：“你好像不是很红吧，还有广告商找你？”口气轻描淡写，倒不是故意挖苦，是他随口说出来的真心话。可长晴却感觉到了赤裸裸的恶意讽刺。

“谁说我不红了，告诉你，我很红的，是你自己太落伍了，每天只知道上班又上班，你玩微博吗？你看综艺节目吗？我看你连电视都不看吧。”长晴腾地坐起来，气势汹汹地反击。

宋楚颐手指一顿，他太忙了，这些确实都很少去看。

“我也接触过一点点心理学，你这么激动好像是因为底气不足而心虚吧。”宋楚颐放下梳子，眉梢淡淡地动了动。

长晴心里膨胀的气球好像被针扎了一下，突然呲呲地瘪了。

“但愿你不是去拍一些卫生巾、妇炎洁之类的广告。”宋楚颐瞥了一眼嘴唇嘟得高高的她，薄唇勾了勾，这才离开。

长晴捂脸抓狂，她今天就是要去拍卫生巾的广告，可恶！

“长晴，我让你练台词，你苦大仇深的模样给谁看呀？”文桐第N次走过来，敲敲她脑袋，“导演那边都快准备好了。”

“为什么人家都是接化妆品那样高端大气上档次的广告，我总是接这些卫生巾、丝袜之类的？”长晴的嘴唇很郁闷地嘟得老高，“文桐姐，你作为我的经纪人能争口气吗？”

文桐呵呵两声："那行啊，你别接呀，回头我就去跟人家老板说。"

她转身要走，长晴赶紧拽住她衣角："哎呀，人家只是抱怨抱怨，真不拍的话新款的夏装就没钱买了。"

"你清楚就好，"文桐逮着机会立即训斥，"我也想帮你拉好点的广告，可这怪得了谁，你自己不争气啊，除了你们电视台那几个平台外，你曝光率太低了。台里电视剧角色你也拿不到，这些广告要不是我死命帮你拉，你说哪轮得到你？你还在这儿给我抱怨。"

长晴心虚地缩缩脖子："哎呀，别这么说嘛，你看人家要样貌有样貌，要身材有身材，迟早有一天会红得发紫，跟着我有的是肉吃。"

文桐戳戳她的厚脸皮："对了，上回你那个丝袜节目播出后，语琼公司那边的人竟然主动打电话给我，说想让你代言他们的品牌，代言费不低，我已经答应了。"

长晴嘴角抽搐："语琼好像是内衣品牌吧。"

"是啊。"

长晴心想，但愿宋楚颐一辈子都不要看电视，不然她的脸丢大发了。

拍完广告，长晴接到台长让她回台里的消息。

她匆匆赶回去，冯台长竟然亲自为她开门，笑脸相迎地把她请进去，还给她拿椅子坐。

长晴受宠若惊，那会儿托自己老爸的福，都没享受到这种待遇啊。

"冯台，您找我有什么事吗？"长晴一脸疑惑。

"你这孩子，跟上纬的傅总从小一块儿长大，这么重要的事怎么都不跟我说呢？"冯台长一脸慈爱的模样。

长晴鸡皮疙瘩掉了一地。

冯台道："今天傅总亲自致电给我，他说这女二号务必由你出演，我仔细一琢磨，你确实比池以凝合适多了。"

"不不不，冯台，我不喜欢拍戏，"长晴脑海里闪过宋楚颐的警告，连坐的心情都没有了，"我就喜欢现在这样，真的，您还是让池以凝演吧。"

"长晴，你是不是生我气了？"冯台着急道，"当初不是我不想让你演啊，是曹总编辑他们都不大支持你，我没办法。"

长晴差点被他恶心到了。

冯台苦口婆心地劝："你要不演，傅总就要撤资，这点钱对他来说不算什么，但这部剧是咱们台里今年的大项目，要是泡汤了，上面会追究我的责任。长晴，现在哪个主持人不争着抢着拍电视剧啊，人红了，粉丝多了，你主持的节目收视率也能提高。我清楚得很，你那个经纪人一天到晚忙着帮你找资源，不过现在资源不好找啊。”

长晴从电视台出来，心情更烦，想了想，给傅愈打了个电话：“傅愈哥，我不是说了让你别找我们台长吗？”

“长晴，我是为你好，”傅愈语重心长，“一个人的年轻是有时间段的，如果你错过了，就算《挑战到底》有左骞护着，过两年你肯定还是会被淘汰掉，我妈她把你当亲生女儿一样，她也希望我能好好照顾你。”

长晴算是明白了，怪不得他会突然帮她，原来是托了沈璐阿姨的福。

傅愈说得有道理，可她要怎么跟宋楚颐交代呢？

长晴耍了个小心眼儿，先打电话给晏磊，让他做宋楚颐的工作，或者让宋怀生给儿子做工作。

晏磊仔细斟酌后，给女婿去了个电话，说清楚来龙去脉，分析了女儿如今的工作情况：“楚颐，长晴那性格，你别看她被我宠坏了，可某些方面保守得不得了。大学那会儿，我说让她好好读书，别找男朋友，她就真没找。何况你们都领证了，爸敢以人格担保她不敢也绝对不会做对不起你的事。至于傅愈，小时候就很照顾他，把她当妹妹一样。她不小了，工作也确实需要一个突破点，前不久，她差点儿都被新人给顶下来了。”

“我知道了，晚上回去后我会跟长晴好好谈谈的，她若真的想拍，我不会阻拦。”宋楚颐温和地说着。

等挂掉电话，他脸上隐隐地闪过一丝怒气。

这个晏长晴，胆子大了，现在都知道找晏磊出面了。

电视台里，长晴打了个喷嚏，突然觉得冷：“糟糕，该不会是宋楚颐又生气了吧？”

正好管樱突然来电说回来了，约她吃饭，说有事想跟她聊。

长晴突然心虚，不会管樱知道她和宋楚颐结婚的事了吧？

她想想，还是答应去了，两人约在一家私人酒庄。

“管樱，你要跟我说什么事啊？”长晴一见面就直奔主题。

管樱愣了愣，笑道：“长晴，你干吗一副很紧张的样子？”

“哪有？”长晴赶紧低头喝热水，“这地方不错啊，我都没来过。”

“我也是傅愈带我来才知道的，他是这里的会员，好像只有一年消费超过三千万的才有资格成为会员。这里的老板知道我是傅愈的女朋友，所以才能在这里订餐。”管樱解释，清秀的眉宇间有一丝骄傲。

“噢。”长晴淡淡地点头。

如果说之前因为傅愈给台长打电话，长晴还有一丝幻想，现在可能那一点儿幻想也不敢残留了。

在傅愈心里，她恐怕真的就只是一个妹妹，管樱才是女朋友。

“那挺好的啊，说明傅愈是真的对你好，而且我还知道傅愈和我们电视台打算合拍一部电视剧，女主角是你，他肯定是为了你才大力投资的。”长晴弯着唇甜甜地笑说。

“他确实对我挺好的，”管樱低着头轻轻柔柔地说，“不过他跟我说你们台会力捧你为那部电视剧的女二号，真好啊，我们可以在一个剧组拍戏。”

“是啊。”这点，长晴也是高兴的。

管樱身子忽然往桌边挪了挪：“长晴，我听说傅愈的妈妈做手术住院了，你知道在哪间病房吗？你可不可以带我去探望探望他妈妈？”

“这个……”面对好朋友真切的眼神，长晴一时为难，但她又不愿骗朋友说自己不知道，“你可以让傅愈带你去啊。”

“傅愈不大愿意说，他可能是觉得我们交往没多久，我去不大合适。但我现在毕竟是他女朋友，好像不管不问也不大像话。长晴，我听傅愈的意思是他妈跟你关系不错，你带我去吧，有你在，帮我说几句好话，说不定能给他妈妈留个好印象。”管樱握住她的手，柔弱的神情让人不忍拒绝。

长晴想到管樱以前对她的好，实在推拒不了：“好吧。”

“长晴，我就知道你最好了，这顿，我请。”管樱一下子笑开了。

其间她又问了沈璐的喜好。

分别后，长晴心里总是不大踏实。

回到观湖公馆，她刚下车，罗本就摇着尾巴嗷嗷地朝她跑过来。

“哎呀，罗本，你怎么在这里啊？”长晴喜爱地弯腰摸摸它的头。

“我带它出来散步。”头顶上传来一个声音，长晴僵住。

抬头，见宋楚颐一身黑色运动衣裤，英俊的嘴角似笑非笑：“晚饭吃得还愉快吗？”

长晴想到刚和自己吃饭的对象是背叛他的女朋友，整张脸便不自然起来。

宋楚颐当她是心虚，笑得更深了：“你爸今天给我来电话了，关于你工作的事，我们聊了蛮久呢。”

“哎呀，罗本，你又咬我裤脚，太淘气了。”长晴立即低头当作没听见，弯腰和罗本亲切地说话。

“罗本……”宋楚颐阴森森地一开口，罗本身子抖了抖，老老实实坐在他脚边。

长晴也像罗本一样，老老实实地望着他，双眸委屈。

宋楚颐狭长的眸中闪过一丝深沉，上前一步，长晴紧张得眼睛瞪得圆圆的。

宋楚颐低声问：“真的很想拍戏？”

长晴立即点了点头，小脸顿时充满了希望，很狗腿地说：“只要你同意，我一定忠贞得像个烈妇一样，就算将来你赶我出轨我也绝对不出轨。”

“你会成为烈妇，我还真不相信，”宋楚颐撇唇，眉目淡然，“这样吧，今晚你帮罗本洗个澡，我就同意。”

“真的假的？”长晴低头看脚下可爱的狗狗，完全不敢相信他会这么好心。

“真的。”宋楚颐把狗绳递给她。

长晴拽住：“你平时不是把罗本送到宠物店洗澡吗？”

“是啊，”宋楚颐勾唇，“所以今晚你给他洗，正好能省掉一笔花销，这不是挺好吗？”

长晴小声嘟囔：“真小气。”

不过帮罗本洗个澡就同意拍戏，长晴还是蛮高兴的。

上楼时，她不停地询问给罗本洗澡要注意的事项，结果宋楚颐丢给她一句话：“我又没帮它洗过，怎么知道？”

长晴默默地噎了一口气。

回家后，长晴在网上查了给狗狗洗澡的步骤后，开始兴冲冲地拉着罗本去洗手间，先拿梳子帮它把毛梳顺了，再把水调到合适的温度，然后给它淋浴。

一开始，罗本还是挺乖顺的，但水淋湿身体后，它突然用力抖了抖身子。

长晴的脸上、衣服上瞬间都是水，鼻子里灌满了狗的味道。她僵了几秒，擦擦脸，继续给罗本倒沐浴露。

宋楚颐端着水杯走到客厅时，听到浴室里传来女人娇弱的声音：“哎呀，罗本，罗本，你别乱动，干妈绝对不是想占你那里便宜啊，就是想帮你洗干净，那里太臭臭了，你在外面找女朋友，人家会嫌弃的，会不想跟你生小宝宝的。”

他手里的水杯抖了抖。

里面再次传来惊呼声：“罗本，你怎么这么不听话啊，我都被你弄湿了，你别乱跑。”

一只湿漉漉的狗突然从浴室里跑出来，紧接着，一个湿漉漉的女人也跟着跑出来。

长晴之前为了方便给狗洗澡，换上了粉色家居长裤和白色短袖，这会儿全打湿了，短袖紧贴着肌肤，里面的内衣颜色清晰可见。

他长长地深吸一口气，闭上双眼，过会儿，睁开，看看自己的手掌，想了些不该想的。

那边，长晴满屋子跑了几圈，才抓到罗本的狗绳。

她气喘吁吁地走到宋楚颐面前，生气地说道："我终于知道你为什么让我给罗本洗澡了，你就是想折腾我。"

"谁让你猥亵罗本了？"宋楚颐扫了一眼她的衣服。

"你的思想太龌龊了，"长晴气鼓鼓地涨红了脸，"我只是帮它把那里洗干净，网上说了，不然容易得病。"

"我以为你是为了方便它生小宝宝。"宋楚颐优雅地尝了一口茶。

"臭流氓，我懒得跟你说。"没想到他都听到了，长晴懊恼地咬唇，认命地拽着罗本往浴室里走。

宋楚颐瞄了一眼她的背影后，一口茶水差点喷了。这女人，竟然没注意到裤子后面也湿了。

长晴拿吹风机给罗本吹干后，累得一塌糊涂。她万万没想到给狗洗澡这么累，她为什么要来做这些，就因为要征得宋楚颐的同意去拍戏吗？她简直是这个世界上最没家庭地位的老婆。

结婚一点儿都不好，有老公也不好。她唉声叹气地站起来，谁知，看到镜子里的自己时便傻眼了，她这衣服湿得也太透明了吧。

想起半小时前宋楚颐那异样的眼神，她面红耳赤，猛地捂住胸口，恨不得钻进地洞离开这个家。

长晴灰溜溜地回房间换衣服，看到湿掉的裤子时，她脸热得差点沸腾了。太丢脸了，一世英名都毁了。

她算是明白了，说不定这就是宋楚颐让她为狗洗澡的真正目的。哼，这一人一狗联合起来占她便宜。

宋楚颐这个大变态，外表清心寡欲，实则道貌岸然，伪君子。

第六章　亲爱的楚楚

翌日早餐桌上，长晴边吃三明治边用恨恨的眼神盯着对面姿态优雅的宋楚颐。

哼，这老色狼，装吧，装吧，反正她是看透他了。

管樱也真是的，竟然会说他那方面有问题，这消息太不靠谱了。

“昨天给罗本洗澡洗得不错。”宋楚颐用刀切了一小块荷包蛋入唇，轻声赞许。

长晴哼了哼。

“你哼什么？”宋楚颐挑起眉梢。

“你以为我不知道，真当我是笨蛋。你让我给狗洗澡，肯定就是知道罗本会把我全身都弄湿，然后你就可以……可以偷看我，真够变态的，”长晴用一种看变态的眼神看着他，“你是不是兼职当妇科医生当得心理有点扭曲了？”

宋楚颐好一阵无语后才丢了两个字给她：“有病。”

长晴哼哼：“装吧。”

宋楚颐摇摇头，不想多说。

长晴只当他心虚，抬头挺胸，道：“我想了很多，为什么我们才领证我就活得这么没地位？为什么我都要听你的？没错，我们虽然领证了，但我也有人身自由。只要我没有做背叛我们婚姻的事，你没有理由干涉我的行为。”

说完后，她有一种翻身农奴把歌唱的激昂。

宋楚颐放下刀叉。那叮咚的细小声音回荡在餐厅里，长晴对上他皱起的眉宇时，刚才还激昂的心情缩了缩，忙讪讪地笑了笑：“我开玩笑的，别当真，快点儿吃，吃完好上班。”

宋楚颐啼笑皆非地挑眉，都说女人善变，他算是看清楚了：“吃慢点儿，别噎着了。”

长晴点了点头，一点骨气都没有了。

节操这种东西可以有，也可以不用有的。

吃完早餐后，两人一块儿坐电梯下去，身边的男人云淡风轻地靠在电梯墙上，长晴越看越不爽，电梯一到，便恶作剧地挥了挥手：“亲爱的楚楚，拜拜！”

她说完，拔腿就往自己车上跑。

宋楚颐嘴角微动，她刚才叫他什么？楚楚？他真的想抽人了。

长晴上车后，想到外面宋楚颐难看的模样，心里得意极了，感觉自己终于小小地报复了他一下。

左骞在停车场碰到长晴的时候，小姑娘像只偷吃了糖的小狐狸一样笑得特别甜。

“心情不错？”左骞想到了一件事，心情微微复杂，“听台长说电视剧的女二号还是决定由你出演。”

“对啊。”长晴赶紧把脸上的笑收敛了下，不能太得意了，虽然她现在并不是因为能出演电视剧而高兴。

“在我面前想怎样就怎样吧，别装啊，”左骞瞅着好笑，“我知道你高兴。”

长晴咧嘴笑起来，露出两排洁白的牙齿。

左骞目光温润地看着她，忍不住伸出手摸摸她的头。

晚上七点多，长晴和左骞，还有几个圈内的嘉宾刚录完节目，管樱打来了电话。

长晴开车去了医院。她提前问过宋楚颐，他今天同事聚餐，不用担心会遇到他。

管樱还是开着她的小迷你，长晴还清楚地记得昨天吃饭时管樱说傅愈要送她一辆几百万的跑车，不过被她拒绝了。

长晴又想到自家老公，天天被他欺压，默默地叹了一口气。

人跟人果然是不能比的。

“长晴，你看我穿这样可以吗？”管樱一身牛仔裤、米色针织衫，打扮得清纯动人。

“很美啦，特别的良家妇女，阿姨一定会满意的，”长晴心情有点复杂地道，“小樱，你就一点都不怕遇到前男友吗？他可是为傅阿姨动手术的医生，我碰到过他几次。”

“你不是说他这个点下班了吗，再说……遇到就遇到吧。”管樱咬唇，她现在顾不了那么多了，一定要靠住傅愈这棵大树。

长晴皱了皱眉："其实……我见过宋医生一次，好像他人也不错啊，而且听我姐说他手术费可高了，就这次帮傅阿姨动个手术，就上百万的手术费。"

提起这件事，长晴就有点小气愤，这个宋楚楚赚这么多钱也不知会她这个老婆一声，要不是有姐姐帮她在医院里打听，她什么都不知道。

"是吗？"管樱愣了一下，强笑，"他是赚得到钱，不过他没办法帮助我的事业啊！"

"……噢，"长晴垂下眼睫毛，"那你是放下他了吗？"

"其实他的人品确实挺好的，"管樱突然面露几分心酸，"不过我们相处的时候，他对我也算不上热情。"

长晴心里有一丝疑惑，宋楚颐对管樱到底是怎样的感情呢?

病房里，只有一个看护在。

沈璐正在看电视，见她来了非常高兴。

长晴笑眯眯地侧身，让管樱先走过去后，介绍："阿姨，这位是管樱，我的好朋友，也是傅愈哥的女朋友，她一听说您生病了，就想过来看看您。"

"阿姨，您好，我是管樱，"管樱把礼物和鲜花递给看护，"我听傅愈说您最喜欢喝西湖龙井，特意托朋友从梅家坞那边带过来的。"

长晴心想管樱可真会说话，明明沈璐喜欢龙井是她告诉的，不过管樱这么说会让沈璐觉得她和傅愈关系特别亲密。

"你有心了。"沈璐端详着面前的女人，模样看着单纯，不过儿子摆明说了并不喜欢她，那应该就是没怎么上过心，但这个女人还能找来，显然是利用了长晴，看来挺有心机的。

沈璐笑了笑，不动声色地说："不过我怎么没听傅愈说过你要来看我的事？"

"傅愈太忙了，"管樱回答得温柔又端庄，"而且他这阵子医院和公司两头跑，我看他挺累的，可能也没足够时间陪伴阿姨，想着您在医院待久了恐怕会无聊，就想过来看看您，陪您说说话、解解闷也是好的。"

沈璐点点头，亲切地说："长晴，我突然很想吃医院门口的新鲜草莓，能给阿姨去买点吗？"

"好，那小樱，你陪阿姨好好聊聊。"长晴也猜到沈璐是要单独和管樱说话，叮嘱几句便出去了。

门关上后，沈璐喝了口白开水，脸上的温情已经不在："管小姐，有些话我不好当着长晴的面说，你毕竟是她朋友，但你心里应该很清楚，我儿子并不是真的喜欢你。”

管樱脸色不大自然地一阵阵发白。

沈璐继续：“你没必要花心思来讨好我，你们之间是出于什么原因走到一块儿的，你比谁都懂。我并不是讨厌你，只是我儿子心里住着一个女人，我很清楚，他不会娶你，永远也不会。你还是趁年轻好好抓住一些能把握得住的东西吧，不要去想那些不切实际的。”

“阿姨，我是真的很爱傅愈……”管樱没想到沈璐那么直白，脸色白了红，红了又白，又尴尬又难受。

傅愈心里有人，是谁？

“你走吧，”沈璐打断她，面露疲倦，“如果傅愈知道你今天来了这里，他肯定会不高兴的，他最讨厌的就是自作聪明的女人。”

人家已经冷漠地下了逐客令，管樱脸皮再厚，也不好意思再留下来。

“那……阿姨，我先走了，您好好休息。”她双眸微红地走出病房，心里难受，也有些气愤。

沈璐看不上她，她感觉得出来，但对长晴却笑得那么甜，看来果然是自己出身不行。

难不成沈璐是想让长晴做儿媳妇，傅愈心里的那个人也是长晴？

这个念头一闪即过，管樱不安了。

当初舍了宋楚颐攀上傅愈这个高枝，她便是豁出去了。

其实傅愈哪里有宋楚颐好，平时对她忽冷忽热，呼之则来，挥之则去。

相反，宋楚颐就不同了，虽然外表清冷，可骨子里对她是很尊重的，从不会看不起她。

她走出医院大楼，越想越心酸，也格外地想念和宋楚颐在一起的时候。

这时，她看一辆奥迪A7迎面开进来，熟悉的车牌号让她心跳加速。

透过窗户，管樱看到宋楚颐优雅的面容在夜色中掠过。她站在路中间竟然忘了动。一阵尖叫和紧急刹车后，一辆摩托车把她撞倒在旁边的草地上，司机也摔在一边。

管樱的手和腰一阵剧痛，好一阵子动弹不了。

摩托车司机骂骂咧咧地站起来：“你有病啊，叫你让开不让开，你是不是想死啊，想死一边去，别连累我。”

司机揉了揉大腿，又继续骂：“妈的，我腿都快摔断了，还不知道会不会骨折，这医疗费你必须赔了。”

管樱脸色煞白，这都什么事，明明是她被撞了，反过来却被人索要赔偿，不过面前的男人凶神恶煞，她是真有些害怕。

“我看你说话中气十足，能走能动，应该只是皮外伤。”身后，清冷的声音从围观的人群中传出来。

管樱心底一震，猛然转头。

来人身材挺拔，气质清雅，着黑色格子衬衣，八分长的裤脚下露出精致的脚腕和白色球鞋，显得一双长腿比例修长，犹如男模。他目光清冷又锐利，瞬间将那名司机压了下去。

管樱看到这张脸，眼泪一下子涌了出来：“楚颐，我好痛……”

宋楚颐低头看她，弯腰，卷起她的衣袖，她细白的手臂渗出血迹。他皱眉，周围的群众也议论纷纷。

司机恼道：“别以为你是她的朋友就可以以多欺少，刚才大伙都看到了，我的车滑出了很远，人也摔得很惨，现在不仅我人有伤，连摩托车也坏了，这事不赔就别想算了。”

“我刚才分明看到你的摩托车速度至少有四十迈，”宋楚颐不慌不忙地说，“这人来人往的医院里，你开得这么快完全就是超速，这是医院，随时会有病人经过，你有没有想过如果撞到的是一个患者，兴许已经送去急诊室抢救了，你有什么资格在这里大呼小叫。”

他站起来，目光凌厉：“这里四处都有摄像头，我可以把警察叫过来让他们好好看看，到底是谁的过错。”

“就是，分明是他开得那么快，活该！”人群里有人说道。

司机立即没有了刚才的嚣张：“行行，都有错，今天这事就这么算了，我的摩托车也不让她赔了，我自已修。”

他说完，一瘸一拐地去扶车。宋楚颐冷笑：“慢着，你撞了人就想这样走吗？这位女士被撞倒在地上半天都起不来，兴许受了内伤也不一定，如果你就这样一走了之，等会儿她的治疗费、CT费谁来出？”

司机气愤地瞪大眼：“你别欺人太甚，我也受了伤。”

“既然如此，那就一起检查吧，对了，我刚才已经报了案，交警已经到了。”宋楚颐的下巴朝刚到的警车努了努，弯腰抱起地上呆若木鸡的管樱往急诊室的大门走去。

“让一让，这里怎么啦？”刚从外面买了草莓回来的长晴发现这里挤了一堆人，好奇地凑进来瞅，正好看到宋楚颐抱着一个女人着急地离开。

她愣住，那个女人虚弱地依偎在他的胸膛里，不正是管樱吗？

“那个司机撞了人，还想讹人家钱，幸好那位大帅哥出来英雄救美，”站在旁边的一名90后少女花痴地说道，“你没看到刚才那男人有多帅，简直帅呆了，不过他好像跟那女的认识，那女的一见到他就娇滴滴地掉眼泪了。”

长晴突然很后悔过来了，感觉整个人都不好了。

管樱不是来探望沈璐讨好傅愈的吗，这会儿怎么又跑宋楚颐怀里去了？

也是，管樱刚才实在是太柔弱了，男人见到都是想保护的。

管樱受了伤，她是应该关心自己朋友的，不应该总想宋楚颐抱着管樱的画面。

可他们会不会旧情复燃呢？宋楚颐会不会后悔跟自己结婚了？长晴忽然很沮丧，也很懊恼。

她想，虽然她不爱宋楚颐，但宋楚颐毕竟是她老公啊。

过了一会儿，管樱的短信发过来：长晴，我有事先走了，我们回头联系。

这话的另一层意思是暂时不用找她。

长晴百感交集，难道管樱是怕自己打扰她和宋楚颐吗？

可是，管樱这样和宋楚颐在一起，傅愈哥怎么办，她怎么办？

游魂似的回到病房，长晴把草莓洗干净放到沈璐面前，问：“阿姨，管樱怎么这么快就走了？”

沈璐挑了一颗红红的草莓，才语重心长地说：“长晴，其实阿姨不喜欢这个管樱。阿姨知道你的性格，你这个人把朋友看得重，我这么说你朋友，你肯定不高兴。但长晴，不是每个朋友都能像你一样坦荡，管樱这姑娘和你不一样，她目的性很强，野心很大，这种人为了达到目的什么事都可以做。本来我不应该跟你说这些，但阿姨是为你好，也是真的疼你，把你当女儿一样，给你提个醒，掏心掏肺也要看人。”

长晴皱眉，思虑了一会儿，回答：“阿姨，您说的这些我都知道，管樱她确实和我不一样，但每个人都有每个人的目标。朋友嘛，无非是只要她对我真心，没有害过我，就够了。”

她承认，管樱有些行为她确实不喜欢，但这并不妨碍她们多年的友情。

“阿姨，每个人都有好的一面和不好的一面，就像傅愈哥，他在商场上也不可能是清清白白的，但他对您好，作为亲人，这不是足以令您欣慰的吗？”长晴认真地说道。

沈璐一时哑口，无奈地苦笑。

说这孩子单纯其实也通透，只是她还是很担心这个管樱会对她造成伤害。

离开医院，长晴买了阮恙最喜欢吃的麻辣烫去了她的公寓。阮恙刚洗完澡，披头散发、不修边幅地把她给迎了进去。

长晴嘟唇："老天爷真不公平啊，你都这个鬼样子了还这么漂亮。"

"天生丽质难自弃，没办法。"阮恙得意地竖起两根兰花指。

"滚。"长晴朝她甩去一记眼刀。

"哈哈……傻，"阮恙个子比她高，一把揽住她肩膀，"你不也很美吗？"

"美又怎么样，又没人喜欢我。"长晴沮丧地把自己丢进沙发里。

"怎么啦，有喜欢的人啦？"阮恙边吃麻辣烫，边好奇地问，"谁啊，这么没长眼神儿，咱们这么可爱的长晴宝宝都不喜欢，告诉我名字，姐帮你戳瞎了他的双眼。"

长晴抿着的嘴巴颤了颤，半晌才问："有酒吗？"

"帮你开。"阮恙立即开了瓶红酒。

长晴倒了半杯，直接闷了，涩涩的味道跟她的心情一样，她的眼眶也红红的、湿湿的。

"真难受啦？"阮恙也不开她玩笑了，正色道。

"我……"长晴张嘴，又不能提管樱，大家都是朋友，"阮恙，你说男人是不是都喜欢那种清丽动人、温柔婉约的女人，嗯，就像管樱那种。"

"没啊，如果要找女朋友，我肯定不找管樱，就找你这种简单可爱的，"阮恙笑眯眯地捏捏她的小脸，"长晴，我们四个人中吧，我太理智，朵瑶太无拘无束，管樱特别现实，只有你最纯粹，所以男人往往会更喜欢你这种，有时候你只是当局者迷，其实你很受男孩子喜欢，只是你自己没意识到而已。"

长晴愣愣地吸吸鼻子后，抱住她："阮恙，我就知道我是你的真爱，只有你最懂得欣赏我。"

"那必须的，你可是被我罩着的人。"阮恙端起酒杯和她碰了碰。

长晴酒量还算不错，可心情不好，半瓶酒下去，竟然迷迷糊糊地睡着了。

晚上九点二十。

简朴的公寓大门，宋楚颐扶着管樱走进去，打开墙壁上的灯。

屋里明亮，管樱从他怀里抬起柔弱又隐忍的双眼："楚颐，谢谢你，今天要不是你，我真的不知道该怎么办。"

"你已经说过很多次了，"宋楚颐把她放到沙发上，站直身子，"你早点睡吧，我先走了。"

"楚颐……"管樱突然抓住他的手腕。

宋楚颐皱眉，目光阴沉。

管樱落泪："我知道你把我想得很不堪，不过我是真的没有办法，有些事我从来没有跟你说过，我爸是个酒鬼和赌鬼，我弟也不懂事，成天只知道闯祸，家里所有的开销来源都是靠我妈在厂里从早到晚地辛苦工作。前些日子，我爸借了高利贷，追债的跑到家里来，把东西都砸了。我妈摔了一跤，住进了医院，哪儿都要钱，我没有办法，不得以才会选择傅愈。"

她哽咽地说着，泪水无助地流淌过脸颊。

宋楚颐英俊的脸平静无波，只是冷笑："这种事你不跟我说，却去委身于别的男人，管樱，你把我当什么，空气吗？还是你以为傅愈比我更有能力？"

"不是，不是，"管樱哭着摇头，"我怕你嫌弃我，你的教养那么良好，我担心你受不了我的家庭是这样的。楚颐，现实太残忍，我第一个男朋友就是知道我家的情况后离开了我，我太爱你了，我怕你不要我，而且我家这种状况也是一时半会儿改变不了的。我只能靠我自己，就算你能帮我，我也不想像寄生虫一样一直依附着你，给你带来麻烦。但我想让你知道，我从来没有这样去爱过一个人。"

她说着，握紧他的手缓缓蹲在地上，泪水滴在他裤脚上。

宋楚颐抬头闭眼，沉默了几秒钟，低头，把她拉起来，她握紧他的衣袖。

他掰开，神情冷淡："不管你说的是真还是假，从我看到你和傅愈在一起的那一刻，我们就已经结束了。路是你自己选择的，管樱，你自己好自为之。"

他说完，转身离去。

门关上的一刹那，管樱停止了哭泣。

宋楚颐的性格是怎样的，她了解，没指望能一下挽回他，她得一步一步来，今晚只是让他不再恨她。

宿醉的长晴睁开眼时，天已经亮了。

她脑子里下意识地闪过宋楚颐那张生气的脸，赶紧爬起来开机，有宋楚颐的三个未接来电和一条信息。

"晏长晴，我提醒你，你是个有夫之妇，夜不归宿是不是也该来个电话，别做得太过分了。"

长晴看了手机一会儿，敲字回复："还是那句话，当时结婚时说好互不干涉的，我只要答应你不闹出绯闻就够了，我回不回你那里睡，不需要跟你汇报。另外，你要明白，我们两个人之间没有感情，你不爱我，我也不爱你，请你以后别再像个老妈子一样对我管东管西。还有，我要出差，这几天都不回去了。”

发完信息后，长晴心里积压的那口气舒畅多了。她决定再也不搭理这个宋楚楚了。把她当什么了，病猫都有发威的一天。

正开车到医院停车场的宋楚颐，拿起手机一看短信，脸色就跟外面阴沉沉的天空一样，乌云密布。

他想把手机砸了。

本来也只是名义上的结婚，他用不着对她好，可看她孩子气的性格，有时候会不由自主地心疼她。

不过现在看来完全没必要，这就是个狼心狗肺的女人。

他下车，走到办公室，还是给展明惟去了个电话：“你帮我查查你们电视台晏长晴最近的行程。”

“你查她做什么？”展明惟捧着热茶优闲地喝着，“难不成宋医生看上咱们台的台花了？”

“她跟我领证结婚了。”宋楚颐轻描淡写地说。

“什么？”展明惟差点从椅子上摔下去，好半天才坐稳，“今天不是愚人节，别逗我啊！”

“我没逗你。”宋楚颐沉沉地开口。

“你该不会是因为……”展明惟貌似猜到了什么，欲言又止，“用不着这样吧？”

“结都结了，”宋楚颐叹气，“当初就该挑个圈外的，现在说这些也晚了。”

“行，我帮你查查，”展明惟摸摸下巴深思，“我和台里那些主持人打交道比较少，不过我倒是听秘书说过冯台长那老家伙一直想潜了你老婆。还有昨儿冯台特意跑我这儿来，说是上纬那边的傅愈前两天亲自打电话给他，要求这次与台里合资的电视剧女二号必须由你老婆出演，否则撤资。哎，你说晏长晴啥时候和傅愈也这么好了？”

宋楚颐摁摁跳动的眉心。

展明惟一拍大腿：“对了，你肯定不知道女一号是谁吧，就是你前女友——管樱。我去！这傅愈有能力啊，你老婆、前女友全都招惹……”

啪的一声，宋楚颐直接把话筒用力扣电话机上了，眸色逐渐幽深。

接连三天，长晴都没有回观湖公馆，宋楚颐也没来电话。

有时候，她忙完事情拿起手机看看，他一个电话都没有打过来，想想心里也是气愤至极。这个男人，说不联系就真不联系了。

周四，上纬集团在里约山庄举办晚会。

这次晚会主要是为了庆贺电视剧《黎明之前爱上你》即将开拍，长晴作为女二号也应邀出席。

傍晚六点，上纬那边亲自派了一辆车来电视台门口迎接。除了长晴，女四号池以凝，以及另外几位客串主持也都一起乘车过去。

车里，池以凝对长晴横眉冷对。

气氛冷得要命，其他几个主持人担心得紧，唯恐两人再次吵起来，好在总算一路消停地到达了山庄。

长晴刚下车，穿着超级拉风的卡其色风衣和红色高跟鞋的江朵瑶就走了过来，棕色的长发在迷离的灯下显得很飘逸，风衣下雪白的小腿妖娆性感。

“我的女神，什么风把您从戛纳的红毯上吹过来了？”长晴惊喜。

“哈哈，是管樱请我来的，我两个好闺密难得在一部剧里担任女一、女二，我这做好姐妹的再忙也必须过来捧捧场啊。”江朵瑶一出现，台里跟随而来的几位主持都争相过来打招呼。

“江小姐，还记得我吗？我是上回在巴厘岛采访您的主持人，”周日档的综艺节目主持人林韵腼腆地说，“真没想到您跟长晴的感情这么好。”

“噢，记得，”江朵瑶勾了勾唇，声音突然提高，“你们只知我跟长晴是同学，却不知道当年我和长晴还同住一个宿舍，那感情好得啊，裙子都穿同一条。”

她是近两年崛起的年轻艺人，粉丝群庞大。花园里站着的几个记者听到她的话立即拍下照片，晏长晴和江朵瑶是好朋友，这可是好新闻啊。

“长晴，没想到啊？”晚间新闻的夏诺艳羡地说，“你们学校同届出了不少当红艺人，还有谁是你的好朋友？你怎么都没跟我们说过呢，你平时也太低调了吧？”

“那是的，我们长晴一向都很低调，”江朵瑶似笑非笑地瞥了一眼站后面的池以凝，“所以常常让人以为她背后没人，好欺负，这位小姐，你说是不是？”

众人的目光顿时聚焦在池以凝身上，她面露尴尬，握拳，却也不敢和江朵瑶硬碰硬，只能勉强地挤出一丝笑容：“没有的事，长晴姐在台里一直很得我们这些晚辈的尊重，尤其是我，特别敬仰她。”

晏长晴摸了摸身上冒出来的鸡皮疙瘩，这个池以凝，演技简直比她还好。

江朵瑶也饶有兴趣地盯着池以凝，正要开口，长晴忽然挽住她的手臂，笑盈盈地说道：“时间不早了，先进去吧，我都有点饿了。”

她和江朵瑶并肩走在前面，身旁的女人不大高兴：“你不是一直说池以凝欺负你吗？今天正好我在，还想帮你出口气呢。”

“你已经表现得够明显了，”长晴心里是暖的，“你的心意我也明白，不过毕竟是我们台里的事，我不希望你卷进来。这个池以凝和我交锋了两年，她是个小人，明里暗里都能来。朵瑶，你如今虽然红，但还不如阮恙稳，更应该步步谨慎，弄不好，就会被安个耍大牌、欺压新人的名头。”

江朵瑶愣了愣，惊讶：“哎呀，你这丫头，如今想得比我还周到啊，当初我还一直担心你傻，不适合这行呢，可阮恙非说你不傻，还是她看得明白啊。”

“我不该傻的时候还是很清楚的。”长晴唇角立即勾起一抹得意。

只是，一抬头，看到迎面走过来的男女，脸上的笑容便挂得有些艰难了。

琉璃璀璨的水晶灯下，管樱着一袭白色长裙，美得飘逸出尘、清新脱俗，她身边的傅愈着一身墨黑的西装，里面的粉色衬衣没系领带，还解开了三粒扣子，凛冽中透着几分痞痞的味道。

这样的傅愈，长晴没见过，可一个成熟稳重的男人身上流露出痞痞的味道只会让女人更加着迷、怦然心动。至少今晚傅愈是女人眼中唯一的焦点。

但此刻这个男人却被管樱亲昵地挽着手臂，她脸上温柔甜蜜的笑，犹如一朵刚绽放的花骨朵。

长晴心里升起一股酸酸的羡慕。

为什么管樱就这么受男人喜欢呢？

“你们俩怎么现在才来呢？”管樱嫣然一笑。

“刚才和长晴，还有电视台的几个主持人在外面聊了一会儿，”江朵瑶和傅愈握了握手，说道，“傅总，您今天晚上真是帅气逼人啊！”

傅愈眼角缓缓地流出笑意：“长晴觉得呢？”

目光突然落在自己身上，长晴一怔，管樱心里也一紧，想起医院里沈璐说的话，立即看了一眼傅愈。

她和傅愈认识的时间不长，可他的眼神她还是能看出来点的，面对自己时，他哪怕笑的时候都是有些敷衍的，而这一刻，虽然看着也笑得淡淡的，但眼睛里却透着一种说不出的光彩，仿佛萧瑟的冬天终于迎来了一抹春色。

傅愈对着旗下的任何女艺人都没有过这样的目光。傅愈心里的那个人是长晴，她突然万分确定了。

管樱眼底滋生出一丝丝隐痛，为什么不是别人，偏偏就是长晴呢？

长晴身上有她所没有的一切，她虽然没有母亲，却能在父亲和姐姐的呵护下无忧无虑地成长。大学毕业后，大家都在为了能出名而努力，而她却因为有父亲的支持在电视台发展得顺风顺水。

如今晏磊不行了，又冒出一个青梅竹马的傅愈支持。

她有时候觉得自己跟长晴是没法比的。

她是羡慕、嫉妒的，也是攀比过的。

可也仅仅如此，因为长晴是她的好朋友，这个单纯的女孩曾经在她人生最困难的时候一次次鼓励她。

她们四个人的友谊从大学校园走到今天，是很不容易的。但为什么她现在一心想要高攀的人会喜欢长晴呢？她心里烦乱复杂，连手里的提包被她捏出褶皱都没察觉。

而长晴也是心乱如麻，头顶的琉璃灯甚至刺得她眼睛发疼，但脸上的笑却越发明媚，她尽量自然地说："对啊，傅愈哥真的很帅，和小樱就像一对璧人，特别般配。"

"真的吗？"傅愈也依旧在笑，可眸子里似乎有一股汹涌的暗流在涌动。

长晴捕捉到了那股暗流，怔了怔，心里掠过一丝奇怪的感觉，但很快又忽略掉了。

傅愈哥可能是听到自己那么说太高兴了。

"是啊，"她再次点头，眼神清澈，"再没见过比你们更般配的情侣了。"

傅愈放在口袋里的拳头慢慢握紧，盯着她看了一会儿，温声说："我有点儿事先去忙了，你们三个聊聊体己话。"

"嗯，去忙吧。"管樱温顺地放开他的手臂，用温柔的视线目送他的背影。

江朵瑶的手在她眼前晃了晃，打趣道："人都走了，还看，我大老远为了你们过来，能好好地招待一下我吗？"

"我的错，我的错，来，带你们去吃东西。"管樱一左一右地牵着两人往阳台上走去。

夜空中，一抹明月高挂，皎洁又安静。

桌上放着各色美食，江朵瑶随手拿了瓶中的一朵花束，一看，惊讶："原来是花束饼干，真精巧。长晴，尝尝，你刚不是饿了吗？"

长晴拿过，吃了一口，心情不好，味道也如同嚼蜡。

江朵瑶和她们两个聊起了一些拍戏方面要注意的事项，不过也就说了十多分钟便被她的经纪人叫去接受记者的采访了。

“朵瑶真红呢，来了这么多明星，记者唯独想给她做专访。”管樱羡慕地说。

“你很快也会有这么一天的，”长晴拿起果汁润了润唇，忍不住问，“其实……那天在医院我买完草莓回去正好碰到那位宋医生抱着你离开。小樱，你是怎么想的？”

她说话的时候瞄了一眼管樱，刚才她行走自如，根本不像有伤，这说明她那天只是皮外伤。

管樱拂开眉间一缕垂落的秀发，低头安静地说：“那天我被摩托车撞倒了，幸好他出面帮我解围，我其实也没想让他抱着我离开，可是他很关心我，执意要抱我去医院拍片才放心。长晴，我没告诉你是……是怕你误会，想多了。”

长晴突然后悔问了，可嘴巴贱，又多问了一句：“那后来也是宋楚颐送你回家的吗？”

“是啊，一直送我到家里。”管樱眼角露出暖色。

长晴心底微微一动：“你不会……又放不下他了吧？”

管樱别开脸，望向她身后盛开的芍药，回答：“长晴，我和你不一样，我很清楚自己想要的是什么。”

长晴皱眉：“我不管你要的是什么，但我不希望你做出脚踏两只船的事情来。”

“因为那个人是傅愈？”管樱忽然盯着她看。

她突然这么问，长晴猝不及防，眼神不经意地闪烁了一下：“当然，傅愈哥是个不错的好男人。”

管樱笑了笑。

是吗？恐怕只是对她一个人好，所以在她眼里才是个好男人。可对自己来说，他根本不是。

“管樱，你来一下，我介绍一个导演给你认识。”管樱的新经纪人薛高急匆匆地走过来说。

管樱站起来，走出几步，问：“长晴，你要不要跟我一块儿……”

她话还没说完，就被薛高拽着走了。

路上，薛高板着脸数落：“你不要以为有傅总在后面撑着，你就有这个资本提携朋友了，他能捧你几天你就自个儿好好抓住这几天机会。你身边的朋友，就算关系再好，入了这行，都是竞争对手，你带她过去，要是导演看上她怎么办？没有自私自利、不择手段的决心就别想在这个行业发展。”

阳台上，长晴默默地吃东西。

薛高在想什么，她清楚，不过她也根本没想去。

“这谁啊，刚才不是有好姐妹在陪着你吗？”池以凝突然出现在长晴的视野里，娇艳的脸上挂着冷冷的笑容，“我现在都有些怕跟您说话了，毕竟如今您可是台里的红人，除了和左骞关系不一般，还攀上了傅愈这棵高枝。长晴姐，您也教教我啊，说说到底用了什么法子啊？”

长晴心情本来就不好，一听她的话就火大，干脆道：“是啊，我现在可是有傅愈撑腰，你要小心点，说不定我告你一状，你怎么离开台里的都不知道。”

池以凝脸色骤变：“行，三十年河东，三十年河西，我们看看谁能在台里笑到最后。”

楼下的阳台上，展明惟摇了摇杯中鲜艳欲滴的液体后，看向刚来不久的宋楚颐，轻轻举杯，笑得不怀好意：“又是一个有傅愈撑腰的女人，不过你这个老公的存在感是不是太低了？”

宋楚颐的脸色已经和外面的月光一样清冷。他放下水杯，面无表情地转身离开了阳台。

展惟明好心情地展开双臂依靠在护栏上，看样子楼上不久将有场好戏要上演，他得好好看看。

长晴一个人吃了一会儿，觉得索然无味，正好注意到靠墙的斗柜上放着两瓶红酒，她这人其实有点随了晏磊的喜好，偶尔馋酒。

她拿起一瓶准备打开，身后突然传来男人略沉的声音：“我竟然不知道我老婆还有好酒这一口。”

回头，今晚的宋楚颐西装笔挺，帅得差点闪花了她的眼，平时看起来高冷得就像墨画，今晚挺拔伟岸，丰神俊朗，绯色的眼窝深处薄光闪烁。

长晴手里的开瓶器倏然滑落。

他一只手从下面接起，绯薄的唇优雅地动了动：“就算人家傅愈没时间陪你，也用不着一个人在这里喝闷酒吧。”

“你……你怎么会在这里？”她傻乎乎地问。

她问完，立即紧张兮兮地往他后面看，希望这个时候管樱她们不要过来。

“怕被傅愈看到？”宋楚颐抓住她的手腕，面容在夜色中显得格外暗沉。

“当然不是，”长晴说完后，突然想起自己干吗要害怕，错的又不是她，于是又瞪眼改口，“看到又怎么样，反正我行得正、坐得直。”

“那刚才也不知道是谁说现在可是有傅愈撑腰，得罪她的人怎么离开台里都不知道。”宋楚颐看到她忽然变红的脸，只当她心虚。

长晴确实是心虚，眼神也尴尬地闪闪烁烁：“我那是故意气池以凝的，她老羞辱我。”

“她是真的在羞辱你，还是确有其事？”宋楚颐深邃的眸静静地盯着她。

长晴回过味儿来，涌上深深的怒意：“你也和她一样认为我是那种人？”

“长晴，今晚的话我亲耳听到，傅愈为了你亲自和你们台长谈条件，女二号不是你就撤资，事到如今我还能相信你和傅愈没有关系吗？”宋楚颐握着她的手腕微微用力。

长晴吃痛地皱起眉角，眼睛酸涩，也很委屈、气愤。

台里有再多谣言她忍忍也就算了，可连他都这样说，她很失望：“宋楚颐，我告诉你，我跟你结婚的时候我清清白白。”

“那是，初吻都还在，”宋楚颐薄凉地笑笑，“长晴，其实我知道你的第一次也还在，那次帮你做检查的时候我就发现了，所以这也是我愿意那么快娶你的原因，你说了你的职业后，其实我心里挺讶异的，在你们这个行业里，很少还有你这样坚守自己的。”

“原来……那你当时还说那些羞辱我的话。”长晴涨红了脸，身体像着了火似的，灵动如水的双眼羞愤地瞪了他一眼，又羞恼地咬唇，软嫩的嘴唇像果冻一样红润润的，让人想咬一口。

宋楚颐遗憾地压下体内陌生的悸动，淡淡地说：“那天正好我心情不好，可能我对你们这个圈内的人都有偏见。不过这段时间相处下来，也许我还是不够了解你，我们这段婚姻也许错了，我不逼你，一年后我们就去办离婚手续。”

“离婚？”长晴震惊得表情都僵硬了。

她虽然和宋楚颐没有感情基础，但从来没想到过要离婚。

为什么突然提离婚了，难道是他发现他最爱的还是管樱，所以后悔跟自己结婚了？

“嗯，我们毕竟刚结婚没多久，突然说离婚，两家都不好交代。”宋楚颐转过身去，花园里并不明亮的光线落在他精美的脸上，颜色很暗，“一年后离婚，就说彼此性格不合适，也算是个合理的交代，何况一年后你父亲的公司应该也步入正轨了。”

这对长晴来说确实是个好消息，可心里却闷闷的，很不是滋味。

她想，也许是因为她自身的魅力太差了。

她低着头，宋楚颐仔细打量她今天的着装。

抹胸款的白色礼裙以完美的曲线贴合着她的娇躯，裙子上绣着一朵朵精巧的玫瑰花朵，脚上蹬着银色高跟鞋，乌黑的长发披在雪白的肩头，透着一股子羸弱又性感的美艳。

今晚这个女人美得会让任何一个男人生出一股想拥住她的冲动。

她的锁骨，她的肩胛，冰肌玉骨。

宋楚颐在心里微微叹一口气，说："但从我作为男人的角度考虑，我认为你离傅愈远一点会比较好。我相信你父亲、你姐姐都会这么认为。傅愈对你好，但他对很多女人都好，如果你在他心里真的有那么特别，他身边就不会还待着另一个女人。很多男人都只是想玩玩而已，但女人一不小心就会把自己的心赔了进去。该说的，我也说了，你以后也别总是躲着不回去，总在外面住也不安全，如果你不习惯和我住，我可以搬出去，让王阿姨住家里，你也不至于一个人害怕。"

他走到台阶边，宴会厅里明亮的光线也将他整个人晕染得柔和了。

长晴心里一滞，嗓子像被堵住似的。

他突然变得这么善解人意，她有些不习惯了。

"不用了，我搬到朋友那儿住就行了。"她低低地说。

宋楚颐看了她一会儿，开口："那随便你吧，晚会好像快开场了，我先过去了。"

他挺拔的身影离开，长晴低头，忽然发现那瓶酒一直被她紧紧地攥在手里。

第七章　夜宴

晚会开场，傅愈率先走上演讲台。

厅里站满了知名人士，可他面对众人依然气场十足，二十多分钟的演讲流畅自然。

展明惟靠在厅内不起眼的罗马柱边上抽烟：“这个傅愈不简单啊。”

“还好吧。”宋楚颐从容地切着手中的香煎小牛排。

展明惟吞吐一口烟，盯着他：“话说回来，你几时变得那么好了，还好心地提醒人家，并且答应一年后离婚。要是我，还真不会就这么算了，不就是个晏家吗，你宋少爷会放在眼里？”

“买卖不成仁义在，”宋楚颐面色始终沉静，“何况晏长晴和管樱不一样。”

“哪里不一样？”展明惟勾唇嗤笑，“难道因为她还是雏儿？”

宋楚颐放下刀叉，全身倚靠进座椅里，耸肩：“我们的婚姻本来就是一场交易，她不喜欢我，硬逼着她和一个不喜欢的男人朝夕相处，我们都不会开心。我提醒她，是觉得傅愈确实不像个好人，事到如今，我也没有更好的办法。”

“男人不坏，女人不爱，现如今就是这个道理，”展明惟挑眉，摊手，“管樱不就是个最好的例子。”

宋楚颐闻言，薄唇抿成一条冷峻的弧度。

长晴无精打采地坐着，目光不时在会场瞟，突然冯台长走过来道：“你们跟我来，展局长也在，和我一块儿过去打声招呼。”

众人一惊，立即小心地跟着冯台长过去。

夏诺惊奇地问冯台长：“展局长平时不是挺低调吗，怎么也会来参加这种宴会？”

“谁知道？”冯台长心里也烦，平时在台里威风惯了，最怕见领导了。

一行人过去，长晴惊奇地发现展局长身边坐着的竟然是宋楚颐，两人还有说有笑的。

“哎，那位是谁啊？长得真不错，跟展局长好像关系挺好的。”池以凝看到宋楚颐后有些花痴地说。

“是啊，看穿衣和举止应该是富家子弟。”林韵也点头。

弄了半天，宋楚颐是跟展局长一块儿过来的，宋家原来在电视台这么有人脉，她才知道。

她狗腿地想，早知道巴结好宋楚颐，她的事业简直扶摇直上啊。不过这个念头只是一闪即过。

“展局长，您过来怎么也不跟我说一声？”冯台笑得满脸褶子，过去和展明惟握手。

“正好无事可做，过来瞧瞧。”展明惟轻描淡写地说。

台里的领导和展明惟一一握手，最后轮到她们几个主持人上前说好听的话。

到长晴时，可能是宋楚颐在旁边，她太过紧张，和展明惟握了半天的手也没说出一句话来。

池以凝撇唇笑：“瞧瞧长晴姐，见到展局长紧张得连话都说不出来了。”

“哦，我是……是见展局长比去年更年轻了，太惊讶了。”长晴红着脸，结结巴巴地说。

“我瞧着，你是看我身边的人看得忘了说话。”展明惟眯着细长的凤眼望向宋楚颐。

宋楚颐如蝶翼般的睫毛轻轻一掀，有艳丽闪过。

众女主持都情不自禁地将目光停顿在他身上，池以凝屏息，问：“展局长，这位是？”

“这位是我兄弟，姓宋。”展明惟接过冯台长递过来的香烟，上身前倾，由着他帮自己点上。

冯台长一听展明惟的话，赶紧又小心翼翼地朝宋楚颐递去一根香烟。

“我不抽烟。”宋楚颐摆手。

那边，曹总编辑立即端了酒过来，展明惟笑道：“我这兄弟也不喝酒。”

“现在不喝酒也不抽烟的男人少啊。”林韵绯红着脸颊，瞅着宋楚颐。

像她们这些年轻漂亮的主持人谁不想攀高枝啊，展明惟结婚了，不能想，可眼前英俊的男人，单和展明惟是兄弟的身份就不得了。

展明惟三十三岁就能坐上局长的位置，为人精明、能干，他后面的背景极其雄厚，而能成为他兄弟的人，背景肯定也不一般。

“冯台、展局长，原来你们在这儿。”傅愈低沉的笑声先传了过来。

众人自动让开一条道，他和管樱一起走了进来。

管樱先看到长晴，再看到宋楚颐时脸色有些不自然。

傅愈眉间掠过一丝玩味：“咦，这不是宋医生吗？”

冯台长立即解释：“这是我们展局长的兄弟，傅总您也认识？”

“认识，当然认识，博瀚医院里神经外科医术最佳的宋医生我怎么会不认识？”傅愈轻挑唇角，“我母亲的病也是多亏了宋医生，手术很成功，一直想好好感谢宋医生，没想到大家竟然这么有缘。”

“还有这档子事儿？”展明惟抖了抖烟灰，笑得像只狐狸一样。

傅愈看向众人：“要不……一块儿玩骰子如何，猜数字，猜中数字的人就喝酒。”

“傅总，宋医生是不喝酒的。”林韵提醒。

“那不愿喝酒的人，可以玩冒险，如何？”傅愈摊开双手，他手上有薄薄的细茧。

冯台长等人立即赞同，展明惟也幽幽地点头。

宋楚颐似乎无法拒绝，只能点了点头。

玩骰子的正好十个人，五男五女。

落座的时候，展明惟突然朝长晴招了招手：“来，坐这边。”

傅愈拿骰子的手一顿，冯台长瞧得心里直打鼓，前几天不是才跟局长说过傅愈瞧上晏长晴了吗，这会儿局长又要丁吗？

管樱也看向傅愈，他低头，仿佛没听见似的在研究骰子。

长晴走过去，正好坐在展明惟和宋楚颐中间，她肩膀挨着宋楚颐，闻到他身上清冽的香味，像西柚的味道。

“猜吧，”那边，傅愈已经摇好了骰子，含笑提醒，“小心，别猜到点。”

长晴数了下位置，他里面有两个骰子，正好十个人，越到后面猜到点的风险越大，而她正好是倒数第三个，危险指数占七成。

她瞅了一眼宋楚颐，他正在云淡风轻地品咖啡。

她又看了一眼笑容挂得有几分勉强的管樱，也不知她在想什么。

“喝酒还是玩冒险？”

桌子上突然热闹起来，长晴一回神，发现冯台长中了。

“我随意，”冯台长看傅愈兴味十足，忙笑，“傅总，您吩咐。”

傅愈在一旁抽口烟，笑道："喝酒吧，白的。"

冯台长二话不说一口喝了。

第二回轮到冯台长摇骰子，这回轮到管樱，冯台长嘿嘿笑道："要不就亲咱们傅总一下吧。"

傅愈脸色一沉，冯台长猛地意识过来，忙又改口："还是喝酒吧。"

展明惟抖抖烟灰："这么大一杯白酒，女人喝下去不大好吧，改红酒吧。"

"谢谢展局的照顾。"管樱看到边上一言不发的傅愈只能强颜欢笑地点头。

又接连轮了七八回，众人也陆陆续续地中了几次。轮到展明惟摇骰子时，宋楚颐不幸猜中了。

"宋医生不能喝酒，看来只能大冒险了。"傅愈笑得兴致勃勃。

展明惟的嘴角翘了翘，用牙签叉了盘里一块杧果："要不然让晏小姐用嘴喂你吃了这块杧果，怎么样？"

气氛突然静谧极了。

几乎每个人的脸色都凝滞了，尤其是傅愈，笑意僵在那里，管樱也眼神错愕。

展明惟手里的那块杧果小得可怜，如果用嘴喂，唇和唇碰到的概率是非常大的，就算没碰到，呼吸交融也在所难免。

长晴难以置信，面红耳赤："宋医生输了，是他冒险，跟我没关系呀。"

"是啊，展局长这不大合理吧。"傅愈立即低沉地开口。

冯台长也着急地向展局长使眼色，可他像没看到一样，兴致十足："那刚才曹总编辑还亲了池小姐呢，怎么到咱们宋医生和晏小姐这儿就不合理了？楚颐，你认为呢？"

他看向旁边清冷的男人。

长晴的心提了起来，紧紧盯着宋楚颐的侧脸。

宋楚颐目光清冷地看了长晴酡红的面颊几秒，转开脸，倒了一杯白酒："我喝酒。"

他一饮而尽，杯子见底。

长晴呆了呆，盯着他白皙的脸庞，想起上回他在自己家里醉得一塌糊涂的模样，在桌下使劲扯了扯他的裤子，小声问："你没事儿吧？"

宋楚颐面无表情地摇摇头。

池以凝掩唇娇笑："宋医生，就这么不想跟我们长晴姐一块儿吃杧果？"

"你不觉得杧果太黄了吗？"宋楚颐淡淡扯唇。

众人一愣，哄笑。

展明惟拍着桌子，大笑："对对，太黄，来来，继续玩。"

"你们玩，我去趟洗手间。"宋楚颐忽然起身。

长晴和他挨得最近，一瞥，隐约发现他额头上泛着潮光。

又玩了一回，长晴手机突然响了，她借着这个机会离开了酒桌。

电话是长芯打来的，无非问她和宋楚颐过得如何，三言两语应付过去后，长晴想了想，往洗手间那边走去。

到那儿时，正巧遇到宋楚颐跌跌撞撞地从男洗手间里出来，他踉跄走了两步，靠在墙壁上，泛着潮红的脸微微往上抬，瞳眸微醺，线条流畅的下巴上还性感地流淌着水珠。

"宋楚楚，你还好吧？"长晴左右看看，无人，急忙蹑手蹑脚地走过去，埋怨，"你说你不能喝酒干吗还要逞强呢？"

宋楚颐眯着双眼与她对视，勾唇，竟邪邪地说："你的意思是希望我和你一起吃杧果？"

长晴的脸一热。

他背部离开墙壁，朝前走一步，却摇摇晃晃地往她身上倒。

长晴小声轻叫着扶住他，可他的身体完全压在她瘦小的肩膀上，她没得选择，只能搂住他的腰部。

地板上勾勒出两人抱在一起的剪影，长晴的心怦怦乱跳，后悔得要死，早知道今天不穿这条礼服裙了，肩膀全部露了出来，弄得现在宋楚颐好像跟她肌肤相贴似的。

她这是第一次跟一个男人这样亲昵地贴着啊。第一次有男人在她肩膀上喷着呼吸，又痒又麻的。

"你……你要去哪儿啊，还是回酒桌吗？"长晴紧张得不知所措，"或者回去？"

"你开。"宋楚颐从裤兜里掏出一把车钥匙。

长晴呆了呆："可是我……还在参加晚宴啊。"

"好吧，那我自己走。"宋楚颐离开她，扶着墙壁摇摇晃晃地走着。

长晴跺脚，可以让山庄的人送啊，这人……

不过想想，好歹也夫妻一场，长晴鬼使神差地走上前去搀扶住他。

两人是从后门出去的，长晴找到他的车子，宋楚颐跌进副驾驶位上，闭着眼睛，头往后仰。

长晴坐上驾驶位，发现他手捂着胃。

“你是不是那杯喝得太急，伤着了？”长晴没喝过白酒，可也猜到那杯白酒有多辣，平时不喝酒的人一口喝下去确实会扛不住。

宋楚颐抿紧薄唇没说话，只是手不停地揉着胃。

一个男人在自己面前露出疼痛的姿态，长晴是手足无措的，想了半天，从皮包里找出瓶青草药膏：“这个涂在肚子上，清清凉凉的，会没那么疼。”

宋楚颐扫了药瓶一眼，点点头，解开西装纽扣，将衬衣从皮带里拿出来，撩起，轻喘：“你帮我擦，我没力气。”

长晴看着他健美的腹肌，手不争气地抖了抖。

她一直以为就像小说、电视里描写的一样，只有女人醉酒才是撩人的，可原来男人醉酒也能露出这么娇柔的一面。

这样的宋楚颐简直太需要女人呵护了。

长晴深吸了口气，小宇宙爆发了。她蘸了点青草膏涂在他的腹部。

男人的肌肤也是细腻的，而且有点烫，烫得她手指头都在抖。

宋楚颐胸膛随着她指腹的揉动而起伏，长晴越揉越觉得男人上面的呼吸越沉重。

她微微抬头，他瞳孔灼烫得仿佛有火星子在跳动。

“不会是……越来越痛了吧？”长晴吓了一跳。

“……好些了，”宋楚颐把衬衣放下来，闭目，粗哑地说，“帮我系下安全带。”

“噢。”长晴拧好药瓶，凑过去取安全带。

她手不够长，半天也没摸到，不自觉地抬起身子。

宋楚颐再次睁开眼，看到的便是昏暗的车里，她身体仿佛匍匐在他身上，她的右手抵在自己靠背上，唇和他下巴的距离也极近，对方身上淡淡的果香溢满了鼻息。

他眼帘再微低，她今天穿了抹胸款的小礼裙，随着她的姿势，两抹雪白呼之欲出。

宋楚颐咬紧牙根，强压下身体里的悸动，把手放进裤兜里，问：“好了没有？”

“好了。”他尴尬，其实长晴也尴尬，她赶紧坐回驾驶位，心里扑通扑通乱跳。

车子开出庄园后没多久，冯台长给她打来电话：“长晴啊，你接个电话接到哪里去了，快回来，傅总都在等你呢。”

车里很安静，长晴手机声音又调得挺大，她下意识地看了眼宋楚颐，也不知他何时睁开了眼睛，朝她伸手：“把手机给我。”

“你要干吗？”长晴紧张。

“帮你解释。”宋楚颐手长，把手机从她耳边夺了过去，嗓音微醺地说，“冯台长……”

“宋医生……”冯台吃惊。

“是这样的，刚才我一杯酒下肚人不大舒服，正好遇到晏小姐，她送我去趟医院，麻烦你跟明惟说一声。”宋楚颐淡哑的声音里有种贵公子的威严。

“这样啊，没问题，没问题，先去医院要紧，改天咱们再聚。”冯台长连忙客气地说。

挂完电话后，冯台长心里却是叫苦不迭，这通电话还是傅愈授意的，这个晏长晴怎么这么能招惹男人啊。

回到酒桌上，他非常抱歉地把这个消息告知众人。

管樱怔住，傅愈眼底掠过一丝阴霾，展明惟玩味地笑了笑：“有点意思。”

冯台急得满头是汗，心想：有啥意思啊。

“我突然想起还有点事，展局长，你们慢慢玩儿。”傅愈猛然起身离开。

管樱是以他的女伴身份来的，当即脸色也变得苍白起来。

轿车里，宋楚颐放下手机，长晴激动：“你干吗那样说？”

“两个人突然失踪，我不说，会显得很可疑，”宋楚颐脸色冷淡下去，“放心吧，下次见到傅愈我会帮你解释。”

“你干吗老扯上我和傅愈。”长晴甩给他一副“你有病”的表情。

宋楚颐摁摁眉心，本来就头晕，也懒得跟她争，干脆闭上眼。

半个小时后，车开进市区，前面一排排长队排着。

长晴打开窗户往外瞅了瞅，看清楚后打了个哆嗦：“完了，前面在查酒驾。”

想退已经是不可能了，中间有护栏，这是单向行驶，边上有交警在走动，她刚才在山庄里喝了几杯红酒，如果被查到酒驾，她这种公众人物，肯定会占据明天的娱乐头条，弄不好还会被台里处分。

一路上昏昏沉沉的宋楚颐睁开眼往后一看，就这会儿工夫，两人车后面也已经堵满了车。

“天啊，还有记者在，”长晴整个人都慌了，欲哭无泪，“宋楚楚，明天我要是被台里处分，你能不能跟展局长打声招呼，好歹我也是为了送你回家。”

她使劲拽着他的袖子，宋楚颐被她扯得头疼，抽出袖子，说道：“你跟我换个位置。”

长晴反应过来，震惊不已：“可是你也喝了酒啊，你也会被处罚的，说不定会被吊销执照。”

“我有认识的熟人，不会那么严重。”宋楚颐把座椅往后调了调，弯腰往驾驶位上挤。

长晴感动之余像看怪物似的傻傻看着他：“宋楚楚，你突然变得这么好，我真的好不习惯。”

“你能不能快点，别磨磨蹭蹭的。”宋楚颐受不了她傻白甜的目光。

长晴心里还是过意不去，但想到真被拍到酒驾了，后果可想而知，尤其是她这种上升期的人，一点丑闻都不能有。胡思乱想中，她娇小的身体被宋楚颐抱到了副驾驶位上，长晴心里惶惶不安：“真的没关系吗？你刚才还醉得很厉害呢，还能摸方向盘吗？”

“我现在好些了。”宋楚颐轻轻踩油门，车子往前滑去。

长晴牙齿咬着拳头，弱弱地拍马屁，一脸小粉丝的模样：“宋楚楚，我突然觉得你好帅哦！”

“你自己把脸藏起来。”宋楚颐好笑又好气，收回目光，想去摸手机，心里突然一惊，手机难不成扔在山庄忘拿了？

他还想跟厉少彬那小子打电话呢，只要有厉少彬在，区区酒驾完全不是问题，可是没手机就是大问题了。他俊脸僵住。

这时，一名交警已经拿着酒精测试仪在敲窗户了。

戴上口罩的长晴只露出一双水汪汪的大眼睛，感动又内疚，紧张地望着他。

他心里暗骂了声，只能硬着头皮打开窗户。

交警让他哈口气，冷笑：“先生，你这度数高得可不是酒后驾驶，是醉酒驾驶啊。签个字，下车，跟我去一边坐坐吧。”

宋楚颐吐口气解开安全带，对长晴说：“你去前面拦个出租先回去吧。”

“没事，我等你。”长晴特别过意不去，这个时候她一定得仗义相陪。

“我劝你还是回去吧，等会儿还要去给他做个血液检查，弄不好还要拘留。”交警懒洋洋地说。

长晴蒙圈：“酒后驾驶要被拘留这么严重，是不是搞错了？”

“美女，他这是醉酒驾驶，严重多了。”交警招呼同事过来开车。

长晴吓怔住了，第一次知道这种事，她后悔了，早知道就不该换的，她被查了顶多就是个酒后驾驶啊：“其实刚才是……”

“你赶紧给我回去，”宋楚颐冷静地打断她，小声道，“我说了，我认识人，等会儿打个电话，不会被拘留的。”

长晴仔细一想，他不但认识展局长，还是宋家的人，便也信了：“那你什么时候回来，我等你。”

她的大眼珠诱人得像黑葡萄一样，宋楚颐心里默默叹息：“我那朋友过来说不定还要请他吃顿夜宵，你别等我。”

“那你没事了给我打个电话啊。”长晴慢吞吞地下车。

她离开时，看到宋楚颐站在马路边上，旁边站着几名交警朝他指指点点。一旁，马路灯光照耀在他发梢和侧脸上，长晴内心深处仿佛被什么轻轻戳动了一下。

这一刻，宋楚楚真的好man！

今晚的交警大队似乎格外热闹。

宋楚颐晕晕乎乎地坐在椅子上。

熙熙攘攘的大厅里，一个彪形大汉还在发酒疯，交警围上去，被他撂倒了好几个。

“你们什么东西，敢抓老子，知道老子是谁吗？这北城的警察局长看到老子都得叫一句大爷。”酒鬼分不清东南西北地破口大骂。

宋楚颐太阳穴一鼓一鼓的，这个时候好想找张床睡会儿，他这辈子最不行的就是喝酒，偏偏短短半个月醉了两次。

最糟糕的是这次还被弄到警局了，没有手机，也不记得号码，他今晚难道要在这里过了？

“宋楚颐是吧，根据交通安全法第九十一条，醉酒驾驶的，吊销机动车行驶证，我们还会依法追究刑事责任，五年内不得重新取得机动车驾驶证。”一名大队长居高临下地道，“今天晚上你们这些人都好好给我待着吧，明天酒醒了，该拘留的拘留，该交罚款的交罚款。”

宋楚颐脸色变了变，说：“我可以给家人打个电话吗？我今晚不回去，怕他们担心。”

“知道家人会担心还敢醉酒驾驶！”大队长嗤了声，把座机丢过去。

宋楚颐拨了自己的手机，没人接。

又试着拨了宋楚朗的号码，结果也拨错了。

这个用手机生活的时代，大脑早就不会浪费时间去记号码了。这时候他只希望展明惟能在山庄发现他的手机。

夜里十一点，长晴洗了个舒服的澡出来，朋友圈到处都在转发这次北城查酒驾的事情。

她脑子转了转，拍了张自拍，上传微博，并写道：今晚城中到处在查酒驾，幸好本宝宝没有喝酒。

微博上去后，得到网友的纷纷点赞和好评。

长晴坐沙发上捂着嘴偷笑。

罗本跳到沙发上舔她的脸，长晴一把抱住它，点着它的小鼻子说："是不是觉得我厚颜无耻啊，我告诉你，哪个明星不无耻的，不无耻的明星不是个好明星……哎呀，不过这么晚你老大怎么还没回来呢？"

罗本摇摇尾巴，傲娇地往她怀里蹭。

"你真是个没良心的，老大不回来你也不担心。"长晴想想，不放心地给宋楚颐打了个电话，没人接。

可能还在交警大队忙碌吧，就算找关系也是需要时间的。

不过宋楚颐不回来她估计是睡不着觉的，于是拿手机开始查醉酒驾驶的处罚，结果越看越心惊，这可是要拘留还要罚钱的啊。

宋楚颐真的太伟大了，幸好抓的不是自己。

她拍拍胸口，继续给宋楚颐打电话。

轿车里，展明惟半睡地倚在后座真皮座椅上，手机响了几次，他才被吵得不大耐烦地睁开眼。

他拿起一旁的手机，"晏蠢蠢"三个字浮动在屏幕上。

他笑喷，顿时一点睡意都没了。

这谁啊，宋楚颐竟然弄个这样的电话名存进去。

他按下接听键，里面立即传来紧张兮兮的女人声音："宋楚楚，你什么时候回来啊，没被怎么样吧？"

宋楚楚？

展明惟忍着嘴角抽搐，这两口子有点意思。

"楚颐他怎么了？"

"你不是宋楚颐？"长晴这才听出声音不大对，"那你谁啊？"

"晏长晴，你连我的声音都听不出来了，"展明惟清清嗓子，"今晚楚颐走的时候手机落在山庄里了，这小子喝醉了酒也粗心大意，幸好那里的服务生把手机交给了我。”

“……展……展局长……”长晴终于听出来了，吓得像学生见到老师一样腾地站起来，说话也不利索了。

“不用这么紧张，”展明惟温声问，“我知道你和楚颐结婚了，你刚说他怎么了，你们没一块儿回去？”

长晴立即把酒驾的事告诉展惟明，着急地嘀咕：“他说他有认识的朋友不会有事，可他没手机怎么联系人啊，该不会他真被扣留了吧？”

“你别急，我去交警大队问问，保管他今天晚上能回家。”展明惟安慰。

“那展局长，拜托你了，宋楚楚他都是为了我才被抓的。”长晴愧疚得不行。

这边，展明惟挂掉电话后，就给交警大队的熟人去了个电话，一番打听才知今晚确实有个叫宋楚颐的被扣了。

夜里一点，展明惟托了关系才把宋楚颐从交通队领出来，不过该交的罚款还是得交，同时两个月内不能开车，并且还要去医院做义工。

上车后，宋楚颐闭目休息，闹了这么一出，他实在有些累了，而且想到要去博瀚医院做义工，他整个人都有点不好了。

展明惟反倒兴致极好地拿手机刷微博，刷着刷着，突然哈哈大笑了起来。

“你抽风了？”宋楚颐心情极差。

“哎，你看你老婆的微博。”展明惟拿着手机放他面前。

屏幕里，出现一张晏长晴盘着丸子头的自拍照，纯素颜，肌肤吹弹可破，像刚出生的婴儿，五官明艳。但当他看到上面的字时，眉角禁不住抽了抽。

“幸好本宝宝没有喝酒。”她还要点脸吗？

“你老婆真够逗乐的，”展明惟乐开了花，“有意思，特别有意思。”

宋楚颐皱眉：“有意思个头，你怎么会有她的微博？”

“我一局长，台里主持人的微博我都有。”展明惟笑道。

“给我也申请一个。”宋楚颐直接把手机丢给他。

“哟，您平时万年不碰这个的，瞧不上我们这些小玩意，怎么突然要申请账号了？”展明惟挑眉打趣。

“有用。”宋楚颐鼻子一哼。

展明惟给他在手机页面下载了一个微博，很快申请了账号，取名“楚楚动人”。

宋楚颐登进去后气结：“展明惟，你有病吧，给我换了。”

“名字取了就不能换，”展明惟耸肩，“要不你自己去申请吧。”

宋楚颐再次哼了一声，没辙儿，随便关注了几个人后，便在晏长晴最新一条微博下评论：厚颜无耻。

将近凌晨两点，宋楚颐打开家里的门，一室明亮。

沙发上，一人一狗睡得挺香。

他把门轻轻关了，罗本从长晴怀里抬起脑袋。

宋楚颐换了鞋子走过去朝罗本招招手。

罗本委屈地呜呜了一声，乖乖从长晴怀里出来。

长晴迷迷糊糊翻了个身，香肩从睡裙领口里滑出大半，暖暖的光线打在她的脸上，静谧又风情。

宋楚颐站沙发边上看了会儿，把她从沙发上抱起来。

“宋楚楚……”女人粉唇咕哝了一句，纤细的睫毛抖了抖，脸在他胸膛上蹭了蹭。

他一怔，阴沉的目光在没有察觉的时候变得柔软，算她还有良心。

第八章　触动

清晨，黎明的光线从窗户外醒目地照进来，长晴伸了一个长长的懒腰，坐起来，才猛然意识自己怎么到了床上，她记得昨天在沙发上等着等着就莫名其妙地睡着了。

难道是宋楚楚回来后抱她进来的？她低头，发现自己身上还盖着被子呢。长晴心里漫起一股不知名的情绪，发了一会儿呆，立即冲出去。

王阿姨在厨房里做早餐，主卧的房门紧闭着。

长晴松了一口气，看样子宋楚颐回来了。

想到他昨天晚上的仗义相助，长晴走到厨房门口："王阿姨，您是要煎蛋吗？您教我，这蛋我来煎。"

王阿姨微微一笑："想给宋医生做早餐？"

长晴不好意思地搓搓手掌："也不是啦，我自己也想学学。"

"行，我教你。"王阿姨点点头。

长晴长这么大，碰锅的次数一只手都能数过来，她照着王阿姨的方法把鸡蛋打下锅，起初还好好的，后来不知怎的，油一爆，溅到她手腕上……

宋楚颐刚洗漱完，出来就听到厨房里一阵惨叫声。

"怎么啦？"他快步过去，长晴捧着自己的手，嘴唇、鼻子、眼睛疼得都快挤到一块儿了，那小模样，别提有多可怜了。

"长晴说想给宋医生煎个鸡蛋，结果不小心被油溅到了。"王阿姨忙说。

宋楚颐一愣，长晴默默地垂下头，完啦，宋楚楚肯定会觉得自己很没用。

"给我看看。"头顶响起男人清和的声音。

他轻轻地拿过她的手，长晴抬头，正好看到男人低下来的俊雅脸庞。

他吹了吹她红肿的手腕。

她呼吸一窒，肌肤仿佛泛起一层酥麻。

“跟我来。”他牵着她手走进浴室，他掌心又厚实又暖和，长晴一时竟忘了挣扎，直到他挤了一些牙膏轻轻揉散在她伤口处。

一股清凉的感觉散开，长晴没那么疼了，眉也皱得没那么紧了，只是脸怎么那么烫呢？刚才帮她抹牙膏的宋楚楚真的好温柔。

“以后别去碰油锅了。”宋楚颐看着她惨兮兮的模样，也实在不好责怪。

“我这不是想给你煎个鸡蛋感谢你昨天帮我吗？”长晴不好意思，“你昨天几点回来的？我昨天打你电话，才知道你手机落在展局长那儿了，后来是不是展局长帮了你？”

她眼神清澈，可宋楚颐却莫名尴尬，昨晚要不是展明惟来了，他可能真要在交警队过夜了，不过这种丢脸的事是不能说的。于是答道：“没手机我也还是记得朋友号码的，你别多想了，昨天的事已经解决了。”

“真的，网上说要拘留、吊销驾照、罚款的，”长晴面露崇拜，使劲奉承，“宋楚楚，你人脉真的好广啊！”

宋楚颐脸上掠过一丝不大自然的表情：“拘留和吊销驾照都不用，但是要在医院做义工半个月，两个月不能开车。”

“……这样啊，”长晴挠挠后脑勺，内疚，弱弱地说，“那我等会儿送你去医院上班。”

“可以。”宋楚颐点头。

外面王阿姨提醒早餐好了。

这几天长晴都住在阮恙那儿，早餐都是对付着吃的，今天王阿姨做了她最爱吃的西多士。长晴吃得有滋有味，一连吃了三块。

“喜欢吃甜食？”宋楚颐瞄了眼，留意到了。

“嗯，”长晴用力点头，吃着吃着，她突然想起一件事来，“那个……昨天晚上我说搬出去，不过这两天我有点忙，后天要准备进剧组拍戏，等我拍完戏回来就搬。”

“在哪儿拍戏？”宋楚颐放下牛奶杯问。

“德勤寺那边的一个葡萄园，离北城没多远。”

宋楚颐挑眉：“拍乡村爱情剧？”

“才不是，”长晴使劲摇头解释，“都市爱情剧好吧？我们只是在那边取景，那边风景很好。”

“这样……”宋楚颐没再多说。

于是，长晴开始边吃早餐边刷微博，看到一个“楚楚动人”的评论时，她有点心虚，又有点气愤。

“你干吗呢？”宋楚颐问。

“看微博，”长晴嘀咕说，“现在的人说话好难听，老骂人。”

宋楚颐忽然想到了自己昨天在她的那条微博下的评论。

中午，电视台，长晴坐椅子上让化妆师给她弄头发。

放在大腿上的手机突然震动了一下，长芯发来了微信：快看快看，你老公在医院做义工！做义工也做得这么帅的人史无前例啊。

长芯幸灾乐祸地发了一小段视频过来，人山人海的门诊大厅里，宋楚颐身穿红马甲、头戴小红帽，站在多媒体设备旁边，他旁边围绕着一群老老少少，七嘴八舌地询问着就医事项，可宋楚颐并没有嫌烦，而是耐心地告诉他们该如何挂号、就诊、取药。

长晴想起了在医院里第一次见到宋楚颐的时候，他穿着白大褂，举止优雅，给人一种高不可攀、俊逸出尘的味道，但现在他从人人敬仰的主刀医生，成为义工，也没有半点不耐烦，如果是自己，肯定会不耐烦地抱怨了，更别说宋楚颐那傲娇的名医了。

长晴拿着视频反复看了又看，越看越觉得当义工的宋楚颐很帅，而且涵养也特别好。

她退出微信，犹豫了一阵，给宋楚颐打了个电话：“我今天六点钟能录完节目，要我来接你吗？你不要误会哦，我是看你昨天帮我了，觉得挺过意不去的。”

“……好。”宋楚颐那边似乎挺吵的，他也在忙，没多说。

挂掉电话后，长晴嘴角勾起一丝笑容。

化妆师邓伦笑道：“谈恋爱了？”

“没有啊。”长晴立即否认。

“刚才看你那笑容还以为你有喜欢的人了呢。”邓伦笑了笑。

长晴浑身一怔，喜欢的人，宋楚颐？她才没有呢。

她只是心里歉疚，而且宋楚颐喜欢的是管樱，这点她没忘。

长晴看着镜子里的自己，嘴角的笑容莫名消失了。总之，宋楚颐人不坏，做朋友还是可以的。

五点提前录完节目，长晴打开手机，有两个长芯的未接来电。

她换了衣服便拨过去，长芯说：“刚才你老公被人打了。”

长晴吓了一跳："啊？"

"下午宋楚颐在禁烟区做义工，谁想碰到一个刚死了亲人的家属，你老公让他别在医院里抽烟，结果对方二话不说就动上拳头了，把死了亲人的气全往你老公身上发了。"

"怎么这样啊？"长晴气呼呼地说，"死了亲人就能随便打人吗？那宋楚颐被打得很严重吗？"

"也不重，就是被打了两拳，"长芯啧啧地说，"不过宋楚颐真是好度量啊，硬生生躲着没还手，不过也没办法啊，医生是不能跟家属起冲突的，闹大了传到网络上，对他的前途会有影响的。哎呀，我觉得你晚上还是好好安慰安慰你老公吧。"

长晴听得心里越来越难受。

她开车过去，在门口等了五分钟，宋楚颐才出现在视野里，他还是穿着早上的衣服，黑色长裤、黑色圆领针织衫。

他皮肤白，穿黑色也是极养眼的，只是脸上带着伤口，眉角贴着创可贴，乍一看有点儿像香港电视剧里的古惑仔，再加上脸色臭臭的，看得她心里怕怕的，说话也小心翼翼了："我姐跟我说了，你做得对，是病人家属不对。"

宋楚颐面无表情地看她一眼。

长晴心里咯噔一下："那个……你是不是很痛，我知道你心情不好，要不是你昨天帮我，也不会去做义工，更不会遇到这种事。"

"我帮你是因为昨天是我让你送我回去才碰到那种事的，"宋楚颐淡淡地叹口气，"你要是觉得过意不去，今天晚上请我吃饭吧。正好王阿姨今晚有事，家里没人做晚饭。"

"……噢，这个没问题，"长晴发动车子，又苦恼了，"你喜欢吃什么？"

"随便。"

"我最怕随便了，随便说个菜名也好啊。"长晴嘟了嘟粉粉的嘴唇。

宋楚颐别开脸去，手抚了抚额，埋怨："你说你一个女人，又不是小孩子了，能别一天到晚嘟嘴吗？"

长晴嘴唇垮下去，算了，他心情不好，自己不能跟他吵："那我就去吃我自己想吃的了，你吃不习惯别怪我啊。"

宋楚颐没反驳，最后长晴挑了一家韩国宫廷式烤肉馆。

进去的时候，宋楚颐的步伐在门口顿了一下，眼神很奇怪："你确定要吃这个？”

“你不想吃吗？”长晴使劲盯着海报上的雪花牛肉。

“……吃吧。”宋楚颐抬腿走进去。

服务员带着他们上二楼，里面的包厢也是韩式的，没有椅子，需要脱鞋，盘腿坐。

服务员拿菜单给他们两人看，长晴客气地问宋楚颐：“你想吃什么？”

“你先点。”宋楚颐还在仔细看菜单。

长晴不客气了：“给我来一份猪五花、雪花里脊、牛排、大明虾、炒年糕、培根金针菇卷、水果拼盘……”

末了，问宋楚颐：“你想好要吃什么了吗？”

宋楚颐没理她，合上菜谱，抬头对服务员说：“差不多了，来一壶龙井。”

“好的，”服务员笑着点了点头，忽然犹豫地看向长晴，“请问您是不是《挑战到底》的主持人晏长晴？”

“是啊。”长晴听说这家店的服务很高端，也来过不少明星，更不担心隐私会泄露出去，所以大方地点头。

“我一直都很喜欢看您的节目，也是您的忠实粉丝，能帮我签个名吗？”服务员拿出纸笔激动地递过去。

长晴眉飞色舞地签了自己的名字。

服务员离开后，她得意地冲宋楚颐哼了哼：“看到了吧，我还是很红的。”

她不会忘了以前某个人嘲笑她不红。

宋楚颐眼帘一掀：“当了那么多年主持人，要是一个人都不认识你，那也挺糟糕的。”

“我不跟你争。”长晴低头开始玩手机。

没玩多久，一只手突然伸过来拿走她手机，她抬头，皱眉：“你干吗？”

“跟人在一起吃饭的时候不要总拿着手机玩，不礼貌。”宋楚颐把手机往一旁丢。

“可是不玩手机干什么，”长晴乌黑的大眼睛不解地看着他，撇嘴，“我们又没什么话说。”

宋楚颐皱眉，眉峰犹如山峦般，耸得高高的。

长晴缩缩脖子。

“跟我在一起的时候有这么无聊吗？”宋楚颐阴沉地问。

“不是不是，”长晴赶紧摇头，小心地说，“我就是不知道该说什么好，怕你生气啊。”

她小脑袋瓜低着，像个做错事的孩子。宋楚颐抿紧唇，一时沉默。一直到服务员把好几个大肉盘端上来。

宋楚颐看着那几个巨大的肉盘头疼。

服务员把肉放上烤盘，不一会儿，肉就被烤得滋滋响，肉香四溢，长晴立即满血复活地拿生菜包着吃，大快朵颐。

宋楚颐算是明白了，她第一次在公寓吃饭抱怨没肉吃根本不是伙食差，是她本来就是个食肉主义者。以前和管樱出来吃饭的时候，热量稍微高的食物她总是碰也不碰，所以每次出去吃饭都是个烦恼，长晴倒好，无肉不欢。

“你这样吃不怕胖？”宋楚颐实在忍不住问。

“我没那么容易发胖，”长晴喝了口水说，“等会儿回去做一百个仰卧起坐就好了。你不知道，我都好久没吃烤肉了，这个一定要用生菜包着吃，特别好吃。”

她说完，还热情地夹了片五花肉用生菜一包，递给他。

宋楚颐正要去接，忽然看到她舌头在满是油的嘴巴边缘舔了一下。

他小腹一紧，默不作声地接过生菜。

一顿晚餐，长晴吃得最欢，各大盘子里的肉片几乎被她横扫一空。

宋楚颐早早就停下筷子，默默喝茶。

等她吃完，已经快八点了。

“走吧。”宋楚颐站起来。

“我吃得好饱，腿也盘麻了。”长晴乌黑的大眼珠慵懒地看着他。

他只好伸手过去拉她。

埋单的时候，长晴正要刷卡，服务员满怀歉意地说：“不好意思，今天我们POS机出了点问题，不能刷卡。”

长晴窘，尴尬地翻了翻钱包，然后可怜兮兮地看向宋楚颐。

宋楚颐个子高，看到她里面少得可怜的一百块钱。

他无语，掏出自己的钱夹，取出五张钞票递过去。

走出烤肉馆，长晴感激万分：“真的不好意思啊，本来说好请你的，这样吧，回头我取钱还给你。”

“不用了。”宋楚颐道。

“不行吧，这样不太好啦。”长晴又嘟起粉嫩的唇。

“这餐算我请你，下次你再请我。”宋楚颐思考了一会儿，侧头说。

“嗯。”长晴觉得这主意最好。

吃饱喝足后，两人直接回了家。

一进家门，长晴就瘫坐在沙发上，宋楚颐回房洗澡，出来时，看到地上铺了一张瑜伽垫，长晴躺在上面拼命做仰卧起坐。

罗本淘气地趴边上围着她闹。

“二十一、二十二……”长晴推开狗脑袋，上身挺起来，嘴里吃力地念着。

“要我帮忙吗？”宋楚颐走过来，指着她两只翘起的脚，“你这样好像没什么效果吧？”

“呃……好啊。”长晴不大好意思拒绝。

宋楚颐蹲下来压住她两只腿：“还差七十八个，是吗？”

“呃……是的。”长晴点头。

“开始吧。”他清眸望着她。

她躺在地上，这样被他盯着，莫名觉得浑身不自在，脸热得很。

但也没办法，只能硬着头皮继续做。

结果才做了四十二个，她便憋得满脸通红，气喘吁吁，瘫在地上半天也起不来。

“你不是要做一百个吗，这才多少个就不行啦？”宋楚颐双目落在她起伏的胸口上。

为了方便仰卧起坐，她特意换了件浅黄色的家居服，胸前的拉链被她拉到下巴处，但也因此显得她胸前就像一座起伏的山峦。

他吃力地移开视线，长晴半咬着鲜红的唇，额头上的汗水打湿了刘海，她吃力地挺坐起来，嘴角发出嗯嗯的喘气声。

长晴浑然不觉，嘟着唇朝他哀求：“我不行了，不行了，真的不行了……”

宋楚颐听着这些话，想到了一些不该想的画面。

“我不做了，”放在脑后的手伸起来使劲摇摆着，长晴娇喘，“我放弃了，好累。”

她撑着手臂坐起来，见宋楚颐还压着自己的腿，还压得越来越用力，便推他：“你别压我了。”

她抬头，忽然发现宋楚颐的眼神很奇怪，特别深沉，特别炽热。

她睁大明亮的桃花眼疑惑地看着他，不知怎的，下意识地感觉嘴唇一阵干涩，忍不住用舌尖润了润唇。

他脑子里那一根绷着的弦终于断了。

他俯下身，精准地捕捉住那张一整晚都在诱人的粉唇。

他提醒过她，让她别总嘟来嘟去的，可她就是不好好听话，不听话就算了，吃饭时还总用舌来润唇，回家还在客厅里做仰卧起坐，她难道不知道这样的姿势在一个男人面前有多诱人吗？

他灼烫的大手紧贴住她纤细的腰身。

长晴瞳孔蓦然睁大，不知所措。

有没有搞错，他竟然在吻她。

她的初吻……

长晴以前设想过无数次她的初吻，她和傅愈，花前月下，在幽静的小湖边，或者在幽暗的电影院里……

可是从来没想过会是宋楚颐，而且这莫非就是传说中的法式热吻？

她迷糊地想起阮恙曾经在宿舍里说过法式热吻就是唇和舌在交舞，那种滋味儿会让人心跳加速。

好吧，她现在真的心跳加速了，而且快得要从胸腔里蹦出来了，浑身的力气仿佛也慢慢被抽空了似的，软绵绵的，一点力气都使不出来。

紧接着她被一股力道推倒在瑜伽垫上，柔软娇小的身体被他笼罩在身下，长晴只觉得一切发生得太突然，被吻得气喘吁吁，大脑充血。

此刻，他的唇吻到了她的耳根。

长晴觉得自己绣花枕头一样的身体好像突然酥了。

他怎么能够这样吻她呢？

长晴慌了，脑子里拼命地抓住一丝清醒："那个……我们不是一年后要离婚吗？"

一旁的罗本原本正好奇地趴在地上研究男主人是不是在欺负女主人，可这会儿突然之间男主人没动了，好像被定住了似的。

宋楚颐浓墨般的眼神里光泽一点一点聚拢，他低垂着头，头顶的吸顶灯光线被他遮去了一大半，一张脸也因此显得幽暗不明。

长晴就这样躺着望着他，一颗心也起伏不定，这样的宋楚楚看着好陌生啊。

她努力移开视线，突然看到自己上衣的拉链滑到了腰上。她整个人顿时像被火灼了似的面红耳赤地把拉链再拉到下颚处。

宋楚颐喘息地握了握拳头，起身一言不发地摔门回房。

砰的关门声回荡在客厅里，罗本好像也被吓了一跳，受惊地往长晴怀里躲。

长晴神情呆滞地抱着它，感觉也被吓傻了。她真的不知道他在想什么。只是帮着她做仰卧起坐，怎么突然之间就吻她了，吻就算了，还……

她低头看了看自己胸口，然后哆嗦地使劲甩甩脑袋，想把那些发生的事情甩掉，可越甩反而越发记忆犹新。

她跟他这样究竟算什么呢？长晴心里是难过的，不过她也不认为宋楚颐是个猥琐的男人，这些日子相处下来，她了解到他脾气虽然坏点儿，爱板臭脸，但对她还是不错的，可能孤男寡女住在一个屋檐下本来就不大好。

这天晚上，长晴华丽丽地失眠了。

半夜，宋楚颐突然听到罗本的叫声，门缝外，客厅影影绰绰的灯光透进来。

他起床走出去，正好看到长晴捂着罗本嘴巴蹲在电视机前，电视柜里一个抽屉敞开着，好像被翻动过，只是见他出来的时候，乌黑的大眼睛闪过一丝局促和尴尬。

“你不睡觉在做什么？”宋楚颐瞧她眉头紧皱、脸色苍白，一只手还捂住肚子，心里微动，“不舒服，肚子痛？”

长晴眸色痛苦地道：“你还真是神医啊，我什么都没说你就知道了。”

“是不是肠胃不舒服？”宋楚颐淡淡地问。

长晴点头如捣蒜，这会儿也顾不得矜持和之前的尴尬了：“刚才睡着睡着突然肚子痛，疼醒了，涂了青草膏也没用，我想找找看抽屉里有没有药。”

“你当你的青草膏是万能的啊？”宋楚颐眉头皱了皱，“谁让你晚上乱七八糟地吃得那么多，家里没药，我平时不生病的。”

长晴要哭了：“你一个医生家里连药都没有，像话吗？”

“我又不是开诊所的，”宋楚颐弯腰，“哪里痛？”

长晴指了指胸下面那一块，她指完后突然意识到自己没穿内衣，呆了呆，赶紧捂住自己胸口，低着脑袋往自己房里溜。

宋楚颐拉住她胳膊：“你自己先多喝点儿热水，我去给你买药。”

长晴停下脚步，感激地看着他，显然不敢相信他会那么好。

宋楚颐没看她，自己回房，随便换了身衣服就出门了。

长晴穿好内衣后，喝了一杯热水，可疼得实在难受，干脆就蹲在厕所里。

不到三十分钟，宋楚颐就回来了，长晴从卫生间出来，已经快虚脱了，她把药就着热水吃了。

宋楚颐让她回房躺着，药效上来后，疼痛缓解了不少，长晴不到十分钟就迷迷糊糊地睡着了。

九点多钟醒来，王阿姨对她笑道："宋先生去上班了，他说让你把早餐吃了再吃药。"

长晴看着桌上的药盒，心情复杂得都不知道说什么好了。

吃早餐的时候，时间还充裕，她拍了张模样憔悴的照片，然后发微博：宝宝生病了，可怜。

微博传上去后，没多久，文桐、左骞、阮恙、傅愈等人就纷纷打电话过来问候。

长晴感受到了浓浓的友情关怀，心里满满当当的感动。

中午，宋医生做完义工，休息吃饭的时候，无聊得随手拿手机看微博，看到长晴最新的一条微博时，嘴角无语地勾了勾，他直接在下面评论两个字：做作。

晚上，长晴在晏家等着吃晚饭时，指着微博上这个"楚楚动人"的评论说："现在的人心思真够偏激的。"

长芯睨了一眼，说："精辟到位，我觉得挺好的。"

"你不是我亲姐。"长晴朝她说。

晏磊问道："楚颐怎么没来啊，是不是你没跟他说今晚来家吃饭？"

"爸，他今晚上晚班呢，没时间。"紧接着，长晴又皱眉道，"姐，你们医院怎么搞的，白天做义工，晚上还得上晚班，太惨无人道了吧？"

长芯说："没办法，宋医生在神经外科医术是拔尖的，他做义工后，主任想把他的病人暂时转到其他医生手里，可有几个病人不愿意，尤其是手术这块。今天晚上就是一个病人急需动手术，估计要到十一二点了，就算手术成功了，病人没脱离危险期他也不能回家。"

晏磊一听，皱眉道："长晴，等会儿你晚点去给楚颐送点夜宵，你这次出去拍戏也要四五天，这夫妻之间一定要互相关心。还有，顺道也去看看你沈璐阿姨，她以前对你们两姐妹就像亲生女儿一样，现在人家离婚了，在北城又没朋友，要多看看人家。"

长晴点头，晏磊不说，长晴也是想去趟医院的，毕竟昨天晚上宋楚颐大半夜为了自己去买药，早上又起那么早去上班，今晚又通宵，似乎认识他这么久以来就没见他睡过几次囫囵觉。

晚上九点，长晴探望完沈璐后，往宋楚颐办公室走。到了他办公室那一层，忽然看到一个戴护士帽的年轻姑娘从他办公室里面蹑手蹑脚地跑出来。

她愣了愣，心里泛起一丝不舒服的感觉，难道宋楚颐在办公室里乱搞。

她转身想走，不过转念一想，这会儿进去说不定还能抓到点蛛丝马迹，戳穿他这个伪君子的真面目，再把他痛骂一顿，把夜宵扔他脸上。

于是，她也蹑手蹑脚地走过去，打开他办公室的门，里面没人，但他桌上放了三份夜宵。

长晴呆了呆，打开那些夜宵一看，一份粤式茶点、一份冰糖燕窝，还有一份味道足足的口味虾，一看就知道是三个人送的。

这……这简直太丰盛了。

长晴看看手里寒酸的粥，气愤又懊恼。

"你怎么来了？"门突然被推开，宋楚颐看到她，满脸诧异。

长晴冷哼："我爸怕你饿着，非逼我来给你送夜宵，看来我是多此一举。宋医生您实在太受欢迎了，这么多女人给你送夜宵，简直像满汉全席一样呢。"

宋楚颐看了眼桌上的夜宵，又看看她手里提着的东西，了然，挑眉道："医院里很多暗恋我的人，我说过很多次，我也没办法。"

长晴瞧他云淡风轻的模样，忍不住气结："你这是在跟我炫耀吗？行啊，暗恋你的人多，看来我以后都不用担心被我爸逼着来送夜宵了。"

她说完，就往门口走，宋楚颐抓住她手腕。

"你干吗？"她瞪他。

"我昨天为了你半夜三更跑出去买药，觉也没睡好，你就是这样对待恩人的？"宋楚颐波澜不惊的双眼盯着她。

长晴鼻子哼了哼，不看他。

宋楚颐上前一步，把桌上的三份夜宵扔进一旁的垃圾桶里。

长晴倒是愣了一下："你干吗都扔了？"

"免得某人生气。"宋楚颐望着她温淡的眉目流露出几缕笑意。

"我才没生气。"长晴赶紧说。

"我没说你啊。"他说。

长晴差点想咬掉自己的舌头。

"看看你带了什么。"宋楚颐拿过她手里的保温饭盒。

长晴紧张得脸都红了，跟刚才的夜宵比起来，她的粥实在太不上档次了。

"噢，山药粥啊，挺好的，养胃。"宋楚颐打开饭盒，就着宜人的香气品尝起来。

长晴嘟囔："又没有燕窝好。"

"我不喜欢吃燕窝，平时比较喜欢喝粥。"他是真的有些饿了，也顾不得斯文，接连喝了几大口。

长晴心里莫名发热，低头，从包里找了纸巾递过去：“你怎么那么快就动完手术了？我姐说你可能要忙到十一二点。”

“手术比较顺利，提前结束了。”宋楚颐稍微顿了下，“你肚子今天还有不舒服吗？”

长晴摇头：“你那药挺管用的，今天没有痛了。”

“不过你自己还是注意点，这几天多吃些清淡的，以后不要吃得太杂。”宋楚颐抬起头来，“明天几点走？”

“上午走，”这样的聊天对白，让长晴有那么一丝别扭，“你今晚不回去睡了？”

“嗯。”他捏捏眉心，眼角的疲倦流露出来。

气氛一时沉默，长晴紧张：“那……我先走了，明天还要早起。”

“好。”他没挽留，只是她转身的时候又唤住她。

长晴转过身，看他从抽屉里拿出一个白色盒子递过来：“驱蚊液，德勤寺那边这个季节蚊子好像挺多的，带上吧。”

长晴呆呆地瞪大眼珠子看着他。

大约呆了五秒，她才上前接过盒子。

“……谢谢，我……回去了。”长晴和他清亮的眼碰撞了下，小鹿乱撞地离开了办公室。

上车后，长晴仔细打量手里的驱蚊液，是盒新的，没有打开过。

他是特意给自己买的吗？这个念头闪过，她有些羞涩，心里怦怦乱跳，望着医院花园里百花绽放的情景，她默默感叹，夏天真的来了呀，那她的夏天呢，春天不来，夏天总该来了吧。

第九章　进入剧组

早上十点，剧组派车过来接她。

车上坐的人挺多的，长晴第一眼就看到管樱，她戴着墨镜朝自己招手。

长晴坐她身边，愣了愣：“小樱，你脸色挺憔悴的。”

“嗯，”管樱侧头对上她清澈的双眼，眼眸复杂，“我和傅愈分手了。”

长晴怔然：“怎么会？”

管樱嘴唇溢出一丝苦涩，沉默，那天宴会她和宋楚颐离开后，傅愈就提出了分手。

长晴小声追问：“为什么分手，是不是有误会啊？有误会就要解释，别动不动就说分手。”

“长晴，你应该知道我为什么会和傅愈交往，”管樱视线撇向窗外，两旁的树木不停倒退，她嘴角凄楚，“各取所需罢了，我这样身份的人在这段感情中从来就没有主导的资格。”

长晴懵然，如果管樱是和别的人交往，分手她不会惊讶，这个圈子，各取所需的人太多了，但这个人是傅愈啊，傅愈难道也像那些利用身份潜规则下属的老板一样？

她宁愿相信自己曾经喜欢的人至少是真正对管樱动心才交往的，感情不应该是真挚的吗？

傍晚时分顺利地拍了两场戏。结束时，长晴才发现傅愈站在片场边上，他手里夹着一根香烟，被一群人簇拥着，显得鹤立鸡群。

管樱也看到了，她顺着傅愈的目光望过去，那目光落在长晴身上，她垂眸。

傅愈抬起脚步走过来，长晴朝他笑：“傅总。”

苏导赔着笑说：“管樱和长晴不愧是影视学院科班出身，演技都很好，进入状态也相当快，我原本想着今天下午只能拍一场，结果倒顺利地拍了两场。这次演员选得真好，比那些花了大价钱却没演技的明星强多了。”

傅愈点点头：“我只是过来看看，拍得不错。”

苏导怔了怔：“傅总晚上在这儿吃饭吗，我去镇上安排一桌？”

“不用了，这里也不大方便，我晚上还有个会要开，你们自己吃吧，”然后朝向长晴说，“长晴，你来一下。”

剧组所有人的目光顿时落在自己身上，长晴尴尬，不过还是跟着傅愈一块儿往他停车的地方走。

傅愈偏头打量她的着装，微微一笑：“你今天这身衣服像个高中生，让我想起了在扬州那会儿的一些事情。”

“我今天也想起了以前的一些事。”长晴望着夕阳下英俊成熟的男人，心里五味杂陈。

“噢，什么事？”傅愈眼眸亮了亮，多了一丝兴致。

“记得我高中那会儿，班上有个男生老欺负我，傅愈哥你知道后，有一天放学就在我学校门口堵着，把那个男生揍了一顿，那个时候的傅愈哥在我眼里是个很了不起、很善良的人，”长晴踢着脚下的石子儿，“当然，我们很久没见了，人都是会变的……”

“长晴，你有什么话直接跟我说吧。”傅愈很聪明，直话直说。

长晴咬牙：“傅愈哥，你为什么会跟管樱分手？可能我没资格这么问，但管樱是我的朋友，我很想了解，因为在一起过了，所以玩腻了，是吗？”

“你这么想我？”傅愈嘴角依旧挂着笑，可眸底深处寒光凛凛，“管樱跟你说什么了吗？”

“管樱只是跟我说你们分手了，”长晴直视着他，“我也是看她气色不对才问的。”

傅愈沉眉，深思了一会儿，问：“长晴，你了解你身边的这位朋友吗？”

“你什么意思？”长晴生气。

“她并不爱我，可能连喜欢都说不上，”傅愈语气依旧很平静，条理也清晰，“如果你真的了解你的朋友，这个道理应该懂，她为什么接近我，然后我给了她想要的，这难道不够吗？或者你认为我还需要照顾一个利用我的女人一辈子，或者娶她？”

长晴忽然哑口无言，确实，管樱接近他的目的她很清楚。

“难道，你对她一点感情都没有吗？”思考了一会儿，她换了个角度问。

“没有，”提起这段感情，傅愈眼底是漠然的，“我甚至可以告诉你我会愿意让她接近我，也是别有目的，管樱之前的经纪公司正宇是我收购的目标。”

长晴愣住，她想起不久前左骞跟他说过正宇传媒被上纬集团恶意收购了，管樱也是因此成为上纬集团的艺人：“可是之前管樱只是正宇集团下面的一个艺人，她能帮你做什么？”

“所以……你对你的朋友还有待了解，很多事情不是你想象的那么简单。”傅愈忍不住摸摸她后脑勺，眼睛里溢出温柔。

长晴茫然地看着他，有些事情她可能懂，只是她不愿去面对。

“所以，长晴，我并没有做对不起你朋友的事情，”傅愈深邃的眸越发温柔，“好啦，时间不早了，我也该走了，剧组里如果有什么不好的地方或者谁欺负你，随时跟我说，知道吗？”

“……噢。”长晴现在心情微乱。

弄了半天，傅愈和管樱都是各有目的，她之前还以为他们是真心相爱的，她还嫉妒过管樱，可现在想想怎么就那么可笑呢。

“我过两天还会再来的。”傅愈离开时是恋恋不舍的。

长晴返回剧组，众人看她的眼神似乎也有些不一样了，格外客气。

晚餐是剧组从镇上订的盒饭，长晴和管樱坐一块儿吃，她打开自己的餐盒，里面有蜜汁排骨、油爆海螺、片片鱼。

管樱冲她笑：“都是你爱吃的呢。”

“是啊。”长晴感觉奇怪，不过看看管樱的，也挺不错的，心里那个要冒出来的念头便打消了。

庄园的住房有限，晚上长晴和管樱一间房。

长晴看到几只蚊子在屋里飞来飞去，拿了驱蚊液喷了喷。

管樱笑道：“平时见你丢三落四的，难得你这回会心细带驱蚊液。

长晴想到了宋楚颐，脸红。

洗完澡后，两人肩并肩躺一张床上，长晴想着傅愈的话睡不着，翻来覆去，管樱轻声说：“大学毕业后我们很久没有这样一起睡过了。”

“是啊，大家都各忙各的了，”长晴也伤感，“小樱，你跟傅愈分手了，想过以后的感情生活没有，如果这部戏红了，肯定也是邀约不断，我觉得你还是好好找一个真心喜欢你的人吧。”

“傍晚的时候傅愈跟你说了什么，对吧？”管樱忽然说。

长晴不知道说什么好。

良久，管樱转过身，背对着她。

半夜里，长晴感到身上一阵凉意，迷迷糊糊地睁开双眼，看到管樱正在帮她盖被子。

大学里一些回忆模模糊糊地涌上来，那会儿大家一个宿舍，她总是爱踢被子，管樱每回起来总是会帮她盖好被子。

也不只是盖被子，她性格大大咧咧、迷迷糊糊，生活和学习上都有很多小毛病，导致她总是捅娄子，管樱就是那个在她背后帮她收拾烂摊子的人。

用江朵瑶的话来说，大学那会儿的管樱就是长晴的老妈子。

她心里酸了酸，握住她暖暖的手："小樱，不管以后怎么样，你都是我的朋友。"

"嗯，我也是。"管樱握紧她的手。

在葡萄庄园拍了四天的戏后，长晴感觉剧组的一些艺人私底下似乎都在跟她保持距离，如果不是管樱陪着她，她平时几乎就是一个人。

长晴不喜欢这种感觉。

这天下午暂时没有她的戏，她特意拿了些干果想给剧组的何咏穗送过去。何咏穗今年三十八岁，在圈内也颇有些地位，剧里演她母亲，长晴想着接下来几个月她和何咏穗的对手戏很多，私下里增进一下感情比较好。

到何咏穗房间敲了一阵后没人开门，长晴失望地往二楼阳台走。

还没上去，突然听到上面传来何咏穗的声音："我看到她那副小妖精的模样就来气，我怎么也没想到，论资历、论演技，我哪样不比她一个靠潜规则上位的主持人强。"

"没办法，谁让人家跟上纬的傅愈关系不一般啊，没看到开机第一天傅愈大老远过来就为了叫她过去聊几句吗？整个剧组里，她吃的、住的可都是最好的，您和柯永源都得往后站。"这一个声音来自剧组的岳筱凡，"只有那个管樱才会跟她天天在一块儿，我听说管樱之前也是傅愈的女人，你说也亏得她天天跟晏长晴同住一间房还沉得住气。"

"说不定她们俩喜欢伺候同一个男人呢，听说她们是好姐妹。"

"哈哈，说得也是。"

阳台上传来一片笑声，长晴气呼呼地拿着干果回到房间，越想越生气，越想越委屈。

翌日，池以凝进剧组，不拍戏时，她和何咏穗坐一块儿。

休息时，长晴心不在焉地盯着那边，管樱也注意到了，问：“你老看她们做什么？”

长晴把昨天在阳台上听到的话一五一十地告诉她：“我明天就要回北城了，你一个人留这儿跟着她们这些人我不放心。”

“没事儿，她们这些人我见多了。”管樱淡淡一笑。

晚上六点，剧组安排车送她回北城，长晴上车时看到后座的傅愈有点儿傻眼：“傅愈哥，怎么你也在？”

“我来接你，”傅愈挑着双腿，笑音沉沉，西裤交叠处没有一丝褶皱，“快进来。”

长晴莫名其妙。

关上车门，密闭的高级轿车里弥漫着一股檀香味。

车子开动，傅愈递给她一包杏仁：“你以前最爱吃这些零嘴儿了。”

“不要啦，我最近减肥。”长晴靠着窗户，没什么胃口。

“是拍戏太累了吗？苏导跟我说你表现得很好，”傅愈微笑，“他还和我说有意引荐你去拍傅宁的新电影。”

“是吗？”长晴想高兴，可高兴不起来，“傅愈哥，你是不是跟剧组的人交代过对我的饮食和住宿都做特别的安排。”

“是啊，有什么问题吗？”傅愈扯了扯胸前的领带，眸色微微转正。

“当然有问题，”长晴皱眉，“我知道你是为我好，可这里是剧组，本来就是人多嘴杂的地方，你这样会让人误会，以为我被你潜规则了，而且大家都知道你和管樱前阵子的关系，人家说不定会觉得我们二女同侍一夫呢。”

傅愈脸色一沉，他五官略显刚毅，皱眉的时候，上位者的气势自然而然就出来了：“是不是有人说三道四了？”

长晴侧脸：“没有。”

傅愈却已经猜到了：“是我思虑不周。”

“傅愈哥，我能拍这部戏已经很知足了，有些事你还是让我自己发展吧。”长晴认真看着他说。

“好，”傅愈沉默一阵，点头，“等会儿一块儿吃晚饭？”

“这个……我爸他们知道我今天要回来，已经让阿姨做了一大桌子菜在家等我了。”长晴为难地说。

“那也好，很久没见你爸了，一直想拜访，一直没遇到合适的时间，今天正好。”傅愈说完后，长晴好半天才转过弯来，他这话的意思是要去她家吃饭？

长晴整个人都不好了，要是晚上宋楚楚也在，怎么办？

宋楚楚肯定会处决了自己的。

“那个……可能没煮那么多饭，要不改天吧，”长晴艰难地说，“下次我让家里人多准备点菜。”

“我吃得不多，”傅愈眉目温煦，“再说你刚才不是说阿姨做了一大桌子菜吗？”

长晴差点想咬掉自己的舌头。

傅愈笑笑：“没关系的，以前也常去你们家，我想你爸也会很乐意见到我。”

长晴默默地咬唇，完啦，她到底要怎样才能阻止傅愈去她家。

一路上，长晴绞尽脑汁，快到家门口时，傅愈突然接了一个电话，聊完后，他一脸遗憾：“临时有点公事，看来去不成了，下次吧。”

“嗯，好。”长晴悬了一路的心好像终于着了地，她现在怎么有种深深的心虚呢，明明她清清白白什么都没做。

晏家别墅门口，傅愈下车为她开门。刚张口，长晴已经挥着手往院子里走：“傅愈哥，谢谢你啦，慢点开车，我先回家了。”

他披着月光面无表情地上车，点了根烟，对前面开车的助理说：“给我查查这几天剧组里的事情。”

“好。”

长晴往回看，没看到傅愈的身影后，撒开脚丫子往大门口跑，才跑两步，鼻子就撞到一个坚硬的胸膛上，她整个人被撞得七荤八素地往地下倒。

一只手及时拖住她的腰，头顶上传来宋楚颐的声音：“你有病吧，走路也不看前面。”

长晴捂着鼻子：“你才有病，像鬼一样的，你胸膛那么硬干吗？撞得我疼死了。”

她朝他胸膛上使劲捶了捶。

长芯在后面偷笑：“哎哟，这才回来，小两口就在门口打情骂俏了。”

长晴面红耳赤，瞪过去：“谁打情骂俏了？”

“还不好意思了，”长芯转过身去，“行啦，我不打扰你们小两口了，要亲就赶紧亲，亲完快点进来吃饭，我等你等得肚子都饿扁了。”

晚上的花园里，晏长芯离开后，留下一片静谧。

长晴心里默默地想把晏长芯祖宗十八代都问候一遍，后来想起来十八代里也有她自己也就放弃了。

不过真的好尴尬。

她假装没听见，使劲揉着鼻子，五官都皱在一块儿，但心如小鹿乱撞。

算起来，从那天医院过后，她跟宋楚颐没通过电话，也没发过短信，回来也只跟晏磊说过，其实她也不清楚他晚上到底会不会来，不过再次看到他的时候还是搞不清他的心思。

“真的很疼吗？”宋楚颐询问。

“嗯……”长晴含含糊糊地应答。

他突然拿开她手，优雅的俊容笼罩下来，迷人的眸直勾勾地看着她。

微风拂过，长晴不争气地脸红了。

“嗯，鼻子挺好的啊，要是整的可能早就撞歪了。”他薄唇动了动，吐出的话差点把长晴气死。

“宋楚颐，你什么意思，你认为我的鼻子是整的？”

长晴真想往他俊脸上拍过去，这是什么男人，这样的花前月下，按照电视剧里的情景他眼神不是应该深情点，然后说一些体贴又关怀的话吗？亏她之前还因为他送的那瓶驱蚊液悸动了很久呢，还以为回来后会有不一样的发展，原来她真的想太多了。

“你理解能力太差了，我在说你的鼻子很真。”

“我懒得跟你说了。”长晴哼了哼，低头去拿行李。

“我拿着吧。”宋楚颐先弯腰提上。

长晴还在气头上，他要提，也不管他，径自往别墅里走。

坐在餐厅里的晏磊一回头就看自家女儿趾高气扬，像公主一样走进来，他欣慰之余又指责道：“你说你，一回来就让楚颐帮你提这提那的，也不知道对自己老公贴心点儿。”

“爸，这是我应该做的。”宋楚颐一副好女婿的模样。

长晴瞧不顺眼，故意说：“爸，男人本来就是做这些事的，我没让他来剧组接我就不错了。”

宋楚颐闻言，看了她一眼，晏磊摆手：“我都懒得说你。”

张阿姨上前对宋楚颐说：“宋先生，您先吃饭，行李我拿上去。”

“挺重的，我来吧。”宋楚颐提着行李上楼，往长晴卧室走去。

张阿姨看着他的背影说：“宋先生的涵养跟人品真是我见过最好的。”

林亦勤打趣：“张阿姨，难道我就不好了？”

"都好，都好，"张阿姨笑看着长晴，"你啊，真是个有福气的人！"

长晴撇了撇嘴，一家人都被宋楚颐给收买了。

隔日，长晴被文桐的电话吵醒："你快给我死起来，十点钟要拍广告。"

她爬起来，才发现宋楚颐早不在房间里了，可能去上班了。

换好衣服下楼，差点被落地窗外的两个人弄得滚下楼。

有没有搞错，宋楚楚竟然跟自家老爸在练太极，不过宋楚楚今天穿着军绿色的衬衣，显得皮肤更加白净，练起太极来也是气质脱俗，本来是老人练的，结果硬生生被他练出一种高端大气上档次的味道。

张阿姨笑眯眯地说："宋先生真是有耐心啊，一般年轻人都练不了这个。"

"他本来就是老年人的性格。"长晴嘟囔。

吃早餐的时候，目光往外瞄，瞄到自己都觉得没耐心了，宋楚颐才从外面进来。

长晴看时间，快九点了："你今天挺悠闲啊，不要上班？"

"休息。"宋楚颐坐她对面，一只手搭后面椅子上，姿态养眼。

"难得看你休息啊，那你今天打算干吗？"长晴快速吃薄饼。

"约了朋友出海钓鱼。"

长晴突然羡慕了，她也好想出海钓鱼，虽然她压根不会钓鱼。

为什么她每天就是满满当当的工作呢。正哀怨着，宋楚颐的手机响了，他接完后站起身："朋友到了，我走了。"

长晴正好也差不多吃完，去停车场开了车出去时，正好看到宋楚颐上了一辆布加迪，车牌号全是0。

长晴羡慕，宋楚颐朋友也太有钱了吧，就那车，上回在杂志上看过，要两千多万。

语琼公司。

长晴到的时候，文桐正在和一个四十多岁的男人言笑晏晏地交谈。

"长晴，来，给你介绍一下，这位是语琼的江总。"文桐说。

"晏小姐，你好，你好，"江总握着长晴的手笑眯眯地说，"上回看了你的丝袜广告后，我记忆犹新，立即让下面的人联系了你的经纪人，我觉得你特别适合我们这个品牌，性感，主要是性感。"

他说话的时候，目光瞧着她的胸，长晴有点反感，不过还是跟人家道了谢。

导演拿了四套衣服过来，说：“这次广告主要是拍出春夏秋冬四种感觉，咱们先拍春天，依次来，你头发别梳起来了，散开，先让化妆师给你做造型。”

长晴看了下衣服，里面的内衣都是非常性感的，外衣有透明的也有黑色亮片的，不过也只遮住手臂和腰那一块，胸前那一块都是露的，还有件衣服后面镂空，至于下面则要穿黑色丝袜。

她皱了皱眉，没拍过这种尺度的广告。

文桐把她拉到一边，小声说：“衣服都是签约之前看过的，内衣广告这样的就算好太多了，人家那些大明星拍内衣广告也是这样拍的呢。”

“大明星有几个拍这种广告的啊？”长晴不大高兴。

“这个广告的代言费是你以前广告的三倍，”文桐说，“不就是让人家看一下你的沟沟吗，哪个明星不露沟的。”

文桐安慰她。

长晴想想，好像也是这么个道理。

码头。

宋楚颐刚登上游艇，突然接到宋楚朗电话。

“你能好好管一管你那个老婆吗？”

“怎么了？”宋楚颐扶了扶鼻梁上的太阳镜。

“她正在拍语琼公司的内衣广告，难道你一点都不知情吗？”宋楚朗冷冷地说，“一个女人在外面袒胸露乳的，你说要是宋家人看到这种广告，脸往哪儿搁？”

“……好了，我知道了。”宋楚颐面无表情地放下电话。

厉少彬一身黑裤红衬衣，跳上游艇，一脸风骚地说：“要不要叫几个美眉过来啊？”

宋楚颐清冷得脸都结了冰：“认识语琼公司的人吗？”

厉少彬得意扬扬：“只有你想不到的，没有爷不认识的，怎么啦？”

“不出海了，跟我去语琼。”宋楚颐大步走下游艇。

“哎，你耍我吗？”厉少彬傻了眼，急忙跟上，“为了这次出海我可是推了几百万的生意呀，喂，你走慢点，去语琼干吗？”

宋楚颐把晏长晴拍广告的事告诉他，厉少彬摸着下巴深思：“哎，老宋，你是不是对你家老婆很抠门啊，弄得人家都要去拍内衣广告了。”

“……滚。”

宋楚颐正在气头上，特别想拿擦过患者身体的毛巾堵住他那张嘴巴。

摄影棚里。

长晴尴尬地躺在一张红色沙发上，四周站着不少人，两旁，风扇呼呼地吹动着她的长发和薄薄的外衫，胸口凉飕飕的。

“你这样不行啊，”摄影师郑青指挥道，“你放轻松点儿，肩膀松松，显得太紧绷了，胸挺挺，腿再打开点儿。”

长晴上身微微放松，但下身没动。

郑青皱眉：“我让你的腿打开点儿，你这样闭着我怎么拍。”

长晴咬唇，气愤，她这套着装下身只穿了条内裤和丝袜，根本没法打开。

她求助的目光看向文桐，文桐上前轻声道：“郑导，当时合同里签好的，你这样子过尺度了。”

“怎么过尺度了？”郑导板起脸，“她里面又不是没穿，之前你们拍丝袜广告的时候还不是一样，到我这儿就不行了，什么意思？”

他声音很大，摄影棚里的人听见，都低笑起来，长晴从来没有这样尴尬过，整个人犹如在锅上焖蒸一样，这绝对是她最窘的一次。她也恼了：“我拍丝袜广告的时候人家可没叫我打开腿，你要是想要我打开，行，给我条短裤也行。”

一旁的江总嘿嘿地笑了笑：“你这话什么意思，难道你里面没穿短裤，那你现在是裸着吗？”

众人哄笑，长晴气得颤抖。

文桐也生气，但只能忍，尽量和颜悦色地说：“江总，语琼好歹也是个大公司、大品牌，走的是高端路线，您要是照这样子拍，广电总局也不能批啊。”

“放心吧，到时候剪辑师会删减掉一些，完整版可以放网上去，”江总抽着烟，趾高气扬，“这年头广告也需要噱头，我这已经算是好的了，现在的明星大红之前哪个没拍过几组这样的照片啊，拿出去人家也会说你身材好，你要是这点事都忍受不了，那就别拍了，趁早离开这个演艺圈。不过你不拍就是违约，违约金可是代言费的两倍。”

文桐一怔，只得看向长晴。

长晴面露难堪。

“江总，厉少彬来了。”这时，摄影棚外急急忙忙地跑进来一个职员。

“厉少彬，谁啊？”彭总被打扰，很不满。

“呵呵，你连老子的大名都不知道也敢出来混？”一道张狂的声音接过他的话。

门口出现两个高挺的男人，一个气质干净，模样清冷，而说话的男人穿着红色衬衣，脖子上挂着手指粗的金项链，耳朵上戴着小耳环，从头到脚散发着一股从里邪到外的味道。

长晴看清楚后，傻眼。

完啦，宋楚楚怎么来了。

她灰溜溜地缩缩身子，好想趁人不注意溜走。

她已经感受到宋楚颐要杀人的眼神，她肯定会被他嘲笑死的。她再也不想见人了。

长晴低着头，像只蜷缩的鸵鸟。

江总黑脸，那个职员跑到他面前提醒："是厉家的厉少彬。"

江总想了想，整个人都不好了，别说娱乐圈，就算是黑白两道的人提起厉家的厉少彬都怕得像见了瘟神一样想逃。

这个厉少彬算是含着金汤匙出生的，厉家的亲戚不是混迹官场，就是商场大亨。厉少彬前面两个哥哥也是商场和官场的精英，所以厉父是非常欣慰的，想着后继有人，到有了这第三个儿子也就过分宠了一些，宠过头的结果是小学开始就在学校揍出了一片天，校长也拿他没办法。厉家想着小孩子不懂事，就任由厉少彬一直揍到了大学，揍向了社会。

直到有回祸闯大了，厉家才有些着急，于是送他去部队历练，待了两年，后来在部队又闯了祸，没办法就回来了。

在部队里锻炼了两年的厉少彬手段和拳头比以往更厉害了，回来后一直在黑道上混，看谁不顺眼就往死里弄，所以北城有个传言，惹谁都不要惹厉少彬那个祖宗。

彭总定定神，换了笑脸迎上去："厉少爷，什么风把您吹到我这儿了？"

厉少彬只笑不语，看向身边的宋楚颐。

宋楚颐看着乳沟大片大片露出来的长晴，神色阴鸷极了，这个女人，在众目睽睽之下竟然穿成这个鬼样子。

他深吸一口气，大步过去，在众人的诧异目光中脱了自己衬衣遮在她胸前。

众人一怔，长晴也一怔，弱弱地抬起头来。

他弯腰横抱起她，凌厉的目光扫向一旁的工作人员："更衣室在哪里？"

一股莫名的压力从他身上散发出来，工作人员老老实实地指了指右边。

宋楚颐冷冷地抱着她往更衣室走去。

她的身体被他牢牢地护在怀里，宽大的衬衣连臀部也遮得密不透风。

他步履极快。文桐着急地追上去，视线直直地对着他："这位先生，你谁啊，你想干吗？”

宋楚颐看着面前这个年纪似乎比长晴大不了几岁的经纪人，眼角戾气加深，他薄唇微启，一字一句道：“我是谁，我是她老公，这个理由够不够？”

文桐呆滞，长晴咬着手指头，也被“我是她老公”五个字震到了。

宋楚颐大步走过，一脚踹开更衣室的门，直接把长晴扔到了里面的沙发上。

长晴惊呼，下意识地抓紧身上要滑落的衬衣免得走光。

他冷笑了一声，咔哒把更衣室门锁了，看了一眼缩成一团的女人，胸前生气地起伏：“你挡什么挡，你不是很喜欢给别人看吗？现在缩成这个样子装给我看是吗？”

他真是要气疯了，自己的老婆他都没好好看过，却被那么多男人看光了：“晏长晴，你是不是脑子抽了，作为宋家的儿媳妇你竟然跑来拍这种鬼东西，宋家的人都知道你是我老婆，你是想让我成为全家的笑柄吗？”

他暴跳如雷，太阳穴气得鼓鼓的。

长晴本来就胆子小，早被她吓得快缩进了沙发缝里，但那些话又格外难听，想起之前受到的一些羞辱，她眼眶一涩，开始发红，也觉得没面子，又委屈：“你凶什么凶，你又没有说过我不可以拍。”

“用脑子想想都知道不可以拍。”宋楚颐幽深寒凉的眸喷出火光，气得不行。

“我没脑子行吗？”长晴也火了，从小到大，晏磊都没有这么凶过她。

眼泪不听话地冒出来，她用手背抹了抹，倔强的嗓音里夹着哽咽：“当明星就是这个样子啊，你要是一点都不露人家也会对你指指点点。我接这个广告时，也没想要露成这个样子，我不想拍了，可那就是违约了，我又没办法。我知道你心里看不起我，别人接的是手表、游戏、化妆品的广告，而我只能接一下卫生巾、减肥产品、丝袜、内衣的广告，因为人家说我长得太艳了，又只是个主持人，找我的广告实在太有限，我也得挣钱啊，我也不想跟我爸要，况且他公司又不景气……”

长晴越说越难受，哭着低下头，泪水一连串地滚落在的他衬衣上。

狭小的更衣室里回荡着女人的抽噎声。

宋楚颐从这个角度望下去，只看到她红通通的鼻尖和腮上的泪痕。

他揉了揉纹路挤得很深的眉头，他最烦女人哭了，可也总是拿女人哭没辙。尤其是晏长晴这个人，就像水做的，一哭好像都要化了，哭声也娇娇柔柔的，再加上那露在外面一耸一耸的小肩膀，男人很难扛得住。

“好啦，别哭了，这种广告下次别再接就行了。”宋楚颐压低语气开口。

长晴继续哭，那小模样委屈、难过得让人不忍再训斥。

她也不是装的，是真想哭。一是被宋楚颐骂了，二是在外面受了羞辱。

宋楚颐一个头两个大，弯腰，坐到她身边，拍拍她软滑的肩膀。

长晴腾出一只手挥开他手臂，抽噎，负气地说："别碰我。"

宋楚颐黑脸，沉声一喝："别哭了。"

他三个字说得极重，像闷雷一样。

长晴真被吓得哭声都堵在喉咙里，抬起湿漉漉的脸颊不安又害怕地看着他，鼻子、眼睛都红红的，脸上的妆也全花了，一块白、一块黑，眼圈周围晕染得像只熊猫。

宋楚颐嘴角抽了抽，从兜里掏出手机点开自拍给她看。

长晴顺着目光望过去，看着手机里的自己傻眼了，连哭也忘了，使劲捂着自己的脸往一边扭。边扭边抹，结果越抹越像只小花猫。

宋楚颐真的看不下去了，握住她的肩膀强制她转过来。

"你别看我……"长晴脑袋快低到下巴处。她今天脸丢大了。

"你别乱动。"宋楚颐低声警告，低头，从裤兜里拿出一块白手绢擦拭她的脸颊。

长晴怔了怔，小心翼翼地抬头，看到宋楚颐一双认真的眼睛、高挺秀气的鼻梁、泛着嫣红色泽的薄唇，她呼吸微滞。

他的脸突然靠近一些，一股男性独特的气息夹杂着西柚的浅香味萦绕在鼻尖。长晴又低下头，一股热气从耳郭处一直蔓延到脸上。

宋楚颐也注意到了，她的脸擦干净后却不是白净的，而是像落日的霞光一样，披了一层绯色的薄纱，散发着迷离的光芒。

他不由自主地低头吻去她腮边上最后一颗泪珠。

长晴目光呆滞，回过神来，从里羞到外。

虽然被他吻过，不过这样被亲吻脸颊还是头一次，感觉和上次不大一样。

她悄悄地想睨一眼他的薄唇，却先对上他幽深的眼神。

"你先把衣服换了，我去外面等你。"宋楚颐把手绢放回兜里起身走了出去。

长晴捂了捂憋红的小脸，怎么那么烫呢。

摄影棚里，厉少彬大少爷正抽着江总刚亲自给点的烟。

江总端着笑脸问："厉少爷，什么风把您吹到我这小公司来了？"

厉少彬眯眸朝他吐了一脸的烟："什么风，你看不出来吗？晏长晴，我兄弟的老婆，你们语琼是不是不想开了啊，敢让我兄弟的老婆拍这种片子，你干脆改行去拍三级片算了。"

江总一脸尴尬："厉少爷，您这么说就误会我们了，我们这是一家内衣公司，内衣公司的广告不都这样吗？主要是突出性感。晏长晴身材好，也是我们选择签她的原因，再说她本人也同意，白纸黑字写得清清楚楚。"

"你跟我说白纸黑字？"厉少彬呵呵笑了两声，"道上有多少合同惹出来的纠纷不是我出面摆平的？在我眼里，白纸黑字就是个屁。"

他说着，站起来，修长的身体将近一米九，江总身高才到他肩膀处，一下子便感觉到一股浓浓的压力："厉少爷，那你这是……"

"我实话跟你说了吧，这广告是拍不成了，"厉少彬轻拍着他的肩膀，笑呵呵的语气里给人一种阴气森森的味道，"如果你说违约要赔偿的话，这是不可能的，其实我也知道你无非就是请这些拍摄的人花费了点钱，另外再耽误点时间找其他代言人，这点钱对你江总来说不算什么。当然，我也不能蛮不讲理，咱们都有咱们的规矩，这样吧，就算我厉少彬欠你一个人情如何？"

江总到底有那么几分可惜，毕竟女明星见过那么多，已经好久没见过晏长晴那么有味道的了，原本还想着潜一潜，看样子是没戏了，毕竟厉少彬的一个人情可是很多人都梦寐以求的。别人想攀还攀不上这个关系呢。

"行，厉少爷您一句话，这个人情我就卖给您了。"江总笑着说。

谈得差不多的时候宋楚颐出来了，他旁若无人地直接往郑青的摄像机走去。

郑青着急："哎，你……你这是……别乱动。"

宋楚颐直接推开他，取下摄像机翻开，摄影还没弄，倒是拍了不少照片，姿态撩人的让他眸子里似乎在冒火。

"这卡我拿走了。"他把内存卡取了。

"这不行，"郑青恼火，"我还有不少素材在里面。"

"素材可以再找，手废了想找都没得找，"厉少彬痞痞地过来，邪气地在他耳边恐吓，"就你一个拍广告的还敢在我兄弟面前叫板，信不信我让你混都混不下去。"

郑青嘴唇发白。

"郑导，算了算了，"江总赶紧上前劝和，"不就是一张卡吗？"

郑青不用他说也早吓得半句话都不敢说了。

文桐在旁边看得目瞪口呆。

我去，长晴这老公也太有势力点儿了吧。

等长晴换好衣服出来，她立即过去捏捏她的小腰，恨恨地道："你这死丫头，什么时候有老公的我都不知道。"

长晴被她掐得哆嗦。

文桐继续问："还有还有，你老公干什么的，他那个朋友真不是一般人，江总看到他都客客气气的。"

"我晚点再跟你说。"长晴朝她使个眼色。

宋楚颐朝她走来："走吧。"

他率先走前面，长晴小媳妇儿一样跟在他后面。

厉少彬大步上去拍她肩膀："哎，你跟我说说，是不是老宋平时对你特小气，逼得你没办法只能来拍内衣广告啊？"

"没有啊。"长晴差点被他那一掌给拍趴下，力气真大。

她弱弱地看了这个男人一眼，五官长得是挺好看，可脖子上那条金晃晃的链子生生地把档次给拉下去了，一看就不像个好人，她从来没跟这样的人打过交道，看着怕，不好惹。

"没有那你干吗去拍？"厉少彬斜睨她，"语琼的江总可是出了名的老色鬼，平时在我那些娱乐场所里，那女人真是一天换一个。"

宋楚颐皱眉回神瞪他："厉少彬，能少说两句吗，还有你的手刚干吗呢？"

厉少彬愣了愣："我拍了她一下，不行吗？"

"别人的老婆是你能随便拍的吗？"宋楚颐扯过长晴的胳膊带到自己身边。

长晴心里升起一股甜丝丝的暖意，下意识地朝他靠近点，她还真有点怕这个厉少彬，尤其是他说的话，太污了。

厉少彬懒洋洋地抱胸："行啊，你这是过河拆桥，利用完我了就弃之如屣。"

宋楚颐还在气头上，依旧高冷着一张脸。

第十章　长晴醉酒

从语琼公司出来，也十一点多了，文桐先回了公司，长晴则被宋楚颐揪去一同吃午饭。吃饭的地方不过十多分钟的路程，开了包厢后，一名身材妖娆的美女笑着进来道："厉少爷、宋少爷，今天不是出海潇洒去了吗，怎么跑我这来消遣了？哟，这谁啊，还带了位美女。"

"一点事耽搁了，没去，"厉少彬边点烟边指着长晴介绍，"我嫂子，告诉你，今天她可是比我还重要的客人，你们可得好好招待，不然老宋肯定会把我的头折下来。"

宋楚颐眼光扫过去："我现在就想把你的头折下来。"

妖娆美女看了一眼长晴，也没问，只是掩唇娇笑："宋少爷有老婆了，看来北城不知道又有多少姑娘要伤透心了。"

"别说北城姑娘，我这心都伤透了，"厉少彬吐烟轻哼，"中午我还特意请了上好的厨子上艇，本来还想跟咱们宋少来个二人世界的，结果……唉，我现在心都碎成渣渣了。"

他幽幽地叹了一口气。

长晴红着脸，忍俊不禁。

妖娆美女也嗤嗤一笑："厉少说话还是那么幽默。"

菜谱递到长晴手里，她只稍微点了两道菜，其余的便让那妖娆美女去厨房安排了。

"你们……常来这里吗？"长晴看向宋楚颐，那个女人一口一个少爷，声音可真甜。

"我太忙，只来过几次，少彬经常来。"宋楚颐站起来打开窗户，风灌进来，烟味散了些许。

“我去趟洗手间。”长晴起身出去。

厉少彬睨着她背影，啧啧道：“这腰身、这胸、这臀，真是个小妖精。”

宋楚颐冷冷地扫视他。

厉少彬剥着瓜果，很好奇：“老宋，你真的没跟人家怎么样过？我不信，你太厉害了，要是我肯定忍不住。刚才我跟你去摄影棚差点都流鼻血了，真的太性感了。那胸，起码有D杯。”

“少彬……”宋楚颐重重地放下茶杯。

厉少彬一愣，看到他眼底闪烁着浓厚的阴霾。

包厢安静了下，厉少彬轻咳了声：“老宋，别生气啊，我失口了，我以为……”

“少彬，你要明白，有些女人可以拿来讨论，但自己的老婆是永远不能跟别的男人讨论的。”宋楚颐低低地说。

“嗯嗯。”厉少彬眨着眼点头。

长晴从洗手间回来，厉少彬正在和宋楚颐讨论外面的天气：“好像在刮风，出海是不行了，看样子只能去山上泡温泉了。”

宋楚颐淡淡地嗯了一声，迷人的眼尾看了一眼身边的厉少彬，说：“你认识人多，有没有什么合适的广告介绍给长晴拍两部？”

长晴惊讶，宋楚颐这是要发动他的人脉给自己找资源了。

她激动得两只耳朵竖起来，不过嘴上还是矜持了一下，说：“不用啦，那个……我还是自己努力吧。”

宋楚颐夹了一块鱼肉，挑挑眉：“这样啊，那算了。”

长晴傻眼，她只是客套一下啊，并不是真的拒绝啊。宋楚楚是猪吗？听不出来吗？她用可怜兮兮的目光看向宋楚颐。

他没看这边，已经和厉少彬聊起温泉的话题了。

长晴只得继续默默地喝汤，肠子都悔青了。

午饭后，厉少彬开着车送她到电视台门口。

下车的时候，长晴还是无精打采的，宋楚颐问她：“晚上要我来接你吗？”

“不用。”长晴全程面无表情地下车。

等她进电视台后，厉少彬狂笑起来：“老宋，你这样逗她真的好吗？”

“有什么不好的，我觉得挺有意思的。”宋楚颐清冷的脸上也有了笑容。

“不过说真的，没想到晏长晴这么二。”

宋楚颐扯了扯唇角，眼底的笑意越发浓厚。

电视台，长晴刚回办公室就被文桐逮住了。她把门一关，袖子一卷，气势汹汹地说："晏长晴，你老实跟我交代，你什么时候结婚了，那人到底是谁，你还把我当经纪人吗？这么大的事都不告诉我，咱们的关系可是一荣俱荣，一损俱损。对一个正在发展中的明星来说，这是生死攸关的大事儿。"

"文姐，冷静……冷静……"长晴讨好地给她倒杯茶，一五一十地把前些日子的事情告诉了她。

文桐一听，抓着她的胳膊使劲摇："我去，晏长晴，你这辈子走了什么狗屎运，随随便便结个婚都是宋楚颐那种优质货，宋家什么身份和地位啊，找了他，你一辈子不愁吃不愁穿，还用得着我辛辛苦苦去给你拉广告找资源吗？你老公直接一句话，人家都得巴结着求你去拍啊，还有冯台长以后看到你那都得抱大腿叫祖宗啊，你为什么不早点告诉我，为什么，为什么？"

"你别摇，把我摇晕了。"长晴想起中午宋楚颐的那句"算了"，心里正碎碎的。如果文桐知道了肯定想抽自己。

文桐紧紧地握住她的手："我不管，长晴，你一定要带我飞黄腾达，你不要忘了我默默无闻地跟了你这么多年，我就知道你美，将来有一天准能嫁个有钱有势又帅的好男人。"

长晴嘴角抽搐，哭笑不得："你变得太快了吧，之前可是你说我就是个没出息的，男人都勾不到一个。"

"那是我错了，我不对，我有眼不识泰山，"文桐可怜兮兮地说，"你跟宋楚颐说了没有，让他帮你找资源。"

长晴轻咳："有时候也不能太靠男人了，你总是事事想着要依靠他们，他们反而会看轻我们女人。我现在也还好了，不是还有电视剧在拍吗？你自己也说这部戏肯定能火，等我火了之后邀约肯定自然而然就来了。"

"可是……"

"这件事是保密的，你别说了，我要准备去录节目了。"长晴赶紧溜。

晚上台里聚餐唱歌。

长晴兴致好，捧着话筒唱完《甜蜜蜜》，又唱了《暖暖》和《超快感》。

视频部的朱嘉和长晴平时关系也不错，笑道："喂喂喂，你也要给我们机会唱几首啊。"

"你们别吵，我还有一首《喜欢你》。"长晴摆着手。

朱嘉打趣："哟，你喜欢谁啊？"

"你管我。"长晴朝她翘翘嘴巴。

郑妍偷偷地在后面说道：“长晴今天心情很亢奋啊，平时不是唱《单身情歌》，就是《我等到花儿也谢了》，今天竟然全换了。文桐，你天天跟着长晴，老实交代，她是不是恋爱了？”

文桐特别想把宋楚颐是长晴老公这事拿来好好炫耀一番，可长晴叮嘱过了，她还是忍了，摇头：“没有吧，她最近一直在拍戏啊。”

“噢，我知道了，”朱嘉一拍大腿，“肯定是傅愈，我听说长晴回北城都是傅愈亲自去接的。”

“怪不得啊，长晴真是好命啊！”梅导眯眸看长晴的眼神都不一样了，看来以后要好好巴结了。

……

长晴唱到喉咙发涩才把话筒让给别人。

她喝了一口水休息，扑到正在玩手机的郑妍旁边：“你在看什么？”

“无聊，看看星座运势，”郑妍忽然来了兴致，“你好像是双鱼座吧，看看你的。长晴，不得了啊，你这个星期是全年爱情运势最旺的一周，桃花运泛滥，而且很可能会有男神类型的男人跟你表白，但是要注意烂桃花，搞不好会弄巧成拙。”

“真的假的？”长晴凑过小脑袋，看得蒙圈。

难道跟她告白的是宋楚颐？

算起来，宋楚颐就是男神中的男神啊，虽然高冷了点儿，有时候过分了点儿，刻薄了点儿，但还是好帅好帅的。

难道这几天他会跟自己告白？不可能吧，宋楚颐是喜欢管樱的。

可两人现在结婚了，又在一个屋檐下，说不定他也有一点点喜欢自己呢。除了宋楚颐好像也没别人了，肯定是这样的。

长晴忍不住捧起发烫的小脸，要是宋楚楚跟自己告白，她该怎么反应呢？

让他以后改改他那高冷的毛病，她就勉强喜欢他一下吧。长晴在心里美美地想着。

“在想谁呢？笑得这么二。”郑妍挤眉弄眼。

“不告诉你，”长晴鼻子一哼，转过身去找文桐，“亲爱的文姐姐，问你一个问题。”

“启奏吧。”文桐看她那傻样就知道要问傻问题了。

长晴眨巴眨巴桃花眼说：“你说我美吗？”

文桐做了个忍着呕吐的表情说：“你好美啊，美得我跟了你之后都不想跟别人了。”

“假，不过我听了高兴。”

……

宋楚颐刚从温泉池里出来，拿手机看了看，微博里又多了一条更新的微博。长晴端着酒杯嘟着嘴卖萌，上面的字是：今天终于有人说我美了。

微博似乎刚更新不久，下面已经有几百条评论。

我的妈妈呀：女神，你在我心里是最美的。

宝宝爱你：女神，你又开始二了。

……

宋楚颐评论：不要脸。

过了大约半小时，他想了想，还是给长晴去了个电话。响了一阵，嘈杂的那端才传来一个女人声音，不过不是长晴：“宋先生？”

“你是？”宋楚颐皱眉。

“我是长晴的经纪人文桐，长晴去洗手间忘记带手机了。”文桐说。

“那等会儿她回来让她回个电话给我。”宋楚颐淡淡地说。

“这个……她喝得挺多的，有些醉了，不知道还能不能回电话。”文桐踌躇地说。

宋楚颐沉默了片刻，问：“你们在哪里唱歌？”

“李香兰。”

“我一个小时左右过来接她，你看好她。”

“好的，好的。”

文桐刚挂了电话，正好看到去洗手间回来的长晴朝她走来：“你拿我手机干吗？”

“宋楚颐给你打电话了，我接的，说你喝醉了，他说一个小时后过来接你。”文桐朝她挤眉弄眼地坏笑。

“什么？”长晴急得跺脚，“你乱说什么，我根本没醉。”

“你现在没醉，但等会儿就会醉了。来来来，姐陪你多喝几杯，保管你醉到等会儿要让宋先生抱你走。”文桐拉着她就往酒桌走。

“文桐，你为了让我上位真是不择手段啊，我怎么有你这种经纪人。”长晴控诉。

“我为了谁啊，我不都是为了你吗？”文桐殷勤地给她倒满酒，“再说，你敢说你对宋楚颐没感觉。我不信，瞧你今天下午屁颠屁颠地跟在人家后头那傻样儿，男人就得靠拿，你不拿又不主动，再喜欢你的男人都容易被别人勾走，你看你那青梅竹马，就是最好的例子。”

她说完，酒杯重重地在她面前一放：“喝。”

长晴被邪恶势力逼迫，只能乖乖地喝了。

文桐倒的是红酒，喝了一瓶后，长晴终于云里雾里，像在飘，耳边也只听到文桐在说：“这喝红酒味道香，你不能喝白酒和啤酒，嘴里味道太难闻了，男人会没有想吻你的冲动。”

“噢……”长晴一个劲儿地傻傻点头。

十一点二十分，宋楚颐打来电话，还是文桐接的：“我到了，在地下停车场。”

文桐跟众人打了声招呼，就扶着醉得迷迷糊糊的长晴坐电梯下去，一辆黑色捷豹安静地停在路边。

宋楚颐从后座下来接过瘫软得像蛇一样的女人，俊眉直皱：“怎么搞的，喝这么多酒？”

“大家都敬她酒庆贺她拍新戏呢，那麻烦宋先生多照看下她了。”文桐留意到男人虽然脸上不耐，但眼底却是温和的，就放了心。

宋楚颐把她抱进后座，长晴换了个新环境，见不像之前那么吵闹了，一双醉醺醺的桃花眼四处张望：“这……这是哪里啊，你谁呀？”

她噘起嘴巴，红扑扑的脸蛋凑到他眼前，那唇，和他只隔着一根手指头的距离，微醺的红酒味喷到他脸上。

宋楚颐低头，心里升起一股想狠狠吻住这张粉唇的念头。

想到前面有司机，他拼命地压制住，粗声开口：“宋楚颐。”

“宋楚楚，”长晴白皙的小手捧起他的脸，大眼睛里布满了迷雾，“怎么可能，宋楚楚哪有你这么多脑袋，你是妖怪……对，妖怪。”

她打了个酒嗝。

宋楚颐觉得头疼：“晏长晴，我警告你，下次别再喝那么多酒了。”

“人家才不想喝那么多酒呢，”长晴放开他的脸，下巴搁在他肩膀上，难受得扭了扭身子，蹙眉，嘟囔，“都是文桐姐，哼哼，她骗你……说我喝醉了，让宋楚楚来接我……然后她就让我喝，让我喝，我终于喝醉了……她说我醉了宋楚楚就会抱我走了……”

前面的司机听得实在忍俊不禁，噗笑出声。

不过好在宋楚颐心思都在怀里的女人身上，没注意到，司机才松了一口气。

“噢，对了……”长晴突然用力拍了拍宋楚颐的胸膛，水雾迷离的大眼睛又朝他靠近，“文桐还说……不能让我……喝啤酒、白酒，得喝红酒，因为喝红酒嘴里的……气味……才是香的，那你闻闻……我嘴里香不香？”

她孩子气地张开嘴巴，朝着他的嘴巴用力地哈了一口气。

宋楚颐闭眸躲闪，长晴就像个醉酒的小孩似的拼命追着他的嘴唇吐气，好像不得到肯定的答案就誓不罢休：“香不香，你说呀，你为什么躲，是不是不好闻？”

她忽然瘪了嘴巴，模样慢慢变得委屈，眼梢上好像也挂上了泪珠。

“……没有，好闻。”宋楚颐太阳穴跳了跳，声音低沉如墨，真是快要被她搞疯了。

“真的吗？”长晴一下子破涕为笑，一把抱住他的脖子像猫一样在他领口蹭了蹭，蹭着蹭着，她感觉有硬硬的东西顶着自己的身子，“宋楚楚，你身上这是什么啊……这么硬……”长晴嘴里说着傻乎乎的话。

前面的司机已经无法忍下去了，笑得方向盘都歪了。

宋楚颐觉得再也不能让她这样闹下去了，他低头，带着惩罚和懊恼用力地堵住这张喋喋不休的小嘴。

长晴被堵得哼哼唧唧的，身体像没骨头的树袋熊一样软绵绵地挂在他身上，一点力气都使不出，老老实实的，任由宋楚颐亲吻。

一直亲到小区楼下，司机低咳了一声。

宋楚颐喘息地放开她些许，长晴虚脱般轻喘，双唇如刚剥开的橘子瓣儿，诱人又香甜，满满的都是诱惑。

他勾着她的细腰下车。

长晴双手紧紧地抱着他背部，他抱紧她，免得她掉下去。

进电梯，里面没人，宋楚颐闷头就亲起来，醉酒后的小姑娘格外娇滴滴，尤其是电梯里灯光亮，照得她的脸颊犹如刚从温泉池里滋润出来一般水嫩。

“你知道我是谁吗？”宋楚颐描摹着她的红唇。

“宋楚楚……你连自己是谁都不记得啦……”长晴困惑地嘟囔。

“宋楚颐。”他纠正。

“宋楚楚……”

宋楚颐气结，这个女人真是怎么纠正都没用。

他气得再次堵住那张死不改口的嘴巴。

边吻边抱着她出来，一只手用指纹打开了门。他踏进去，把女人抵到墙上，刚扯掉她的外衣，身后突然传来罗本的汪汪声。

宋楚颐不理会。他现在就像一只被逼疯了的猛兽，必须要找一个突破口，不然他不确定自己会不会疯掉。

而长晴丝毫不知道面前这个男人的痛苦，只是被他的吻弄得呼吸紊乱，气喘吁吁。

下一刻，她好像坠入一张沙发里。

宋楚颐两只膝盖压进沙发里，罗本突然煞风景地跑过来咬住他的裤腿。

“你干什么？”宋楚颐黑脸，真想把它给扔了。

罗本委屈地呜呜了两声，然后眼睛瞄了瞄它空空的狗碗，尾巴也摇了摇，可怜兮兮的，每一个眼神似乎都在对主人说“我饿了”。

宋楚颐也想吼一句，他也快饿疯了，好吧。

他斥了罗本几句，平时罗本格外听话，可今天真的饿了，怎么也不肯松开嘴巴。

他头疼，只得去柜子里找狗粮倒在盆子里，放好后转身去找长晴时，她已经趴在沙发上睡得又香又甜了，那长而卷曲的睫毛在灯下一根一根地颤啊颤。

宋楚颐捏紧拳头，狠狠地闭了闭眼。

正在欢快地吃狗粮的罗本突然感觉不妙，悄悄看了主人脸色一眼，吓得一屁股坐到地上。它是做了什么坏事了吗？

翌日上午。

长晴被尿憋醒，睁眼一看，在观湖公馆的房子里，似乎已经不记得是怎么回来的了。

她决定先爬起来去上厕所，等会儿再打电话问问文桐。

刚打开门，趴在门边上的罗本突然抬起上半身，然后动作敏捷地咬着狗盆子放在她脚边，暗示的含义非常明显。

长晴看了眼餐桌上的早餐，纳闷，每回王阿姨来公寓做早餐都会给罗本放狗粮，今天早上王阿姨看样子也来过了，难道没有喂罗本？

“罗本，你等我上完厕所就喂你啊。”长晴憋得慌，冲进厕所。

出来，她习惯性地照镜子，一看，啊啊地尖叫起来。

她脖子上、胸口上怎么有那么多暧昧的痕迹，而且她的嘴巴也有些红肿，昨天晚上到底发生了什么事情？

长晴立即冲出去找手机给文桐打电话：“昨天后来怎么回事啊？”

“什么怎么回事啊，你不就是被宋楚颐接走了吗？”文桐突然兴奋地问道，

“难道你们……嘿嘿……”

“嘿你个头！”长晴负气挂断，想想，又不甘心地拨给宋楚颐，接通后，她吼，“宋楚楚，你说，你昨晚对我做了什么？”

“你有没有被人打过？”宋楚颐突然低声说。

“什么？”长晴脑子没转过弯来，“你咒我是不是，我能被谁打？”

“先安排去照CT。”宋楚颐又说了一句，长晴明白过来，搞了半天他根本不是在跟自己说话。

那边沉默了十多秒，宋楚颐才重新开口：“你是不是喝酒喝得脑子进水了？”

不确定了足足三秒，长晴才问：“你现在是在跟我说话吗？”

宋楚颐揉揉眉头：“我不是跟你说话是在跟谁说，晏小姐，你智商还能再低点儿吗？”

“你智商才低，你全家智商都低。”长晴火冒三丈，“如果你忙的话就别接我电话啊，接的时候还跟别人说话，我当然会搞混。宋楚颐，你现在实在太过分了，你占了我的便宜还嫌弃我。”

“你是我结婚证上白纸黑字的老婆，我占你便宜也是天经地义，有什么问题吗？”宋楚颐清冷的声线里有一种让人恨得牙痒痒的调侃，“还有，你昨天晚上故意灌醉自己，为的不就是想让我来接你吗？不喝啤酒、白酒，喝红酒不就是怕嘴巴里气味难闻，免得我不愿意亲你、吻你，难道不是这样吗？”

长晴脑子当场死机，在他说出来的那一刻，她恨不得坐火箭飞外太空去，再也不在这个人面前丢脸了，他究竟是怎么知道的。

“你胡说，”长晴厚颜无耻地否认，“我才没有，你简直得了便宜还把罪推到我身上。宋楚颐，你说你好歹一高级外科医生，怎么能趁一个女人喝醉酒了行如此下流之事呢，你现在不必否认，因为昨天一天已经充分暴露了你流氓的行径。”

“我要真的是个流氓，你今天就不可能还是完璧之身……”宋楚颐还没说完，一名实习生匆匆走了过来。

“宋医生，又有病人过来了，需要您过去看一下。”

“我回去再跟你说。”宋楚颐立即挂断了电话。

长晴抱膝坐在沙发上沉思。看样子她昨晚没有跟宋楚颐发生实质性的关系。

她努力去回想昨晚的事情，断断续续的似乎有了一些片段，她和宋楚颐好像在电梯接吻……

长晴越想脸越燥热，也越害羞。

罗本沮丧地看着自家女主人傻傻愣愣的，红扑扑的脸颊一会儿用手捂了捂，一会儿又踢动着双腿在沙发上乱滚，过会儿又坐起来发呆。

它着急，干脆咬着狗盆子蹦上沙发，懊恼地把盆子扔到她身上。

“哎呀，对不起啊，罗本，我忘了你都饿了，马上给你弄吃的。”长晴赶紧给它把狗粮倒上。

十一点二十分，王阿姨提着菜进来，长晴正在吃早餐。

“起得这么晚啊，”王阿姨笑了笑，“宋医生早上还吩咐我买些牛肉和排骨回来，给你做牙签牛肉和蜜汁排骨呢，看样子你中午未必吃得下了。”

“真的？”长晴眼眸一亮，“他真吩咐您了？”

“是啊，别看宋医生外表冷冷的，可心细着呢。”王阿姨去了厨房。

长晴想起刚才宋楚颐电话里刻薄的话，她决定还是原谅他了，谁让她大度呢。

她小步子跑到厨房门口：“王阿姨，早上您是不是忘记给罗本放狗粮了？我起来的时候它都快饿傻了。”

“我说要给它放，可宋医生非不让，说要好好惩罚惩罚罗本，可能是罗本做错了什么事，让他生气了。”王阿姨说。

长晴恍然，跑回去看着狂舔狗盆子的罗本，同情地说：“可怜的小罗罗，跟了这么一个冷酷无情的主人，不过没关系，以后我会好好疼你的。”

她摸摸它的小脑袋，罗本嗷嗷地冲她撒娇叫唤。

下午五点，节目组开完会议出来，长晴准备回办公室，路上碰到冯台长和傅愈一道走来。冯台长一路上说说笑笑，傅愈嘴角挂着薄薄的笑，一副名流绅士派头，只是那双黑瞳在看到她的一刹那，犹如春雪初融。

“冯台长，”长晴先跟上司打招呼，然后才看向傅愈，“傅愈哥，你怎么也来我们电视台了？”

“傅总今天下午来我们台里录一个访谈节目，”冯台长说道，“正好我要跟傅总一起去吃饭，长晴，你跟我们一块儿去吧。”

台里一把手的话永远是不能拒绝的，长晴点了点头。

到停车场时，冯台长说：“我忽然想起有个东西忘办公室了，我得去拿一下，长晴，你先坐傅总的车过去吧。”

“要不……我自己开车吧，”长晴为难地说，“我明天要拍戏，不然车子又要在台里放几天。”

“那我坐你车吧，我的车让司机开。”傅愈说完，自顾自地就给他的司机交代了。

长晴没辙。

半个小时后，到达北城赫赫有名的“召南居”。

长晴以前也跟台里的人来过一次，这里的装修古雅幽静，像极了苏州的园林。

傅愈弹了弹烟灰，说：“这里的老板一定很喜欢《诗经》。”

长晴笑问：“你怎么知道？”

“你看，”傅愈指着她身后的屏风说，“屏风上刺绣的画就是《诗经》中的《郑风·野有蔓草》，画中的男女在蔓草中不期而遇。”

长晴回头一看，微微失神：“傅愈哥，你还是跟以前一样博学多才。”

“你以前不是也常爱拿《诗经》来问我吗？”傅愈低低的音色从薄薄的烟雾中穿透而出。

长晴心中一动，记得小时候起，傅愈就是她仰望的对象，她崇拜与他有关的一切。他喜欢看《诗经》，为了能跟他多接触、多说话，她也求着让奶奶给她买一本《诗经》，没事就跑去傅家找他。

她迷恋从他优美的唇齿里溢出来的“月出皎兮，佼人僚兮”。

在她那时候的世界里，最动人的话也不过如此。

或许在她眼里，傅愈就像高高挂在天上的皎洁月光，洁白又璀璨。

她默默地垂下脑袋，过了会儿，有人打电话给傅愈，他接听了半分钟，然后把手机递给长晴。

长晴看到“冯台长”三个字赶紧放在耳边听。

冯台长说：“长晴，我台里临时有事儿，脱不开身，你好好代我陪陪傅总，知道吗？”

“嗯，知道了。”长晴乖乖点头，把手机还给傅愈，看到他深黑的眸，她尴尬了一下，说道：“冯台长肯定是故意的，他以为我们有什么。”

傅愈转动着纤薄的手机，笑了一下：“我们是可以有点什么。”

长晴端茶的手一抖，茶水落在手背上，红了一片。

“真是不小心，让我看看。”傅愈起身握住她烫红的手，口吻里含着宠溺。

他指尖滚烫，长晴瑟缩地抽回手，面色局促极了：“没事，傅愈哥，你这样我真的不大习惯。”

“我们以前不是经常这样吗？”傅愈的眸色里出现些复杂。

“以前……是以前啊，那时候我们都小，”长晴低头，小声说，“而且你后来不是跟我说，只是把我当妹妹一样吗？”

“长晴，我从来没有把你当妹妹看待过。”傅愈英挺的眉目皱了皱，似乎心烦，又拿起桌上的烟盒，点燃了一根。

长晴心里狠狠一跳，看到他嘴角勾起一个苦涩的笑，说：“那年，接到你情书的时候，我心里特别高兴，我跟你一样，也一直喜欢你，可家里当时发生了太多的事。”

长晴怔了怔，大脑忽然一片空白。

或许是不敢相信，傅愈说他是喜欢她的。这怎么可能？

“你当时听到我爸妈离婚的时候，你是不是很惊讶，”傅愈笑了笑，“22岁之前我一直以为自己生活在一个很幸福的家庭里，我爸虽然在外面打拼，但心里是爱我妈的，可也是那一年我才知道我爸原来在外面有一个私生女。”

长晴错愕，有些心疼他，也心疼曾经的自己：“你当时为什么不跟我说这些，你的家庭是怎么样的，我从来不会介意。我们一块儿长大，你又不是不清楚我的为人，就算你去美国，我也可以等，而且我也可以让我爸送我过去留学。只能说你没有那么喜欢我，而且……你也不是没有交往的女朋友。”

她眼眶酸涩，晚了，太迟了，这些话哪怕是一个月之前说都不迟，但偏偏是一个月后。

也许，他们终究没有缘分吧。

“不只是这样，”傅愈捏着烟蒂的手紧了紧，眉角划过一丝隐痛，“你爸和我妈，当时好像……是彼此有感情的。”

长晴震惊得脸色发白，手里的茶水荡起一丝涟漪：“不可能。”

傅愈低头狠狠地抽了两口烟，暗黑色的眸子里划过一抹狠心：“起初我也没有想太多，直到有一回我提前放学回家，不小心看到你爸抱着我妈，才什么都明白过来。当时的我很愤怒，不过现在想来，也怨不得，我的家庭其实早就千疮百孔了，只是他们为了我的成长着想才一直瞒着我。长晴，我当年不是故意想拒绝你的，只是不知道如何面对这样的事情，我走的那天，你在爬山虎下哭的样子，其实我看到了。长晴，我特别特别想跟你在一起，看到你写给我的信也特别高兴，我跟我妈说等你毕业了，我就跟你爸提亲，可所有的事情都发生得太突然。”

长晴的心脏狠狠地拧痛着，这一切的真相来得太过突然。

不仅仅是傅愈，还有她一直尊重的爸爸原来喜欢沈阿姨。她一直以为她的爸爸除了妈妈，再也不会喜欢上别的女人。

是不是爱情都经不起时间的推移？“我要回去问问我爸。”她仓皇失措地抓起包就走。

傅愈没有阻拦她，如果不是万不得已，他不想说出这个伤人的真相。

夜晚的晏家，晏磊一个人拿着报纸单独坐在沙发上，头顶的水晶灯拉下一片寂寥的剪影。

长晴走入家门，看到的就是这一幕。

她眼眶酸涩，想起这些年晏磊又当妈又当爸地细心呵护她们姐妹俩，她心里的疑问忽然之间消散得无影无踪，取而代之的是茫然和心痛。

"长晴，怎么啦，谁欺负你了？"晏磊看到女儿眼眶红红的样子，赶紧放下报纸，招手，"是不是跟楚颐吵架了？"

长晴摇头，一步一步地走近，最终艰涩地开口："爸，我听傅愈说，当年您和沈阿姨……互相喜欢？"

晏磊脸上的表情微微一滞，划过一丝淡淡的难堪，不过很快便恢复了如水般的平静，只是伤感地点了点头："你是不是生爸爸的气了？"

长晴喉咙发涩："我没资格生气，您这辈子都围绕在我和姐身边，妈在我两岁的时候就去世了，您心里肯定也会寂寞，但为什么是沈阿姨？"

晏磊低低叹气："当年，你们沈阿姨住我们家隔壁，我看她对你们姐妹俩照顾有加，便想起了你妈妈。后来时间长了，沈璐的大度、贤惠慢慢吸引了我，再加上她不幸的婚姻和她为了傅愈隐忍的母爱让我深深钦佩和同情。其实沈璐早就知道傅愈的爸爸在外面有女人，只是她为了傅愈能够好好读书一直隐忍。你读大学那年，沈璐是想离婚的，但傅愈还是希望父母复合，所以她为了不让傅愈失望，就和傅愈去了美国。如果她没去，大概我会和她结婚吧。长晴，你会怪爸爸吗？"

长晴哽咽摇头，对于爸爸，她是永远不会怪的。母亲去世太早，爸爸从三十多岁单身到今天，他也需要人关心，需要人理解，有时候她也希望爸爸能再婚，只是心里会害怕有别人会取代自己母亲的位置。

"我能明白傅愈为什么会跟你说这些，我听你姐后来提起过，你喜欢傅愈，"晏磊慈祥地擦了擦她脸边上的泪水，"可是爸认为你们不合适，他身处的圈子诱惑太大，他下面的女艺人又多，比你漂亮的，比你身材好的，比你会撒娇的，什么样的都有。长晴，爸是男人，有些事比你们看得通透，也更明白，在我周围，我看到过无数谈了十几年、海誓山盟的恋人，最后因为婚内出轨，婚姻土崩瓦解。我并不是不信任他，只不过你是我的女儿，我只想让你的婚姻稳定幸福。楚颐是个医生，圈子没他乱，你姐说医院里有很多医生、护士追他，他从来都是本本分分，一心扑在工作上，再加上他是宋家的人，也能够保护你。你自己处在娱乐圈里，乱糟糟的，我不赞同你再找一个商人，商人的圈子太繁杂。"

长晴点点头，可心里头还是有些难受，毕竟她真的喜欢傅愈好多年。现在终于知道那个喜欢的人也一直喜欢自己，心里肯定不平静。可有些遗憾总是无法弥补的。

长晴心情低落地回房间翻找出小时候的一些照片，里面有太多太多她和傅愈的回忆。

她每年过生日的时候，一块儿去公园玩的时候，两人第一次去划船的时候……

长晴看着看着，眼眶就湿了，她跟傅愈怎么就错过了呢？

十点多钟，听到外面汽车响声，长晴猜到可能是宋楚颐来了，赶紧把东西全部收起来。

没多久，楼梯上传来脚步声，宋楚颐打开房门，长晴假装坐在床上玩手机。

“病人送了很多樱桃给我，我让张阿姨去洗了，你要不要吃一点？”宋楚颐走到她身边，忽然注意到她眼睛红红的。

他凝眸，问：“哭过？”

“没有。”长晴扭开脸，嘟起小嘴，怎么看都是一副生闷气的模样。

宋楚颐蹙了蹙眉：“你怎么了？”

“说了没怎么啦。”长晴把手机一扔，起身要走。

宋楚颐握住她手腕，胳膊一用力，长晴转了个圈，跌进他胸膛里。

“跟我说说，到底怎么了，嗯？”他低头，一张清冷的俊容忽然如春水化开，瞳孔也熠熠生辉起来，就连最后一个尾音也是蛊惑到极致。

长晴脸颊上的薄皮突然泛起一层薄薄的红晕，咬唇使劲推他胸膛，他手臂上的力道反而越按越紧，直到她的脸全部没入他的胸膛里。

长晴很久才回味过来，她被他……抱住了……

男人的心跳挨着她的脸起伏着，他身上西柚的香味充斥着她的鼻尖。

长晴又想起读书那会儿被傅愈抱着的感觉，那时候大家都是青涩懵懂的，身上的味道也最多是洗衣液的香味。不像现在，宋楚颐成熟男人的身体热烫得那么明显，手腕上的力量也是十分强硬，简直让人无法忽略他真的是自己老公。

长晴渐渐地停止了挣扎。

她和傅愈是真的不可能了。

她已经结婚了，不管以后和宋楚颐能走到哪一步，她也不可能再接受傅愈了。

从傅愈和管樱交往的那一刻起，她心里的某处就已经无声无息地对他死心了，也没再有过任何奢望。现在，她的丈夫是宋楚颐。

“是不是你们台长欺负你了？”宋楚颐声音温柔地问道。

怀里的女人突然小鸟依人，宋楚颐眸光软了软。

长晴摇摇头，过了一会儿又闷闷地在他怀里问：“如果我真被人欺负了，你会帮我吗？”

“那当然，”宋楚颐摸摸她的后脑勺，“你，只能我一个人欺负。”

这答案，长晴真不知高兴好还是不高兴好。

长晴幽幽地说：“是我自己的一些私事，至于什么事情，你能别问我吗？我现在不想说。”

她的声音是惆怅的。

宋楚颐盯着她片刻，点点头，温柔地开口：“好，那我就不问。”

他只是一下又一下地抚摸着她乌黑的秀发。

长晴感受着他充满着西柚香的怀抱，感受着他结实滚热的胸膛，她的心里忽然不再那么痛楚难受了。

有些话，爸爸说得不是没有道理。

或许适合她的人就是宋楚颐这样的吧，暗恋过傅愈那么多年，突然知道他也是喜欢自己的，心中的遗憾自然是排山倒海。但就算勉强重新来一次，傅愈也未必适合她吧？昨天可以是管樱为了目的靠近他，明天自然有无数女人为了另外的前途和目的再次接近他。

她的心眼儿很小，也极度没有安全感，宋楚颐才是那个能给予她安稳生活的人。

第十一章　乌龙事件

剧组新取景的戏份定在北城一栋高耸的办公大楼。上午十点，长晴到达剧组，刚拍完她的一场戏，宋楚颐的电话就打了进来，问她在哪儿拍戏。

长晴像小媳妇儿汇报行程一样："我今天可能没时间回去吃晚饭了，不过今天拍戏在本城，晚上我会回去睡。"

"好，那我在家等你。"宋楚颐心情好像不错。

一通简单的电话，让长晴突然想明白了。

不管如何，宋楚颐现在都是她法律上的丈夫，至于她和傅愈，再多的不甘也只能是过去了。

晚上，长晴坐文桐的车回观湖公馆。宋楚颐的房门虚掩，里面有灯光照出来。

她拉着罗本在客厅里玩了一会儿，见里面还是没有人出来，犹豫了一下，过去敲敲门："宋楚楚……"

门刚推开，长晴就看到电脑屏幕里剖开的大脑，血淋淋的，她吓得尖叫了一声，背过身想呕吐，半天也呕吐不出来。

宋楚颐听到动静，赶紧把电脑屏幕关了，回头看到她，皱眉起身："你什么时候回来的？"

"你在看什么？好恶心！"长晴吓得脸色白白的，都不敢回头再看。

"我一个美国朋友从那边发过来的手术现场观摩视频，我正在研究。"宋楚颐刚说完，就看到长晴逃也似的跑到了厨房喝水压惊。

"你没事吧？"宋楚颐瞧着她煞白的小脸，小丫头看起来被吓着了。

晚上，长晴一个人翻来覆去，好不容易睡着，突然做了一个恐怖的梦。醒来后，她冒出一身汗，赶紧把灯打开，还是觉得怕。

挣扎再三，最后抱着被子去了客厅沙发上，想着有罗本做伴也好过一个人睡。

罗本听到动静，立即醒来，跳到沙发上和她一块儿挤着。

长晴满足地抱着肉嘟嘟的狗狗，心里才没有那么害怕了。

凌晨两点，宋楚颐口渴起来去厨房倒水，看到沙发上抱成一团的一人一狗，不忍直视地捏了捏眉心。

宋楚颐走过去，直接把罗本给掀开。罗本委屈地叫了一声。

长晴也被吵醒，顶着一头乱糟糟的头发不满地眯起迷糊的双眼看着突然出现在面前的挺拔身影。

“要不要我给你和罗本在阳台上安个大一点儿的狗窝？”宋楚颐面色透着嘲讽。

长晴气呼呼地坐起：“你以为我想抱条狗睡啊，还不是看到你电脑里那些东西，做了噩梦，不敢自己睡在房里。”

她声音娇滴滴的，穿着睡衣的身段也娇滴滴的。

宋楚颐突然弯腰将她横抱起来。

长晴吃了一惊，回过神，发现自己被他抱着往房里走，她尖叫：“你干吗？”

“你不是一个人害怕吗？我陪你一块儿睡。”宋楚颐垂眸，嘴角似笑非笑。

长晴满满的羞涩袭来，她两条腿在他手臂上抖动：“不用不用，我自己一个人睡就可以了，我不怕了。”

“那不行，我可不想再看到我的老婆又去抱狗睡，你要抱还不如抱我。”宋楚颐边说边把她放到床上，随手把她占了她大半张床的熊推到了地板上，他的身体很快就取代了熊的位置。

长晴听到那句“老婆”，越发紧张害羞得往一边躲。

宋楚颐很快就不费吹灰之力地把她抱了回去，为了让她安分点，没好气地在她耳边警告：“快点儿睡，否则后果自负。”

灼热的气息喷在她耳垂上，长晴身体一下子就酥了。

她顿时一动也不敢动，甚至大气都不敢出，只是脑子里想着“后果自负”的真正含义，莫非是……

她的脸又悄悄地热了。

十多分钟后，长晴听到身边传来均匀的呼吸声，以为他睡着了，身体轻轻地挪动，试图从他臂弯里逃脱出来。

结果一动，耳边再次传来宋楚颐的声音：“怎么还不睡？”

长晴窘：“你抱着我，我不大舒服，睡不着。”

“这样啊……”宋楚颐声音挑高，突然又拉得低沉，“那……要不然我们来做点有助于睡眠的事情怎么样？”

长晴被他的声音撩拨得脑子浑浑噩噩的，也没仔细想就问：“什么事情？”

她话音一落，宋楚颐的身体突然动了动，长晴刚张口，诱人的唇瓣就被他封住了。

她脑子嗡地一下，来不及反应，被他索了一个深深的长吻。

长晴被吻得云里雾里的，脸蛋酡红，好不容易松开，他的吻接着落在她的脖子上。

“不行……”长晴身体酥麻，但还是抓住他的手臂。

“为什么不行？”宋楚颐搂着她的腰往怀里送，低着头，亲她。

他的吻犹如清风，长晴这棵小嫩草哪有半点儿经验，不一会儿便软绵绵的，任由这阵风吹遍了肌肤。

直到身上传来凉意时，长晴猛地一个激灵，低头，自己身上的衣服早已不翼而飞。

她浑身僵住，瑟缩地往被窝里躲：“宋楚楚，我怕……”

那湿漉漉的桃花眼看着他，宋楚颐浑身肌肉也痛苦地紧绷起来，她怕，他也不忍伤害她，只是亲亲她粉红的小脸蛋，轻轻柔柔地说：“长晴，我们是夫妻……”

长晴的心脏好像突然停住，她呆呆地看着上方明亮灼热的眼睛，弱弱地说：“可你说我们一年后会离婚……”

“可是……我已经不想离婚了……”他的话音一落，长晴的大脑一片空白。

罗本被打扰了美梦，想看看主人在做什么，竖起耳朵听了一会儿，听到幽静的房间里突然传来细若蚊哼的声音，它迈着小腿飞快地奔到女主人房间门口。

女主人需要帮助吗？罗本着急地挠门。

没人理它，没多久又传出来细细的哭声。

“宋楚楚……我疼……今天能不能算了……”长晴紧闭着双眼，可怜巴巴地哀求，一颗颗泪珠从眼角滑落。

宋楚颐阴郁地在黑暗中凝视了她一阵，一言不发地起身，拿上裤子走了出去。

浴室传来关门声，长晴如释重负地赶紧拿被子裹住自己。

长晴吸吸鼻子，将脸藏进枕头里，小说和影视剧里都是骗人的，可是为什么那么多人热衷于这种事，难道是她有问题？

这个念头一闪即过，长晴使劲摇摇头，这不可能的。

宋楚颐收拾完自己后，回到房间，上床后揽过还没缓过来的长晴：“真的有那么疼吗？”宋楚颐深邃又温柔的视线注视着她。

长晴不敢看，只是点头。

宋楚颐盯着她一根一根颤动的睫毛，很多年也没有这么无奈过了：“你太紧张了，好啦，我不碰你了，先睡吧。”

听到他的这句话，长晴放心了。

老老实实点头，躺下，宋楚颐这次没有抱她，只是挨着她睡。

长晴脑子里胡思乱想了很多，直到浓浓的困意袭来才睡着。

第二天早上，长晴是被人吵醒的。

她睁开困倦的双眼，宋楚颐衣着整齐地站在床边，容颜英俊得让长晴有点发呆。

“你助理刚才打电话过来让你八点半到片场。”宋楚颐俯身将她拉起来，薄唇里溢出来的声音温柔又低沉，“现在七点钟了，听说你到片场的时间差不多要一个小时。”

长晴一听脸就垮了：“不是说九点吗？我好困……”

宋楚颐看到她这副模样，心里无奈地叹口气：“你快去换衣服吧，我让王阿姨帮你打包好早餐，等会儿可以路上吃。”

长晴眨巴眨巴眼睛，这么温柔的宋楚楚真的好不习惯哦。

难道是因为昨晚的事？

想到昨晚，长晴扭捏地红着脸小声说：“我……那个……会不会怀孕……”

宋楚颐闻言，俊脸上掠过一丝尴尬，他轻咳：“亏你二十几岁了，能有点常识吗？我昨天根本就没进去好吗？”

长晴不相信地看着他：“怎么可能，我那么疼？”

“你一直在叫疼，绷得很紧，我没法继续。”宋楚颐像看白痴一样看了她一眼。

长晴心想自己都疼成那样了，结果还是……那她下次是不是还会疼得更厉害啊？于是狠狠地瞪了宋楚颐一眼：“宋楚楚，你实在太没用了！”

她说完，气呼呼地去洗漱了。

宋楚颐呆若木鸡，听到关门声后，才忍不住有辱斯文地在心里骂了一句脏话。

他怜惜她，实在不忍心看她哭得那么厉害，结果反倒被她骂没用，早知道他就该一不做二不休的。

这女人，太不知好歹了。

片场。

第一场和长晴对戏的是剧中饰演她母亲的资深老演员何咏穗，台词不多，主要靠的是脸部表情，反倒比平时的戏份更难过，本该四十分钟就拍完的，结果拍了一个多小时。

片场的气氛变得很凝重，好不容易勉强拍完，长晴心里尴尬得很，也觉得对不起导演。

在一旁等第二场戏的管樱冲她鼓励一笑："别给自己太大压力了，这场戏本来就是比较难拍的一段，你算不错的了。"

"嗯。"长晴还是懊恼地点了一下头，她认为自己可以拍得更好。

返回休息室，刚坐到沙发上，长晴突然发现旁边放着一本杂志，封面上的男人西装革履，儒雅俊秀，正是宋楚颐。

她愣了一下，忙拿起来看，是一本医学杂志，第一篇是有关宋楚颐的医学历程访谈。

长晴看了半天，很多都是医学的专业术语，她看不明白。

不过封面上的宋楚颐还真是帅呢，就算着黑色西装，也没有商人的那种凌厉，更多的是优雅、卓越，想到这个人是她的老公，长晴心里还是蛮骄傲的。

"哎，你也喜欢看这本杂志啊，"这时，管樱的经纪人林宁走进来笑道，"管樱也挺喜欢看的，你们不愧是玩得好的姐妹。"

长晴僵住："这本书是……管樱的？"

"是啊。"林宁点头。

长晴说不出话了。据她了解，管樱从来就不喜欢看这种杂志，除非是……

她低头看着封面上的男人。难道管樱心里一直还有宋楚颐？

长晴刚才还甜丝丝的心情好像一下蒙上了一片阴云。

接下来十一点钟的一场戏，长晴拍到一点都还没有拍好。

傅愈过来的时候正好看到苏导脸色铁青的模样，长晴也灰头土脸的。他朝一旁的场记勾勾手指："怎么回事？"

场记小心翼翼地说："晏小姐今天可能状态不好，一场戏拍了两个小时都还没过。"

傅愈皱皱眉："她吃饭了吗？"

场记摇摇头。

"让你们苏导暂停，先吃个饭。"傅愈脸色一沉，说道。

场记赶紧跑去和苏导说，苏导正拿着剧本生气呢，偏偏对长晴一句话都不敢发作。这会儿听傅愈来了，忙不迭地喊停，跑去迎接傅愈了：“傅总，您怎么这个时间过来了？”

苏导递过一支烟，傅愈没接，只是冷着一张脸看着场中央满脸懊恼的长晴说：“演员谁都有戏难过的时候，可饭还是得吃，是不是？”

苏导苦笑道：“傅总，不是我不让大家吃饭，只是柯永源下午三点还要赶去北京出席发布会，他经纪人蔡高催得急呢。柯永源一直在片场等着他的下一场戏，我也没办法，大家的时间都排到一块儿了，只能让长晴加个班。”

傅愈睨了一眼不远处的柯永源经纪人蔡高，深思了一会儿，淡淡地说道：“我让人和蔡高说一声，先把饭吃了吧，吃饱了才有力气拍戏。”

苏导赶紧点头，吩咐大家先休息吃饭。

长晴也看到傅愈过来了。

短暂的临时休息确实让她松了一口气，可要是接下来她还拍不好怎么办？看了一眼周围已经不大耐烦的工作人员，她心里有一丝慌乱。

“长晴，别着急，”管樱轻轻地拍她肩膀，“你忘了读书那会儿老师教我们的东西了吗？我们是演员，拍戏的时候一定要学会控制自己的情绪，无论如何都不能被情绪左右了我们拍戏的心情。”

长晴看着面前温柔的管樱，心里拧得更加复杂：“小樱，对不起，害你陪我重拍了这么多次。”

“我没有关系，”管樱摇摇头，“但如果换成是别人，肯定不会像我这么想，她们肯定会认为你是个业余演员。你应该看到了，苏导刚才很想发火，但他为什么没有发火，你心里清楚。”

长晴哑然，她心里比谁都清楚。

“去和傅总打声招呼吧。”管樱也不忍她太难受，牵着她朝傅愈走去。

越走近时，长晴的心情变得越复杂。

傅愈这边刚交代完蔡高，看到她时，温淡的眼睛里立即露出浅浅的笑意：“长晴，你不要有心理压力，我刚和蔡高说了，你和柯永源的那场戏改到下次拍。”

长晴瞄了一眼蔡高，见蔡高竟然没有不高兴，心里有点奇怪。

柯永源是当红小生，片约、广告不断，这场戏突然不拍了，肯定耽误了柯永源今天下午一半的行程，演员的时间就是金钱，再加上蔡高的小气是圈内出了名的，这会儿应该很生气才对。

正疑惑时，文桐拿了盒饭过来。

长晴刚伸手去接，傅愈突然接了过去，一只手轻轻地揽了揽她的肩膀：“去休息室里吃，这里晒。”

长晴尴尬地看了看四周，几十人的片场里大家都像没看见一样在忙碌或者聊天，而留在原地的管樱脸色却是僵硬的。

刚才她和长晴一道过来打招呼，傅愈正眼也没看过她，这让之前在晚会上出尽风头的她很是尴尬。现在恐怕全剧组的人都知道她是被傅愈抛弃的女人了，可尽管如此，她也不能得罪傅愈，毕竟傅愈是她的老板。

休息室里，傅愈把门关上。

长晴拧起细眉：“傅愈哥，你还是把门打开吧，只是吃个饭，我不想别人瞎想。”

“就算不关门，别人也会瞎想。”傅愈眼神温和而有耐心，就像在包容一个心情不好的小女朋友。

长晴烦躁地皱眉。

傅愈靠近她几步，打开她手里的饭盒：“都要冷了，快吃吧。”

长晴是真的饿了，可这时候夹了块牛肉入嘴，却因为身边的男人一直将目光定在她身上而没有了胃口。

她想了想，放下盒饭，认真地对上傅愈的双眼。

“不好吃吗？我让人换一份。”傅愈看着她生动的小脸，心情好得就像吃了蜜一样，哪怕工作上的烦心事再多、自己再累，只要看到她，一切都是满足的。

“傅愈哥，你那天说的话我想了很久，”长晴扭开脸，突然说，“我也回去问过我爸了，知道答案的时候我确实很难接受，但是……也可以说我们没有缘分吧，如果真的有缘分，早该在一起了。现在我只想把你当哥哥一样，感情的事还是让它在过往里结束吧。”

她下定决心般的话落在傅愈心头，仿若落下了一块冰，冰突然融化成水，漫过他整个心脏，是冷的，一丝温度都没有。

他笑了笑：“长晴，我不认为我们没有缘分，如果没有，那为什么这么多年后我又遇到了你？”

“也不只是缘分，”长晴微微手足无措，拒绝人不是她的强项，尤其是拒绝一个自己从小就喜欢的人，这种感觉就像把自己最心爱的东西送走一样，“傅愈哥，你妈和我爸的事当初你生气、不能原谅，我都能理解，可是后来呢，你走了那么多年，你随时可以回来找我，就算我搬来北城了，问邻居也是可以打听到的。但你没有，相反，你还找了女朋友。我想，你的女朋友应该不止管樱一个吧？我第一次看到你和管樱在一起的时候特别震惊，而且十分难受。如果你心里有我，又怎么会感觉不到我的难受呢，我以前也跟你告白过，可你连稍微在意下我的感受都没有。”

长晴苦笑了一下，摇头又接着说：“傅愈哥，你从小就说我傻，也许我是傻，我特别不明白你们这些人，嘴上说不喜欢，行动上却能够搂搂抱抱。我要的感情根本不是这样，可能你一直自信地以为我心里会一直有你，所以你也不着急，就算看到我难受也假装不知道，也不会跟我解释。从前的傅愈哥给我的感觉简单又温暖，但现在的你太复杂，这样的感情不适合我，我只想自己的感情生活简单一点儿。”

她背过身去，傅愈面露焦灼：“我在‘雪声’第一次遇到你时就特别想跟你说这些，可我也是那次才偏巧知道管樱是你的好朋友，你一向把友情看得很重，如果那时我和管樱突然分手了，你会怎么想我？所以我只能循序渐进，等到合适的时机告诉你我和管樱交往的真正原因，才敢跟你说这些，而且前阵子我妈一直在手术，我既要照顾公司，又要照顾她，直到最近她病情好转，我才能有时间理清我们之间的关系。”

“但是你现在说这些已经太迟了，”长晴被他说得心烦意乱，拿着饭盒后退几步，低低道，“傅愈哥，我们之间的关系我已经放下了。”

“放下？”傅愈心头阵阵发冷，“长晴，你是不是还在生我的气，恨我不早点回来找你？恨我不应该跟你的朋友交往？我不是没有回来过，三年前过年的时候我回了扬州，可你们全家已经搬走了，你奶奶、邻居都不在，我打听不到你的消息，正好那时候我父母他们忙着办离婚手续，公司也有事，初二我就不得不回美国了，然后一直到前些日子才回来的。”

他着急地步步紧逼，长晴被她逼退到角落里。

傅愈握着她的肩膀往怀里带：“长晴，让我们还像从前那样好不好？我依然会疼你、爱护你，你忘了你以前跟我说，要一辈子陪着我吗？”

“你就当我小不懂事，行吗？”长晴使劲地在他怀里挣扎，饭和汤全洒在了他胸口。

傅愈手臂冰凉地松了松，长晴挣脱出来，偏头说：“总之该说的我都说清楚了，再说下去我也说不过你。反正我觉得你给我的感觉和以前不一样了，你真的没必要在我身上浪费太多时间。剧组这边，我很感谢你照顾我，要不是你，我也没资格拍这部戏，但现在你只能是我的傅愈哥，除了这些，我没想过别的了。”

长晴说完，连饭盒也不要了，转身就往外跑。

她其实胆子特别小，也很保守，结了婚之后也很怕这种婚外牵扯的关系，反正已经不可能有结果了，所以长痛还不如短痛。

下午五点钟，长晴勉强拍完今天的戏份，从场上下来，文桐把手机递给她："刚才宋先生来电话，说要你拍完回个电话给他，有事。"

长晴找了个安静的地方回拨过去，接通的时候她突然想起早上的事，很不爽，于是声音也故意生硬："你找我有事吗？"

"晚上我们两家在东雁吃饭，这也是你爸的意思，你拍完戏就来医院接我。"宋楚颐命令式的语气让长晴听着很不舒服。

她鼻子重重一哼："我干吗要来接你，你不知道坐我姐的车过去啊？"

"你忘了我是因为谁不能开车的？"宋楚颐在那边嘴角微勾，"当初也不知是谁说要送我上班，结果就履行了一次，这些日子我可是每天走路上班的。"

"行啦，行啦，我接你还不成吗？"长晴被他说得都不好意思了。

路上，晏磊也给她来了个电话，说这顿饭一是有意感谢宋家对晏家的帮助，二是他们两个人结婚那么久，两家人都还没正式吃过一顿饭。

其实不用他详细解释，长晴也明白，不过想到又要见到宋楚颐的大哥，长晴的心情就有那么一点点不美好。

六点钟，长晴到达医院门口时，收到宋楚颐的短信：临时有点儿事，你等我一下。

结果这一下足足等了半个小时，等宋楚颐上车的时候，长晴脸色都不好了："你的一下就是半个小时，是不是两下就是一个小时，我真是长经验了。"

"主任临时针对一个病人的案例召开了小型会议。"宋楚颐觉得她生气时嘴巴微微鼓起的模样，充分展示了"气呼呼"三个字。

他莫名觉得有几分喜感，笑了笑，从衣兜里掏出一根棒棒糖递过去。

长晴瞄了一眼那根棒棒糖，草莓味的。她的心情有了一些微妙的变化，万万没想到宋楚颐这种高冷的人也会买棒棒糖，莫非是买给她的？

"你别想用一根棒棒糖就打发我。"长晴负气地说。

"吃了吧，是我的一个小病人给我的，"宋楚颐把糖放操作台上，"我不吃甜食。"

长晴再次鼓起腮帮子，原来根本就不是他特意买给她的。

"我也不喜欢吃棒棒糖，我又不是小孩子。"长晴故意看也不看他。

宋楚颐看了她一会儿，又重新拿起棒棒糖："你不吃，那我自己吃了。"

他撕开棒棒糖的包装纸，放自己嘴里了。

长晴更生气了，她简直一句话都不想跟他多说。难道他不知道女人都爱说反话吗？

宋楚楚真是太蠢了，不解风情。

还有，一个那么高冷又英俊的男人嘴里含根棒棒糖，简直太丑、太影响形象了。

车停在十字路口的时候，宋楚颐又收到旁边很带有敌意的眼神。

他眉毛扬了扬："想吃？"

"谁想吃。"长晴别开脸。

"晏长晴……"他突然叫了句。

"干……"长晴嘴巴刚张开，棒棒糖就被塞到了她嘴里。

一股草莓香味溢开，长晴这才反应过来，赶紧拿出来，满脸通红地骂："宋楚楚，你太恶心了！你自己吃过的还塞我嘴里。"

"说得你好像没吃过我口水似的。"宋楚颐双手枕在脑后，不咸不淡地说。

长晴面红耳赤地把棒棒糖扔到他身上："讨厌你，恶心死了。"

她生气的声音软得像在撒娇一样，宋楚颐眸子紧了紧。

后面传来连绵不绝的喇叭声，他忙提醒："绿灯亮了，快点走。"

长晴这才发现绿灯已经过了七八秒了，心虚地赶紧一脚油门踩出去。

到达东雁私房菜馆时，大家基本上已经到齐了，包厢里其乐融融，似乎聊得还挺愉快。

长芯打趣："哟，咱们宋医生来了，之前我说要捎他过来，他还不让，说长晴会来接她，他们俩的小日子过得蜜里调油的。"

长晴一愣，悄悄瞥了宋楚颐一眼，他面不改色地拉着她落座。

宋楚颐的后妈戴嫒端庄地笑问："长晴在楚颐那里住得还习惯吗？"

她话音一落，众人眼光都落在长晴脸上，尤其是宋怀生和宋楚朗。

"也还好，宋楚……颐什么都帮我解决好了。"长晴腼腆地说。

"结婚也有一段日子了，还叫得这么生疏。"宋楚朗突然开口。

宋楚颐眉头一拧，心里掠过一丝不妙，正欲接过这个话题，长晴已经先开口了："不是啦，我平时叫他宋楚楚，只是大家都在，所以没那么叫了。"

"宋楚楚，"宋怀生先哈哈大笑起来，"老晏，看来我们真是一点儿都不用担心了，这小两口真如你们家长芯说的那样，蜜里调油。"

晏磊也笑眯了眼，戴嫒掩唇："他们小两口倒是过得蛮有情趣的。"

一桌子的人都欢声笑语，除了宋楚朗和宋楚颐。

宋楚颐清冷的五官僵硬，桌下，他没好气地捏了捏长晴的大腿。

长晴低声痛叫了一声，桃花眼瞪向宋楚颐，心里不敢置信，这个恶劣的男人竟然在桌下搞小动作。

“长晴，怎么啦？”宋怀生关切地问。

长晴看着宋怀生慈祥的目光，觉得十分亲近，立即撒娇地打报告：“爸，刚才我叫了他绰号，他竟然捏我腿报复我。”

“是吗？”她一句“爸”叫得宋怀生高兴得嘴都合不上了，“楚颐，你欺负长晴太不像话了啊。”

“就是，就是。”长晴立即装可怜地噘嘴卖萌。

宋楚颐只得挤出一丝勉强的笑。

晏磊笑着说：“我看是你欺负楚颐。”

“爸，你不是我亲爸，”长晴指了指宋怀生，“爸才是。”

宋怀生再次开怀大笑：“有个女儿还是好啊，瞧瞧长晴，嘴巴多甜。”

晏磊笑着宠溺道：“是啊，嘴巴甜，也爱捣蛋。”

宋怀生点点头，看向戴媛的肚子：“我倒希望这回能生个女儿，好好宠着。”

戴媛笑了笑，不过眼底深处笑得有几分不自然。

用餐时，长晴殷勤地给宋怀生和宋奶奶盛汤、夹鱼翅，又说了很多好听的话，一顿饭吃得全家人乐呵呵的。

饭后，宋奶奶拉着长晴的手眉开眼笑地说：“晚上回宋家睡，奶奶都想你了。”

“那就去吧。”晏磊朝她说。

长晴也只得点头，她虽然不喜欢宋楚朗，可宋怀生和宋奶奶都是很亲切的，“可是罗本……”

“我们先回家接罗本，等会儿再回宋家。”宋楚颐对宋怀生说。

“行，早点过来，我前几天去欧洲还给长晴带了一份礼物。”宋怀生笑呵呵地说。

一群人在门口分开。

宋楚颐坐上长晴的车子。没开出多远，趁着等红灯的时候，宋楚颐眼眸古怪地盯着自己旁边的小妻子：“看不出来啊，你这拍马屁的功夫不赖啊。”

他真是小看她了，一顿饭下来，她那嘴巴简直抹了蜜一样的，一会儿一句：“爸，我第一次见到您的时候就知道您年轻的时候一定是迷倒万千少女的帅哥。”一会儿又对宋奶奶说：“奶奶，您看起来跟六十岁差不多，我从来没见过快八十岁了还像您这么年轻的老太太。”

“什么拍马屁，我那是发自内心的话，好吗？”长晴得意地哼哼，“要换成别人我也不敢，可你爸和奶奶都对我挺好的，我说两句好听话也没什么，跟他们搞好关系了，以后你欺负我，我就去他们面前告你的状。”

她略带狡黠的桃花眼让宋楚颐暗暗升起一丝好笑：“那我以后真不敢欺负我老婆了。”

长晴回味过来，羞得朝他肩膀上拍了一下：“谁是你老婆，讨厌。”

小家伙软绵绵的话让他心神荡漾。

宋楚颐眼眸一深，突然抓住她的手腕。

长晴一怔，抬头，他幽深的眼眸一言不发地看着她，幽暗中，灼得她的脸颊莫名发热。

长晴扭扭捏捏地别开脸去，他突然上半身朝她压过来，她眼眸一闪，男人修长的睫毛刷过她的鼻尖，她还没来得及发出声音，唇就被人堵住了。

这个吻不算汹涌，但吻得很深很缠绵。

狭小的空间里，长晴一度因为两人的呼吸声而心跳加速。

而且她很紧张，这可是在马路边上，要是被狗仔队拍到，以这样的画面是不是会被写成“车震”了。

想到这些，长晴紧张得舌头哆嗦。

“我吻你的时候能不能专心点儿？”宋楚颐有点气恼，他的吻技也不算糟糕吧，“你在想什么呢？”

“我在想车震……”长晴脱口而出后一车里突然诡异地安静了，她忙捂住嘴，“我……”

“你在想车震？”宋楚颐勾唇，“看不出来啊，你思想够前卫的。”

“我不是，”长晴窘得身体往椅子里缩，“我才没有，我是怕被人拍到以为我们在车震。谁像你，老流氓。”

“我哪里老了？”宋楚颐的脸朝她靠近些，他的脸英俊得没有一丝瑕疵和褶皱，看起来就是男人最年轻、最具魅力的时候。

长晴一向阅美男无数，可长时间看着这张脸也还是会不好意思地眼神躲闪。

“好啦，你不老，你起来，我要开车了。”长晴害羞地推开他的胸膛。

“你吻我一下，我就起来。”宋楚颐热气呵在她脸上。

长晴羞得更厉害了，这样的宋楚颐简直无赖，不过他挨自己那么近，真弄得她心跳得略微难受。

她闭闭眼，在他近在咫尺的唇上轻轻碰了一下。

可她亲了之后，他还是没有离开，她脸热得快要着火了，着急地说道：“你怎么还不离开，我都亲过了。”

她脸颊上的潮红在黑暗中藏都藏不住，宋楚颐心里低低一叹，这个女人还真是迷人而不自知。

他的身子终于动了动，离开她，打开窗户。

风吹进来，彼此的身体仿佛都没刚才那么热了。

长晴脸上的热气也渐渐褪去。

回到观湖公馆后，长晴说要上去拿换洗衣服，干脆就由她把罗本牵出来算了。

宋楚颐同意，于是在车里等她。

二十多分钟后，长晴牵着罗本等着从电梯里出来，到达一层时，门还没开，却听到外面传来兴奋的女人声音。

“哇，你们小区里怎么有这么帅的男人！”

“我以前就跟你说过啊，他好像也住我们这一栋，我见过他几次……”

门打开，长晴牵着狗出来，外面那两个年轻女人立即止住了声音。

长晴满头雾水地往停车的位置走，看到不远处倚在车门上的男人时，脚步不由自主地顿住了。

刚才那两个女人说的不会就是宋楚颐吧？不过她现在有点能理解刚才那两个女人的心情了。

白色的奥迪车旁，宋楚颐两只手抄着裤袋，45度抬头仰望夜空，朦胧的夜色就像在他身上披了一层薄薄的光，他挺拔如峰的鼻尖、薄薄的唇，他穿的浅灰白的针织衣、咖啡色长裤、白色运动鞋，美好得有点不像话。

长晴眨眨眼，感觉她这个天天能看到他的人也很不争气地被“秒杀”到了。

用她看过的小说来形容，宋楚颐就是标准的禁欲系男神：颜值颇高，外表清雅，气质高冷。

可这都是从外表看到的，实际上这就是一个披着禁欲系男神外衣的闷骚型男人。

也不知道这个闷骚男人暗地里迷惑了多少女人的芳心。想到刚才那两个女人的议论，长晴得意之余又有些气愤，这个男人干吗没事儿长这么帅，到处迷惑女人。

长这么帅就算了，还摆那么帅的pose干吗？生怕别人不知道他身材好、气质好，能迷死人吗？

“汪汪。”长晴忘了动，直到罗本朝她叫了两声，宋楚颐才回过头来。

长晴黑着脸打开后门，罗本跳了进去。

长晴坐到驾驶位上，罗本淘气地从后面把脑袋往前探。

宋楚颐推开它，开口问：“你又怎么了？”

“看你长得太帅，不顺眼。”长晴嘟嘴说。

宋楚颐无语，这也有错？

好吧，女人真的是不讲道理的。

第十二章　宋家过夜

宋家的路说远也有些远，再加上长晴开得慢，用了一个小时才到。

长晴陪着宋奶奶看电视看到十点钟，期间，宋楚颐被宋怀生叫进了书房。

宋奶奶去睡后，长晴被用人带回宋楚颐的房间。

比起自家别墅的房间，宋楚颐这里似乎要大多了，只是他房间东西不多，大部分都是医学方面的书籍。

长晴无聊地看了一圈，最后在他床头柜上发现了一个相框。

照片上有五个人，那时候的宋怀生看起来只有三十多岁，宋楚朗也笑得很阳光，宋楚颐还长得很稚嫩，穿着校服，戴着黑框眼镜，模样秀气，他旁边站着一个十多岁的小姑娘，编着一条长辫子，婴儿肥的脸笑起来很甜美，宋怀生旁边站的也不是戴媛，是一个三十多岁的陌生女人，五官略微明艳，嘴唇像极了宋楚颐。

长晴心里了然，这位应该就是宋楚颐的亲妈了，可这个小姑娘是谁？

房门突然打开，长晴赶紧放下相框。

宋楚颐目光微凝，把门悄悄关上，说道："那是我读初中时拍的全家福。"

"噢……"长晴点头，突然想起自己对宋楚颐妈妈的事情好像一无所知，她挠挠脑勺，说道："我一直以为你像你爸，原来你更像你妈一点儿。"

"不是都说儿子像妈，女儿像爸吗？"宋楚颐笑了笑，"你跟你爸性格也不像啊，你应该像你妈多一点儿。"

"是啊，"长晴用力地点点头，傻笑，"我爸老说我性子跟我妈差不多。"

宋楚颐的薄唇扬了扬，长晴低头沉默了一下，实在又忍不住好奇地问："你还有个妹妹吗？"

"嗯，她和我妈在德国生活，"宋楚颐沉默了一下，脱掉外面的针织衫，露出里头的白色T恤，"你先去洗澡吧。"

“嗯。”长晴看了一眼宋楚颐，突然有些同情起来。

有时候她想不明白，是不是有钱人的家庭都特别容易散，像傅愈的爸妈，也是傅伯伯在外面找了年轻女人，更过分的是他婚内就有了私生女。而宋怀生也娶了比他年轻二十岁的戴媛。

怪不得人家说男人年轻的时候喜欢二十岁的女人，中年了也依然喜欢二十岁的女人，不知道宋楚颐老了会不会也这样。想到这些，长晴挺伤感的。

她洗完澡出来后，宋楚颐接着进了浴室。

这样夜深人静的晚上，长晴心里忽然七上八下的，最近两人的关系越来越亲密，尤其是昨晚，差一点就捅破最后一层窗户纸了。

正胡思乱想着，宋楚颐放在小茶几上的手机响了。

这么晚也不知道是谁打来的，长晴好奇地拿起来看看，“管樱”两个字刺进她的眼睛里。

上午，管樱那本杂志的封面从她脑海里飘过。她心里凉了几分，自己虽然没有谈过恋爱，但也喜欢过人，也懂得这个时间打电话肯定是有暧昧成分的，而且这两人已经分手了，难道管樱又想跟宋楚颐和好了？

也是，她已经和傅愈分手了，现在是单身。那宋楚颐呢，会跟她和好吗？

也不是没有可能，管樱那么美，也一向会讨男人欢心，不像自己。何况阮恙曾经说过，这世上只有不努力的小三，没有挖不动的墙脚。

长晴心里堵了堵，那铃声刺得她耳朵不舒服。

铃声响了一阵，停了。

长晴拿起宋楚颐的手机。她突然想看看他手机里面有没有什么暧昧短信，虽然这样很不厚道，不过这是了解一个男人忠不忠诚的最好办法。

长晴挺挺胸膛，她是他老婆，作为老婆就有偷看的权利。可是密码是多少呢？她似乎不知道宋楚楚的生日。

长晴苦恼，最后撞大运似的先输入自己的生日。

说不定宋楚楚偷偷暗恋自己也不一定呢，结果……当然密码不正确。

她又输入管樱的生日，还好也不是。

于是她开始123456地套密码。套了一阵，手机震动提示密码输入错误过多，要五分钟后才能重新再输。

长晴蒙了，这时浴室传来开门的声音，她赶紧放下手机，一溜烟地爬回床上。

宋楚颐出来就看到她在拿着手机认真地刷微博。他扔了擦头发的毛巾，伸手正要去拿手机。

“啊！”长晴突然叫了声。

他怔住，回头看她：“怎么了？”

长晴眨眨眼，脑子急速地运转，手指着他说：“你有胸肌。”

“你又不是没看到过。”宋楚颐淡淡地说道。

“不是啊，上次你的胸肌好像没有这么好看，”长晴拼命地从喉咙里挤着话，这五分钟她绝对不能让他碰手机，不然他肯定知道自己试过他密码了，“你有四块呢。”

“是啊。”宋楚颐莫名其妙。

“奇怪啊，你天天在医院里上班，也不运动，怎么可能会有胸肌，你们医生不都是只有一块胸肌吗？”长晴描绘，“一大块肥肉。”

“我偶尔也会健身的。”宋楚颐的胸膛微微紧了紧，大晚上的，一个女人盯着自己的胸膛讨论胸肌真的好吗？

他把T恤穿上，手又朝手机伸去。

“哎呀，”长晴又叫了一声，“我肚子突然好疼。”

她拼了命地发挥自己的全部演技，一张漂亮的小脸痛苦地拧在一块儿。

宋楚颐信以为真，朝她走去：“你不会得肠胃炎了吧，疼得厉害吗？”

“不知道，反正就是疼，”长晴抓着他的手，粉唇抿得紧紧的，桃花眼里也闪烁着令人心疼的目光，“要不你帮我去倒杯热水吧，我不想吃药，药吃多了对身体不好。”

“我帮你热一杯牛奶吧。”宋楚颐想了想说。

“嗯。”长晴乖顺地点着小脑袋瓜子。

宋楚颐帮她盖好被子，下楼去了。

长晴松了一口气，听到下楼的脚步声后，立即爬起来看手机，还好，只有两分钟了，他热完牛奶回来肯定时间就过了。

她看着表，宋楚颐花了七八分钟的时间才上来：“很久没回来了，不知道牛奶放在哪里，刚才还是找阿姨问了才知道。快喝吧，喝了要是还不舒服就吃点药。”

“嗯。”长晴咕噜咕噜地把牛奶全部喝完了。为了把戏做足，她又捂着肚子过了一分钟后才声音低低地说：“好像没那么疼了，牛奶真好啊，我决定以后每天晚上喝一杯牛奶。”

“牛奶有这么神吗？”宋楚颐看着她舒服的模样，有点怀疑。

长晴用力地点点头：“对了，你洗澡的时候好像有人给你打电话了。”

宋楚颐走过去拿起手机。

整个过程，长晴仔细地盯着他看。

他看到号码的时候眉心皱了皱，不过盯着手机几秒钟后就放下了，往床边走去。

长晴躺进被窝里，装作漫不经心地问："你不要回电话吗？"

"不是什么重要的电话。"宋楚颐轻飘飘的声音从床的另一边飘过来。

长晴背对着他，心里松了一口气的同时，嘴角还情不自禁地勾起几缕偷笑。

床的那边沉了一下，一只手突然揽上她的腰，长晴愣了一下，肩膀不争气地僵硬，身后的人像没察觉一般，将英俊的脸埋进她的颈窝里，将手从她的腋窝下穿过，熟络地解开她的睡衣纽扣。

她轻轻地吸了一口气，娇弱地拉住他的手："别，我怕疼……"

宋楚颐看着她咬着唇的模样，心里一阵悸动，想到早上她说的话，挑眉："那早上是谁说我没用了，今晚得让你把这句话收回去……"

"你别这么小心眼儿呀，"长晴没想到他记仇到现在，现在她是肠子都悔青了，"其实我说错了，你特别有用，特别厉害，真的……"

"我特别厉害，你难道不想试试？"宋楚颐像一只猎豹一样，眼神幽暗，随时等待着一口拿下她这个猎物。

长晴脸一红，羞涩得下巴直往被窝里缩。

宋楚楚，简直太不要脸了，难道听不出她说他厉害只是奉承话吗？还当真了！

"我不要，昨天只是那样就疼死我了……"她还是有点恐惧。

宋楚颐盯着她白里透红的脸颊片刻后，鼻尖在她柔顺的黑发上轻轻地蹭了蹭，低沉的嗓音带着轻哄："这些事迟早是要发生的，长晴，早痛也是痛，晚痛也是痛，这样吧，我先试试，如果你真的疼得不行我就停下来，多试几次，慢慢就不会那么疼了，好吗？"

"可是……"长晴的话还没说完，他就捉住她的小手，吻住她橘子瓣儿般丰润的唇，边吻边摩挲着她乌黑的秀发，唇齿间也用沙哑的声音呢喃："相信我……"

接下来的一切都是那么顺理成章，只是最后长晴还是疼得哭了，宋楚颐绷得满头大汗，过了一阵儿后起身，无奈地去了洗手间。

宋楚颐不是一般郁闷，两次都是半途而废，还得让他在卫生间自己解决……

长晴吃痛地爬起来找睡衣，掀开被子，看到床单上染红的一小块时愣住了。

她现在真的成了宋楚楚的女人了……

她心里很苦恼，她觉得刚才宋楚楚一点儿快乐都没感觉到，至于她，也完全没有。她要是一直都这样，宋楚楚会不会嫌弃她呀？

宋楚颐再次从浴室里出来，长晴的小脸蛋红红的。他上前几步便看到床上的一抹红。

宋楚颐心里一阵感动和心疼。他坐上床，伸手抱住她的腰，温柔地把她拉向自己的怀里。

长晴鼻尖贴着他的胸膛，闻着他身上清新的味道，娇滴滴地抱怨：“疼……”

宋楚颐深邃地凝视了她一会儿，才低头亲亲她的额头：“以后天天疼你。”

“讨厌……”长晴轻捶他，然后撒娇地说道，“宋楚楚，我那里真的疼，不舒服。”

“让我看看。”

长晴赶紧合拢双腿不让他看，红着脸说：“别……别看……羞死了……”

宋楚颐调笑道：“你的‘小长晴’又不是没被我看过，我还指检过呢。”不提这个茬儿还好，提起那次检查，长晴更是羞得捂脸：“不许说，不许说！变态！流氓！”

宋楚颐不由分说地分开长晴的腿看了看，说：“有点红肿，明天涂点药膏就好了。”

此时的长晴已经羞得再也不敢抬起小脸儿了。

过了一会儿，宋楚颐说道：“我去找阿姨要一个新的床单吧。”

长晴羞涩地说：“不行啦，别人会猜到的。”

宋楚颐无奈地哄她：“夫妻之间很正常吧，难道你要睡着这张已经脏了的床单过夜？”

长晴羞得不行，红红的嘴唇嘟得亮晶晶的。

“你去洗澡，我去拿床单。”宋楚颐嘱咐了一句，下楼去了。

长晴最后看了一眼床单，扭扭捏捏地去了浴室。

她淋浴完出来后，宋楚颐刚好换了新床单，旧的被他放在一边。

长晴过去把旧床单折好，说：“我要把这张床单带回去，收藏好。”

宋楚颐心里泛起一阵温柔。

她侧对着他，长发轻垂，脖颈白皙如玉，脸颊娇美。

宋楚颐凝视了她一会儿，上前把她横抱起来，眸光幽深而温柔：“睡觉。”

两天后的新戏，长晴早上六点就过去了，拍到九点多钟，管樱才出现在片场。

看到管樱，长晴自然而然地想起了那天晚上的电话，她心里好像有个疙瘩，看到管樱也觉得不大自在。她想不明白，管樱是真的想追回宋楚颐吗？

如果她知道宋楚颐和自己在一起了，她会不会很生气。

长晴这辈子一直坚信和好朋友暧昧过的任何男人都是不能碰的，可她和宋楚颐是两家的商业联姻，不是她能完全做主的。

而且当时听朵瑶说的意思，她真的以为宋楚颐那方面不行。再者，是管樱先劈的腿，先不要宋楚颐的。她想如果管樱有一天知道了真相应该不会很生她的气，她是在管樱劈腿后才和宋楚颐结婚的啊。

但她万万没想到管樱会再次联系宋楚颐，她到底是存着什么心思呢？

“长晴，在想什么呢？跟你说话一直都不回。”管樱疑惑地看着她。

“嗯？”长晴回过神，“你刚跟我说什么？”

管樱眉头微动，古怪地看了她几眼，突然压低了声音：“你最近都奇奇怪怪的，不会是有男朋友了吧？”

“没……没有啊，”长晴目光闪烁地望向别处，“我哪有时间找男朋友。”

“也是，”管樱笑了笑，“长晴，那天你和傅愈在化妆间，他是不是在跟你表白？”

“你怎么知道？”长晴惊讶地脱口说完后，觉得不好，赶紧解释，“你别误会，我……”

“我没有不高兴，”管樱打断她，把剧本放下，眼神里多了一丝别的意味，“其实我和傅愈交往的那段时间就感觉得到，他的心不在我身上。再说我对他也没多大感觉，当初纯粹是因为他的身份能帮到我才和他交往的，我跟他之间与其说是交往，倒不如说是互相利用，我们连那个关系都没发生过。”

“真的假的？”长晴有点不大敢相信。

管樱点头：“我也是那天晚会上看出他喜欢你的，平时我和他在一起的时候，他总是和我聊起你的话题，也怪我太迟钝，早该知道的。”

长晴的心微动，原来是这样，她要是早点知道的话……

不不不，她赶紧把这个念头从心里否定掉，就算对傅愈还有些不舍，她现在也已经是宋楚颐的人了：“但是……你之前不是那样说的啊，你说他对你很好，你上回不是还去看沈阿姨了吗？”

“他对我确实不错，我当时也是抱着嫁给他的想法才去讨好沈阿姨的，不过感情的事还是不能强求，”管樱自嘲一笑，“再说，我对他更多的可能是利用，想让他捧红我的目的居多。如果他喜欢我的好朋友，我不会阻拦，也不会嫉妒，我没有那么小心眼儿，只要你开心就好。”

长晴听着这番话动容了一阵，她笑笑，佯装开玩笑地说：“说得这么大度，那我要是去找之前那位宋医生，你也不会生气吗？”

管樱没料到她会提起宋楚颐，怔了怔。

长晴犹豫了一下，实话说道：“我昨天在你桌上看到了一本杂志，封面就是那位宋医生，管樱，你是不是还喜欢他？”

管樱不大自然地拂了拂耳边的秀发：“可能人有时候真要等失去后才知道后悔，反正我跟傅愈接触的那段时间，常常会想起他，可是我做了对不起他的事，不知道他会不会原谅我。”

她说完，见长晴一动不动地望着自己，脸色微微泛白，她自嘲地问：“怎么啦，你是不是看不起我？”

“不……不是。”长晴勉强挤着脸上的笑容。

她是猜到些许的，可从管樱嘴里说起对宋楚颐的感情时，心里那种闷闷的滋味让她格外难受。

那宋楚颐是不是也忘不了她呢？如果是这样的话，她该怎么办？她算什么呢？

长晴润了润干涩的嘴唇：“但你之前不是和朵瑶说他那方面不行吗？”

管樱眸光闪了闪，说：“其实我骗了朵瑶。”

四周仿佛突然嗡嗡的，长晴从椅子上站起来，背对着管樱，她没敢让管樱看她的脸，一定非常难看。

是啊，宋楚楚那么正常的一个人，跟管樱交往了一年，又怎么可能没有碰过她呢。可是她当初会选择和宋楚颐结婚，就是以为他跟管樱没有发生过那方面的事。现在告诉她是假的，长晴没法接受。她很保守，喉咙里就像吞了一只苍蝇一样。

“小樱，我去趟洗手间。”长晴快步朝洗手间走去。

洗手间里，长晴用冷水泼了泼自己的脸。空落落的情绪从四肢百骸蔓延出来，长晴仿佛觉得老天爷跟她开了一个玩笑。

为什么要这样对她呢？她喜欢了傅愈那么多年，好不容易能再喜欢上另一个人，容易吗？她眼眶都红了。

凌晨五点，长晴拍完戏从片场回到公寓。

到家时，六点多钟，宋楚颐牵着狗绳，准备带罗本去散步，见她回来，问道：“吃早餐了吗？”

长晴疲倦地看着他，一身运动服，黑裤子，白色上衣，玉树临风。

这个人是她老公，也是她好朋友的前男友。

早知道当初她就不结婚了。长晴瘪了瘪嘴，心里难受得要命。

宋楚颐以为她拍通宵的戏太辛苦了，之前晏磊就跟她说过，他这个女儿特别娇气，甚至矫情，其实无非就是想要人哄。

“王阿姨还没来，我给你下点饺子，先吃点再去睡如何？”

“不要，我睡觉了，你别跟我说话。”长晴冷着脸往自己的房间走去。

宋楚颐拉住她，皱了皱眉心，漆黑的眸蓄着强势：“听我的话，等会儿你睡着了肯定要睡到中午，不吃东西胃会难受。”

“我不要你管。”长晴掰开他的手，用力把房门甩上，把门反锁。

宋楚颐揉揉头发，头疼，这丫头，一天一个脾气。

虽然他喜欢逗她生气，看她气鼓鼓的模样就好笑，但他还是有分寸的。

长晴这一觉睡得昏昏沉沉的。醒来时，已经是中午十二点半了。

肚子饿得难受，扔了手机打开门出去，明亮的客厅里，宋楚颐正坐在沙发上看电视。

听到开门声，他回头，长晴愣住：“你今天没上班？”

“休息，”宋楚颐穿上拖鞋起身，“你先去洗漱，我把饭菜端出来。”

长晴望了他挺拔俊秀的背影一眼，睡觉前的烦躁又再次涌上来。

她洗好脸出来，桌上摆着三菜一汤，看菜色不像是王阿姨做的。

她心中微动了：“你做的？”

“是啊。”宋楚颐点头。

长晴喉咙里晦涩极了，如果不是管樱那些话，她现在的心情可能是甜蜜的。

她闷闷地喝着汤，宋楚颐的清眸看了她一会儿，说：“下午一起去街上走走？”

“我才不要去街上，到处是人，说不定还会被人认出来。”长晴不冷不热地回答。

“那……去公园？”宋楚颐再次提议。

“不去，公园有什么好玩的。”长晴一脸烦躁。

宋楚颐还想着让她开心：“那出海怎么样？”

“我已经约了朋友。”长晴淡淡地说。

宋楚颐盯了她十多秒，才收回视线不再说话。

一顿饭安静地吃完，长晴端了两个菜碗放回冰箱里。一道如墙壁般的身影抵在她身后，她想从另一边走，他手臂揽过来，接着，她锁骨间传来凉意。

长晴低头，胸前多了一个白天鹅的钻石坠子。她脑子恍惚了一下，他从后面抱住她，迷人的脸探过来亲吻她的脸颊、嘴角。

长晴的鼻子酸了酸，宋楚颐将她的身子转过来，抵在冰箱上亲吻她软绵绵的嘴唇，温柔地撬开她。

彼此都尝到了暧昧的滋味儿，长晴却莫名其妙地想起这张唇可能也这么吻过管樱。她突然觉得难以忍受，眼泪也委屈地滚了出来，她使劲推开他，抽噎地说："别碰我。"

宋楚颐微眯了眼，也直勾勾地看着她，愠怒："你是在外面受了气，把怒火发泄在我身上了？"

"是又怎么样，反正我不想看到你，讨厌你亲我。"长晴抹了抹眼角边上的泪，飞快地从他身边走过，进了房间。

宋楚颐手撑在冰箱上，眼神阴鸷极了。

长晴回到房间里发了会儿呆后，低头看了看胸前的坠子，很精美，她戴着正好，不会特别高调，但也足够衬托出她如今在台里的地位。只是她现在心里乱得一塌糊涂。

她喜欢这个人，但是又抗拒他的亲近，接受不了他曾经和管樱也发生过类似的事。

干净的纸巾擦湿了好几张，长晴听到外面传来关门声，宋楚楚应该出去了。

她打开房门，外面果然没有宋楚颐的踪影了，只有罗本，甩着尾巴委屈地看着她。

长晴戳戳罗本的脑袋："你说，你是不是也认识管樱啊，她是不是也来过这个家？"

罗本嗷嗷地冲她叫。

长晴摸摸它的头，叹气："你到底是想摇头还是点头？"

晚上，长晴回了晏家，宋楚颐也没打电话过来。

第二天回台里上班，台里似乎格外忙碌，新闻部的人进进出出。

郑妍说道："今早高速公路上发生大型交通事故，连环车祸，其中还有一辆大巴车，伤亡惨重，人都派出去采访了。"

长晴想，那医院里现在肯定是忙不过来了，不知道宋楚颐是不是也很忙。

"池以凝那个小贱人也跑去做现场直播了。"郑妍又恨恨地说。

"她不是综艺部的吗？"长晴无语。

"陈主持之前不是休产假了吗？新闻部人手不够，池以凝之前在新闻部实习过，正好今天不忙，就跑过去了。"郑妍撇嘴，"她胆子还真大，为了知名度、出风头，真是豁出去了。”

长晴回到办公室后，打开电视机，回播早间新闻，伤亡确实惨重，池以凝在做现场报道。看到她身后的伤员，长晴还是挺佩服的，至少她的胆子没有池以凝那么大。

“……接下来让我们问问医生现场的伤亡情况，”池以凝话锋一转，朝蹲在地上给一名小孩子绑纱布的医生走去，“请问现在伤亡情况如何？”

男人抬头，一张脸英俊且清冷：“现场的医护人员和消防、警察都在紧急救治，不过车祸发生后，车流挡住了紧急通道，现在有部分伤患堵在高速公路上……”

他话还没说完，前方忽然传来焦灼的声音：“这里有位孕妇好像要生了。”

“让一让。”男人推开池以凝快步走了过去。

……

咚咚的敲门声，文桐进来，看了一眼电视，诧异地道：“这不是宋楚颐吗？”

“是啊，”长晴回过神来，“找我有事？”

“是这样，刚才剧组给我来了电话，说是管樱那边出了点事，这两天把你和柯永源的戏先拍了，今晚加班拍通宵吧。”

长晴担忧地皱眉：“管樱出了什么事？”

“她没事，但她妈好像也是这场车祸的伤员，今早去医院采访的记者回来说在那里碰到管樱了。中午的时候，娱乐频道的记者也过去采访管樱了，”文桐说，“也真是倒霉啊，这种车祸都能碰上。”

“那她妈的情况如何？”长晴紧张地站起来。

“不清楚，我等会儿去帮你问问。”文桐离开后，长晴拨了个电话给管樱，没人接。

三点钟左右，江朵瑶打了个电话给她：“管樱她妈出车祸了？”

“你消息还真灵通啊。”长晴说。

“灵通你个头，我刚刷微博的时候看到的，”江朵瑶不大放心地说，“不知道伤得重不重，可惜我马上要出去拍戏了，你去医院看看管樱吧，帮我带个红包过去。”

“好。”长晴挂了电话，刷微博，发现微博上已经传得很热了，管樱母亲出事的新闻曝光度甚至高过了连环车祸，甚至还有人拍到管樱在医院里捂脸哭泣的模样。

长晴是真的有些担心了，犹豫着要不要去医院看管樱的时候，文桐气呼呼地又来了："你马上提点水果去医院看管樱她妈。"

"我也正想去……"长晴站起来，突然觉得奇怪，"你之前没说，怎么这会儿突然着急让我去了，难道她妈真的伤得很重？"

"屁，住几天就能出院了，"文桐冷笑，"池以凝那个小贱人还真有本事，管樱她妈的事上头条后，娱乐记者也都跑去了医院，她立刻就装模作样地跑去探望管樱她妈，还在记者面前说什么她和管樱虽然只拍了一阵子的戏，但是两个人初见面就像认识了很多年的朋友，彼此相谈甚欢。亏她有脸说，她几时跟管樱关系好了，两人在片场明明都没说过几句话。"

长晴扯扯嘴角："这不是池以凝最擅长的吗？"

"所以你也得去，"文桐懊恼极了，"这蹭热度的事儿不能让她一个人占了，我不求你进前三，能进个热搜前二十我就心满意足了。刚才台长还夸了池以凝，说她干得漂亮，她和管樱的曝光度越高，这部电视剧知名度也就越高，剧组那边也非常赞成她的做法。"

她说着麻利地帮长晴拿了包："快快快，我陪你一起去。"

第十三章　受伤撒娇

医院附近，文桐兜了一阵才找到停车位，下车时，她扔给长晴一个口罩。

“你不是说让我曝光吗，戴着口罩谁认得出我？”长晴一脸茫然。

“你傻啊，你不戴口罩光明正大往门口走，就显得有点太刻意了。放心吧，我已经安排好了，等会儿你一进大门，我们台的记者就会叫你名字，到时候大家都能认出你。”文桐拉着她往大门口走。

长晴有些无语，虽然这种事情她常见，但第一次发生在自己身上，还是特别不好意思。

到医院大门口时，里面守着来自各个台的娱乐记者，长晴一进去，突然有人叫了一句：“这不是晏长晴吗？”

果然，那些记者一下子如潮水般朝她涌来。

“长晴，你怎么来医院了？”

“你也是来看管樱她妈的吗？听说你们在一个剧组。”

……

十多个话筒对着长晴，她从来没遇到过这种阵势，被人挤得东倒西歪，幸好文桐一直在前面边挡边说：“是的，我们长晴一听说管樱的母亲车祸住院了，立即停下手里的工作来看她……”

“快让开，有救护车过来了。”文桐话还没说完，外面突然有人大喊。

紧接着大门口一片凌乱，一大拨人瞬间朝人群中心的长晴挤了过来。

她穿着高跟鞋，没站稳，摔倒在地上。疼得还没回过神来，手又被踩了几脚。

救护车上，宋楚颐紧紧皱眉看着外面拥堵的记者和家属。

他烦躁地揉了揉跳动的眉心，问前面的救护车司机：“能开快点吗？”

“前面好像来了一个什么明星，堵住了。”司机为难地说。

宋楚颐转头望出去，从熙熙攘攘的人群中看到了一个有些眼熟的面孔。似乎是上次见过的长晴的经纪人，难道是……

“你们停一下。”他打开救护车门，快步走下去，拨开人群，看到摔倒在地上，正拼命往起爬的女人，他眉目间顿时涌起一股火气。

“让开。”他怒吼道，直接把一个记者对着长晴的摄像机打在地上。

现场突然安静下来。

咔嚓咔嚓，闪光灯不停地落在他身上。

长晴只觉得浑身每一处都在疼，她用力地捂住脸，想快点离开这里，想快点爬起来，但挤得太狠，似乎怎么也爬不起来。

她感到格外无助，这时，一抹高大的阴影罩下来，她抬头，那一刻，正好看到那张俊脸，他穿着白大褂，简直比天神还要帅气，比当初为她挡酒驾的模样还要man，还要好看。

她呆呆地看着他，咬唇，差点哭出来。

宋楚颐弯腰将她抱起来，那个被砸掉摄像头的记者生气地问：“你谁啊，凭什么砸我摄像头？”

“我是这里的医生，”宋楚颐目光愤怒地说道，“我知道你们是记者，想要新闻，但你们也要明白，当记者要有基本的道德底线，看到一个人摔倒了，去扶，才是一个正常的人该做的事。”

他语气铿锵，周围一片寂静。

他冷着脸直接抱着长晴上了一旁的救护车。

里面的医护人员把门关上，宋楚颐扯掉她口罩，长晴忽然呜呜地埋在他胸膛大哭起来。

那名医护人员当时就傻眼了，这是北城电视台的花旦晏长晴吗？怎么跟电视里完全不一样，哭得这么二。

他再看看宋楚颐，很尴尬，这是个什么情况？

宋楚颐低头，满脸怒容：“你哭什么？”

“疼……哪儿都疼。”长晴眼泪和鼻涕都擦在他白大褂上。

宋楚颐被她哭得两处太阳穴都在疼，低头，女人鬓角发丝凌乱，浅蓝色的衣服上左一块泥巴又一块泥巴，手上、腿上还有淤青和伤痕。

他的脸色越发难看，骂道：“你是疯了吗，谁让你现在来医院的？”

“我……我……”长晴抽噎地嗫嚅。

车突然停了，救护车门打开，几名医护人员手脚麻利地把里面的病人抬了出去："宋医生，手术室已经腾出来了。"

"好，"宋楚颐立即把长晴交给救护车里的另一名医护人员，"朱超，你把她带到医院领导家属备用的VIP病房去。"

他说完，匆匆地跟着伤者往急诊部大楼里走。

长晴眼光氤氲地呆望着他的背影，明明是那么急匆匆的步伐，可在她看来，简直帅得不行。而且他刚才和记者说的那些话，听得她小心脏都沸腾了。原谅她不是那种花痴的人，可她觉得宋楚颐就是从里帅到外。

"晏小姐，麻烦您坐这上面来。"一会儿工夫，朱超从旁边推了辆轮椅过来。

长晴被搀扶着坐上去。

一路上，看到不少家属在哭，她心里也很不是滋味儿。

朱超把她推到了八楼的VIP病房里，里面干干净净，设施齐全，就像一个小型的公寓。

朱超拿了药水过来，笑问道："晏小姐和我们宋医生认识吗？"

长晴犹豫了一下，无精打采地点了点头："你们宋医生不是神经外科的吗，怎么跟你们跑去现场了？"

朱超边给她上药边道："那是因为宋医生很有可能是我们医院的下一届院长，这件事情我们医院的人都心知肚明，现在的余院长一心想栽培他。今天的车祸是医院近几年遇到的最紧急事件，当时情况危急，余院长临时就把宋医生派了过去。别看宋医生年轻，可他的临床经验和技术水平却是医院最拔尖的，遇到那种场合一般医生hold（控制）不住，容易手忙脚乱，而且我听说五六年前北非那边爆发了登革热急性传染病，那时候宋医生也参加了医疗救援，所以他在这方面的经验比谁都多。再者，他是我们医院颜值最高的，一般上新闻采访的事也都由他出面。"

长晴难以置信："我记得当时那场登革热可是死了不少人。"

"是啊，一来那种病很容易传染，会有生命危险；二来当时非洲那边军事情况很不稳定，"朱超很骄傲地说，"我真的非常佩服宋医生，我现在是他的学生。"

长晴那句"那我就是你师母"的话差点儿脱口而出，她咬住嘴巴，忍着没说。

朱超紧张地问："我是不是弄疼你了？"

长晴摇头。

朱超帮她涂好药后准备离开，长晴问道："你们宋医生什么时候回来？"

"不知道，至少要动完刚才那个手术。你先躺着休息，宋医生忙完就会过来的。"朱超其实也不确定，不过还是说了那么一句才离开。

他走后，长晴很快就接到文桐打来的电话，口气非常紧张又内疚："长晴，你没事吧？”

“你看我像没事的样子吗？”

长晴嘟囔，心里是有埋怨的，但不怪她，文桐也是为自己好。

“对不起啊，”文桐难得声音弱弱的，非常内疚，“现场的混乱超出了我的预料，要不咱们请几个保镖？”

长晴叹气：“我自己都快养不起了，还养保镖？算了，反正脸也丢了，想想池以凝为了上位跟冯台长那么丑的人睡觉，我已经算是好太多了。”

文桐听得越发难受：“需要用这种方式来安慰自己吗？”

“不然呢？”长晴其实挺委屈的，也想哭，不过不想在文桐面前哭，怕她更难受，更有压力。

文桐沉默了一会儿，说：“我刚跟苏导打了电话，他也比较谅解，今天的戏你就不用拍了，明天再看情况。要是还疼我再去跟苏导说，现在外面有很多记者，你先在医院里待会儿，反正有宋楚颐在。”

“嗯。”长晴低应了一声。

“疼的话就跟你老公撒娇啊！”文桐调侃道。

“不理你了。”长晴挂了电话后不久又接到晏磊、长芯、阮恙的慰问电话，后来长晴也被他们慰问得烦了，干脆把手机关机了。

如今这个年代，网络发展得太快，不到半个小时，她在医院摔倒被欺负的视频就刷爆了微博。

长晴没去看，觉得太丢脸，盖着被子躺在床上，可能是太累了，没一会儿就睡着了。

傍晚七点，刚做完手术的宋楚颐推开病房的门，里面静悄悄的。

长晴面朝着门口侧身躺着，裤腿和衣袖都卷了起来，上面涂了药水，她睡觉的时候不小心把药水蹭到了被子上。

宋楚颐走到床边，看到她睫毛上挂着小水珠，连睡觉时嘴巴都在嘟着。他弯腰盯着她手上的一片淤青，用手指戳了戳。

长晴疼得立即醒了过来，看清楚是他时，猛地坐起来，孩子气地揉着眼睛说：“你忙完了？”

“刚做完一个手术，”宋楚颐板着脸居高临下地盯着她，“你为什么会出现在医院的大门口，还摔倒在地上，你那个经纪人呢？干什么吃的！”

“她……她想让我来探望管樱的妈妈，”在他严厉的注视下，长晴莫名没了胆子，畏畏缩缩的，更不敢说她跟管樱是好朋友，“因为池以凝去看了，上了头条。”

“我看你现在应该也上头条了，不过是丢脸丢上了头条。”宋楚颐脸色很不好看，毫不留情地斥责，“你有没有想过，如果不是我过去了，你会被人家踩成什么样子，中国最多的就是人，还记得那些踩踏事故吗？踩死了多少人！那些狗仔队，不会因为你是明星就不踩你，他们根本不管，踩完后还会把你最丑的一面放网上去供网友观赏取乐。”

“你别说了。”长晴听不下去，捂耳朵，气得眼泪都流了出来。

本来之前难受得要命时，她一遍遍地用池以凝陪冯台长睡觉的事安慰自己，好不容易好受了点，宋楚颐又过来狠狠地撕开她的伤口。

长晴脸皮儿薄，最怕的就是丢脸，也不愿意回忆摔倒时有多少人围观她、拿相机拍她。

宋楚颐吸了一口气，坐边上冷着脸看她哭泣。

长晴见他冷漠的模样，哭得越发伤心，好像老天爷漏了个口子，一直在掉雨点儿。

“好啦，别哭了，说你两句就哭，”宋楚颐皱眉，“你那个经纪人也是，办事不靠谱，我看换了算了。”

“不要。”长晴赶紧哽咽地开口。

宋楚颐脸沉得更厉害了：“你还想同样的事再次发生？一个经纪人最该做的是把自己艺人的人身安全放在第一位，上回她给你接那种广告我就想说了的。”

“你不懂，”长晴吸吸鼻子说，“从踏进这个圈子开始，文桐就一心一意地跟着我，她可能不是什么金牌经纪人，但她这几年却是一心一意地帮我找资源，从来没离开过我。说实话，我不是个特别聪明的人，几年了也没什么起色，要换成别人早走了。今天的事她确实想得不周到，但艺人跟经纪人之间都是相互的，我平时笨笨的，转不过弯来，她也没嫌弃过我，所以我也不能嫌弃她。”

宋楚颐见她固执的模样，无可奈何地扯唇嗤笑：“你还知道自己笨笨的？”

“你够了啊，”长晴瞪着湿漉漉的桃花眼，“你不要以为救了我，就可以随意羞辱我啊。”

宋楚颐哼了一声：“你们这些艺人就是作。”

“说得好像你不作一样。”长晴小声嘀咕。

宋楚颐质问：“你说什么？”

“没什么，我说我饿了。”长晴捂着肚子，一副小媳妇儿的委屈模样，“好饿，既然我都住进来了，你是不是该周到点，好歹我还是你老婆。”

宋楚颐叹了口气，最近总有一种养了女儿的感觉。

“你坐着，我去食堂打饭。”

他去得稍晚，排骨剩得不多，食堂的大婶干脆把剩下的排骨全给了他。

回病房后，长晴饿得实在顾不得饭菜合不合胃口，就捧着饭盒吃起来。

宋楚颐夹了几块排骨给她，长晴怔了怔，看着身边模样清冷的男人，心里却划过阵阵暖流。

记得以前姐夫林亦勤和长芯也经常是这样吃饭，林亦勤总把长芯最喜欢吃的菜夹给她。

长晴瞧得羡慕，总希望自己以后的老公也能像姐夫这样。可她万万没想到自己的老公虽然很好，但之前却和自己的闺密……

她宁可他对她不好，这样她就有一千个理由不去喜欢他。但偏偏在她最无助的时候，他总是出现，他虽然骂自己，但爸爸说过，只有最亲近的人才会舍得骂你，不亲近的人随你自生自灭。

长晴喉咙酸酸的，小声说道：“你真讨厌……”

宋楚颐俊脸一黑，又把排骨夹回来：“不给你了。”

“不行，给出来是不能收回去的。”长晴夹住他的筷子。

两人僵持了一阵，排骨还是掉回了她的碗里，长晴心满意足地勾勾唇。

宋楚颐僵硬了一会儿，心里默默地想，跟幼稚的人在一起待久了，果然人也会变得幼稚。

吃饱饭，长晴打了个哈欠，懒洋洋地问：“我们什么时候回去？”

“还有好几个病人没有脱离危险，我今天晚上要加班，恐怕不能回去了，”宋楚颐表情幽幽地说，“你陪我睡一会儿，晚点我找人送你回晏家睡。”

“我干吗要陪你睡？”长晴说完扭头，耳根子发烫，她想到了不该想的。

宋楚颐看在眼里，心里笑，低头亲亲她的耳朵，长晴红着脸，身子瑟缩地往下躲，那小可爱的模样让宋楚颐有了点异样的感觉，不过实在太累了，没精力想别的事情，干脆抱着她躺下：“就睡一会儿。”

长晴扭扭身子，他按住她，低哑地在她耳边道：“别闹，我晚上就没什么时间休息了。”

长晴听出他声音的疲惫，没再动了。

宋楚颐先睡着，长晴枕着他手臂没多久也睡着了。

醒来时，病房里只剩长晴一个人，外面天色已黑，让人有些害怕。

长晴立即拿手机打给宋楚颐："你在哪儿，什么时候走的？"

"我在给人看病，我这就给你安排车子，三十分钟后宋家的司机来病房接你，你别乱走。"宋楚颐压低声音交代完后就挂了。

长晴算算时间，够她去探望管樱的了。她换了鞋子，就往楼下走。

管樱在六楼，长晴找了一圈都没找到那间病房，正好看到右边有个护士值班室，想进去问一下，刚走到门口，就听见里面两个护士的说话声。

"宋医生可真厉害啊，在医院里院长的女儿追着他跑就算了，现在连那个管樱也缠着他不放，宋医生进她妈的病房半个小时了都还没出来。你说，不就是头部受了轻伤吗，还用得着宋医生出面？"

"哎，你不知道，我听说宋医生之前跟管樱交往过，去年有几回医院的人看到过管樱来这儿找宋医生。"

"怪不得啊，这是要重修旧好了吗？"

"谁知道，别说管樱，八楼还住了位晏长晴呢，下午的时候不少人看到宋医生将人抱进了救护车呢。"

"宋医生这也太多情了点儿吧？"护士叹了一口气，"幸好我没喜欢上他，不然有的罪受了。"

"没办法，谁让人家宋医生有钱又长得帅，医术又高超，女人嘛，明知道前面是座珠穆朗玛峰，也想上去攀一攀。"

长晴默默地转身离开了值班室。

之前下来的时候，她是一瘸一拐的，因为脚受伤了，疼。可这会儿却浑然未觉，一丝痛意都感觉不到。就像又回到了大一那年，眼睁睁地看着傅愈一家人搬去了美国，四周仿佛都是黑的。

她终于明白宋楚颐刚才接电话的时候为什么声音压得那么低了，他所说的病人就是管樱的母亲。

他对管樱还是那么关心，是因为还喜欢吗？

"楚颐，今天真是谢谢你了。"前面病房的门打开，突然传来管樱的声音。

长晴吓了一跳，下意识地躲进了旁边的病房。

她看到宋楚颐和管樱一块儿从门口走过，宋楚颐是背对着她的，但从她这个角度正好可以看到管樱清秀的脸上的依赖和情意。

长晴望着他们的背影，宋楚颐正好比管樱高一头，这是情侣间最完美的身高差。

她低头看看地上自己的剪影，孤零零的，眼眶蓦地红了。

“我是医生，这是我应该做的。”宋楚颐浑然未觉身后有人盯着自己，淡淡地说。

“楚颐……”管樱红了眼圈，伤感地凝视着他，“我跟傅愈已经分手了，这段日子我总是想起从前我们交往的一些事情来，我没想到你还是愿意一次又一次地帮我。”

“管樱，你想多了，我是看你对母亲很孝顺，”宋楚颐低头把钢笔夹到胸前的口袋上，脑海里掠过她母亲消瘦的模样和身上的伤痕，大致能明白她是在怎样的环境下长大的，心里叹了一口气，说道，“那你有没有想过把你妈接来这里，你爸和你弟会罢休吗？”

管樱隐忍地摇摇头：“过一天算一天吧。”

“总之先让你妈在医院里住着吧，我还有事，你别送了，回病房吧。”宋楚颐转身就要走。

管樱强挤出一抹笑点点头，转身离开时，突然又回头说道：“对了，今天下午的事也要谢谢你。”

宋楚颐一愣：“下午？”

“你救了长晴啊，她是我的好朋友，”管樱说道，“她可能是为了探望我妈才来医院的，我跟她认识好几年了，真是多亏了你。”

宋楚颐缓缓地转过身来，眸底的颜色凝固：“认识好几年？”

“是啊，她是我大学室友，我们的感情特别好，跟别人不一样，她也知道你跟我曾经的关系，所以真的很谢谢你。”管樱一脸真挚。

“……不用。”宋楚颐沉默了好一阵，才面无表情地离开。

就在刚才，他感觉自己听了个笑话。

晏长晴跟管樱竟然是好朋友。有没有搞错，他竟然找了前女友的好朋友做老婆。

虽然世界之大无奇不有，可他也不想遇到这种事。更令他恼火的是，晏长晴知道自己和管樱的关系，竟然一声都没吭过。

他挠着头，烦得厉害。他必须找长晴好好问个清楚，这都什么破事儿。

管樱望了他的背影一会儿，转身，走了几步，突然看到傻傻愣在旁边病房里的长晴。

她愣了愣，忙走过去拉住她的手，“长晴，你怎么在这儿？没事吧，我之前打电话给你，你没接，我还挺担心的。”

“我……我想来看你妈，结果走错了病房，”长晴目光闪烁地转开视线，“噢，对了，朵瑶要我带个红包给你妈，她没时间来。”

“你们啊，都这么客气，”管樱微笑地拉着她往另一间病房走，“这才是我妈的病房，不过你看到我妈……千万不要觉得惊讶。”

“为什么啊？”长晴目光疑惑。

管樱没说话，只是推开病房，里面的病床上躺了一位模样看起来有六十多岁的老太太，头发白了一半，皮肤粗糙，而且格外瘦，仿佛只是皮包骨。

病人打着点滴，脸上和头上都是伤，看起来脸色蜡黄、营养不良。

长晴震惊得说不出话来，这是管樱的妈？说是管樱的奶奶也不为过。

大学那会儿，阮恙、江朵瑶、她，都为体重而烦恼，只有管樱高高瘦瘦。她总是跟管樱说她的妈妈一定很瘦，那时管樱总是笑而不语，可她从没想过会这么瘦。

长晴看了看身边的管樱，娇美得犹如一朵荷花，她不敢相信，这样的老太太会生出管樱这么漂亮的女儿！

“小樱，又是你朋友吗？”卢萍扯出一抹和蔼的笑容。

“妈，这是长晴，”管樱弯腰笑着说，“我大学的室友。”

“噢，是长晴啊，”卢萍一脸感激、欣慰地说，“小樱经常在电话里提起你，尤其是大学那会儿，每回都说。”

“对，阿姨，您记性真好。”长晴动容地点头。

卢萍吃力地坐起来，蜡黄的脸色似乎有了些精神头：“小樱常说大学那会儿多亏了你们照顾，还说你们对她非常好，有回过年，她没买着回家的车票，后来你叫了小樱去你们家过年，小樱在北城没有亲戚，要不然那个年她就得一个人在宿舍里孤孤单单地过了。”

长晴默默地听着，眼眶泛热。她感到深深的惭愧，也许她不该跟宋楚颐在一起的。

她说：“小樱对我也很好啊，每回小樱回老家的时候，都带您亲手腌的菜，特别好吃。”

“对对对，小樱说你喜欢吃我腌的咸菜，所以每回都让我多弄一些，”卢萍叹气着点头，“看到你们感情依然这么好，我就放心了，这么多年，小樱一直在外奋斗，我就担心她过得苦。现在，好不容易过得好一点儿了，我就想搬过来跟她一起住，结果还没到就发生这种事。”

“还好阿姨您没事儿，”长晴开导她说，“早上的车祸确实太惊险了。”

“都怪那个小车司机，太离谱了，”卢萍埋怨，“它超大货车的时候，突然发现旁边是下高速的路口，猛地急刹车换车道，好几辆紧跟在后面的车子全撞上了，旁边还有个大货车，伤亡惨重，我们司机当场就死了，我算是命大啊。”

“开车还是要慢点……”长晴正说着，手机响了。

她悄悄拿出来一看，是宋楚颐打来的。

她心虚了：“我出去接个电话。”

病房外，话筒里传来宋楚颐冰冷的声音：“你跑哪儿去了，给我回房间，我有事问你。”

长晴一阵迷茫，他能有什么重要的事问自己。

“……我有点事，”她看了一眼病房，也不想现在这个心情上去面对宋楚颐，“等会儿我自己打车回晏家，你别让人来接我了。”

“晏长晴……”宋楚颐一字一句地念出她的名字。

“我挂了。”

听到电话里嘟嘟的声音，宋楚颐只能竭力控制住自己的情绪。

这个蠢女人，医院里到处都是记者，也不知道她又跑哪里去了，还竟敢对他冷冷淡淡的，真是个没良心的白眼狼。

他气得冷哼，脑子一闪，突然想她可能去管樱那里了。

转身准备离开，外面突然步履极快地走进来一抹高大的身影。

若不是宋楚颐长腿刹得快，两人差点就要撞到一起了。

两人一个照面，彼此都后退了一步，傅愈眉头紧皱地看向宋楚颐身后的床铺：“长晴呢？”

宋楚颐也皱眉了一阵，才开口说：“走了。”

傅愈俊脸上一阵失望：“走了多久了？”

宋楚颐异常烦躁地说：“我怎么知道走了多久了？”

这都什么事儿，又是这个傅愈，简直阴魂不散。他是上辈子得罪他了吗？他走到哪儿，墙脚就撬到哪儿。

他回去一定得好好把长晴教训一顿，她要是再跟这个傅愈暧昧不清的，他非给她点儿颜色看看了。

他迈开腿正欲走，傅愈温淡的声音却传了过来：“非常感谢今天下午宋先生救了长晴，不过我希望宋医生以后能离长晴远点儿。”

宋楚颐脚步顿住，瞳孔微缩，回眸：“你什么意思？”

“就是这字面上的意思，宋医生应该懂，”傅愈的唇撩起淡淡的弧度，“我不希望长晴受到无谓的伤害。”

宋楚颐的唇角渗出寒意，四目相视，唇角微弯："傅先生，我是不是可以理解为你太多情了点儿。上个月还挽着我的前女友，这个月又换了新的对象了。"

"我从来都没有喜欢过管樱，"傅愈耸肩，"我们现在已经分手了，你要是还喜欢，可以再找回来。"

"你是不是太过分了一点儿？"宋楚颐的黑眸喷出薄薄的怒意。

"也许吧，不过你应该感谢我，就当我是在为你考验女人吧，"傅愈嗓音带点儿凉薄，"能被轻易勾走的女人可不是什么好女人，只要有钱，任何人都能上。"

宋楚颐倏地握紧拳头。

"我知道你很想揍我，不过这里是医院，你是医生，外面还有很多记者。"傅愈慢悠悠地挑眉看着他。

宋楚颐盯了他片刻，一名护士忽然急急地跑了过来："宋医生，我可找到你了，18号病床的人呼吸不畅了。"

宋楚颐眸色沉了沉，立即跟着护士快步离开了。

第十四章　长晴的丈夫

第二天清晨，太阳如往常一样从地平线上升起。

晏磊一个人悠闲地听着音乐在院子里练太极，门卫跑过来，说："晏先生，外面有位叫傅愈的人说想来拜访您。"

晏磊一愣，关了音乐道："让他进来。"

晏磊回别墅擦擦汗，吩咐张阿姨沏壶茶后，傅愈就从外面进来了。

"伯父，您真是越来越年轻了。"傅愈微笑又带点复杂地看着晏磊，当初得知晏磊和沈璐的一段情时，他是愤怒的，可这么多年再次见到晏磊，见对方着一身白色的棉麻中式汉服，神采奕奕，也难怪自己的母亲这么多年都没忘记他。

"哪里的话，倒是你长大不少，"晏磊哈哈一笑，让张阿姨给他倒了一杯龙井茶，"我听长芯说起过你，现在是上市公司的老总了吧，真是年轻有为啊，比你爸当初还能干。"

"其实我回来北城也有段时间了，本来应该早点来拜访您，不过我妈前阵子在医院做手术……"

"我知道，"晏磊摆手，"我都听长芯说了，你妈现在出院了吗？"

"前两天出院了，我给她请了一个看护，在北城郊区静养呢。"傅愈捧着茶恭恭敬敬地回答。

晏磊颔首叹气："你妈这辈子确实挺不容易的，你要好好孝顺你妈。她这辈子把心思都放你身上了，你也别总想着工作、赚钱，还是要多陪陪她。其实你妈这个年纪了，钱对她来说不是那么重要，她更需要的是晚辈的关心。"

傅愈眸底微微动容，这样的话连自己的父亲都没提过半句，却没承想会从晏磊嘴里说出来。"伯父，您放心，我会好好照顾我妈的。对了，我昨天看网上的视频，长晴在医院里受了伤，她现在怎么样了，还在睡懒觉吗？"

“可不，还在睡懒觉，”晏磊再次笑出声来，“伤是伤了点，不过还好。”

傅愈听了，放心了些：“她毕竟是公众人物，我看还是请几个保镖安全点。”

“我也是这么想的，”晏磊问道，“吃早餐了吗？”

傅愈摇了摇头。

“一起吃早餐吧，我们家阿姨做的早餐还不错。”晏磊笑着领他往餐厅里走。

傅愈看着桌上的牛奶微微一笑：“我记得以前长晴特别讨厌喝牛奶，都会把晏奶奶给她喝的牛奶全塞给我。”

一旁拿碗筷出来的张阿姨笑说：“长晴现在挺喜欢喝牛奶的。”

“是吗？”傅愈一愣。

张阿姨笑得很宠溺：“说是牛奶喝了美容、皮肤白，每天都要喝牛奶。”

傅愈听得嘴角的笑容越发多了：“长晴是从小就爱美的，小时候她最喜欢穿我妈送她的那条鹅黄色裙子，每天都穿着，晏奶奶让她脱了换洗她还不让，后来我妈只好又送她一条，她才肯换下来。”

“哈哈，是吗？这个我倒不知道。”晏磊听着，也哈哈大笑起来。

“什么事笑得这么开心呢？”晨光中，突然走进来一抹英俊的身影，脸部轮廓干净无瑕，宋楚颐打开鞋柜，拿了他的一双拖鞋换上。

傅愈脸上的笑容凝住，眼底聚焦的光也深深地沉了下去。

“今天回来得这么早？”张阿姨满面含笑地迎了上去，看到他眼底的血丝顿时明白过来，“哟，又上晚班了？”

“是啊，昨天高速公路上连环车祸，忙不过来，临时加了一个晚班。”宋楚颐往餐厅里走，看到餐桌边的傅愈时愣了愣。

“宋医生，真巧啊，又碰上了。”傅愈站了起来一先朝他伸手。

“是啊。”宋楚颐眯起晦暗的眸，与他握了握手。

晏磊诧异道：“哟，你们俩认识啊？”

“宋医生就是给我妈做手术的主刀医生，”傅愈温和地解释，“没想到伯父也认识宋医生，而且宋医生好像对晏家很熟悉。”

宋楚颐勾勾唇，不作声地坐到他平时来晏家常坐的位置。

晏磊看看他，又看看傅愈，眸色间掠过一丝复杂和尴尬。这时，张阿姨又新拿了套碗筷给宋楚颐，正好听到傅愈的话，顺口就回答：“当然熟了，宋先生可是晏总的女婿呢。”

傅愈被这个回答弄得猝不及防，怔住，下意识地说：“该不会他就是长芯的丈夫吧？”

“哪里，”晏磊忙摆手，“楚颐是长晴的丈夫，也是才结婚没多久。”

叮咚一声，傅愈手里的叉子掉进餐盘里。

他一向是最擅长伪装的，可此时英俊的脸上出现了前所未有的难堪，一会儿黑，一会儿白，或许是不敢接受这个事实。

他喜欢长晴，从小就喜欢。他和她青梅竹马，像她的哥哥，又像她的恋人。他看着她笨笨地在地上爬行，到后面长成一个漂亮的姑娘。

他做错过，离开过。可她那么傻，那么真挚，他以为她会一直在原地等他。纵然前阵子他被明确地拒绝过，他也不相信他的长晴会喜欢上别人。

他想着，只要他多花点儿心思，她还是会回到自己身边。可现在却有人告诉他长晴已经结婚了，他怎么能相信呢？

他猛地攥紧拳头，站起身来，他的背脊在微微发抖，他用全身的力量控制住自己的情绪。

宋楚颐却举止从容地切了一小块三明治，勾着唇，气定神闲地说：“昨天我本来想跟你说的，不过后来医院忙，来不及说了。傅先生，你不会介意吧？”

他之前心情还挺糟糕的，不过现在看到傅愈这副想把人撕碎的模样，忽然觉得心情还挺愉悦的。兴许等会儿长晴醒来他还能平静地跟她聊聊。

晏磊轻轻咳了咳，继续说：“楚颐，傅愈跟长晴一块儿长大，又是长芯的同学，他和长芯，一个像哥哥，一个是姐姐，从小就照顾长晴，她现在那性子都是被他们两人惯的。”

宋楚颐挑唇：“爸，确定不是您惯的吗？”

他难得幽默一回，晏磊一听，不大好意思地笑了起来。

傅愈也抽了抽嘴角，却抽得很难看，他现在一点儿也笑不出来。

“伯父，我突然想起公司还有点事，我先走了。”傅愈已经完全没办法淡定下去了，他需要找个地方好好冷静一下，不然他不确定会不会在晏家失控。

“这样啊，那你快去忙吧。”晏磊仿佛什么都没察觉，脸上始终挂着慈祥的微笑。

傅愈攥紧拳头离开后，宋楚颐陪着晏磊用完早餐后，才往长晴的卧室里走去。

房间里，长晴也是刚醒来不久，正脱了睡衣在捣鼓后面的内衣扣。突然听到外面的开门声，她一阵手忙脚乱地把睡衣重新套上，拿被子盖住自己。

“起来了。”宋楚颐把钥匙放回裤兜里，英俊的脸上似笑非笑，弄得长晴莫名不安。

不过想想，她为什么不安，该不安的是他啊，明明是他昨天骗自己。

想到昨天宋楚颐和管樱那和谐的一幕，长晴心里还是泛酸的，像吃了还没泛红的青梅。

宋楚颐坐到床边的丝绒椅上，挑腿，眼神锐利地看着她。

长晴里面的内衣还没弄好，一动也不敢动，只是面对这样的宋楚颐，心里莫名不安，难道他昨天跟管樱相处后想通了，要跟自己结束了？

她心底的不安一阵一阵地涌上来。

两人僵持。

宋楚颐解开领口两粒纽扣，透透气，然后右手放大腿上轻轻敲击，说："你跟管樱是从大学起就一个宿舍的好朋友？"

长晴的心顿时提到了嗓子眼儿，慌乱地又把被子拉上点，颤颤地回答："是啊。"

"你是不是早就知道我是管樱的前男友？"宋楚颐面沉似水地压着心里那口气，继续淡淡地质问，"妇产科那次是我们第一次见面吗？"

"……不是，"长晴摇头，紧张地润了润唇，或许因为太过紧张只能机械地回答他的问题，"在'雪声'那天晚上……我……我有见过你，只是我去得晚了些，你转身走的时候正好撞到我，但当时你在气头上，没看到我。"

宋楚颐想起来了，那天他确实很生气，感觉确实撞了个人，没想到会是她。

他站起身来，揉着眉头在屋里走了一圈，突然很邪魅地停在床边上看着长晴："那当时在医院里由你好朋友的前男友来给你做检查的时候，你什么感受啊？"

长晴脸色一白，没绷住，红了眼睛，说脸上被人狠狠打了一巴掌似乎也不为过。

"你以为我愿意吗？"长晴愤怒地哽咽，"如果可以，我也不想让你给我检查啊，我本来预约的也不是你，可是我实在不舒服，也没时间天天去医院，我姐也极力推崇你，你又说什么如果不让你检查，只能叫没结婚的老变态医生来给我检查，我被吓得……就只能……只能……"

长晴低头，脸在被子上蹭了蹭，留下一片湿痕："我本来想着再也不要见你的，可是我没想到相亲的时候又碰到了你，你说愿意跟我结婚的时候，正是我爸公司最难熬的时候。你有什么资格这样说我，当时我们婚前约定互不干涉的，是你，你总是没事来撩拨我，事情发展到今天你以为我好受吗，你以为我愿意吗？"

宋楚颐骤然阴冷如墨的瞳孔盯着她："你不愿意吗？"

长晴拿被子捂脸，咬着唇不发一言。

"我问你……"宋楚颐握住她的手臂把她从被子里揪出来。

长晴一时没站稳，倒在他面前。

睡衣里没扣上的内衣滑落，长晴没有安全感地护住自己胸口，忍着泪终于将最近的一切爆发了：“我是不开心，我的老公是自己好朋友的前男友，我本来不想跟你怎么样的，只想着各过各的生活。但你总是靠近我，我就忍不住喜欢上你了。现在，我每天都充满了罪恶感，我觉得我对不起管樱……”

终于，把压得她快喘不过气的一些事发泄了出来，长晴虽然惴惴不安，但也如释重负。

一直以来，她担心宋楚颐知道她和管樱的事，担心管樱知道她和宋楚颐结婚了，她每天都在担心害怕，只能用逃避来解决，现在终于被他知道了，不用逃避了。

她恨恨的大眼睛含着泪水瞪着他。

宋楚颐怔住了，他总算明白这些日子她的反复无常了。

他手松了松，放开长晴，说：“你确实该有罪恶感，你的罪恶感就是不该瞒我。”

长晴瘪嘴：“如果一开始就告诉你，你刚失恋，还不得把我杀了。”

宋楚颐气结：“我没那么恐怖吧？”

“你就有。”

宋楚颐吸口气，扶额：“我告诉你，我跟管樱之间，是她先做了对不起我的事，我和她分手后，咱们才在一起，你哪里对不起她了？”

“你不懂，”长晴侧头，不大想说管樱现在想跟他复合，“你们毕竟交往了那么久，你跟管樱之间肯定感情很深。”

宋楚颐嗤笑了一声：“不好意思，我没那么大度量能容忍一个给我戴绿帽子的女人。况且，我和管樱的感情也没有你想象的那么深。”

长晴咬唇，她该不该告诉他，管樱其实没有和傅愈发生关系呢。

“不过我要是当初知道你跟管樱是好朋友，是不会跟你结婚的。”宋楚颐犹豫片刻，突然说了一句。

长晴呆了呆，明知道的事从他说出来还是像被捅了一刀似的。

她死命忍着泪水，说：“现在后悔也来得及，可以离婚，我不会……纠缠你的。”

“婚是说离就能离的吗？何况我们现在的关系已经更进一步了，”宋楚颐看着她那副隐忍着要哭的模样，面色变得柔和了，“不过当务之急，我看你得解决刚才那个来你家的男人吧。”

“什么男人？”长晴有点蒙了。

“傅愈。”

长晴顿时一个头两个大：“他来我家了？”

“是啊，知道我们结婚的事后挺受打击地走了，”宋楚颐斜睨着冷哼，“看不出来人家对你用情颇深啊，都找到你们家来了，不愧是青梅竹马。说什么只是小时候的邻居，你姐姐的同学，你现在还想骗我到什么时候？”

长晴心虚地低头。

宋楚颐见状越发生气：“你说这个傅愈，我是不是上辈子抢了他妈，这辈子这么阴魂不散，我得罪过他吗？之前抢了我前女朋友也就算了，这会儿还打算来抢我老婆，他是不是见不得我好啊，我是不是下次再换个女人，他还要来抢啊，说不定他根本不是喜欢你们，他就是看我不顺眼。”

长晴顿时连哭都忘了，用一种非常同情的眼神注视着宋楚颐。

他真是气疯了，这种离谱的想法都有了，太不适合高冷的他了。

“我去洗澡了。”宋楚颐越说越来气，干脆去浴室淋浴了。他需要洗个冷水澡来冷静冷静。

天气进入六月份后，火辣辣的，长晴在家休息了三天，重返剧组后连夜补拍落下的戏份，翌日几位主角便转场前往跑马场录制节目了。

天气灼热的马场里，长晴身着骑士服，紧张地坐在马背上，驯马师在前面牵着她的马奔跑起来，边跑边回头说：“放轻松，放轻松，大腿夹住马，身体前倾，臀部跟着马的节奏抬起……”

长晴坚持着，好不容易马停下来，她的腿都快要断了。

“骑得还不错，”驯马师回头笑道，“是不是阳光太强烈了，看你的脸晒得挺红的。”

长晴耳热地点点头，她哪里是被晒的，是想起前天晚上的事心烦意乱。

“先休息一会儿吧。”驯马师扶她下来。

文桐递给她一杯冰饮，长晴站在一旁，边喝边看着远处骑马的管樱。穿着骑马装的管樱英姿飒爽，乌黑的长发在风中飘扬，双腿修长，美目明亮，她手里拿着长鞭，明明是柔弱的人，可在这一刻英气十足。

苏导在一旁看得赞不绝口：“好，管樱也差不多找到感觉了。长晴，等会儿你再上马，摄影师给你们几位主角拍几张骑马的海报，明儿就弄网上去。”

长晴只好把饮料给文桐，自己忍着酸痛的身体又上马。看到管樱时，她笑眯眯地打趣：“你刚才骑马的模样把苏导都快迷晕了。”

“你啊，又吹捧我了，”管樱苦笑地说，“我也只是外表看着轻松而已，我这大腿感觉都擦红了。”

“我也是。”长晴咧嘴偷笑。

“三位主角排成一排。”摄影师拿着照相机过来，蹲在地上从侧面给他们拍了一张照片。

拍了三十多分钟后，长晴和管樱才下马，化妆师跑过来给她俩补妆，导演看了一下外面的天色，拿着扩音器说：“今天好像会下雨，大家抓紧时间，搬道具的快点。管樱，你先上马就位；长晴，你做好准备，等会儿管樱骑马跑出十多米后，你再往自己的马上冲，跨栏的地方会给你们换替身。”

今天这场戏至关重要，长晴脑海里又把之前驯马师教她的内容熟悉了一遍，管樱离开后，长晴紧张地看着她，见管樱没戴手套，她看向旁边休息椅上，果然上面放着一双白色手套。

“管樱，你手套忘拿了。”长晴赶紧拿着手套跑过去。

“是啊，我差点忘了，”管樱笑道，“幸好你提醒我，不然待会儿又要被苏导说了。”

这时，不远处，一匹高大的黑马突然发疯似的朝着两人的方向飞奔过来。

黑马离两人的距离越来越近，长晴下意识地拽着管樱就跑，可马跑得太快，还毫无章法地四处乱蹦，到两人面前时，后腿猛地朝长晴踢过来，长晴看着两只马腿，心脏好像吓得都停跳了。

慌乱中，身边的人推了她一把，长晴跌倒在地上，爬起来，正好看到马后腿踩在管樱的身上，惨叫声从她喉咙里叫出来。

“快，快抓住马。”苏导着急地指挥。

反应敏捷的驯马师跑过去揪住马缰，飞快地跳上马背，拽着马往一边空地上跑。

长晴连滚带爬地朝管樱扑过去，管樱早已经昏迷过去，额头和脸上布满了血迹。

“快叫救护车，叫救护车……”长晴碰也不敢碰她，只是脸色苍白地哭吼。

医院里，宋楚颐查完房去了趟护士站，路上碰到几个年轻家属格外兴奋地往楼下跑。

他略微疑惑，到护士站时，又看到几个年轻的护士踮着脚尖往窗外看。

他轻咳提醒：“你们在看什么？”

“宋医生，”年纪最小的护士激动地指着外面，“柯永源来咱们医院了，我刚看到很多记者也来了。”

"怎么回事？"宋楚颐皱眉看向护士长，"又是哪个明星出什么事了吗？"

"好像是一个剧组的女演员在拍戏时被马踩昏迷了，送去了急诊部……"护士长还没说完，就看到宋楚颐的脸色变了变。

"知道那个女演员叫什么名字吗？"他沉声问。他记得昨天长晴说过今天要去拍骑马的戏，该不会是她出事了吧，也只有她能糊里糊涂地做出这种事来。

护士长摇摇头。

宋楚颐转身走出护士站，立即给长晴打电话，没打通，他只好又打给急诊科的人："于主任，我听说急诊科送来了个被马踩伤的女演员，是什么人，叫什么名字？"

于主任低笑："宋医生几时对这些小明星也有兴趣了？"

"是个朋友托我打听的，他有个熟悉的朋友也在剧组里做演员。"宋医生低沉地解释。

"这样啊，"于主任打开电脑查看，"是一个叫管樱的女演员，前几天她妈还在我们医院治疗，没想到没多久她自己又住进来了。"

宋楚颐愣住："她的伤势如何？"

"还在急诊室救治，具体不清楚呢，"于主任停顿了下，笑说，"待会儿结果出来，要我告诉你一声吗？"

"那也行。"

傅愈在公司收到消息后，迅速赶往医院。

急诊室外，长晴呆呆地坐在椅子上，手上还沾着血渍。

他加快步子上前，当着众人的面抓起她的手："你哪里受伤了？"

长晴抬起被泪水冲洗过后的眸子看着他，摇摇头，表情僵硬，声音暗哑："我没受伤，受伤的是管樱，如果不是她把我及时推开，躺在里面的就是我，不是她。"

傅愈一怔，他倒是没想到管樱会做出这样的事，让他有几分吃惊。他一直以为管樱对长晴是利用，没想到也有几分真心在里面。

他转头看向一旁的苏导，眉目一沉："苏导，开机之前我千叮咛万嘱咐，一定要做好安全措施，你是怎么搞的？现在外面一大堆记者，明天这件事闹上新闻，会让外界的人怎么看我们上纬？连拍一个马戏都能让演员受伤，如果去拍古装戏，还有谁敢接？"

"对不起，傅总，"苏导擦擦额头上的汗，"其实一开始安全措施我们都已经做足了，甚至管樱和长晴的替身也都安排好了，但万万没想到片场一个工作人员搬道具时没拿稳，不小心砸到了马身上，结果马就失控了。”

“这些话你去跟外面的记者好好说，”傅愈阴沉地道，“还有管樱，最好别落个重伤什么的。”

长晴一震，站起身来，她眼神死死地盯着苏导，对方躲闪的目光让她心头一沉。

是啊，那匹马用那样的力道踩在管樱瘦小的身体上，也不是没有重伤的可能。

正在这时，急诊室的门打开，医生先走了出来，长晴感觉自己被拉到了悬崖边，好像在等着对方的审判：“医生，她的情况如何？”

“病人没有生命危险，但是她可能被马撞到了头部，有一点儿轻微的脑震荡，胸口有三根肋骨骨折，至少要休养两到三个月才能康复。”医生的声音从口罩后传出来。

长晴难以置信：“那她这三个月都不能拍戏？”

“何止不能拍戏，还要静养，麻烦你们去给她办下住院手续。”医生说。

傅愈嘱咐了助理一句，很快就给管樱安排了VIP病房，还请了专业看护。

长晴一言不发地坐在管樱的病房里，傅愈也安静地坐在她身边。

病房外，管樱的经纪人薛高正和苏导在吵架。

“三个月，剧组根本就不可能等她，除非这部戏不想拍了。”

“你现在什么意思，管樱是因为拍戏受的伤，现在已经拍了这么多，你说不拍就不拍了？”

“薛高，不是我不想等管樱，可是我得配合其他演员的时间安排。说实话，管樱现在根本就不能跟柯永源他们这种当红小生以及那些老戏骨比，如果要等三个月，大家都不能拍，那这半个月的损失谁来承担？”

长晴听得越来越心灰意冷，她看向傅愈，眸光微凉：“傅愈哥，你认为呢？”

傅愈皱了皱眉头，站起身来：“长晴，管樱是我们公司的艺人，这次她受伤，相关的医疗费用剧组会全部承担，同时，我们公司还会额外付一笔不小的赔偿金。等她身体康复后，公司会再给她安排新戏，我答应你，也会是女一号。长晴，如果这时候暂停拍摄，我们公司和你们电视台要承担的损失都将不是一笔小数目。”

长晴明白，每当傅愈嘴里出现“不行”时，他的口吻总是这样婉转而温和。

可她听了还是难受，为管樱难受。

为了这个机会，管樱等了多久，她努力了多久！可就在这关键的时候却受了这么重的伤，如今她的母亲还躺在另一间病房里。

她捂脸，她情愿管樱不要救她。她住院，错失了这个机会无所谓。

“长晴……”傅愈伸手握住她肩膀。

“傅愈哥，我能拜托你一件事吗？”长晴轻声说，“等会儿管樱醒来，你把刚才对我说的话再对她说一遍，如果有你的承诺，她一定会放心些。”

傅愈注视了她一会儿，缓缓点头：“我陪你去洗一下你的手和脸好吗？”

长晴低头，这才注意到自己手上的血一直没洗掉：“不用了，我自己会洗。”

VIP病房里有单独的卫生间，长晴走进去，打开水龙头，用热水洗了把脸和手，出来时，一个穿着白大褂的清逸身影背对着她，望着床上的管樱。

傅愈则板着脸，见长晴出来了，冷笑：“宋医生，来看你前女友吗？”

“傅愈哥……”长晴紧张起来，唯恐管樱醒来会听到。

她飞快走到宋楚颐身边，着急问道：“你怎么来了？”

难道真的是来看管樱的？如果是，她也不会阻拦。

管樱醒来能看到他一定很高兴，长晴表情微微落寞。

“我来找你。”宋楚颐突然拉着她往病房门口走。

傅愈一个箭步挡在他前面。

宋楚颐斯文英俊的脸一沉：“傅愈，你给我让开，我们夫妻有话要说。”

简单的“夫妻”两个字像利箭一样射中了傅愈的心脏，他疼得难受，却又不想就这样让宋楚颐带着长晴从他面前离开。

两人僵持，长晴看看宋楚颐，又看看傅愈，这时，身后突然传来管樱嘤咛的弱小声音。

她心头一慌，下意识地赶紧推开宋楚颐。

宋楚颐皱眉回头看她，长晴躲闪着往管樱身边走。

“小樱，你醒来了吗？”长晴的手在她眼前晃了晃。

管樱的睫毛动了动，吃力地睁开，扯了下嘴角：“长晴……”她头微微转动，看到一旁的宋楚颐和傅愈愣了愣，“傅总，楚颐……”

她吃力地想坐起来，胸口却传来一阵剧疼。

“你别乱动”，长晴着急地眼红，“医生说你胸口骨折。”

“骨折？”管樱苍白的唇喃喃地动了动，猛地看向傅愈，“那剧组……”

“你暂时没办法拍戏了，”傅愈说，“不过你放心，等你伤好后，我会再另外给你安排新戏，也是女一号。”

管樱眸色惨淡：“傅总的意思是……我这个女一号要换人了？”

“目前……只能这样了。”傅愈目光淡淡静静地看着她，没有太多的情绪波动。

管樱拽紧了被角，一动不动，没有再说话了。

长晴了解她，每当受到打击时，她都会有这样的表现。她自责地哭了出来：

“对不起，小樱，如果不是为了救我，你根本就不会被马踩。”

宋楚颐怔然，忍不住多看了管樱一眼，见她强忍着泪水安慰长晴：“我当时……也是下意识的，没想那么多。算了，事情已经这样了，你别想太多了。”却不知，她越这样说，长晴的心越不是滋味。

傅愈这时候上前一步，轻声说：“长晴，我们先走吧，让管樱和宋医生好好说会儿话。”

长晴一愣，见管樱并没有阻止，她突然明白了。

管樱也希望和宋楚颐单独相处。

如果是以前，她可能不会愿意，但现在的管樱是在生命危险来临时刻把她推开的人……

“傅愈……”宋楚颐生气地皱眉，看向长晴。

长晴从始至终低着头，犹如机械般任由傅愈把自己拉出了病房。

宋楚颐的面容渐渐变得阴沉。

“楚颐，你是来看我的吗？”管樱双眸看着她，控制着，可说完最后一个字，眼睛和鼻头都红了，“我真的很高兴醒来第一时间就能看到你。”

宋楚颐目光幽深地张了张口，最后变得有几分无力：“好啦，你休息吧，我还在上班，先走了。”

“等等，楚颐……”管樱着急地朝他伸手，吃力地想拽住他的衣角，但没碰到，反而从床上摔到了地上。

宋楚颐回头，脸色一变，赶紧把她抱起来，板着脸道：“你还想不想好了？”

管樱只紧紧地抓住他的白大褂，脸色惨白得一句话都说不出，她疼得几乎要无法呼吸。

宋楚颐把她放上床，但她仍不松手，他只好伸长手臂按了边上的铃，胸外科的医生立即赶过来再次帮她局部麻醉，进行复位。

整个过程，哪怕管樱处于昏迷的状态也没有松开过抓着宋楚颐的那只手。

胸外科医生看到这一幕也有些尴尬：“宋医生，这位管小姐是你朋友吧，你一定要叮嘱她别乱动了，伤筋动骨一百天，她这么折腾，两百天都难好。”

“不好意思，王医生，又麻烦你了，”宋楚颐满怀歉意地说，“麻烦你让护士多照看下她吧，我科里还有事。”

他拿开管樱昏迷中的那只手，转身离开了。

第十五章　彻夜未归

傅愈的车里。

长晴从上车后一句话都没说，一直在发呆，等好不容易从一个急刹车中回过神来时，发现已经身处在一片陌生的山区道路上。

“这是哪……”长晴蒙了，忙挺直背。

“你今天一天都没怎么吃饭，我记得这附近有家很不错的私房菜馆，想带你去尝尝。”傅愈温柔地说。

长晴感到疲倦和懊恼：“我不是说了让你送我回家吗？我现在根本就没有心情吃饭。”

“你现在回家闷着只会更难受，”傅愈温润的眼眸流露出深深的关切，“听我的，去吃点好吃的东西，看看漂亮的风景，晚点儿我再带你去看我妈。我妈就在这附近疗养，她一直都挺想你的，说了好几次让我带你来，但你最近一直忙，所以我也没有喊你。我工作忙，没太多时间，你不知道我妈平时一个人有多无聊和孤单。”

想到沈阿姨，长晴心里微堵，确实，她好久都没去探望过沈阿姨了。傅愈开了口，她这会儿哪怕再不愿意也实在不好意思拒绝。

十多分钟后，到了傅愈说的私房菜馆。

菜馆位于山中间一处幽静的湖边，四周山峰如屏障，景色秀丽。

长晴第一次来这样的地方，要是以前肯定会很高兴，但今天实在提不起兴致，看着满桌的佳肴，脑子里却是离开病房时宋楚颐看着自己的眼神。

他现在在干吗呢，在陪管樱吗？他会生自己的气吗？

长晴觉得心情烦躁，平时最容易饿的她，今天竟没什么食欲，偏偏傅愈总是不断地给她夹菜。

“傅愈哥，你别给我夹了，我吃不完。”长晴嘟唇抱怨。

“那我帮你吃一些。”傅愈把她碗里的饭和菜弄了一些到他自己的碗里。

虽然小时候两人常这样，但这会儿大了，长晴真的不大习惯：“傅愈哥，我知道你对我的心意，可是我真的……”

“长晴，管樱那样舍命救你，你能心安理得地和宋楚颐在一起吗？你良心上过意得去吗？”傅愈突然直视着她。

长晴僵住，心像被一只手狠狠拧了似的疼。

她半晌说不出一个字。

傅愈边吃菜边自言自语地说：“说实话，我真没想到管樱会拼了命地救你，以前你说她是你的好朋友，我总觉得她别有目的，不过现在看来她对你这个朋友倒是真心的。”

“是啊。”长晴低头，看着饭碗中的米粒，呆呆地呢喃。

同样的情况，今天如果是管樱有危险，她未必会做出一样的举动。因为她当时已经被恐惧吓傻了。

不论管樱现在对宋楚颐是什么样的感情，至少现在她是需要宋楚颐的。

吃完饭，傅愈带着她去了沈璐住的郊区别墅。

路上，天气阴沉。

到别墅时，沈璐坐在轮椅上被看护推着出来，看到长晴时，眉开眼笑：“长晴，可算等到你来看我了。”

“阿姨，对不起，最近太忙了。”长晴见沈璐气色好了不少，心里也安慰了许多，她四下里看了看这座别墅，笑道，“阿姨，怪不得您好得这么快，这附近山清水秀的，您过的简直是神仙般的日子。”

“唉，我是寂寞得像神仙，”沈璐叹口气，指指后面的看护，“每天就是我对着她，她对着我，要不是还有个人在，我都成雕塑了。”

傅愈满脸歉意：“妈，我也想陪您，但最近事情实在太多了。”

沈璐不理他，和蔼地说：“长晴，这里离市区其实不远，你以后没事儿就来吃顿晚饭也行。”

“好啊。”长晴乖巧地点头。

沈璐一直拉着她闲聊，也没提她结婚的事情，弄得长晴心里七上八下，也不知道沈璐到底知不知道这件事。

到傍晚时，沈璐非要留她吃晚饭，长晴不好意思拒绝。

晚上，傅愈亲自下厨。

长晴趁这个时间给管樱打了个电话。过了好半天，电话里才听到管樱的声音。

“小樱，护理给你送饭了吗？”长晴问。

“我正在吃，”管樱的声音还是很虚弱，但比之前好多了，“不过是楚颐让人给我送过来的。”

“……噢，”长晴许久才听到自己的喉咙里艰难地吐出几个字，“那就好。”

看来她是想太多了，她走了，正好让他们二人世界，宋楚颐也能够更好地照顾她。

“是啊，”管樱说，“楚颐说我不能动的这几天他会常去看我妈，我也就放心了。”

“那剧组的事……”

“没有办法，我还没重要到让整个剧组停机等我这么久，这点自知之明我还是有的，”管樱苦笑完后突然小声说，“我不跟你说了，楚颐来了。”

阳台上。

长晴低头，盯着手机，通话结束了，可她脑子里还是管樱的那句“楚颐来了”。

现在是晚上六点四十分，他应该下班了吧。

没回家，却是先去看管樱。

长晴忽然感到一阵深深的无力，她真的是这个世界上最没用的人，明明是自己的老公，却没有勇气把他留在自己身边。

她是不是会失去他？可是她又能做什么呢？一个是舍命救她的闺密，一个是自己喜欢的人。

窗外，豆粒般大的雨点突然砸在落地窗的玻璃上。

“下大雨了，”沈璐来到她身边，温和地握住她的手，“手怎么这么凉？”

“可能有点冷。”长晴垂眸说。

“也是，最近天气反复无常。”

墙上的指针指向八点时，长晴吃完晚饭，正陪沈璐看她参加的综艺节目，张阿姨的电话打了进来：“长晴，你和宋先生是不是吵架了？他刚才来了一趟，又走了，说是以为你在晏家，你怎么不回去吃饭也不给他打个电话啊？”张阿姨用略带些责备的口吻说。

“我……我给忘了，”长晴没想到宋楚颐会去晏家找她，心里一时百感交集，有些酸楚，“他还说什么了吗？”

“也没说什么，”张阿姨说，“你要是没应酬，早些回家，知道吗？”

“哦。”长晴挂了，有些失落。

傅愈端着切好的果盘从厨房出来，长晴抬头说：“傅愈哥，你送我回去吧。”

“长晴，外面雨下得太大了，能见度很低，不安全，”沈璐语重心长地说，“也别这么着急，等雨停了再走。”

“是啊，现在是瓢泼大雨，先吃点水果吧。”傅愈含笑地叉了块菠萝给她。

长晴吃了一小块，心不在焉地摸着手机，可能等会儿宋楚颐会打电话过来，结果等了很久他也没打过来。

雨一直到九点多都没停，沈璐又劝她：“看这样子今晚的雨是不会停了，这样子回去真的不大安全，尤其这一带有不少山路。长晴，要不今晚你睡这儿吧，明天让傅愈早点送你回去。今晚你跟我一起睡，记得以前你总喜欢让我抱着你睡觉讲故事呢。”

暖灯下，沈璐温柔的模样仿佛和记忆中长晴对母亲的憧憬画面重叠，长晴也有些怀念，犹豫地点了点头。

观湖公馆。

第二天一早，宋楚颐出门晨跑时发现长晴的门是关上的。

他走过去打开门，床单整洁得和她昨天早上离开时差不多。

罗本走到他脚边上摇摇尾巴，仰头看他，表情疑惑，好像不懂为什么昨晚女主人没回来。

“走吧，去跑步。”宋楚颐牵着它出门。

跑完回来，王阿姨做好了早餐，他倒了杯牛奶，放在桌上的手机振动了两下，他没去理会。

过了一阵，电话打了进来，是宋楚朗的，声音低沉：“你看了我给你发的短信没有？”

“我没看，正吃早餐呢。”宋楚颐淡淡地说。

“你老婆一整晚没回家，你还有心情吃早餐？”宋楚朗笑，“你就不怕她在外面给你乱搞？”

宋楚颐脸色陡然冷了几分：“哥，你能不能……别每次都把话说得这么难听。”

“不是我说话难听，是你自己找的女人不靠谱，”宋楚朗沉沉地说，“你自己去看看我给你发的东西，我并没有特意让人去跟踪她，只是跟狗仔队打过招呼，但凡有晏长晴的新闻第一时间给我，我这么做也是怕她闹出难堪的绯闻给我们宋家丢脸。你信誓旦旦地为她做保证，但我担心的事还是发生了，昨天晚上有记者拍到她一整晚都住在傅愈的别墅里。”

宋楚颐捏了捏眉心，站起身来。

宋楚朗说：“上次一个管樱，这次一个晏长晴，如果不是我心里清楚你到底为什么跟她结婚，我根本就不会放过她，也不会放过傅愈。我们宋家的人是这样随随便便任由他欺负的吗？我劝你早点把这个婚给离了，楚颐，你要对自己的人生负责。”

“我自己的人生自己做主，我想怎么样就怎么样，”宋楚颐恼羞成怒，“倒是你，你连自己想要的都不敢去争取，有什么资格说我？”

他把电话挂了，啪地放在桌上。

正在拖地的王阿姨被吓了一跳，偷偷瞧了一眼他的脸色，很少看到宋医生这么“乌云密布”啊。

宋楚颐深吸了一口气，拿起手机点开宋楚朗发来的照片，第一张是长晴和傅愈在一个湖边吃饭，傅愈正在拨她碗里的饭。

很好，两个人开始共吃一碗饭了。

第二张，长晴和傅愈、沈璐正在吃晚饭，傅愈还帮她夹菜。

第三张，长晴坐傅愈的车一块儿离开别墅。

非常好，一整晚不回家，一个电话都没有，就是去了傅愈家。

说什么只是以前喜欢傅愈，都是骗人的。昨天傅愈拉着她走，她吭都没吭一声。

他真的太愚蠢了，她心里住着一个人，不管他做什么都是没办法改变的。也许他真的该想想这段婚姻到底值不值得他维系下去。又或许，一开始他就错了。宋楚颐坐回沙发上。

整个早晨，罗本趴在他的脚边上，很久都没见自己主人动一下。

清晨九点多钟，保时捷到达医院。

长晴解开安全带：“到这儿停下吧。”

傅愈却没急着停，而是慢慢地找着停车位：“我还是再上去看一下管樱吧，她毕竟是我们公司的艺人。”

长晴拧起了眉头：“傅愈哥，要不然我们分开上去吧，今天医院里应该还有记者，我不想惹上一些不必要的麻烦。”

傅愈笑笑，说：“好。”

长晴下车，一路上小心翼翼。

进住院部时，旁边突然有个年轻护士冲她背后叫了一声“宋医生”。

她背部一颤，犹豫了好一阵才鼓起勇气回头，看到的是一名瘦小的男医生朝那名护士走去。

原来不是他。也是，这么大的医院，姓宋的医生肯定不只他一个人。

C区住院部的走廊上，宋楚颐和辛医生两人正边低声交谈着边往门诊部走去，远远地看到也朝这边走来的傅愈，黑衣黑裤，尽显从容气质。

“那位好像是上纬的傅总。”辛医生也认了出来。

“嗯。”宋楚颐看了一眼傅愈身后的E区住院部，管樱就是住在那边。

“宋医生，辛医生，今天不忙的样子。”傅愈平时一贯冷冽的眉目间今日竟藏着些愉悦的笑意。

宋楚颐薄凉的唇扯了扯，辛医生笑道：“还好，正准备去门诊部，傅总来这里是……”

“送一个朋友过来探望病人。”傅愈挑着眼角，嘴角弥漫着笑意。

“女朋友啊？”辛医生没注意到身边人的脸色，开着玩笑说，“看傅总心情挺不错的。”

傅愈不语，只是嘴角笑意更深了。

宋楚颐微眯眸，对辛医生说：“你先过去吧，我有点私事想跟傅总聊聊。”

“好，那你尽快过来。”辛医生非常识趣地先走了。

傅愈看了眼辛医生的背影：“宋医生，我们之间有什么私人的事情可以聊吗？”

“你觉得呢，例如我老婆，”宋楚颐下巴微抬，清冷的脸上泛出寒意，“傅愈，有些事情我劝你适可而止，管樱的事我都不跟你计较了，现在又冲着晏长晴来，你真当我宋楚颐可以随意任由你欺辱吗？我告诉你，我宋楚颐在北城混的时候你还不知道在什么地方呢，我一而再再而三地忍让你，不是我怕你，只是我不想让长晴难过。”

“我非常明白，”傅愈却轻描淡写地说，“可是感情的事都讲究两情相悦，宋医生，长晴是因为什么跟你结婚的，你应该比谁都清楚。如果不是晏家正好资金紧缺，而你们宋家有钱，长晴根本就不会嫁给你。实话告诉你，我跟长晴很小的时候就两情相悦，她曾经向我告白过，只是当时因为两家人一些复杂的纠葛，我不得不跟家人去了国外。现在我回来了，从前的一些纠葛，长晴也知道了，她其实也很想回到我身边，只是因为觉得你们宋家帮了她们晏家，就这么离开不好。”

今天的天气依旧阴沉，可宋楚颐知道自己的脸色肯定比今天的天气还要难看。

他宋楚颐，也算是天之骄子。可偏偏遇到这个傅愈，让他尊严尽毁，要换成以前的他，肯定不会善罢甘休，但现在……

他感到深深的无力，这些日子，他不能说和长晴有多恩爱，但也日渐亲密，而且这两天又有了实质性的关系，没想到她竟然是这么想的。

他深吸了一口气，忽然冷冷地一笑："行，你喜欢晏长晴，可只要我不跟她离婚，你永远都是第三者，你们也没办法名正言顺地在一起。"

他说完，看傅愈轻松愉悦的眼神突然笼上了阴霾，心情这才好受点。

"宋楚颐，总之你自己好好想想，揪着一个不喜欢你的女人有什么意思，恐怕你永远都没办法体会到心灵和身体契合的感觉吧。"傅愈冷笑一声，抬步离开。

宋楚颐胸口腾地蹿出一股怒意，看着走廊外的一株常青树久久不动。

一整个上午，长晴都在病房里陪管樱。

王医生过来帮她做检查的时候，管樱貌似随口地问了一句："今天宋医生很忙吗？"

长晴心一提，也紧张地听着。

"怎么，很期待宋医生来看你啊？"王医生打趣，"宋医生今天在门诊坐诊，应该很忙。"

管樱微微失落，长晴心里也失落，从昨天到现在宋楚颐一个电话也没有，她想打过去，又不敢打。

陪管樱吃完中饭后，长晴才离开，出医院的那段距离，她四处张望，但并没碰到宋楚颐。

其实医院很大，有时候要碰到一个人真的很难。

晚上，长晴犹豫很久，还是回了观湖公馆，家里没人，王阿姨不在，连罗本都不在。

长晴从来都没有觉得这个家如此空落落的，短短两天，好像很多地方都变得不一样了。

她饿了，就随便在家里找了一些零食填饱肚子。

快到十点时，她拿出手机，找到宋楚颐的号码，反复拨出挂断，最后还是拨了过去。

响了四十多秒，屏幕上开始显示通话。

"怎么了？"里面传来他清冷的声音。

长晴紧张到手心冒汗，咬了下唇："你什么时候……回来？"

“我今晚在宋家，不回来睡了，”他淡淡地说，“你要是怕的话就回晏家睡吧。”

莫名地，长晴心里存在的不安感好像突然扩散。

“还有，我明天晚上晚班，也不会回来睡……”他说完，顿了两秒，便挂了电话。

听着嘟嘟的电话忙音，长晴再傻、再迟钝也能察觉到哪里不一样了。

他生自己气了吗？还是通过这次管樱救了自己，又发现了管樱的好？

说实话，昨天如果换成是自己，也会很生气的。

这一刻，她深刻地意识到，一个男人要对你好容易，要对你冷漠其实也很容易。

翌日，《挑战到底》录制新的一期节目，晚上和嘉宾吃夜宵到很晚，长晴睡在晏家。第二天，她又要和剧组去之前的葡萄庄园补拍女主角的戏份。

代替管樱演女一号的赵姝不是个很好相处的角色，好在她要补拍的戏份不多，磕磕绊绊地拍了两天回北城，当天傍晚她便赶去医院探望管樱。

然而，刚到管樱病房门口，便听到里面传来一阵哭闹声，病房门口还站着几个看热闹的护士。

长晴赶紧小跑着过去。

病房里，一个中年男人叼着烟，拎小鸡似的拽着卢萍瘦小的胳膊警告：“我的耐心是有限度的，你最好告诉我你把银行卡放在哪里了？”

卢萍哭得歇斯底里：“我给你做什么？让你去赌、去买彩票吗？管洪鑫，你能不能有点人性，你没看到我跟你女儿都还在住院吗？你一张口就是要卡要钱，我告诉你，你要钱没有，要命有一条。”

“还想我管你？你们母女背着我以为逃到北城就没事了吗？上了电视还真当自己是明星了，她不过就是我的摇钱树，没有我，她哪有资格出生？你不给钱，信不信我去跟外面的记者媒体说她忘恩负义，连亲生父亲都不认？”管洪鑫用力把卢萍推到地上。

“妈……”管樱急得在床上抽搐。

长晴连忙过去把卢萍扶起来，生气地瞪着管洪鑫：“这天底下怎么会有你这种父亲，我警告你，你少在这里凶，外面的媒体也不是瞎子，病房里也有其他人，她们随随便便一录音就知道你是个什么样的人。”

“哎，你谁啊？”一名二十多岁的小伙子上来推了推长晴，指着她的脑门说，“我们家的事几时轮到你这个外人管了？”

"管熙，你碰她一下试试！"管樱着急地吼，"她爸是北城的大老板，你伤了她，我看你们连北城都走不出去。"

管熙一向欺软怕硬，听她这么一说，动作倒迟疑了一下。

这时，门口，宋楚颐带着两个保安走了进来："谁在这里闹事？"

他表情肃冷，长晴几天没看到他，呆了呆。

管熙上前一步，讥讽道："哟，你该不会就是我姐之前交的医生男朋友吧，能在这种地方上班应该挺有钱的吧？"

"管熙，你够了，我跟他已经分手了。"管樱不想给宋楚颐惹麻烦。

宋楚颐的脸仿佛结冰了一样，他转头朝后面的保安使了个眼色。

身后的病房门立即被人关上。

他脱掉身上的白大褂，猛地一拳往管熙脸上揍过去。

也不知道他拳头有多重，身材还算高大的管熙被他打得踉踉跄跄，差点摔倒。

"你是医生还敢打人，信不信我告得你在医院待不下去。"管洪鑫冲上前想帮忙，还没靠近就被两个保安抓住。

宋楚颐长腿朝管熙走过去，边走边卷起袖口，冷笑："才一拳就站不稳了，你刚才不是挺横吗？"

管熙咬牙朝他扑过来，宋楚颐对着他的腹部踢了一脚，上前拽着他的衣领往洗手间里走，犹如拎小鸡一样。

长晴看得完全呆住了，平时看宋楚颐斯斯文文的，没想到动起手来这么狠。

她小步子凑过去，更是吓得瞠目结舌。

洗手池里，宋楚颐用力把管熙的脸往里面按，水龙头哗啦啦地往管熙头上浇，不一会儿洗手池里的水便淹过了他的耳朵，管熙拼命地在水里挣扎。

卢萍看了也吓得腿软，忙上前劝说："宋医生，够了，够了，再这样会闹出人命的。"

"阿姨，这种人你不给他点教训，他永远不知道什么叫害怕。"宋楚颐把管熙的脑袋扯起来又再次按进水里，他弯腰，唇角冰冷得没有一丝温度，"你是什么东西，敢跑来医院跟我横！在北城，我要弄死一个人就像弄死一只蚂蚁一样，不过像你这种人渣连一只蚂蚁都不如。"

他说完，把管熙的脑袋拉出来，手一松开，管熙双眼翻白地滑倒在地上，嘴巴里不断地往外吐水。

宋楚颐用鞋子踢了踢他，问："还敢来北城闹事吗？"

管熙边大口喘气边摇头。

“以后离这两个人远点，滚回老家去，要是让我明天还在北城看到你，我让你怎么死的都不知道。”宋楚颐手抄裤袋，高高在上地对着旁边的管洪鑫下着命令，“自己喜欢赌博，自己就去挣钱，就算是你亲生的，也没有义务给你当奴隶。”

管洪鑫用力点头。

宋楚颐眉目微转，轻声对地上的管熙说：“还不快滚。”

管洪鑫拉起地上的儿子逃出了病房。

不过是几分钟的事，卢萍、管樱、长晴都震惊得仿佛不认识他一般。

不过片刻工夫，管樱便回过神来，感激地落泪：“楚颐，真的谢谢你，要不是有你在，我和我妈都不知道怎么办才好。”

“他们对医院的病人动粗，我只是对我们医院的病人负责而已。”宋楚颐重新穿上白大褂，转身朝长晴走来。

长晴紧张得心跳差点停止，直到他停在自己面前，弯腰查看了卢萍头上的伤势后，说：“阿姨，有没有哪里不舒服？”

卢萍看了看自己的手臂，刚才被推倒的时候摔破了。

宋楚颐朝门口的护士招招手：“你们送她回去，处理下伤口。”

“宋医生，你就是我们母女俩的救命恩人。”卢萍感激涕零地道谢后才蹒跚离开。

管樱望着卢萍的背影，心口发酸：“是我太没用了，被人家欺负上门来也没有能力保护我妈。”

“小樱，你别太难受了，我给你请几个保镖，二十四小时保护你，”长晴被气得热血沸腾，“如果不是亲眼所见，真不敢相信世界上还有这么渣的父亲和弟弟。”

宋楚颐的手机响了，他一看来电，便疾步往外走：“科室里有事，我先走了。”

他一走，管樱就拉着长晴喃喃地说：“长晴，你说他肯这么帮我，是不是对我还有情？”

“……我不知道。”长晴低头讷讷地低语。

她是真的不知道了。

之前宋楚颐说过不会再接受背叛自己的女人，可是如今却为了管樱动手打人。

在医院里打架对一个医生来说实在是冒着极大的风险，她甚至从来没有见过他流露出那么愤怒的神情。

可能……管樱在他心里的地位确实不同吧。

第十六章　被他厌恶

急救室里，一番激烈的抢救后，宋楚颐低头安静地看着病床上已经没有气息的病人，许久后慢慢地摘掉手套，回头对朱超说："通知病人家属，病人十八点二十分抢救无效死亡。"

他说完，转身离开，步履沉重。

在能够眺望到花园的走廊窗口上，他多站了一会儿，吹了吹风才返回办公室。

门口，长晴着一身杜嘉班纳的绣花连衣裙，倚在那里，低垂着脑袋瓜子。

"你在这里做什么？"他走过去，没有一丝温度的声音从他喉咙里传出来。

长晴抬头，看清楚宋楚颐的眼神后，不自觉地打了个哆嗦，虽然他平时也总是清冷，很少笑，但不会像现在这个样子，表情冷漠得好像面对一个陌生人。

"我……"

"别站门口了，进来吧。"宋楚颐打开办公室的门，先走了进去。

长晴亦步亦趋地跟在他身后，看他坐进办公椅里，拉开抽屉，从里面取出一根烟和打火机，点燃，动作优雅。

"你……你不是不抽烟的吗？"长晴眨眨眼，今天的宋楚颐又动手打人又抽烟，都快让她认不出来了。

宋楚颐长吸了一口，绵长的烟雾从他洁白的牙齿和高挺的鼻子里溢出来。

他平时是不抽烟，可每当有病人抢救失败的时候，他都会难受地抽一根烟，纾解压抑的情绪。

他低低的语气里有一丝不耐烦："你到底有什么事？"

长晴眼圈一酸，不禁后悔，或许自己是不该来的。可是，人怎么就那么奇怪，才几天，大家的关系就变成这个样子了。

"我……是想替管樱谢谢你的。"长晴咬着牙根，低声开口。

宋楚颐微眯了眼一会儿，侧过眸淡淡地说：“有什么好谢的，你不是已经把我让给管樱了吗？”

长晴突然手脚冰凉。

她傻乎乎地看着这张被烟雾笼罩的英俊冷漠的脸庞，她想努力瞧出点什么，但她什么都瞧不到。

他这话什么意思呢？她让了吗？她只是不知道怎么去面对而已，她并不想让的。

她的脸越来越苍白，她感到茫然又不知所措。

“我没……不是……”她结巴。

“长晴，从那天你任由傅愈拉着你离开的时候你就已经让了，”宋楚颐一双眸深暗不见底，“我不是一件物品，说让就让，你有尊重过我的感受吗？你没有。管樱救了你，正好你以为她对我旧情难忘，为了报答她，你就把我让给她了。当然，你能让得这么洒脱，是因为我在你心里并不重要。”

“不是这样的……”长晴仓皇开口，她的直觉告诉她，如果她再不多说点什么，他跟她可能就完了。

“我现在很明确地告诉你，长晴，”宋楚颐打断她，眉头反感地皱着，“我不会和管樱复合，我今天帮她，只是因为她和她母亲是这间医院的病人。同时，我之前也认识她，知道她狼狈的家境，她在北城也没亲人，所以才多了那么一点点格外的照顾。而且不只是对她，我对我的每个病人都很照顾，病人不仅仅是你医好他的病就够了。长晴，你实在太不了解我了，其实我们的婚姻走到现在已经没有太大的意义了，我觉得我们还是找个时间把婚离了比较好，你应该也很高兴才对。”

离婚？怎么会这样呢。来办公室的路上，她想，要是宋楚颐骂她、惩罚她，她都能忍受。他要是说决定和管樱复合，她再不舍也会退让。

可宋楚颐却说不会和管樱复合，却要和她离婚。他的眼神那么认真，他看着她的表情那么陌生。

长晴脑子好像突然空白了一样，也许是接受不了这个事实。

“宋楚楚，我承认，我那天不该走，我错了，可是当时管樱伤成那个样子……”长晴红着眼睛开口。

“是不是以后只要管樱不幸福，我就要成为弥补她幸福而随时被你推出去的那个人，你凭什么来决定我该找哪个女人？”宋楚颐冷笑，“你心里不也一直在后悔不应该选择自己好朋友的前任做老公吗？你嫁给我，不过是因为当时晏家急需要钱，所以你现在不需要在我面前假惺惺的。放心吧，就算离婚，我们宋家对晏家也不会撤资。何况，就算宋家撤资了，还有一个青梅竹马的傅愈随时为你们晏家填补空缺呢。”

他说话的时候，眼睛里的厌恶没忍住，流露了出来。

长晴仿佛明白了什么。她被他厌恶了，就因为她那天扔下他和傅愈离开了医院，就被他厌恶了。他以为她之前做的那些都是为了晏家得到宋家的帮助。他这几天一个电话都没有，也没回家，是根本不想在一起了。

想到以后都要失去这个人了，长晴忽然觉得很恐惧。她后悔了，后悔不应该有让的念头。原来有些事情当你让了第一步就真的开始失去了，这种感觉像极了当初站在院子里看着傅愈一家人离开。

她花了许多年的时间才能从头再来，那这一次又要到什么时候才能忘了这个人？

她要哭的表情有那么片刻让宋楚颐微微松动，但也只是片刻便打消了这个念头。

她最擅长的不就是这副可怜兮兮的表情吗？“找什么人都不要找戏子”，这话是当初展明惟说的，真是太有道理了。

手里的烟快燃到了尽头，他压灭在烟灰缸里，说：“没事的话你就先走吧，我这里等会儿有病人家属要来。”

他已经连多余的话都不想再说了。长晴脸色白得比外面的病人还要难看。

她突然明白，以前她有撒娇、发脾气的资本，是一个男人给予的，现在男人要收回他给予的东西，这些招数就都是多余的。

她哭，他只会反感；她闹，他只会厌恶。

长晴麻木地转身，离开办公室，回到车上，把车门锁了。

她是不是该高兴呢？从今天开始再也不用觉得对不起管樱了，再也不用想有一天她会和管樱为了一个男人撕破脸皮。

她想笑，可却哭了出来。

她不知道自己怎么回的观湖公馆，家里只有罗本在，以前每天这个时候会过来的王阿姨晚上也没来做饭了。

她收拾出衣服、鞋子，毫无章法地把东西全塞进箱子里。

罗本好像意识到了什么，嗷嗷地跟在她身边叫，乌黑的眼珠子急得要哭似的。

它没哭，长晴倒先哭了，抱着罗本哭得昏天暗地：“罗本……呜呜……以后我们可能再也没有机会见面了……你……乖乖听话点……别总惹宋楚楚……生气，不然他又不给你饭吃……”

罗本嗷嗷地叫得更加厉害。

晚上八点多，宋楚颐和死者家属谈完，疲倦地回到家里，罗本飞快地跑过来咬了咬他的裤脚，然后又往敞开的长晴房里跑。

从他的角度望过去，正好可以看到一个大行李箱。

他怔了怔，换完鞋走过去。

卧室里，基本上她当初带来的东西都差不多收好了，房间恢复得和她当初刚来这边时差不多，粉嫩的床单和被子是他买的，北极熊也是他买的，她都没带。

宋楚颐恍惚了一下，心里头竟蔓延出一丝空落落的感觉。

长晴拿着牙刷、牙膏和护肤品从浴室里出来，看到他站在门口的身影时眼泪差点又流出来，她使劲忍住，沙哑又迟缓地说："我……我想着……反正都要离婚了……决定先搬走……"

"搬回晏家去？"宋楚颐低声问。

"……不……不是，"长晴摇头，这时候搬回晏家，肯定会惊动晏磊，她现在还没做好心理准备，"我先去……我朋友家住一阵子，我怕我爸暂时接受不了。"

宋楚颐安静地注视了她一会儿，点头："这么晚了，明天再搬吧。"

长晴感觉心更碎了，上次也不是没提过搬家离婚的事，当时他还会说让她下次再搬，这次，直接说明天搬。

看来他也是没打算挽留自己了，她不知道自己还希冀什么。

"不了，我明天没……没时间，还要工作，早搬晚搬都一样。"她低垂着脑袋把洗漱用品塞进包里，眼泪落在手背上，不过被披散的头发挡住了，宋楚颐完全没看见，只当她恨不得立刻搬走。

"随你，"他按按眉心，"不过这么多东西你一个人搬不了，我找个搬家公司来帮你。"

他转身出去打了个电话。

长晴呆了呆。

搬家公司来得很快，他们帮她把东西搬上车。

离开时，罗本使劲咬着她的裤角不放，长晴没忍住还是哭出了声。

"罗本，给我回来。"宋楚颐冷冷地开口。

罗本嗷嗷地看着他，最后在他冰冷的眼神中耷拉下了脑袋。

长晴把钥匙放在鞋柜上，难过地说："钥匙放这儿了，你想好了离婚的日子随时联系我。"

门轻轻关上。

宋楚颐靠在沙发上，身体僵硬地慢慢倒进后面的椅背里。

这个家似乎又像以前一样安静了。

罗本跳到沙发上，将脑袋放进他怀里，模样难受。

宋楚颐摸摸它的脑袋，说："有些人只是生命中的过客，我才是你最终的归宿，知道吗？"

罗本摇摇尾巴，貌似呜呜地在心里默默呻吟：我可以不选择你这个归宿吗？

长晴连夜搬进了阮恙住的地方，阮恙经常在外拍戏，一年到头很少在家，两人关系好，干脆把钥匙交给长晴，拜托她帮忙照看房子。

今夜，也多亏了这把钥匙，才让长晴有了个容身之处。只是搬进去接连几个晚上，长晴都是害怕的，她害怕一个人过夜，尤其阮恙的房子是复式的，住着更显得空荡荡的。

几天后，阮恙从外地回来时，长晴刚好从电视台下班回来，穿着一件简单的牛仔裤、T恤，妆也没化，乳液也没擦，还有重重的黑眼圈，白净的小脸也很憔悴。阮恙看到后怔住了："你怎么把自己弄成这个样子了，不会是和宋楚颐吵架了吧？"

阮恙是唯一知道她和宋楚颐结婚的朋友，其余的人长晴不敢讲。

看到阮恙，长晴只觉得连日来压抑的痛楚全部找到了宣泄口："我跟……跟宋楚颐……要离婚了。"

阮恙吸气，扶额："因为管樱？"

"我……我也说不上来，"长晴用力地吸吸鼻子，声音终于平静下来些许，"他说我已经……把他让给管樱了，还说什么他不是物品，我说让就让，没尊重过他的感受。"

阮恙仔细听她结结巴巴地说了一通，大致才理清这些日子发生的事情："所以……宋楚颐请了搬家公司把你的东西和人送到了我家？"

"嗯，"长晴点着头，难受地说，"我怎么感觉……他巴不得我走似的，阮恙，你说他是不是讨厌我了？"

阮恙也气愤，在这段感情中，宋楚颐几乎是绝对的主导者，说结婚就结婚，说离婚就离婚，不过以长晴的个性完全无法取得主导地位也很正常。她叹气："唉，长晴，要不然你就想开点儿算了，离婚就离婚吧，当初傅愈的事你都走过来了，宋楚颐的事情也一定能过去。"

"阮恙……"她的话不像安慰，更像打击，长晴呆了呆。

阮恙无奈地说："宋楚颐说的那些话不是没有道理，如果管樱过得不幸福，他或许就要为弥补她的幸福而被你推出去。"

"我没有要把他推给管樱，主要是上次管樱救了我，她为了我受伤住院……"

"对啊，她为了你受伤住院，连这部很好的电视剧也错过了，"阮恙打断她，"你有没有想过，傅愈虽然答应下次的女一号还会给管樱，但你确定她以后就会红吗？娱乐圈里那么多新人，她们不漂亮吗，可真正能红的有几个？如果管樱以后红不了，或者受了苦、吃了亏，你是不是都要把这份责任全揽在自己身上？你觉得你没办法弥补，就只能用宋楚颐去弥补。长晴，你这种想法确实对宋楚颐不公平。他说得没错，他不是物品，他跟管樱分手是他的事，他要不要回到管樱身边也是他的事，就算你是他老婆，有些事你也没有资格去做决定。更何况确实是管樱对不起他，你不觉得这么做，对他确实不好吗？或者说，你完全没有尊重过他。"

长晴猛然惊醒，她突然意识到自己最近做的事有多愚蠢。

"所以我觉得你们离婚是好的，这样你也不用觉得愧对管樱，"阮恙拍拍她的肩膀，"我们晚上出去吃吧，吃完正好去医院看看管樱。"

长晴没作声，只是无精打采地坐在沙发上。

虽然阮恙的话没错，离婚了，她就不用觉得对不起管樱了。

但是离婚和结婚真的要像吃快餐吗？

夜晚的医院里，正在看电视的管樱看到她们俩一同来特别高兴："阮恙，你该不会是知道我住院了特意来看我的吧？"

"那是必须的，我好姐妹住院了，就算我在南极拍戏也得过来。"阮恙放下探视的礼物和鲜花，观察她的气色，"看来比长晴之前说的要好多了，不过天天这么躺着，怎么也没见你胖点啊。"

"躺着也难受呢，"管樱用鼻子闻了闻，"你们俩去吃火锅了？"

"你这狗鼻子，"阮恙大笑，长晴笑眯眯地点头，"我们吃重庆火锅了。"

管樱揉揉肚子："你们说得我口水都要流出来了，我也好想吃，每天清汤寡水的，吃得我嘴里一点儿味道都没。"

"等你好了，只要你想吃的我都请。"长晴失笑。

阮恙寻了张椅子坐下，忽然说："长晴说宋医生也在这间医院里，上次他还帮你教训了你弟一顿，今晚怎么没见他？"

管樱眼里流露出复杂的神色："我跟他现在还是分手状态，而且他今天代表医院去瑞士参加研讨会了。"

长晴蒙了，宋楚颐去了瑞士，她竟然比管樱知道得还晚。这种滋味真是比吃了苦瓜还要苦，而且心里某一处好像突然空荡荡的。

虽然是要离婚了，可她之前至少知道宋楚颐还在北城，还在这家医院上班。

瑞士是在地球上，可远得就像她和宋楚颐突然真的变成两个世界的人了。

“那他什么时候回来？”长晴问。

“总要去六七天吧。”管樱说。

长晴无精打采了。六七天，这么久，他不在，罗本怎么办啊？也有可能被送到宋家去了。

从医院出来，长晴兴致不高，阮恙也注意到了。系安全带的时候，她故意叹气说：“怎么办，看来真的是要离婚了，人家宋医生去瑞士都没告诉你。”

长晴忧伤地望向窗外，发了会儿呆，忽然气呼呼地一哼：“离婚就离婚，有什么大不了的，他以为自己是一朵高冷的花，平时对我冷嘲热讽，也没说过几句甜言蜜语，每天只知道病人、病人，就是一个医痴，他不要我，别的女人还未必受得了他。”

阮恙鼓掌：“说得太对了，不过他对你这样，你都能喜欢上，看来你真的太缺男人了，等我下次回来给你介绍几个优质的男人。”

长晴被吐槽得都无语了。

第二天，阮恙又飞新加坡去拍戏了。

长晴每天都在火辣辣的太阳下录节目，一想到宋楚颐在漂亮得如同童话世界的瑞士潇洒，整个人都不好了。尤其是想到宋楚颐长得那么帅，随时都有可能在国外艳遇一个金发洋妞，长晴就恨得大口大口地咬西瓜。

“注意形象，注意形象。”文桐着急地提醒。

长晴的心情实在是顾不上形象了。

晚上，左骞包场请《挑战到底》节目组的人看电影，是一部刚上映的美国大片。

看了不到十分钟，男女主角亲吻了，二十分钟，男女主角滚床单了。

长晴特别不爽地对左骞说：“你说他们外国人是不是太豪放了，这才见第一次面就滚床单，太不像话了。”

她一双乌黑的桃花眼在幽暗的电影院里生气的时候竟然闪闪发亮。左骞微微勾唇，轻声说：“他们外国人跟我们中国人在这些方面确实不大一样。”

一旁的朱嘉往嘴里扔了颗爆米花：“其实有些中国人也一样，对现在的人来说，一夜情就像爆米花一样。”

她语气一顿，忽然在长晴耳边小声说："我听说咱们总导演上回去法国学习，也跟一个女人发生了一夜情，当时有剧组的人亲眼看到。"

长晴偷偷瞅了眼不远处梅崇那张因为长了很多痘痘而凹凸不平的脸，被口水噎了一下。

国外的妞真是重口味，连梅崇这种货色都不放过，那遇到宋楚颐这种极品还不得倒扑了！

她狠狠地吸了一口饮料，电影都没心情看下去了。

转眼又到周三，长晴吃完早餐去电视台，路上接到自己姐姐打来的电话："长晴，我今早看新闻说张子芯跟左骞要在你们节目同台了，真的假的？"

长晴挺无语的："姐，你是我亲姐吗？去北京进修这么久也没见你主动联系我，好不容易联系我还是问八卦，我真受不了你。"

长芯特别不好意思地笑了："姐这不是太忙了吗？你要原谅姐，你也知道姐是张子芯的忠实粉丝，大学那会儿就特别迷恋她。我也一直希望她和左骞能复合，他们郎才女貌，多配啊。"

长晴叹气，外界的人倒是挺期待，倒是苦了左骞，要面对自己的前任："是要录啦，明天张子芯会来北城彩排，晚上录制。"

"天啊，真要同台，"长芯兴奋，"我好想亲眼看看张子芯，我要是回来，你能帮我拿到进去的票吗？"

"……能，"长晴无奈，"姐，明天又不是周末，你能回来吗？"

"我可以请病假跟人调班啊，明天下午就回，"长芯眉飞色舞地说，"对了，你老公好像也是明天下午的飞机到北京，说不定我们能坐同一趟航班回来。哎，要不我也邀请他一块儿来看吧？"

长晴一听，跟打了鸡血似的："你怎么知道他明天回来，你们有联系？"

"废话，我跟他同一家医院的，能没联系吗？我还让他给我从瑞士带了不少巧克力和香水回来，"长芯得意扬扬地说，"那边的手工巧克力特别好吃，他肯定也会给你带的。"

他们都要离婚了，哪里来的巧克力？她这个老婆真是混得连自己姐姐都不如。她很不高兴，她也想吃巧克力。

那边长芯还在自言自语："哎呀，我真羡慕你，有宋医生这么优秀的老公。他去欧洲出差都好多次了，以你这么拜金的性格，应该让他买了不少奢侈品吧，到时候分姐一点啊，不用多，一个包包就够了。"

长晴觉得再这么和晏长芯聊下去，肯定会气死的。

“你说你天天待在医院里，用那么好的包包干吗？别浪费了，”她气呼呼地说，“我要开车了，再见。”

“小气鬼，平时白对你好了。”那边，长芯对着手机埋怨。

电视台。

长晴和总导演梅崇说了自己姐姐也想要张入场券的事，梅崇倒是挺大方地给了她一张票，然后编导把刚弄出来的剧本给她。

长晴一看，这期节目上面安排了左骞和张子芯的各种暧昧。

她看了一眼眉飞色舞的梅崇，忍不住说道：“梅导，这剧本您给张子芯那边的人看了吗？”

“看了，人家经纪人都同意了，”梅崇心情好，难得跟长晴说话格外和颜悦色，“哎，你说这张子芯是不是还没忘了咱们左骞啊？”

长晴惊悚，梅崇跟她聊八卦，她怎么觉得这么诡异呢：“这个……我也不清楚啊。”

梅崇指腹摩挲下巴：“之前我邀请她，还以为会很难，没想到对方应邀还挺爽快的。”

长晴不喜欢别人背后议论左骞，但左骞是她老师，她又是个八卦的女人，实在没忍住也多了几分好奇，不过说话分寸还是注意的：“我当时来电视台的时候左老师和张子芯已经分手了，梅导，您和左老师认识最久，应该比我要知道得多些啊，他们不是大学同学吗，当年怎么就分手了？”

“据我了解，好像是张子芯太强势了。她是那种只要她认为对的，不管对方怎么想，一定要坚持的女人。”梅崇突然用一种奇怪的眼神看着她，神神秘秘地笑，“男人啊，普遍还是中意那种小鸟依人的女人。”

长晴被他盯得鸡皮疙瘩都起来了，开着玩笑说：“梅导，不是每个男人都喜欢小鸟依人的女人，好吧，我不相信左老师是那么肤浅的人。”

“你不懂，小鸟依人的女人让男人觉得舒服，太强势的女人让男人觉得累，百分之九十的男人都是这么认为的。”梅崇低笑一声，转身去忙了。

长晴去左骞办公室找他对台词。其中台词本上有一段是由她来问左骞和张子芯当初为什么会分手，这个问题相当尴尬，长晴很不好意思地对左骞说：“左老师，你要是不想回答这个问题，我在台上就不问，大不了被梅导骂一顿。”

“这个问题才是这次节目的炒作重点，”左骞很是无奈地一笑，文质彬彬的脸依旧是温和的，“我既然答应了，就证明已经放下了。”

长晴莫名有些伤感和惆怅："左老师，你和张老师都是很优秀的人，在我们眼里就像金童玉女……"

"长晴，相爱容易相处难，"左骞知道她要说什么，轻声打断，"我跟张子芯性格不合适，当初刚交往的那两年感情是挺甜蜜的，爱情还在，就算有矛盾也会彼此忍耐，但时间长了，那些矛盾就会将我们的爱一点点磨灭，再坚持就是勉强将就，慢慢变成仇人。"

长晴听得愣愣的，想到自己和宋楚颐。他们结婚后是在勉强将就着过日子吗？

她觉得没有啊，每天斗斗嘴、吵吵架……貌似过得也挺充实，也很甜蜜。

长芯说得对，如果她没有跟宋楚颐闹离婚，他这趟去瑞士说不定也会给自己带很多好东西。

她想要礼物，还特别不争气地想要这个老公。

第十七章　长晴吃醋

午间时分，电视台的食堂里。

文桐看着对面的女人无精打采地对着饭盒里的饭菜搅了二十多分钟，没好气地敲敲她手背："能吃快点吗？等会儿还要赶到剧组去拍戏。"

长晴双手捧脸，嘟嘴看着她："小文文，你说我要是跟宋楚楚说，我不想离婚了，他会不会看不起我？"

文桐呵呵笑了两声："他几时看得起你过？"

长晴无语，这么说好像也是。

下午，长晴有场戏是站在太阳底下，穿着厚厚的人偶衣服拍。

午后的阳光出人意料地火辣，苏导摇着扇子都觉得异常闷热，说道："这天太热了，用替身吧。"

"不用了，还是我亲自来吧，"长晴大义凛然地上前，"苏导，这是我第一次拍戏，很多动作我都想亲自完成，虽然穿着人偶衣服看不到脸，不过以前老师说过，肢体上的演绎才是最难的，我不想错过这么好的锻炼机会。"

"说得好，"苏导都被她说得热血沸腾，对剧组的其他演员说，"你们看看长晴，多有激情，不像你们，总是抱怨天太热，懒懒散散的，你们要多向长晴学习。"

池以凝嘴角轻撇，看长晴的眼神像看怪物一样，这种天气拍完后不中暑才怪。

苏导说完众人后，还是不大放心地对长晴说："长晴，你确定吃得消吗？"

"苏导，这点小热对我来说不算什么。"长晴不顾文桐的阻拦穿上了厚厚的人偶衣服。

里面闷热得像裹了一层棉被，长晴差点呼吸不过来，不过她要的就是这种效果，等她生病了，就可以打电话给宋楚颐了。

但她万万没想到，拍这场戏简直就像在40℃的高温下泡温泉一样痛苦。

好不容易拍完，长晴感觉自己全身都湿透了，也虚脱了。

文桐开车送她回晏家，路上一直在训斥："你是不是脑子坏了，要逞能也不是这么逞的啊，明天还有一场大型节目要录，你病了怎么办？"

"你别跟我说话，我现在想吐。"长晴无力地摆手。文桐气得直骂她活该。

回晏家后，长晴直接就上楼睡了。

第二天起床时，头昏眼花，还是想吐。想着下午要录节目，怕扛不住就找张阿姨要了点感冒药，吃完了才稍微好受些。

今天的电视台门口聚集了不少记者，所以长晴就从地下停车场上去了。

到录制现场时，张子芯已经到了，她着一身宝蓝色的连衣裙，身材娇小，半长卷发及肩，三十二岁的女人看起来却像二十出头，五官算不上特别惊艳，但十分有气质，是那种越看越美的女人。

长晴以前看过她不少电影，从大荧幕里看，她觉得张子芯的皮肤细腻又光滑，但今天亲眼看到本人时，才发觉她的皮肤并不是特别好，而且身材瘦小，但是气场强大。

"张老师，您好！"长晴赶紧向张子芯打招呼，"我特别喜欢看您的电影，尤其是上次的一部谍战片，您在里面演得简直太酷了。"

"是吗？"张子芯淡淡地笑了下，又转过脸去继续和现场编辑聊天。

长晴觉得很是尴尬。朱嘉正好看到这一幕，立即向她招手解围："长晴，过来下，我有点事找你。"

"那张老师，我们等会儿见。"长晴还是礼貌地跟张子芯打了声招呼，但是张子芯压根没看她。

她沮丧地朝朱嘉走去，说："我怎么感觉张子芯好像不喜欢我啊。"

朱嘉嘿嘿地笑了笑："说不定她嫉妒你呢。"

"我还嫉妒她呢。"长晴莫名其妙。

"她是嫉妒你总和左骞在一起啊，"朱嘉挤眉弄眼，"看来传言没错，她可能还没忘了咱们左老师。"

长晴无语，张子芯和左老师分手又不关自己的事。

下午四点多钟，长芯被文桐带进了演播厅。

长晴抽空过去跟她打招呼时，长芯拿着一盒手工巧克力正吃得高兴。

"这该不会就是宋楚颐给你从瑞士带回来的吧？"长晴憋屈地问。

“是啊，”长芯笑眯眯地递了一颗给她，“要不要尝尝，很纯。”

“不吃，”长晴扭开脸，又嫉妒又郁闷，“你们一起回北城的？”

“你怎么什么都问啊，”长芯疑惑，“他都没跟你说吗？”

“我这不是忙嘛。”

“忙也要关心关心自己老公啊，”长芯说，“对了，晚上医院一些人帮你老公他们接风洗尘，也叫了我，忙完后你要不要跟我一块儿过去？”

“……行啊。”长晴心里偷乐了一下，还是有姐姐在医院好啊。

录完节目将近十点钟，林亦勤的车来电视台楼下接了她们，然后去往北城一家挺热闹的KTV。

长晴一个人坐后座，长芯和林亦勤坐前面，一路上，长芯叽叽喳喳地一直沉浸在见到张子芯的激动和喜悦中。

林亦勤不时宠溺地看着身边的妻子，又捏捏她的脸蛋儿。

长晴这只单身汪在后面坐着，感觉受到了一万点伤害。

她想要老公，也想要被人宠着。

到KTV时，长晴先下车，在外面等他俩的时候，回头不小心看到林亦勤正在亲长芯。

长晴突然觉得脑袋疼得更加厉害了，鼻子也酸酸的，她也想要被人亲亲……

KTV厚重的包厢门从外面被推开，低沉好听的男音和悦耳动人的女音重叠在一起，一直传到包厢外。

长晴下意识地去寻找宋楚颐的身影，大概是太熟悉了，不用几秒钟便找到了，他手里拿着话筒，正在认真地看着前面的大屏幕唱歌。旁边一位模样端庄、长发及腰的年轻女人小鸟依人地坐在他身边，也拿着话筒，双眸还不时含情脉脉地望望身边的男人。

长晴只觉得身体里压制的气血突然噌噌地涌上脑门。

搞了半天，他竟然跟别的女人唱情歌，还唱什么“得不到的永远在骚动”，难不成她就是那个被他得到了所以不骚动的人吗？

“晏医生，你来啦，”包厢里一名三十多岁的女医生站起来朝她们招手，“呀，你这朋友怎么看着这么像晏长晴？”

她大声说了句，包厢里不少人都朝长晴看过来。

医院职位高一点的人大部分都知道前阵子宋楚颐众目睽睽之下抱着长晴去了高级病房，在大家眼里，这两人总是有些暧昧的。

突然听说长晴来了，大家下意识地又看了看宋楚颐身边的院长女儿余思禾。

余思禾警惕地看了一眼长晴，又看了看宋楚颐，见他放下话筒，朝门口望去。

“给你们郑重介绍一下，长晴其实是我妹妹。”长芯笑嘻嘻地推着长晴朝宋楚颐走去。

“哇，这真是一个劲爆的消息。”医院里一些不知情的医生顿时high起来。

“还有，还有，”长芯抬手示意大家安静，“长晴她还……”

长晴大约猜到她要说什么，赶紧捂住她的嘴巴，小声说：“够了够了，你别再说了。”

“怎么不能说了，你和宋楚颐是光明正大的夫妻，我跟你说，宋楚颐身边那个女人是我们院长的女儿余思禾，她一直对宋楚颐有意思，你给我过去，争气点儿，胆子别这么小。”长芯低声说完，推着长晴过去。

她力道用得比较大，长晴绊住一旁的桌角，眼看着就要往旁边一个陌生的男医生身上倒去，一只男人的手臂突然横伸出来，挽住她的腰。

长晴只觉得整张脸狠狠地撞在一片温软的地方，鼻子周围萦绕着一股熟悉的男性味道，她猜到是谁，心脏跳得差点窒息。

鼓起勇气抬头，宋楚颐正目光清冷地盯着自己。长晴窘迫地爬起来，想逃，但转念一想，自己还没离婚，还是他名正言顺的妻子，为什么要逃，想了想，坐在了他旁边。

于是，包厢里，坐在最中间的宋楚颐，左右两边各坐着一名美女。

众人面面相觑，既感到尴尬，又有些小兴奋。

莫非是两女争一男，一个是他们院长的女儿，另一个还是当红的女主持人。这画面，简直比娱乐八卦还有意思。

众人像打了鸡血似的看着他们三个人，副院长笑道：“楚颐，你可真有艳福啊！”

“副院长，您别打趣我了。”宋楚颐淡笑着放下话筒，一只修长的手臂突然很自然地搭在长晴的肩上。

众人一愣，长晴身体也僵住，她小心翼翼地悄悄瞄了一眼宋楚颐在昏暗中俊雅斯文的脸。他的嘴角始终挂着深不可测的淡淡笑容，仿佛没有看到众人震惊的目光，只是低头看自己的手机。

他身旁的余思禾脸色白了白，怔怔地看着他们，良久，才从喉咙里挤出一个声音：“宋医生，你和她……”

宋楚颐语调低沉地淡漠反问：“有什么问题吗？”

然后长晴看到一双漂亮的瞳孔突然变得暗淡无光。

她看得心里也有几分不是滋味，同时也有点感同身受，现在这个院长女儿的心情肯定和自己前些日子的心情差不多。

她叹了一口气，虽然声音很小，可宋楚颐还是听到了，他目光古怪地看了一眼身边的女人，她好像没什么精神，模样也恹恹的。

就这么不喜欢自己搭她肩膀？他脸色也臭臭的，要不是余思禾这个女人老烦他，连他唱歌的时候都要拿着话筒插一脚进来，他也不会为了让余思禾知难而退而搭长晴的肩膀。

他真是搞不懂世界上怎么会有余思禾这种女人，他都拒绝得那么明显了，她却还没有放弃的意思。

包厢里又闷又吵，长晴开始觉得头昏脑涨，胸口也闷闷的，开始是略带僵硬地坐着，后来慢慢放软，再后来姿势懒散，到最后不自觉地直接往宋楚颐胸膛上倒。

她娇软的身子倒在宋楚颐怀里时，他愣怔了那么几秒。

长晴今天穿了条纪梵希的新款流苏短裙，上面是无袖丝滑绸缎上衣，两只手臂白皙修长，腰肢纤细，胸口饱满。这样一个尤物倒在自己怀里，能坐怀不乱的绝对是君子。

宋楚颐一向不认为自己是个君子，尤其是她身上源源不断的热气传过来的时候，他不得不解开衬衣上面的一粒纽扣。但并没有好转多少，她身上的热气越来越重。

宋楚颐摸摸她的手臂，发现也烫得不正常。他终于意识到哪里不对劲了，抬手朝长芯招了招手。

长芯挂着满脸暧昧的笑走过去，小声说：“怎么啦？”

“长晴好像发烧了，你跟他们说一声，我先带她走了。”说完，抱着长晴就出了包厢。

“哎，楚颐怎么一声不响地就走啦？”大家都议论起来。

余思禾不服气地跺脚，直接站起来对长芯道：“晏长芯，你妹妹什么时候勾搭上楚颐的，你信不信我告诉外面的记者去，说她不好好做主持人，勾三搭四。”

“你说话注意点啊，我告诉你，宋楚颐和我妹妹可是合法夫妻。”就算她是院长的女儿，长芯也是有脾气的。

“什么，楚颐和你妹妹结婚了，不可能吧？”包厢的人都哗然起来，大家都觉得不可思议，倒是副院长想起上回宋楚颐亲自跟他打招呼让长芯去北京实习的事，他猛地明白过来。

余思禾脸色突然变得比猪肝还难看：“楚颐怎么会娶你妹妹，你少在这里糊弄人。”

“楚颐怎么就不能娶我妹妹了，我妹妹可是当红主持人。再说这件事宋家人都是知道的，”长芯板着脸说，“余医生，你随时可以去宋家问。”

余思禾呆住了。

副院长出来打圆场：“好啦好啦，少说两句，唱歌唱歌。”

众人立即也转过身，唱歌的继续唱歌，喝酒的继续喝酒。

虽然今晚这个消息让大家很震惊，不过一个院长的女儿，一个是未来院长的大姨子，还是谁都不要得罪为好。

宋楚颐抱着长晴上了车，长晴才昏昏沉沉地有些反应，费力地睁开眼睛，一眼就看到正在帮自己系安全带的男人。

奥迪A7的车里，空间并不算特别宽敞，他个儿高，弯着腰几乎挡住了长晴眼睛里的所有光线。

“这是……哪里？”长晴有气无力地询问。

“我车里，送你去医院，这个时间诊所都关门了。”宋楚颐板着脸，面无表情地说。

“噢。”长晴眨眨眼，身体往座椅里蜷缩了几分，现在感觉浑身都难受。

她闭上双眼，之前是想着感冒发烧了再打电话给宋楚颐，他是医生，肯定不会放任自己不管，到时候她再撒撒娇，让他放弃离婚的打算。可现在真的发烧了，她痛苦得什么都顾不上了，连说话的力气都没有了。

宋楚颐看她难受的模样，不由自主地加快车速。

三十多分钟后，在医院里，他扶着她往急诊室走。

长晴走了几步，便推开他，蹲在旁边吐了起来。

吐完后，清醒了点，看看地上的污秽物，再看看旁边紧皱着眉头的宋楚颐，她窘得要死。

之前还打算靠装病来惹他怜惜的，这会儿看到自己这副模样估计都想吐了，他会不会怪自己不文明随处乱吐。

她结结巴巴地解释：“太……太难受了，没忍住。”

“等会儿清洁工会来收拾的，先上去吧。”宋楚颐揽着她往前走，长晴干脆装脚软，有气无力地说：“没力气。”

宋楚颐没说什么，只是拦腰把她抱起来。

长晴小脸贴着他的胸膛，眼睛瞧着他锥形的下颚和流畅的脸部线条。他的臂膀很有力量，她一点都不担心自己会掉下去。

病了有人抱着的感觉真好啊，长晴闭上双眼。

宋楚颐一路把她抱到急诊室一张空床上。

一名女医生走过来说道："宋医生，她怎么了？"

"有点发烧，你去忙吧，我自己能搞定。"宋楚颐说。

"那行，要用什么药你跟护士说。"女医生说完就去忙了。

长晴无力地睁开眼看着他："你确定你一个剖脑袋的还能看感冒吗？"

"以前我在急诊室做了一年，没什么不会的。"宋楚颐出去拿了体温计放在她腋下，问她，"你哪里不舒服？大夏天的都能感冒，也是朵奇葩。"。

长晴噘嘴瞪了他一眼："就是天太热才感冒的，可能是……昨天在太阳下拍戏中暑了，再加上今天录节目的时候在水里玩游戏折腾了很久，感觉浑身都没力气了。"

"没气力你还能跑KTV去玩。"宋楚颐眉头顿时皱起。

长晴嘴唇嚅动了下："我姐难得回来一趟，我想多陪陪她。"

宋楚颐呵呵笑了两声："你姐姐恐怕不需要你这个电灯泡陪，她有你姐夫。"

长晴嘟嘟小嘴，哼唧："我头晕，浑身没力气，还口渴，你能给我倒杯水吗？"

宋楚颐一听，薄唇抿成了一条线，不过看她脸色蜡黄的模样，还是起身走了出去。

他前脚一走，长晴又开始昏昏沉沉了。

宋楚颐买水回来后，从她腋下取出体温计，高烧38.2℃。

他拧开瓶盖扶着她喝了点水。

长晴嘴巴干涩，下意识地张开嘴喝了两大口，又闭上眼睛昏睡了。

没多久，她只觉得手背上传来一阵疼意，睁开眼，他坐在病床边上，她的手就搁在他大腿上，针管插在她手背上。

他动作利落地贴好胶带，长晴迷迷糊糊地嘀咕："有个做医生的老公就是好。"

细弱如蚊哼的声音让宋楚颐动作一顿，他回头凝视着她因为不舒服而皱成一团的脸，心里叹了一口气。

宋楚颐修长的大手握着她柔嫩的小手放在病床上，正要起身，那只小手突然轻轻地钩住他的尾指，虚弱的声音传来："别走，我不想一个人待在这儿。"

他愣愣地看着被钩住的尾指，半天才说："我不走，坐边上。"

深夜十二点多，长芯和林亦勤来到医院的急诊大楼。

她直接问清楚宋楚颐带来的病人在哪儿后便赶了过去，到门口时，她和林亦勤的步伐缓了缓。

轻轻推开病房的门，看到长晴安静地躺在病床上输液，宋楚颐坐在椅子上看手机。听到动静，宋楚颐回头，站了起来。

长芯轻声问："她怎么样了？"

"中暑，烧还没退。"宋楚颐冲林亦勤点了下头算是打招呼。

"这丫头，也太不会照顾自己了。"长芯没好气地摸摸长晴的额头，还是挺烫，"这要打几瓶？"

"三瓶，"宋楚颐看看时间，"可能要到两点了，你们回去吧，这里我守着。"

"楚颐，辛苦你啦，"长芯感叹，"这丫头从小身体就不好，我平时让她多锻炼，可她懒得要死，平时能坐着绝对不站着。有时间，你督促她多运动运动，她要是发懒，你打也行，骂也行。"

宋楚颐挑眉，似笑非笑："确定打也行？"

长芯哈哈一笑："我就开开玩笑，那行，我就先走了，有你在，我也放心。"

从病房里出来，长芯把包塞到林亦勤手里，扭头去了走廊尽头的洗手间。

女洗手间里，她刚站起来，听到外面进来的脚步声。

"哎，你晚上有没有看到宋医生抱了一个女人进来？"突然，一个女人问。

长芯猜想可能是某个值班的护士，心中一动，便没急着冲水。

"看到啦，没看清楚是谁，"又一个护士闲傣地说，"反正宋医生最近这绯闻挺多的，上回不是看到他和那个管樱吗？后来又是晏长晴，又是余医生，不过我瞧着管樱上位的机会挺大的。"

"我也这么想，我听说管樱住院的那段时间，宋医生每天都去，还把人家妈妈照顾得特别仔细。上回好像有人在管樱病房闹事，宋医生还带着保安过去把人家给教训了一顿。"

"那这么说余医生是没机会了。"

"医院里谁不知道余医生是一厢情愿啊。"

长芯一直等到两个女人离开，才慢慢地从里面出来。

林亦勤等了一阵，见她出来，脸上表情不太好，忍不住笑着打趣："怎么，便秘啊，进去一趟心情都不好了。"

"你才不好，"长芯生气地往长晴病房走，"我要去找宋楚颐，问问他和那个管樱到底怎么回事。”

她真是来气，宋楚颐怎么莫名其妙地跟管樱勾搭上了，之前管樱不是跟傅愈在交往吗？怪不得她总觉得长晴今天情绪有些不对劲，原来这两人之间有问题了。

“你走慢点，”林亦勤在后面劝，“有什么事儿慢慢说，毕竟宋楚颐帮了你。”

“帮了我就能够对不起长晴了？我告诉你，没门儿！”长芯气呼呼地说，“就算他长得帅，医术比我高超一百倍都不行。”

这边，宋楚颐刚帮长晴换了药水，紧关的房门突然被外面一股力量推开。

长芯漂亮的脸蛋上阴沉得很：“宋楚颐，你能出来一下吗？我想跟你聊聊。”

宋楚颐感觉到她的变化，眉头一皱，还是点头走了出去。

一出门，长芯也不掩饰，生气地说：“刚才我听说了一些不好的事，这段时间你和长晴是不是发生了什么事？你和管樱又是怎么一回事？我听说她住院的这段时间你对她关怀备至，连她妈都照顾得无微不至，管樱是长晴的闺密，现在社会上很多男人都容易和老婆的闺密有一腿，不会你……你……也……”

林亦勤怕她没弄清楚事情，说得太难堪，赶紧拉住她说：“好啦，先问清楚再说，”接着语气一顿，“楚颐，虽然从长芯到晏氏，你帮过不少忙，但是不代表你帮了忙，对这段婚姻就能不尊重了。”

宋楚颐眼眸深处划过一丝淡淡的疲倦，他坐了十多个小时的飞机，再加上现在已经凌晨，实在困乏，并不想谈这些事，但目前也只能坦白了：“管樱是我前女友，这点长晴早就知道了。”

长芯一愣：“管樱不是跟傅愈吗？”

“大概是……她为了事业选择了傅愈，背叛了我，”宋楚颐淡淡地耸耸肩，“我帮管樱是因为管樱家庭很不好，这些日子她和她妈同时住院，也没个人照料。而且管樱住院也是因为拍戏的时候舍命救了长晴，再者她是长晴的朋友，作为一个医生，难道我帮她一把有错吗？”

“这个……”长芯被堵得哑口无言。

“不过你既然说起了这事儿，那有些事我也不瞒你了，”宋楚颐思虑了下说，“我和长晴确实打算办理离婚手续了。”

长芯被这个消息打击得身体狠狠地晃了晃：“为什么要离婚，你们才结婚多久？”

“我想这也是长晴希望的，”宋楚颐蹙了一下眉，抿唇说，“长芯，你也不用瞒我，你妹妹不是从小就喜欢傅愈吗？”

“等等……”长芯抬手，“你的意思是长晴想跟你离婚，然后和傅愈在一起？”

宋楚颐缄默不语，那两个人到底怎么想的，他不清楚，他只知道他说过很多次让长晴离傅愈远点儿，她都不听，还越走越近。他的耐心也是有限的，作为一个男人，他没法大度宽容，也有些力不从心。

“不可能，这中间肯定有误会，”长芯认真地说，“长晴胆子小，她根本就不敢有这种想法，我是她姐，我最清楚了。而且她跟你结婚了，婚内背叛的事她是绝对不会做的，说要离婚的事也是你开口说出来的对不对？长晴她是不会说这种话的，虽然她平时大大咧咧，迷迷糊糊的，可她在大事儿上不糊涂，结婚了就绝对不会轻易说离婚，没有人比我更了解她。”

宋楚颐嗓音清冷地说：“说不定她就是在逼我说离婚呢？”

“楚颐，你会对长晴有这种想法，我觉得肯定有误会，”这次，连林亦勤也开了口，“长晴没什么心眼儿，她根本做不出来这种事。”

“就是，”长芯也生气地附和，“而且我觉得长晴现在心里是喜欢你的，今天晚上她发着烧，我这个做姐姐的疏忽了，压根就没注意，还问她要不要一起过去给你们接风洗尘。现在想想她当时可能就很难受了，只是她听说你在，就跟着一起来了，她脸皮儿薄，有些话可能不好意思说。”

宋楚颐闻言怔了怔。

林亦勤点头：“确实是这样的，以前我和长芯在一起时，长晴从来都不会去当电灯泡，今天晚上她肯定是为了见你才去KTV的。”

“是啊，”长芯心疼自己的妹妹了，“以前医院活动，她什么时候跟我来了？就今天来了，你们再好好沟通沟通吧。像我跟亦勤结婚这么久，吵得厉害的时候也不是没有过，但我们从来都不会说离婚，除非这个人真的让你无法忍受，不愿意继续走下去了。”

长芯夫妇离开后，宋楚颐站在走廊上很久都没有动弹，苍白的灯光将他的身影拉得很长。

病房里，长晴睡得正沉，被叫醒的时候，她老大不高兴地翻过身，还往被子里赖了赖，十足的小孩子模样。

“烧退了，该回家了。”宋楚颐无奈地打横抱起她软软的身子。

不是他非要这么晚叫醒她，让她回去睡，实在是医院病人多，病菌也多，没大病的人能少待就少待。

长晴窝在他宽阔的怀里被他抱着走了一阵，起初睡意浓，等上车后却没那么想睡了，她低头看了下手背上的针孔，连什么时候拔掉的她都不知道。

她悄悄看了一眼身边认真开车的男人，盛夏的深夜里，微微敞开的车窗有风吹拂进来，他一头乌黑的头发也被吹乱了些许，看起来少了几分精神，多了几分颓唐。

他一只手放在方向盘上，手腕上黄花梨的佛珠泛着沉静的光泽。

长晴安静地盯着那串佛珠，她一直就很好奇一个男人的手上为什么会戴佛珠，难道他信佛吗？

他脑袋微微一动，似乎要转过来。长晴下意识地又闭上双眼，不想让他知道自己醒了，不然他可能会把自己送回晏家或者阮恙家，她现在生病了，不想一个人。

车子在观湖公馆停车场停下后，宋楚颐看着她轻颤的睫毛，嘴角溢出一缕笑意。

抱着她打开房门，罗本第一时间过来迎接，它今天似乎格外兴奋，大晚上汪汪地叫起来。

“别叫。”宋楚颐瞪了它一眼，走进一旁的次卧。

罗本也卖力地甩着尾巴跟上来，还一个跳跃矫健地跳上床。

宋楚颐黑脸，他才不在几天，这家伙胆儿就肥了，敢跳床了，他把长晴放下，盖上被子，直接揪了罗本出去。

长晴立即睁开眼，捂着脸滚进被窝里，但没多久，又感觉热。

虽然搬出公寓没多久，但这几天气温噌噌往上升，她床下还垫着棉被，上面又是蚕丝被，热得出了一身汗。长晴只好爬起来找空调遥控器，但找了很久都没找到。

正在这时，房门被打开了，宋楚颐臂弯里挂着条薄被，看到她弯腰拿手机当手电筒在房间里四处翻找的情景愣了愣。

长晴也愣住了，她完全没想到宋楚颐会进来，自己这姿势、这动作，感觉好像小偷一样。

她窘得满脸通红，忙弱弱地解释：“我被热醒了，在找空调遥控器。”

“找遥控器就找遥控器，开灯就是。”宋楚颐打开墙壁上的灯，忽然明亮的灯光一下子照得长晴的脸红通通的。

她硬着头皮说：“你把遥控器放哪儿了？”

“你现在这个样子不适合开空调。”

“但是热，都没铺凉席。”长晴可怜巴巴地望着他。

宋楚颐安静地看了她片刻，才低声开口：“要不然……去我房里睡吧。”

空气仿佛突然凝固，长晴的眼睛看向别处，点点头。

宋楚颐转身走了出去，长晴跟在他后面，进他房间后，她累得很，下意识地往床上爬。

“哎，等等，把衣服换了，刚在医院待了那么久，有病菌。”宋楚颐从衣柜里拿了件黑色的男式T恤给她。

长晴撇嘴，有些不高兴：“你嫌弃我啊，我还感冒了呢，浑身都是病菌……”她后面一句“要不然我还是去隔壁睡吧”硬生生地忍在喉咙里没说出来。

“我的意思是医院里病人来来往往的，病床上也不见得有多干净，何况你还在病床上睡过。”宋楚颐无奈地重新解释。

长晴接过T恤，嘴上还是忍不住埋怨：“你们医生就是麻烦。”

“等你在显微镜下看到细菌后你就不会这么说了。”宋楚颐转身去浴室洗澡。

长晴磨蹭着把衣服换了。

虽然烧退了，可全身还是没多少力气，穿上T恤后她发现衣摆正好到大腿处，她身上穿了条裙子，这样睡觉难受，而且宋楚颐也不喜欢她穿着在医院穿过的衣服睡觉。

想想，她还是脱了。露出的两条雪白大腿让她不大好意思，于是拿被子盖住了身子。

她起初是想等着宋楚颐出来的，可听着里面那哗啦啦的水声，没多久竟睡着了。

宋楚颐洗完澡出来，看到盖在她身上的薄被已经几乎全被踢掉了，黑色的男士短袖衬得她皮肤晶莹又雪白，再往下，他幽深的眼眸微眯，注视了她片刻，把薄被重新帮她盖了盖，然后躺到床的另一边拿被子盖住了肚子。

他也是很累了，一躺下，浓浓的睡意便席卷而来，只是熟睡的时候隐隐约约感觉到一个热腾腾的身子滚到他身上。

他眼睛吃力地睁开一条缝，看到压在自己身上的女人，筋疲力尽地把被子拉上一点，不到一秒钟便又睡了。

两人睡得都很晚，第二天早上谁都没醒，还是后来罗本饿得慌，不停地挠门。

宋楚颐睁开眼睛，趴在她胸口熟睡的女人也慢慢睁开了困倦的双眼，一双蝶翼般的睫毛轻颤地睁开，迷迷糊糊的桃花眼水汪汪的。

宋楚颐的睡意就被那双蛊惑人心的眸子给彻底驱散了，他乌黑的眸子幽暗地注视着她。

四目相视，长晴脑子空白了三秒后，猛地意识到自己正趴在他胸膛上，尴尬得面红耳赤，赶紧爬起来背过身去，懊恼地咬住下唇。

她快忘了，他们是要离婚的人了。

“还有没有不舒服？”良久，他打破了沉寂。

长晴的下巴抵在膝盖上，小声说：“比昨天好多了，不过现在胃不舒服，好饿。”

“你昨天全吐了，肚子饿了很正常，我去弄早餐。”宋楚颐走了出去，打开冰箱，一个星期没回来，王阿姨也没来，家里基本上没食材了。

他想了想，干脆熬了点粥。

弄好后，发现长晴还慢吞吞地在洗手间里磨蹭，她牙刷、毛巾都带走了，这会儿正用食指代替牙刷在使劲擦牙，擦得满嘴都是牙膏泡沫。

宋楚颐从洗脸架上扯了自己的一条毛巾扔给她：“用这个洗把脸，快出来喝粥。”

他转身出去，长晴捧着手里这条干净的天蓝色毛巾，用水打湿，擦脸时，整个脸上好像都有宋楚颐的味道。

洗漱完出来，餐桌上就一碗简单的瘦肉粥，上面连葱花都没撒，只漂浮着几滴芝麻油，旁边一个白水煮鸡蛋。

“王阿姨最近没来，将就下吧。”宋楚颐低头专注地剥着鸡蛋壳。

长晴心口添堵，她一走，他就连王阿姨都没请了吗？

“吃完早餐把药吃了，”宋楚颐似不经意地继续说，“今天你休息？”

“下午拍戏。”长晴喝了口瘦肉粥，味道挺淡，但是熬得浓稠。

他点点头：“昨天你打点滴的时候，你姐和你姐夫过来看你了。”

长晴一愣：“你怎么没叫醒我？”

他看了她一眼，没作声。

长晴搅了搅碗里的粥，这时，她房间里的手机响了。

她进去找手机，电话正好是长芯打来的：“你烧退了吧？”

“嗯，”长晴揉揉眼睛，“你什么时候回北京？”

“我下午的飞机，中午一起吃中饭吧，就我和你。”长芯一副不容人拒绝的口吻。

长晴莫名有种不好的预感：“不叫爸？”

“不叫。”

挂掉电话出来，宋楚颐碗里的粥差不多见底了，长晴想着刚才姐姐的语气，心里七上八下：“你……你昨天跟我姐说了什么吗？”

宋楚颐淡然深沉的眼睛又看了她一眼，说：“我跟你姐说了我们要离婚的事。”

长晴分外不是滋味，低着头，眼眶酸酸涩涩的：“你就这么……想跟我离婚吗？”

宋楚颐看着她颤颤的睫毛，眸中清幽的光一闪。

她紧咬着牙根，声音低弱得像是从鼻子里发出来的：“我就……这么让你……讨厌吗？”

她用力捏紧勺子。

她知道，自己论美，美不过管樱；论聪明，不如阮恙，又不体贴，又骄纵。可是，她总该有一点儿值得让别人喜欢的地方吧。

以前是傅愈，现在是宋楚颐。

每当她觉得自己也可以拥有喜欢的人时，老天爷就会不留情面地继续让她一个人。

宋楚颐复杂地看着她，脑子里想着昨晚长芯说的话，难道她是真的喜欢自己？

可是如果喜欢，那她和傅愈到底又是怎么一回事呢？

他摁摁眉心，尽可能和颜悦色地说：“长晴，我更希望你搞清楚自己到底想要怎样的生活，想要跟怎样的人在一起，我并不想见到自己的妻子和别的男人出双入对，不过如果是傅愈，我还是奉劝你一句，就算你们青梅竹马，你也未必能驾驭得了他。”

长晴呆呆地看着他：“我跟傅愈哥根本就没有什么啊。”

“没有什么？”宋楚颐薄凉的唇扯了扯，“管樱的病房里，你明知道我在，却任由他拉着你离开，你们一整夜都在一起，是吧，你没有解释，没有电话，没有短信，没有道歉……长晴，你有没有一点儿为人妻子的自觉？”

“我……我那天是因为心情不好，”长晴脸色苍白地解释，“我自己脑袋当时也是一片空白，后来我回过神来时发现已经到了郊外，我没办法，只好跟他吃了饭。他又说沈阿姨一直想见我，我去他别墅只是看沈阿姨，沈阿姨对我来说就像妈妈一样，她留我吃饭，到晚上又下大雨，我根本不好开车，所以就睡在那里，但我是跟沈阿姨一块儿睡的，我从来没有想过还要跟傅愈怎么样。”

“你不想，可是他想，”宋楚颐眼神不由自主地变得凌厉，“因为你们之间有一个沈璐，再加上你们一块儿长大，所以你跟傅愈的关系才更加牵扯不清，将来傅愈会没完没了地利用沈璐这个借口来找你，现在只是开始而已。长晴，该不该离婚这个问题，应该问你自己，我的心没有那么宽广，下次，我不确定会不会对傅愈做出一些我没办法控制的事情来。”

他说完最后一个字，面无表情地端着碗进了厨房。

长晴看着他的背影，猛地想起那天在医院里他冷漠又凶狠的模样，打架手段利落又干脆，看起来就像是经常打架的人。

她冷不防打了个哆嗦，又有些失落。

下午两点多钟，长晴赶去片场，一天没来剧组，突然发现自己好像被彻彻底底地孤立了。

之前拍戏时有些演员见她和傅愈关系不错，平时导演又对她照顾有加，早就有了眼红之心，只是剧组的工作人员对她不错，再加上有管樱在，她也不觉得难以忍受。

如今管樱被新来的赵姝取代了，也不知道赵姝用了什么法子，竟然在短短几天之内让剧组的人都围绕着她，就连池以凝、何咏穗都跟她谈笑风生。

长晴几次凑过去想和她们一起聊天，但不知大家是有意还是无意，她没说上两句就被人打断了，然后大家仿佛忽略她似的继续聊。

一来二去，她也不想过去了，大部分时间都是和文桐单独坐在一边。

文桐剥了个橙子给她，安慰道：“这还有一个多月要拍，忍忍吧，我打听过了，这个赵姝和管樱在上纬都是新签的艺人，也是同公司的竞争对手，池以凝和她套了几次近乎，说你跟管樱是朋友，再加上苏导现在偏向你些，所以她现在看你很不顺眼。”

长晴郁闷：“你怎么知道得一清二楚的？”

“呵呵，只许赵姝天天送这送那讨好剧组的人，我就不能了？”文桐说，“你只管拍好自己的戏，她们爱怎么样就怎么样吧，到时候电视剧播出来，观众看的是演技。”

长晴虽然觉得她说得有道理，不过到底是有些失望的，尤其是在爱情不顺心的时候，做什么都格外难熬。

第十八章　深夜挽留

晚上拍完戏，长晴回了阮恙的公寓。

文桐约了男朋友，没时间陪她。

长晴一个人守着两层楼的房子，空荡荡的，她把家里的电视机、灯全部都打开，却还是有些害怕。

她想着拍戏的时候孤零零一个人，到了晚上还是孤零零一个人，想回家又怕爸爸询问。

浓浓的伤感扑面而来。突然，四周变得一片漆黑。

停电了！

她蒙了，心里莫名地感到恐惧。

她忙找手机，在床上摸索了半天，好不容易找到，打开手电筒，只有幽幽的暗光，周围一片黑暗笼罩着她。

她胆战心惊地下楼，打开外面的房门，发现外面有电，电梯也在运行，只是房间里没电。

她赶紧打阮恙电话，没打通，手机电话簿被她翻了一遍，最后停在宋楚颐的号码上，她鼓起勇气拨出去。

“怎么了？”

此时，宋楚颐正在宋家和宋楚朗下象棋。

“我这里没电了，”长晴弱弱地说，“我怕，你可不可以来一下？”

电话那端沉静了几秒，宋楚颐才重新出声：“告诉我地址。”

当长晴告诉他地址后，他放下手机，对宋楚朗说：“今天到这里吧，我有事出去一趟。”

宋楚朗盯着棋盘冷淡地开口：“晏长晴打来的？”

“我先走了。”宋楚颐站起来转身离开。

他到达长晴说的小区，坐电梯上去，一出来，便看到长晴蜷缩在门口，黑色的长发盘成了丸子头，身上还穿着粉色睡衣，上面套了件外套，见他来了，乌黑的眼睛顿时有了光彩，紧接着又蒙上了一层委屈的薄雾。

他眉头微皱，她站起来忽然扑进他怀里，弱弱地说：“突然停电了，我好怕……”

这一切发生得太突然，宋楚颐倒愣住了。

他低头，看着她脖子上那一截白皙如羊脂膏的肌肤，再刚硬的心这一刻也变得柔软了。

他轻轻推开她，拉开门走进去：“是不是没电费了？”

长晴拽着他的衬衣跟在后面：“我打电话给物业公司问过了，还有电费。”

宋楚颐打开手机上的手电筒，明明四周还是黑漆漆的，可长晴望着面前高大的背影，忽然就没有那么害怕了。好像有他在，一切都是安全的。

“总闸在哪里？”他四处张望地问。

“我不知道啊。”长晴摇头，她对这些完全不了解。

宋楚颐只好自己找，好在他有经验，很快便在一幅画后面找到了总闸。

长晴一直跟在他身后，他一转身便不小心撞到她，他无奈道：“你先坐着，我检查看看，可能是总闸坏了。”

“那怎么办？”长晴茫然地看着他说，“我家别墅每次电路坏了，都是我爸或者物业派人来修。”

“我试试看吧。”他捣鼓着总闸。

长晴站在旁边给他举着手机照亮，眼睛一眨一眨地看着他忙碌，认真的男人似乎格外迷人，连拧螺丝的模样都是那么好看。

灯重新恢复明亮的时候，她的眼睛被刺得酸了一下，揉揉眼睛，她满脸难以置信：“这都能被你修好，你也太厉害了吧。”

明亮的桃花眼一脸崇拜地仰望着他，宋楚颐极度不适应地握拳咳嗽了声：“这个其实挺简单的，我以前在美国留学住宿的时候常常出现这种情况。”

“都是你自己修的吗？”长晴问，她佩服得都不知道该说什么了。

女人都会崇拜能干的男人，尤其她这种什么都不会的人更容易崇拜人。

以前她以为他只会医术，没想到连家里这种基本的小问题也能搞定。

其实有他这个老公挺好的，长晴觉得自己现在更不想离婚了。

“嗯，”宋楚颐把总闸外面的画重新挂上，“不过我建议你朋友回来后，还是让她换个新的总闸开关比较好，这个下次还是容易出现短路的情况。”

他说完转头，看到从一楼到二楼的墙壁上，挂了一幅巨大的写真照，照片里的女人烈焰红唇，浑身上下散发出一股极致的艳丽美。

“这就是这间房子的主人？她也是管樱的朋友，对吗？”

“是啊。”长晴忙点头。

“她怎么不在，这些日子都是你一个人住？”宋楚颐皱眉回头问。

“她……她在外面拍戏，平时回来得比较少，”长晴仔细研究他平静无波的双眼，“你不会不知道她是谁吧？”

“她不就是你和管樱的朋友吗？”

长晴表情变得怪异，说：“她是阮恙。”

“噢。”他表情平静地应了声。

长晴没办法淡定了：“阮恙超级红的，话题度超高，是最年轻的影后，每周起码要上两次热搜。”

“我对这些没什么兴趣，”宋楚颐淡淡地说，“我只知道屠呦呦研制出抗疟新药青蒿素和双氢青蒿素，获得了诺贝尔奖。”

长晴嘴角抽搐：“还知道别的吗？”

“最近一些非法疫苗流向了不少省。”

长晴：“……你怎么跟我爸一样。”

宋楚颐皱眉：“你竟然拿我跟你爸比？”

长晴撇嘴：“哪有，我爸在我眼里是全世界最迷人的男人好吧。”

他挑眉。

长晴转过身去，抬头望天花板：“不过，你只比我爸差那么……一丁点儿。”

比全世界最迷人的老爸差一点。爸是第一，他是第二。

宋楚颐回味过来，漆黑的眸子里闪过几许笑意：“我真有那么好，你确定不是傅愈吗？”

长晴听着他依旧那么清冷的声音，心里有一半不大高兴，这个臭男人，夸他两句就当真了，也不检讨检讨自己说话有多刻薄。

不过心里还是有一些羞涩，这么直白地暗示，她还是头一回，简直跟告白一样。

“傅愈不一样，你才是我老公啊，”长晴扭捏地小声回答，“我以后肯定会多注意的，但是沈阿姨对我从小就很好，我不可能不理会沈阿姨。这样吧，以后我只要去看沈阿姨，都叫上你，可以吗？”

宋楚颐看着她的后脑勺，就能想象她现在的模样，肯定是红通通的小脸蛋，桃花眼里都是羞涩。

他目光落在她耳朵上，发现也红了。

他竟然觉得诧异，这些日子里她的一颦一笑经常出现在他的脑子里。

“以后你去看沈璐都要跟我汇报，但凡有关傅愈的事都要通过我的批准才能去做。”宋楚颐薄唇终于微微松动。

长晴一呆，这是等于他同意不离婚了？可是这口气也太霸道了吧。

她噘起小嘴回头，长而纤细的睫毛微微上掀，眼珠里流露出懊恼：“你只说我，可是你自己呢，还跟那个余思禾一块儿唱情歌。”

跟她都没唱过，还跟别的女人一起唱。

“是我自己唱歌的时候，她非要插进来唱，关我什么事？”宋楚颐扫一眼她，“我至少没像你一样睡在别的女人家里吧。”

“不是说了那天晚上下大雨吗？”长晴闷闷地低头，“我又不是故意的，我保证下次不犯了还不行吗？”

她认错的态度还是良好的，宋楚颐比较满意：“你今晚是跟我回去睡，还是在这儿睡？”

长晴心里一喜，看看自己的睡衣，不大好意思地说：“今天有点累了，不想再换衣服了，要不然……你睡这儿好不好，我一个人害怕。”

这么一个娇滴滴的美人挽留自己，宋楚颐想答应，但又觉得不妥：“不大好吧，这里是你朋友家。”

“没关系的，反正她都不会回来，一年三百六十五天，这房子三百天没人，”长晴拽了拽他的衣袖，“我跟阮恙关系很好，她家里的钥匙我都有的，她说这房子随我住。”

“人家说随你住，你就真随便住了，”宋楚颐忍不住捏捏她脸上嫩嫩的肉，“脸皮真厚。”

“你才脸皮厚，”长晴红着脸瞪他，“你不懂，我跟阮恙的感情特别好，她是饭卡里只有五块钱，也要和我一起吃的人。”

“好啦，我下去买个牙刷，等会儿上来。”宋楚颐亲亲她的额头。

很久没被人亲过额头的长晴呆了呆，心里的喜悦像泛滥起的泡泡，一个个地往大脑里升腾。

长晴按捺住自己的欣喜，软绵绵地说：“我想吃零食和水果，你帮我买点海苔、布丁和樱桃好不好，门口就有家超市。”

“好。”宋楚颐真想告诉她这么晚吃零食不健康，不过看她可怜巴巴的眼神，还是点了点头。

看着他出门离开后，她兴奋地跳上沙发，拿着抱枕又蹦又跳。

“Yes！”她现在感觉像谈恋爱了，也有老公疼了。

她第一时间冲回卧室，把房间里乱七八糟的衣服塞进柜子，洗完澡没洗掉的内裤迅速地用手洗了。

半个小时后，她感觉差不多了，门外也响起了门铃声。

她忙去开门，宋楚颐提了一袋子东西进来。

长晴欢喜地捧了过去，翻着零食，翻了一阵，她觉得有个小盒子很陌生，拿出来一看，脸噌噌地热了，害羞地瞪了身边的男人一眼：“你怎么连这个东西都买回来了？”

宋楚颐双手插裤袋，眼神幽深且愉悦：“我本来不打算买的，不过看你大晚上要吃这么多零食，为了你好，我觉得睡觉之前帮你做点运动会对身体有帮助。”

“……不要脸。”长晴瞪他。

流氓就算了，还说得好像在做什么为她好的事情。

“我都是为你好，”宋楚颐撩起唇角的笑，“你发烧的时候，你姐说你平时太缺乏运动了，要我督促你。不信，你去问你姐。”

“我姐说的运动你确定是这种运动吗？”长晴真被他的厚脸皮给打败了。

宋楚颐歪头思考了一下，片刻后似笑非笑地看着她：“要不然打电话问问你姐，到底是哪种运动？”

“你讨厌。”这种事情怎么好意思问，羞死人了，长晴打了他胸膛一下，听不下去，羞得往楼上跑。

宋楚颐揪住她的胳膊，手臂微一用力，长晴轻盈的身体一下子回到了他的怀里。她还来不及反应，熟悉又陌生的吻汹涌地落了下来。

他一只手扣着她的腰，长晴被他吻得腰部往后拱，好在她腰力极好，不过不一会儿还是被他吻得脸如赤霞般灼热，胸口也软绵绵的，浑身滚烫无力。

最后她整个人快倒下去时，他强有力的臂膀再次把她拉了回来。

他坚硬的胸膛抵着她酥软的胸部，吻顺势落在她的脖子上。

长晴心跳如擂鼓，结结巴巴地紧张道：“你……你先洗澡。”

他放开她，眸色幽深：“好，在哪儿洗？”

长晴面红耳赤地指了指楼下的浴室。

“你先吃东西补充点儿体力吧。”他勾勾唇，拿了洗澡用的东西去了浴室。

长晴心如小兔乱撞般拿了樱桃去厨房洗。洗了一颗，她吃了，缓解紧张，可是好像这样对消除紧张也没起到多大作用。

虽然她知道自己主动留他，又告白，两人晚上可能会发生点什么，但是当他真的把那种东西买回来的时候，也等于彻彻底底暗示了他的想法。

她不是不愿意，只是好紧张，因为前两次的体验都不是很好，她还有些许害怕和不知所措，连手和脚也一直在哆嗦。

浴室门打开时，盘子里的樱桃被她吃了一半。

后面脚步声传来时，她不敢回头。

一股和她身上同样香味的沐浴乳香味道飘了过来，长晴不得不硬着头皮回头，他腰间仅系了一条浴巾，全身蜜色的肌肤，腰线修长匀称、紧绷，从头顶到脚底找不出一丝赘肉。

洗完澡后的宋楚颐身上似乎格外热，还没靠近他，长晴便觉得身上要被他烤焦了一样。

长晴往后退了一步，后背撞到厨房台上。

宋楚颐玩味地勾勾唇：“你自己一个人吃，也不喂我。”淡淡的男性气息吹拂在她脸上，犹如春风吹过大地，花园里泛起了桃花红。

“你自己不会拿啊。”长晴躲闪地说。

“好，我自己拿。”宋楚颐拈了颗樱桃。

深红的樱桃衬得他白皙的手指修长又有骨感。

长晴看得呆了，一个人的手指怎么可以这么好看。

看着她傻乎乎的模样，宋楚颐忽然把樱桃放到了她唇边。

长晴傻乎乎地张嘴，咬破了樱桃的汁肉，他低头，猛然覆上她的唇，明明是带点微酸的樱桃这会儿只剩了甜味。

两人密不可分的唇微微分开，长晴平常顾盼生辉的桃花眼似月牙般微微弯起，眼眸中浅浅浮起一层水汽，长睫微颤，波光潋滟，雾气迷离。

她脸色绯红地贴着宋楚颐的额头，鼻尖抵着鼻尖，在两人几乎算不上分开，只是没有那么紧密贴合的唇间急促地喘息，间或夹杂着从喉咙深处发出的微不可闻却让宋楚颐难耐到血液沸腾的轻声低吟。

宋楚颐彻底松开长晴的唇，给她呼吸的空间，低头吻上了她纤细白皙的脖颈。

瞬间，宋楚颐灼热的呼吸盈满了长晴的脖颈之间，让她忍不住仰头，紧紧地抓住了他的肩膀。他的双唇与呼吸一路向下滑去，隔着睡衣停留在长晴胸前，轻吻深吮。酥麻的感觉渐渐流至长晴全身。

宋楚颐托着她的臀挂在自己腰上，边亲边含糊地问："你的房间在哪儿？"

长晴觉得自己已经无法思考了，手指也不听使唤地往楼上指。

他边吻边抱着她上楼。他的力气足够大，长晴完全不用担心会掉下来，只全心全意地搂住他的脖子……

上楼，进入卧室。

长晴天旋地转地倒在大床上，她才刚喘口气，呼吸便再次被他吞噬。

长晴害羞地紧闭双眼，一下都不敢睁开。

衣衫尽褪，肌肤相贴。宋楚颐看出她的紧张，抚摸着她的秀发哄着她："相信我，这次肯定不会疼了。"

突然变得这么温柔的宋楚颐让长晴毫无招架力可言，身体也慢慢放软下来。

在宋楚颐满含爱意与耐心的轻柔动作下，长晴真的觉得不像前两次那样疼了，缓缓地放松身体接纳他。

相比不太和谐的前两次，长晴此刻大概能感受到小说中描写的那种美妙了，宋楚颐也终于"身心舒畅"了。

两个人洗了澡后，相拥着甜甜睡去。

翌日早上八点，阮恙疲惫地拖着行李箱开门，进来。

换鞋时，看到门口一双男士的白色运动鞋愣了愣。

家里来了男人？她眨眨眼，四处看了看，桌上放着一些水果和零食，正好饿极了，拿了个杧果就往楼上走。

经过次卧时，敞开的门边上躺着一件睡衣。

她觉得自己这个时候应该赶快离开的，可是出于本能的好奇心，还是抬头往里面望了一眼。

看了一眼，她就后悔了。手里的杧果啪的一声掉在了木质的地板上。

正熟睡的两个人被这细微的动静惊醒，长晴睁开眼，看到门外的人时，吓得啊啊尖叫着往被窝里钻。

"……呃……我什么都没看到，你们继续睡。"阮恙定定神，内心风起云涌，表面淡定地把门关上。

房间里，长晴羞得无地自容，使劲捶他的胸膛："都怪你，都怪你，为什么不关门，丢脸死了，我不要见人了。"

"是你自己说你朋友一般都不回来的，我怎么知道她会突然出现，"宋楚颐也没好到哪里去，脸色都难看成了酱紫色，“是你昨天不肯跟我回去的。”

长晴气馁地趴着不动，像只小兔子一样。

宋楚颐看看时间，已经不早了，他忙坐起来穿衣服：“我上午院里开大会，得走了，你什么时候搬回去，我让人过来帮你搬东西。”

长晴想到自己狼狈离开时的模样，委屈地撇了撇嘴，突然不想那么容易就搬回去：“再看看吧，阮恙这才刚回来，我想多陪她住两天。”

她说完，观察宋楚颐的表情，谁知道他只是深思了一下，便立即点头，还说：“也好，那过几天再说。”

长晴顿时不高兴了：“看来我不回去对你来说也挺好的，你是不是心里根本不希望我搬回去啊？”

“没有，”宋楚颐揉揉她的脑袋，“我刚从瑞士出差回来，院里一大堆的事，还有两个大型手术要做。我要跟院里的人开会讨论手术方案，明天还要上晚班，大概要累几天了。”

“噢，这样啊，”长晴心里好受了些，不过也心疼他，“那你也要注意自己的身体啊。”

“嗯。”

长晴送他到门口，一路上也没见着阮恙，应该是回房间了。

“你上去再睡会儿吧。”宋楚颐凝视了她片刻，低头在她唇上亲了亲才转身离开。

长晴一个人在门口甜笑着捂嘴。傻笑了一会儿，她回头，看到二楼的走廊上笑眯眯注视着她的阮恙，吓得满脸窘迫，尴尬得浑身不自在：“你……你怎么出来也没声音啊？”

“我有声音啊，是你自己傻笑得太投入了，”阮恙拂了拂吹得半干的长发，嘴角笑得格外暧昧，“看来我不在的这几天发生了不少事啊。”

“也没多少事啦，”长晴羞羞答答地说，“就是我们和好啦，阮恙，你会不会看不起我？”

“这也没什么，你对一个人动了心，不是你说放下就能随便放下的，”阮恙扶着楼梯妖娆地往下走，嘴角似笑非笑，“不过，我没想到，你们昨晚……”

“啊，不是你想的那样，”长晴就知道她会说那件事，捂着绯红的脸，忙转移话题，“对了，你这次怎么回来得这么快啊？”

“跟男朋友分手了，心情不好，所以回来休息几天。”阮恙耸耸肩膀，有几分勉强地说。

长晴呆了呆："为什么啊，谁提的分手？"

"我提的。"阮恙手撑着自己的太阳穴，长长的头发挡住了半边脸颊。

长晴挺心疼她的，她一早就知道阮恙有个神秘的男朋友，却从没见过："为什么要提分手？"

阮恙自嘲地勾勾唇角："他家里人为他挑了一个门当户对的女人，要给他订婚，你也知道，其实稍微好点的家庭都看不上我们这种娱乐圈的演员。"

长晴复杂地望着阮恙无可挑剔的性感脸庞，心里涌起一股火气："实在太过分了，你看你，又漂亮又有钱，他们有什么瞧不上的？"

"别说这个了，"阮恙摇头，拿起桌上一个布丁，撕开，叹了口气问，"你什么时候搬回去啊？"

"我要过几天，顺便陪陪失恋的你，免得你想不开。"长晴紧盯着她。

"你多住几天也好，"阮恙点头，"和好了就立即搬回去会显得你太廉价了。"

长晴顿时庆幸，幸好之前她没急着搬回去，其实她是很想搬回去的，不过阮恙难得回来一次，重色轻友不是她的风格。

阮恙见她一脸单纯的模样，笑了笑："你想想你离开时的情形，他挽留你了吗？放心地住，住到他亲自来接你，并且说很想你回去的时候再回去。你啊，总得要抓回点主动权，不能什么都任由他做主。"

长晴听得甚为赞同。这段婚姻里，她确实太没主动权了。

不过想到宋楚楚那张清清冷冷的脸和高高在上的口气，她顿时觉得自己要找回那么一点点的主动权好难啊。

上午在片场，长晴基本上都是和文桐在一块儿。

拍完戏后，一大堆人围绕着赵姝、池以凝她们叽叽喳喳，长晴也不去凑热闹，一个人捧着手机看微博。

文桐拿了盒饭过来，见她拍了张太阳照在发微博，也不打字，只发了几个笑脸在后面。

"你这是想说天气热呢，还是和宋楚颐和好啦？"文桐把盒饭递给她。

长晴见鬼似的看着她："你怎么什么都知道啊？"接着缩缩身子，"你该不会在我身上装了窃听器吧？"

"你那张脸需要我装窃听器吗？全写在脸上了。对了，今天下午有记者过来做专访，你给我弄美点。"

“哦。”长晴拿过盒饭，吃完后，心情极好地找化妆师Asa补妆。

“长晴，你皮肤真好！”Asa边给她上妆边夸她，“给你上妆最简单了，你眼睛这么大，基本上不用画，可以省掉很多时间。”

文桐在一旁说：“还是给她画点眼线吧，今天剧组第一次允许记者进来采访。”

“放心吧，我一定把长晴化得美过所有人。”Asa笑眯眯地说。

二十多分钟后，长晴对着镜子照了照，她也还挺满意。

记者来后，分别给几位主演做了采访。男主角柯永源的时间最长，赵姝因为取代了管樱的位置，话题性比较高，也采访了二十多分钟。到长晴时，只花了十分钟。

结束后，文桐很生气，说道：“凭什么池以凝访问的时间跟你一样，她还是女四号呢。”

长晴叹气：“前两天娱乐新闻上不是说拍到池以凝和于凯私下吃夜宵吗？记者可能想问他们的绯闻吧。”

“呸，什么私下啊，分明是于凯在外面吃夜宵，池以凝自己找去的，我都怀疑她和于凯的绯闻是她自己找人爆料的。”文桐满腹怨言。

长晴被文桐说得心情有些不大好。晚上和阮恙吃夜宵的时候，忍不住把池以凝骂了一通。

吃了一阵，又骂了一阵，长晴心情好转了点，说：“我们打包点等会儿给管樱送过去吧，她整天在家待着肯定很无聊。”

“好啊。”阮恙吩咐老板又做了几样夜宵，回过头见长晴挠脸，皱眉道：“别挠了，挠得脸上都长痘了。”

“真的吗？”长晴紧张兮兮地拿镜子照了照，挠过的地方有点红，还长了一颗小痘痘。

公众人物最在乎自己的脸，她脸色垮了垮。

“没事啦，不就一颗嘛。”阮恙笑着安慰她。

吃完夜宵后，两人提着东西去管樱家。管樱现在住的公寓是公司安排的，两室一厅，小区比较隐蔽。

管樱目前还在康复阶段，虽然出院了，但依然不能怎么大动，好在卢萍身体好了许多，能在家照料她。

见这回不单长晴来了，阮恙也来了，卢萍都惊呆了：“你……你……你不是演《天剑》里面的那个女主角阮恙吗？我的天啊，我竟然能够亲眼看到你！你可火了，在我们老家那边，小至几岁的孩子，大到我们这个年纪的老人，都认识你。”

“是吗？”阮恙笑靥如花，“阿姨，你好，我也是管樱的大学室友。”

“我们家管樱实在太有出息了，竟然连你都认识。”卢萍激动地让她们进来。

管樱坐沙发上，看到她们笑了笑：“阮恙，你不是去新加坡了吗？”

“今早回来的，刚和长晴去吃夜宵，给你带了点。”阮恙把夜宵打开。

管樱笑道：“最近天天喝汤，闻着夜宵味都想流口水了。”

“稍微吃点吧，应该没关系的。”长晴分外殷勤地给她剥虾。

“长晴，你现在戏拍得怎么样了？”管樱随口问道，“和赵姝对戏还可以吧？”

“她演技一点都不好，”长晴撇嘴，“每次和她对戏，她只会无辜地瞪眼，苦着脸，眼睛里一点神采都没有，你都不知道我演得有多辛苦。”

“明白，跟一个完全不会演戏的人对戏确实很难进入角色，”管樱点头，“不过她舞蹈底子好，人也长得不错，公司打算帮她往偶像艺人那边发展，公司现在还挺看重她的。”

她说着，眸色微微黯然，长晴怕她多想，忙安慰她：“你放心吧，苏导一点都不喜欢赵姝，嫌她演技太烂了，总是在片场说要是你没出事就好了，他说有机会还会找你合作。”

“真的吗？”管樱听了心里稍慰，“对了，你在剧组要当心点，池以凝不喜欢你；何咏穗虽然表面上挺好的，但心里对你也有意见；赵姝别看表面上单纯，其实挺狠的，我听说她是公司从一百名中韩选秀艺人里选拔出来的，你想想，她能PK掉这么多艺人，可见她多有手段。”

长晴听得有些心惊，不过她是主持人，赵姝是艺人，她是女一号，自己是女二号，应该没挡着她的路。

离开管樱家差不多夜里十二点了。

晚上，长晴非要和阮恙一块儿睡。

阮恙面露嫌弃：“真不想跟你一块儿睡，每次跟你睡，你都把我当枕头一样弄来弄去，亏得宋楚颐没嫌弃你。”

“我有这样吗？”长晴倒抽了一口凉气。

阮恙呵呵笑了两声。

最后长晴还是得逞了，和阮恙一块儿睡。

睡觉前长晴拿着手机看了好一阵，阮恙凉凉地道：“别看了，宋楚颐肯定睡了。”

想到一整天宋楚楚都没一个电话和短信，长晴心情就不好：“我才没等他的短信呢，我看新闻。”

“不知道是谁一晚上看了几十遍手机。”阮恙吐槽。

长晴不再搭理她。

翌日，阮恙先醒了过来，主要是被长晴两条横过来的腿给压醒的。

她睁开眼，转了个身，看到面朝着她这边的长晴，吓了一跳，忙把她弄醒：“你快醒醒，快醒醒。”

“嗯……干吗呀？”长晴翻了个身，揉眼睛。

“你去看看你的脸，长满了痘痘，全红了。”阮恙眉头皱得很紧。

长晴被她吓得一点睡意都没了，爬起来就往洗手间跑，看到镜子里面自己那张脸时，吓得尖叫起来。

这根本不像她的脸啊，阮恙说的还算好的，她脸红得全部肿了起来，而且还有不少红色的痘痘，一片一片的。

她使劲捏了捏自己的脸。不敢相信，这是她吗？她长这么大，很少长痘痘，更别说长这么多。

“怎么会这样啊，”她急得心头一凉，“我这个样子怎么去录节目，怎么拍戏啊？”

阮恙皱着眉走过来：“你是不是吃什么东西过敏了？”

“我基本上没有什么过敏的啊，你是知道的。”长晴快哭了，她究竟倒了什么霉。

“你打电话给你经纪人吧，你这个样子，剧组和电视台都没法去。”阮恙说。

文桐接到电话，来得很快，看到长晴时，脸色顿时变得比长晴还要难看：“我的祖宗，你对自己的脸做了什么？”

“我没做什么啊，就昨天和阮恙吃了夜宵，可阮恙一点事都没有啊，”长晴捂着脸，“我现在说话扯动皮肤都会痛。”

“你这样子没十天半个月根本好不了啊。”文桐要崩溃了，不管电视台还是剧组都不好请假啊。

长晴也绝望了，一脸迷茫：“那该怎么办？”

文桐不忍打击她：“先找个医生看看怎么回事吧，你联系宋楚颐，反正医院都是他们宋家投资的。”

“不行，”长晴哆嗦，“要是被宋楚楚看到我这个样子，肯定都不想要我了，我的脸现在肿得像猪八戒一样。”

“猪八戒也得治啊，”文桐气呼呼地说，“总要搞清楚你为什么会变成这个样子吧，宋楚颐要看到你这副样子就不要你了，这种肤浅男人也没什么好留恋的。”

“就是啊，”阮恙附和，“你现在不说，他也会知道的，你这个样子不可能一两天就能好。再说，你要跑别的医院去，保密工作没做好，明天大家就都知道你的脸毁了，甚至会有人说你整容失败。”

“你手机在哪儿，我给宋楚颐打。”文桐直接去找长晴的手机，拨通了宋楚颐的号码。

医院手术更衣室里。

宋楚颐边穿手术服边接电话，里面传来的女人声音却不是长晴的：“宋医生，长晴出事了，她今早起来整个脸都肿了，还长满了痘痘。”

宋楚颐一怔，皱眉：“昨天早上不是还挺好的吗？”

“不清楚，得检查一下才行，”文桐说，“你能不能帮她安排个皮肤科医生，这个消息得封闭，不能传出去。”

“我现在正准备手术……”宋楚颐思考了一下，“这样吧，我让皮肤科的叶医生过去，我跟他打声招呼，他不会说的。”

“那再好不过了，”文桐瞄了一眼一直缩在一边竖着耳朵听的长晴，又问道，“那你什么时候也来一趟吧，长晴正难受着呢。”

“我这里正准备进手术室，恐怕要八九个小时，我做完手术就过去。”宋楚颐非常无奈地说。

“那行，再见。”

文桐挂了电话，说：“宋医生说他等会儿让皮肤科的叶医生过来。”

“那他呢？”长晴小声地问，她现在心里很矛盾，既不希望宋楚颐看到她这副模样，又希望他能快点过来陪伴在她身边。

“你刚不是说不想让他来吗？”文桐打趣她，“现在又希望他来了？”

长晴懊恼地咬唇。

阮恙笑：“别戏弄她了，她最口是心非了。”

文桐遗憾地叹口气：“宋医生不能来啦，他正要进手术室，他说这个手术可能要做到傍晚了。”

长晴面露沮丧。

她现在变成了这个鬼样子，宋楚楚又不陪着她，心情好糟糕。

第十九章　矫情

没多久，宋楚颐介绍的叶医生就过来了。叶医生看起来三十多岁的年纪，戴着眼镜，模样斯文。

他给长晴做了检查后，皱眉道："你这不像是过敏，倒像是脸上沾染了什么有害物质。"

长晴听了一愣："不可能啊，我的脸最近都没碰什么东西。"

叶医生摇头道："你自己再好好想想，你不像是一般的皮肤过敏，就算吃错了东西也不该是这样。你看，不光脸肿了，脖子下面这块也长了，是不是化妆品有问题？"

"不可能啊，她用的化妆品都是国外的一线品牌，"文桐突然想起什么，"除非是在别的地方上妆的时候。我想起来了，昨天Asa给你上过妆，护肤的时候我们一般都是脖子和脸分开用保养品，但是只有化妆的时候，才会用一种粉同时盖住，给脸和脖子遮瑕，这样就不会出现两种颜色了，正好她脖子那圈以下就没事"。

长晴不敢相信："在剧组里Asa和我的关系算不错的，她没道理会这样做。"

"知人知面不知心，在这一行很难有真正的朋友，"文桐越想越有可能，"我们现在不能断言是Asa干的，但你明明什么都没做，脸不可能会变成这样。一张脸对一个艺人来说比什么都重要，你想想，你的脸变成这个样子，剧组肯定暂时不能去了，电视台的节目也只能暂时找人代替。"

长晴紧张地问叶医生："我现在这种情况要多久才能好？"

"你这个样子如果不治疗的话，还会出现干燥、蜕皮，更严重的会溃烂，"叶医生说，"我先帮你吊盐水消肿，避免恶化，但是你要痊愈的话，最少要十天，而且你脸上的痘痘会留下痕迹，这个不是说没就没了的。"

"叶医生，没有别的办法了吗？"文桐越听越着急。

叶医生摇摇头：“我会尽力的，不过你脸上可不能再用手挠了，手上有细菌，越挠越严重。”

他在楼上给长晴配药打点滴，文桐在楼下给苏导打电话。

苏导一听又要请假，而且时间还不短，头疼不已：“这可不行啊，请这么久的假，她是女二号，八九天不来会影响整个剧组的拍摄进程，全剧组的人不可能为了她耽误了进程。”

文桐也烦，索性道：“苏导，这事也不是我们乐意见到的，实在是没办法，她现在这个样子根本没法拍戏。”

“我跟制片、监制他们商量一下。”苏导实在想发火，但看在傅愈的面子上还是忍了。这事毕竟牵扯傅愈。

苏导思索再三，还是打了个电话给傅愈，傅愈一听这事，脸都沉了：“你先答应文桐吧。”

“傅总，您这是为难我啊，”苏导快崩溃了，“您让我安排三天的假我还能够勉强答应，八天，这根本不可能，而且文桐现在也没给我个具体的时间说长晴到底什么时候能好，就算我答应，那么多演员也不会答应啊。最近的拍摄时间排得满满当当，要这样子的话，戏根本就没法拍下去了。”

傅愈也知道他的难处，苏导还算好的，如果不是真没办法了也不会和他说这种话：“那你先给她安排三天的假，我去了解一下具体情况。”

傅愈挂断座机后，立即给长晴拨了个电话。

长晴正没精神地靠在床上打点滴，看到来电时，皱了下眉，还是接了：“傅愈哥……”

“长晴，听说你脸上长满了痘痘，怎么回事，是不是过敏了？”傅愈非常担忧，“你以前好像没对什么东西过敏啊，小时候连痘痘都没长过。”

他还是这么关心自己，长晴很感动，想把真实情况说出来，但又不想总是倚靠他，到时候关系牵扯得更深，于是含含糊糊地说道：“我也不是很清楚，医生说可能沾染了什么有害物质，现在没办法拍戏，真的对不起，给你们公司和剧组带来了麻烦。”

“你现在在哪儿，我去看看你。”傅愈说。

“不用了，我现在在家里，宋楚颐……会照顾我的。”长晴犹豫了下说。

傅愈心里一抽，握着话筒陷入了沉默。

“我这要打点滴了，下次再说吧。”长晴忍着心头的愧疚低声撒谎。

“好，那你自己注意点，剧组那边我会想办法，你先好好养病。”傅愈阴沉着脸色挂断了。

傍晚，阮恙在厨房里做菜，长晴心情沮丧地躺在沙发上，听到外面传来门铃声时，她紧张地弹跳起来，跑到猫眼里看了看，又手足无措地跑到厨房：“怎么办怎么办，宋楚楚来了。”

“来就来了呗，你不是一直盼着他来吗？”阮恙朝她翻了个白眼，“快去开门啊。”

“你看我现在简直跟猪八戒一样，我没脸见他啊。”长晴跺了跺脚，不去开门反而往楼上跑了。

阮恙无语，现在的长晴满脑子只有两个字：矫情。

关了火，她走过去打开门。

宋楚颐正按得不耐烦，准备打电话时，门开了。看到门口系着围裙的女人，他愣了那么一秒，才清冷地开口：“阮小姐，不好意思，打扰了，长晴呢？”

“跑楼上去了，”阮恙让她进来，拿了双男士拖鞋给他，似笑非笑，“脸难看了，不好意思见你。”

她说完，观察宋楚颐的脸色，发现他优雅好看的俊脸上掠过一丝啼笑皆非的弧度，她这才又笑了：“你去楼上看看她吧，一整天都挺沮丧的。”

“好。”宋楚颐点点头，举步跨出。阮恙突然又说：“对了，叶医生应该跟你说了病情吧，我觉得这事有蹊跷，应该是长晴剧组的人在搞鬼，只是没有证据。”

宋楚颐不语，只是眉头掠过一丝阴霾。

阮恙明眸望着他：“如果不快点弄清楚的话，长晴恐怕会被剧组给换了，台里的位置也会被人取代。”

宋楚颐深深地看了她几秒，良久，点头：“我明白了。”

长晴背对着门坐在床上。

心里紧张得七上八下，耳朵却竖着仔细听外面的动静。

她听到传来的脚步声不像阮恙的，阮恙脚步偏柔，而这个步伐沉稳像男人的，肯定是宋楚楚。

脚步声到了门口，长晴紧张地干脆捂住脸。

“叶医生应该说过，让你的手别碰脸吧，手上细菌最多了。”宋楚颐幽幽的声音伴随着脚步声越走越近。

长晴低头看到自己身边多了一双男士拖鞋，他灰色的亚麻长裤微卷，露出好看的脚腕。

“让我看看。”宋楚颐弯腰握住她的手腕。

“不要，”长晴慌忙地捂得紧紧的，手还蹭到了药膏，“很丑的。”

“你本来也没有好看到哪里去啊。”宋楚颐故意逗她。

“宋楚楚……”长晴生气地朝他拖鞋上狠狠踩了一脚，“你不安慰我就算了，还打击我。”

她受伤地往被子里钻，越发难受。

“你到底还要不要自己的脸了，闷着会更难好。”宋楚颐捞住她的腰，使劲把她从被窝里捞出来。

长晴死活不肯抬头，还把头发拉下来挡住两边的脸，委屈地说：“以前都觉得我丑，现在这个样子还不得被你嫌弃死。”

“逗你玩的，来，给我看看。”再这么下去一她得折腾到天亮了，宋楚颐放软口气，轻柔地拂开她右边垂下来的秀发。

长晴紧张地想再次去捂脸，他眼疾手快地抓住她两只手拖到他胸膛上，然后低头，清楚地看到她躲避不及的红肿脸颊和令人心惊的痘痘。

他愣了愣，长晴桃花眼渗出湿润的水光。

明明早上起来的时候没哭，台长打电话过来说这期的节目录制暂时由池以凝代替她时没哭，这会儿却莫名地想哭。

“不许你看我，丑……”她紧咬着嘴唇使劲往一边偏，眼泪在眼眶里打转，好像马上就要掉下来。

宋楚颐觉得如果自己再打击她的话，她肯定会哭得更厉害，他揽揽她的肩膀，柔声地哄着：“不丑，挺可爱的。”

“你刚才还嫌弃我原本就长得不好看呢，哪里可爱了，明明丑得要死。”长晴没忍住，大滴大滴的眼泪掉了下来。

“我逗你的，”宋楚颐从兜里拿手绢给她擦眼泪，“真不丑，脸蛋肿肿的才可爱。”

“才没有。”长晴吸吸鼻子，哑哑地说。

“有，”宋楚颐低头亲了亲她的嘴唇，蛊惑又迷人的声线从他薄唇里溢出来，“别哭了，眼泪都把脸上的药膏糊住了，更难好。”

长晴被他亲得心里甜丝丝的，却还是嘟着粉唇说：“我要是好不了，你是不是就嫌弃我了？”

“怎么会，人也不可能一直漂亮，总有一天会变老变丑的。既然跟你结婚了，不管你丑也好，老也好，我都不嫌弃，更何况我也会变老变丑的。”宋楚颐眼睛深邃地看着她，温柔地说。

长晴听得心跳没出息地加快，眼泪也瞬间收住了，傻乎乎地抬头望着他精致的眉目，没法想象他变老后的样子："你们男人没女人老得快，我以后老了，你肯定还是很帅。"

"放心，你这么笨我都不嫌弃，肯定也不会嫌弃你变老的。"宋楚颐低笑着亲了一下长晴的唇瓣。

"哼，我还没嫌弃你呢，竟然说我笨。"

长晴报复地一口咬上他的嘴唇。

宋楚颐抱着她坐到自己膝盖上，低头缠绵地吻她。

长晴钩着他的脖子，只觉得今天所有的难过都在他这一个吻中烟消云散了。

两片反复纠缠的唇终于分开，长晴水润又羞涩的眸子里倒映出他英俊的模样："我怎么闻到你身上有一点儿血腥味和消毒水味啊？"

"今天动了手术还没来得及洗澡、换衣服，"宋楚颐见状，放开了她，"今天晚上我陪你回晏家睡吧，你这个样子还是回家比较好，而且我明天上午休息，可以陪陪你。"

"可是……"长晴想到阮恙刚失恋，留她一个人不放心。

"可是什么？"宋楚颐看着她。

长晴想起昨天阮恙教育她的话，作为女人一定不能轻易地跟着他回去，但她现在是非常时期，还需要这么做吗？

"我们下去吧，应该快吃饭了。"长晴站起来说。

阮恙差不多弄好最后一个菜时，楼上传来了动静。

她抬头，长晴扭扭捏捏地走在前面，桃花眼湿润润的，看起来有哭过的痕迹，不过没有伤心，反而闪烁着甜蜜的光泽。而宋楚颐插着裤袋，酷酷地走在她后面。

阮恙挑挑眉，扫了一眼长晴，用眼神嘲笑她没事儿就爱作。

长晴被她看得也挺不好意思的，之前还躲闪着不肯见他，这会儿又没事儿一样跟他下来了。她也觉得自己太矫情了。

晚上，宋楚颐带着长晴回晏家。

晏磊看到自家女儿这副模样，心疼得很。

宋楚颐则是趁他们父女俩聊天的时候，给厉少彬去了个电话。

"你让我去查那个叫Asa的化妆师？"厉少彬不满了，"上回不是才说要离婚吗？老宋，你这主意变得也太快了。"

宋楚颐不想跟他啰唆："这事儿没那么简单。"

“我知道没那么简单，可是你们都要离婚了，你不会喜欢上人家了吧？”厉少彬说。

“我叫你查你就查，那么多废话干吗？”宋楚颐冷着声音，不大耐烦。

“行行行，查，老宋，我看你这辈子迟早要栽在女人手里。”厉少彬不服气地挖苦他。

“查到眉目了，告诉我。”

宋楚颐不跟他啰唆，挂了电话回客厅，晏磊朝他招招手，别有深意地问：“楚颐，你看长晴这个样子是不是有人害她？”

“爸，您放心，我刚打电话让朋友去查了。”宋楚颐非常明白晏磊话里的意思，其实间接也是想让他出手。

长晴看看爸爸，又看看宋楚颐：“从哪儿查，不会是Asa吧？”

“这个要问你自己，昨天除了化妆师外，还有没有别的东西碰过你的脸？”宋楚颐问。

长晴仔细想了想，还是想不起来别的。

“等明天叶医生给我检查报告吧，看看你的脸到底接触了什么物质。”宋楚颐喝着茶说。

翌日。

长晴心里牵挂着脸上的事情，一大早就爬起来看脸，她的脸似乎没有比昨天好转许多，只是红肿稍微褪了点，但痘痘还是很多。

宋楚颐醒来便看到她无精打采地坐在镜子前，对着脸上的痘痘又挤又掐。

“你干什么呢？”他沉着嗓子轻斥。

“脸上这颗痘痘被我挤得更大了，怎么办？”长晴苦着小脸要哭了。

“说了多少次让你别碰脸，你还去挤，还要不要自己这张脸了？”宋楚颐真想打她那只手了。

“我急啊，这个样子十天都不知道能不能好，”长晴现在是真急了，“我们电视台的这期节目总导演都让我最讨厌的池以凝代替我上台，如果我不能快点好，下星期还是池以凝顶，本来她就觊觎我的位置，顶着顶着，我的位置就会没了。”

“我会跟明惟打招呼，不会被换掉的，”宋楚颐叹气，“你先养好这张脸吧。”

长晴心里稍微好点，不过也没好多少。

她不只怕位置被换，主要是池以凝上节目后，如果节目收视率上去了，观众会说她不如池以凝。

还有剧组的事情，苏导只给了她三天假，三天过后怎么办呢？

上午九点多，叶医生过来。

长晴刚吃完早餐，扎针扎得她噘着嘴只往宋楚颐怀里躲。

叶医生扎得郁闷，昨天宋楚颐不在，不是扎得也挺好吗，今天怎么就疼了？

这女人还真跟电视里看到的不一样啊，宋楚颐这是提前当了爸的节奏。

扎完针后，叶医生才说："昨天的化验结果显示，长晴脸上的情况应该是铅汞超标导致的。"

长晴愣住："难道是剧组里的化妆品太劣质了？"

叶医生摇头："现在含铅汞的化妆品很多，但是很少有人像你这么严重的，你这个比一般超标的化妆品还超标了很多倍，再多用几次，整张脸说不定都会毁掉。"

长晴心惊，她只是个半红不红的主持人，也没碍着什么人，想害她的人也太狠毒了点吧。而且她平时跟Asa处得也不错啊。

"其实也算庆幸，"叶医生说，"可能你之前用的化妆品都非常好，所以皮肤很敏感，用了不好的化妆品才会立刻出现反应，如果只是长了几颗痘痘，你可能会一时疏忽，以为只是没休息好或者内分泌失调之类的。"

长晴后怕地问道："所以如果不是我的脸反应强烈，等我再毫无察觉地多用几次，整张脸就会毁了？"

叶医生点头："但是没有证据说一定是化妆品有问题，我只能帮你们检查出原因。"

"叶医生，这件事谢谢你了。"宋楚颐客气地说。

"没事，大家都是朋友，又是一个院里的，既然上午你在，那我就不用等着拔针了，我先走了。"叶医生笑着说。

宋楚颐送他出去，叶医生要上车时，他才低沉又意有所指地说："如果有人来医院打听长晴的情况，叶医生，麻烦你一句都不要说。"

叶医生愣了愣："你这么说我倒想起来了，昨天晚上还真有人在医院里打听，听说是上纬那边的人。"

"谢谢。"宋楚颐眼神微妙。

还真是如他所想，这个傅愈果真是缠得紧啊。

他顺便在花园里给厉少彬又去了个电话后才回客厅。

长晴正在和电视台的郑妍通电话，郑妍说："长晴，你可得快点好起来回台里啊，刚才听到小道消息，说台里和上纬那边商量，打算把你女二号的角色改成女三号，由池以凝的女四号取代你女二号的位置。现在戏只拍了三分之一，剧本要改也不是不可以。”

“怎么又是池以凝啊。”长晴紧张地挺起腰杆。

“看来池以凝就是你这辈子的克星啊。”郑妍都叹气了。

结束通话后，长晴气呼呼地跟宋楚颐抱怨：“肯定是池以凝害我的，我出事，她是最大的受益者，现在很有可能连我剧组里的角色都要抢走了。”

宋楚颐没有抬头，继续翻看杂志，只是懒懒地说：“也许吧。”

长晴见他满不在乎的样子，生气地抢走他手里的杂志：“我在跟你认真地说话呢，你不觉得这样太不尊重我吗？”

宋楚颐想了想，说：“你还是做好心理准备吧，你这脸一时半会儿好不了，用粉可以勉强遮住，但是会加重皮肤的负担，只会更难好。”

长晴呆住了，一脸生无可恋的表情。

宋楚颐看着都有点小小的后悔，自己是不是说得太直接了，正想安慰几句，长晴忽然说：“算了，拍不了就拍不了吧，可能自己就不是当明星的命。”

宋楚颐嘴角抽了抽：“你还真是想得开啊。”

“没办法啊，”长晴叹气，“考大学那年，我爸就给我去算命，算命的说让我别考影视学校，说我没多大希望大红大紫，我不信，偏要考，看来算命的说得也有几分道理。”

“这你也信？”宋楚颐觉得自己不能和她这么聊下去了，否则智商也会被拉低，干脆打开电视机。

长晴蹭着屁股凑过来：“可不可以看《太阳的后裔》？”

“什么东西？”宋楚颐皱眉，最近好像医院里一大堆女人在提这个电视剧的名字。

“我来。”长晴立即拿走他手里的遥控器，自家的电视机可以联网，而且是六十五寸超大屏幕，看得很爽。

宋楚颐看了一会儿，没多大兴致，又拿回杂志看。

耳边不停地听长晴在念叨：“哇，乔妹真的太美了，怎么这么美啊！啊……好萌啊。”

宋楚颐抬头，看了一眼她双眼放光的模样，又看了看电视，心里觉得有点不可思议。

他记得医院里那些护士都是在聊男主角，可她对着一个女人花痴正常吗？

他拿遥控器关掉电视机，长晴看到紧要关头，抓狂：“你干吗关了？”

“我觉得你接吻的技术实在太糟糕了，正好今天我们都有时间，干脆我们来练练吧。”说着，宋楚颐就往她唇上靠过来。

“谁要跟你练啊，”看着这张放大的俊脸，长晴紧张得手足无措，这也太跳跃了吧，刚才还在看电视，“不要啦，张阿姨还在家。”

宋楚颐的薄唇在她几厘米的位置顿住，看了她几秒，说：“算了，还是不亲了，看着你这个样子有点亲不下去。”

他说完一站起来就要走。

长晴被深深地伤害了，拿起沙发上的抱枕朝他后背扔过去：“宋楚楚，你个大坏蛋，有本事一辈子都别亲我。”

可恶，可恶，竟然嫌弃她难看。大坏蛋！

厉少彬办事效率极高，下午就打电话给宋楚颐，他已经把事情查得清清楚楚了。

谁也没料到这事竟然是赵姝干的，她让助理在Asa的化妆盒里动了手脚。大家一天到晚在同一个剧组，又经常在化妆间里，要动手脚也很简单。

“赵姝？”宋楚颐倒有些难以置信，“为什么是她？”

厉少彬低低一笑：“只有她有这个胆子，而且很意外，赵姝竟然是鼎文集团赵宗涛的私生女，当初赵姝就是利用这层关系才有机会从选秀里脱颖而出签约上纬的，本来这部戏的女一号一开始定的就是赵姝，不过中途被管樱给抢了，她早对管樱恨之入骨。还有，赵姝的未婚夫辛子翱是东辰的副主席兼最大股东，但是辛子翱不喜欢她，喜欢阮恙，这两个让赵姝恨之入骨的人都是你老婆的朋友，所以她干脆就在剧组里向长晴动手了。”

宋楚颐算是理清了，这中间的恩怨情仇真是错综复杂啊，不过说到底，长晴就是个受害者：“你有证据没有？”

“有，剧组化妆间有摄像头，视频资料被我抢先拿到手了。”厉少彬得意地笑了起来。

“干得不错。”宋楚颐英俊的脸上流露出赞许的目光。

敢得罪他的女人，不管是谁，他都不会轻易饶过。

长晴在家养了两天，第三天早上，宋楚颐上完晚班过来，长晴趴在床上睡得像只小猪一样。

他洗完澡出来时长晴也没醒，他选了个宽敞的位置躺下，很快也睡着了。

长晴睡醒了，身子一翻，就碰到床上热乎乎的身子，睁开眼，发现宋楚颐躺在她身边，睡姿安静，白皙的眼皮下有疲倦的黑眼圈，嘴角还有胡楂儿，不过有胡楂儿的样子让他看起来更有男人味，哪怕睡着的时候仿佛都散发着荷尔蒙的味道。

长晴注视了他一会儿，悄悄起来拿手机刷微博，不刷不知道，一刷吓一跳，昨天晚上她睡着后，微博上有个叫“圈内一掌柜”的人发了条微博：“据圈内消息透露，最近刚开机不久的一个很受关注的剧组有女演员暗害同剧组的另一女演员，导致差点毁容。现在该女演员因为脸部受伤，所有的节目录制被人替代。相关消息透露，该剧组正停拍紧急商议中，该受害女演员的戏份很有可能会被删减，哥可不是胡说。”

长晴看呆了，这难道说的就是她吗？暗害她的女演员难道是池以凝？

她赶紧点了下面的评论，网友纷纷猜到是她现在拍的这部片子。

胡YY评论：受害的女演员肯定是晏长晴，我有个姐姐在电视台工作，听说《挑战到底》的女主持人这期临时替换成了池以凝，并且台里也没有明确说明晏长晴何时回归，暗害她的人说不定是池以凝或者赵姝这几个人。

吧啦吧啦评论：十有八九是晏长晴，我昨天在上海机场看到柯永源了，按理说他们剧组应该正在北城赶拍，这个时间不应该在上海。”

水贾子评论：现在的女演员也太毒辣了吧，害了人家还要把人家戏份给删了，这狠下毒手的女演员什么来历啊？

布布爱尿尿评论：不用说了，肯定是池以凝这个小贱人干的，骚气爱作就算了，没想到心眼儿也这么毒。

……

长晴看得眼花缭乱，她和池以凝、赵姝的名字全上了头条，大部分的网友都在骂池以凝，直接给骂到了热搜第一名。

这时，长晴的手机突然响了，竟然是冯台长的电话。

长晴的手软了一下，池以凝可是冯台长的心头宝啊，这次不会骂惨自己吧。

她想到旁边还有个宋楚颐在睡觉，于是拿着手机下床往更衣室里走：“冯台长……”

“晏长晴，微博上那个‘圈内一掌柜’是不是你找人注册的？”冯台长气呼呼地说道，“今天早上台里电话都被打爆了，外面记者把电视台大门堵得水泄不通，你是不是以为有傅愈在后面给你撑腰，你还真就可以为所欲为了。我告诉你，这部戏也有上纬的投资，你这么做也是把他们公司拖入难堪的境地。”

长晴被训得顿时又委屈又心寒，好歹她在电视台也工作了那么久，冯台长竟然一点也不关心她有没有受到伤害，只关心电视台的利益：“冯台长，网上的事我根本不知情。”

“我不管你知不知情，马上给我发条声明，澄清这件事，说剧组、池以凝、赵姝她们跟这件事没有关系。”

长晴生气：“但这个事情是真的，我的脸确实差点被人毁了，是有人在Asa的化妆盒里动了手脚。”

“你有证据吗？人家又没在你盒子里动手脚，说不定是你自己的脸出了问题。”冯台长冷漠地说。

长晴气得身体发抖：“我是不会发声明的。”

她挂了电话，冷静下来，突然又变得不安起来。

完了，冯台长不会把她给开除吧。

傅愈那边，肯定也是牵连了他投拍的电视剧，怕是想帮她也爱莫能助。

“你坐这里面干吗？”更衣间突然被拉开，宋楚颐半眯着眼懒洋洋地站在门口盯着她。

“宋楚楚……”长晴鼻子一酸，像看到救星一样，“我好歹也是你老婆，你能不能帮我找展局长说说好话？”

宋楚颐挑挑眉：“可以啊，不过你找我帮忙是不是要给我点好处啊？”

“好处？”长晴呆愣，“我是你老婆，提好处太伤感情了吧。”

“不伤感情，相反还能增进感情。”宋楚颐挺拔的身子朝她走近几步，长晴下意识地后退，被抵在衣柜上，她仰起头，氤氲的眸呆呆地看着他，直到他嘴角勾起一抹似笑非笑的笑意时，她才恍惚地意识到他说的好处是什么。

“你这人……怎么这样啊，”长晴又羞又气地说，“人家真的很着急啦，你还总想着这种事。”

“傻瓜，”宋楚颐双手抵在她身体两边，英俊的脸在她眼前慢慢放大，他声音也轻轻浅浅，“有我在，你觉得需要为这种事担忧吗？”

“啊？”长晴一时有些没反应过来，“你知道发生了什么事吗？不是一般的事。”

“不是一般的事我也能搞定，但是你现在要先把我搞定。”宋楚颐粗粝的指腹刮了刮她的眼角，然后在她蒙蒙胧胧的眼神中弯腰，温热的薄唇压向她的唇瓣。

长晴还在云里雾里，他的意思是她现在什么都不用担心了吗？

真的什么都不用担心？她还是有点不大相信，不过转念一想，是啊，展局长跟他是好兄弟，他还有个黑社会的哥们儿，冯台长算什么。

这么一想，她心里就没那么担忧了。不过她这是要为了前途……出卖身体？

算了，出卖就出卖吧，反正是自己老公。

第二十章　宋医生发威

晏家别墅里，文桐一进来便匆匆忙忙地往楼上跑，她电话一早上都快被打爆了，长晴倒好，至今都不接她电话。

“长晴和宋医生还在睡觉呢。”张阿姨提醒。

文桐想到宋医生那张冷冰冰的脸有些害怕，强忍着一直等了四十多分钟，楼上才传来开门声，宋楚着颐一身潇洒的白色小开领T恤，长晴扭扭捏捏地跟在她后头，戴着口罩、墨镜，披着的发尾还微微泛着潮湿。

她有种想泪流满面的冲动，她急得快疯掉的时候，这两个人竟然还有闲情逸致在楼上洗鸳鸯浴。

“长晴，刚刚网上叫‘圈内一掌柜’的人又公布了一段视频”，文桐边观察宋楚颐脸色，边激动地把手机递过去，“弄了半天，你的脸是赵姝害的，我开始还以为是池以凝呢。”

长晴拿过一看，视频虽然模糊，但她还是看得出赵姝的助手王兰心趁化妆室没人的时候，偷偷拿了Asa的化妆盒出来，然后往里面放了些东西。

她看得心惊，不可置信地说：“我什么时候得罪赵姝了，她要这样害我？”

“就是啊，”文桐看着她，“莫非她嫉妒你长得太漂亮了？”

“你当我傻啊。”

宋楚颐看着她俩左一句右一句的，从餐桌上拿了个煮熟的鸡蛋慢悠悠地剥了：“走吧，陪你们去趟电视台。”

文桐激动得一下站起来：“宋医生，您这是要亲自出面了？”

长晴也满脸紧张地注视着他，从来没觉得男人吃个鸡蛋都能这么帅。

“是啊。”宋楚颐咽下鸡蛋，又拿了个给长晴。

长晴老老实实地接过来，小碎步地跟着他往外走。

文桐和她一块儿走在后面，推她，小声说：“你怎么这么不争气啊，瞧你这畏畏缩缩的样子，好像是宋楚颐的小丫鬟。”

“你懂什么啊。”长晴被小瞧了，赶紧上前几步挽着宋楚颐的胳膊。

他偏头看了她一眼，长晴朝他咧嘴笑了笑。

“别看我，脸上痘真多。”宋楚颐说出的话能气死人。

长晴捏他手臂。嫌弃她，嫌弃她，那刚才在更衣室里要她的时候，如狼似虎的人到底是谁啊。

去电视台的路上，文桐当司机，她瞅了一眼后面的两人，说：“长晴，你说‘圈内一掌柜’到底是谁啊，他是怎么知道这件事情的，而且好像比我们还要了解的样子。”

“是啊，”长晴狐疑了一阵，看向身边的男人，迟疑地问，“该不会是你吧？”

“难道你以为会有这么多好心的人无缘无故地帮你？”宋楚颐反问。

长晴吃惊地捂着嘴巴：“真的是你？”

文桐佩服得差点跪了：“宋医生，你太厉害了，连剧组的监控视频都能弄到手，我这几天一直在查，没查出一点东西出来，你是怎么办到的？”

长晴水汪汪的大眼睛也崇拜地看着他，希望知道答案。

宋楚楚实在太帅了，怎么会这么帅呢。

宋楚颐清清嗓子，第一次被女人用这么崇拜的眼神注视着自己，男人的虚荣心和自尊心得到了极大的满足：“我自然有我的办法。”

长晴小心脏雀跃地乱跳着。

在车里按捺了一阵，她雀跃地凑到他耳边小声说：“宋楚楚，你真的好帅啊！”

软乎乎的声音吹在他耳朵上，宋楚颐小腹一紧，侧头，盯着她那双桃花眼。

长晴润了润唇，不知道是不是她的错觉，她总觉得宋楚楚想吻下来。

他要是真吻下来可怎么办，文桐还在前面坐着呢。

好在，他注视了她一会儿后，只是轻轻把手搭在她的肩上，指腹打着圈儿地慢慢摩挲着。

长晴被他摩挲得心脏以有史以来最强劲的力量扑通扑通地跳动着。

车开过电视台门口时，外面挤满了记者。

文桐避开记者，一路把车开到了停车场。

长晴刚下车，就接到冯台长打来的电话，这个电话比早上那个还要凶狠：“晏长晴，你最好马上给我来电视台，立刻，马上。”

“我已经到停车场了。”大约是有宋楚颐在身边，长晴竟然一点都不怕冯台长了。

到台长办公室时，门忽然从里面打开，左骞走了出来。

他看到长晴先是一喜，然后看到宋楚颐时愣了两秒，目光落在长晴拽着宋楚颐的手腕时，斯文俊美的脸僵了僵：“长晴，这位是……”

长晴烦恼地挠挠头发，不知道该如何介绍，里面突然传来冯台长怒气冲冲的声音：“是不是晏长晴来了，快给我滚进来。”

长晴被吓得小身板颤了颤，左骞柔声说：“冯台长现在正在气头上，我陪你一块进去。”

“不用了。”宋楚颐淡漠地踏步走了进去。

长晴拽着他的手，也被他给带了进去。

办公室里。

冯台长正想拍桌子发怒，可是看到宋楚颐时便愣住了，他虽然不清楚他的身份，可他曾经和展局长一起参加过晚会，而且关系好像还不错。就凭这个他也不敢得罪，脸色强压着好转了些：“宋先生，您这是……”

他实在没弄清楚宋楚颐是怎么从安保措施做得密不透风的电视台门口进来的。

他疑惑的目光落在长晴身上。

难道她招惹了傅愈和左骞还不够，现在又招惹上一个不知道什么来头的宋先生？

“冯台长，好久没见了，难为你还记得我。”宋楚颐自顾自地拖了一个皮办公椅坐下，从他身上散发出来的气魄和清冷仿佛他才是这间办公室的主人。

“当然记得，那日宋先生和我们展局长一块儿……”冯台长勉强笑笑，言下之意他全是看在展局长的面子上才会记得他。

宋楚颐淡淡地说：“是啊，我和明惟从小就熟识。”

冯台长心里立即有了底，展明惟出身世家，能跟他从小认识的那肯定不是一般人。

“也很不巧，博瀚医院是我们家投资开的。”宋楚颐下巴微抬，嗓音不紧不慢。

冯台长这会儿有点吃惊了：“那宋怀生是……”

“家父。”宋楚颐的薄唇微动。

冯台长的背脊泛出一阵凉意，他赶紧哆嗦着腿站起来亲自给宋楚颐倒茶：“闹了半天原来宋医生是宋总的儿子，哈哈，怎么不早说呢，宋总真是有福气啊，有您这么医术高明的儿子。”

长晴嘴角抽搐，这变化也太快了吧。

她一脸崇拜地站在宋楚颐身边，像个小跟班似的，都忘了坐。

直到冯台长端了茶过来，笑眯眯地对她说：“长晴，怎么还站着，坐啊。”

长晴受宠若惊，这时，宋楚颐的五官酝酿出低低的笑意：“我老婆怎么敢坐呢，刚才冯台长不是还让她滚进来吗？”

当下，长晴看到冯台长的脸色唰地一下变白了，她心里顿时有一种翻身农奴把歌唱的快感。

这个婚没有白结啊，看了这么久冯台长的脸色，以后终于轮到冯台长看她的脸色了。

“老婆？”冯台长的脸顿时地僵住了，“你们结婚了？”

“是啊，”宋楚颐点点头，“前不久结的。”

冯台长内心是崩溃的，不过脸上还是飞快地变了笑脸，和颜悦色地对长晴说：“长晴啊，怎么结婚这么大的事你都不跟我说呢，真是的，我可是一直把你当成我们电视台的台花，一心想栽培你呢。我当初看你就觉得你是个有福气的人，没想到还真有福气，不声不响地嫁给了宋少爷，其实我刚才急着叫你进来，完全是气愤，你知道吗？”

他看向宋楚颐，义愤填膺地说：“我台里面好好一个主持人被人害成这个样子，这事儿，我相当恼火，那个赵姝，不公开道歉，我是绝对不会罢休的。”

长晴目瞪口呆，就冯台长这演技，不拿影帝奖杯简直对不起他自己啊。

宋楚颐唇畔的弧度微微加深，不过眼睛里的清冷依旧：“冯台长，你知道赵姝什么来历吗？”

冯台长看着他这张阴晴不定的脸，一时内心惶恐不安，难不成赵姝也有背景？

“她是赵宗涛的私生女。”宋楚颐说。

冯台长脑袋嗡嗡地疼，他也不想得罪赵宗涛啊。

“冯台长，我承认，你做事当面一套背后一套的功夫很厉害，明惟都赞过。”宋楚颐举止斯文地打开手机，点了张照片递过去，“好好看看，看清楚。”

长晴视力还算不错，她隐隐约约地瞄到一些赤裸裸的滚床单的照片，照片里的人似乎是池以凝和冯台长。

顿时，冯台长的脸色用“惨不忍睹”来形容都不为过。

长晴心里顿时大感快意，还是第一次看冯台长这么狼狈，真爽啊！

她差点笑出来，不过一直强忍着。

宋楚颐英俊得毫无破绽的脸笑得更加浅淡："如果某位女主持人和台长的丑闻传出去，你这把椅子恐怕也坐不下去了，我听说这个池以凝总想着把长晴从《挑战到底》的女主持人位置上挤下去，你说我宋楚颐的老婆怎么能被一个三线的小主持人欺负呢？"

冯台长吞咽了一口口水："是的，宋医生，您说得极对，我也是不想的，这不是长晴的脸……不大方便嘛，等她好了，我保证把池以凝马上撤下来，她就是只野鸡，怎么能跟长晴这种凤凰比呢。"

"野鸡倒是野鸡，冯台长可是把她当香饽饽一样呢，"宋楚颐低头抚摸着自己的手机屏幕，"时时刻刻想捧她一把，连房子、车子都全部给她备好了。听说下周冯台长还打算带她去新加坡转转，机票都订好了，冯台长对上一个小情人儿陈滢都没这么上心啊。"

长晴完全傻眼了。

陈滢是五六年前北城的模特冠军，后来进了北城电视台工作，加盟了几档还算不错的综艺节目。可是陈滢不是早结婚了吗？她老公还是音乐监制。

这……这……这也太乱了吧。

冯台长额头直冒冷汗，双膝在桌下打颤，陈滢还是他前两年勾搭上的，当时瞧着她秀色可餐，明知道她结婚了，也没忍住，可去年玩腻了，就断了，没想到这都能让宋楚颐查出来。他到底有什么三头六臂，太可怕了。

"宋先生，您说，您想怎么样，我全听您的。"冯台长声音颤颤地说。

"其实我也没想怎么样，"宋楚颐站起身来，走到落地窗前，颀长的身影背对着身后的人，"只是看你把我当傻子一样耍，不大舒服，我现在对你这个电视台特别失望，电视台的主持人受到伤害，冯台长你首先想到的是自己的利益和对方公司的颜面。这点，你这个台长就做得太不到位了，我想你们展局长也会非常反感你的做法，你以为你见风使使舵就能平安无事了？哪有那么容易的事情。"

"我错了，宋先生，"冯台长早没了气焰，"我以后再也不敢在您面前耍小心眼儿了，您大人不记小人过，以后我们电视台肯定好好地栽培长晴，我把最好的资源全都给她。至于池以凝，不是我不愿意赶走她，而是现在她已经代替台里参演了那部电视剧，现在剧组肯定在召开紧急方案，我得等那边方案出来再做决定。"

"这个我清楚，"宋楚颐终于点了点头，"你也用不着说把最好的资源给长晴，我对她红不红并不是太在意，只要她在台里别被人欺负就行了，资源之类的我认为应该给她适合的就行。”

冯台长愣了愣，忙使劲点头。

“好像也快午饭时间了，我不打扰冯台长你办公了。那我和长晴先走了，顺便告诉你一声，长晴她恐怕还要八天左右才能上班。”宋楚颐转过身来，轻轻拍了拍冯台长的肩膀。

“没问题，没问题。”冯台长听到他要走，忙松了一口气，对长晴也和蔼可亲地说，“长晴啊，你只管在家好好休息，别说十天八天的，就算二十天也行，丝毫不会影响你在台里的地位，这些日子我会好好整顿一下台里的风气，保管你回来后谁都不敢欺负你。你要相信我。”

“相信，相信。”长晴干巴巴地点头。

冯台长亲自送他们到楼下停车场，还亲自为他们开车门。

车门关上的一刹那，长晴才恍惚地回过神来，看着身边的男人，用“崇拜”两个字都不足以形容她对他的敬仰之情啊，简直是要膜拜了：“宋楚楚，你真的太厉害了，你说你是怎么办到的啊，那些证据你从哪儿找来的？你说，你是不是早就在调查我们冯台长了，刚才的照片真的是他和池以凝开房的照片吗？这种照片你都能弄到手，太厉害了。”

旁边的小妻子对自己的崇拜之情犹如滔滔江水连绵不绝了，宋楚颐勾了勾性感的薄唇：“照片当然不是真的，谁会那么无聊在酒店里装摄像头啊，我只是找了技术比较高超的人合成了一下照片而已。”

“合成？”长晴张大嘴巴，“你就不怕会被冯台长识出来。”

“一个人在极度紧张的时候，哪还有心情对着一张照片仔细研究真假。”宋楚颐眼底流露出的深沉晦暗让长晴彻底服了，宋楚楚这心理战术也够厉害。

“可是……这也太冒险了。”

“不冒险，他和池以凝的事情是真的就够了，”宋楚颐淡淡地说道，“再说，他每个月、每个星期和池以凝在哪里幽会我是可以查到的，我要是把这事告诉他老婆，以他老婆那泼辣的性格，还不闹得天翻地覆了。”

“那……陈滢的事也是真的？”长晴还是不大敢相信，“她和冯台长什么时候在一起的，陈滢可是有老公的。”

“所以说你们这个圈子里的人就是乱。”宋楚颐面无表情地看她一眼。

长晴赶紧小媳妇状地发誓：“我敢保证，我绝对不是那样的人，也不会做对不起你的事。”

“是不会还是不敢啊？”宋楚颐慵懒地靠在椅背上，眼神带着深意地问。

“不敢、不会，也不愿意，”长晴笑嘻嘻地凑过去趴在他肩上，“宋楚楚，从今天开始，你就是我的男神，我的偶像。”

宋楚颐性感的薄唇还算愉悦地微扬着，被一个女人毫不保留、赤裸裸地吹捧着，这种滋味还算不错。

“长晴，刚才赵姝的经纪人打了几次电话联系我，上纬那边和剧组那边都急着想见你，”前面开车的文桐忽然说，“现在苏导他们都在上纬开紧急会议。”

“这个……”长晴为难地看向宋楚颐。

“用不着去见，”宋楚颐挑腿，下巴微抬，一副高高在上的模样，“你跟赵姝的经纪人说，这件事证据摆在那里，不会退让。”

“可是剧组那边……”

“他们昨天不是还在商量要删减你这个女二号的戏份吗？由着他们吧，”宋楚颐优雅深沉地说，“你们才是受害者，不管任何一方，他们都应该主动登门道歉。”

“那我们要不要接受记者的采访？”文桐又小心翼翼地看了宋楚颐一眼，长晴越崇拜他，她就越有些害怕他。

“这件事你和长晴都不用管了，任何电话都不要接，这几天就当休假吧。”宋楚颐一只手揽住长晴的肩膀。

长晴一脸迷茫地靠在他的怀里，她其实还是有些担心，不过想到刚才宋楚楚在冯台长办公室的样子，她就莫名地安心了。

算了，还是先好好把脸养好吧，反正宋楚楚这么厉害，她没什么好担心的。

赵姝的助理在化妆盒里放东西的视频曝光后，网络上铺天盖地都是对赵姝的辱骂声和攻击声。

长晴这几天没事就看微博上骂赵姝的话，看得挺爽。不过两天后剧组和上纬集团一起召开了发布会，长晴是在手机上看的直播。视频里，赵姝穿着一件白色纱裙半只手掩脸哽咽着，梨花带雨般，说：“这件事我也是前天……在网络上才知道的，我完全不知道我的助理干过这样的事情，我只知道她曾经在剧组和晏小姐发生过一些私人恩怨。昨天，我的助理已经向警察投案自首，我代她向公众道歉，也向晏长晴小姐道歉，是我没有管好我的助理，她才会做出这样残忍的事情，我真的很抱歉。”

赵姝说完，向着众多媒体，含着歉意深深地鞠躬。

长晴气得火冒三丈，差点把手机给砸了。

这个赵姝真是不要脸，竟然把责任推到助理身上，自己什么时候跟她助理有过节啦。

没多久，文桐也过来了，见她脸色抑郁，也无奈地说："没办法，赵姝的助理跟警方说全是她做的，可能赵家给了她不少好处吧，不过网上的人都不相信，赵姝现在是臭名昭著了，我猜上纬想换女主角，但之前换了管樱已经损失一笔不少的费用了，这会儿又换……"

长晴头疼："这么说我还要跟赵姝一块儿拍戏？"

"算了，将就着拍吧，反正也就一个多月，不过苏导跟我说打算把你的戏份加多点，这部电视剧会有两位女一号，"文桐乐滋滋地说，"编剧已经接到修改剧本的通知了，也就是说你现在是女一号了。我听说因为赵姝的形象不讨好，为了这部戏的收视率，会把你的角色设定得讨喜点。"

"那赵姝还不得恨死我了，"长晴缩缩身子，"之前我没得罪她，她就敢毁我容，现在还不得把我杀了。"

"你傻啊，你要是再出什么事，外界的焦点肯定第一个在她身上，她但凡有点脑子就会安安分分拍完这部戏，"文桐笑道，"还有一个好消息，冯台长那边下了通知，池以凝只为你代班《挑战到底》录制一次节目，这星期停录一次，不过下星期要录两次，有得你忙了。宋楚颐出面果然不一样啊，你说平时哪里敢停录节目啊，也只有你有这个待遇啊，早上碰到池以凝的时候，她脸都气歪了，我还把她狠狠地羞辱了一顿呢。"

长晴想起冯台长那些把柄在宋楚颐手里，面露得意："小样儿，以后你何止羞辱她一顿，羞辱两顿、三顿都行。"

"废话，她之前仗着有冯台长撑腰羞辱了你多少次，"文桐冷笑，"以后我要把那些欺负过你的人都狠狠地欺负一遍。"

文桐离开后，长晴心情还算不错。

可是傍晚接到宋楚颐又不回来的电话后，心情又开始低落。她好不容易在家休息两天，他竟然也不好好陪陪她，每天除了上班就是上班，晚上回来也那么晚。

晏磊晚上回来吃饭的时候，随口问："楚颐又没回来？"

"说是和院长聚餐。"长晴不冷不热地说。

晏磊点点头："上回听老宋说楚颐有望当选下任院长，看来是真的，男人以事业为重，你要多支持楚颐。"

"知道啦，"长晴咬着筷子说，"下午奶奶打电话给我，说她眼睛有点不大舒服，我还有三天时间休息，想回扬州看看奶奶。"

"也好，最近我们都忙，是该回去看看了，可惜我没时间。"晏磊非常赞同地颔首。

晚上十点多钟，宋楚颐满身疲倦地从外头回来，看到卧室中间放了个行李箱，里面叠放着两件衣物，他皱眉，望着哼着小歌从浴室里出来的女人问："你要去哪儿？"

"你管我。"长晴朝他翻了个白眼。

"要造反了，我不管你谁管你！"宋楚颐漫不经心的语气里带着几丝霸道。

长晴坐在化妆台前护肤："我明天要去扬州看我奶奶。"

"我陪你去，"宋楚颐淡淡地说，"我明天休息。"

"真的？"这个消息太过突然，长晴吃惊地回头，"可是我要去两天。"

"正好周末我也休息。"宋楚颐往浴室里走去。

长晴觉得有点不敢相信。宋楚楚要跟她回老家，这算不算两人第一次旅行啊，虽然老家她很熟悉，各种景点也去了不止一次，但这是她和宋楚楚第一次外出啊。

长晴有点小兴奋，也有点小期待，以至于晚上在床上翻来覆去，缠着宋楚颐嘀嘀咕咕地问："你以前去过扬州吗？"

"没有。"

"我们扬州可美了，有好多景点，尤其是瘦西湖。可惜现在是夏天，有点热，要是春天去，特别美，尤其是四月和五月，也是赏花的季节。你没去过扬州，我一定要带你尝尝扬州炒饭，我奶奶做的扬州炒饭就特别好吃。"

"你话真多。"宋楚颐本来挺累的，也想睡，被她吵得不行，干脆把被子一踢，翻过身来堵住她的嘴，让她再也不能嘀嘀咕咕了。

长晴这下是不能嘀嘀咕咕了，但是被宋楚颐吻得浑身酥软，从嗓子眼儿里飘出的那一声声浅浅的低吟，更让宋楚颐睡意全无。

"既然我们都睡不着，那我教你做做'功课'吧？"宋楚颐坏坏地说道。

长晴还来不及思考要做哪门"功课"呢，人就已经被宋楚颐剥了个干净，意识涣散下，只能乖乖地被"吃干抹净"了。

原来你是这样的宋医生

［下］

夜雪 著

Zheyang De Songyisheng

青岛出版社
QINGDAO PUBLISHING HOUSE

第二十一章　扬州风波

扬州，上午十一点。出租车停在一座年代久远的老房子前，院子里的树木花草枝繁叶茂，树枝从围墙上伸展出来，将围墙外的小路尽数遮掩。老房子宁静幽谧，有着古色古香的韵味。

宋楚颐从车里取出行李，长晴去按门铃。不多时，一位白发苍苍的老太太过来打开旁边的小门，看到长晴，满是褶皱的脸笑得半天都舒展不开："晴宝，你可算回来了，等了你一个上午，刚才还想打电话问你来着。"

"奶奶，我想死你了。"长晴甜蜜地抱了抱晏老太太。

"奶奶也想晴宝，"晏奶奶笑呵呵地抱了孙女一会儿，这才注意到旁边还站着一位年轻男人，"哎哟，晴宝，这该不会是我孙女婿吧？"

"奶奶您好，我是长晴的老公，宋楚颐。"宋楚颐礼貌温和地介绍自己。

晏奶奶前些日子听晏磊提起过，仔细打量了一下，点了点头，喜笑颜开地说："好好好，快进来吧。"

晏家的老房子院落不大，但一花一草都被修整得很好，院里还有个小凉亭，凉亭边上有一口古井。

"奶奶，曾阿姨呢，怎么就你一个人在？"长晴黏着奶奶问道。

"我让你曾阿姨去菜市场买菜了，中午做你最喜欢吃的蜜汁排骨。"晏奶奶笑呵呵地说。

进屋后，晏奶奶转身去倒茶，长晴赶紧跟过去，自己倒水："奶奶，这也是我自己的家，您就别客气了，快坐吧。"

"我又不是对你客气，是对我孙女婿客气，"晏奶奶瞧了一眼坐在沙发上的宋楚颐，又偷偷附在长晴耳边说，"你这个老公找得不错，挺帅的。"

“是吗？”长晴心里有点小得意。

“比你爸帅，也比你姐夫帅。”晏奶奶赞不绝口。

“那是，不帅我也不会找。”长晴跟着附和。

晏奶奶坐在沙发上，长晴把茶递给宋楚颐。宋楚颐接过，察觉到晏奶奶含着笑目不转睛的目光，有点不大适应。

“小宋，听长晴她爸说你是医生，长晴的姐姐也是医生。”晏奶奶笑眯眯地说。

“我和长芯是一个医院的。”宋楚颐说。

“该不会你和晴宝就是长芯撮合的吧？”晏奶奶好奇地追问。

“不是啦，是相亲，”长晴把买的礼品递过去，“奶奶，您说眼睛不好，给您买了提高视力的补品。还有，这些是降血压的，您喝了后，就不会经常头晕了。”

“我这些都是小毛病，大病倒是没有，”晏奶奶对宋楚颐说，“晴宝就是孝顺，每次回来都给我买好多东西，你娶了她，有福气。”

“是的是的，”宋楚颐点着头，“奶奶，我看您气色真不错，很少有老人家在您这个年纪气色还这么好的。”

“这得多亏了长芯，”晏奶奶颇为骄傲地说，“我每次只要身体有一点点不舒服，长芯立刻就会知道我身体缺什么，该补什么。对了，你们什么时候办酒席，记得提前通知我，我好提前准备一下，早点过去。”

“上半年我和长晴都比较忙，可能要到年底了，到时候我派车子来接您过去。”宋楚颐笑着说道。

“好好好，”晏奶奶不住地盯着他，末了，又加了一句，“小伙子长得真精神，真帅，比长晴爷爷当年还帅。”

宋楚颐不大自然地低咳了一声，微微尴尬。

这时，一位四十多岁的中年妇女提着菜篮进来，晏奶奶赶紧站起来说：“小曾，你看，这是晴宝的老公，长得帅吧？”

“帅，比电视里的那些男明星还帅，”曾阿姨笑，“长晴也越来越漂亮了。”

“你这话就有些假了，”晏奶奶不客气地说，“晴宝脸上都长了痘痘，没以前好看了。”

“奶奶……”长晴跺脚。

“虽然没以前好看，但在奶奶心里，你还是最漂亮的。”晏奶奶怕孙女不高兴，立即又说。

“这还差不多。”长晴这才笑了。

中午，曾阿姨张罗了一桌子的菜，晏奶奶好不容易见着孙女，话也特别多：“晴宝，院子里那棵你小时候种的杨梅树，今年结的果子又大又红。”

“真的吗？”长晴高兴极了。吃完饭，她就拉着宋楚颐跑到后院去摘杨梅了。

宋楚颐不大爱吃杨梅，又嫌杨梅树上有虫子，便一个人懒洋洋地找了处阴凉的位置，瞅着在树下忙着吃杨梅的女人。长晴摘一会儿尝一颗，他实在看不下去了：“你能不能把杨梅洗了再吃？”

“不能，好甜的，”长晴得意扬扬地指着杨梅树，“这可是我亲自种的。”

宋楚颐无奈地摇摇头，又望了一眼坐在窗前慈祥地看着他们的晏奶奶，突然明白为什么长晴生活在单亲家庭还能这样天真烂漫，其实有时候是不是单亲真的不重要，重要的是身边的人给你怎样的生活。

“你尝尝。”摘了一阵，长晴挑了一颗又大又红的杨梅跑过来送到他嘴边。

宋楚颐注视了两秒这颗没洗的杨梅，低头，吃了，甜甜的，基本没酸味。

“好吃吧？”长晴温柔地笑问。

宋楚颐眼眸微微一动，温柔地揉揉长晴的头发：“好吃，你喂的都好吃。”

过了晌午，天气没那么热了，长晴带着宋楚颐、晏奶奶去游瘦西湖。看到好看的风景，长晴把手机塞给宋楚颐，让他拍照，拍完后还嫌弃他拍照技术不好。晏奶奶也抱怨宋楚颐把她拍得太老了。

宋楚颐挺无语，老人家白头发那么多，怎么才能拍得更年轻啊？

游完瘦西湖，晏奶奶说要去把头发染黑，长晴赞成，最后三个人在外面吃了晚饭，然后宋楚颐陪她们祖孙俩去美发店染头发。

一进美发店，晏奶奶就对理发师说：“给我染个头发，要显得我特别年轻的那种颜色。”然后，晏奶奶又指着墙上的发型照说：“晴宝，你看奶奶要不要烫个头发？”

“行啊，”长晴觉得老人家就要洋气点儿，“奶奶，您说我也染个颜色怎么样？”

“我们晴宝弄什么颜色都好看，要我说，再卷卷，”晏奶奶热心地提着建议，还不忘拉上宋楚颐，“小宋，你怎么看？”

“都挺好的。”宋楚颐基本上已经适应了晏奶奶的时髦思想，就由着这祖孙俩折腾了。

长晴见他点头，兴冲冲地拿染色卡过来给他看：“你说哪种颜色好看？”

宋楚颐随意看了两眼，红的、蓝的、黄的、棕的，眼花缭乱，看得头晕。

最后，长晴自己选了偏酒红的颜色给他看：“你觉得这个颜色如何？”

“行。”宋楚颐点点头。

长晴立即让理发师调颜色，宋楚颐坐在沙发上玩手机，他本来以为只要一两个小时就好，可是过了两个小时，她们才刚染了头发。他眼皮有些跳动，腿也发麻，就起来站了一会儿，然后走到长晴和晏奶奶身边，晏奶奶笑呵呵地问：“小宋，等累了吧？”

宋楚颐硬着头皮说：“没有。”

“你这孙女婿还真是有耐心啊，”理发师嘴甜得不行，“我做这行这么多年，很少看到孙女和孙女婿带奶奶来做头发的，一看就知道你们一家人感情很好。”

晏奶奶乐得合不拢嘴：“可不是吗，我这孙女婿好着呢。”

“您可真有福气，”帮长晴做头发的理发师也附和，“不过我看您孙女长得有点像《挑战到底》的那个女主持人晏长晴呢。”

“哈哈，好多人都说我跟她像，”长晴开玩笑说，“不过晏长晴长得可美了，我哪比得上她。”

宋楚颐瞄了她一眼，心想，脸皮真厚。

理发师笑道：“哪有，你可比晏长晴漂亮多了，要我说，晏长晴完全不及你。”

宋楚颐默默走开，觉得自己还是去一边喝茶好。

长晴的表情僵了僵，不知道自己是该高兴还是生气。

晚上十一点多，三人才返回晏家老宅。

长晴和晏奶奶精神十足地玩自拍，宋楚颐早在美发店就等得头昏眼花，进屋后，立即回房间洗澡了。他睡的是长晴小时候住的房间，床头的墙上贴满了奖状，还有大头贴，小时候的长晴脸蛋圆乎乎的，编着两个小辫子，桃花眼闪闪发光，笑得甜甜的。

他看着看着，忽然发现大头贴中间空出的好几个地方上有撕掉的痕迹，像是刚撕过不久，他忽然想起今天刚到老宅的时候，长晴似乎找借口先进过房间。

他嘴角勾起一丝冷笑，大致明白了，这上面肯定有过傅愈的照片。

洗完澡出来，他刚躺上床，长晴就哼着小歌进来，说：“今晚我跟奶奶一块儿睡。”

“随便你。”宋楚颐已经累得不行了，感觉做九个小时的手术也比陪女人做四个小时的头发轻松。

长晴一听，不大满意了：“我不回来睡，你好像很高兴的样子，也不挽留我。”

宋楚颐冷冷地说：“那你留下来。”

“不行。”长晴朝他做了个鬼脸，然后关门走了。宋楚颐真想抽她一顿。

翌日，宋楚颐七点钟便醒了，不过是被阳台上的鸟吵醒的。

他起床拉开窗帘，走到阳台上，长晴房间的阳台离邻居家的阳台只有两米宽的距离，挨得还真近。

他瞅了一眼隔壁人家的院子，虽然打理得没晏家这边好，但也是满院子的葡萄架、枇杷树、杨梅树，不过结的杨梅都比较小，应该是主人很少在家，没有施过肥料。

这时，隔壁的阳台门突然打开，一抹修长高大的身影从里面走出来，深绿色的休闲短裤、白色的T恤贴着健硕的身材，显得神采奕奕。

四目相视，彼此都黑了脸。

宋楚颐英俊的容颜阴沉下去：“傅愈，你有必要从北城跟到这里吗？”

“你是不是搞错了？这里是我家。”傅愈瞅了一眼他身后的房间，没有长晴的身影，心里才舒服些，不过一想到他睡在长晴从小长大的房间就有点难受。

宋楚颐想起长晴曾说过傅愈是她在扬州老家的邻居，可万万没想到他们连阳台都挨得这么近，这小浑蛋到底还有多少事情瞒着自己。

“你平时不是在北城工作吗，为什么长晴回老家你这么巧也回来了？”宋楚颐冷眼看向他，“你烦不烦，我是不是得罪过你？我找哪个女人你就非得抢哪个，我记得我还救过你妈呢。”

傅愈蹙眉淡淡地说道：“这还真是个误会，我只是最近工作疲劳，正好赶上双休日，再加上老宅很久没人打理了，就回来看看，没想到长晴也回来了，看来我跟长晴还真是极有缘分呢。”

宋楚颐冷笑，转身准备离开阳台，傅愈感慨的声音突然从身后传来：“突然想起以前，我跟长晴每天晚上都在阳台上聊天，不聊到十一二点她都舍不得睡觉，每次都要我催她，那个时候我都是叫她晴宝的。”

脚步顿住，宋楚颐回头，眸色阴沉：“不好意思，现在跟她睡在这间房里的人是我。”

傅愈嘴角僵了僵，接着说：“可是床头的墙上贴了很多我们的大头贴，你看到了吗？”

“早就已经撕了，”宋楚颐扯动嘴角，“你以为结了婚的女人还敢留这种东西在房间里吗？”

“是吗？”傅愈呆了一下，接着说，“你知道吗？其实这个房间原来是长芯的，可长晴想跟我挨得近点，就天天吵着要和长芯换房，为此，她们姐妹俩还吵了一架。不过后来长芯把房间让给了长晴，长晴就搬到了这里，她就是想跟我离得近一点儿。”

不远处，一只麻雀飞过来落在阳台上，看看这边，又看看那边，似乎也感觉到紧张的气氛，便拍着翅膀飞走了。

宋楚颐狭长的眼眸挑起一丝冷漠的弧度：“傅愈，你跟我说这些，是想让我嫉妒，还是在缅怀过去？如果想让我嫉妒，很抱歉，让你失望了，谁没有过年少懵懂的初恋？我也有过。何况你也实在没有让我嫉妒的地方，虽然你跟她有很多年少时的回忆，但她却把最珍贵的东西给了我。你们没有在一起，我很遗憾，不过我也要谢谢你，明明喜欢一个人那么久，却连她的初吻都没得到。”

傅愈用力地握了握栏杆，一针见血似乎也不过如此，这是他这辈子最后悔的事。当初，明明知道长晴那么喜欢自己，却因为笃定她早晚是自己的人，而不急于和她确定关系，如今，却白白便宜了另一个人。

“如今这个年代能碰到长晴这么单纯的女人还真是不容易呢。”宋楚颐说完，转身离开了阳台。关门，拉上窗帘，他一刻都不想看到傅愈这个人。

可有些人越不想看到，却越容易再次碰到。

早晨，曾阿姨从外面买了不少早餐回来，有豆腐脑儿、翡翠烧麦、豆皮包、蟹黄蒸饺……热腾腾的。

吃得正欢时，外面传来门铃声，吃着早餐的宋楚颐眸色动了动，看曾阿姨嘀咕着跑出去开门，不一会儿便带着傅愈从外面走进来。

傅愈手里提满了礼品，晏奶奶仔细瞅了傅愈两眼，站起来问：“你是？”

“奶奶，您不记得我了吗？我是傅愈啊，”傅愈微笑着把礼品放在桌上，“这是我的一点儿小心意，好几年没回来了，以前多亏了您照顾。”

“傅愈啊，”晏奶奶喜出望外，“哎哟，几年没见，长得这么英俊了。今儿真巧了，正好晴宝和她老公也回来了，我记得那会儿你和晴宝关系特别好。”

“是啊，”傅愈含笑望向长晴，“真巧啊，你怎么也突然回来了？”

“我……我正好休假，就回来看看奶奶。”长晴眨眨眼，局促地挠挠头发，又紧张地看了宋楚颐一眼，见他一副淡然的模样，心里才暗暗松了一口气。

“我是因为帮我们打理院子的园丁说不干了，才特意回来的，”傅愈说，“这毕竟是我从小长大的地方，不想荒废了，打算重新找个园丁。”

“你要找园丁？我认识，”晏奶奶忙说，“我们的院子一直就是他帮忙弄，让曾阿姨把电话号码告诉你。”

“那谢谢奶奶了。”傅愈赶紧说。

曾阿姨去拿手机找号码，晏奶奶立即问：“吃早餐了吗？”

傅愈摇头。

“反正早餐多，一起吃吧。”晏奶奶热情地拿了碗筷过来，边给他盛豆腐脑儿边说，“记得晴宝小时候经常跑你们家去吃早餐呢，每次回来都说你妈做的豆腐脑儿好吃。”

“是啊，”傅愈面露宠溺的笑意，“那会儿长晴脸蛋胖乎乎的，整天只知道吃。”

长晴尴尬，不过提起从前的趣事也觉得颇为怀念，但是宋楚颐在旁边，她不敢多表露，只是忍不住低声说：“我哪里胖了？”

“就是挺胖的，我家还有好多你那时候的照片呢。”傅愈低低地笑了。

晏奶奶也笑了，屋里洋溢着笑声。

宋楚颐的嘴角勉强动了动，喝了一口白开水。

晏奶奶突然问：“对了，怎么你爸妈一直没回来过？”

傅愈笑容僵住，顿时黯然：“我爸妈离婚了。”

晏奶奶看他的眼神瞬间同情起来：“怎么就离婚了呢？”

傅愈苦笑，没回答，只说：“我爸在国外再婚了，我妈回国了，不过前阵子得了脑部肿瘤，好在动了手术已经控制住了。”

晏奶奶越发觉得他可怜了，眼里满满的疼惜：“这孩子，太让人心疼了，以后回家常来奶奶家玩，就把这里当自己家，反正小时候我也是把你当亲孙子一样的。你是一个人回来的吧，什么时候走？干脆就在这里吃饭吧。”

“我打算下午回北城。”傅愈说。

晏奶奶说：“正好晴宝他们下午也回北城，好像订的是下午四点的飞机，你们可以一块儿走。”

“是吗？那真是太巧了。”傅愈转头望向长晴，眸色深深。

长晴瞧瞧一直不发一言的宋楚颐，心里完全没底，不过傅愈这么说，她也不好意思拒绝。

“长晴，你这个头发是新弄的吗？”傅愈换了话题，眼眸亮亮的，“挺好看的，我刚才进来差点没认出来，这个颜色显得你皮肤更白了，也更时尚了。”

“真的吗？”臭美的女人最喜欢被人夸赞，尤其是弄了新发型后，长晴正处于需要肯定的时期，而且昨晚弄完头发后宋楚颐一句都没夸，她以为可能不好看，但现在听傅愈这么说，禁不住一笑，笑完后突然感觉身边有一阵寒意袭来，又生生忍住。

“是啊，烫得挺好看的，”傅愈话锋又转向晏奶奶，“奶奶，您也烫头发了吧，看起来就像五十几岁的样子，别提多洋气了。”

“你啊，嘴真甜。”晏奶奶最喜欢被人夸年轻了，顿时乐得眉开眼笑。

宋楚颐看看晏奶奶，又看看长晴，最后目光落在傅愈脸上。他心中冷笑，这个傅愈，可真有心机啊。

中午，傅愈也在这儿吃饭。饭桌上，他聊起了小时候的一些事，逗得晏奶奶乐不可支，连长晴有时候也忍不住搭上两句，宋楚颐在旁边几乎插不上话。

吃完饭，休息到一点半，晏奶奶恋恋不舍地送他们上车。在出租车上，三人十分安静，长晴夹在中间有点尴尬，干脆一声不吭。到机场后，傅愈先下车搬行李，行李主要是长晴的箱子。

长晴接过去时忙说谢谢，傅愈温和地笑道：“说什么谢谢，以后你就当我是你哥哥。”

长晴一愣，傅愈伤感地低声说：“如果真的不能在一起，我也不勉强，但我们毕竟一块儿长大，你永远是我心中的晴宝。我希望可以一直保护你，以哥哥的名义也好，我不会让任何人欺负我的晴宝。”

长晴突然想起小时候在她遇到危险的时候，傅愈总是第一时间挡在她身前，很小的时候，他就“晴宝晴宝”地叫着，那些过往的温暖突然让她眼眶泛红。

一旁的宋楚颐彻底黑脸。说什么说得眼睛都红了，这两个人当着他的面肆无忌惮地回忆过往，也太过分了。

“走啊。”宋楚颐冷冷地低斥了一声，转身面无表情地往机场里走。

长晴看着他冷冰冰的模样，心里委屈，忙自己去拿箱子。

“不用，我拿着，快走吧，再不走就来不及登机了。”傅愈把计程车后备厢关上，不由分说地跟上宋楚颐的步伐。

办理登机手续时，傅愈和长晴一前一后。

工作人员见他们一起，便给两人出了相邻座位的票。等三人上了飞机，傅愈和长晴的座位挨着，宋楚颐的座位在两人的斜后方。

长晴看到位置的时候蒙了，空姐过来对傅愈说道：“先生，麻烦您和您太太先入座好吗？后面的乘客快进来了。”

长晴看了一眼面若冰霜的宋楚颐，赶紧解释：“我不是他太太。”

“不是太太，那总是女朋友吧。”空姐微微一笑。

“她是我太太。”站在后面的宋楚颐冷不丁丢出一句话。

空姐尴尬，不清楚是什么情况，老公一个人坐后面，老婆和另一个男人……

“我是他哥哥。”傅愈微笑着说。

“原来如此，不好意思，我弄错了。”空姐总觉得哪里怪怪的，不过人家既然那么说了，她还是立即找了台阶下。

“坐吧。”傅愈先坐了进去。

长晴本想找宋楚颐换位置，不过又怕宋楚颐和傅愈坐在一块，中途会打起来，再看宋楚颐也没有要换位置的意思，长晴没办法，只好硬着头皮坐下去。

在舒服的商务舱，长晴却如坐针毡，眼睛时不时地瞟一下宋楚颐，见他没看这边，正面无表情地翻阅杂志。

长晴心里七上八下，摸不准他的心思。

“长晴，系上安全带，快要起飞了。”傅愈低声温柔地提醒道。

“噢。”长晴赶紧把安全带系上。

半个小时后，空姐开始发飞机餐，商务舱的餐饮很丰富，有红酒、蔬菜沙拉、甜品等。

“长晴，cheers。”傅愈微笑着朝她举杯。

长晴的小心脏一阵不安，这时，后面突然传来一阵细微的动静。

“sorry，不好意思。”说话的是坐在宋楚颐旁边的一位红衣红唇的长发美女，可能是接空姐递过去的红酒时，不小心洒在了宋楚颐身上，美女满脸歉意地递了纸巾过去。

“没关系。”宋楚颐接过纸巾，擦了擦白衬衣上的红酒渍，抬头，见空姐也满脸局促，“再给这位小姐倒一杯吧。”

“谢谢，”美女非常感激，再次接过红酒后，随口说道，“先生这件衣服好像是Lanvin的新款。”

宋楚颐闻言，看了她一眼。

美女忙说：“其实我是北城Longines的总代理，对品牌这方面比较熟悉，您这件衣服价格不菲，可否告知您的手机号码，等到了北城我赔一件新的给您。”

“不用了。”宋楚颐端着红酒尝了尝，眉心皱了皱，又放下。

美女见状，也尝了一口，末了，放下，说：“这瓶红酒应该是张裕近期出产的红酒，市面价格不会超过两百块。”

“你对红酒很了解？”宋楚颐扯扯嘴角。

“还好，”美女露出一个灿烂的笑容，“听先生口音好像是北城人，来扬州旅游吗？”

“不是。”宋楚颐淡淡地说。

“那让我猜猜您的职业，”美女兴趣盎然地观察着他，“我猜您应该是从事与医学相关的职业。”

宋楚颐挑眉：“何以见得？”

“您刚才看杂志的时候，对其他的页面都简单翻过，唯独在一篇医学研究的文章上多停顿了几分钟，”美女歪着脑袋俏皮地说，“我猜对了吗？”

宋楚颐淡淡地扯了扯漂亮的薄唇。

坐在前面的长晴只觉得后面两个人越聊越愉悦，商务舱本来就很安静，即使这两人低声交谈，女人愉悦的笑声还是传到了长晴的耳朵里。

她心里头火烧火燎的，又不好马上发作。这个可恶的宋楚楚，坐个飞机都能跟女人谈笑风生、眉来眼去，敢情平时的高冷劲儿都是装给她看的。还一路上给自己甩脸色，过分，简直太过分了！

“长晴，你不是喜欢吃蛋糕吗？这份也给你，我不吃甜食。”傅愈把他的提拉米苏放过来。

“好啊，”长晴故意把声音拔高，装作满脸欢喜地说，“我最喜欢吃提拉米苏了，傅愈哥，你真好。”

“傻丫头。”傅愈满脸宠溺。

宋楚颐眯眸看了那两人一眼，脸色阴鸷。

旁边的美女关切地问：“先生，您怎么了？”

“没什么。”宋楚颐淡淡地开口。

美女继续兴致勃勃地和他聊起了有关医学方面的话题。

一个多小时的飞行时间，长晴从来没有觉得这么漫长过，本来还想睡会儿，可实在睡不着，旁边的傅愈和她有一搭没一搭地聊着，长晴勉强听着，尽量不去听后面两个人的谈话。

好不容易熬到飞机降落在北城机场，长晴解开安全带，看也不看宋楚颐，只对傅愈说：“我们快点走吧。”说完，便一个人气呼呼地先下了飞机，傅愈赶紧跟了上去。

宋楚颐站起来时，被前面的人挡住，没有跟上长晴。下飞机时那名美女紧跟着他：“先生，相逢即是缘，既然大家都是北城人，能否留个微信？”

“不好意思，我从来不用微信。”宋楚颐一脸冷漠。

“想不到现在还有人不用微信的，那电话呢？”美女锲而不舍。

“我的电话从来不随便给人。”宋楚颐大步走下飞机，可前面已经不见了长晴和傅愈的踪影。

他一想到两人一整天亲昵的样子，心里便火冒三丈，直接往出口走去。

第二十二章　友情破裂

厉少彬拉风的跑车停在机场路边，见宋楚颐一个人黑着脸出来，疑惑地问道：“怎么就你一个人，晏长晴呢？”

“跟别的男人走了。”宋楚颐上车，用力甩上车门。

厉少彬张大嘴巴，一句脏话从嘴里吐出后，赶紧上车：“搞什么，怎么跟了别的男人，跟了谁啊？”

“还能跟谁。”宋楚颐冷笑。

“难道是傅愈？”厉少彬抽了口凉气，“傅愈真是无处不在啊，那你就这么算了？老宋，我都要看不起你了，人家抢了你老婆，你就这么走了，不去抢回来？”

宋楚颐呵呵笑了两声。

抢？两个人正眼都没看过他，飞机上还被空姐当作夫妻，自己一整天简直像个电灯泡一样，坐在后面看着两个人把甜品让来让去，红酒不停地碰来碰去，在商务舱吃顿饭简直跟吃烛光晚餐一样，下飞机后两个人等也没等自己就先走了，他还黏糊上去干吗？丢脸啊！

“说不定这会儿两个人还在某个角落回忆起年少时光伤春悲秋呢。”他冷笑。

“老宋，你就是脸皮太薄了，”厉少彬恨铁不成钢地说，“要换我，甭管他们在哪个角落，也得揪出来，老子不痛快，谁也别痛快，而且我还得在机场里指着他们两个人的鼻子骂，骂得他们恨不得变成水泥缩进地板缝里。”

宋楚颐冷睨了他一眼：“你是说得轻松，等真换成你自己，你丫比谁都怂（造字尸+从）。”

厉少彬被鄙视得脸上无光，这时，正好看到傅愈和长晴一块儿从机场出来，傅愈手里推着长晴的箱子，长晴低着头，他不时低头看她，还时不时摸摸她的脑袋。

“靠，老宋，你这脑袋现在绿油油的，”厉少彬在车里看到这一幕，气呼呼地说，“我就让你看看彬爷我到底怂不怂。”

傅愈的车正好停在路边，刚打开车门，一声阴沉的“傅愈”就传了过来。

他抬头，一个穿着花衬衣的男人朝他走来，满脸邪气，傅愈还在想这人是谁，迎面一记拳头就已经打在他的鼻梁上。

“傅愈哥……”长晴吓了一跳，赶紧扶住他。

傅愈一只手捂着鼻子，一只手把长晴拉到自己身后，紧接着，傅愈的司机从车里快步走出来，挡在两人身前。

“傅愈，你有胆子勾搭别人老婆，站在后面算什么本事？”厉少彬不羁地勾勾手指，“你给我出来，你欺负老宋是个软泥巴，但老子这个做兄弟的不会善罢甘休，这记拳头我早就想给你了。”

傅愈这才明白，原来是宋楚颐的兄弟。

“厉少彬，你有病吧，”长晴气呼呼地说，“什么勾搭，你说得太难听了，宋楚颐叫你出来算什么本事，你叫他出来。”

厉少彬哼哼道：“老宋脸皮儿薄，胆子小，丢不起这个脸，让他出来干吗？”

刚下车的宋楚颐正好听到这句话，英俊的脸沉了沉，走过去，问道：“你说谁胆子小？”

厉少彬身子一僵，咳嗽着回头，满脸尴尬地说：“老宋，你怎么出来了，这时候你就该待在车里，这种事我来处理。”

宋楚颐扫了他一眼，从兜里打开一包纸巾，抽了两张递给傅愈：“不好意思，我这兄弟急躁了些。”

傅愈看看厉少彬，又看看宋楚颐，伸手接过，擦了擦流出的鼻血，声音沙哑地说：“没关系，看样子是个误会，不过我觉得你下回还是跟你兄弟好好说清楚，我被打无所谓，但不要坏了长晴的名声。”

长晴见他受伤了还这么关心自己，心里划过一阵暖流，同时想到宋楚颐刚才在机场里没等自己就先出来了，他到底把自己这个老婆当什么了，而且厉少彬不会无缘无故动手，一定是宋楚颐乱嚼舌根跟他说了什么。于是，她忍不住狠狠瞪了宋楚颐一眼，这个男人实在太过分了，在飞机上不搭理她，和别的女人搭讪也就算了，现在还这么过分。

“你说得对，是我没有说清楚，”宋楚颐淡淡扯唇，问长晴，“你要坐我的车走还是坐傅愈的车走？”

长晴心里有点委屈，这是什么话啊，她是他老婆，不坐他的车难道让傅愈送自己吗？可是见他一副漠不关心的样子，长晴喉咙堵得难受，他肯定是刚才在飞机上看到美女喜新厌旧，现在看着她烦了，她想说坐他的车走，但又觉得没面子。

这时，傅愈温和地说："长晴，你还是坐宋楚颐的车走吧。"

"傅愈哥……"长晴没想到他会主动这样说，怔了怔。

"我不想因为我让你不开心，既然决定做你哥哥，我就会守护你，凡事把你开不开心放在第一位。"傅愈说这话的时候，眼睛里流露出深情的目光。

长晴既感动又内疚。

这么一比，宋楚颐的度量简直low（低）爆了，一路上，宋楚颐哪里顾及自己的感受了。

傅愈体贴地提着长晴的箱子放进厉少彬的车后备厢里，末了，对宋楚颐说："你不要总是一个人走那么快，要考虑到你是和长晴一起出来的，她需要人照顾。如果你总是这样，就算你是长晴的老公，我也不会对你客气。"

他转身离开时，长晴看着他的背影，一脸愧疚。

宋楚颐头疼地摁了摁眉心，厉少彬在他耳边小声地说："这个傅愈太有心机了，老宋，你完全被他秒杀了。"

宋楚颐瞪了他一眼，这还用说吗？他都想骂娘了，傅愈明明想抢走自己老婆，还摆出一副即使不能拥有对方，但还是希望对方能过得幸福的情圣模样。这招真是高啊，显得他情操高尚，不愧是上纬集团的总裁，年纪轻轻，城府就这么深。

宋楚颐算是明白了，傅愈这次不是明目张胆地抢长晴，而是先和晏家老老少少打好关系，再慢慢离间他和长晴的关系。他就算明白他的想法，可这会儿一口气堵在嗓子眼儿，咽不下又吐不出。

"先上车吧。"他强忍着打开车门，不能让傅愈的目的得逞。

长晴看了他一眼，没理会，却走向左边的车门，自己打开车门坐进去。

宋楚颐见状，轻吸一口气，干脆坐到副驾驶位置上。

跑车离开机场，长晴在后面玩手机，宋楚颐在前面玩手机。

厉少彬打开电台，舒缓了一口气，说："长晴啊，我觉得吧，你毕竟是已婚的女人，还是跟傅愈保持点距离比较好，你们俩那样子，老宋看着多不舒服啊，刚才上车的时候还气呼呼的呢。"

"啊。"他突然惨叫一声，狠狠瞪了一眼悄无声息捏他大腿的宋楚颐。

长晴的嘴巴委屈地抿了抿，冷哼一声："我是记住了自己已婚女人的身份，可某人似乎根本不记得自己是已婚男人。"

"你确定记得自己是已婚女人？"宋楚颐禁不住冷笑，记得还跟别人在飞机上眉来眼去，"我都以为你把傅愈当成自己的老公了。"

"宋楚颐，你别血口喷人。"长晴生气地瞪圆双眼。

"我刚刚是不是不应该出现？你应该坐傅愈的车走，说不定郎有情妾有意，还有机会走到一块儿。"宋楚颐的语气越发刻薄。

"你浑蛋，"长晴身体颤抖，他竟然这样污蔑自己，"你有什么资格说我，你自己还在飞机上跟别的女人勾勾搭搭呢。那个女人呢，怎么不一块儿回去啊？"

"我跟谁勾搭啦？"宋楚颐气极反笑，"倒是你，别把责任推给我，我看你是回了一趟老家，想起你们曾经的点点滴滴，傅愈一出现，再帮你提点儿东西，含情脉脉地关心一番，你那颗小心脏又在乱动了吧。这次扬州之行，我是不是根本就不该去啊？也对，你根本就没邀请我去，我现在非常怀疑你把要去扬州的事也偷偷地告诉了傅愈，不然为什么那么巧，你回去了，他也回去了，是不是想着我要是不去扬州你们就可以避开我双宿双飞了？我看也不用双宿双飞，我都忘了，你的房间跟傅愈的房间紧挨着，晚上傅愈跳一下就能到你房里了。"

长晴简直要被他气晕了，不过她还没气晕，倒先气哭了，这人怎么这么蛮不讲理啊，她怎么会瞎了眼喜欢上这种人，想想刚才傅愈小心翼翼关心自己的样子，长晴红着眼睛理智全无地反驳："对啊，是我告诉他的又怎么样，你完全没有一点风度可言，傅愈比你强多了，我又没让你去扬州，是你自己要去的。"

厉少彬瞬间感觉跑车里的温度降到了零下一度，他忙拍了拍宋楚颐的肩膀："老宋，别激动，消消气，消消气，她说气话呢。"

宋楚颐冷笑了一声："你终于说出心里话了，你藏得很深啊，你要不说，我还不知道你的真实想法。我没风度，我是没风度，我最没风度的就是今天跟你们两个人一起坐飞机，打扰到你们了，要我跟你道歉吗？"

"你是要道歉，你本来就要道歉，"长晴只觉得自己的心肝脾肺肾都要气炸了，说到后面，自己先气哭了，眼泪就像断了线的珠子一样往下掉，"停车！停车！我不要跟他坐一块儿，我自己去坐出租车。"

她说完，使劲去开车门，但好在车门已经上锁了。

宋楚颐脸部发黑，厉少彬劝道："老宋，快劝劝，大家都说气话呢，这是在高架上，真跑出去是要出人命的。"

后座，长晴还在哭哭啼啼地开车门，宋楚颐咬咬牙根，弯着腰站起来往后扯住她的手臂：“你不要命了是不是？”

“不要命也比看着你生气强！”长晴红着眼眶瞪着他。

宋楚颐的肺都要气炸了：“行啊，你不想看到我，等会儿进城了我送你去傅愈家的别墅行吗？”

“宋楚颐，你去死！”长晴突然扑过去捶他的胸膛，咬他的手臂，一副被逼急了的模样。

宋楚颐吃疼地推开她，长晴又上前拽住他。

两个人，一个在副驾驶位上，一个在后座。

跑车位置虽然够宽，但高度不够，两人推搡间把开车的厉少彬挤得连方向盘都握不稳。

“喂喂，够啦，你们不要命，我还要命呢。”厉少彬吓得脸色惨白地抓紧方向盘，赶紧往路边停靠，一只手顺便打开了敞篷车盖。

头顶的空间大了，宋楚颐立即从副驾驶位上爬过去。前方，厉少彬一个急转弯，宋楚颐被狠狠地甩到了长晴身上，把她紧紧地压在下面。

“你起来。”长晴被他滚烫的身体压得透不过气，使劲推他。

夏天的太阳火辣辣的，车盖打开后，将两人身上晒得像火烧似的。高速公路上其他人都将目光向这边投来，有的人按喇叭，有的人吹口哨，还有的人在拿手机拍照。

厉少彬赶紧又把敞篷车车盖盖上。

后面，宋楚颐已经爬起来将长晴牢牢控制在怀中，手臂也抓得紧紧的，可长晴还是不甘心，用嘴咬他的脖子。

宋楚颐腾不出手捂她的嘴巴，干脆低头用嘴堵住她的嘴巴。

长晴用牙齿咬他的嘴唇，宋楚颐猝不及防，还真被咬破了皮，疼得他往后躲闪了一下，片刻后又狠狠地吻上去，这次长晴完全来不及咬他。

吻着吻着，长晴的这颗柔软的小心脏被他强大的力量征服了，力气也渐渐变小。宋楚颐开始温柔缠绵地吻她，逐渐暧昧的情愫勾起往日的一些甜蜜，长晴在他怀里委屈地抽泣起来。

宋楚颐放开她些许，长晴哭得眼睛红红的，她张口沙哑地骂：“你坏蛋！”然后再次狠狠地咬住他的薄唇。

之前被她咬破的伤口这次被咬得更深了，流出了血，两人的唇都被染得红红的。

宋楚颐心里暗暗骂了两句，疼得难受，又觉得没面子。他拿纸巾捂住嘴巴，第一次想揍人但又不能揍。

长晴也傻眼了，她就是心头憋着一口气，没想到咬下去的时候会那么用力，他的嘴唇外面明显嵌了牙印进去，血一个劲儿地往外渗。

看到宋楚颐恶狠狠的眼神，她有些害怕地往车门处躲。

宋楚颐已经懒得找她麻烦了，嘴唇上的血特别难止住，他换了一张纸，冷冷地说："少彬，下了高速，你看到药房停一下，我去买个创可贴。"

厉少彬抽空回头看了一眼，吓一跳，对他们夫妻两个的行为简直无语了。

二十多分钟后，车子开进市区，宋楚颐看到药房下车，出来后，嘴唇上贴了一个创可贴。厉少彬看了一眼，忍不住笑出来："哈哈，老宋，你这模样真绝了，好想给你拍张照片放到朋友圈去。"

宋楚颐狠狠地瞪了他一眼。

长晴本来心里头五味杂陈，可此刻也很想笑，不过她拼命忍着，现在可是她生气摆脸色给他看的时候。

她转过脸去，却还是忍不住从窗户里偷看宋楚颐。这样的宋楚楚好有喜感啊，她也想拍照。

跑车快到晏家时，宋楚颐冷淡地对厉少彬说："你在门口停一下，送她进去。"

长晴闻言，抓紧裙角边缘，他这是不打算回来睡了。

"对了，记得把罗本也牵上车。"宋楚颐又补充了一句。

厉少彬虽然一直不看好他们，不过刚才一路上似乎也察觉到两人都有些赌气的成分，于是轻声说："老宋，你不回去了？"

"被她咬成这个样子，你认为我还有脸见人？"宋楚颐难看的脸色搭配着嘴唇上的创可贴，让人莫名感到滑稽。

长晴现在都不敢正眼看他，怕笑出来。

"也是。"厉少彬点头，停好车子后，他飞快地下车帮长晴拿行李。长晴准备下车的时候，看了宋楚颐一眼，见他面无表情地扭向另一边，于是懊恼地冲下车。正好厉少彬推行李过来，她用力拽了过去，把气撒在他身上："不用你们管，我自己来。"

"别别别，"厉少彬忙赶上去帮她一把，低声说，"我认识老宋这么久，很少看他发这么大火，他心里肯定是有你的，只是被嫉妒冲昏了头脑。你啊，也要给老宋点儿面子，男人都是极爱面子的。”

“他才不会嫉妒，”长晴一腔怨愤就这么发泄出来了，“他在飞机上跟人家美女搭讪，聊得可热乎了，早就不记得还有我这个老婆了。”

她说完，用鼻子哼了哼，还狠狠地瞪了一眼呆愣的厉少彬，然后把铁门狠狠一关。

厉少彬碰了一鼻子灰，不甘心地说：“老宋让我牵狗呢。”

“你告诉他，今天晚上我要炖狗肉吃，他休想带走。”长晴气呼呼地说。

厉少彬回到车上，埋怨说：“老宋，你真在飞机上跟美女聊天了，还聊得很热乎？你这也不厚道吧，明明自己错了，还把责任推到别人身上，害我二话不说就朝傅愈动手了。”

“除了病人，我几时跟别的女人聊得热乎了？”宋楚颐无语，这人到底是不是自己的朋友，也太容易动摇了。

厉少彬一时语塞，无奈地说：“总之受伤害的是你家罗本，人家说要炖狗肉吃呢。”

“吃就吃了吧。”宋楚颐还在生气。

“时间不早了，我们要不要去吃个狗肉火锅什么的？”厉少彬想到狗肉，突然有点想吃狗肉火锅了。

“你觉得我这个样子能吃什么？”宋楚颐头疼，嘴唇也疼，估计这几天都没法好好吃饭了。

翌日，院里召开大会。

宋楚颐走进去的时候，众人都朝他投来诧异的目光，有人碍于他的身份，想笑不敢笑，使劲憋着。

只有郭主任平时和他关系不错，哈哈笑起来：“楚颐，你这是怎么搞的，弄成这个样子，不会是被老婆吻伤了吧？”

宋楚颐嘴角轻轻抽动，半晌，轻声说：“不是，我吃东西的时候不小心自己咬伤了。”

“你是咬得有多重啊，都要贴创可贴，”郭主任只觉得滑稽，开玩笑地说，“楚颐，东西再好吃，也要慢慢吃，别吃得太急了。”

旁边有人没忍住，扑哧一声低笑出来，宋楚颐太阳穴跳了跳，全程面无表情，只是当他在周会上站起来发言时，大家都把注意力放在他的嘴唇上，连院长都在使劲憋笑。

好不容易开完早会，他回到科室没多久，便接到管樱打来的电话："楚颐，你今天上班吗？是这样的，我今天来医院复检，你能不能帮我安排一下，我怕排队的话会引起别人注意。"

"好，"宋楚颐斟酌了一下，低声应着，"上午还是下午？"

"下午四点吧。"

宋楚颐应了，挂掉电话后给王医生去了个电话。

下午四点，管樱坐公司专车到医院，找王医生看完病后又坐电梯到十二层的神经外科，宋楚颐的办公室门紧闭着，管樱敲了敲门，没人开。

她犹豫了一下，轻轻转动门把，门没锁，里面开着空调，冷气袭人。

她望了望里面，身后突然传来一个女人的声音："你在宋医生门口做什么？"

管樱回头，面前的女人一身白大褂，长发扎成马尾，脸上化着淡妆，长相清秀端庄，但一双眼睛里却透着不友善。

管樱看了一眼她的胸牌，余思禾医生，也是神经外科的，不过正在实习阶段。

"你是管樱？"虽然戴着口罩，余思禾还是很快将管樱认了出来。她之所以会留意管樱，是因为听说管樱和宋楚颐之前交往过，对宋楚颐交往过的人，她一向很留意。

"我来找楚颐。"从这个女人眼里，管樱感觉到了敌意，宋楚颐长得英俊，医术又一流，再加上家里条件优越，有女人喜欢并不奇怪。

余思禾突然想到前段时间一个很火的娱乐新闻，有点讥讽地说道："你倒是叫得很亲热，可我记得你们早分手了吧？你还总是过来找他好像不大好吧，这叫什么呢，第三者？"

"你这话是什么意思？"管樱微怔，难不成宋楚颐已经有女朋友了？

想到这个可能，管樱突然感到胸口一阵悸痛。受伤的这段日子，她无数次后悔当初为什么会放弃宋楚颐，这份后悔不仅仅是因为宋楚颐的身份，更多的是她是真的喜欢这个人，她想重新再来。

"你还真是什么都不知道啊，"余思禾突然心理平衡了，"宋医生已经结婚了，他结婚的对象你还认识呢，跟你挺熟的。"

管樱一脸茫然，跟她熟？

她在北城虽然待了很多年，熟识的人很多，但挺熟的人……她想不起来，她最近没听身边任何人说过结婚的事啊。

“你真傻啊，看来你的好闺密根本没有告诉过你，”余思禾貌似怜悯地继续说，“其实要不是看新闻，我还不知道你们是好朋友呢。听说你们毕业于同一所大学，还住同一个宿舍，前阵子接了同一部戏，你是女一号，她是女二号。拍戏的时候，你因为救她被马踩得肋骨骨折，结果你没了女一号，她却阴差阳错地戏份变得和女一号一样多了。”

“你胡说。”管樱摇头，口罩之外的脸色突然变得苍白。

余思禾的每一句话似乎都明显地暗示这个人是晏长晴，可管樱不相信，这一定是全世界最好笑的笑话了。

长晴怎么会和宋楚颐结婚？她明明知道自己和宋楚颐交往过，也知道自己想和宋楚颐复合。在她心里，长晴就像一张白纸，简单善良。有时候她会嫉妒这张白纸，有时候也会在这张白纸面前自卑，可她一直都相信，她们四个人中，就算哪天阮恙背叛她了，江朵瑶背叛她了，长晴也不会背叛她。

“我没有胡说，这件事情医院很多人都知道，”余思禾冷笑道，“前不久，宋医生从瑞士出差回来，我们医院一些人为他接风。那天晚上，晏长晴是和她姐姐晏长芯一块儿来的，晏长芯当着我们的面亲口说晏长晴和宋医生结婚了。我也打听过，这件事宋家人都知道，结婚也没多久。噢，对了，你最好别等宋医生了，他在主任办公室，估计一时半会儿不会回来。”

说完，余思禾转身走了。

管樱呆呆地站了一会儿才迈动脚步。她完全不知道自己是怎么从楼上下来的，正在愈合的肋骨隐隐作痛，疼得她渐渐有些呼吸不畅。

上车后，司机见她迟迟没有说话，询问：“管小姐，现在是回家吗？”

她摘下口罩，露出一张惨白的脸，恍惚了一阵，报出晏家的地址。

“长晴，管樱来了。”晏家楼上，长晴听到张阿姨的呼唤声，又听到罗本的叫声，眼皮狠狠地跳了跳。

长晴听到自己的声音有些抖：“她进来了？”

“对啊。”

长晴很久都没有这么不安过了，罗本好像就在自家院里，她希望管樱没有见过罗本，或者说管樱现在还没看到罗本。

她急急忙忙地冲下楼，往院子里跑，结果看到管樱站在车前，罗本坐在她身边，一只爪子老老实实地搭在她的掌心。闻到长晴的味道，罗本爪子立即抽出来，朝长晴跑去，对着长晴嗷嗷叫了两声，又看向管樱，不过这两个人都没看它，它微微有些沮丧。

管樱看着长晴，就像在看一个陌生人。

长晴紧张到脑子一片空白，强挤着笑容上前："小樱，你怎么突然来了，你的伤……"

"罗本怎么会在你这里？"管樱目光锐利，好像一把锥子要把人戳穿似的，"长晴，你跟宋楚颐是结婚了吗？"

长晴一直想隐藏的秘密突然毫无征兆地暴露了，她完全没有做好心理准备，脸上的惊慌展露无遗："小樱，我……"

"我去了一趟医院，医院的人亲口说的。"管樱一路紧绷、压抑的弦突然断了，她再也控制不住了，她最重要的朋友把她当傻子一样耍，"晏长晴，我没想到你是这种人。"管樱用一种冷冷的眼神看着她。

长晴慌得不知所措，管樱从没用过这种眼神看她，她接受不了，她们是最好的朋友："小樱，不是你想的那样，我跟宋楚颐是商业联姻。"

"那你的意思是你不喜欢他喽？"管樱上前几步，盯着她问道。

长晴在好朋友面前的撒谎能力几乎是零，她眼睛里的闪烁证明了一切。

"你跟他之间该发生的都发生了吗？"管樱接着问。

长晴脸色泛白，嘴唇哆嗦。

一记耳光啪地落在长晴的脸上。

长晴被打蒙了，眼泪当时就掉了出来，罗本立即绷直身子朝管樱汪汪地叫起来。

"你别跟我哭，我现在觉得你特别假，"管樱深吸了一口气，抹掉脸上的泪水，沙哑地说，"长晴，我一直把你当最好的朋友，从第一次在宿舍见到你，我就觉得你像一张干净的白纸，你对我热情，让我觉得温暖。虽然我们宿舍四个人为了打拼各奔东西了，但在我心里，你们不仅仅是我的朋友，更是我的家人，我嫉妒羡慕你，但我从来没有想过做一丁点对不起你的事，可你就是这么对我的吗？"

"小樱，对不起，"长晴捂脸，心痛地哭了出来，"我爸公司遇到了一些状况，我只能和宋楚颐结婚，宋家才会出手相助。我没有办法，如果我不这么做，我爸会坐牢，可是我没想到自己会喜欢上他，而且这是你和宋楚颐分手后的事情，当时你跟傅愈已经在恋爱了……"

有些事情就像疾行的火车，想刹车的时候却已经晚了。

“但是你跟我说过无数次，你说你永远不会像电视和小说里那样觊觎好朋友的男朋友。就算宋楚颐是我的前男友，你有没有想过我是你的好朋友，假如以后遇到他我会是怎样的感受？”管樱失望地冷笑，“你说友情比爱情重要，可我现在看到的却不是这样。晏长晴，你是不是从来没有把我当成过好朋友？”

“不是。”长晴红着双眼否认。

“我再也不会相信你，”管樱摇头，“你有无数次的机会告诉我，但你什么都没说，后来，我跟你说我还喜欢宋楚颐的时候，你是不是觉得我特傻特蠢，你把我想要的男人一个个都抢走了。长晴，你太有能耐了。”

“我没有……”长晴摇头，她不知道自己怎么在管樱心里就成了一个坏女人。

“你就有，”管樱气愤地瞪着她，“在傅愈没有见到你之前，我跟他好好的，可见到你之后，我们的关系便一直走下坡路，他对我一次比一次冷淡，直到后来我发现傅愈喜欢你。我想起以前你跟我说过，你心里藏着一个从小到大一直喜欢的人，我知道是傅愈，你不知道那些日子我有多嫉妒，我每天拼命地压抑着。晚会那天我还风风光光待在傅愈的身边，可开机后他连正眼儿都没瞧过我。在葡萄庄园拍戏那几天，你不在，池以凝、何咏穗她们天天在我面前数落你，说你的不是，我维护你，她们就冷落我，抱成一团暗地里欺压我、嘲笑我，我每天拍戏累得要死，连饭都吃不好，可是我从来没有跟你抱怨过，因为我把你当好朋友。就算别人奚落我，也不会改变我们的友情，你每次来剧组，我都若无其事，那些日子的辛苦难过，你这种千金大小姐根本就不懂，因为在剧组里你有傅愈罩着。”

长晴早已泣不成声，这些事，她真的从来都不知道，她以为她走后，管樱虽然在剧组没多少朋友，但应该不至于太难熬。

管樱不断地抽噎着：“你被傅愈捧在手心里呵护着，可我每次见到他都把他当祖宗一样供着，我在他面前活得连条狗都不如，呼之则来，挥之则去。长晴，你根本不知道我有多羡慕你，我不懂人跟人之间为什么有这么大的差别，就因为我出身贫穷，而你们富贵吗？可就算这样，上次遇到危险的时候，我也想都没想地挡在你的前面，当时疼得我感觉快要死掉了。醒来后，经纪人把我骂得狗血淋头，我失去了最重要的角色，甚至连未来都不确定。我每天躺在病床上，动也不能动，整日惶惶不安。好不容易出院，回到家里，也只能在新闻上看到你们的事情。即使这样，我也总是不断地告诉自己，我不后悔，我不后悔……”

长晴看到这样的管樱很心痛，已经不知道该说什么好了。

记忆里，管樱从来没有这样哭过，甚至连流泪都很少。

“小樱，我从来没有想过要抢走谁……”她喉咙沙哑地说。

“你没想过抢走谁？在我和傅愈在一起的时候，你抢走了傅愈，在我想和宋楚颐在一起的时候，你又抢走了宋楚颐，”管樱追问，“在医院那段时间，你不会没看出来我是真的喜欢他吧？”

长晴竟无言以对，她看出来了，所以她想过要让，可是当宋楚颐真的决定要离婚的时候，她害怕了，她听从内心的想法主动挽留他，是不是那时候如果她不挽留，她和管樱的友情也不会走到这一步。

“小樱，你要怎样才能原谅我？”长晴哽咽着说，“我们曾经那么要好，我是真的把你当好朋友。”

“你就是这样对待好朋友的吗？”管樱冷笑，“除非……你把宋楚颐让给我。”

长晴愣住，讷讷地说：“他是一个活生生的人，不是我说让就能让的。”

“你根本就不舍得，对吧？”管樱决绝地说，“晏长晴，说到底，你根本就是个自私自利的人，我今天算是看清楚你的真面目了，就当我这几年瞎了眼，从今天开始我们不再是朋友了。”

她说完，转身往车子走去。

长晴的心脏疼得像被撕碎了似的，上前拉住她：“管樱，你不要这样好不好？我不能失去你这个朋友，你忘了我们曾经说过要做一辈子的朋友吗？你忘了我们曾经的点点滴滴吗？”

管樱看看长晴的手，又看看她的眼睛，嘴角溢出一丝冰凉：“我不敢，也不会跟你做朋友了，从今天开始，你走你的阳关道，我过我的独木桥。”

管樱上车，毫不留恋地离开了。

第二十三章　最动人的情话

管樱离开后很久，长晴都不敢相信她要失去这个朋友了，她现在的感觉就好像身体被掏空了一样。

记得刚上大学时，她去得晚了，下铺都被人选了，是管樱主动把下铺的位置让给了她。她生活邋遢，管樱总是随手帮她整理床铺。每次轮到她值日，管樱总会毫不犹豫地出手帮忙。她成绩不好，演技也不好，是管樱耐着性子陪她一遍又一遍地练习。

四个人中，谁被欺负，另外三个人总是毫不犹豫地挺身而出，她们一起上课，下课后一起吃喝玩乐；十八岁后，每年的生日都会互相陪伴；她们一起毕业旅行，相互鼓励，一路磕磕绊绊也吵过架，但总是没两天便和好。

可现在，管樱说她们再也不是朋友了。

夜里十二点多，宋楚颐过来了，他嘴唇上没贴创可贴，不过伤口已经结了痂。

长晴坐在书房里，没出来，她现在还在伤心中，宋楚颐见她爱理不理的，就自己去洗澡了。

宋楚颐洗完澡出来，长晴还没从书房里出来，他躺在床上，明明很困，可能因为灯没关，很久都没有睡着。他看看时间，一点钟了，明天还要上班，到底还要不要睡？

管她呢，爱睡不睡。宋楚颐心里恼火，起身把卧室的灯关了。

他躺下没多久，书房传来低低的啜泣声。

他头疼，再次爬起来，打开灯，走进书房，长晴趴在电脑桌上，脸往下，身体哭得一颤一颤的。

他注视了一会儿，上前扯她。

长晴使劲扭动身子，不肯起来，像个闹别扭的小孩，只是越哭越伤心。

宋楚颐无奈，这场冷战，他先低头还不行吗？于是开口问道："你怎么了？"

长晴鼻子狠狠地抽泣了一下，哽咽地说："不要你管，反正我在你心里一点儿都不重要，我傻，才会为了你，失去最重要的朋友。"

宋楚颐总算理清一点头绪了，敢情不是因为他哭啊："你说谁呢？"

"管樱，"长晴终于哭着抬起头，"她今天来晏家了，看到了罗本，她知道我们结婚了……"

吸吸鼻子，长晴哭得更厉害了，掩藏了一晚上的心情终于找到了宣泄口："她说……我跟她再也不是朋友了。"

宋楚颐心想，这都什么事呀，跟他有什么关系，现在这样好像他错了一样。不过看面前的女人哭得眼泪、鼻涕都分不清了，只好认命地找了纸巾给她擦拭，结果不但没擦干净，还惹得长晴哭得更厉害了："都怪你，要不是我喜欢上了你，我也不会对不起朋友……"

宋楚颐拿着纸巾的手顿了顿，突然没那么生气了："好啦，这不是你的错，是管樱她自己不明白，就算没有你，我也不会和她复合。"说完，弯腰抱住坐在椅子上的长晴。

长晴的脸贴着宋楚颐的小腹，感受到从他身体传来的源源不断的热气，心里才慢慢好受一些，但还是不肯罢休地说："都是你的错，你不知道，我跟管樱的感情有多好，我不想没她这个朋友。现在，因为你，她以为我重色轻友……"

宋楚颐皱眉，对这句话不大满意："那你的意思是想重友轻色？"

长晴一愣，看看宋楚颐的脸色，再傻也知道不能承认他不如自己的朋友重要，于是瘪瘪嘴说："反正目前为止，你不如朋友牢靠，昨天还毫不留情地指责我，一点儿也不在乎我的感受，把我气哭了也不安慰我。"

宋楚颐没好气地说："你也不想想你对我做了些什么。"

"谁让你在飞机上跟别的女人谈笑风生的，简直把我当空气。"长晴声音沙哑地抱怨。

"我几时谈笑风生了？不过是跟人家随便闲扯两句，"宋楚颐皱眉，"倒是你，你自己做了什么，还记得后面坐着你的丈夫吗？"

"是你没记住自己还有个老婆，"长晴抬起水润润的眼睛，噘嘴，"那女的很漂亮吧，让你都目不转睛了？"

宋楚颐头疼，和女人争执貌似永远都不在一个平台上："你现在是在吃醋吗？”

“谁吃醋了？”长晴扭捏地推开他，背过身去。

“你好像忘了自己说过我不如傅愈吧，说他比我强多了，”宋楚颐心里默默地轻叹一口气，“我还以为自己去扬州真打扰你们两个了呢。”

“你明明知道我说的是气话还乱讲。”长晴委屈地说。

宋楚颐安静地注视了她一会儿，最后摸摸她的脑袋，警告：“如果你以后再敢跟别的男人乱走……”

他说着顿住，长晴疑惑地转头看了他一眼，从他眼睛里捕捉到愤怒，小声嘀咕：“我当时以为你要跟那个美女走呢，所以才走快点，免得打扰你们。”

她说的话还是挺可气的，如果不是声音哑哑的，像要哭了，宋楚颐可能又会生气。这会儿虽然有点郁闷，不过还是忍住了，用厉少彬的话说，两人都是在说气话，这就会着了傅愈的道，他必须克制自己的脾气，不能让傅愈得逞了。

“我要跟美女走早就走了，哪还会等到今天，再说我眼光没那么差。”宋楚颐转过身，往卧室里走去。

长晴愣了愣，小步子跟上去：“你什么意思，嫌她还不够美？”

宋楚颐长长地深吸口气，这女人的大脑怎么就转不过来啊：“我的意思是，我家里有一个比她漂亮许多倍的人，我稀罕她干吗？”

长晴眨眨眼，他说的家里有一个比她漂亮许多倍的人，难道说的是她？

心情突然之间变好了，她破涕为笑，扭捏地上前拉了拉他的衣角：“你说的是我吗？”

那骄傲的模样让宋楚颐忍不住心软地捏捏她嫩嫩的小脸蛋：“傻瓜，快去睡觉。”

“不，你还没回答我的问题呢。”长晴嘟嘴，娇气地扭扭小腰肢。

宋楚颐看她两片小嘴唇高高地嘟着，粉嫩的小脸鼓鼓的，像极了软软的棉花糖，让人很想咬一口。

“睡觉。”宋楚颐干脆抱起她往床上去。

到床上，长晴又爬起来，往他身上拱：“你说不说，我好笨的，猜不到答案。”

宋楚颐无语，平时是笨，这会儿倒耍起小聪明了。

他拍拍她的屁股，突然想逗逗她，说：“我说的是我自己。”

长晴呆了呆，傻傻地看着他优雅干净的脸。确实，宋楚颐五官不是那种刚硬的，要说美也确实是美，如果带上假发的话……不过这都不是重点。

她赶紧抱着他的胳膊摇起来："我不相信，你可是男人，这是孤芳自赏，不行。"

宋楚颐兴味盎然地挑挑眉，看着她着急。

长晴一本正经地说："我以前看过一个故事，在古希腊的时候，有一个神长得极美，有一天他站在河边无意中看到水里有一抹倒影，那倒影十分美丽，他觉得这个世界上再也没有比这倒影更美丽的人了，于是他深深地迷上了这抹倒影，每天坐在河边一动也不动地看着倒影，不吃不喝，于是就死在河边了。"

宋楚颐不明所以："你说这个故事想表达什么？"

长晴说："那倒影其实就是神自己的模样，他爱上的是他自己。所以，宋楚楚，你千万不要有这种念头，这种念头会让你除了自己，再也不可能爱上别人。"

她还是蛮担忧的，毕竟她是他的老婆，有一个长得太帅的老公也有烦恼："你知道现在为什么那么多很帅的男人都去搞同性恋了吗？因为他们觉得自己太帅，女人已经配不上他们了，所以就去找男人了。"

宋楚颐无奈地摁摁眉心，好想拍死她。

"你睡不睡？再不睡我把你扔下去了。"宋楚颐低低地威胁警告。

感觉到黑暗中传来的冷意，长晴沉默了几秒，老老实实地躺下，过了一会儿，在黑暗中翻来覆去，然后又爬起来，用食指轻轻戳他的脸颊："宋楚楚，你说的到底是我，还是你？"

宋楚颐无可奈何地睁开双眼。

"小笨蛋，"他搂过她，最后柔情地说道，"除了你还有谁。"

一句话，让长晴心里像吃了蜜一样甜。她猛地扑到他身上，笑嘻嘻地抱住他的脖子："我就知道是我，我可比你美多了。"

宋楚颐啼笑皆非地伸手揽了揽身上八爪鱼一样的女人，轻声哄道："还不快睡。"

长晴从他胸口抬起头来，桃花眼一眨不眨地盯着他。

宋楚颐也看着她，大半夜的，她能别这样妖娆地看着他吗？半分钟后，长晴突然不高兴地往他怀里钻，小声嘀咕："你都不亲我。"

声音从胸膛处传来，宋楚颐的身体僵了一下，强忍住胸口翻涌的气息，没好气地开口："我的嘴都被你咬成这个样子了，怎么亲？"

长晴一愣，又抬起头看他的嘴巴，确实咬得深了一些，虽然结了痂，但还是红红的，没完全长好，如果接吻的话，伤口一定会再次裂开。

她突然后悔了，以后咬他哪儿都不能咬嘴巴了，不然都不能被他亲亲了。

“对不起，”长晴用手轻轻地触碰他的下嘴唇，呵气如兰地说，“疼不疼？”

“要不我咬你一下试试？”宋楚颐作势一动，长晴吓得赶紧从他身上滚下来，钻进被子里：“不要。”

宋楚颐把人带被子一同拉进怀里，在她耳边撩拨她：“等我好了，非得把你的嘴巴亲得又红又肿。”

流氓般的话逗得长晴的心如小鹿乱撞，她回头瞪了他一眼，口是心非地说：“不让你亲。”

宋楚颐眼眸深邃，摸摸她的小耳垂，女人口是心非的模样最是诱人。

“快睡觉。”他低沉地说。

“嗯。”长晴这会儿老实了，不过躺了一会儿，她又爬起来亲亲他的脸颊。

宋楚颐怔然，在黑暗中看到她俏皮的眼神：“你不能亲我，我可以亲你。”

他笑笑，摸摸她的发梢，抱着她睡觉。

快入睡时，他迷迷糊糊地想：大概以后有个女儿也是这样抱着睡吧，以后会不会左右都要抱一个？算了，还是生个男孩吧，锻炼得刚强些，两个女儿疼不过来。

翌日早晨，长晴重返电视台上班。路上，她接到江朵瑶打来的电话，看着手机上的名字，她有点害怕，不知道江朵瑶知道了她和管樱的事会不会怪她。她叹了一口气，还是按下接听键，江朵瑶生气的话传了过来：“好你个晏长晴，扯证这么大的事竟然悄无声息，都不告诉我，你还把我当朋友吗？你告诉阮恙，都不告诉我。”

长晴隐隐地松了一口气，却又害怕：“我……我不是怕你说我吗？”

“我看起来像是那么不讲道理的人吗？”江朵瑶气呼呼地说，“阮恙昨天都跟我说了，管樱也给我打电话了。你们各有各的立场，你呢，确实有错，错就错在不该一直瞒着；管樱也有错，只能说她一开始就不应该对宋楚颐放手，还劈腿。不过昨天管樱和我打电话的时候，我感觉她是真的喜欢宋楚颐，倒不仅仅是看中他的家世背景，我想她这次是真的伤了心。”

长晴黯然，不知道该说什么。

“好啦，你们两个都是我的好朋友，我偏向谁都不好，所以还是保持中立吧，”江朵瑶叹气，“不过我会帮忙劝劝管樱的，我希望我们四个人的友谊能够长存，不希望为了一个男人闹成这样。”

长晴沉默半晌，也只能说：“朵瑶，那管樱那边拜托你了。”

“嗯，不过我估计她不会听我的。”江朵瑶挺郁闷。

长晴也不是滋味。

九点半，长晴赶到《挑战到底》的节目组开会时，梅崇笑呵呵地率先站起来鼓掌：“首先，我们要隆重欢迎长晴重回咱们节目组。”

众人立即热情地鼓掌，左骞也含笑地注视着她。一个多星期不见，长晴脸上的痘痘好了许多，虽然没有完全消，但已经不那么明显了。

“长晴，主持这一块以后还要靠你和左骞。说实话，这些日子你不在，我还真不习惯，上回池以凝录的节目出来以后，我还真不喜欢，就喜欢你那套主持风格。”梅崇和颜悦色的样子让长晴差点认不出他了。

众人面面相觑，对梅导态度的大转变有点不习惯。不过像他这种比较势利的人突然对长晴这么亲切，肯定是有什么事情影响了他。于是大家对长晴也客客气气的，弄得长晴十分不习惯。

中午，长晴被剧组的人热情地拉着去食堂吃饭，正巧在那里碰上了池以凝。

两人狭路相逢，长晴想到现在有宋楚颐撑腰，朝她挑眉一笑，主动走了过去：“以凝，好巧啊，你也来吃饭，听说最近你去担任外景主持了，干得还不错吧？”

池以凝脸色一黑，说起这件事她就来气，上周本来该她代替晏长晴录制《挑战到底》最新一期的节目，本来在彩排了，结果上面临时一句话，把她给换了，还被调去担任另一个节目的外景主持。为这事儿，她气呼呼地跑去找冯台长，结果冯台长不但没安慰她，还把她大骂一顿。现在，她简直成了台里的笑话。

这会儿，池以凝看到晏长晴得意扬扬的模样，气得够呛，不过想到冯台长狠狠警告她不许得罪晏长晴的模样，还是忍了忍，淡淡地说：“是啊，挺好的，反正我还年轻，就当历练吧。”

“早就该有这种心态，”郑妍瞥了她一眼，“你还太嫩，多吃点苦挺好的，别总妄想一步登天。哎，对了，你最近看了那个网络女主播被抓的事情吧？”

池以凝脸色一僵，朱嘉故意问：“你说的就是因为录制不雅视频而被抓的女主播吧？”

“可不就是，”郑妍笑眯眯道，“为了赚钱，连礼义廉耻都不要了，总想着走捷径不劳而获。所以啊，年轻的时候不要总想着爬多高爬多远，踏踏实实的，一步一个脚印，总能有出头的一天，就像我一样，所以，以凝，你得多向我们这些前辈学习。”

池以凝气得语塞，这个郑妍竟然拿自己跟那个女主播做比较，分明就是在讥讽自己，可人家是台里的前辈，职位不见得有多高，但资历深，她不好发火，只得道：“郑姐说得有道理，那我就多谢郑姐了，某些方面我得多向郑姐学习，不过有些地方还是算了，做一个体育台的主播可不是我的目标。”

“哎哟，郑姐，她这话的意思是不是在说看不上体育台的主播位置啊？”朱嘉立即见缝就钻。

郑妍不悦地睨向池以凝。

池以凝淡淡一笑：“人嘛，还是应该有远大的目标，难道长晴姐就稀罕做一个体育台的主播了？”

长晴愣了愣，这战火一下子又蔓延到自己身上了：“其实吧，我觉得各有各的好，体育台竞争不大，收视率也稳定，有很多主持人都想挤进去，不过不是人人都有这个资格的。”

“那确实是，首先要对体育方面很了解，一般体育台男主播居多，女主播很少，”朱嘉点头，看向池以凝，“反正比做外景主持强多了。”

“没关系，就像刚才郑姐说的，年轻人，还是多锻炼锻炼吧。”池以凝看着她们说道，暗示自己比她们都年轻。

“那是的，希望你珍惜这次锻炼的机会。”郑妍若有所指地说。

池以凝笑笑，离开。

朱嘉冲着她的背影撇撇嘴：“有什么好得意的，谁不知道她每天都在冯台长那里锻炼啊。”

晏长晴诧异：“她和冯台长还在一起呢？”

按理说，宋楚颐上回都那样警告冯台长了，冯台长应该和池以凝保持距离才对。

“什么时候分开过呀？”郑妍小声说，“前天晚上我还看到她下班去了冯台长办公室，反正好久都没出来，你说他们在里面能做什么啊？”

长晴突然有点恶心了，池以凝也真是够拼的，要是换成她，被冯台长那种长相的人碰一下都受不了。

晚上，像往常一样录制节目到九点钟后，梅导又请大家吃夜宵。长晴今天心情不错，梅导对她也是从来没有过地客气，她想可能是和上回宋楚颐找冯台长有关系，所以，想到宋楚颐今天上晚班，决定等会儿给他送点夜宵过去，顺便突击检查，看看他有没有背着自己在医院里勾三搭四。

于是，长晴又多点了几份夜宵，让服务员打包，十一点多钟便找借口提前走了。

她刚赶到博瀚医院住院部大楼时，正好看到宋楚颐手里提着一袋子东西进了电梯。

长晴匆匆跑去，没赶上，等从另一个电梯上去时，便看到宋楚颐的背影消失在走廊尽头的拐角处。

长晴跟上去，探头探脑地找了一阵，最后看到宋楚颐在一个病房里抱着一个六七岁的小女孩，小女孩光头，嘴里含着一根棒棒糖。

长晴还是第一次看到这样抱孩子的宋楚颐，禁不住放慢脚步，听女孩说："宋叔叔，后天我就要动手术了，会不会就这么死掉了？你说人死了，会去哪里呢？世界上真的有天堂吗？我会不会去天堂？可是去了天堂是不是就再也见不到妈妈和外婆她们了？"

"不会的，有宋叔叔在，你肯定会没事儿的，"宋楚颐温柔地说，"你只是睡一觉，等一觉醒来就能和妈妈在一起了。"

"真的吗？"

"宋叔叔什么时候骗人了？"

长晴眼眶莫名一热，身体突然被人轻轻地碰了一下，一名两鬓斑白的老人走了进去，感激地说："宋医生，真是辛苦您照顾我们家小鱼了，哎呀，您又破费给她买吃的了。"

"没关系，花不了多少钱。"宋楚颐回头，看到门口的长晴愣了一下，忙把孩子放回病床上。

小鱼却抓着他不放手："宋叔叔，你说会抱我很久的。"

小鱼奶奶笑道："宋叔叔还有很多病人要医治呢，你霸占着宋叔叔，其他生病的小朋友怎么办啊？"

小鱼这才不舍地放开他的手臂。

"等会儿不忙就来看你。"宋楚颐刮刮她的鼻子，拉了一下站在门口的长晴，离开。

长晴跟着他说："我在外面吃夜宵，顺便给你送点儿过来。"

“嗯。”宋楚颐看了一眼她手里提着的盒子，搂着她的腰往办公室走。

长晴看了一眼苍白灯光下他精致的轮廓，脑海里回忆起刚才抱着小孩温情的宋楚颐，心里涌出一股暖流，她没想到高冷的宋楚颐对待小孩子会那么温柔，还给人家买吃的。他抱小孩子的动作娴熟，一看就是经常抱，不知道以后她跟他有了小孩，他是不是也会这么温柔。

以前，长晴从来没有想过这些，不知道为什么，看到刚才那一幕，心里十分悸动，就像看到一个作为父亲的宋楚楚。

进办公室，宋楚颐把门关了，脱了白大褂挂在门后，回头问：“你买了什么夜宵？”

长晴眨眨眼，打开盒子，里面有卤嗍螺、鸡爪、卤鸭头、生蚝、扇贝……

“一起吃吧。”宋楚颐拿了一盒蛋炒饭吃起来。

长晴见他吃得这么香，心里挺高兴，觉得自己的夜宵送得及时，不过见宋楚颐只吃了一盒蛋炒饭就没吃别的了，有点不满：“你怎么光吃蛋炒饭？”

“这些卤的东西都不是很干净，大部分是放置了很久的死物做出来的，况且嗍螺有细菌，洗干净倒还好，但外面很少有洗干净的，”宋楚颐拧眉，“你以后也少吃点，夜宵可以喝点粥之类的。”

长晴被他说得很扫兴，不满地嘟唇：“跟你吃夜宵一点意思都没有，人家刚才跟台里的同事都没怎么吃，就是想来陪你吃的。”

宋楚颐张了张嘴，正要开口，长晴突然抓起一只卤鸡爪塞到他嘴里。

宋楚颐僵住，长晴站起来捂住他的嘴：“不许吐，吃了。”他这才不得不硬着头皮把鸡爪吃了，吃完后，眉头紧皱。

“好吃吧？”长晴笑嘻嘻地说。

宋楚颐拧开自己的保温杯喝一口水。

“我也要喝。”长晴凑过来，油腻腻的嘴巴擦也没擦就贴上了保温杯，等她喝完后，保温杯的边缘印了一圈沾满油渍的唇印。

宋楚颐拿纸巾仔细地擦掉那圈油渍。

长晴鼻子一哼：“嫌弃我，那我还要喝。”

宋楚颐挡住她的小嘴，长晴扭过脸，往他嘴巴上吧唧了一下，软软地问：“刚才那个小女孩得了什么病？”

“颅底肿瘤。”

长晴面露同情：“这么小就得这种病，她爸爸呢？”

“她没有爸爸，”宋楚颐淡淡地说，“这孩子是她妈妈未婚生下来的，听说她妈妈怀孕几个月后他爸爸就跟别的女人结婚了，是她妈妈执意要生下这个孩子。现在一直都是她妈妈和外公、外婆在抚养她，她妈妈为了给她治病，一天打好几份工，平时都是她外婆在医院照顾她，而且家里的钱也花得差不多了。”

“实在太可怜了，”长晴听得心里难受，“怎么会有这种爸爸？”

“医院里，这样的事一天能遇上好几例，正常。”宋楚颐的脸上没有任何一丝多余的表情。

长晴默默地看着他，突然明白这样冷漠表情下的宋楚颐，内心其实是柔软的，就像刚才对那个小姑娘，她问：“那个……我可以捐款吗？”

“暂时应该不用，后天的手术钱她家人已经交了，如果失败了……这条命也保不住了。”宋楚颐忽然压低了声音。

“那你刚才还跟她保证说能救活她。”长晴嘟囔。

“也不是没有希望，只是我不赞同跟小孩子说那些话，小孩子的心理承受能力本来就差，”宋楚颐顿了一下，说，“如果真的救不活了，我会让她没有任何疼痛地离开。”

长晴怔住，心脏好像被狠狠地一揪，连吃东西的心情都没有了。

她放下筷子，认真地说：“那你一定要救活她。”

“这个问题需要你跟我说吗？”宋楚颐懒懒地扫她一眼，“不吃了？”

长晴摇摇头：“吃饱了。”

“……要抱一下吗？”宋楚颐突然朝她伸出手臂。

长晴脸红了一下，埋怨：“你把我当小孩啊。”

宋楚颐宠溺地看了看她，意思很明显，她就是个小孩。

长晴气呼呼地想：谁会跟小孩成天卿卿我我啊。

“不要抱算了。”宋楚颐放下手臂。

长晴后悔了，早知道还是要抱一下的，小时候喜欢被爸爸抱，长大了，喜欢被老公抱。

“宋楚楚……”她突然闪闪烁烁地说，“要不，我们要个小孩吧？”

宋楚颐愣住，面露诧异。

“我觉得……小孩子好像也挺可爱的。”长晴说完后开始幻想，她跟宋楚楚的小孩像谁应该都不错，就算女儿像爸爸应该也漂亮，而且宋楚楚一定可以很好地照顾宝宝。

“长晴，要小孩不是一件简单的事，”宋楚颐沉思了一下，回答，“现在，你跟我工作都很忙，小孩不可能生下来就交给保姆照顾，如果你怀孕了，尤其是你们这个行业的，一旦身材走样就要暂停手里的工作，还要安安分分地待在家里养胎。我工作忙，也没有太多时间陪你，恐怕不能很好地照顾你的情绪。在怀孕和当妈妈的这一年里，你不能吃辣的，也不能喝酒应酬，还要按时回家喂奶。别把怀孕生孩子想得太简单了，这并不是精子和卵子结合就够的。”

长晴被说得呆了，她完全没想过这些事。

“等明年或者后年再生吧，”宋楚颐说，“反正你我都还年轻。”

“……噢。”长晴知道他说得有道理，可心里却泛起一股说不出的落寞，她觉得人家根本没想过要小孩，她还主动提出来，有些丢脸。其实想想也是，这段时间他们亲热时，宋楚楚都有做防护措施。

“你说得对，时间不早了，我先回去了，”长晴站起身来，“垃圾我就不收拾了，你自己弄吧。”

她拿上包，转身就往外走。

宋楚颐看着她走到门口，突然起身走过去，从后面抱住她。

长晴僵住，听到他附在自己的耳边说：“我现在不愿意要宝宝，最主要是因为我已经有一个宝宝了。”

长晴心跳猛地加速，回头，悄悄地看着他俊逸的侧脸，轻声问：“哪里有宝宝了？”

宋楚颐深邃的双眸专注地盯着她，突然低头亲了亲她的嘴唇，语气喑哑：“你不就是我的宝宝吗？”

长晴眨眼，一颗小心脏突然间好像停止跳动了，她傻傻地看着他，心仿佛掉进装满蜂蜜的罐子里，每一个角落都是甜的。

“我才不要做你的宝宝……”她憋着通红的小脸蛋傲娇地说。

“傻瓜。”宋楚颐低低地说了一句，霸道地吻住那张嚅动的饱满红唇。

长晴的嘴唇颤了颤，胸腔里涌起一股激动的情绪，踮起脚尖，钩住他的脖子，回吻他。

没多久，墙上急促的铃声突然响起，宋楚颐放开她，低声说：“你快点回去吧，我明天请你吃晚饭。”

晚饭？

他都没请过自己吃晚饭呢，唯一的一次，还是她请客，当然最后是他埋单，至今她也没还钱呢。

十一点半，长晴才从医院大楼里出来，晚风吹过，她滚烫的脸颊却丝毫没有降温，她的心情是甜蜜且亢奋的，脑海里总是回荡起宋楚楚那句“你不就是我的宝宝”，这简直是她本年度听过的最动人的情话。

第二十四章　烛光晚餐

上午十点，《黎明之前爱上你》全剧组在上纬召开会议，主要对长晴上次在剧组险些毁容的事情做出正式交代，另外文桐也得到可靠消息，这次傅愈有重新调整剧组内部人员的想法。另外，赵姝的助理虽然顶罪了，但外界似乎并不买账，赵姝的形象跌入谷底，剧组为了保证收视率已经重新改写了剧本，赵姝的戏份会大幅度减少，而长晴的戏份会相应增加，这也算是公司对长晴的补偿。

开会十分钟前，长晴走进上纬集团，前台的工作人员带着她直接去了十二楼的会议室，当时剧组的人已经到了一半。长晴走进去，苏导立即站起身来说："长晴，可算见到你了，我为你脸部受伤的事感到抱歉，幸好已经找出了真凶，你的脸好像也好很多了吧？"

"好多了。"长晴注意到赵姝也朝她这边走来。

以前，赵姝对她总是爱理不理，但这回，脸上却是挂着浓浓的歉意："长晴，对不起，都是我的助理心胸狭隘，没想到她竟然背着我干出这种伤天害理的事情。你出事后，我心里一直过意不去，想跟你道歉，但又联系不上你。"

长晴看到赵姝愤然的模样，心想自己这专业的都不如她这业余的演得好啊。

"道歉？"长晴笑了笑，"我记得文桐的电话好像一直都是通着的吧？"

"是啊，我也纳闷，"文桐也笑，"上回只是接到赵小姐经纪人的电话，让我发表下解释声明，并没有道歉啊，可能是我错过了什么吧。"

赵姝漂亮的脸上闪过一丝尴尬，不过还是掩着冷意强笑地说："我打过，不过确实是无法接通。"

文桐本来还想说什么的，不过这时，门外传来一阵动静。

傅愈一身衬衣、西裤，从会议室门口进来，他背后跟着四个白领级人物，气势凛然，他目光率先落在长晴的脸上，微微一顿，然后声音低沉而具威严地说：“大家坐吧。”

傅愈发了话，大家安静地各自找位置坐下。

傅愈先做了这次会议的开场白：“首先，对上一次剧组发生化妆品中出现有毒物质的事情，我代表公司向晏长晴小姐诚挚地道歉，我万万没有想到个别人士会为了一些私人恩怨做出这种丧心病狂的事。我希望剧组接下来能平平安安、顺顺利利地把这部戏拍完，如果再发生类似的事情，请你们自动滚出剧组。并且，我会公告媒体，封杀你们以后所有的活动、行程，我说到做到。”

他声音冰冷，整个会议室几十人，大气都不敢出。

“另外，我会更换制片主任，之前的制片主任让我很失望，从今天开始，制片主任由刘强仁负责。苏导，以后有什么事你可以跟刘主任商量。”傅愈语气冷硬。

“好的好的。”苏导忙点头，谁不知道刘强仁是傅愈的心腹，现在直接把心腹都派出来了，可见他对剧组里某个人的重视。

“苏导，现在会议进度转交给你吧，”傅愈的身体往后一靠，“我听说新的剧本已经出来了，是吧？”

会议室的人全部屏息，看样子，听到的传闻是真的，公司为了弥补晏长晴并且教训赵姝，这部戏将会出现两个女一号。

“是的。”苏导赶忙站起来，亲自发剧本。

剧本到长晴手里时，她随便翻了一下，感觉自己的戏份比之前多了许多，而且香港、法国的取景都有她的份。

她瞅了一眼对面的赵姝，赵姝脸色很难看，不过一直强忍着，看样子，她应该早就知情了。

接下来，苏导又说了一下剧本的调整和拍摄进程，最后敲定两天后赶赴香港拍摄。

会议结束后，长晴犹豫着要不要过去和傅愈打声招呼时，傅愈竟当着众人的面微笑着朝她走来：“长晴，你好像是第一次来我公司吧，时间还早，要不要我带你参观参观？”

“呃……不用啦，台里有事，我还得回去。”长晴不大自然地说。

“那好吧，我送你下楼。”傅愈倒也没有强留。

“没关系，我自己下去吧。”长晴到底还是不自在，她和宋楚颐好不容易才和好，不想节外生枝。

傅愈突然面露伤感，苦涩地注视着她：“上次不是说好了吗？以后我做你哥哥，你用不着像以前那样防着我，还是你已经不愿意跟我接触了？”

长晴顿时想起上次傅愈警告宋楚颐，让宋楚颐对她好点的话，心里过意不去，下意识地点了点头。

“走吧，”傅愈领着她往外走，“对了，我后来忘了问你，你和宋楚颐和好了吗？其实那天我真的很抱歉，不过我已经在竭力控制自己的情绪了。”

“那天我要跟你道歉才是，害你被打了，”长晴越发内疚，“傅愈哥，你的脸还疼吗？”

“我后来回去用鸡蛋敷了一下，消肿了，不疼了。”傅愈微微一笑。

“真的对不起……”

“没关系，只是那天在机场看到宋楚颐那样对你，我真是有些气愤。”

“不过……我们现在已经和好了，那天我们两个心情都不好，所以才会发生那样的事。”长晴犹豫地解释道。

“是吗？”傅愈的心脏好像被人拧了一下似的抽疼，他真没想到他们这么快就和好了，“那就好。”

傅愈带着她去坐总裁专用电梯，关切地嘱咐：“过几天去香港拍戏，如果在那边受了什么委屈就跟刘主任说，我也会让刘主任多注意一点，免得剧组里再有人害你。刘主任这个人很精明，心也细，你在那边不用害怕，认真拍戏就行。”

“嗯，”长晴不傻，知道傅愈这么做都是为了她，“谢谢你啊，傅愈哥。”

“别总说谢谢，照顾自己的妹妹是应该的。”傅愈满脸温柔地摸摸她的脑袋。

电梯门打开，管樱正站在外面的一侧等电梯，她看着傅愈和长晴，清丽的脸上没有太多表情变化，只是眼神深处流露出深深的厌恶。

长晴僵了僵，一时忘了动，还是傅愈挡住了快要合上的电梯门，扶着她的肩膀走了出来。

“傅总，”管樱朝他点头打招呼，目光落在长晴身上，也淡淡地说了一句，“长晴。”

傅愈看看她，又看看浑身僵硬的长晴，眼眸动了动，说：“管樱，你不是在家养伤吗？怎么今天就来了？”

“薛哥说让我过来一趟。”管樱低声说。

傅愈点点头：“那你先上去吧。”

说完，他带着长晴往大门口走，边走边问：“你和管樱之间怎么感觉怪怪的，之前感情不是挺好的吗？”

“我们一直都很好啊，可能是你在，都感觉不自在吧，”长晴心不在焉地回答，“好啦，傅愈哥，你就送到这儿吧。”

“那行，你开车小心点。”傅愈顿住脚步，挥挥手，目送她离开。

返回办公室，傅愈坐在旋转皮椅上思考了一会儿，按内线给助理：“让管樱稍后上来一趟。”

十五分钟后，管樱在外面敲了敲门。

“进来。”傅愈从沉思中抬头，管樱步子缓慢地走进来。

傅愈随口问：“身体好些了吗？”

“如果要出席公司的活动，恐怕还要一个月，”管樱穿着一身简单的裙子，模样素净，“傅总叫我来是有其他事吗？”

傅愈敲敲桌面：“你跟长晴是怎么回事？”

管樱面色一僵，抬头，对上傅愈深邃的目光，倒也没有以前那么畏惧了，反正傅愈也是看在长晴的面子上才会提携自己，如果傅愈现在要放弃自己，她也早做好心理准备了：“这件事，我不相信傅总心里不清楚。”

傅愈淡淡地扫了她一眼：“你说的是长晴和宋楚颐结婚的事？”

“看来傅总早就知道了，”管樱脸色难看了下，“不过我看傅总刚才的样子，好像也没打算放弃吧？”

“你说得对，”傅愈站起身来，凌人的气势里带着七分冰冷，“我和长晴从小就认识，知道的时候，我很震惊。你呢，难道你不震惊？”

管樱不语，只是嘴角挑起一抹讥讽。她何止是震惊，还感受到了深深的背叛、打击，好像被人从背后捅了一刀。

她的好朋友背地里抢走她喜欢的人，但哪怕这样，傅愈还是对长晴念念不忘，为什么她就没有这样的好运呢？

她用力地握紧拳头，除了不甘，还有疯狂的嫉妒。

傅愈将她的眼神和动作全部收入眼底，笑了笑：“你不觉得现在是我们合作的时候吗？”

管樱轻扯了一下唇角：“傅总这样高高在上的人物，怎么会稀罕跟我这种小角色合作，还是傅总感觉到有一定的难度？”

被人戳破的感觉并不好，傅愈蹙了蹙眉，不过他确实得承认，自己输给了宋楚颐。他甚至不知道宋楚颐用了什么法子让长晴的心突然之间就往他那边靠了，甚至都不愿再给自己一丝机会，现在唯一的办法就是让长晴死心，“难道你不想把宋楚颐抢回来吗？”

“你们男人都喜欢长晴这样的女人，我抢得过吗？”管樱冷笑。

“你当然抢得过，”傅愈淡淡地说，“任何婚姻都是有裂缝的，你可别忘了你是宋楚颐的前女友。管樱，我们好好合作，你想要的公司全部会给你，我们现在可是拴在一根绳上的蚂蚱。”

管樱垂眸，是啊，用到她的时候，他们就是拴在一根绳上的蚂蚱；用不到的时候，她就连条狗都不如。为什么身边那么多男人都会喜欢长晴呢，她可以不费吹灰之力就得到一切，而自己却要像蝼蚁一样，抛弃自尊，拼了命地去争取。

回到电视台后，长晴的事也不多，四点多钟忙完，就准备收拾东西回家，她还记得昨晚宋楚颐承诺要请她吃晚饭，究竟是什么样的晚饭呢？难道是烛光晚餐？她好期待啊。

郑妍约她去逛街，她也拒绝了。

“你每天也不出去应酬，回去那么早干吗呢？”郑妍神神秘秘地追问，“不会是有男朋友了吧？”

长晴只笑不答，弄得郑妍越发好奇，一个劲儿地追问，最后长晴承认有男朋友了，不过没说是谁。

回家后，她看了一会儿电视，到六点多钟宋楚颐才说下班到门口了。长晴特意换了条碎花裙子乐呵呵地跑了出去，上车的时候，宋楚颐多看了她两眼，长晴很满意。

四十多分钟后，他的车停在一个年代久远的弄堂里的一家看起来不起眼的法式风情西餐厅楼下。这家餐厅长晴没来过，就餐好像还要提前几天预约。晚上的环境微暗，暖黄的灯光打在餐桌上，再搭配周围木质的餐桌和红色丝绒沙发，倒也浪漫而不失情调。

一名长得挺帅的外籍男子微笑着走过来，一张口却是一口流利的中国话：“宋医生，这位就是您太太吗？真漂亮。”

“谢谢，”宋楚颐介绍，“这位是沃尔森，这家餐厅的主厨。他不但精通法国料理，对日式、韩式、意式料理也非常在行。”

“我唯一不会的就是中国料理。”沃尔森笑说。

“你是我见过的中国话说得最流利的外国人。”长晴敬佩地说。

“谢谢。”沃尔森哈哈一笑，带他们去了三楼铺着草坪的露天玻璃花房包厢里，里面搭配着丝绒沙发，布置温馨，周围花花草草，该掩映的全掩映住了，头顶还能赏到月亮。

长晴对这里的环境满意极了。这家餐厅的菜色也齐全，长晴点了牛肉、帝王蟹、生鱼片等不少美食。

沃尔森离开后，长晴喜滋滋地站起来闻了闻一旁的绣球花，然后来到宋楚颐坐着的丝绒沙发前，娇滴滴地亲了一下他的下巴：“楚楚，谢谢你。”

宋楚颐看着眼前面若桃花的小女人，眸色动了动，问：“谢我什么？”

“除了同事、朋友外，我是第一次跟自己的另一半来这种地方约会呢。”长晴的小脑袋往他的胸膛里靠，以前她常跟朋友去浪漫的地方，可那都是朋友的男朋友请客，她去当个电灯泡，或者是几个好朋友、同事找个隐蔽性好、环境不错的地方聚聚，对于没有谈过恋爱的她来说，这真的是头一回。

宋楚颐愣怔了几秒后，手搭上她的肩膀，轻轻揽了揽。

长晴像得到了鼓励，更加肆无忌惮地在他怀里撒娇，有老公就是好啊，以后再也不用羡慕别人了。

宋楚颐低头看着怀里一脸满足的小女人，眼里闪过一丝复杂的笑意，或许他之前总是忙于工作，确实对她不够用心，以至于现在出来吃一顿西餐都让她如此雀跃。

“不过……”长晴忽然又抬头，桃花眼像头顶的星星，闪烁着毫不掩饰的期待，“你觉不觉得，在这样的环境下，如果能收到一束鲜花会更美好呢？”

宋楚颐毫不客气地戳穿她：“你这是在暗示我给你送花吗？”

长晴嘟嘴，也不大好意思：“既然知道是暗示，你又何必戳穿呢？”

宋楚颐似笑非笑，真是败给她的厚脸皮了：“送花？看心情吧。”

“小气，”长晴哼了哼，第一次向一个男人索花，还被拒绝了，很没面子的她从他怀里出来，又回到对面自己的沙发上，不理他，低头拿手机刷微博。

不过等东西上来的时候，她已经完全忘了刚才的事了，因为美食实在太诱人啦。整个晚上，长晴都觉得自己处在食物链的顶端。作为一个资深吃货，人生从来没有这么美好过。生鱼片蘸了一丁点芥末，吃在嘴里虽然呛，却十分美味。因为东西太多，长晴再能吃，也没吃完。

她可怜兮兮地看着那些东西还想继续吃，可宋楚颐实在看不下去了，安慰她：“别吃了，下次再带你来吃。”

“下次是什么时候，人家过几天就要去香港拍戏了，得去一个星期。”长晴可怜兮兮地望着他，嘴唇还嘟得高高的。

“这么突然，那就等你从香港回来吧，”宋楚颐无奈地说，“先休息一会儿，等会儿还有芝士蛋挞上来。”

“你怎么不早说，我现在肚子好饱啊，”长晴又从她那边的沙发上赖过来，揉着鼓鼓的小肚子，“你帮我揉揉，会消化得快一点儿。”

她把他的大手掌放在自己的肚子上，之前平坦的小腹，现在鼓鼓的，像个小气球一样。

宋楚颐看着她孩子气的模样，感觉有点好笑。

用完餐，宋楚颐埋单后准备离开时，一名服务员捧着一束包装精美的粉玫瑰走过来递给她：“晏小姐，这是送给您的。”

“哇，你们餐厅真好，吃饭还送鲜花。”长晴高兴地捧过来，虽然不是楚楚送的，但收到鲜花总是好的，而且这粉色玫瑰真的好美。

宋楚颐淡淡地看了她一眼，心想自己的老婆真是智商堪忧啊。

上车后，长晴捧着鲜花爱不释手，还偷偷瞄了一眼宋楚颐：“指望收你的鲜花是不可能了，我啊，也只能收收这种餐厅里送的花了。”

宋楚颐浅浅地叹了一口气，望着前面认真地开车。

长晴见他不搭理自己，只当他心虚，做了个鬼脸，再打量鲜花时突然发现里面有张卡片，觉得肯定是餐厅的一些“欢迎再来”之类的话，不过出于无聊，她还是打开看了看，上面只写了一个“宋”字。

长晴呆了呆，这个“宋”指的是宋楚颐？

她眨巴着桃花眼转头问身边的男人：“这花该不会是你送的吧？”

驾驶位上的窗户开着，宋楚颐一头乌黑的短发被风吹得更显慵懒迷人：“你觉得哪家餐厅会送这么好的鲜花？”

“我以为……这个老板是我的粉丝呢。”长晴被这个突然事实冲击得大脑嗡嗡的，闻着粉玫瑰的香味，感觉像在做梦，“你什么时候让人买的，我怎么一点儿都不知道。”

“去洗手间的时候。”他一只手搭在窗户上，侧脸精致。

长晴彻底被这张侧脸倾倒了，她的老公怎么可以这么浪漫，明明她之前主动提出来了，他说看心情，当时她别提有多失落了，可是失落过后的惊喜却更加打动人心。

“楚楚，你真好。”长晴按耐不住心里的欢喜，扑过去朝他的脸颊亲了一下。

“喂喂喂，我正在开车。”宋楚颐被她突如其来的举动吓了一跳，赶紧用力抓紧方向盘。过了几秒后，车子平稳了，看看坐在副驾驶位上笑得像朵花一样的女人，心顿时暖了，不过就一束鲜花，至于高兴成这样吗？看来他的老婆太容易满足了。

转眼到了周一，正是长晴前往香港拍戏的日子，因为是一大早的航班，她兴致不高。

文桐早上来接她的时候，没看到宋楚颐，倒是看到长晴旁边跟着一个身材魁梧的戴着墨镜的黑衣男人，手里还提着长晴的行李箱，而长晴戴着墨镜，手提着包，脚踩高跟鞋，一副千金大小姐要出游的既视感。

“宋楚颐没来送你啊？”文桐问。

“一大早就去上班了，”提到这个，长晴有点不大高兴，她都要去香港了，他早上也只是抱了一下自己，就急着去医院上班了。不过让她稍微欣慰的就是宋楚颐给她安排了一个保镖，听说叫燕墨伦，身手很了得。

上飞机时，正好碰到池以凝。

池以凝看到长晴旁边魁梧的保镖，忍不住讥讽道：“哟，这是上回被化妆品吓着了，现在出门都请保镖啦，不过一个会不会太少，应该多请几个，不过那也是明枪易躲，暗箭难防啊。”

“是应该多请几个，不过我这人低调，”长晴反唇相讥，“不像某些人，想请保镖也没那个必要吧，不过在那里拍一天就能回家了！哎呀，我还真是羡慕你，这么快就能回来了。”

“你……”池以凝气得话还没说完，就被突然提着东西经过的燕墨伦撞到了一边，更加气愤，“喂，你是怎么走路的？”

“我走路需要你来管吗？”燕墨伦面无表情地回头。他身材魁梧，足有两米高，肌肉健硕，完全不像中国人，让人不禁想到美国动作片里的主角，微长的头发略微凌乱，皮肤黝黑，眼神凌厉，脸颊上还有道刀疤，粗犷的轮廓散发着危险的气息。

池以凝的双腿抖了抖，在他面前，下意识地感到害怕，也不知道晏长晴从哪儿找来这么个肌肉男。

连她的经纪人也感觉到似乎两人多说一句话，这个男人绝对会掐死她们。

“以凝，先坐吧。”经纪人拉了拉她，池以凝趁机找了个台阶下。落座后，余光瞟了一眼再次经过的保镖，仍然心有余悸。

长晴见状，心里偷笑，对文桐说：“你有港币没有，给我兑几张吧，免得到那边买东西不方便。”

文桐从钱包里取了几张给她，长晴接过，从手提包里拿出自己的钱包时疑惑了一下：“我的钱包什么时候这么鼓了？”

她打开一看，里面有一叠厚厚的港币，一千的、五百的、一百的、五十的，各种面值的港币一应俱全，旁边还插了一张她从来没有见过的新卡，长晴完全傻眼。

“你有这么多港币还要我给你兑？”文桐没好气地又把自己的港币抽了回来。

“我真的不知道啊，”长晴完全迷糊了，“怎么会有这么多港币？我平时的钱包都是瘪瘪的。”

文桐看了她两眼：“是不是宋楚颐给你放的啊？”

长晴眨眨眼，貌似除了宋楚楚还真没别人。以前爸爸还会管管，提醒她一些需要注意的事宜，可这次，爸爸真的没管她，甚至要走的时候连个电话都没有。看样子真的是宋楚楚啊。

哎呀，完啦完啦，她的一颗小心脏恨不得要蹦出来，现在香港都不想去了，好想去找宋楚楚，然后亲亲他，抱抱他。

高冷的宋楚楚怎么突然这么好呢，想给她钱，直接给她就是，干吗老给她惊喜。难道他知道惊喜才是最能俘获女人芳心的？尤其是她这个完全没有恋爱经验的女人。

长晴拿着卡狠狠地亲了亲，也不知道这卡里有多少钱？

飞机落地后，长晴第一时间就给宋楚颐打电话：“楚楚，我钱包里的港币和卡是不是你放的？”

“嗯，卡里有五十万，密码是你生日，”宋楚颐早料到她会打过来，淡淡地说道，“如果十五天都还不够花的话，你自己垫。”

“我每天都拍戏，哪用得了这么多。”长晴嘴上谦虚，内心雀跃得差点要蹦起来。

五十万，这么多，够她在香港疯狂shopping（购物）了。以前每次来香港shopping，爸爸最多给她二十万，剩下的自己掏，但她用自己的钱都特别舍不得。这次好了，用老公的钱，可以不用省啦。

有些电话里不好意思讲的话，长晴挂断电话后，用短信发了过去，有好几个

“么么哒”，还外加一句：楚楚，你是全世界最大方的老公。

医院里，宋楚颐看着手机笑了笑。

这个女人，还真是容易满足。五十万，在香港那种高消费的地方并不算多，只是他不能给她透支卡，不然还真是有多少就能被她花多少。

第二十五章　香港之行

中午，长晴带着保镖燕墨伦进入剧组，燕墨伦那伟岸的身材力压剧组里其他演员带来的保镖，有了他的保护，长晴在剧组里如鱼得水，连赵姝都不敢惹她。

不拍戏时，长晴要么尝尝香港的美食，要么拿着宋楚颐给她的卡，这里买点东西，那里买点东西，日子过得有滋有味，人也胖了一点。

这天早上，长晴在酒店餐厅里边吃早餐边看剧本，傅愈出现的时候，她根本没察觉到，连文桐故意咳嗽了好几声提示她，她都没注意到。

“长晴……”越走越近的傅愈看到那抹熟悉的身影，下意识地加快脚步，还没到她面前，一只古铜色的手臂就挡住了他。

“你做什么？”傅愈顺着那只手看到一张冷漠的脸，一猜便是长晴的保镖。

“不好意思，你跟她说话必须保持一米以外的距离。”燕墨伦的语气没有一丝温度。

傅愈眼底绽放出火花，眼看就要一触即发，长晴忙站起来劝道：“他是上纬的老板，也是我的一个邻居哥哥，让他过来没关系的。”

“不好意思，你并不是我的老板，我只听从付我钱的人的命令。”燕墨伦看也不看她。

长晴感觉很尴尬，脸涨得通红，气恼极了，怎么会有这么蛮不讲理的保镖。

“你给我让开，我不管是谁叫你来的，她有人身自由，你这是监视，懂不懂？”傅愈立即猜到这是宋楚颐雇的，他火冒三丈，好不容易把长晴弄来香港，结果宋楚颐竟然给他闹这出。

“我又不是没让你说话，”燕墨伦冷笑，“如果是一个绅士，和一位女士保持一米以外的距离说话有问题吗？你们又不是耳朵聋了，何况半米以上内的距离，说话很容易将口水喷到人家脸上，就像现在你已经喷了好几次口水到我脸上了。”

傅愈气得脸红，他根本就没有喷口水，简直是血口喷人。

“还是你想跟她保持近到不能再近的距离，”燕墨伦忽然冷笑，“是多少呢，零点几厘米？还是最好没有任何距离？这样真的好吗？人家毕竟是有夫之妇。”

“好啦，别再说了，”长晴自己听着都尴尬，更别提傅愈了，“傅愈就像我的亲哥哥一样，燕墨伦，你帮我去楼下买一份肠粉。”

“不好意思，我是个保镖，不是跑腿儿的，你可以让助理去。”燕墨伦再次说得长晴哑口无言，“我答应过我的老板，除了你睡觉的时候，其他时间得时时刻刻保护你。”

长晴嘴角抽搐，她算是明白了，宋楚颐给自己安排这个保镖，一是保护自己，二也可以监视自己。

她气馁，认命地说：“傅愈哥，我们就这样交谈吧，对了，你来香港探班剧组吗？”

“是啊，”傅愈看了一眼边上的燕墨伦，差点想揍人，这让他根本没法跟长晴好好交谈，连体己话都不能说，“等会儿我们一起去剧组吧。”

“……呃，好啊。”长晴看了一下燕墨伦的脸色，点头。

不过上车后，傅愈才想起去片场坐的是大巴，长晴坐最后面，他被燕墨伦挡着，话都不能好好说。

在片场，因为一直有燕墨伦在，傅愈也不能单独和长晴聊一些体己话，有时候看她看得久了些，燕墨伦便直接挡在她前面。以至于晚上傅愈坐上返回北城的飞机时，脸上像染了一层寒霜。

倒是长晴，一回酒店套房就给宋楚颐打电话，她气恼地说：“你是不是故意安排燕墨伦来监视我的？”

“你觉得我是在监视你？”宋楚颐呵呵了一声，“那行啊，你让他回来吧，正好省了一笔雇佣费，不过你在那边是死是活我就不管了。”

“别……别啊，”长晴一听就急了，她最近在剧组因为有燕墨伦跟着可威风了，燕墨伦走了，就没人防着赵姝保护她了，而且有个人跟着，对她来说也不算什么，有时候逛街累了，还有人帮提东西，比起弊端，好处还是多一些的，“这个……我仔细斟酌了一下，其实也不存在监视，因为我又没做什么坏事。”

宋楚颐扯扯薄唇：“我还以为你嫌弃墨伦妨碍了你跟傅愈的零距离接触呢。”

长晴头皮发麻，没想到这个燕墨伦汇报得这么快，忙说：“没有的事，我纯粹是因为他从小照顾我，在那样的情况下，给他几分面子而已。”

宋楚颐似笑非笑：“是吗？”

“你不相信我就算了。”长晴气鼓鼓地说完就挂了。

挂完就后悔了，她还没有好好地跟他聊一聊呢，夫妻俩在夜深人静的时候，不是应该说点甜言蜜语吗？为什么完全没有发生在她和宋楚楚身上啊？

长晴使劲盯着手机，希望他再打过来，可是等到要睡觉了，手机也没有响起。

“还不睡啊，明天又要拍早戏。”文桐打着哈欠过来提醒。

长晴沮丧地垂下脑袋瓜子。

文桐推推她：“干吗呢？”

“文桐，你来香港出差，你男朋友有没有天天跟你煲电话粥说甜言蜜语啊？”长晴抬头问。

“我每天忙得要死，哪有时间煲电话粥，无非就是聊个微信或者发几张照片给他过过瘾，”文桐说完后，看到长晴垮下来的小脸，语气不由自主地拉低了些，“你跟宋医生又出问题了？”

长晴摇摇头：“我只是有些羡慕你，我跟宋楚颐一天也就发三四条短信，别说微信了，打电话说甜言蜜语更是微乎其微。我以前没谈过恋爱，不过总觉得这不是恋爱该有的状态。文桐，你说他是不是根本就不喜欢我？”

第一次意识到这个问题，长晴的胸口突然疼得拧了拧，虽然有时候宋楚颐也会说几句甜到她心坎儿里的话，但他从来没有说过喜欢她，更没有说过爱她。

文桐听后，沉默了一阵，说：“其实，跟每个男人相处、谈恋爱的感觉都是不一样的，可能宋医生那样的人比较冷淡，不喜欢说甜言蜜语吧。有时候甜言蜜语只会让人听着舒服，但没什么实际意义，像我平时出远门，男朋友就从来没有给过我一分钱，只会口头上说些让我注意安全、想我之类的话，却从来没去探过班。而宋医生呢，一次就给了你五十万，还给你请保镖，有些事你还没想到，他就全帮你解决了，而你只要每天过得开开心心就行了。我们都想找一个既有钱又舍得为自己花钱，同时又懂各种浪漫，还会甜言蜜语的优质男，但这样的男人少之又少，相比而言，我可能会更欣赏宋医生这种。”

长晴被她这么一说，顿时也明白了几分。

“也许宋楚颐是事业心太强了吧，”文桐莫名伤感地叹了口气，“我的男朋友就是没有事业心的人，也许将来我跟他结婚，还得要靠自己努力挣钱。长晴，别想太多了，你已经够幸福了，不要忘了你们是商业联姻，能这个样子已经是很不错了。我见过很多商业联姻的夫妻，都是貌合神离，男人背地里在外面养小三，女人强颜欢笑假装自己过得幸福。”

长晴愣住，一时竟不知道该说什么。是啊，她都快忘了，他们是商业联姻，其实爱不爱、喜不喜欢，在他们的婚姻中没有那么重要，可能是她最近过得太幸福了，宋楚楚给她越多，她就想拥有得越多。

人，有时候傻点、简单点，可能会过得轻松点。

在香港待了一个星期后，长晴前往机场准备返回北城。在贵宾室候机时，旁边一个女人正拿了一本杂志在看，不巧，上面竟然有一张宋楚颐抱着管樱上车的图片。

“不好意思，可以借我看一眼吗？”长晴想仔细看个究竟。

“当然可以。”女人把杂志递给她。

长晴看完那篇报道后就还了回去，她真的没有想到管樱知道自己和宋楚颐结婚后，还会在医院里和宋楚颐呈现这样亲昵的一幕。现在到底是什么状况呢？长晴搞不懂，但不能否认，她之前回北城的心情是急切的、兴奋的，而现在整个人仿佛经历了沉重的一击，有些无力。

当飞机落地后，长晴接到宋楚颐说不会来接她的电话，心情更是跌入了谷底，但还没来得及过分难受，便又风尘仆仆地赶赴电视台录制节目了。

晚上七点多，演播厅里，观众陆陆续续地入场。

长晴坐在化妆室里刚化好妆，梅崇突然过来问：“弄好了吗？”

长晴点点头：“有事吗？”

“你跟我过来一下。”长晴跟着她走出化妆间，往休息室走去。

梅崇推开一间贵宾休息室，指指里面，笑得暧昧：“有人等你。”

长晴走到门口，看到宋楚颐坐在沙发上，手里端着一杯冒着热气的茶，跷着二郎腿，穿着白衬衣，一副优雅清贵的模样。

长晴定定地看着他，感觉像在做梦，喃喃地开口：“你怎么来啦？”她怎么也没想到他会出现在这他不太可能出现的地方。

“呵呵，宋先生亲自给台长致电，问今晚的观众席还有没有座位，我在第一排给他安排了一个最好的位置。现在离开场时间还有十五分钟，你们可以聊十分钟左右，我就不打扰你们了。”梅崇非常识趣地把门关上。

休息室里的电视机没开，显得十分安静。

长晴低头将目光转向自己的脚尖，今天早上准备回来的时候很兴奋，可在香港机场看到那份杂志，再加上他没有来接自己，便觉得很委屈，也开始胡思乱想。虽然文桐说商业联姻她已经得到的够多了，可她还是想奢望更多，甚至害怕管樱会抢走他。

“过来。”宋楚颐朝她招招手，嗓音低沉。

长晴站着不动，宋楚颐注视了她一会儿，站起身，迈开长腿，走到她身边，手轻轻地搂住她的腰，长晴使了一下小性子，腰肢象征性地扭动了两下，然后被他抱入怀里，分别了一个星期，再次闻到这个怀抱的味道，竟是满满的思念。

宋楚颐低头，摸了摸她的秀发，说：“白天是真的很忙，院里一大堆事情，转身一走对于病人来说可能就是生死攸关的大事。”

“嗯。”长晴默默地点了一下头，知道他是在解释，她不是那么无理取闹的人，其实他今晚能来看她的节目，她就已经不计较他没来接自己的事了。

宋楚颐忽然促狭地开口：“是不是哭了，这么想我？”

不提还好，一提长晴就来气，懊恼地推开他，抬眸狠狠地瞪过去：“你又没想我，我干吗要想你。”

“你怎么知道我没有想你？”宋楚颐漆黑的眸深邃得让人不敢对视。

“你……你和管樱……”她嘟嘴，吞吞吐吐。

“你说那本杂志啊，”宋楚颐看了她半晌，突兀地笑了，“捕风捉影罢了，前两天管樱来医院复查，结果被一群记者围住扭伤了脚，不过我看她倒像是故意扭伤的。”

长晴愣了愣：“故意？”

“为了让我关注她吧，”宋楚颐的嘴角勾起一抹讥讽，“不过我还是顺便送她回了家，也说清楚了。放心吧，她以后不会再来纠缠我了，更何况她喜欢的根本不是我本人，只是我的家世而已。”

长晴试探性地问：“那如果……她喜欢的其实是你这个人呢？”

宋楚颐面色不变，淡淡道：“长晴，很多喜欢都是建立在物质基础上的，大部分的人可能自己都没意识到这点，就像一个有钱又多金的男人哪怕长得不帅，女人跟他接触久了也会逐渐被吸引。男人埋单的时候，为一个女人舍得花钱的时候，或者充分给足女人面子的时候，这些都是可以为一个男人增加魅力值的，就像现在很多漂亮女人嫁的男人其实并不帅，但她们依然喜欢，并不是她们不在意容貌，只是男人的能力和财富让她们觉得这个男人很有魅力。”

长晴愣了愣，觉得他说得好像也有几分道理，但是她真的没想到宋楚颐能把感情的事分析得这么透彻。

“假如我不是宋家的人，我没有这样的家庭背景，就算我对管樱再好，她也是会离开我，”宋楚颐盯着她双眼，“你明白了吗？”

“嗯，”长晴点头，忽然疑惑他内心里会不会也是这样想自己的，“其实我……”

咚咚，外面忽然响起敲门声，文桐的声音跟着传进来：“长晴，你该过去准备开场舞蹈了。”

“去吧，我在前面看着你，”宋楚颐摸摸她的脑袋，“如果表现太差了，说不定我会中途离场哦。”

“你敢！”长晴小拳头在他胸口捶了两下，那两片被口红抹得娇滴滴的嘴唇又气鼓鼓地嘟起来。

宋楚颐低头吻了吻她的脸颊，然后皱眉，擦擦自己嘴角：“一股子的粉味，你这是抹墙漆吗？”

“上台都要化妆的，”长晴尴尬死了，“我都没怪你亲花了我的妆，你还怪我。哼，看来我还得去补一下。”

她说着故意装作气呼呼的样子出去了，走到演播厅后台，她打开化妆镜看了看自己的脸，粉质倒还铺得均匀。这时，化妆师正好从她面前走过，长晴埋怨：“你啊，以后能不能帮我少打点粉？我皮肤又不是不好。”

“本来也只帮你打了薄薄的一层，你还想怎么着？”化妆师平时和她很熟，非常不屑地朝她翻了个白眼儿。

长晴被堵得哑口无言，可能粉底液哪怕只有轻薄的一点，男人亲起来都会不喜欢吧。不过哪有抹墙那么夸张啊，讨厌的宋楚楚，她心里埋怨着。

节目开始，看到坐在最前面的宋楚颐时，长晴有点蒙，宋楚楚手里拿的是什么啊？竟然是荧光棒，拿着荧光棒的宋楚楚好粉红、好可爱。

长晴花痴了一会儿，对上那双深邃又清冷的眸子时，心里紧张得七上八下。她一定要表现得好点，给宋楚颐留下一个特别惊艳又优秀的主持人印象，再也不能让他小瞧自己了。

节目全程，她表现得像打了鸡血一样，经常和她主持的左骞很快就察觉到了她的异样，他注意到她今晚脸红的次数特别多，表演舞蹈的时候动作也略显僵硬，目光还经常往某个地方瞟。

他跟着望了几次，便看到坐在第一排的一个修长身影，虽然在光线略暗的最边上，不是很明显，但那个人静静地坐在那里，五官完美得连他都有些自愧不如。

三个多小时的录制，主持人和嘉宾闹闹腾腾，直到接近尾声。因为嘉宾是常来节目的熟人熊智凯和吴甜，所以一录完节目大家就嚷着要一起去吃夜宵。

长晴盛情难却，但又实在是累了，正为难时，宋楚颐突然一只手抄着裤袋从下面走上舞台来，面容清冷地望着她说："走吧。"

长晴呆了呆，其他人也跟着呆了呆，演播厅里的工作人员、嘉宾，还有左骞，都看着这个突然出现的男人。修长的身形有一种高贵、干净的气质，他站在当红小生熊智凯面前，足足高出一头，熊智凯帅气的容颜在他面前也黯然失色。

周围的保安注视着他一动不动，从前录制节目的时候也有观众不肯离场，冲上来想合影，但很快就被保安拉走了。面对宋楚颐，周围的保安动也没动，在台里面，他们见过太多有权有势的人，所以一眼就能看出来，宋楚颐不是普通人。

吴甜率先回过神，笑得暧昧："长晴，这位是？"

长晴没有想到宋楚颐会明目张胆地上台，这等于让台里的人都知道她有老公了，不过对她来说也并没有什么不好，相反，还有点小得意，这么帅的老公不是人人都能找到的。

"他是我……"长晴支支吾吾的，还没有想好说是男朋友还是老公，只是涨红了脸，别人都以为她是害羞了。

这时宋楚颐突然轻轻搀住她的腰，说："不好意思，她之前一直在香港拍戏，一个星期没回来了，今天晚上得好好陪陪我才行，今晚你们台里的活动她就不参加了。"

"噢，"吴甜挤眉弄眼地拉长了声音，"理解理解，你们这也算是小别重逢，肯定是想过二人世界，我们就不打扰了，但是下次可得一起吃饭啊。"

"没问题。"宋楚颐话音刚落，梅崇就笑容满面地走过来了："宋少爷，这就要走吗，不多玩一会儿？"

"没什么好玩的。"宋楚颐淡淡地说。

众人见他对梅导这么冷淡，梅导竟然没生气，依然赔着笑说要亲自送他下去，大家看长晴的眼神顿时都不一样了，因为都知道梅崇是出了名势利，能让他客气、讨好的人肯定不是一般人。

停车场里，宋楚颐笔直地朝自己的车走去，走到一半，长晴拽住他：“你等等，我车上有很多东西，在香港买的，也给你爸爸和奶奶他们买了礼物。”

“那今晚回宋家住吧，顺便把礼物给他们。”宋楚颐把礼物都搬到了自己车上。上车后，长晴塞了一个崭新的深蓝色钱包到他手里：“送你的。”

宋楚颐打开一看，左边的夹层里嵌了一张照片，照片里的女人模样很熟悉，一张漂亮的鹅蛋脸，微低着下巴，显得眼睛大而魅惑，水润的唇微抿着，四十五度的标准自拍角度，显得下巴也尖尖的。

宋楚颐脑子里只冒出一个字“作”，抬头，故意对旁边的长晴说：“太假了，都不像你。”

刚坐上来的长晴差点抓狂，可恶，她特意选了一张最美的照片洗出来，他竟然说不像她，她用鼻子用力哼了哼：“反正不许你拿掉，人家拍了很久的。”

宋楚颐看着她生气的模样，笑了笑，把钱包收好：“我回去再换。”

“这还差不多。”长晴满意地勾起了水润的小嘴。

两人到宋家别墅的时候，宋楚颐停好车，长晴先下来找出几样提在手里说：“我要自己拿着给你家里人，这样才能哄你爸爸和奶奶高兴。”

宋楚颐看着她走在自己前面的身影暗暗好笑，说她笨吧，可讨好宋怀生和奶奶倒是挺有套路，简直就是个小马屁精。

他跟了上去，宋家人还没睡觉，长晴进门就开始甜甜地叫爸爸、奶奶，并分别送上礼物，她挑的礼物深得宋怀生和奶奶的喜欢。当然，戴媛也没落下，上回宋怀生送给她一块昂贵的手表，长晴感觉到戴媛有点不高兴，这次便挑选了一块伯爵的女士手表送给她。这块手表是刚上市的新款，精致又典雅，长晴挑了很久才选中，戴媛看到的时候很是喜欢。

“长晴，真是谢谢你了。”她拉着长晴的手，亲切地说。

戴媛也不傻，虽然上回宋怀生送长晴礼物的时候自己有些不高兴，但为了自己肚里的孩子，现在她很乐意接下长晴抛出的橄榄枝。

长晴只是腼腆地笑着，宋怀生在一旁满意地点头，他最怕的就是这个儿媳妇像两个儿子一样跟戴媛不和。

宋楚朗则一脸冷漠，他冷眼扫了一下宋楚颐，宋楚颐心里也有几分诧异，他猜到长晴会给戴媛带礼物，但没料到会是一块价格不菲的手表，不过她给奶奶和爸爸买的东西也都不便宜，看来给她的这五十万，她用在自己身上的并不多。

他纳闷，长晴几时这么懂人情世故了，还知道利用一块手表和戴媛搞好关系。

这时，一直在边上沉默的宋楚朗突然开口："对了，我没有礼物吗？"

长晴回头看到宋楚朗眼底的薄凉时，瞬间就明白，这个人是在故意刁难自己，她压根就没有准备他的礼物。一是没那么多钱了，毕竟给宋家人的礼物每一个都是上十万，再给他买一个，自己肯定没多少钱了；二是她以为就算自己送礼物，他肯定也会冷冷地拒绝的，所以干脆就不送。

毕竟是演员出身，长晴眨眨眼，忙装作望望身边的东西后，一拍后脑勺："哎呀，大哥，你的礼物我放在车里了，可能刚才我叫楚楚拿的时候给落下了。"

宋楚颐看着她脸上认真的表情，恍惚地回想了一下，好像下车的时候，他还问过她，她说就这些，现在又是什么情况？

他眯眸，长晴还嗔怪地看了他一眼，只是两人挨得近，也只有他才看得到她眼底的狡黠。

"你把钥匙给我，我去拿礼物。"长晴说。

宋楚颐把钥匙给她，长晴走了出去，宋怀生不住地点头："楚颐，长晴这个儿媳妇我真是越看越喜欢。"

宋楚颐淡淡地笑笑。

过了不到两分钟，长晴便拿了条新领带进来，这条领带是她准备送给自己老爸的，幸好紧要关头还能应下急。

宋楚朗接过看了看，往自己身上比了比："这条领带颜色比较深，好像更加适合我爸这个年纪的人戴吧。"

"是吗？那真的不好意思啊，"长晴无辜地说，"因为之前我看大哥穿的衣服颜色都很深，我以为你喜欢颜色深的，显得稳重。"

宋怀生一听，呵呵笑起来："楚朗，我之前就说过你别一天到晚穿得那么老气，爸都比你穿得年轻。"

宋楚朗皮笑肉不笑地扯扯嘴角，这个晏长晴的手段真是越来越厉害了。

"其实礼物好不好看不重要，重要的是长晴的一番心意，"戴嫒温柔地笑说，"而且她是大老远从香港提回来的，再者，我倒觉得你戴这条领带挺有气质的。"

宋楚朗把领带放回去："你说得没错，确实挺有气质。"

长晴悬着的心这才落了地，她继续陪宋奶奶和戴嫒聊天。过了一会儿，宋奶奶哈欠连天要回房睡觉了，长晴和宋楚颐才上楼回房。

卧室里，宋楚颐把房门关上后，长晴疲倦地躺到大床上。

“你倒是越来越会讨好我家的人了，连戴嫒也不放过。”宋楚颐忽然淡淡地说。

长晴扬起脑袋，看到他目光如炬的眼睛，怕他因为自己讨好他的后妈而生气，赶紧坐起来老老实实地说：“其实是我去香港前我爸交代我的，我爸知道你爸上次送我一块手表，怕戴嫒不高兴，其实我能明白你不喜欢戴嫒的心情，但是你哥已经很不喜欢我了，我不希望戴嫒也不喜欢我，这样我会很难在你们家立足。时间长了，说不定戴嫒天天在你爸那吹枕边风，到时你爸也开始反感我，为难的肯定是你。”

说到这，长晴委屈地噘了噘嘴：“其实我以前都不用想这些事的，我虽然是单亲家庭，但我们一家人都很好。可能你们家家业大一些，人也多一些，我也只能开始想这些事，你别看我笑嘻嘻的，刚进门的时候我挺紧张的，害怕说错话。”

宋楚颐目光软了软：“你没有说错话。”

“你是不是不高兴我跟戴嫒走得太近了，”长晴试探性地小声说，“你要不喜欢，我就少跟她接触。”

长晴觉得比起得罪一个戴嫒，她更不能得罪宋楚楚，宋楚楚现在才是她的靠山，反正日子是他们两个人过的，如果非要选其一，她当然会站到跟自己天天过日子的人身边。

宋楚颐深深地注视了她一会儿，他之前总以为她做事稀里糊涂，经过这次，他才意识到，她是小事糊涂，大事并不糊涂，但他怕的就是女人精打细算，就像管樱，他自己算是看人非常准的，但偏偏管樱让他看走眼了，可能是她的演技太高超，其实长晴有时候的演技也不差，只是大部分时候她在他眼里还是挺单纯可爱的。

“也没有，”宋楚颐淡淡地说，“不远不近是最好的关系，你要明白，在这个家，你跟任何一个人关系走得太近，另一方都会有想法。”

长晴愣了愣，不远不近是个什么关系啊，真的很难把握啊。

“你说的是你哥那边吗？”长晴撇嘴，“我觉得不管我跟戴嫒走得近还是远，他好像都很讨厌我，反正我是不会去讨好他的。”

“你以后尽量避免不接近他就可以了，”宋楚颐叹气，“你今天那件礼物其实并不是送给我哥的吧？”

“那是我买给我爸的领带，”长晴面露淘气，老老实实地回答，“我以为他那么讨厌我，就算我送他礼物，他也会丢掉，谁知道他自己又问我要。”

宋楚颐摸摸她的脑袋：“我给你五十万，你在我爸爸、奶奶和戴媛身上就花了将近三十万，给自己买了什么？”

“我买了几套衣服，还有一些护肤品，剩下的给我姐、我爸和你都买了。算上在那里的吃吃喝喝，我还倒贴了一些，”长晴灵动的眼眸扫了他一眼，“放心，我是不会让你给我补贴的，每次都花你的钱，我也挺不好意思。”

宋楚颐薄唇勾起一丝笑意：“有这觉悟还是不错的。”

他说完，转身去找空调遥控器开空调。长晴看着他的背影，有一丝不高兴，什么叫觉悟是不错的，好像自己真会向他要补贴似的。拜托，她可是把大部分钱都花在了他的家人身上。

女人，有时候心情不好真的只是几秒钟的事，她默默地翻找衣服去浴室洗澡。

宋楚颐打开空调后，脱了上衣过去开门，门把一转，发现锁了。

他敲门：“开门。”

“我在洗澡。”哗啦啦的水声混着长晴的声音传了出来。

“开门，一起洗。”宋楚颐再敲了一下。

“不要。”

看到宋楚颐的身影在门口站立了一会儿后走开，长晴心情复杂。

第二十六章　老公抠门

长晴擦着头发出来，宋楚颐看了她一眼，没说什么就去洗澡了。等宋楚颐洗完出来时，长晴的一头长发还没吹干，他坐上床，拿着一本医学书看了起来。过了二十多分钟，长晴才慢吞吞地爬上床，躺在另一边睡觉。

宋楚颐瞅了一眼她白嫩的肌肤，大约是刚擦完乳液，浑身上下散发着一股香喷喷的味道，他放下书，凑过去抱住她。

“不要……”长晴拿开他的手，眼睛都没睁开。

他低头往她的脸上亲，长晴别开脸，睁开双眼：“说了不要就不要，我很累。”

“是吗？刚才还挺好的。”宋楚颐深邃的眸紧盯着她。

长晴的身体往被窝里缩了缩，小声说：“太热了，不想让你抱我。”

他蹙了蹙眉，一言不发地盯着她。

长晴被他盯得有些不安，干脆侧过身去背对着他。

宋楚颐坐了起来，望着她的后脑勺说道：“你要是想要补贴我给你就是。”

长晴一僵，也坐了起来，看着他说：“你以为我想要你的钱？”

她清澈的眸子闪过一丝悲凉，宋楚颐抿了抿唇角，除了这个他想不到别的了，明明这之前都还好好的。

“你是不是觉得你们宋家很有钱，我好像在觊觎你们家的钱？”长晴气愤，更多的是难受。她有时候是很傻，可是有时候也很敏感，就像刚才进房间的时候他用一种奇怪又审视的眼神打量她，弄得好像她做了什么坏事一样，她假装什么都没有感觉到，然后跟他解释，现在忍不住全说了出来，“你是不是以为我送你们家人东西，巴结你后妈，有着其他的目的？”

宋楚颐的眉宇间闪过一丝阴郁，其实他也说不上来，可能他会不由自主地想到管樱，而长晴，比管樱更懂得讨好自己的家人。

“宋楚颐，你真龌龊。”长晴说不清是失望，还是其他什么感觉，很多事她可以忍，但涉及自己的人格和自尊，她永远不会退让，“没错，我们家是不如你们家有钱，我平时花钱也大手大脚，可我有钱没钱的时候都一样过得挺好。我拿你的钱时挺高兴，不是因为我喜欢钱，只是因为自己的老公给我钱花，就好像自己被宠着一样。到目前为止，除了你和我爸，我没花过任何男人的钱，可能你们这些有钱人天生就怕别人觊觎你们口袋里的钱。”

她早该料到这点的，就像管樱，不管当初这两个人是怎么相处的，但宋楚颐对管樱隐瞒自己的家世，肯定也是怕管樱看中宋家的财产。管樱确实不对，但不能否认他们这些有钱人确确实实一直在提防着身边的人。

“你说完了没有？”宋楚颐的眉宇中有一丝不快。

长晴想了想，说：“你要是舍不得那些钱，我把钱还给你就是。”

屋里安静得能听到窗外的蝉鸣声。

宋楚颐背部靠着枕头，头顶白色的灯光将他的脸色晕染得更冷，有一瞬间，长晴害怕得都想爬起来离开了。

“你说得没错，我刚才确实有过那种想法，”宋楚颐终于清冷地开口，“不过也只有那么一瞬间，我很清楚你并不是那种爱钱的人。看一个人，看她的成长环境就足够了，你的成长环境很好。像我们家，我爸这种年纪的人，如果戴嫒不是看中他的钱会嫁给他吗？戴嫒一直想生个儿子，不就是想将来也能继承宋家的一份家业，好在这个家里有保障吗？其实钱，我不是很看重，但钱，能看清楚很多人，不是吗？”

“那我以后是不是要注意点了，也让我家的人注意点，免得将来你会误会我们家的人是那种爱钱的人。”长晴知道他说得有道理，但还是很难受，难受他曾那样想过自己。

“你别胡思乱想了。”宋楚颐微微烦躁。

“……睡觉吧，我有些困了。”长晴突然真的觉得累了，这么讨论好像永远也讨论不出结果。就像宋楚朗，第一次见到她的时候，他也以为她是觊觎他们家的钱，可能商业联姻，两家人财富不对等的时候，尤其是她们晏家需要他们宋家帮助的时候，就会出现这样的局面吧。晏磊这次让她买礼物讨好宋家的人，恐怕也有两方面的意思，一是为了宋、晏两家的合作关系，二是为了她在宋家的地位。

其实有时候人活得太清楚，真的没什么意思，所以大部分时候她宁可活得傻一点也不愿意去想那些令人烦恼的问题。

谁也没有想到，从香港回来的夜晚，两人竟然是各睡一边。

长晴很想哭，但强忍着没哭，要是生活上磨磨嘴皮子的话，转过头撒撒娇，哭一下是可以的，可面对金钱利益上面的事情，让人很无奈。她心里清楚，宋楚颐疼她、宠她，但未必爱她，就像这次在香港，文桐经常和男朋友甜言蜜语地煲电话粥。而他呢，都没有说过想她，可能自己也没有那么大的魅力让他爱上自己吧。不过她不哀怨，其实比起很多人，她已经算是比较幸福的了。

翌日早晨，长晴醒来的时候宋楚颐已经不在了，走出房间，餐厅里，正在吃早餐的戴媛刀叉顿了顿，抬头，笑着开了口："楚颐和他爸在外面打球，饿了吧，快来吃早餐，今天的早餐比往日更丰富。"

一旁的厨房阿姨笑道："都是太太让我多做点儿的。"

"谢谢。"看到戴媛热情的笑脸，长晴有些尴尬，她开始只是抱着不要有嫌隙的想法，没想到戴媛对她的态度会比往日好那么多。

等长晴落座后，戴媛抬起她的右手，长晴看到了自己送她的那块手表，愣了愣。

"昨天你送我的表很好看。"戴媛笑说。

"你喜欢就好。"她硬着头皮说。

"你知道吗？其实我以为……你应该会不喜欢我才对，"戴媛突然望着她说，"我比你大不了几岁，宋楚颐、宋楚朗一直都很讨厌我，对我也比较仇视，尤其是宋楚朗，不过我没有想到他对你也仇视。"

长晴脸上只是挂着笑，继续吃东西，也不发表意见。

她从来没打算和戴媛成为亲密无间的人。

"他们好像都以为是我破坏了他们的家庭，"戴媛却像没有察觉到似的继续低声说，"不过我觉得我们应该不会成为针锋相对的敌人，因为在这个家里有一个看我们两个都不顺眼的人。"

长晴一愣，眉头细细地拧了拧，低低道："这个家的矛盾我从来没有打算介入。"

"你迟早会介入的。"戴媛端着花茶杯笑了笑，意有所指。

长晴怔住，背脊莫名发凉，她已经不大想聊下去了，便加快速度随便喝了一碗粥，然后擦着嘴角起身："你慢点吃，我还有点儿事得先走了。"

"没关系，"戴嫒温柔地说，"我让司机送你，楚颐恐怕现在没时间，这地方也不方便打车。"

长晴没有拒绝，从楼上取了行李下来后，立即有轿车开了过来。她上车后，司机问她去哪儿，她怔了怔，其实也没想好去哪儿，就是不想待在宋家了，她有些反感这里的气氛，除了宋奶奶，好像每个人都有一些她猜不透的想法，就连宋楚颐也是，仿佛自己这个外人时时刻刻都在打他们宋家的主意一样。

"去晏家。"

车子在晏家停车坪上才停稳，罗本就欢快地扑上窗户，长晴打开门，把罗本抱了个满怀。

这个打招呼的方式，长晴还是很喜欢的："罗本，是不是想我了？"

罗本热情地汪汪叫了两声。

"你啊，就是比你家主人有良心，所以，我也给你在香港买了衣服。等着啊，马上就给你穿，"长晴谢过了司机，提着行李就往家里走，看到晏磊在家时，她吃了一惊，"爸，这个时间你怎么没去上班啊？"

"休息。"晏磊笑着说。

"该不会知道我要回来，特意休息吧，"长晴一把抱住他，"爸，你真好，还是家里最舒服。"

晏磊很敏锐："怎么，昨天在宋家待得不舒服？"

长晴脸上僵了僵，连忙摇头："没有啊。"

"还骗我，你这双小眼睛可骗不过我，"晏磊宠溺地说，"是不是在宋家受了什么委屈？"

"没有啦，就是不大喜欢他们家的那种气氛，"长晴半真半假地说，"可能是太有钱的缘故，不过我们家有钱也没有那样啊，我和姐姐好着呢，平时也就算计算计您的小钱，大钱都没想过。"

晏磊哈哈一笑："咱们家跟宋家比起来还是差远了，不过你和你姐也确实胸无大志，一个只知道钻研医术，一个当个小主持人，每天过得有滋有味，但说到底，还是你们没有尝过穷的滋味儿。"

长晴怔然，下意识地想到了管樱。

"这是爸这辈子最骄傲的事，我希望你们以后也不会为钱而烦恼，"晏磊温和地说，"只要人过得知足，就不会渴望拥有更多，兄弟姐妹之间也会和睦。长晴，你之所以会像现在这个样子，是因为你在一个非常健康的环境下成长，相反，宋家的成长环境其实并不是健康的，但楚颐适合你，是因为他没有想过要争家产，同时他也有足够的经济能力让你过得开开心心。如果你嫁的是一个家境并不富裕的男人，那么将来你可能花一千块钱去买件衣服都要考虑很久，当然，那样并不是不好，只是你会从爸爸的甜心宝贝变成一个女超人。”

长晴的眼眶红了，她把脸默默地埋进晏磊的胸膛里。

她忽然想到自己如果没有嫁给宋楚颐，没有宋家的帮助，晏家会变成怎样，爸爸会因为欠债而坐牢，公司倒闭，别墅、房产、车子都会被抵押，她和姐姐会背着一身的债。没有宋家和晏家的支撑，冯台长哪还会将她看在眼里，在那个竞争激烈的地方，她很快就会被打入最底层，迅速地被淘汰掉。

她见过太多事业不顺的主持人，而现在，因为宋家的关系，台里的人都对她很亲切，她的地位也丝毫不会动摇；她的姐姐前阵子被安排去了北京的大医院里进修，回来后职位再次提升，这虽然与长芯自己的努力分不开，但也不排除有宋家提供这样好的机会。目前，晏氏发展稳定，爸爸身体也不错，她还有什么好抱怨的呢，比起失去，她得到的更多。人，应该满足。

长晴突然破涕为笑，抬起头来，依旧笑得盎然：“爸，我现在没有不高兴了。”

“这样最好。”晏磊摸摸她的小脑袋。

这时，晏磊手机响了，他转过身去接了个电话，语气柔和：“好，那我等会儿过去接你。”

长晴看着他温柔的模样，心里蹿起一丝嫉妒：“爸，你要去哪里，接谁啊？”

“你沈阿姨，”晏磊略带歉意地说，“你沈阿姨说好些年没回扬州了，我陪她回去看看，顺便看看你奶奶。”

“噢，原来你根本就不是为了我才不上班的啊，”长晴嘟了嘟小嘴，埋怨状，“你什么时候跟沈阿姨联系上的？爸，你是不是……会娶沈阿姨啊？”

她乌溜溜的大眼睛看着晏磊，晏磊深思了一下，低声说：“你沈阿姨也是半辈子辛苦，以前为了你和傅愈她忍痛离开扬州，现在你和傅愈的障碍不在了，我和她才能这样轻松惬意地相处。其实到了我们这个年纪，没有再想过你们这些年轻人的情情爱爱，无非是想有一个伴儿，以后老了，你们儿女成双的时候，我们也不至于太孤单。”

“爸，如果是沈阿姨，我不反对，”长晴强忍住心头的酸楚挤着笑说，“沈阿姨人很好啊，小时候把我当女儿一样疼。”

“是啊，你沈阿姨得了这场大病，虽然动过手术了，但也大不如以前，”晏磊叹气，“傅愈忙着工作，每天只有一个佣人和看护陪着她，其实她很寂寞。”

“嗯，”长晴深吸口气，推他，“爸，你快去吧，别让沈阿姨等久了，顺便帮我向奶奶问好。”

“那你在家注意点，别跟楚颐吵架，我明天就回来。”晏磊叮嘱一番才离开，大厅忽然安静下来。

长晴回了楼上，不知为什么心里突然空荡荡的，然后就哭了，罗本从门缝里溜进来，嗷嗷地朝她摇尾巴。

“要新衣服是吧，我现在就给你穿。”长晴吸吸鼻子，找出罗本的狗装给它套上去。

罗本从来没穿过衣服，也挺好奇，特别合作地由着她摆弄，粉色的衣服穿在它身上，后面还有个帽子，尾巴处还多了一条恐龙的小尾巴。

长晴看着看着就笑了，一把抱住它说：“罗本，你实在太可爱了，来，亲一个。”

下午，电视台开会，一直开到傍晚。又赶上台里副总编生日，长晴礼节性地包了个大红包，晚上又和大家一起吃饭、唱歌。

吃饭的时候，大家嚷嚷着让长晴把男朋友带过来。

“他忙，没时间。”

“是真没时间，还是不想陪你啊？”也不知道谁暗讽了一句。

气氛凝固了一下，郑妍开玩笑似的瞪了说话的人一眼：“你们这些人能不酸溜溜的吗，难道找个男朋友就得二十四小时在一起吗？”

“就是，”副总编也忙举杯附和，“来来来，我敬大家一杯。”

之后唱歌，其实还是喝酒，长晴也没拒杯，到后面喝得自己都有些难受了。

晚上十二点散场的时候，长晴醉得东倒西歪，不过人倒是很清醒。

文桐扶着她出去，掏她手机：“我打给宋楚颐，让他来接你。”

“不用不用，”长晴压着她的手，含含糊糊地说，“你送我回去就可以了。”

“大姐呀，我也喝了好多酒。”文桐头疼。

“我送你们吧，”左骞走了出来，“我喝得不多。”

“……那麻烦你了。”文桐犹豫了一下，点头答应。

车到晏家门口，左骞忙解开安全带帮文桐把已经要睡着的长晴扶出来。

“我扶她进去就可以了，你在门口等我一下。”文桐忙说。

左骞看着摇摇晃晃的两人，不放心：“你扶得动吗？”

“当然扶得动。”文桐转身就扶着长晴走进去。

别墅的灯还亮着，一抹清俊的身影穿着睡衣坐在沙发上翻杂志，听到动静，眼帘抬了抬，看到醉醺醺的长晴时，又皱起眉头。

“晚上台里有人过生日，大家都喝多了。”文桐连忙解释。

“嗯，”宋楚颐站起来，把长晴接了过去，对文桐说，“辛苦你了。”

“没关系，那我先走了。”

文桐离开后，宋楚颐横抱着迷迷糊糊的长晴上楼，罗本屁颠屁颠地跟在两人后面，快进卧室时，门猛地关上，罗本的脑袋就那么生疼地撞到了门上，疼得它嗷嗷直挠门。

“快点儿去睡觉。”宋楚颐朝门外呵斥了一句。

长晴打了个激灵，抬起头，嘟嘴说：“你别凶，我马上就去睡觉。”

“我没说你。”宋楚颐把她放到大床上，长晴立即自己熟练地把鞋蹭掉，往被窝里钻。

他注视着她一张一合的樱唇，揉着眉心说：“罗本的衣服是怎么回事，这大夏天的你给它穿那么厚的衣服，要不是我回来得及时，它热得都快中暑了，你知道吗？”

回答他的是一阵沉默，就这片刻工夫，长晴夹着被子已经睡着了。

他捂着额头无奈地叹了一口气。

长晴早上醒来，发现自己身上换了套睡衣，旁边好像也有男人睡过的痕迹。

她发了一会儿呆，下楼时，看到没穿衣服的罗本，有点儿不高兴，忙问张阿姨：“罗本的衣服谁给脱了？”

“昨天晚上宋先生过来的时候给它脱掉的，”张阿姨笑着说，“衣服放柜子里了，你也真是的，昨天罗本热得都快中暑了，你要给狗穿衣服，也要看天气啊。”

长晴撇撇嘴，转过身戳罗本：“你真是没出息啊，就这种天气穿个衣服也热得中暑啊，亏我还花了那么多时间帮你挑合适的衣服，你知道那衣服多贵吗？还是我自己掏的钱，你的主子抠得要死，生怕我会花他的钱。”

罗本呜呜地呻吟，它也想穿，可是真的好热啊。

“以后跟我过算了，”长晴嘟囔着说，“跟着一个抠货过日子，你能幸福吗？吃都吃不饱，看，是不是来我家之后都胖啦，体重都跟小猪一样了。”

这时，一旁的张阿姨猛地用力咳起来。

“张阿姨，你怎么啦？”长晴疑惑，“感冒了吗？”

“没有啊，”张阿姨强挤着笑冲她后面说，“宋先生，散步回来啦？”

“嗯。”宋楚颐低冷地应了一声。

长晴回头，身体僵硬：“你……没去上班啊？”

“我上晚班。”宋楚颐清俊的脸阴沉得没有一丝表情。

抠货？他到底是有多抠，竟然被自己的女人叫抠货，宋楚颐气得胃都抽搐了，长这么大，从来没有人说过他小气。

“呃……我去热早餐啊，你们慢聊。”张阿姨见势不妙，赶紧溜。

“我……我也去厨房看看有什么好吃的早餐。”长晴顺势就想跟上张阿姨。

“等一下，”宋楚颐突然清冷地开口，“反正今天有时间，我们来好好地、深刻地聊一聊。”

“聊什么啊，我跟你没什么好聊的吧？”长晴停下脚步，眼珠子四处乱转，还在为背后说人家坏话心虚。

“聊我抠得要死啊，”宋楚颐找了个沙发坐下，拍拍身边的位置，眯着一双眼眸，“聊聊我到底有多抠。”

长晴咽了咽口水，无奈地硬着头皮走过去，却没坐在他旁边，而是坐到他对面，低头看着脚下的仿古砖。

宋楚颐眉头紧蹙地盯了她片刻，缓缓开口：“我并没有怕你花我的钱，只是你习惯了大手大脚，我给你多少你就能花多少，你知道吗？”

“噢，我知道了。”长晴不冷不热地回应着。

宋楚颐面露烦躁，她根本就是不知道，还认定了自己抠门，接着又说：“我并不抠门。”

“我知道啦。”长晴有点受不了，有几个抠门的人会承认自己抠门的。

“我在你跟你说认真的，”对于她这种应付的口吻，宋楚颐的脸紧绷起来，“等会儿一起去街上，你要什么我买给你。”

长晴一愣，面色微微古怪：“不用啦，我没有想要的东西。”

“你不是最喜欢买衣服、鞋子、包包吗？”宋楚颐的眉头自始至终都紧紧皱着。

“我的衣服已经够穿了。”长晴站起身来，肚子真饿了，不想跟他在这儿讨论些莫名其妙的话题。

“那就买珠宝首饰。”宋楚颐长腿伸直，上前一步抓住她的手臂。

长晴被他弄得烦，回头说：“我要买自己会买，不一定要你给我出钱，别到时候钱掏出去了，又以为我要占你们宋家的便宜。你不就是想洗脱抠门的嫌疑吗？我承认你不抠门，你只是跟你哥一样，疑神疑鬼，好像我要从你们家捞多少钱似的。其实我能明白，像你说的，你爸岁数那么大了，戴媛嫁给你爸不是为钱还能为什么，可能你们两兄弟以为全世界的女人都像戴媛一样吧，这也没错，防人之心不可无。”

宋楚颐第一次发现她那张嘴巴甜起来甜得要命，吵架的时候也能活活把人气晕，他觉得自己挺正常的，怎么从她嘴里说出来，好像他有错一样，要是其他的也就算了，但被扣上“抠门”的帽子，简直就是奇耻大辱。可偏偏她说得好像又有那么几分道理，他确实是疑心比较重，但能怪他吗？现在爱钱和势利的女人太多了。

“你上楼换身衣服，我现在就带你出去。”这次，他用一种命令的口气说。

“不出去，”长晴被他强硬的态度弄得有点畏缩，不过想了想，还是说，“我们的婚姻能不能走到头还不一定，要是将来有一天离婚了，你在我身上花的钱，要我如数退还怎么办，那得带给我多大的压力啊，我总不能再向我爸要钱还给你吧。”

“我们不会离婚。”宋楚颐一字一句，英俊的脸都快要变成铁青色了。

“未来的事很难说，”长晴嘀咕道，“现在什么样的奇葩男人没有啊，我还是留个心眼儿好点儿。”

宋楚颐实在听不下去了，直接扛着她就往别墅外走。

“喂，你干吗？快放我下来，我还穿着睡衣呢。”长晴要疯了，拼命地拍他的肩膀。

“没关系，等会儿到商场买。”宋楚颐说不过她，直接把她扔进了车里。

他从另一边上驾驶位，帮她系好安全带，狠狠警告：“你给我坐好。”

他一肚子怒火，车开得也比往常都快。

长晴还真有些怕，赶紧抓住扶手。

到达北城最高端的商场，宋楚颐直接拽着她上去，长晴穿着睡衣，脚上还穿着拖鞋，被人当异类一样看，好在早上商场的人并不多，再加上又不是周末，不过长晴还是捂脸低着头不敢见人。

宋楚颐拉着她进了一家国际品牌店，导购员看到两人愣了愣，不过还是微笑着说："欢迎光临。"

"给她挑几套衣服，要最贵的。"宋楚颐特别加重了后面几个字。

导购员眨眨眼，一般上午生意是最少的，现在来了个这么豪气的大顾客，她有些傻眼："几套是多少套？"

"随便，五套，六套，十套，二十套都行。"宋楚颐阴沉地说。

长晴自己都傻了，如果换成以前，她一定会觉得宋楚楚迷死人了，但现在，她拽了拽他的衣袖，小声说："我把我之前说过的话收回来还不行吗？你别赌气浪费钱，这根本就是不必要的浪费。"

"我有的是钱，我今天就喜欢浪费钱。"宋楚颐松开她的手，直接把她推到导购员身边。

那些导购员见状，一个个眼睛都放光似的拥过来，把长晴围得水泄不通，长晴第一次遇到这种阵势，手忙脚乱："不用不用，真的不用。"

"哎呀，您就是晏主播吧，北城好多电视台的主持人都在我们这里买衣服呢。放心，我们这里保密工作做得很好，绝对不会泄露您的隐私。"店长笑盈盈地冲店里的导购员摆摆手，然后长晴就像被洪水冲着一样给推进了更衣室，一套又一套的衣服拿过来，销售员伺候着更换。

开始的时候换上还会让宋楚颐看一看，后来长晴累得就像个机器人一样任由她们摆弄。

"先生，您看这套衣服穿在晏小姐身上，简直像为她量身定做的一样。"

"嗯，买下。"

……

"先生，这条裙子晏小姐穿着显得更加活泼可爱。"

"买了。"

……

"先生……"

"买了。"

……

"够了够了，"长晴觉得再这么下去这家店的衣服都要被搬走了，"已经够多了。"

宋楚颐皱眉瞅了一眼那一大堆要买下的衣服，点点头："也是，换个牌子再买吧，多少钱？刷卡。”

“好的好的，”店长早就一件一件计算好了，“宋先生，从今天开始您就是我们这里的VIP客户了，可以打九折。您啊，真是我见过的最大方、最阔绰的老板了，麻烦您填一下地址，东西我们直接送到您家里。”

宋楚颐听了，眉目耸动地望向一旁的长晴，用眼神告诉她：看到了吧，人家都说我很阔绰呢。

长晴无语地翻白眼，第一次发现宋楚楚比她还幼稚。

离开这家店，宋楚颐带着她往楼下的珠宝店走。这次，长晴在电梯口死活拽住了他：“我承认你大方行了吧，别再买了。”

宋楚颐冷笑：“你真的承认我大方，还是假装附和我？你是不是还怕离婚后我逼你退钱，还不起啊？”

长晴叹气：“你还说我花钱大手大脚，我再大手大脚也不像你这样乱花钱啊，我买的都是自己喜欢和想要的，你根本就是随便乱买。你自己也只是个医生，说白了，你过度超支还不是要花宋家的钱，何必呢，传到你爸耳朵里倒也罢了，要是你哥知道了，又会说我像个狐狸精一样迷惑你，我为之前跟你说的话道歉还不行吗？”

宋楚颐盯着她片刻，眯眸：“你现在真的觉得我不抠门了？”

“你不抠门，你很大方，是我见过的最大方的人，OK了吧，我们回去行吗？”长晴说完，转身就走。

宋楚颐想着她刚才的模样，突然觉得自己好像被她哄了，想不到有一天他竟然也会沦落到要这个又萌又笨的女人来哄自己。宋楚颐捂额，他今天的智商真是被她彻底拉下线了，他上前拉住她，说：“既然来都来了，就再逛逛吧。”

“我不想逛。”长晴烦闷地说。

“走啦，”宋楚颐把她揽进怀里，低哄，“我承认，前天晚上是我不对，跟你的家庭比起来，我的家庭欠缺了太多幸福的因素，我和我家人的身边围绕着太多想从我们身上得到更多益处和金钱的人，所以有时候难免会把人想得不那么好，我向你道歉。”

长晴心底那根被扎伤的神经终于一点点地愈合了，他什么时候是认认真真没有任何怀疑地道歉，她还是能感觉出来的。她不是揪着一点小事就要吵很久的女人，更不可能因为这点事就离婚，所以她只能选择遗忘，才能活得开心。

“嗯，我知道啦，”长晴低头望着自己的脚尖，“我明白你说的，我有时候确实太大手大脚了，你没有做错，以后还是该怎样就怎样吧。”她也想好了，反正自己有工作，想要什么可以自己买，不一定要靠男人，男人靠得久了会上瘾。

宋楚颐听完，眉头舒缓开，但随即又拧了起来，这样的话似乎不像从她嘴里说出来的。

“你，还是和以前一样吧，”他开口，声线很干净，“钱放在银行里只是摆设，其实就是用来花的。”

长晴有点受宠若惊，仔细抬头，看他眉目，这还是从前的宋楚楚吗？

“你看什么？”宋楚颐推开她的脸。

“没什么。”长晴摇摇头，没再作声了。

她现在相信宋楚颐不抠门，但是爸爸以前跟她说过，有时候别人说的话也不要太当真了，也许人家只是客气客气，她以前确实是有点无所顾忌了，总之以后还是注意点儿吧。

“走啦，给你买个戒指。”最后宋楚颐还是牵着长晴进了珠宝店，但长晴只选了一个几千块钱的钻戒，钻石很小很小。

第二十七章　云央归来

快到中午，两人才返回晏家，正好品牌店把上午买的衣服送了过来，张阿姨看到那么多衣服，笑道："怪不得在厨房热个早餐你们就不见了，原来是去买衣服了。"

长晴不好意思地笑了笑："爸中午还不回来吗？"

"上午打了电话，说是要吃完中午饭才回来。哎呀，我厨房的菜快熟了。"张阿姨赶紧小跑着回到厨房。

长晴回到楼上，衣帽间实在腾不出地方放新衣服了，她只能暂时都堆积在地上，望着那么多新衣服，她暗暗叹了一口气，今年都没必要再买衣服了。

"下半年我们的新房装修好了，就有地方放衣服了。"宋楚颐走到门口，看着那堆衣服说。

"……噢。"长晴眨眨眼，低头，正要从他边上走出去，一只大手突然抓住她，她回头，对上他一双深不见底的眼眸。

她微怔，那双桃花眼傻傻地看着宋楚颐，宋楚颐忍不住一个箭步上前，将她抵在门框上，狠狠地吻上这张在商场里就想占有的红唇。

从香港回来到现在，还没有好好亲热过，这两天，更多的是听到从她粉唇里说出刺耳的话。

"不……唔……"长晴被他冲动的模样吓了一跳，现在的宋楚楚好像恨不得把她吃了似的，难不成是饿得太久了？

"分别了这么久，一点都没有想我吗？"宋楚颐拂开她耳边的一缕秀发，声音低哑地说，"再过几天你又要去法国了。"

长晴心里一堵，是啊，再过两天又要到法国待三四天才能回来，两人说起来正是新婚燕尔，不是不想，在香港夜深人静的时候，辗转反侧时脑海中都是他的身影。自己到底心软，不愿意在争执中度过。

她抬头，眼眸里全是他英俊热烈的模样。

宋楚颐直勾勾地凝视着她乌黑发亮的桃花眼，那眼睛里的柔软让他俯身，唇再次用力压下去，他竭尽全力想克制，可真到那一刻，身体仿佛由不得自己了。

两天后，长晴又坐上了前往法国巴黎的飞机。到巴黎时，长晴接到宋楚颐发来的短信：上次给你的那张卡里又打进去五十万，帮我给奶奶挑个生日礼物，她过几天生日。

长晴愣了愣，她这次来巴黎也不过待三四天，这手笔有点大啊，果然是那次争执后大方多了，不过她这次可吸取了教训，不敢乱用。

三天说短不短，说长也不长。

宋楚颐偶尔看一下手机，这回奇怪了，手机里竟然没有任何关于银行卡消费的信息提示。上次长晴在香港，他每天都能收到二十多条关于银行卡消费的信息。

他主动打电话过去，关机，到晚上长晴才回过来："之前在睡觉。"

"给奶奶的礼物买好了没有？"宋楚颐换了个方向询问。

"还没有啊，"长晴闷闷地说，"没时间逛街，明天去逛街，给奶奶买什么好啊，大概什么价位的？"

"这个随便你，"宋楚颐清清嗓子，"巴黎那边的珠宝和化妆品挺好的，你可以买一些，钱少了跟我说，我再打给你。"

"有了，我给奶奶买条项链算了。"长晴立即有了主意。

宋楚颐皱眉："我说的是你，不是奶奶。"

"好啦，我知道了。"长晴应付着。

第二天宋楚颐给病人看完诊，手机上多了一条二十多万的消费信息，他还算满意，继续打电话过去："今天买了什么？"

长晴心想，上回在香港也没见他这么积极地打电话来问她买什么啊，难道是在暗示她少花点钱？

她仔细琢磨了一遍，觉得极有可能，幸好她没买太多东西："没买什么呀，只帮奶奶买了一条项链，二十三万，你觉得价格怎么样啊？"

"还好。"宋楚颐眉头蹙得更深了，所以那二十三万全是给奶奶买的礼物，她自己什么都没买？

“那就好。”长晴松了一口气，给这种有钱人家买礼物就是麻烦，要把握好尺度，一不小心买贵了或者买便宜了都不好，幸好她问了自家老爸。

宋楚颐咬牙：“那你给自己买了什么啊？”

“我逛了好久，没看到想买的，可能是上次买的东西太多了。”长晴说得非常委婉，她是买了，不过刷的是自己的卡，所以不能跟他说，不然他又会以为自己认为他抠门。有时候男人比女人还斤斤计较。

宋楚颐揉着眉心，有点不大相信她的话：“你要是没有花光所有的钱，就不许回来。”

他恶狠狠地挂了电话，说话声音太大，弄得一旁经过的小护士都目瞪口呆：“哇，宋医生，您对您太太真的好大方呀！”

一般老公都是怕老婆花钱，只有宋医生这么霸气，钱不花完不能回来。

宋医生整理了一下白大褂，摆出一张高冷的样子，淡淡地说：“对自己老婆不大方，那对谁大方啊？”

巴黎，长晴揉着被震痛的耳朵，宋楚楚他吃错药了吧。明天就要回去了，哪有时间再逛街啊，让她现在去哪儿花掉那么多钱，真是神经病。

长晴最后也没花掉那些钱。不过当天晚上，宋楚颐不在家，他去外地出差了。夜里十点，他才风尘仆仆地赶回来。

张阿姨帮他下了一碗面条，他就着一些小菜吃得干干净净。

长晴有点吃惊地看着他：“你怎么这么饿啊？”

“没吃晚饭，”宋楚颐拿纸巾擦擦嘴角，“开了四个小时的车。”

长晴算了算，那岂不是六点钟就开车往回赶了：“干吗不吃了饭再回来？”

张阿姨正好过来收拾碗筷，听到这句话，忍不住说：“能为什么，肯定是早点回来见老婆啊。”

长晴闻言一窘，悄悄地看了他一眼，见他一双黑眸正一动不动地注视着自己，脸蛋噌地热了。等张阿姨一走，她昂起下巴，厚着脸皮笑得十分欠揍地说：“真的是为了我啊？”

宋楚颐面无表情地解开胸前的几粒纽扣，看着她说：“钱没花完？”

长晴的脸僵住，做小媳妇发誓状：“我是真的努力去花了，但这次时间很紧，太赶了，最后还是匆匆忙忙在机场免税店买了一个包。”

“别以为我不知道你在巴黎买的化妆品和香水都是用自己的卡刷的。”宋楚颐英俊的脸猛地一沉。

长晴的嘴唇嚅了嚅："燕墨伦跟你说的？"

宋楚颐冷冷地盯着她不说话。

长晴心虚地垂下脑袋瓜子，心里暗暗把燕墨伦狠骂了几遍，当初说过让他别打小报告的，结果他还是打了小报告。

宋楚颐几乎是咬牙切齿地说："你现在是口头上说我不小气，敷衍我，心里还是觉得我抠门对不对？"

"没有啦，"长晴戳着两只小指尖，男人真是麻烦，"我以为我少花点你会觉得我比往日里要节省一些了，我这不是怕你反感我吗？"

宋楚颐冷笑："为了让我不反感你，你一毛钱都不花我的，看来我这个老公有跟没有没什么区别。而且看样子你挺有钱的，既然如此，那以后不管你去哪儿，我一毛钱都不给了。以后家里有人过生日，你给你的，我给我的。对了，忘了跟你说，结了婚后，长辈过生日是要给礼钱的，而且数额可不少呢。以后我们俩搬进别墅住，家里的保姆费、物业费、水电费、生活费你也要承担。"

他说完，起身上了楼，长晴自己低头算了算，越算心里越凉，赶紧跑上楼，等宋楚颐洗完澡出来，她立即狗腿地缠上去："楚楚，我错了，是我不对，我以后再也不敢这样了，你原谅我好不好？"

"走开，别挡着我。"宋楚颐绕开她往床上坐。

长晴也非常敏捷地爬上床，抱着他的腰撒娇："楚楚，我的好楚楚，我亲爱的楚楚，我最爱的楚楚，别这么对我……"

宋楚颐的鸡皮疙瘩都被她叫出来了，真想狠狠地教训她一顿："你别烦我。"

"你不答应，我就一直烦你。"长晴嘟嘴。

"没出息，我还以为你有几分骨气呢，"宋楚颐嗤笑，拿起床头柜上的一本医学书，懒洋洋地靠在床头靠背上说，"以后再发生类似的事情看我怎么教训你。"

"好好，听领导的。"长晴老老实实地应着。

"嗯，这次放过你吧，那张卡好好收着，以后就给你花了，我会不定时地打钱进去，偶尔还会查查余额，要是一个月你没有花掉个十万八万的，月底那天晚上我们就好好地来个七次。"宋楚颐翻开一页书籍，狠狠地说。

"七次？"长晴傻眼，"这么多，你确定你吃得消？"

宋楚颐眯眼："你说什么，不相信我，今晚要试试吗？"

"不用不用。"长晴吓得赶紧往被窝里缩。

宋楚颐的眉头稍稍挑起，算她识相，其实他也只是吓吓她，要真来七次，他还真吃不消。

一旁，长晴的脑袋缩在被窝里，既高兴又苦恼，以前，她每个月都要为怎样省钱而烦恼，现在，又要为花不完钱而烦恼。她想了想，拿起手机把这个烦恼发给了阮恙。

阮恙迅速回复：贱人就是矫情。

她是贱人吗？长晴捂脸，好像确实挺贱的，还贱得这么矫情，没办法，谁让她最近被宋楚楚宠坏了呢。

她爬起来，忽然郁闷地看着一旁的宋楚楚："老公，你干吗对我这么好呢？你又不爱我。"

宋楚颐看书，懒得搭理她。

长晴继续矫情地戳他的胸膛："说不说？说不说……"

宋楚颐被吵得一个字都看不进去，放下书，翻身扑过去，堵住她那张喋喋不休的小嘴。

"你要……干吗？"长晴被他吻得身子发软，桃花眼也更加水汪汪的。

"做点让你消停的事。"宋楚颐带着低哑嗓音的薄唇紧贴住她的唇，没多久，那本扔在床上的书就被踢到了地板上，不过谁也没有理会。

到了宋奶奶生日的那天，长晴一早醒来就给宋奶奶打电话，宋楚颐从洗手间出来就看到她趴在床上在甜甜地说："奶奶，生日快乐，祝你长命百岁、寿比南山、福如东海，越活越年轻、越活越精神，没事跳跳广场舞，活到一百五……"

宋奶奶笑得合不拢嘴："你这小东西，一大早嘴巴像抹了蜜一样甜，晚上记得来家里吃饭啊，早点来，陪奶奶说说话。"

"奶奶，我今天要录节目，可能要录到晚上了，不过我录完节目就过去看您，您看怎么样？您千万别生气啊，其实我今天压根就不想去录节目，可是节目录不了，下星期电视台就不能正常播放，没办法。"长晴一脸遗憾地说。

宋楚颐心想，这表演功底……

宋奶奶听得心都软了："没事没事，你有这份心就够了，先忙工作，晚点过来也不迟。"

"谢谢奶奶，爱你一万年，么么哒！"长晴挂了电话。

宋楚颐感觉鸡皮疙瘩掉了一地。

"楚楚，你看，我是不是表现得很棒？"长晴得意扬扬地说。

“很棒，回头奖你一根棒棒糖，”宋楚颐沉吟了一下，“你要是没时间的话，晚上不去也没关系。”

“不行啊，虽然我不是很想去你们家，不过这也不大好，我答应过奶奶的，不能食言。只要我过去，不管多晚，都是我的心意。”长晴赤着脚进了更衣室换衣服。

傍晚，宋家的庭院里，停了五六辆豪车，车牌不是0就是8，这些车都是极熟悉的。老太太生日，请的无非是交情极好的朋友，或者宋家的亲戚。老太太当初生了四个儿子一个女儿，不过女儿远嫁海外，两个儿子也移民去了国外，留在国内的只有宋怀生和老四。

宋楚颐停好车，往主宅走，遇到蹲在门口看观赏池里各色小金鱼的宋荞荞，五岁的小丫头目不转睛地盯着里面的小鱼儿，还不时地用手撩水玩，旁边是宋楚颐的四叔宋政儒，他手里夹着一支烟，打招呼道：“楚颐，你回来啦。”

宋荞荞抬起头，圆润的小脸蛋立即扯开一抹灿烂的笑容，迈着小腿张开手臂朝他扑过来：“楚颐哥哥，抱抱。”

“荞荞又长高了啊，还胖了……”宋楚颐抱起荞荞，低头亲了亲她的脸蛋。

宋荞荞不满地噘了噘小嘴：“我这不叫胖，叫可爱，别人都说我可爱。”

宋楚颐低低地笑了笑，觉得怀里这个五岁的小姑娘噘嘴的时候跟长晴很像：“对，可爱，越来越可爱了。”

宋荞荞这才满足地笑了：“楚颐哥哥，听说你给我找了一位漂亮的姐姐，是真的吗？为什么我没看到她跟你一起来呀？”

“她要上班啊，很晚才会过来，”宋楚颐想了想，加了一句，“你一定会喜欢她的。”

宋荞荞眨巴着双眼：“为什么？”

“因为……她跟你一样啊。”宋楚颐思索了会儿说。

“一样？”宋荞荞睁大双眼，“难道她跟我同岁，楚颐哥哥，你们是忘年恋吗？”

宋楚颐都不知道要怎么回答小姑娘了，一段日子不见，没想到她连忘年恋都知道了。

宋政儒看了女儿一眼：“不要乱说。”

宋荞荞被爸爸训了，不高兴地嘟嘴，分明就是楚颐哥哥说姐姐跟她一样的。

宋楚颐将目光转向宋政儒，淡笑道：“对了，四叔，还没恭喜您，最近升迁了。”

“等了这么多年，也该升迁了，”宋政儒徐徐地抽了一口烟，“等过些日子，位置坐稳一些，要不要我帮你打声招呼，将你在院里的位置提上去？”

“不用，”宋楚颐温淡地说：“我现在资历还不够，医术方面也有很多进步的空间，再磨炼一段日子也无妨。”

宋政儒拿烟指着他，笑了笑：“你爸说得没错，你还真就是个医痴，我看你对职位倒不太感兴趣。”

宋楚颐沉默一笑，这倒是真的，作为医生，他真的不是很看重职位，他比较享受治病救人带来的满足感。

“不过……总不能一直这样，”宋政儒说，“你爸的意思是如今你也成家立业了，总该抽点时间生个小孩，别一门心思扑在医术上，其实小孩子还是蛮可爱的。”

“对啊，就像我一样，”宋荞荞立即甜甜地抬起脸蛋，“楚颐哥哥，加油，生一个像我这么可爱的宝宝，这样我就当姑姑了。”

宋楚颐啼笑皆非，才五岁就想当姑姑。

“楚颐回来了，怎么一直站在门口啊，快进来陪奶奶。”里头的大堂哥宋骏乐说。

“那我先进去了。”宋楚颐想把宋荞荞放下，不过小姑娘不肯撒手，就是要他抱着。没办法，他只好抱着宋荞荞进去，跟客人和亲戚一一打招呼。

晚饭快开始时，亲戚中有人说了一句：“怎么楚朗还没回来？”

“打个电话吧。”戴嫒说着，看向宋楚颐。

宋楚颐拿手机打给宋楚朗，响了一会儿没人接，他说：“没接，应该快到家了。”

“先上菜再等吧。”宋怀生说。

一大桌的菜上齐时，外面传来了汽车的声音。

“应该是楚朗回来了。”老太太笑着站起来。

客厅里热热闹闹，言笑晏晏，只是当看到门口走进来的那两抹身影时，突然安静了。

一直窝在宋楚颐怀里的宋荞荞突然感觉自己被抱得有点紧，她抬头看了看宋楚颐突然僵住的脸，又看看安静的众人，最后目光落在楚朗哥哥旁边的漂亮姐姐身上，童言无忌地先打破了沉默：“楚朗哥哥，这是你的女朋友吗？”

“不是，也是一位姐姐，”宋楚朗看向身边的人，她雾霭一般的双眼盯着某处泛起一股潮湿的雾气，他轻唤，“云央……”

她骤然清醒，抱着手里的礼物上前，声音格外沙哑地说：“奶奶，好久没见到您了，知道您今天过生日，我在印度的时候给您求了一条小叶紫檀佛珠，祝您长命百岁！”

宋奶奶看着没动，只淡淡地说：“我们泱泱大国什么佛珠没有，非要去印度求。”

宋云央脸上现出尴尬的表情。

宋楚朗接过她手里的盒子直接塞到宋奶奶手里：“奶奶，云央这几年都随医疗团队在国外漂泊，这次才回来没来得及，这是她的一番心意，您就收下吧。”

宋奶奶见大家都注视着这边，才皱着眉头接过，然后说：“好啦，既然人都到齐了，那就开饭吧。”

不知道是不是多了一个人，宋家的亲戚也不如刚才热闹，倒是宋怀生的朋友，笑着问道：“老宋，这位姑娘是你的哪位侄女吗？”

宋怀生沉默地看了一眼坐在宋楚朗身边的云央，好半晌才说：“不是，是我收养的女儿。”

“原来你还有一个女儿。”朋友恍然大悟，还想再问，突然感觉身边另一位同来的友人拿手臂轻轻地撞了撞他，眼神里含着一丝警告。他愣了一下，忙适可而止地没再多问了。

餐桌上，除了宋荞荞，还有另外两个宋家的小孩子。

“楚颐哥哥，我要吃鱼。”

“楚颐哥哥，我要吃虾，你帮我剥。”宋荞荞只让宋楚颐照顾她吃饭。

等宋楚颐帮她弄好，她又把碗里的东西全弄到他的碗里去：“我不要了，楚颐哥哥，你全帮我吃了吧。”

四婶瞪她：“荞荞，别吵你楚颐哥哥。”

“没关系。”宋楚颐温和地说。

吃完饭，宋楚颐自告奋勇陪着宋家的亲朋好友打牌，中间，宋怀生对宋云央说：“云央，你跟我来楼上一趟。”

“我陪你去吧。”宋楚朗立即站了起来。

宋怀生瞪了他一眼，他也毫不退缩，后来没办法，只好把他也叫上了楼。

“楚颐，发什么呆呢，快出牌啊。”牌桌上，宋骏乐敲敲桌面，不耐烦地说。

宋楚颐微微一醒，才摸起一张牌推出去。

大约过了半个小时，宋怀生三人才从楼上下来。

宋楚颐把钱包里最后几张钞票拿出去，宋骏乐接过后眉开眼笑地说：“你今天这手气也太差了点吧，都输光了，位置让出来，一边儿去。”

宋楚颐尴尬地润了润薄唇，一旁的宋政儒忽然说道：“还要不要打，我借给你钱。”

“借吧。”他说。

晚上十点多，外面再次传来汽车声，宋奶奶突然笑着站起来：“肯定是长晴回来了。”

客厅里因为她这句话突然沉寂了，戴媛瞅了一眼对面自始至终都低着头的宋云央，然后笑着附和：“肯定是。”

几分钟后，长晴蹬着高跟鞋出现在门口，她今天穿着前些日子在香港买的Fendi新款套装，上面是比较甜美可爱的刺绣烫钻衬衣，下身一条水洗的牛仔短裙，她身材极好，这套衣服显得她更加凹凸有致，不过本该是可爱俏皮的风格，却被她穿出一种风情妖娆的味道。

长晴那双桃花眼在大厅里转了一圈，看到还有那么多人，尴尬局促了一下，不过毕竟是主持人出身，她很快就大方地朝宋奶奶走过去，甜甜地笑说：“奶奶，生日快乐！不好意思，我来晚了，本来想更早点来的，不过节目好多地方都录得磕磕绊绊的，耽误了。”

“没关系没关系，”宋奶奶拉着她的手笑着说，“本来还想等你一起切蛋糕的，不过那几个小朋友一直嚷着要吃，就先切了，不过奶奶给你留了一块。”

话刚说完，佣人就把蛋糕递了过来，宋奶奶说：“这可是楚颐的姑姑特意从国外订做空运过来的，味道很好。”

戴媛打趣：“那几个小朋友想多吃一块，奶奶都不让，特意给你留的。”

“奶奶，您对我最好了，”长晴开心地尝了一口。其实她从小的生活环境很好，又是个吃货，从小各种美食哪怕是国外的也都经常品尝，蛋糕味道很好，她以前吃过，不过为了让老太太高兴，她就把表情做得十分到位，“哎呀，真是特别好吃。”

这时，一个圆乎乎的小脑袋凑了过来：“我可以吃一点儿吗？”

长晴看着面前这个粉嫩得像丸子一样的小姑娘，立即拿了个新勺子喂她：“你好可爱啊，叫什么名字呀？”

宋荞荞边咬着蛋糕边含含糊糊地回答：“我叫宋荞荞，你可以叫我荞荞。你是楚颐哥哥的漂亮姐姐吗？为什么他说你跟我一样呢？我觉得不一样啊，害我一直担心楚颐哥哥忘年恋。”

长晴不敢置信地瞅着这个嘴角上全是奶油的五岁小女孩，宋楚颐竟然说自己跟她像，什么眼神？还忘年恋，这个小朋友真有点早熟啊。

“是不一样，”她硬着头皮说，“我比你大好多，我跟你楚颐哥哥肯定不是忘年恋。”

荞荞小朋友点点头，放心了：“那你们什么时候有小宝宝，我想当姑姑，我们幼儿园好几个小朋友都当姑姑了。”

长晴再次尴尬，这肯定是宋楚颐哪个叔叔的女儿，不过能有这么小的女儿那应该是他四叔了。

“我尽量。”长晴呵呵一笑。

旁边的戴嫒也扑哧一笑：“连荞荞都催你们了，看来你们是要加把劲了。”

长晴满脸通红，每次来都要被问到小孩子的问题。她勉强地抬起头四处望了望，宋楚颐还在打牌，也没有过来和她打声招呼，她有点不高兴。再看宋楚朗那边，眼珠子差点瞪出来，宋楚朗竟然带了个姑娘过来，模样竟然和管樱有几分相似，水晶灯下，一头长发如黑缎般垂于背后，皮肤偏蜜色，显得很健康，身上穿着简单的牛仔衣裤，像个大学生，眼睛明亮得像晨曦中的雾水。对方用那一双雾霭蒙蒙的眸子看着自己，像是在探究，又像是在打量，不知道为什么，长晴感觉这姑娘的眸底有伤感、愤怒的复杂情绪。

长晴感觉有点不大舒服，不过还是主动询问：“你是……”

戴嫒笑着说：“她是怀生以前收养的女儿，宋云央。”

“噢，”长晴恍然大悟，记得宋楚颐床头柜上就有张全家福，上面好像确实有个妹妹，不过她有点脸盲，没记住样子，“你好，我叫晏长晴。”

“嗯。”宋云央敛眸，淡淡地回应着。

“楚颐，长晴过来了，你还一直在那边打牌像什么样子？”宋奶奶朝宋楚颐说道。

宋楚颐清浅的声音飘过来：“奶奶，我打完这一手牌就过来。”

长晴旁边的宋荞荞突然笑嘻嘻地握住她的手，说：“我带你去找楚颐哥哥，他今晚输了好多钱，现在都是借我爸爸的钱。”

“好啊。”长晴觉得这边气氛怪怪的，任由宋荞荞牵着自己离开。

到了宋楚颐那边，宋骏乐朝她招招手，说：“你来得正好，楚颐借了四叔不少钱，要不要你帮他还了？”

长晴窘，不少钱，那是多少啊，她钱包里从来都是只带几百块钱，早知道她还是待在那边好了。

“算了吧，”宋楚颐淡淡一笑，“她出门从来不带现金的，你要说刷卡还行。”

“是啊。”长晴窘迫得摸摸后脑勺，低头看宋鹭颐，又输了一把，他们似乎打得很大，一把输赢几千，她瞧得肉疼。

“不打了，没钱了，”宋楚颐站起身来，对宋楚朗说，“哥，你来打吧。”

“我不玩。”宋楚朗摇头。

“那三缺一啊。”宋骏乐眨眼。

“那就别玩了，”宋奶奶说：“也不早了，小孩子都要睡觉了。”

“那下次再玩吧，”宋政儒站起来，抱起自己的女儿，“荞荞，我们回家好不好？”

“不好，我今晚可不可以和楚颐哥哥他们一块儿睡啊？”宋荞荞嘟嘴问。

“你楚颐哥哥都怕你呢，”四婶笑道，“过年的时候你跟楚颐哥哥睡，半夜里哭着闹着要妈妈，害得他一整晚都没睡好觉。”

宋荞荞哼了哼。

客人陆陆续续离开，宋奶奶、戴嫒也陆续回了房。

客厅里还剩下宋楚朗、宋云央、宋怀生几个人，宋楚颐喝了一口茶水后，对长晴说：“我们也回房吧。”

“好。”长晴正好也想休息了。

上楼时，她总感觉后面有好些目光在盯着他们，她没回头，怕一不小心对上宋楚朗那阴森森的目光。

回房后，她赶紧把门关上，反锁，问：“奶奶还喜欢那条项链吧？”

“喜欢。”宋楚颐头也不回地往浴室里走。

长晴摸摸后脑勺，他这是怎么了，平时进房，如果不是很累，他都会抱自己的，可能今晚打牌输了很多钱，心情不好吧，便没有多想。

于是，等宋楚颐洗完澡系着一条浴巾出来时，她忙说：“楚楚，其实没关系的，谁都有手气不好的时候，这次输，下次肯定能赢回来。”

宋楚颐瞅了她一眼，心中叹气：“知道啦，你快去洗澡。”

半夜，长晴想上洗手间，起来，发现身边竟然是空的。她揉揉眼睛，四下望望，洗手间也没人，倒是看到外面阳台上有一抹淡淡的剪影。

宋楚颐背对她望着外面的月色，身上穿着一件白色背心，手里拿着一支烟往嘴里送。

他竟然在抽烟，从来不抽烟的宋楚楚竟然在抽烟？

他的背影被月光晕染得有些让长晴认不出来，坐在床上看了一会儿，长晴赤足下床，轻轻地拉开阳台的推拉门。

“你怎么醒了？”宋楚颐回头，墨色的眼眸中有一丝淡淡的忧愁。

“起来上洗手间，”长晴端详着他，“楚楚，你是不是……有心事啊，还抽烟了，你以前都不抽烟的。”

宋楚颐看了下手中的烟，掐灭，淡淡地说：“我在想一个病人的事情。”

“那肯定是个比较麻烦的病人了，”长晴点点头，能理解，他是个尽职的医生，为病人烦恼很正常，“不过你晚上没睡好，第二天大脑会反应得慢一些，反而不利于你帮助病人。你还是先什么都别想了，好好休息，说不定一觉醒来就能想到治疗方案了。”

“你现在说话还真像半个医学专家了。”宋楚颐笑了笑。

“那当然，我现在可是知名外科医生的老婆。”长晴挑眉，非常得意地说。

“知道啦，外科医生的老婆，你不是要去上洗手间吗，要我抱你去吗？”宋楚颐低笑着朝她伸手。

“才不要，”长晴后退一步，“我去洗手间，你快点回来睡哦。”

宋楚颐点点头，望着她的背影，心情更加复杂。

第二十八章　医疗风波

早上的阳光从窗帘缝隙照进来，长晴还没睡够，烦躁地将被子一拉，蒙住了脸。

“别睡了，起来吧，我要去上班了。”宋楚颐拉开被子，把她从里面抱了出来。

长晴今天没什么事，想多睡会儿，可宋楚颐走了，她一个人留在宋家又不自在，于是揉揉眼睛，还是勉强睁开眼，嫣红饱满的唇微噘，撒娇地伸手：“抱我去洗脸。”

“多大的人了。”宋楚颐头疼，是不是以后有了小孩，大清早，他得左边拎一个小的，右边拎一个大的。

“我爸说过，女人嫁了人之后就是老公的宝宝，我们现在没孩子，所以我现在就是你的宝宝，”长晴理所当然地说，“说不定以后我们有了宝宝，我就成草了，所以现在该享受这个权利的时候，我就要充分享受。”

宋楚颐无语。他直接把这个巨大型宝宝从床上捞起来：“走吧。”

清晨七点半，长晴和宋楚颐刚打开卧室的门出来，楼下便传来重重的筷子放桌上的声音。

长晴心脏一提，下意识地拽住宋楚颐的手，心想，大清早的下面发生什么事了吗？

宋楚颐没看她，脸色阴沉地迈开步子下楼，从楼梯的角度正好可以看到餐厅里的情况，宋家人都在吃早餐，不过宋奶奶脸色不大好，宋楚朗站着，一脸铁青，他旁边的宋云央正拽着他的衣襟，轻声说：“大哥，先坐下，行吗？”

“早上好。”宋楚颐淡淡地说。

餐厅的气氛稍缓，除了宋云央外，大家都往这边望过来，仿佛刚才的争吵只是一个错觉。

宋奶奶和颜悦色地说："你们起来啦，过来吃早餐吧。"

"我们就不吃了，我要赶着去上班，长晴也还有事。"宋楚颐站在客厅里对餐厅里的人说。

长晴愣了愣，望了望他异常清冷的脸，微微诧异。不过长晴没说什么，她正好乐得不用和宋楚朗一块儿吃早餐，而且昨天回来的宋云央好像也不大喜欢她。

"那你们就带两份早餐路上吃，家里的还是健康一些。"宋奶奶也没有强求。她刚说完，佣人便手脚麻利地打包早餐，不到两分钟便装好递了过去。

走出主宅后，宋楚颐一言不发地径自往自己的车走去，长晴愣了愣，想叫住他，叫了几声，宋楚颐都没有反应，于是她微微气恼地拿出一个汤包往他头上扔过去，砸得很准。

宋楚颐回头，摸了摸头发，看看手上的油，没好气地咬牙切齿："晏长晴……"

"谁让你不理我的，"长晴心虚，"我就是告诉你一声，我开自己的车。"说完好像怕他会报复自己一样，赶紧钻进自己的车里。

宋楚颐气得直想骂人。

上午，博瀚医院，宋楚颐从主任办公室出来，便带了一个实习生去了25号病床的汪老太太那儿。汪老太太今年八十二岁，刚做完手术，身体还很虚弱。

他进去，发现汪老太太的点滴已经输完，血已经开始倒流了，老太太睡着了没察觉，她的儿子睡在另一边空着的病床上，一身酒气。

朱超赶紧上前把输液袋换了，叹气说："她这儿子陪着跟没陪一样，睡得比他妈还沉。"

宋楚颐本来心情就不好，此刻冷若冰霜的俊脸上两条眉峰锁得紧紧的。汪老太太的手术是他亲手做的，手术之前的谈话、治疗、签字等相关事宜他找了这个汪强好几次，要么找不到人，要么拎着酒瓶子坐在老太太旁边喝酒，醉了就躺那儿睡觉。最可气的是老太太手术当天他竟然都不在，最后还是他媳妇过来签的字。

宋楚颐上前用力踹了一脚汪强睡的病床，病床摇了摇，可对方睡得像死猪一样，纹丝未动。

朱超说："宋医生，算了，您现在叫醒他，他也是醉醺醺的，之前有个病人跟他们在一间房，就因为他整天鼾声如雷，那病人受不了就搬到另一间去了。”

宋楚颐冷着脸不理会他，伸手直接把汪强从病床上扯了起来。

“你谁啊，抓我干什么？”汪强迷迷糊糊地看着他。

“你知道这是什么地方吗？”宋楚颐清冷地说，“你是陪护，你妈才是病人，你成天睡觉怎么行啊？护士不可能时时刻刻盯着她，她在输液，药水没了会回血，本来就低血压，你还想不想她活了？”

汪强有气无力地朝他翻了个白眼，满口酒气地说：“我每天交那么多钱给你们医院，护士当然得看着她，万一出了什么事，我找你们医院麻烦，要你们赔偿。我告诉你们，我……我不是一般人，不好好看着，我让你们医院开不下去。”

宋楚颐眼眸微眯：“护士不是护工，你当吃喝拉撒都要照顾呀，你这做儿子的连自己妈都不管，成天醉生梦死，你是来医院照顾病人的还是当这里是宾馆啊？”

“交了钱吃喝拉撒当然都要照顾，你们要好好伺候，知道不？你放手，别抓我，不然别怪我不客气啊！你这臭小子，大爷我当初赤手空拳打天下人的时候你还穿着尿不湿呢。”汪强呵呵地轻蔑嗤笑。

宋楚颐气得把他往胸前一扯，朱超忙上前劝道：“宋医生，冷静点，他喝醉了，你跟一个酒鬼说不清。”

“我没醉，清醒着呢，”汪强闭着眼哼哼着说，“他要是动手的话，连我一记拳头都挡不住。”

宋楚颐连连深吸了好几口气，克制自己。

这时，汪老太太醒了，忙叹着气劝阻：“宋医生，您就别管他了，他啊，醉了十多年了，这次能来就不错了。平时我哪里不舒服，他呀，连个人影都见不着，见着了也是吵架。这回，至少还在边上，就算他喝醉了，也总好过我身边一个人都没有。”

宋楚颐心中微酸，手放开汪强。汪强又骂骂咧咧了一会儿，然后一头倒在病床上继续睡，不一会儿便鼾声如雷。

汪老太太见状，无奈地叹了一口气。

朱超说：“老太太，您也要劝劝您儿子，我看他脸色枯黄，又瘦成这样，再这么酗酒下去会得肝癌的。”

“劝了，不听，”汪老太太说，“去年还住了院，出院后还是喝。我啊，只希望他别走在我前面就心满意足了。其实人啊，活到我这把岁数真没什么意思，辛辛苦苦把儿子养大却是个酒鬼，老伴又早早地去了，唉！”

从汪老太太的病房里出来，朱超跟在宋楚颐身后感叹：“汪老太太实在太可怜了！”

宋楚颐阴沉着脸说：“你去肝胆科看看，就会知道有多少像他儿子这样的人了。”

朱超忙闭上自己的嘴巴，今天宋医生心情好像很不好，到底谁得罪他了。

“宋医生，这里有位美女找您。”前面一个护士朝他招手。

宋云央一动不动地站在护士旁边看着她，眼神倔强而痛苦。

宋楚颐双腿顿时像灌了铅一样沉重，半晌，回头对朱超说：“你先去查房吧，我等会儿过去。”

“好的。”朱超纳闷地看了宋云央一眼才走。

宋楚颐轻嘘一口气，对宋云央说：“你跟我来。”

他走在前面，宋云央跟着走在后面。

进办公室后，他在门口等了一会儿，等她进来，然后把门关上，转过身想把病历放下，一只手却突然用力扯住他。

“云央，你放手，”宋楚颐深吸一口气，“我已经结婚了。”

“宋楚颐你这个骗子，”宋云央咬牙切齿地说完，仰头，一串串眼泪就滚落下来，“你当初明明答应过我，说会等我。原来你一直都在骗我，你把我们的承诺当成什么了，你知不知道，我一直都很相信你，可是现在，我回来了，你让我面对的是什么？”

宋楚颐僵硬着身子，喉咙深处堵得不行。

他闭了闭眼，说：“云央，那个时候我还不够成熟，我以为我爱你就会爱一辈子，其实你离开后，我才知道，不是这样的，可能我骨子里就是比较花心吧，你看，初中的时候我就开始谈恋爱……”

“那根本就不算谈恋爱，”宋云央哽咽道，“你亲口跟我说过，那只是想让我嫉妒。”

“所以说我那时年少无知，”宋楚颐拨开她的手，眼睛里泛起一层淡淡的薄凉，“我很喜欢我现在的妻子，她很可爱。云央，对不起，我已经不爱你了。”

啪的一声，一记耳光落在宋楚颐的脸上，宋云央满眼凄楚地说：“我不相信你已经不爱我了，你以为我不知道吗？你只是想成全我跟大哥。我跟你说过，二十八岁的时候一定会回来，你赶在我回来之前结婚不就是这个意思吗？你跟那个晏长晴结婚根本就没有多长时间，而且只见了一次面就登记结婚了，你从来就不是一个对感情随便的人。”

宋楚颐闭眼，没动：“我去年就已经有女朋友了。”

“大哥说你去年那个女朋友跟我很像。”宋云央哭着嘶吼。

宋楚颐面容僵硬：“没有。”

“我不管奶奶、爸爸他们怎么想，我要去找晏长晴说清楚，你本来就是我的，别想用这种方式逃避我。”宋云央扭头就冲了出去。

宋楚颐心里泛起一阵不安，他迈开长腿追了上去，到电梯口才追上宋云央，把她拉到人少的窗前，低哑着声音，紧皱眉头说：“云央，不要去找她，长晴什么都不知道，她是无辜的。”

“既然知道她是无辜的，当初就不应该把她卷进来。”宋云央冷冷地说。

“她是我的妻子，”宋楚颐不得不沉下脸重复，“永远都是我的妻子。云央，我对我现在的婚姻状态很满意，并且希望可以一直这样下去，请你不要去找她，就算她走了，我跟你也不可能。你想过大哥的感受没有，就算我曾经爱过你，但是大哥比我更爱你，他这么多年都没有结婚，身边从来没有过女人，除了你，他心里根本就装不下别人。”

“别说了，”宋云央痛苦得眼眶泛红，“你说你对现在的婚姻很满意，你不要跟我说，你爱上她了。”

宋楚颐闻言一怔，爱这个问题，他从来没有想过。他只知道跟长晴在一起很开心，看到她傻乎乎的模样会心软，看着她的一举一动会忍不住想要疼她、宠她。

他沉默了好一阵，才重新开口：“云央，她是一个很好的人，遇到她之后，我自己也变了许多。她能改变我，能让我开心，两个人在一起这些是最基本的，而我们之间这些早就已经没有了。”

她一震，踉跄地挣开他的手，捂着脸后退几步，眼睛里透出绝望。

“对不起，我还要忙，你回去吧。”宋楚颐心里无奈地叹了一口气，转身离开，宋云央没有再跟上来，只是站在远处悲伤地看着他的背影。

回到办公室，宋楚颐打开抽屉，取出一包烟，慢慢地点燃一根，眉头紧锁。

傍晚，宋楚颐从医院大楼里走出来，手机突然响了，看到上面的名字，他停顿了一阵才按下接听键。

“我的车在你前面，你跟我来，我们找个地方聊聊。”宋楚朗说完就挂了。

前面一辆越野车的车灯闪了闪，宋楚颐蹙了蹙眉，发动自己的车子跟了上去。七八分钟后，他们进了一个荒废的小区，宋楚朗打开车门先走了下来。

宋楚颐在车里喝了一口矿泉水，才解开安全带走了下去：“哥……”

宋楚朗手里夹着一支烟，低头狠狠吸了一口，吸得太急，被狠狠地呛了一下，咳嗽了一阵，英俊的脸上显得有一丝狼狈：“楚颐，你跟晏长晴离婚吧，我保证会让他们晏家在北城过得顺风顺水，公司发展也会越来越好。”

“你够了。”宋楚颐皱眉叹息。

“你才够了，”宋楚朗咳嗽了几声，猛地把烟往地上一丢，狠狠地拽住他的衣襟，眼圈发红，“当年的事是我不对，你们根本就不该分开，你爱她，她也爱你，这没有错。你不知道云央今天上午从医院回来的时候哭得有多难受，我不允许你们分开，知不知道，你们要在一起，好好地在一起，所有的痛由我一个人承担，她根本就是无辜的。”

宋楚颐眼眶一热，说：“对不起，我不能答应。”

“宋楚颐，”宋楚朗面露愤怒，“你别逼我。”

“云央以后交给你……”

迎面一记拳头狠狠打在他的脸上，宋楚颐趔趄地后退数步，脚上掀起一层尘土。

宋楚朗再一次揍过来：“你答不答应？”

宋楚颐一动不动。

“宋楚颐，你会后悔的。”宋楚朗红着眼眶狠狠地指了指他，上车摔门绝尘而去。

宋楚颐被灰尘呛得咳嗽了两声，摸了摸唇角，苦笑了一下。

回到晏家，长晴看到宋楚颐脸上贴了两个创可贴，颧骨处还微微发青，吓了一跳：“你干什么去了？”

“我只是……下班去买东西的时候倒霉碰到一个疯子，莫名其妙地被打了几下而已。”宋楚颐不大自然地别开脸，淡淡解释。

长晴眨眼：“你得罪了人家吗？”

“没有。”

“那他脑子有病吧，应该送去精神病院。”长晴义愤填膺地骂道。

“嗯。”宋楚颐拿遥控器换台，显然不想再说这件事。长晴也因为早上拿汤包砸他的事而心虚，不敢多说。

一个星期后，宋楚颐在停车场里找了一个车位，刚下车往住院部走，到门口，便看到一身清贵的宋楚朗站在那里打电话。

黄昏的光线落在他英俊的脸上，像镀了一层温柔的颜色。

宋楚颐顿了几秒，犹豫要不要过去时，宋楚朗也看到了他，挂断电话，声线比以往要淡漠：“准备上班了？”

“嗯，”宋楚颐的眼神带着些探究的意味，自从那次被打后，两人一直都没联系过，再次看到宋楚朗，他有一种不大好的预感，“哥，你怎么会在这里？”

“等人。”宋楚朗平淡地看了他一眼。

宋楚颐一双黑眸安静地盯着他的双眼，正想问他在等谁时，身后突然一声轻唤让他瞬间明白过来。

他回头，看到宋云央从大楼里走出来，她身边还跟着郭主任、严医生等人。

“郭主任，你们这是……”

“托云央的福，你大哥晚上请我们还有院长吃饭，可惜你今晚要加班，不然可以和我们一起去，”郭主任轻笑着拍拍他的肩膀，“从今天开始，云央进我们科室上班，正好最近科室人手少了一些。别看云央年纪轻轻的，和你一样毕业于斯坦福大学，后来还在德国海德堡大学进修过，听说她还是你妹妹，怎么没听你说过啊。你们宋家真是人才辈出，年纪轻轻就有如此造诣，院长很高兴医院能再来这样一个人才。”

宋楚颐愣了愣，回过头，看向一旁的宋云央，她低着头，没看他，不清楚在想什么。

他又看向宋楚朗，宋楚朗也没看他，只对郭主任说：“时间不早了，过去吧。楚颐，再见。”

宋楚颐看着他们走远，才脸色凝重地抬起脚上楼。

和他交班的是辛医生，交换工作的时候，辛医生笑道：“你有个妹妹怎么之前也没听你说过啊。”

“她经常在国外。”宋楚颐低头穿上白大褂。

“我知道，不过你这个妹妹还真厉害，”辛医生说，“听说这几年她跟着医疗团队去过非洲和美洲。院长看过她写的论文，知道她能来，特别高兴。她在外科学术领域涉猎比我们都要广，要是能跟她一起工作，确实能学到很多东西，虽然我们医院经常和国外的医院进行学术交流，但到底交流有限。”

“嗯。”宋楚颐系上白大褂的扣子。

辛医生继续说：“我真是佩服你妹妹，她最近几年去的那些地方一直都不太平，经常有战乱发生。我听她说在那边工作的时候经常能听到枪炮声。你说一个女孩子跑那种地方去工作，你们家里人也不拦拦。”

宋楚颐背影微僵。

“我先下班啦，这里交给你了。对了，2号病房的那个病人你要格外注意些，我跟郭主任商量过，他肯定撑不过这几天，我已经跟他的家人说过情况了，他家的人都很难缠，最好别有什么岔子。”辛医生离开后，宋楚颐才慢慢地转过身来，眸色复杂。

今晚的脑外科，不管走到哪儿，都能听到有人在议论新来的女医生。

凌晨四点，2号病房的病人因病情恶化抢救无效，宣布死亡。

翌日的病房走廊上，哭的、吵的、闹的，乱作一团。第一天上班的宋云央刚换上白大褂，就看到走廊上围着一群人，一个身材魁梧的男人拽着宋楚颐的衣领满脸通红地怒骂：“你算个什么狗屁医生，我昨天走的时候我爸还好好的，一回来人就死了，你到底会不会治病啊？这是什么垃圾医院，我看你还很年轻吧，这么年轻就能当主治医生，是不是走后门了？噢，对了，我前几天听那些护士在讨论什么，你是医院股东的儿子，难道你们医院就随便把这些病人当成你们有钱人的小白鼠？”

宋楚颐铁青着疲倦的俊脸：“你爸之前是由辛医生负责的，我相信辛医生早就跟你说过你爸的病情了，也提醒过你们，你爸的情况熬不过这个星期，病人随时都有去世的可能，还给你们下了病危通知书。你现在在这里跟我闹，未免也太不讲道理了。”

“我只知道如果不是你这种靠关系当上主治医师的庸医，我爸也不会昨天晚上就死了，”高先生愤怒地骂道，“换成其他有能力的医生肯定能救活。”

旁边不少看热闹的病人和家属都在拿手机拍照，高先生对旁边围观的群众说：“你们评评理，我亲口听他们医院里的人说，他是医院大老板宋怀生的儿子，听说将来这家医院也会由他接手，就他这种医术如果当院长，以后谁还敢来这家医院就诊啊。”

宋云央实在听不下去了，就走过去：“那你知不知道宋医生毕业于美国的斯坦福大学，在国际上拿过好几个医学大奖，他的医术当时在研究院里也是拔尖的，在这家医院里他挽救过无数的病人。他这些成就大家有目共睹，而且他只是一个医生，不是神仙，不可能救活一个已经无法医治的病人。另外，不是所有人的年纪和医术都是成正比的，论专业资格，宋医生在科室内排前三甲，这些是钱买不回来的。一家医院也不会蠢到拿病人当小白鼠试验，除非这家医院不想开了。”

“你谁啊，你们看看，又来一个年纪轻轻的，我看肯定是刚大学毕业靠关系当上医生的。”高先生看到她胸前的牌子，伸手就去抓。

宋楚颐猛地握住他手腕，沉脸：“你的手干吗呢？”

“哎哟，医生要打人啦。”高太太突然嚷起来，一副急得要哭的样子，惹得其他病房的人也都探出脑袋看热闹。

宋楚颐脸微冷，放开高先生，掷地有声地说：“北城有几十家医院，但来博瀚医院就诊的人数排名前三，更有许多从别的城市过来看病的人。为什么大家会选择这里，那是因为我们医院的治愈率是全城最高的，以往无数个医疗案例都证明博瀚医院在医学态度方面是严谨、慎重的。我们从来不会聘请没有能力的医生，你父亲的所有病情都记录在案，清清楚楚，我明白你因为父亲去世而难受，但凡事也要讲个道理。”

“道理，讲什么道理啊，别跟我说什么斯坦福大学，医学奖，谁知道是不是真的？”高先生指着宋楚颐的鼻子气冲冲地说，“现在随便哪个三脚猫医生，有点钱，什么证拿不到啊，你们这些有钱人就是不把病人当回事。我告诉你，这件事没完，现在是互联网时代，我去网上曝光你，我还怕你？”

高先生说完，高太太就蹲在地上撒泼似的哭起来：“现在的医生仗势欺人啊，欺负我们这些小老百姓，你们给评评理啊，昨晚我爸就是在他手里去世的，他就是医院大股东的儿子啊。”

周围的人开始交头接耳，议论纷纷。

郭主任带着人走过来，蹙眉对众人道：“都回去吧，你们全站在这里，会让医生没办法正常工作。”

他说完，看向高先生和高太太：“我们进里面谈吧。”

“怎么，你们现在是心虚，怕丢你们医院的脸是吧？”高太太哭着骂，“我们不去里面谈，要谈就在外面谈。”

郭主任无奈地说：“我相信辛医生早就和你们谈过，你父亲熬不过这个星期，也就是说，随时可能会去世，他还让你们尽快准备后事，当时你们也是签了字的，文件上面写得清清楚楚。如果你们要一直这样吵，没关系，我们可以请律师。如果你们还要接着吵，接着闹，我们可以起诉你们破坏医院的名誉。如果你们非要质疑宋医生的资历，没关系，他的资历经得起任何鉴定。”

郭主任毕竟有处理这些问题的经验，板着脸，顿时将那两人的气焰给压了下去，最后夫妻俩同意进病房商谈这件事。

“你就别进来了，回办公室将这桩病情的施救过程写一份详细的报告。”郭主任温和地对后面的宋楚颐说。

“嗯。”宋楚颐点点头，顶着众人质疑的目光往办公室走。

宋云央蹙眉担忧地跟上去：“二哥……”

“我没事，在医院里待久了就知道这种人、这种事都常有，”宋楚颐回头冲她说，“你去上班吧，别耽误了工作，我要去写报告了。”

“嗯……”宋云央握了握拳头，眼眶微热地注视着他的背影逐渐走远。

回到办公室，宋楚颐给自己冲了一杯咖啡，然后专心写报告。

快九点时有人敲门进来，他抬头，宋云央走了进来：“刚给你在食堂里买了一份早餐。”

“谢谢。”提到早餐，宋楚颐发现自己确实有些饿了。

“你看你，又空腹喝咖啡，还是跟以前一样，”宋云央走过去皱着眉把咖啡杯拿走，“忘了以前胃不好吗？”

宋楚颐看着那个咖啡杯，揉揉眉心：“我现在胃挺好的，今天的事谢谢你了。”

“没关系的，你的医术我了解，不管是作为医生还是同事，或者……别的什么，我都没办法假装没看到。”宋云央微微伤感地放缓声音。

宋楚颐眉头微锁，安静了一会儿，说：“对了，听说你之前在战乱国家的医院工作过，这是真的吗？”

“是啊，”宋云央自我嘲弄地笑了笑，“之前看你去了非洲那边工作，想离你更近点，就去了。”

“云央，你不用如此。”宋楚颐感到深深的愧疚。

“现在说这些会不会太晚了，我为什么学医，不也是为了你吗？一起考同一所大学，结果还是分开了，”宋云央脸上在笑，但声音却有浅浅的哽咽，“早知道现在这样，当初宁可死在那些战乱国家的炮弹中。就算我死了，你恐怕也不会有一点难过吧？可我还是会关心你，怕你饿着，算了，现在对你说这些恐怕也没什么意义了。我先去上班了，你把早餐吃了。”

她离开的时候把门带上。

宋楚颐短暂失神后，想将注意力再次投入到那篇报告中去，可沉思了好久，也没打出几个字。

第二十九章　祸事

上午十点多钟，宋怀生来电话说让宋楚颐下班后回去一趟。宋楚颐整理完报告后亲自送到郭主任那里，回到宋家已经一点了。客厅里，只有宋怀生一个人。

宋楚颐累得很，直接在沙发上找了个舒服的位置坐下："院长跟您说什么了吗？"

宋怀生缓缓开口，声音低沉："你升职之前遇到这种事，没那么简单，谁在医院里乱嚼舌根查清楚了吗？"

"查过了，是严医生，"宋楚颐说，"是他故意让相熟的护士在医院里假装无意散播我身份的，正好碰到我值班的时候病人去世，给了病人家属一个发难的借口，其实那个家属不过就是想要点钱。"

"嗯，你查的动作还是比较快的，"宋怀生继续说，"现在高家那边在拿这件事要挟医院，你怎么看？"

"钱只是小事，但给了钱反而会让别人觉得我的医术真的有问题，所以钱一分都不能给他，"宋楚颐面容变得严肃，"他要闹，可以，我不介意走法律程序。不过我看他不会真的想打官司，他们家并不是很富裕，也没那么多钱跟我们医院耗，再加上他父亲的病危通知书他们之前也是签了字的，不管他怎么找律师，我都没有任何责任。"

"我倒不担心他会起诉，无非是做做样子，就怕闹大了，会影响你的名誉，"宋怀生低低说，"今年主任的位置……"

"今年不行就明年吧，我本来就对职位不感兴趣，我享受的是治病救人的过程。"

宋怀生脸沉了沉："那云央……你大哥把她弄进医院，你是怎么想的？"

“没有怎么想，我现在已经结婚了。”宋楚颐面无表情地说。

“那就好，你哥是怎么想的，我清楚，不过我只求一个家宅平安。说实话，你哥非要娶云央的话，我也是不赞同的。”宋怀生盯着他双眼，像是在探究。

宋楚颐什么也没说。

长晴刚从演播厅出来，正忙着卸妆，文桐走过来小声说：“我刚回来的时候碰到新闻台的人出去做采访，听说上午博瀚医院的一个医生因为医术不精治死了一个病人。”

“谁啊，这么倒霉？”长晴边摘耳环边漫不经心地问。

“说是……博瀚医院大股东的公子，姓宋。”文桐低声说。

长晴一愣，见鬼似的回头看她，连耳环都忘了摘：“不可能，是不是搞错了，宋楚楚医术了得，他不会犯这种错误的。”

她了解，宋楚颐虽然算不上一个特别好的老公，但确实是个好医生。

“我问过几遍了，没弄错，”文桐严肃地摇头，“家属现在都还在医院闹。”

长晴听不下去了，拿手机拨给宋楚颐。

“喂……”里面传来慵懒而又有磁性的声音。

“宋楚楚，我刚听到小道消息，说你医死了病人，这是真的吗？”

电话那端安静了好一阵，长晴悬着的小心脏提到了嗓子眼，看来是真的了。

“你说句话啊。”她快急死了。

“有点……一言难尽，你下班了吗？先来宋家吧，我在这里。”宋楚颐低声说。

“我马上就来。”长晴一听这低沉的口气，感觉不对劲，看来真的是有什么隐情，电话里都不好说了。

长晴越想越害怕，连妆也没心情卸了。开车回宋家的路上，急得心脏怦怦乱跳。

他要是因为医疗事故坐牢了，那她怎么办啊？没老公可不好，以后没人抱着她睡；半夜饿了，没人去给她买东西；每次出去玩，不会有人往她钱包里塞钱；感冒了，不会有人给她治病；在外面被人欺负了，没人帮她出头；还有罗本，都还没有找老婆呢。

长晴越想，越觉得宋楚楚对她好的地方挺多的，想着想着，不知怎么回事，鼻子越来越酸。

到宋家的时候，她的眼睛红红的。她匆匆忙忙地下车，在客厅里遇到正看电视的戴嫒，戴嫒诧异：“长晴，你怎么来了？”

“找宋楚颐。”长晴看她那副还很高兴的模样，心里对她有点儿反感。真是的，宋楚楚都要坐牢了，她不难过也就算了，怎么还笑得出来，就算是后妈，也应该装装样子吧。

“楚颐在楼上睡觉……”戴嫒还没说完，就见她一阵风似的上了楼，感觉她有点莫名其妙，不过看她眼睛像哭过似的，应该是在哪里受了委屈，忙着要去跟老公哭诉吧。

长晴打开卧室的门，里面开着空调，宋楚颐在床上睡着了。

长晴凑过去，看到他嘴唇周围的一圈胡楂儿，整个人感觉颓唐了好多。她坐在床边看着他，眼泪扑簌簌地从眼角滑落。

长晴伤心地趴到宋楚颐的胸口。

宋楚颐睡得正沉，蒙眬中突然感觉胸口湿漉漉的。他睁开眼，看到一个小脑袋正趴在他的胸膛上，还伴随着低声的啜泣。

他愣了愣，摇摇她：“哭什么呢？”

长晴抬起头，眼妆哭得像熊猫一样，自己却一点都没察觉。

宋楚颐嘴角微微抽搐，摸摸她的脑袋，抬手想帮她擦擦，结果越擦越黑，变成了一只彻彻底底的大熊猫。

长晴突然嘟着红红的小嘴问：“你会不会坐牢？”

宋楚颐一怔，这才想起睡着之前接了她的电话，他当时听她紧张的口气，不知怎么就想骗骗她，没想到一睁开眼就看到她哭得这么厉害，想到她是在为自己哭，心情突然就莫名愉悦了。

他俊朗的眉目蹙了蹙，薄唇抿成了一条直线，阴沉中好似透着一股忧伤：“你说，我要是去坐牢了，你怎么办？”

长晴不知所措地睁大双眼，看样子是真的了，要坐多久啊，十年？二十年？

长晴傻愣愣地看着他，他现在三十岁，坐完牢出来不就四五十岁了，自己估计也都三四十岁了，那个时候还能生出孩子吗？她还是想尝尝当妈妈的滋味儿的。

“你看着我做什么，”宋楚颐眉头越锁越深，“要改嫁吗？”

长晴想也没想地摇头，抽噎着说：“不改嫁，等你出来。”

“医疗事故是要判很多年的。”宋楚颐盯着她的双眼。

“坐多久都等，”长晴瘪起小嘴，又要哭了，“不过去之前，能不能留个宝宝给我，这样我也不会太无聊，至少有人陪我。”

宋楚颐眼眸剧烈地触动了一下，低头，温柔地捧起她的小脸亲了亲：“傻瓜，我不会去坐牢的。你说，就你这个样子，我去坐牢了，你还不得被人欺负死。”

长晴蒙了，抬头，抹眼泪：“你不是治死了病人吗？”

“我什么时候说我治死病人了？”

“电视台的人说的，”长晴眨眨眼，“我刚打电话问你，你也没有否认啊。”

“我只是说有点一言难尽，可没说医死病人啊。”宋楚颐一脸无辜。

长晴一脸茫然：“可是……你刚问我……你要是坐牢了怎么办啊？”

“是你先提到这个坐牢的话题的，我就顺口问问。”宋楚颐回答得很自然，可长晴却觉得哪里不对劲，是她胡思乱想了，还有就是受到了欺骗。她气鼓鼓地瞪着他：“你为什么不说清楚，你知道来的这一路上我有多担心吗？这种事是可以随便开玩笑的吗？这很容易让人浮想联翩好不好，你是不是故意拿我寻开心的？”

“你想多了。”宋楚颐面不改色地说。

“你这个人真是太可恶了，”长晴越想越不甘心，举起拳头就往他身上捶过去，“你干吗不去坐牢啊，坐牢了我就可以自由了，顺便换个老公。”

“你说什么？”宋楚颐狠狠地把她拽进怀里，往她屁股上拍了拍，“还想换老公，信不信我打你。”

“你恶心，打我屁股干吗？坏流氓！”长晴面红耳赤地掐他，捏得又狠又重。

长晴痛快地发泄完后，看到自己在他身上留下的“杰作”就有点想跑了。

“下了毒手就想跑，跑哪儿去？”宋楚颐揪住她，长晴心虚地赶紧转移话题，一本正经地说：“不跟你闹了，到底怎么回事，为什么我们电视台的人会说你们医院大股东的儿子医死了人，难道说的不是你吗？”

“说的是我，但我没医死人，是那个病人本来就生病垂危了，医院也早跟病人家属说了让他们随时准备后事，谁知道昨天晚上我值班的时候，病人病情恶化抢救无效去世了。家属就是想讹钱。那个病人换谁都救不活，”宋楚颐不屑地瞅了她一眼，“也不想想你老公这么精湛的医术怎么能医死病人。”

长晴本来还想安慰他几句，听到他后面有点自夸的话，便忍不住说：“你要是医术精湛，再严重的病人也能救活吧。”

“我又不是神仙，如果医学再进步几十年，那个病人说不定还有机会，”宋楚颐哼了哼，“我救不活的，我们医院任何人都救不活。”

长晴还是第一次看到这样臭不要脸的宋楚楚，真是人相处久了，本性就真实暴露了，她都替他觉得不好意思。

“那现在怎么办，出了这种事故不管如何，对你的名声也不大好吧。”长晴转移话题。

“不会有事的，我已经跟明惟打过招呼了，电视台会看着报道。”宋楚颐脱掉她的鞋子，不忘摸摸长晴雪白的腿。夏天就是好，女人下面只是穿了条简单的裙子，也没有穿丝袜，露出又白又长的两条大腿，简直就是在诱惑宋楚颐做点什么坏事。

“喂，你的手在干什么？”长晴懊恼地抓住他的手，不过她怎么能抵抗得了男人的力量呢，当然还有魅力啦。

宋楚颐抬头直视着她的双眼，叹了一口气：“我猜，院长为了平息这件事，肯定会给我调动岗位，到时候只会更累、更辛苦，趁我现在还有精气的时候你就让我亲热一下吧，不然真的是亲热一次，精力就少一次。”

长晴被他说得一愣一愣的，没转过弯：“会调你去哪个岗位啊，不会是……妇产科吧？”

宋楚颐蹙眉想了想：“很有可能啊。”

“不许去。”长晴一脸着急地说，不敢想象自己老公以后去妇产科工作会变成什么样，会不会天天对着女人的那里，然后变态或者对她再也提不起兴趣，而且她真的接受不了自己老公看别的女人啊。

“难说啊。”宋楚颐叹气。

“不许去不许去，”长晴抱紧他的脖子，“要不然我去跟你爸说，让你爸跟院长去说，你去妇产科的话我就不要你了。”

“你敢，看我不好好收拾你。”宋楚颐趁着她终于主动抱自己，低头用力地堵住她的唇，自家老婆真是傻瓜，他是神经外科的名医，怎么可能被调到妇产科去。这个女人啊，简直太好骗了。

傍晚时分，长晴挽着宋楚颐的手从楼上下来，宋奶奶见到，很满意地点了点头：“这小两口，过得是真幸福啊。怀生，看来你当初介绍的这门亲事一点都没错。”

宋怀生笑了笑，心里也挺诧异的，其实当时只是抱着试试的态度介绍两个人认识，没想到这两个人会那么快就结婚，而且也没出什么矛盾，感情还越来越好。之前他还担心宋楚颐会一直活在宋云央的阴影中，现在完全不用担心了。良久，他感慨地说：“可能有些缘分真的是天注定吧。”

宋楚颐一脸淡然地落座，仿佛说的根本就不是他一样。

佣人盛了饭上来，长晴看看桌上的人，戴嫒、宋怀生、宋奶奶、宋楚朗，她想了想，问："云央呢，怎么没见到她？"

宋楚朗脸色微沉，淡淡地说："她在上班。"

"噢。"长晴本来还想问问宋云央在做什么工作，但是不想和宋楚朗交流也就没作声了，低头，看到碗里满满的一大碗饭，便直接拿筷子拨了一半到宋楚颐的碗里。

"这么一点都吃不完，"宋楚颐皱眉，"又减肥？"

"不是啊，今天录制节目的时候吃了很多好吃的。"她说到最后面三个字，眼睛亮晶晶的，透着几分孩子气的天真。

宋楚颐的目光里流露出一丝温柔。

宋楚朗眉目微沉，低头吃饭。

宋怀生问道："你弟弟那件事解决到什么程度了？"

宋楚朗淡淡地说："严医生在博瀚工作了十多年，经验也很丰富，不能说开除就开除了，要找一个合适的机会，用正当的理由开除他，这个我已经在着手准备了。"

"嗯，"宋怀生颔首，对他的效率很满意，"严医生医术不错，早几年去国外深造过，还是主治医师，要开除他确实可惜。其实这次他用不着做这种事，院长也是打算提拔他的，只是他太心急了。不过这事也不能算了，不然别人以为我们宋家的人好欺负呢。这么好的人才既然不能属于我们，也不能便宜了我们的竞争对手。"

"我知道了。"宋楚朗应着。

听着父子两人像聊家常一样的口气，长晴吃着吃着才回过神来，莫名觉得有些心惊，宋怀生话里的意思是要毁掉这个严医生吧。只要一个人的医师资格证上有了污点，其他医院就永远不敢录取。她心里深处升起一丝凉意，可能之前宋怀生对她太和善了，她都快忘了宋怀生曾经是一个比宋楚朗还要心狠手辣的商人。

"长晴怎么一直吃饭不吃菜啊？"戴嫒笑着提醒。

众人的目光一下全都落在她的脸上，她尴尬地应了一声，忙夹菜。

饭后休息了一会儿，宋楚朗颇有兴致地叫上宋怀生和宋楚颐去后面打网球，长晴陪宋奶奶和戴嫒聊天。聊着聊着不知怎么就说到了打牌上，宋奶奶来了兴致，就让佣人去拿牌。

长晴上楼拿钱包，出来的时候正好碰到戴媛从三楼下来，她现在肚子略大，长晴怕她走路不方便，就想扶她一把。

“我没事，”戴媛笑道，“现在再爬几层都没问题，以前看别人怀孕觉得走路都不方便，现在轮到我自己，还真没那么回事。”

“还是注意点好，”长晴看着她手里的钱包，大约也是上楼拿钱来了，“怎么不叫佣人帮忙拿一下。”

“刚才没看到佣人，可能在忙吧。刚吃完晚饭，或许在打扫卫生，”戴媛笑笑，“没事，总要动一动，现在整天坐着，腰难受。我跟你说，你想怀孕的话最好做一些孕前准备，提高一下身体素质，我就是没做孕前准备。”

长晴想到她和宋楚楚迟早会要孩子的，就留心听了。

下楼梯走到一半时，她脚上的拖鞋突然在台阶上一滑，身体迅速向下面栽去。这时她的手还扶着戴媛的手臂，一切发生得太快，听到戴媛也传来惨叫声时，长晴脑袋空白了一下，然后狠狠地磕在台阶上，身体控制不住地往下滚。身体停下来时，疼得她眼前发黑，身体也被什么东西重重地压住。

周围响起一片尖叫声。

长晴忍着剧痛吃力地抬眼，看到戴媛压在她身上，大腿下渗出血迹，长晴顿时感觉蒙了。

“天啊，快来人啊，”宋奶奶急得差点晕过去，“快叫救护车……救护车，叫……叫二少爷来。”

“疼……疼……”戴媛迷糊中发出低低的呻吟。

长晴看到戴媛身上血淋淋的一幕时，连自己身上的疼痛也感觉不到了，一股莫大的恐慌从四面八方涌过来。

她动也不是，不动也不是，不知道该怎么办，急得满脸苍白。

“还愣着干什么，快把她的身子翻过来，别压到孩子。”宋奶奶急得大叫。

长晴正要爬起来，外面突然传来一个急促的制止声：“别乱动。”

“云央……云央，你来啦，快看看，怎么办？”宋奶奶像抓救星一样抓住刚刚出现的宋云央，“一定要保住这孩子啊。”

“奶奶，您别急，”宋云央快速检查了一下戴媛，眉头紧皱，“孕妇出现早产迹象，要马上送医院准备生产。”

“生？”宋奶奶身子晃了晃，“这才六个多月，能生吗？”

“没办法，如果不生的话胎儿在子宫里就会有窒息的危险，现在生了送到保温箱里还有一丝存活的希望。”

长晴已经紧张得快不能呼吸，脑门上的血迹快流到眼睛里了，手臂、膝盖哪里都疼，可她也不敢叫疼，只能睁大眼睛看着这个突然冒出来的宋云央，希望宋楚颐快点过来。

“怎么回事啊？”片刻工夫，外面猛地传来宋怀生紧张的暴喝声。

长晴转头，看到宋楚颐、宋楚朗、宋怀生快步走了进来。

宋怀生沉着脸急急忙忙朝戴媛走过去。

宋楚颐瞅了一眼下身都是血的戴媛，又看了一眼还在地上、额头流血的长晴，快步走过去把她从地上扶起来。

“楚楚……”长晴害怕地窝在他的怀里哭了出来。她真是快吓死了，最让她害怕的是她摔下来的时候不小心钩住了戴媛，让她也跟着摔了下来。

宋楚颐低头见她在怀里惊恐颤抖的模样，心沉了一下。

不一会儿，救护车赶过来了。

救护车很快就带着戴媛离开了宋家，宋云央、宋怀生也跟着上了救护车。

宋楚颐送走他们，转过头时看到长晴，这才想起她被救护车遗漏下来了，他心里划过一丝内疚，扯了一些家里的绷带和药水包扎她的额头。

长晴闻到他身上的血腥味，紧张得浑身发抖：“那个……那个戴媛会没事吗？”

“……不知道。”宋楚颐无奈地看着她说。

宋楚朗阴沉地转过头问家里的佣人：“到底是怎么回事？”

一个负责扫地的女佣人战战兢兢地说：“我……我从外面浇完花草进来，正好看到晏小姐拽着夫人从楼上摔下来。”

长晴心里一紧，顿时感觉到宋奶奶生气的目光：“这是真的吗？”

“我……没有，”长晴急得使劲拽着宋楚颐的手，“我是下楼的时候滑了一下。”

宋楚朗皱眉问道：“是不是你滑下来的时候撞到她了？”

长晴嘴唇惨白地颤了颤，半晌也说不出一个字。她无力辩驳，因为宋楚朗说的是真的。虽然她当时摔下来的时候完全没反应过来，但确实感觉到自己的手钩住了戴媛：“我不是故意的，我开始是想扶她，摔下来的时候想松开已经来不及了。”

"你自己都站不稳，为什么还要去扶她？"宋奶奶失望地指责她。

长晴害怕，还有一丝心冷、不知所措，她最害怕的就是那些曾经喜欢她的人用讨厌的眼神看她，她怕和蔼可亲的宋奶奶不再喜欢她了，还有宋怀生、戴媛更是会恨死她。如果戴媛和孩子有什么不测，他们根本就不会原谅她，她自己也没有办法原谅自己。

"对不起……"她落泪，氤氲的桃花眼求助地看向身边的男人。

宋楚颐低低叹了一口气，抱紧她："奶奶，她也不是故意的。"

"楚颐，六个月的孩子生下来，器官都没成熟，能不能活下来还是个很大的问题，"宋楚朗突然转过身，俊脸一片冷漠和凌厉，"就算勉强活下来，也不可能健全。"

"哥，我有个朋友在美国那边是专门研究新生儿这个领域的。在美国，六个月出生的婴儿存活率很高，戴媛如果能顺利生下孩子，我明天就安排把孩子送美国去。"宋楚颐冷冷地说。

"真的吗？"宋奶奶听得心里稍微好受点。

"嗯，我先带长晴去医院了。"宋楚颐抱起一直失魂落魄的长晴往外走。

长晴像灵魂出窍了一样，上车后，宋楚颐拿纸巾擦掉她脸上的血渍，又检查了一下她身上的伤。摔伤的地方不少，平时那么娇气的她，摔得这么厉害，竟然没哭也没说痛，可见她有多么害怕和内疚。

"别胡思乱想了。"他低头，轻柔的吻落在她的额头上。

"能不想吗？"长晴抬起一双空洞无神的眼睛，"你说，我怎么那么笨，那么不小心呢奶奶说得没错，我自己都走不稳，为什么还要去扶别人。如果我不去扶戴媛，她就不会有事。楚楚，我真是笨，你的家人肯定都不会原谅我的。"

长晴无助地抓紧宋楚颐的衣袖，大滴大滴的眼泪从她的脸上滚落下来。她怕，真的好怕，以后都不敢来宋家了。她不敢见宋怀生，不敢见戴媛，也不敢见宋奶奶。

"别哭了，"宋楚颐抱住她，看到她手背上被蹭掉一块皮，心疼不已，"我带你先去医院处理一下伤口。"

"我不想去医院。"长晴使劲摇头，眼里流露出害怕。

"要去医院，你头受了伤，拍个片子放心一些，"宋楚颐温柔地抚了抚她的秀发，"别怕，不管发生什么事，我都会站在你身边。"

"楚楚……"长晴小嘴一瘪，哭得更厉害了，小身板一抽一抽的，"我疼，哪儿都疼，头也晕。”

被他几句软语一安慰，长晴身上的疼痛像洪水一般袭来。

“嗯，忍忍。”宋楚颐哄她，虽然他是个医生，但也止不了痛啊。

医院里，宋楚颐亲自给她脱了衣服检查伤口，身体很多地方都磕破了，之前那白白嫩嫩的肌肤现在看起来青一块紫一块的。处理完表面的伤口后，宋楚颐又带她去放射科拍片，好在只是有点轻微的脑震荡。

长晴一直说头晕，宋楚颐准备送她回晏家。

“还是去……看看戴媛吧。”长晴支支吾吾地说。

宋楚颐知道她怕，低声说：“算了，明天再去吧，孩子已经顺利生下来了。你不是也不舒服吗？”

“我这点不舒服跟戴媛比起来不算什么。”长晴现在想通了，她是怕，但迟早也是要面对的，去得越晚，越会让宋家人有意见，何况，她确实担心戴媛和孩子。宋楚颐注视了她一会儿，最后还是点点头，扶着她去住院部，她膝盖疼，走得很慢。

到那儿时，戴媛刚送进VIP病房，还在麻醉中，宋云央、宋楚朗和几个医生在。宋云央衣服都还没来得及换，身上是大片的血渍，见他俩进来时，眼眸微微黯淡地转开。

宋楚颐复杂地开口询问：“她怎么样了？”

“已经脱离危险，不过得要一段时间才能醒过来，”宋楚朗的俊脸半分颜色都没有，“小孩在新生儿科那边，还得观察，能不能活下来还是个未知之数，爸去了那边。”

宋楚颐淡淡点头，宋怀生很紧张这个孩子，他清楚。明明已经有两个儿子了，可大约是年纪大了，老来得子越发让他高兴。

“云央，今天这件事谢谢你了，”宋楚颐目光转向旁边浑身是血的女人，要不是你回来得及时，大人和孩子都会有危险。”

“这是我应该做的。”宋云央瞅了一眼一直缩在他怀里的女人，心里一堵，她都不知道他几时喜欢这么柔弱的女人了。

宋楚朗语调带着几分凉意地说：“我劝你还是先送晏小姐回去吧，爸已经知道事情的真相了，他很不高兴。”

长晴一听，脸上划过一丝不安。

就在这时，宋怀生和院长从外面一块儿进来，宋怀生的目光落在长晴身上，脸色顿时不好看。

“爸，对不起。”长晴内疚地垂下长长的睫毛。

“你回去吧，”宋怀生收回视线，看也不看她，淡淡地说，“楚颐，你先带她回去。”

“爸，长晴也不是故意的，”宋楚颐扶住长晴，对宋怀生说，“这件事我会负责的，我已经联系了美国医院那边的朋友，那边对新生儿领域的研究很先进，六个月出生的婴儿在他们医院里有百分之九十的存活率，而且孩子长大后，身体机能等方面都会很正常。”

宋怀生听完，转头看向宋云央：“你也是在美国读书的，你怎么看？”

宋云央怔了怔，点头：“确实是这样的。”

宋怀生的脸色这才好转点，看着宋楚颐说：“既然如此，这件事由你全权负责，明天就安排孩子过去，但是……你别现在信誓旦旦，如果中间出了什么问题……”

“我全权负责，一人承担。”

“好，”宋怀生的神色稍微好转，看长晴也没之前那么冷漠了，“都回去休息吧，如果孩子能平安无事，这是最好的结果。”

第三十章　真相

晚上，两个人回了观湖公馆。长晴洗完澡，一言不发地躺在床上缩成一团。虽然后来宋怀生的语气宽容了一些，但是戴媛浑身是血的样子总是浮现在她眼前，她第一次觉得自己如此笨手笨脚。小时候，爸爸总说她爱闯祸，可这次，她是真的闯了大祸。

“别胡思乱想了，你也不是故意的，”宋楚颐也不忍责备她，“你之前说下楼的时候滑了一下？”

长晴弱弱地点头：“我也不知道怎么回事啊，楼梯上突然很滑的样子。”

宋楚颐在黑暗中沉默了，等长晴睡着后，他才起身穿上衣服离开公寓。

车，径直开进了宋家。宋家的灯基本上都灭了，十分安静。他打开灯，把之前作证的佣人叫醒，这个人来宋家才一年多，叫黄慧，平时主要负责打扫家里的卫生。

黄慧局促地看着他那张阴沉冷漠的脸，忐忑不安：“二少爷，您叫我是有什么事吗？”

宋楚颐冷冷地问：“我就想问你，你看到她们从哪个位置摔下来的？”

“大概是中间的位置。”黄慧指了指楼梯。

宋楚颐顺着她的手指望过去，然后往上走，弯腰仔细瞅了瞅楼梯，然后又用手摸了摸。

“二少爷，您在看什么？”黄慧支支吾吾地询问。

“最近楼梯都是你在打扫吗？”宋楚颐的脸突然一寒，“为什么长晴摔下来的时候会觉得楼梯很滑？”

“是我打扫的，可是我每天都打扫得干干净净，”黄慧一脸畏惧地说：“家里有一个孕妇，为了防止出意外，每次拖完地后，我都是立刻用干毛巾擦干的。我不知道为什么晏小姐会滑倒，可能是没有走稳的缘故。”

“是吗？”宋楚颐手插裤袋一步步走近，目光锐利。

黄慧下意识地后退几步，眼神闪烁得厉害。

“楚颐，大晚上的你在干吗？”楼上，突然传来宋楚朗的声音，颀长的身影在灯光下透着一股说不出来的压抑。

宋楚颐回头对黄慧说：“你先回去睡吧。”

“是，是。”黄慧迅速回了后面的保姆房。

宋楚朗一步一步从楼上走下来：“你不是回晏家了吗？”

“我们出去聊聊吧。”宋楚颐说。

宋楚朗眉头微微一动，慢条斯理地跟着他走到外面的花园里，他着一身藏蓝色睡衣，步伐从容。

“是不是你让黄慧在楼梯上动了手脚？”宋楚颐回头，表情一寸寸地变冷。

“我不明白你在说什么。”宋楚朗偏头，淡淡开腔。

“一石二鸟的计策用起来很舒服吧？”宋楚颐冷冷地说，“从一开始你知道戴嫒怀的是男孩后，你不是就很想除掉这个孩子吗？正好，今天晚上你设的局还能让宋家的人从此都讨厌长晴。”

“楚颐，你不能凭你的臆想胡乱猜测，”宋楚朗不看他，“我能事事算得那么准，能算到她们同时下楼，又算到晏长晴下楼的时候会拉上戴嫒？”

“你这么聪明，精于算计，又怎么办不到，”宋楚颐愤怒了，“所有的凑巧在一起发生时，说不定就是处心积虑的阴谋，毕竟今晚是你主动提出去打球的。我不在，戴嫒出了事，想救都来不及，要不是云央正好回来，及时处理情况，孩子肯定保不住。”

“你要这么想，我也没办法，”宋楚朗的一双眼睛深不见底，“不过……你说得没错，我并不赞成这个孩子来到人世。戴嫒处心积虑地嫁进来，不也是想要分我们宋家的家产吗？这个破坏我们家庭的女人，我允许她进门就不错了，难道还能让她的如意算盘得逞吗？”

“戴嫒她是怎么想的，我不管，但孩子是无辜的，”宋楚颐像看陌生人一样看着宋楚朗，“如果你不愿意孩子分家产，到时可以有许多种方法，为什么非要去剥夺一个孩子的生命？”

“也会有很多种万一，是我们无法把控的，”宋楚朗轻吸一口气，“楚颐，自从你当医生后就变得越来越仁慈了。还有，你和晏长晴在一起后，我们兄弟俩就走得越来越远。你和云央，曾经那么相爱，现在在云央最痛苦的时候，你一点都没有在意她的感受……”

“所以你就要布上今天这个局吗？”宋楚颐咬牙切齿地打断他，“你适可而止行吗？我要是能跟云央在一起，早就在一起了。如果你再这样下去，我跟你……也只能保持距离了。”

“你说什么？”宋楚朗气极反笑，“你难道忘了当初爸妈离婚的时候，是谁难过地跟我说，以后这个家就剩我们两个相依为命了。”

“曾经，不管任何时候我都庆幸自己有一个哥哥，”宋楚颐伤感地说，“可是现在，你却在伤害我身边的人。长晴做错了什么？你不要带着你的偏见去看待她。因为云央，你觉得我身边的每一个女人都处心积虑，不是所有人的人都像管樱一样，长晴很单纯，她生活在一个健康的家庭，我请你不要再伤害她，不要让我们这个家里的肮脏思想影响到她！”

“肮脏的思想？”宋楚朗的薄唇勾出讥诮又冷冽的弧度，“现在你一心护着她，可以前是谁跟我说，除了云央，这辈子再也不会爱上任何人？”

“那是因为……我不知道原来我还可以跟另一个女人相处得这么舒坦，”宋楚颐疲倦地说：“哥，你以后认真地跟长晴接触一下，不带一点偏见，你就会知道跟这样一个女人在一起，日子会变得有多干净舒适。每次去他们家吃饭，看到他们一家人发自内心、其乐融融的样子，我都会很羡慕。这些在我们家的饭桌上是感受不到的，我想要的婚姻和家庭就是这个样了，很温馨。我是不会允许任何人伤害长晴的，我真的不希望我们会走到我恨你的那一天。”

宋楚颐复杂地看了他哥哥一眼，转身头也不回地朝自己的车走去。

宋楚朗望着他的背影，脸色很难看，晏长晴那个女人真的有那么好？他完全不相信，她根本比不上云央，她就会在楚颐面前表现出一副狐媚的样子，楚颐就是被这只小狐狸精给迷得昏了头。

回公寓后，宋楚颐轻手轻脚地换上睡衣坐在床边，复杂地盯着床上那张熟睡的小脸。她的眉头突然拧起来，身子轻轻动了一下，低低地呻吟了一声，睁开双眼。

“怎么了？”他弯腰，伸手轻轻揽住她的肩膀，一只手与她十指紧扣，深夜的嗓音沙哑而温柔，“疼吗？”

“嗯，头疼。”长晴像小孩了要哭了似的发出细小的呻吟声。

他叹气，抱着她，让她的小脸靠到自己胸膛上，低头，轻轻地吹拂她脑袋上的伤口。

“还有膝盖也疼……”长晴又细细地嘟囔。

“嗯，我帮你揉。”他另一只手舒缓地揉着她的膝盖。

长晴的小脸蛋贴在他的胸口，这才慢慢地闭上眼睛，没多久便发出轻柔的呼吸声。

这一觉，长晴睡得还算不错，不过宋楚颐是半睡半醒的，主要是担心她又会被疼醒。

早上七点钟，长晴醒来时不小心弄醒了一旁熟睡的宋楚颐，他头涨得昏昏沉沉，大约是太累了，前天晚上一夜没睡，上午又在医院里写报告，下午回家就睡了三四个小时，昨天晚上也没睡几个小时，眼睛里布满血丝。

长晴看到他疲倦的双眼，心里微微愧疚：“你要不再睡一会儿吧。”

宋楚颐看看时间后，把她抱进怀里，眼睛一合上就像万能胶要粘上似的，但怀里的女人一动，他就又醒了。

他低头，亲亲她的脸蛋：“睡不着了？”

“嗯，”长晴低声说，“你睡吧，我先起来。”

“算了，我也要去上班了。”宋楚颐嘴上说着，身体却没动，整个人懒洋洋的。

长晴看得出他真累了：“要不然你请假吧，这个样子怎么上班？”

“不行的，”宋楚颐心里默默叹气，“昨天病人闹事，可能还没解决好，再者……”

他后面的话没说完，长晴就知道他要说什么，立即坐起来：“我跟你一起去医院吧，我去看看戴媛，她应该醒了。”

宋楚颐深深地注视了她几秒，摸摸她的脑袋，又把她抱进怀里。

闻着他身上的男性味道，长晴眼眶一酸，嘟囔地说：“你怎么了，是不是担心我？没关系的，我一觉睡醒了，都已经做好心理准备了。她要骂就骂吧，反正……总不至于打我吧，要打就打吧，也不会太疼，不过她要是打重了你可一定要拦一下啊。”

“傻瓜。”宋楚颐捕获住那张喋喋不休的小嘴，贪婪地、密不透风地吻她。

长晴眼眶一下子湿润起来，抱着他的胳膊，用力抬起小脑袋。昨天摔下来的时候，看到戴媛满身是血的时候，她恐慌得无所适从，她怕宋楚颐讨厌她，觉得她笨手笨脚，弄得他家里不安宁，没想到他居然还这么在意她，心疼她。

尝到她唇上的咸涩味道，宋楚颐身体僵了僵，然后一点一点地把她脸上的泪水吻干净，低低地说：“对不起……”

“你干吗跟我说对不起？”长晴吸了吸鼻子，“是我该跟你说对不起，搅乱了你们全家。”

“不是，你什么都没做错，真的，”宋楚颐温柔地抚摸着她的秀发，“等忙过了这两个星期，我带你出去度假好不好？”

“嗯。”长晴恨不得立刻就出去度假，可以不用去面对这些烦恼的事，但是逃避也不是个办法，还是等面对完以后再出去吧。

“楚楚，你突然之间对我这么好，我好不习惯啊。”长晴懵懂地抬头。

“说得好像我以前对你不好似的。”宋楚颐又想捏她的脸蛋，不过忍住了。

“以前没现在好，而且都不怎么温柔。”长晴嘟囔着靠上他的胸膛。

宋楚颐心头再次泛起一股难以言喻的复杂和内疚，低低地说：“我以后会对你温柔点的。”

长晴眨眨眼，感觉像见了鬼一样，要是换成以前，她肯定会高兴得不得了，但现在真的没那么多心情去高兴。不过，这个时候他能维护自己，她还是挺感动的，至少不管发生任何事，都不是她一个人面对，还有他在。

医院的VIP病房门口，长晴紧张地深吸一口气，迈开脚走进去。正靠在枕头上让护工喂粥的戴媛，一看到她惨白的脸立即往一边扭去：“我不想看到她。”

长晴料想到戴媛会讨厌她，但当真正面对这一刻的时候，她还是内疚得不知道说什么才好。身后，宋楚颐轻轻托住她的腰，看到她这副害怕的模样，很心疼。

“戴媛，楚颐已经拜托朋友，把孩子送去美国了，那边六个月出生的婴儿存活率很高，身体各方面都会很正常。”宋怀生在一旁语气威严地说，“而且他说过，会全权负责。当然，出了意外，他也要负责任。”

戴媛看了宋楚颐一眼，嚅了嚅唇，似乎有点不大信任。

宋楚颐冷冷地戳破她：“放心吧，我是一个医生，起码的医德还是有的，难道我还会伤害一个婴儿不成？再说，孩子要是有什么三长两短，对我有什么好处？”

戴媛没想到他会直言不讳地说出自己的顾虑，微微尴尬，冷脸说道：“我要休息了。”

“我们走吧。”宋楚颐已经片刻都不想多待了，拉着长晴就离开了病房。

等电梯时，一身白大褂的宋云央从旁边电梯里走出来。

长晴微微一愣："你也来这里上班了？"

"是啊，我和楚颐一个部门，"宋云央的目光落在他们两个牵着的手上，心里不是滋味地说，"我来看阿姨，听说她醒了。"

"嗯，她醒了，你去看看吧。"宋楚颐不想三个人就这样待着，敛眸拉着长晴就进了电梯。

宋云央回头看着他们，目光复杂。

电梯关上后，长晴转头看身边的男人："你妹妹和你一个部门，你怎么没跟我说过？"

"又不是什么大事，"宋楚颐的五指不自觉地与她相扣，"而且她才来没几天，最近事情也多。"

长晴无精打采地点了点头，最近事情确实挺多的。

送长晴离开后，宋楚颐回到科室，换上白大褂，对朱超说："和我一起去看看五号病床的娄女士。"

朱超复杂地回头说："宋医生，娄女士昨天吵着要求换医生，现在已经由杨医生负责了。"

宋楚颐愣了一会儿，说："那就去看八号床的病人。"

朱超摸着后脑勺，再次变得尴尬："那位病人也正在跟院方反映说想换医生，不止那两位，还有其余几个病人听到昨天的争吵后也对您的治疗表示了……质疑。现在只有两位病人没有提出换医生，一位是VIP病房的那位曹总，因为是您的朋友介绍过来的，对您的医术很了解，所以比较信任您，还有就是刚做完手术不久的汪老太太了。"

"……那就去看汪老太太吧。"宋楚颐淡淡地说。

病房里，汪老太太依旧是一个人住。

今天她醉酒的儿子不在，汪老太太略微清醒了一些，宋楚颐给她检查的时候，她精神不错地说："昨天我那儿子也不知在哪儿听说您医死了病人的事情，可是我不信，我一身的病，大大小小的医院没住过六个，也有五个了。很多人向我推荐你们医院，说你们医院最好。自从我动完手术后，确实感觉身体比以前好多了。而且你这医生我也挺喜欢的，对我们这些年纪大的病人都很有耐心，也愿意跟我说话。你啊，是我见过的最好的医生，像以前我住院的那些医生，他们看不起我们这些穷人，对我们这种病人也爱搭不理的。有些话别人说着我不信，我啊，只相信自己看到的。"

“谢谢您。”宋楚颐微笑着说。

“当然，最主要的还是你心疼我们这些老人，”汪老太太叹气，“我那儿子成天醉得不成样子，你还会教训他对我孝顺点，这么好的医生肯定有医德，又怎么会乱治病人。”

宋楚颐只是淡笑地听着，这样的老人他见过太多，住院的时候家人很少在医院陪着，再加上耳朵不好使，家里人往往不愿陪她说话，作为医生，他安静地倾听就足以让老人家高兴了。别的病人不肯让他治，没有关系，那是因为他们不了解他。

上午，他难得空闲，正好人也累，就在办公室休息了一会儿。刚休息，他就接到郭主任的电话，叫他一块儿去院长办公室。

余院长让助手倒了两杯茶给他们，无奈地说：“楚颐，你应该也听说了，从昨天到今天，你的不少病人都提出换医生。”

“这个我知道，”宋楚颐说，“高家那边一直不肯退让吗？”

“僵持着呢，”郭主任说，“他们就是想要钱，夫妻俩早上又在门诊部闹来着。”

宋楚颐点点头：“听说过，那两口子是出了名的不讲理，见钱眼开。近几年我们常常遇到这样的病人，他们以为能讹医院的钱就多讹点，我希望您能以院方的名义正式起诉他们，并且公开审理这个案子，给类似这方面的病人家属以警告。只有公开审理，外界的人才会知道我们问心无愧。”

“你没意见我当然支持，”余院长笑道，“下午我就让人在医院的平台上公开发布一封律师函，不过你是我们医院医疗技术拔尖的人才，真让你在科室里晾着也挺心疼的。我和郭主任商量过了，打算调你去急诊科工作一阵子。你放心，这边事情解决好了，我马上调你回来。”

“没有问题。”宋楚颐想也没想地点头。

宋楚颐回科室后，便着手交接手里的工作，接替他手里病人的是严医生。

严医生进来时一脸愧疚：“楚颐，真没想到郭主任会安排你去急诊科那边，其实我们都知道你是无辜的，那姓高的夫妻就是典型的医闹。”

宋楚颐抿唇淡笑。

严医生接着安慰：“我明白你心情不好，急诊室那边又忙又累，值夜班也比这边多，不过可以让于主任少给你安排一些工作。”

宋楚颐终于抬头笑了笑：“我像是那种经常走后门的人吗？严医生，这种话你在外面说说也就算了，怎么跑到我面前也这样说。”

严医生的脸略微一僵，嘴角扯着笑：“楚颐，我可没有在外面乱说，你别误会。”

“是不是误会我很清楚，”宋楚颐低沉的嗓音很清冷，“那批新来的实习护士急着转正，你便利用这个机会诱使个别护士在不经意间向病人透露我是大股东公子的身份，你说只要她们说了就会想办法帮她们转正。那些病人都很敏感的，就算没有高家这件事，之后肯定还会有别的事。”

严医生沉着脸说：“楚颐，我知道你心里有气，不甘心，但你不能把这个罪名扣在我头上，我们平时处得不错……”

“其实我能明白，你年纪比我大那么多，来医院又比我早，我越过你坐上主任的位置，你不甘心，我也能理解，”宋楚颐打断他，脸上始终表现得很平静，也没有生气，“不止你，部门也有其他医生不甘心，但他们明白，上面这么急着把我往上提，为的是能让我早日名正言顺地坐上院长的位置。你以为我看上的真是主任这个位置啊，这不过是个过渡平台罢了，到时候这个位置还是你的。而且，我当上院长后，自然会看在往日同事的情分上，提拔你。严医生，这个道理大家都想得明白，只有你，太心急了，只看到眼前的利益。”

严医生脸色惨白得犹如他身上的白大褂，他没说话，只是站在这空调房里，额头也开始冒冷汗。

宋楚颐低低地叹了口气，冲他招招手：“你过来吧，我跟你说下我手里的病人，其实也没多少了。”

严医生基本上没怎么听，他现在满脑子都是宋楚颐到底掌握了多少证据。

“严医生，你能不能仔细听我说，”宋楚颐眉头终于阴沉地一拧，“你也是一个专业的主治医生，能好好尊重你的病人吗？这些病人都是重患，稍有差错就会出人命。”

这边，宋楚颐还在和严医生说病人的情况，那边就有其他医生收到他调科室的消息过来道别。

午饭后，宋楚颐着手安排送戴媛的孩子去美国的事情。下午四点左右，宋怀生亲自给他打了个电话：“楚颐，我觉得还是你亲自跟着去一趟美国吧，医院这边我已经打过招呼了，反正这几天你在科室里也没有太多事情。”

“……好。”宋楚颐低声应着。

“还有些话，上午有其他人在，我不方便说，”宋怀生顿了一下，语气稍微压得低沉了一些，“其实你们两兄弟不待见戴媛和她肚子里的孩子我清楚，尤其是你哥。你们都不希望这个孩子出生，可不管你们怎么想，我都希望这个孩子从美国接回来的时候是健康的，出了什么差错，必须有人负责。”

“我明白了。”

“你明白就好，你呢，平时对我这个父亲还算尊重，但跟你哥走得更亲近些，但近归近，你得适可而止。”宋怀生再次开口。

“好。”

挂断电话后，宋楚颐望着落地窗里照出的自己，嘴唇周围有了胡楂儿，憔悴得他都快不认识自己了。

下午三点，宋楚颐带着孩子上了飞往美国的专机。上飞机前，宋楚颐给长晴去了一个电话：“我去一趟美国，大概三天左右回来。”

长晴蒙了蒙，但很快明白他可能是送戴媛的孩子去美国：“那你小心点。”

“嗯，我不在的这几天你不要去医院看戴媛，也别去宋家，等我回来再说。好了，我不跟你说了，飞机要起飞了。”宋楚颐不舍地挂断了电话。

宋楚颐去美国了，长晴因为额头受伤，电视台安排的节目和活动都推了，就在家养伤。到第三天晚上，得知宋楚颐要回来了，长晴也没出去，就在晏家等着他。出租车开过来的时候，她带着罗本跑过去，看到下车的宋楚颐时有点傻眼，这还是她的宋楚楚吗，胡子拉碴的，谁来告诉她高贵清冷的宋楚楚去哪了？

“你怎么了？”宋楚颐对她站在几米之外不上前的举动很不满。

“呃，”长晴很想打击他，不过想到他也是为了弥补自己闯的祸才去的美国，于是硬生生地说，“我是觉得你这个样子太有型了，想远远地多看看你。”

宋楚颐听着满意，走过去抱抱她，又低头亲了亲。

长晴被他的胡子扎得有点疼，好在宋楚颐没亲她多久便放开了她，摸着嘴角问：“你真的觉得我这个样子挺有型的？”

长晴摸摸后脑勺，生怕他就这样一直留着胡子过日子，于是又委婉地说：“其实刮掉胡子会更有型。”

宋楚颐眯眼，长晴感觉到危险的气息：“我觉得我还年轻，更喜欢清秀干净的小伙子。”

果然说出心里话了，宋楚颐捏捏她的小脸：“不过我这个样子在国外挺受欢迎的，很多身材火辣的金发女郎都跟我搭讪。”

“那你怎么没带几个辣妹回来啊？”长晴酸溜溜地说。

“后来我跟她们说我家里已经有一个辣妹了，她每天都像蜘蛛精一样吸我的精气，我实在应付不过来。”宋楚颐笑眯眯地低头看着她。

“讨厌，分明是你每天吸我的精气。”长晴捶他的胸膛，又把脸埋进他的怀里，他几天不在，很想他。

宋楚颐微笑地搂着她往里走，罗本围绕在两人身边。

进了屋，客厅里没人，长晴说：“我爸陪沈阿姨回扬州了。”

宋楚颐愣了愣：“沈阿姨？”

长晴不好意思地回答：“其实我爸跟沈阿姨好早以前就互相喜欢了。”

宋楚颐挑眉：“那傅愈岂不是会成为你名正言顺的哥哥？”

长晴吐吐舌头，想到傅愈要成为她的哥哥了，这种感觉真的很奇妙。

宋楚颐薄唇染起一抹淡淡的笑，这样也好，少了个情敌，不过傅愈大概会郁闷死。

“我先去睡一会儿，这一路太累了。”宋楚颐疲倦地说。

长晴这才发现他眼睛里的血丝更多了，心疼地问：“你这几天都没睡好？”

“没有，时差没倒过来，而且到那边还和从前的一些老同学聚了一下，没怎么休息。”宋楚颐现在感觉自己累得都快要晕了，只想找张床快点躺下睡觉。

“那你快去睡吧。”长晴赶紧推着他往楼上走。他以前每次回来不管多累，都要洗个澡再上床，这回澡也没洗，只脱掉衣裤就钻进被窝，不到几分钟就睡得沉沉的，可见他有多累。

她趴在边上看了他一会儿，真是心疼他。

第三十一章　楚楚生病

晚饭时间，张阿姨端菜出来，见宋楚颐还没下来，问："要不要叫他起来吃点饭？"

长晴想了想："还是等他睡醒了再吃吧，给他留点。"

晚饭后，长晴看了一会儿电视，又玩了会电脑，到十点多钟的时候还不见他醒来，上床睡觉时，不自觉地往他身上靠，刚碰着他胸膛的时候就感觉很烫。她愣了愣，又抬手摸摸他的额头，吓了一跳，发烧了，不会烧得昏过去了吧？

长晴赶紧使劲摇了摇他，还是没动。在她决定叫救护车时，宋楚颐才终于睁开眼，喉咙沙哑地问："你干什么？"

"你发烧了，"长晴着急地说，"我还以为你烧晕过去了。"

"没事，只是睡得沉了。"宋楚颐吃力地坐起来，身体真是一点力气都没有了。

"我看你是人不舒服才睡得那么沉，我叫家庭医生过来。"长晴穿上拖鞋匆匆忙忙就下楼找张阿姨要家庭医生的电话号码，医生说大概二十多分钟才会到。

张阿姨给了她一个冰袋，长晴赶紧捧着上楼，宋楚颐靠在床上一副又要睡着的样子。她小心翼翼地把冰袋放在他的额头上，冰凉的触感从额头上扩散开，宋楚颐难受地睁开眼，便看到站在面前的女人一张白白净净的小脸上满是担忧和紧张。

他伸手轻轻搂过她的腰，长晴坐到床边，上身埋进他的怀里，仰头。他低头，上面的冰袋滑下来砸到她的鼻梁上。

长晴生气："你看你，生病了都不安分，快点躺着，别乱动。"

她轻而易举地推开他的胸膛，宋楚颐难得任由她摆弄一回，冰袋重新放上额头。她坐在床边嘀嘀咕咕地说他："亏你还是个医生，自己发烧都不知道，就你这个样子，怎么好意思给别人治病，真当自己是神仙啊。”

他淡淡扯唇，无力说话，其实早就察觉到身体不太舒服，上飞机的时候也吃了感冒药，不过似乎没有什么好转。

“我看你在美国拒绝辣妹搭讪，根本就不是因为家里有我吧，肯定是人不舒服，没力气，”长晴噘着小嘴趴在边上，“要不然，你肯定跟罗本一样。”

宋楚颐的嘴角无力地抽了抽，能别拿他和罗本那只好色的狗比吗？

二十多分钟后，家庭医生过来，给他输液退烧。

长晴不敢睡，坐在边上守着他，好几次都快睡着了，又猛地坐起来掐自己两下。

一直输到凌晨一两点，家庭医生拔了针后，宋楚颐都没有醒。

长晴不放心：“医生，他这个样子没事吧？”

“要是明天还没退烧，我再过来，不过还是要让他好好休息。我看他是太累了，抵抗力下降才会感冒。”

长晴送医生下楼的时候，医生叹气：“现在很多年轻人都因为过度劳累而猝死。身体很重要啊，千万不要仗着年轻就不注意身体。”

长晴听得胆战心惊，回房后立即拿手机查那些因为劳累过度而猝死的新闻，一查，发现还真不少。

第二天，宋楚颐醒来，一个小脑袋瓜压在自己的胸膛上。长晴又横着睡了，两人睡成了一个T字型，小丫头的睡裙全部卷到了腰上，大清早的也不安分。

他赏心悦目地看了一会儿，伸手把她腰上的睡裙给拉下来。

长晴被这细小的动作吵醒，睁开迷糊的双眼，立即看到扯住自己睡裙的大手掌，小脸一板，坐起来训斥：“宋楚楚，你真是色欲熏心，都病成这个样子了，一早醒来还不安分。”

“我没有……”宋楚颐低哑地开口。

长晴才不相信：“还说没有，那你的手现在在干吗？还有，你知不知道现在社会上有多少年轻人因为过度劳累而猝死。你说你们做医生的，经常上晚班，有的时候甚至二十四小时不睡觉，当初我认识你的时候，你还是一个风华正茂的美男子，现在，简直就像个糟老头子。”

“你说什么？”宋楚颐脸色变得难看起来，“我不就是没刮胡子吗？”

长晴不理他，继续说：“以后朵瑶和阮恙她们找老公，一定要告诉她们不能找医生，也不能找那些经常熬夜的，这样的男人就算现在长得帅，以后也老得快。”

宋楚颐已经听不下去了，他吃力地坐起来揪过她，对着她的屁股就是两下。他是想对她温柔的，可这个女人一对她温柔几天就会上房揭瓦，现在压根就不把他放在眼里了。

“你讨厌，前几天还说要对我好的，今天又打我，”长晴噘嘴，一副生气的样子，“男人果然都是骗子。”

宋楚颐只好硬生生地把这口气咽下去，这么一折腾，自己才恢复的力气又没有了。

长晴见他不动了，望过去，瞧着他无力的模样，又有点过意不去，觉得自己是不是有点过分了。她眨眨眼，讨好地爬过去：“楚楚，我给你刮胡子吧。”

宋楚颐懒洋洋地瞥她一眼，这女人到底是有多嫌弃他的胡子。他不说话，长晴赶紧屁颠屁颠地跑到浴室里，浴室里放着一把电动的剃须刀和一把手动的。她想了想，怕电动的不好掌控，干脆拿了手动的剃须刀，还打了一盆热水端出去。

宋楚颐抬眼看到，无语地皱眉：“你也得拿点须后水吧，这样刮是想疼死我吗？”

“我又没给男人刮过胡子，怎么知道？”长晴撇撇嘴，又回去找了半天须后水。

难得自己的女人想为自己服务，宋楚颐也乐得享受，正好懒得动呢。

长晴先拿湿毛巾擦擦他的脸，然后在他的胡子上挤满须后水，抹了他一脸的白色泡沫。长晴觉得好玩，这里抹抹，那里也抹抹，最后宋楚颐觉得自己只剩鼻子和眼睛没泡沫了，他实在忍无可忍：“你到底是给我刮胡子，还是自己玩呢？”

长晴赶紧老老实实给他刮，不过没刮多久，一不小心刀片就划到了肉，鲜血渗出来，宋楚颐发出一声低低的呻吟。

长晴吓了一跳，赶紧拿纸给他擦，按了一阵不流血了。看到宋楚颐瞪圆的眼睛，她心虚地说：“刚才是不小心的，这次肯定不会了，我已经掌握技巧了。”

“如果再有下一次……”宋楚颐咬牙切齿地闭眸。

长晴小心翼翼地点了点头：“我肯定会小心的，毕竟你帅点，我看着也会心情愉悦。”

宋楚颐眼皮直跳，他还没来得及仔细想，又是一阵剧痛，睁开眼，看到长晴又在一脸紧张地找纸巾。他忍无可忍地坐起来：“晏长晴，你是不是想毁我的容？”

“是你的刀片太锋利了。”长晴缩着脖子嘟囔。

宋楚颐懒得理她，夺过刮胡刀往浴室走去。要是再让她这么乱刮一气，估计整张脸就要被毁掉了。

刮完胡子后，他又给自己白白净净的脸上贴了两个创可贴。长晴看他贴好后，厚着脸皮笑眯眯地抱着他的胳膊说："楚楚，你长得也太帅了吧！人帅就是好，贴创可贴都这么有型，简直可以为创可贴代言了。"

宋楚颐已经不想搭理她了，也不知道几分钟前是谁在抱怨不要找医生做老公，老得快，像糟老头子。

他洗完澡，吃了早餐，又睡到中午才起来。这一次，他睡得很足，精神恢复了百分之八十，张阿姨做了一桌子菜，他一口气吃了两大碗饭。

长晴在边上看得惊叹，看来真是累坏又饿坏了。

吃饱了，放下碗筷，宋楚颐擦擦嘴角，如果不是脸上那两个创可贴，自己一定是一个完美的清隽男子。不过自从找了她后，他脸上似乎什么伤都有过，连嘴巴上都有过。

张阿姨收碗筷，宋楚颐冲长晴招招手："过来。"

张阿姨不看他们，脸上却挂着一丝笑，长晴不好意思，假装没听到，不动。

宋楚颐眉心略微一蹙，她不过来，他只好过去，坐到她旁边的椅子上，亲昵地拉起她的小手："伤好了没？"

长晴余光瞥到张阿姨嘴角越来越深的笑，越发不好意思地红了脸。真是的，这个男人到底知不知道什么叫厚脸皮，有外人在，难道他一点都不会不好意思吗？

张阿姨一走，长晴立即羞恼地推开他，小声说："你没看到张阿姨在吗，能收敛点吗？"

"那怎么了，我们是夫妻，"宋楚颐握紧她的小手，低头看她额头上的伤，纱布是拆了，但还没有完全好，"其他地方还痛不痛？"

"还好啦，"长晴复杂地低头，"对了，戴媛的孩子怎么样了？"

"都正常，还要在美国观察一段时间。"宋楚颐用手摸了摸她的马尾。

这样的夏天，她把头发扎成了马尾，露出了光洁的脖子。

"既然你回来了，那我们下午还是去看看戴媛吧，"长晴顺势靠进他的怀里，"就去了一次，好像不大好，再不去，她应该就要出院了。"

"嗯。"宋楚颐低低应了一声，更加怜惜地抚摸她的秀发。

他比谁都清楚，去了也是被戴媛甩脸色，但为了宋晏两家的关系，也只能去，不然又会被说不懂礼数。

到医院的时候，戴嫒还在午睡，宋楚颐敲了敲门，她便醒了过来。

长晴和她打招呼，她冷冷淡淡的，没怎么说话，倒也没骂人，只是问了几句孩子的事，然后又要了宋楚颐朋友的电话。

坐了十多分钟，长晴从病房里出来，悬着的心才放下来：“吓死我了，以为她又会骂我。”

“她不敢骂你，”宋楚颐淡淡笑开，“她的孩子在我这里呢。”

长晴愣了愣，恍然，心想：他们这一家子还真复杂。

走出住院部，他们在医院花坛旁边碰到一个五十多岁，穿着白大褂的中年男医生，是急诊科的于主任，他笑呵呵地打招呼：“楚颐，你回来啦，打算什么时候来我们这边上班啊？暑期患者多，急诊科有点忙不过来。”

“明天吧，明天我就上班。”

“好，那今天好好陪你太太吧。”于主任微笑着向长晴点了一下头，便往门诊部走了。

“你不是在外科吗，怎么又要去急诊科了？”长晴疑惑地问。

“我暂时被调到急诊科，”宋楚颐看她一脸纯真的模样，无奈地说，“到急诊科那边工资会大大降低啊。”

长晴一听，紧张起来了：“要降多少啊？”

宋楚颐眼睛里掠过一丝淡淡的玩味，自家老婆真是个小财迷：“会少很多啊，其实医生的工资并不高，平时的主要收入来源是手术。现在不能做手术了，所以每个月就只能拿那几千块钱的死工资和加班费了。”

“这么少。”长晴心都碎了，那以后她岂不是成了这个家里的主要收入来源了？

“是啊，不过没关系，”宋楚颐嘴角轻挽，“反正最近都是住在你家，我也不需要请钟点工，买菜、买米、水电费都不用我出，连罗本的伙食费也是你们家包了，所以我也不担心了。”

长晴眨眨眼，是啊，她虽然嫁给了宋楚颐，却是带着老公吃自己家的，住自己家的，喝自己家的，连老公的狗都跟着在她们家吃吃喝喝。

她这哪是嫁老公，根本就是娶老公呀。这么一想，心里不平衡地哼唧起来：“你简直是白吃白喝，娶了我，你这便宜占大了。”

她真的特别替晏磊不值了，把女儿养这么大，好不容易嫁人了，却又带了个男人和一条狗回来白吃白喝。

“是啊。”宋楚颐若有所思地点点头。

“不行，你要快点调回原来的科室，”长晴一脸苦恼地说，“要不然你拿什么钱和我出去度假啊？”

宋楚颐瞥了她一眼：“好啦，逗你玩的，我肯定养得起你！”

“我才不稀罕你养活呢，”长晴也一脸轻蔑，“我们现在要去干吗？”

“看电影吧，”宋楚颐想了想，“大半年没看电影了。”

长晴一听，就有点不高兴了：“大半年前是不是陪管樱看过啊？”

宋楚颐轻咳一声，不小心说漏嘴了。

长晴噘了噘粉嫩的小嘴，撇开脸，留个后脑勺给他。真过分，陪管樱看电影，还去咖啡店吃甜品，对她呢，结婚这么久才准备去看电影。

宋楚颐看她生气了，本来想哄的，结果看她生气的样子很可爱，就不想哄了。

以至于后来坐在他车上去电影院的时候，长晴的嘴越噘越高，也不搭理他，一个人看着窗外。

车开了半个多小时，到地下停车场时，长晴的嘴巴基本上可以挂一个茶壶了。

宋楚颐低笑着熄火，然后把她的身子转过来，捏捏她的鼻子，在遭受她的桃花眼一瞪后，再也忍不住去吻住那张高高噘起的樱红色小嘴。

长晴躲闪，不让他亲，用行动告诉他，在没有哄好她之前是不给亲的。

“以后只陪你一个人，看一辈子电影。”宋楚颐咬着她的唇瓣，用低哑又性感的嗓音说。

长晴心如小鹿乱撞，给了他将这个吻深入的机会，结束的时候，长晴的脸被亲得像抹了胭脂般绯红，更加娇媚。

下车后，她戴上口罩，只露出一双水亮水亮的大眼睛，跟宋楚颐说：“我们今天要看的这部片子是阮恙拍的新片，其实我早就想来支持她了，等会儿我们看看还剩多少空座，全部买下来支持她。”

宋楚颐无语，说好的来看电影，可没说要包场啊。有一个朋友是明星的老婆真划不来啊，不但要请她看电影，还要给她的朋友包场，贡献票房。明明刚才还说换岗位钱少了，要省着点花，她倒好，当耳边风了。

到电影院门口，宋楚颐先买票，位置好一点儿的基本上都订完了，不过剩下周边和前面的也还有四五十个座位。

宋楚颐说全买了的时候，售票员像见鬼了一样看他：“空位全买？”

“嗯。”他点头。

售票员笑：“你们是公司包场吗？”

“阮恙是我的女神，我是为了给她增加票房。”他淡淡地说。

售票员都不知道说什么了，第一次见到这么任性的男粉丝。

宋楚颐买好票，在旁边的零食店找到正在买干果的长晴，把票全塞进她手里：“花了我一千多，回家是不是要补偿我？”

长晴假装没听到，把要吃的东西说了个遍。

宋楚颐服了她，认命地掏钱，从这家出来，她又要去旁边买甜品和饮料。

进放映厅的时候，突然碰到一家新闻记者在检票口采访。

“就是他，就是他。”之前卖票的售票员突然指着他说。长晴见势不妙，赶紧往一旁溜，宋楚颐很快被一个记者和一架摄影机围住。

“您好，我们是一线电影网的记者，目前正在对新上映的电影《单恋》做调查，听说您是阮恙的忠实粉丝，花钱买了五十二个座位捧场，这是真的吗？”记者拿着话筒问。

宋楚颐冷下脸，看到不远处长晴正冲他挤眉弄眼使劲点头，他真是后悔了，没事干吗带这个女人来看电影。

旁边的话筒对着他，记者正耐心地等待他的回答。

“嗯。”几秒钟后，他从鼻子里发出一个低沉的声音。

记者微微尴尬，但仍穷追不舍：“那您喜欢阮恙多久了，对这部电影的剧情您是如何看待的？”

“从她出道起就一直喜欢，”宋楚颐语气清冷，“电影的剧情我不知道，我还没看过。”

“呃，您的意思是只要是阮恙演的电影就喜欢，剧情并不重要，是吗？看来您真的是阮恙的忠实粉丝啊，”记者继续兴奋地问，“那您最喜欢阮恙哪部作品？”

“她的每部作品我都喜欢。”宋楚颐心里默默腹诽，他根本就不知道阮恙演了什么电影。

“就没有最喜欢的一部？”

“都是最喜欢的，”宋楚颐不耐烦了，“我能进去了吗？阮恙的电影该开始了，我不想错过一分钟甚至一秒钟。”

“噢，您请进，不好意思耽误您了。”记者忙侧开身子，等他走后，接着采访下一位。

宋楚颐从检票口进去，看到在那边等的长晴时，英俊的脸一下冷了个彻底：

“都是你，非要包什么场，记者一来，你倒是溜得快。”

长晴心虚又讨好地将藕臂缠上他的手臂：“哎呀，要是记者认出我来，那不就麻烦了吗？”

宋楚颐冷睨她一眼：“今天我可是什么都顺着你了，晚上你要好好地弥补我。”

长晴娇软地笑：“好，我请你吃晚饭。”

“别跟我装傻，你知道我说的不是这个。花了我这么多钱，你得肉偿！”宋楚颐意味深长地瞅了一眼她的嘴唇。

长晴脸红，知道装傻不行了，不过又不好意思马上答应，为了转移宋楚颐的注意力，忙指着前面的影厅说：“到了，我们赶紧进去吧。”

说完，忙拉着他往里跑，买了五十二张票的后果就是五十二个座位随便选，宋楚颐瞅了一圈，拉着她坐在最后一排。

电影差不多开始时，长晴就开始找吃的，先吃点坚果，再喝两口饮料……

宋楚颐坐在旁边，总是听到她窸窸窣窣吃东西的声音，这女人到底是来给自己好友捧场看片的，还是来吃东西的？

电影里，阮恙换了一身旗袍出来后，长晴终于从零食里抬头：“哇，阮恙实在太美了！”

宋楚颐撇头，看到自家女人一脸陶醉沉迷地看着电影里的阮恙，皱眉。他宁可让她看到帅哥发出这样的声音。过了一会儿，长晴又咬着吸管再一次发出感叹：“阮恙穿这身衣服也超美，”她拽着他的手，“你有没有觉得超美？”

“是啊，比你美。”宋楚颐冷冷地说。

“是啊，是啊，阮恙真的是比我美太多了。”长晴继续陶醉在阮恙的美色里。

看完电影跟着人流出来，前面几个女孩子也在夸赞阮恙的美色，长晴听得一脸骄傲，侧头跟宋楚颐说：“看吧，阮恙的粉丝真多，她可是我最好最好的朋友。”

瞧她那得意的样子，宋楚颐哭笑不得，她这么说好像自己不知道她跟阮恙关系很好似的，真幼稚，不过现在女人怎么都只夸女人美，也没见他们说里面的男主角帅。

宋楚颐问她：“那你觉得这部电影怎么样？”

“好看。”长晴说。

宋楚颐嘴角抽搐：“好看？”

“真的好看？分明是烂片吧，不知道阮恙怎么会接这种电影。”他忍不住说了几句。

“阮恙拍什么片我都觉得好看。”长晴继续说。

宋楚颐无语，原来她是个脑残粉。

“不过里面的男主角夏俊朦的演技太烂了，我能想到阮恙跟他对戏的时候有多难受。”长晴继续批评，“我闭着眼睛都比他演得好。长得帅有什么用，演技烂就继续当他的偶像歌手，干吗非要跳到大屏幕上来。现在真是什么烂演技的人都能演电影，偏偏还有一堆脑残粉捧他，你说怪不怪？这部电影阮恙一开始是不想接的，不过是她的恩师导的，她碍着人情和面子不好拒绝，不过这个导演很能抓住阮恙的美。”

长晴说话的声音不算大，但是旁边的几个看上去像高中生的女孩正好听到了，立即瞪着眼睛说道：“喂，你别乱说啊，夏俊朦演得多好啊，人家第一部电影能演成这样已经很不错了。你没看到他哭的时候有多感人吗？这部电影能这么火全是夏俊朦的功劳。”

长晴气得不轻：“你们才多大啊，懂得什么叫演技吗？连是非黑白都分不清，现在就是多了你们这种什么都不懂的脑残粉，才弄得电影市场这么乱。什么靠夏俊朦，要不是阮恙根本没人来看这种烂片，就他那演技，看得我尴尬癌都犯了。”

“我看到你这人真有病，大白天的戴什么口罩啊，你是不是动手术了，还是脸上长满了痘痘见不得人啊，老女人？”一个嚼着口香糖的女孩气呼呼地指着长晴骂起来。

宋楚颐脸色一沉，挡在长晴面前，冷俊的脸没有一丝表情：“你敢再乱骂一句看看，信不信我把你从这里扔下去？”

旁边的几个女孩立即便推搡上来：“你扔啊，扔一个试试看。”

宋楚颐直接拎起小女孩的胳膊往商场护栏走去，那小女孩这才吓傻了，尖叫起来。

宋楚颐将她丢到她几个朋友身上，冷冷警告：“每个人都有支持自己偶像的权利，但是不能为了自己的偶像去攻击别人，难道你们的父母连这点都没教育过你们吗？”

那几个女孩吓得不敢再说话。

宋楚颐转过身拽着目瞪口呆的长晴离开。

“哇，宋楚楚，你好厉害，不过我刚才真以为你要把那个高中生扔下去呢，吓死我了。”长晴拍着胸口，都不知道是该崇拜还是该害怕他了。

宋楚颐皱着眉头，说她："你也不看看自己多大了，还跟那些高中生吵架，幼不幼稚，丢不丢人，说别人脑残粉，你不也是脑残粉吗？也不想想自己的身份，就你如今这半红不紫的主持人身份，被人揭穿了，还不得被人家那些粉丝撕碎。"

"哎哟，人家这不是想到楚楚你在身边，特别有安全感，就有点无所顾忌了吗？"长晴撒娇地抱着他的胳膊拍马屁，"就知道楚楚你特别厉害，跟我们台长熟，还有展局长也是你的朋友，虽然人不在娱乐圈，但也能呼风唤雨，对吧？有你在，我干啥都不怕。"

宋楚颐真想打她的屁股教训一下，不过看到那抹了蜜一样的嘴巴又想亲两口。真是，败给她了，他捏捏她的小脸蛋。长晴知道他不生气了，主动踮起脚尖，亲了亲他的侧脸。

看完电影，宋楚颐带她去一家法式餐厅吃晚餐，距离有点远，他开车，长晴在边上给阮恙打电话："阮恙，我刚才和楚楚去看你拍的电影了，你在里面实在太美了，简直把我给美哭了。天啊，每次看完你的电影，我都会觉得当年考电影学院太明智了，虽然我现在混得并不怎么好，但你们混得好啊，我就替你们高兴。"

阮恙被她逗得乐不可支："不愧是我万年不变的脑残粉啊，这部电影连我自己都看不下去，我经纪人都问我为什么要接这种烂片。"

长晴哼哼地说："刚才我出来的时候碰到夏俊滕的那群脑残粉，都是一些不懂事的小屁孩，听到我说夏俊滕演技不好，还跟我吵。我告诉她们什么叫真正的电影，什么叫真正的演技，最后说得她们哑口无言。"

一旁开车的宋楚颐多看了她几眼，她说得滔滔不绝，还握着拳头，脸皮真是比万里长城还厚，什么叫说得人家哑口无言，明明是被人家骂得快气晕了，他算是亲眼见识到她背后吹牛的功力了。

那边，阮恙一听，笑了："长晴，你干得不错，不过作为公众人物，还是少招惹这些是非为好。别小看那些年纪轻轻的脑残粉，她们才是最可怕的，很多道理，你跟她们说不通，而且不管对与错，她们是无条件地支持自己的偶像。要是被她们知道了你的身份，会往死里黑你，还会穷追猛打地吵到你们电视台去。"

"噢，"长晴点头，"你说的这些我都懂，可你是我的女神，是我的偶像，我是坚决不会让人当着我的面说你不好却不还口的。对了，今天为了给你贡献票房，我还特意包场了。"

"是吗？行啊，下次回来好好赏你一个热吻啊，"阮恙又轻笑了一声，"不过你确定这包场费是你出的？"

“呃……”长晴瞅了一眼边上的男人，说，“是他出的还是我出的没什么区别，反正他的就是我的。”

宋楚颐懒得看她，继续开车，等她聊完电话后，才懒洋洋地开口：“我的什么时候成了你的了？”

“就知道你会找碴儿的，小气鬼，”长晴不屑地哼了声，“跟朋友吹吹牛而已，又不会真拿了你的，我还是有自知之明的。就你那吝啬样，怎么可能把你的变成我的。”

宋楚颐气得脸臭臭的，他就问一句，她却说了一大堆话：“你好像忘了，我有张卡还在你手里，每个月你是要花掉二十万的。”

长晴哼了一声：“二十万算很多吗？现在钱不经花，买个包包就好几万，二十万也就买几个包包而已。我只是懒得说，不说你却好像真以为给了我很多似的。现在你换了岗位，我的收入比你高多了，我稀罕你那点钱吗？”

宋楚颐无语。这张小嘴有时候真是甜得像蜜糖，有时候却毒得像毒针。

“行啊，你有钱，等会儿你埋单行了吧？”宋楚颐咬牙切齿地开口。

长晴撇撇嘴，出钱就出钱，吃个饭能要多少钱，不过他也真小气，出来约会还要老婆出钱，以后再也不出来约会了。

第三十二章　喜不喜欢

半个小时后，坐在宋楚颐特意带她来的法式餐厅，看到菜单时，长晴有些蒙了，这菜也太贵了吧，这么吃下来不是得上万了。她平时请客从来没请过这么贵的，就一份意大利面也要上千块，这究竟是人民币做的还是金子做的啊？

“帮我来一份意大利面，再来一份路易十八的披萨，”宋楚颐手指了指她菜单上一份精美的图片，“噢，对了，你们这里好像有一款味道不错的冰激凌，给她来一份吧。再来一份你们的招牌菜，还有酥皮汤、烟熏鲑鱼。”

“好的。”服务员很快下单，又看向长晴。

长晴假装若无其事地翻了一遍，越看越后悔，她严重怀疑让她埋单根本就是宋楚颐挖的坑。

“呃……我刚才在电影院吃得挺饱的，来份牛排就可以了。”长晴合上菜单说。

“要不要来瓶红酒？”服务员说，“我们这儿的红酒是从法国著名酒庄进口的，什么年份的都有。”

“不用了，我们……”

“来一瓶吧，”宋楚颐说，“就挑一瓶九三年的干红，要口感微甜的。”

“好的，您二位稍等。”服务员马上下单。

服务员离开后，长晴又悄悄地翻了一下红酒的价格：九三年的，差不多都是六千元一瓶，这么贵。

她抬起头，一脸怨愤地望着对面悠闲自在的宋楚颐：“你疯了啊，你酒量不好，等会儿又要我背你回去，我可背不动你。”

“红酒度数不高，喝一点点还是没问题的。上次陪你爸喝的是白酒，我当然不行。”宋楚颐双臂闲适地搭在后面的欧式雕花沙发上。

长晴越看越不顺眼，阴阳怪气地说：“看不出来啊，对这里挺熟悉，以前常带美女来吧？我是你带过来的第几个啊？”

宋楚颐双腿悠闲地交叠：“你误会了，我是以前跟着明惟和他老婆来过几次。”

“人家约会你跑来凑热闹，骗谁啊，”长晴鼻子一哼，才不相信，“你就骗我吧，你以为我不知道，就我们俩第一次聊天的咖啡馆就是管樱带你去的，还说要不要吃蛋糕，那里的蛋糕味道不错，也是管樱告诉你的吧？”

宋楚颐端着水杯喝了一口：“那家咖啡馆确实是管樱告诉我的，但这家不是。”

长晴面露讥讽：“带着相亲对象去前任介绍的咖啡馆吃东西，你是什么心情啊？”

宋楚颐伤脑筋地摁摁眉心，放下水杯，无奈地掌心一摊：“你想怎么样吧？”

“反正我不相信你，”长晴一脸义愤填膺，“你对这里如此熟悉，我有理由怀疑你带以前的女朋友来过，凭什么我要来一个你跟你前女朋友约会过的地方，更过分的是还要我埋单，这个单我是坚决不会埋的。”

宋楚颐嘴角漾起一抹浅薄的笑意：“说来说去，你就是不想埋单吧。”

“那倒不是，我不是那么小气的人，这顿饭的价格对我来说也不算什么，我就是心理不平衡。”长晴抬头傲娇地一哼。

宋楚颐无奈地耸肩：“OK，我埋单，现在心情好点了吗？”

“不是很好，”长晴睨向菜单，“想到你跟别的女人在这里吃过饭，我觉得我要多点一些菜，多花你一些钱才会舒服点。”

宋楚颐黑眸温润地看着她：“别忘了，之前你说的，我的钱就是你的钱，你现在花我的钱不就是在花你的钱吗？”

长晴无辜地睁大眼睛：“那你的意思是你的钱还是你的钱，所以你的钱与我没半毛钱关系啊？”

宋楚颐被深深地噎住了，好吧，他现在明白了，其实有时候承认自己的钱就是老婆的钱没什么坏处。

“所以，能花的时候就多花点，免得以后你有机会把钱花在别的女人身上。”长晴又叫来服务员，点了几道刚才她一直想点又觉得太贵的菜。

“少点一些，”宋楚颐无奈地提醒，“你刚才在电影院里吃了那么多，自己也说饱了。”

“你要是舍不得花钱就直说。”长晴一脸我能体谅你的表情。

宋楚颐立即沉默了，他之前话语里暗讽她小气，她很快就又还回来了，以前怎么会觉得她笨，这个女人明明就是扮猪吃老虎，该还的她都还了。

服务员过来开红酒，点的菜一道道地端上来，长晴尝了一口披萨，惊喜地瞪大了漂亮的桃花眼。

太好吃了，真的太美味了，果然是一分价钱一分货。她目光瞅向宋楚颐的意大利面，里面有野生菌、鱼子酱、龙虾，看起来就很美味。

宋楚颐看到她的目光，假装没看到，自己吃自己的。

“我要吃你的，”长晴干脆不客气地把他的餐盘拖过来些许，尝了一口，舌头差点被味觉给融化了，“太好吃了。”

宋楚颐看着她好吃鬼的模样好笑地摇摇头。

“你这盘我吃了。”长晴全部拖了过来。

后来她点的牛排端上来时，他切开一小块，她又凑过来品尝，觉得很好吃，就把她吃剩的意大利面还给了他。

宋楚颐：“所以我现在只能捡你吃剩下的了？”

“你有什么意见吗？”长晴抬起被油渍滋润的饱满的嘴唇，“我都没有计较你带别的女人来过这里吃过。”

“我没有。”

“我不信！”

好吧，他认输了，永远不能跟女人讲道理。

不过长晴后来也还是十分仁慈地把吃剩的牛排还给了他。

吃饱喝足后，宋楚颐埋单的时候直接掏出一张VIP卡，长晴瞅了一眼账单，才两千多块，她瞪大眼。

“我有VIP卡，可以打两折。”宋楚颐笑眯眯地说。

长晴差点想吐血，怪不得他会同意付款，原来是这样。

“噢，肯定是以前常带女朋友来，都有VIP卡了，来的次数肯定不少。”长晴把脑袋扭向一边。

宋楚颐刷完卡，放回钱包时，看到某人的自拍照，拿过去给她看：“瞧瞧这里面的人是谁？”

长晴这才看了一眼，里面还是自己那张自拍照。她嘴唇微勾，想到他一直放着自己的照片在钱包里，心里这才甜了一点："你不是说很假吗，干吗还放里面？"

"懒得换了。"宋楚颐在她耳边轻声说。

"讨厌。"长晴娇嗔地瞪了他一眼。

宋楚颐微笑着揽过她的肩膀："卡是少彬给我的，别人为了讨好他，这种卡一大堆。别说这家店，北城很多店的卡都有，不过我最喜欢来这家，环境不错，味道也好。"

长晴傲娇地扭扭身子："知道啦。"

宋楚颐轻轻一笑，收好钱包，把车钥匙给她："你开车，我头有点晕。"

回去的时候，她坐驾驶位，他坐副驾驶，同样是奥迪A7，就算长晴驾驶技术一般，也能开得很顺手。

"你怎么也会买这款车啊？"当时相亲的时候，长晴真的没有想到他跟自己开同一款车。

宋楚颐歪头想了想，片刻后，绯红的俊脸面朝着她，性感地勾勾薄唇："也许是当初知道我未来的老婆也开这款车，所以就忍不住买了这款啦。"

长晴握着方向盘的手差点一抖，她不能看这么性感的宋楚楚，太销魂了，情话也很动人，完全不像从他嘴里说出来的，喝了酒的宋楚楚嘴巴真甜啊。

"我跟你说认真的呢。"长晴赶紧调整心跳，一本正经地说。

"认真的就是……我哥送的。"宋楚颐如实说。

早知道还不如不问，就宋楚朗那种烂人，竟然会跟她喜欢同一款车，简直拉低了自己的审美水平，长晴决定要努力赚钱，换车了。

晚上，宋楚楚追着长晴要他的补偿，不过今晚的宋楚楚大概因为喝了酒，有些反常，就像打了鸡血一样，迟迟不肯结束，还咬着她的耳朵沙哑地问："喜不喜欢我？"

长晴眼神迷离地看着他："嗯？"

"喜不喜欢我？"他重新问，眼神灼热。

长晴有一瞬间的眩晕，只听到他不停地重复那个问题。

喜不喜欢？

她睁大眼睛看着面前这个面容清俊的男人，伸手抱住他的脖子，主动往他的唇上亲过去："喜欢。"

有些话，一直放在心里，不是不喜欢，只是不敢说。她怎么会不喜欢呢，虽然有时候觉得他说话刻薄；有时候又觉得他把金钱看得太重；有时候又觉得两个人之间不像寻常的情侣，出门在外，他也不会有太多的电话问候；他们甚至很少约会，吵架的时候也不怎么让她，但是，他毕竟是她真正接触的第一个异性。

是他，让她体会到了情侣和夫妻之间的一些事。

她酒后驾驶，他帮她顶替；她被人欺负，他站出来像天神一样保护她；她出远门，他贴心地换好钱悄悄放在她的钱包里；他会去看她录的节目，会悄悄地给她送花制造惊喜，常常会觉得他很man，又会觉得他烦，但是不能说不喜欢。不，喜欢都不够，已经快是满满的爱了。

宋楚颐听到她说了那两个字，深情地碾压她的唇。

翌日，长晴全身酸痛地睁开眼，看到宋楚颐正坐在床边穿衬衣，她用小脚踹了踹他的背："楚楚，你这只禽兽，我好累！"

宋楚颐回头，他的衬衣还没扣上扣子，敞着胸膛，发丝微乱，低头时眼角迷离，长晴被他撩得眼晕，噘着小嘴说："楚楚，你今天好帅！"

被自己的女人夸是一件特别自豪的事，宋楚颐伸开双臂，说："要不要抱你去洗漱？"

"不要，我还要睡，"长晴又重新懒洋洋地躺回去，"那你今天要去急诊科上班吗？"

"嗯，"宋楚颐扣上衬衣纽扣，"以后可能会经常加班了。"

"不是吧，你之前上班就已经够忙了。"长晴嘟嘴，为什么她找了一个工作这么忙的老公。

"急诊室是全院最累的地方。"宋楚颐叹气，进浴室洗脸。

长晴翻出手机，先给自己自拍一张照片，然后传上微博，附上文字：好久没自拍了，不想起床，不想工作，想睡懒觉，宝宝美吧！美吧！

发完后，她开始翻看微博，没想到微博的热搜竟然有阮恙的包场男粉丝。

长晴点进去一看，正是昨天记者采访宋楚颐的那一段视频。

阮恙的粉丝这么多，没想到这段视频能送上热搜，长晴津津有味地看看下面的评论。

最爱我们家恙恙：天啊，此男粉丝长得真帅，比夏俊朦帅多了，看得我犯花痴了。

风中的战斗机：啊啊啊啊，说话好有高冷范儿啊，我被迷晕了，阮恙真幸福，有这么帅的男粉丝。

月月123：此男有品位，懂得我们家恙恙的美，看起来有钱，能和我们家恙恙在一起的话，我支持。

爱吃葡萄的小柠檬：哇哇哇，这帅哥我见过，是某医院的医生，上回我去医院看病就是他帮我看的，当时他看着我的时候我眼睛都差点被迷晕了，可惜没几天病就好了，一直在想着什么时候装病再过去让他给我瞧瞧！

我好笨sa：楼上楼上，快告诉我什么医院，我要装病去看看他，快快快，我快被他帅得不能呼吸了。

……

长晴看评论看得又自豪又好笑，还有一丝丝的烦恼，虽然她知道自家老公帅，可没想到放在微博上竟然会上热搜。

这时，宋楚颐从洗手间出来，长晴立即坐起来朝他招招手："楚楚，快过来，你现在可火了，昨天采访你的视频上热搜了。"

宋楚颐一听，走过来看了一下，蹙眉："都怪你，非让我去包什么场。"

"对不起，"长晴一脸无奈地眨眨眼睛，"你说这么多人花痴我老公，我是该忧伤多一点点呢，还是该高兴多一点呢？"

宋楚颐没好气地捏捏她的脸蛋："因为你，我今天去医院肯定又要被人议论了。"

长晴钩住他的脖子，撒娇："要是今天有美女装病过去看你，你一定要拒绝哦，不能给她们任何机会。"

宋楚颐朝她翻了个白眼儿，懒得搭理她，转身就走。

"等等，"长晴赶紧钩住他，"把你手机给我。"

"干吗？"

"难道里面有什么隐私吗？"长晴又不高兴了，"我就知道，床上的时候把我哄得跟宝一样，上完床之后就对我弃之如敝屣了。现在网上说自己的手机不让女朋友碰的男人都心里有鬼，你有鬼就有鬼嘛，坦白说就是，我又不会怪你。"

宋楚颐说不过她，干脆把手机解开锁丢给她。他转身去忙时，猛地想起他微博账号的事，一回头，长晴的桃花眼已经瞪了起来："原来楚楚动人就是你。"

对这个"楚楚动人"，她记得清清楚楚，每回她发微博，他都要黑一下，什么厚颜无耻，什么做作，都是批评自己的话。

黑她的评论总是有，可每回都冒出来这个"楚楚动人"，她还纳闷什么时候得罪过这个“楚楚动人”呢，万万没想到，“楚楚动人”竟然是夜夜睡在她旁边的宋楚楚。

她气愤地喊：“宋楚楚，你太变态了！我平时叫你楚楚，你还嫌弃，结果背地里竟然取了一个‘楚楚动人’这么恶心的微博名。”

宋楚颐的人生道路上从来没有这么尴尬过，他低咳一声：“谁变态了，不许胡说，这是明惟帮我申请的，不信你去问他。都是你每天叫我楚楚，他才没经过我的同意就取了个这样的名字。”

长晴一脸鄙夷：“微博名是可以改的，你别装，我看你就是很喜欢。”

“谁装了，我又不知道怎么改。”宋楚颐咬牙切齿地揉揉眉心。

长晴想想也是，像他这种人只会拿手机接打电话的人，她刚才也是想拿他的手机开个微博给自己点赞的，没想到意外发现了真相：“好吧，不说微博名，那你没事就在我的微博下面黑我、损我，你是什么意思？是不是太缺德了，天天黑自己的老婆，还是你双重人格啊，心理有问题呢？”

宋楚颐被逼得太阳穴跳了跳，说实话，他对微博那些东西一向没兴趣，会申请个账号全是因为想看看她的微博，看了之后常常会被她的微博逗笑，但笑完又忍不住去黑一把。这么想的话，他也觉得自己挺不正常的。

“说，你干吗黑我？”长晴不依不饶地叉着腰追问。

宋楚颐咬着牙根拼命想了很久，才想出一个自己也不敢接受的结论：“我故意的，想看你生气的模样。”

长晴不说话了，她觉得宋楚楚肯定有病，神经病。

“你想惹我生气就直说嘛。”长晴哼了声，转身背对着他。

宋楚颐轻柔地搂了搂她：“我以后再也不黑你了。”

“你哄我干吗，不是很喜欢看我生气吗？现在我生气你应该高兴才是。”长晴阴阳怪气地挖苦。

宋楚颐抱着她闷不作声，长晴越想越生气，扳开他的手。

他一言不发地看了她一阵，终于再次启动薄唇：“因为你生气的时候特别可爱。”

长晴蒙了，他现在是什么意思，因为她生气的样子可爱，所以他才总气她？

她是该懊恼的，可为什么总觉得他的话挺暧昧的，弄得自己的脸都莫名其妙地热了。半晌，她自己不好意思地说：“你下次不能这样了。”

“嗯。”他低声应着。

难得宋楚颐这么老实，长晴开始得意起来："算了，你去忙吧。"

宋楚颐解脱了似的赶紧转身去书房整理资料。

长晴心情不错地在他的微博里找到自己刚才发的那条微博，点了个赞，并且评论：晴宝刚睡醒的样子也超美，爱你，么么哒。后面一串飞吻。

宋楚颐整理好着装，拿上资料出来时，自己的手机已经被长晴放一边了。

他走过去拿起，心情忐忑地问："你发了什么？"

"没发什么，"长晴窝在被窝里继续玩手机，听到他的话，懒洋洋地抬头："不过你要是敢删了，我以后就不理你了。"

宋楚颐背后冒出一股凉意，有一种不好的预感，点开一看，嘴角无力地抽搐："有你这么夸自己的吗？"

"你管我。"长晴傲娇地翻个身，留下一个后背给他。

宋楚颐爬过去拍拍她的屁股，眉头蹙得紧紧的："你说，你这样写，被朋友看到了，又得取笑我。"

"你是我老公，看到了又怎么样？"长晴哼哼，"果然只有在床上的时候才会哄我，人家说，男人怕在朋友圈里或者微博里秀恩爱，就只是把现任女友当备胎而已，这样在外面就能继续和别人搞暧昧，我肯定就是你的备胎了。"

宋楚颐感到深深的无力，貌似自从昨晚自己把她宠上天后，她就越来越蹬鼻子上脸了。

"我不删了还不行吗？"真是败给她了。

"这还差不多，"长晴转过身来，冲他噘嘴："楚楚，亲亲。"

宋楚颐的心头突然酥软得一塌糊涂，这丫头也不知道多久没向他要亲亲了，突然又来这一招，他双腿不争气地软了，心里也满满当当的。

他低下头，捧起她的小脸，给了她一个深深的热吻，不就是微博留个言嘛，以后随便她去折腾了。

"拜拜，路上小心。"亲完后，长晴的眼睛都笑弯了。

"嗯。"宋楚颐又亲亲她的脸蛋，真不想去上班了。

路上，他接到展明惟打来的电话，对方声音古古怪怪："老宋，没想到你现在这么的……呃……这么肉麻啊，真看不出来你还有这潜质。"

宋楚颐正在开车，听到他的话，微微头疼："不是我发的。"

"难道是晏长晴自己发的？"

"嗯。"

“你老婆这脸皮真的是……”

“……厚一点也挺好的。”

“也是。”展明惟呵呵一笑。

进入急诊科后，宋楚颐的工作更忙碌了，不过长晴也忙，两人不是宋楚颐加班，就是她晚归。这天下午，宋楚颐趁空闲时间在休息室喝了一杯咖啡出来，正在和几个护士说话的孟医生朝他招手：“宋医生，大新闻。”

“嗯，什么新闻？”

他挂着温润的笑走过去，迷得边上的护士看着他直脸红。

“你们以前科室的严医生被举报私下收受药商回扣和病人红包，现在被停职调查了。”孟医生压低声音说。

宋楚颐深沉温淡的脸上掠过一抹若有所思：“这种事还是要调查清楚再说。”

“嗯，不过应该不会是凭空捏造，刚才卫生部门的人也过来了，”孟医生叹气，“严医生也从业十几年了吧，听说近两年就该升职了，要是真有什么，实在太可惜了。”

“可不是嘛！”宋楚颐低沉地说完，转身离开时，眼神黑得像深渊。

走到一个无人的地方，他拿起手机打给宋楚朗：“严医生的事是你干的？”

宋楚朗淡淡地说：“这是爸的意思。”

宋楚颐沉默，那天在餐桌上他也是听到的：“那严医生做的事是真的还是假的？”

宋楚朗的回答也很冷漠：“当然是真的，为了找齐这些证据我花了不少时间。”

宋楚颐一脸无奈地放下手机，真没想到严医生还会干这档子事。

晚上科室里某个同事过生日，他和大家一起吃了顿饭便回家了，难得长晴也回来了。像往常一样，他回家第一件事便是洗澡，长晴坐在床上玩手机时，看到宋楚颐放在床头柜上的手机屏幕一直闪啊闪，原来是手机被他调成了静音。

长晴凑过去，竟然有二十多个未接来电，她吃了一惊。

很快又有电话打进来，长晴犹豫了一下，还是替他接了：“喂……”

“是宋楚颐医生吗？”里面传来一个颤抖的女人的声音，“我是严苛华的妻子，求求您放过我家先生好不好？”

长晴莫名其妙，看来这个人真是着急坏了，连自己的声音都能听成了男的：“我不是宋楚颐。”

“那您是？”

“我是他太太。”

“原来是宋太太，您能跟您先生求个情吗？是我先生糊涂，他不该得罪宋医生的。如果宋医生不肯罢休，我家老公不但要坐牢，还会被吊销医师资格证，我们这一大家子人都靠着他养活呢。”女人哭着说。

长晴张了张嘴，正不知如何是好时，一只长手突然夺走了她耳边的手机，直接挂掉。

“你干吗？”长晴立即站起来，看着宋楚颐还沾着水渍的俊脸。

“不要乱接我电话。”宋楚颐把手机扔到一边，面无表情。

“不是啊，那个人……”长晴指着手机支支吾吾地说，“他们家是哪里得罪你了吗？”

“上回在医院传播我身份的人，”宋楚颐淡淡地说，“我被调科室，还被家属吵着说医术不精害死人，都是他有意泄露我的身份惹出来的。”

长晴想了起来，上回在宋家吃饭的时候，宋怀生好像提起过一个姓严的医生。长晴疑惑地问：“是你哥做的？”

宋楚颐伸手端茶杯，没说话。

长晴嘟囔：“其实没必要做得那么过分吧，开除就可以了，毕竟人家还有一家老小要养。”

“这些事，我管不了，归卫生局管。”宋楚颐拿起笔记本，坐在沙发上，开始观摩学习他的恐怖手术电影，长晴几次想靠近都不敢。

晚上，快睡觉时，长晴一脸懊恼地从卫生间出来：“没有超长的夜用卫生巾了，害我垫了两个日用卫生巾。”

“跟我说这些也没用啊，我又不懂。”宋楚颐合上笔记本。

长晴黏糊地凑过来：“不舒服啊，你摸摸看。”

宋楚颐看了一眼她翘起的臀：“这有什么好摸的。”

长晴用鼻子哼了一声：“来大姨妈和不来大姨妈的时候真是好大的区别，平时最喜欢摸了，现在碰都不愿意碰我一下。”

宋楚颐无语：“我摸还不成吗？”

“不稀罕你摸了。”长晴躺得远远的。

宋楚颐把笔记本放好，熄灯，抱她过来。

“你别抱我，别侧漏到你身上了。”长晴扭捏地说。

他犹豫了一下，不过还是抱着她睡，不知道从什么时候开始，他已经习惯了抱着她睡觉。

第二天醒来，宋楚颐发现长晴半边身子压在他身上，而他感觉自己的大腿上有点潮湿。

他身子一僵，有种不好的预感，推开她，掀开被子，看到大腿上的血渍时，脸色发青。

被推醒的长晴迷糊地睁开眼，看到这种景象时也愣了愣，紧接着脸无地自容地燥红起来，再看看自己的睡裙，恨不得找个地洞钻进去：“呃……不好意思啊，侧漏太多了，不过你应该已经习惯了，每天在医院应该经常沾到血。”

“你觉得你这种血能跟那种血比吗？知不知道要是在古代，你肯定就被休了。”宋楚颐瞪了她一眼，径直往洗手间走去。

听到关门声，长晴蒙了，赶紧说：“喂，你应该让我先洗啊。”

她现在身上全脏了，难受得要死。

“要洗，进来一起洗。”宋楚颐冷冷的声音夹杂着哗啦啦的水声传出来。

长晴险些崩溃，让来大姨妈的她和他一起洗澡，借她十个胆也没这个脸啊。

一个早上，宋楚颐脸色都是臭臭的，长晴也没好到哪里去，好想把早上那段糗事给抹掉，太丢脸了！

第三十三章　妖精

北城医院，宋楚颐刚停好车，一个四十多岁的女人看到他，便红着眼眶赶紧跑过来，她身后还跟着一个十多岁的少年。

宋楚颐眉头一皱，都说男人沾了姨妈血会倒霉，果然是这样。这个女人她见过，是严苛华的妻子周冬和儿子严长龙。

周冬一见到他就和儿子一起哭着求他：“宋医生，求求您原谅我们家苛华吧，他毕竟跟您在一个科室做了那么多年同事。他是一时糊涂，才做了错事，您就放过他吧，只要不让他坐牢，不注销医师资格证就行。您要是看他不顺眼，开除他就是。我儿子还在读中学，他要是坐牢了，以后不能当医生了，我们这个家该怎么办啊？”

女人的哭声立即引来很多人的注意，连医院的职工都围着指指点点。

宋楚颐表情清冷，眉头紧皱，这个女人真会选地方。

“你找我做什么，我也管不了这些事，你应该去找卫生部门，别在这里闹了。”宋楚颐招手把保安叫了过来。

周冬拼命抓着他的衣服，严长龙也红着眼眶不停地哀求：“宋医生，放过我爸爸吧，求您了！”

“这孩子真是可怜啊！”周围人开始议论起来。

“这人也是医院的医生吧，长得人模人样的，怎么能欺负人呢？”

“你不知道，现在医院的医生，都无法无天。”

……

保安过来拽开这对母子，宋楚颐迈开步子往楼上走，换完衣服出来，急救室便有病人被匆匆送了进来，暑假来医院急救室的永远是顽皮的孩子居多。

忙到中午，一名年轻护士说：“宋医生，您是要去食堂吃饭吧，别从正门走，那母子俩还在门诊楼外堵着你呢。”

宋楚颐瞅了一眼外面毒辣的太阳，沉着脸从后门出去，路上碰到一些病人家属、义工和医院员工都朝他投来古怪的目光。他走过去后，那些人又开始交头接耳。

食堂里，宋楚颐饿了，打了饭菜直接坐一边吃饭。辛医生端着餐盘过来，四下看了看，小声说：“今天上午，严苛华老婆在门口求你的事闹得沸沸扬扬。”

宋楚颐蹙眉。

辛医生继续道：“我听到不好的消息，不少人在背后猜测说严苛华出事，其实是……你动的手脚，所以严苛华老婆一大早堵在门口求你，大家都说有隐情。”

“说说看，还说了什么？”宋楚颐温和地夹了两口牛肉，“你消息一向灵通。”

辛医生嘿嘿地笑了笑：“有人说上回医院里乱传出你身份导致病人家属闹事，可能是严医生干的；还有人说，医院的领导层要有变动了，按资历来说严医生是最有可能升为主任，但他挡住了你的路，为了能够名正言顺地坐上位子，所以你就导演了这出陷害严医生的戏。”

“医院的八卦真是精彩啊！”宋楚颐叹了一口气。

“不过……现在最紧要的还是那母子俩，”辛医生指了指外面的太阳，“快四十度的天，再这么闹下去可能会中暑晕倒，上回高家那桩案子才走司法程序，已经很受外界关注了，院长肯定不希望这个时候再有事情闹大。”

“谢谢你啊！”宋楚颐微微一笑。

“没事，这么多年的老同事了。”辛医生笑着低头吃饭。

宋楚颐吃了半碗饭，这么一折腾到底没多少胃口了。吃完饭，他叫来医院的保安，给他们钱买两把太阳伞和矿泉水给周冬母子俩送去，然后回观湖公馆午睡了一会儿。到医院时，护士告诉他，周冬昏倒了。

宋楚颐微微烦躁：“不是给他们送了伞和水吗？”

“他们没用，现在在急诊室的病床上躺着呢。”

“嗯，周冬醒了，告诉我一声。”宋楚颐淡淡交代了一句，开始下午的工作。

下午四点钟，周冬的病床前，严长龙端着水坐在病床前的椅子上，皮肤晒得红红的，嘴唇也干干的，整个人蔫蔫的，可当他看到宋楚颐进来时，立即站了起来。

“宋医生……”周冬眼眶红肿，喉咙也微微嘶哑哽咽，“您到底要怎样才能放过我们家苛华？说到底，他只不过是一个普普通通的医生，哪里能跟您这样身份的人比呢，您就得饶人处且饶人，放他一条生路吧，大不了以后我们家离开北城。”

“不好意思，这件事我帮不了你，我只是一个医生，他到底有没有违反规定，卫生局会好好地调查清楚，”宋楚颐表情淡淡地警告，“不要再来找我，也不要再来闹事，你们打的什么主意，以为我不清楚吗？”

“我也是太着急，昨天急得一整晚都没睡好，就怕苛华出事。宋医生，您大人有大量，放他一条生路吧。”周冬落泪，“宋医生，苛华跟我说过，上回那件事是他糊涂，当时您说出来的时候，他就应该坦白承认的。事情不会那么巧，那些事苛华真没有做过，您要是想给他教训，把他开除就是。但不能给他扣上那个帽子，他毕竟也是您的同事啊。”

“我再说一次，卫生局会去调查清楚，你以为我有那么大的能耐吗？我就是一个医生。”宋楚颐缓慢地抬起脚步走到严长龙面前。

严长龙心虚地看了他一眼，神情慌张。

宋楚颐猛地出手揪住他的胳膊，反手制住他，往他的裤兜里摸去，顺利地把他裤兜里的手机摸了出来，一看，上面开着录音功能。

他阴冷地笑了笑，周冬母子俩的脸色更难看了。

“别当我是傻子，”宋楚颐放开严长龙，“从我刚一进来，便注意到你的手往裤兜里摸去，你妈嘴里一口一句要我放过严苛华，等着我开口往你们的套里面钻是吧，录这个什么意思啊？是用来要挟我的吧，还是交给媒体，这就是你们母子俩的来意？”

严长龙不服气地说：“本来就是你害了我爸爸。”

“小子，注意你说话的语气，”宋楚颐指着他，一字一句警告，“你爸爸有没有做过违法的事，你们一家人心里最清楚，别再来医院找我。我只是一个医生，我没必要、更没有陷害他的理由。”

他说完，转身离开。

下班回家的路上，他接到宋楚朗打来的电话：“听说严苛华的妻儿在医院闹了一整天。”

“我已经解决了，他们不会再来了。”宋楚颐淡淡地说。

“你确定你解决了？”宋楚朗一副怀疑的口吻，“我可是听说下午你们在医院里发生了一些纠葛。”

“够了，你在医院里的眼线到底有多少？”宋楚颐冷冷地说，“是不是所有的事你都非要了如指掌不可。”

“我这么做是为了谁，不都是为了把你扶上院长的位置吗？还有，爸让我告诉你一声，晚上回家睡，别总是睡在晏家。”宋楚朗挂了电话。

宋楚颐冷脸把手机扔到一边。

晚上，长晴和台里的同事唱完歌回家，看到捧着笔记本坐在沙发上看邮件的宋楚楚时，笑眯眯地走过去钩住他的脖子：“你在干什么呀？”

“看资料，”宋楚颐瞅了一眼满面红光的长晴，“心情很好？”

“是啊，我今天和同事唱歌，不知道怎么回事，以前唱不上去的歌突然全部唱了上去。”长晴笑眯眯地说，“对了，你上次不是说最近要抽时间陪我去度假吗？现在都快半个月了，连签证都没办。”

宋楚颐想了想，最近医院事多，这段时间暂时避开一阵子也好：“那你想去哪里度假？”

“去海岛玩玩吧？”长晴露出两颗小白牙，“很多海岛都是免签的，如果办签证的话又要一段时间，我下个月就没什么时间了。其实，我这个人很懒，也不希望走太多景点，就在海边找个浪漫一点的酒店，每天晒晒太阳，游游泳，吃吃东西，我就很满足了。人家都还没有跟男人出去度假过呢？”

“你爸不是男人？”宋楚颐故意低笑，“不是跟你爸去过巴厘岛吗？”

“讨厌，我说的此男人非彼男人。”长晴傲娇地往他胸膛里靠。

宋楚颐眼里荡漾起一丝浅浅的笑意：“那你说，此男是什么男？”

长晴哼了一声，他太坏，明明知道还故意要问。

“行啊，你不陪我去，那我就只好找别的男人出去度假了。”长晴扭头想走。

宋楚颐扣住她的腰，含着笑的脸危险地绷起来，他的薄唇靠近她的耳朵，威胁道：“你敢！”

“有什么不敢的，你不跟我出去，有很多男人巴不得跟我出去呢，我可是很受欢迎的。”长晴边说边躲闪地想把耳朵逃离出他的唇边，他的呼吸实在让人太麻太痒了。

宋楚颐带着点惩罚似的捏捏她的脸蛋：“想去哪个海岛？”

长晴喜滋滋地回头：“我想去马尔代夫，晚上想住在水屋上，我们可以一块儿看星星。”

“行程你自己规划。”宋楚颐一口答应。

“老公，太谢谢你了！”长晴兴高采烈地用力亲了他的脸颊几下，“那我现在就去查攻略，可是我们几号去啊？”

宋楚颐沉吟了下：“再过一个星期吧。”

听他说了时间，长晴立即兴致勃勃地去网上查攻略，还时不时地打个电话问以前去过马尔代夫的朋友。快十二点钟的时候，宋楚颐过来提醒她：“很晚了，快睡觉吧，明天再查。”

长晴很兴奋，还是很想查，不过碍于宋楚颐明天要上班，怕打扰他，还是乖乖地关了电脑。躺上床的时候，她过于兴奋，翻来覆去好一阵都没睡着。

宋楚颐无奈地看着旁边孩子气的女人：“干什么呢？”

“楚楚，人家第一次跟老公去海边度假，太兴奋了。”长晴眨巴着眼睛在黑暗中望着他。

“当然是第一次，你以前又没结过婚。”宋楚颐笑了笑。

“不是啦，男朋友也没有过啊，就是……跟名正言顺的另一半出去，”长晴在被子下钩住他的小手指，眼睛里洋溢着热切的向往，“以前都没有过……”

第一次跟喜欢的人去度假是怎样的呢？好期待啊。

“楚楚，你以前有没有跟别的女人一块儿出去旅行过啊？”长晴突然酸酸地说：“你以前在美国留学，应该也经常和女朋友去海边玩吧？”

宋楚颐不作声了，长晴的眼睛慢慢地垂落下去，心里酸酸的。

他靠近她，在昏暗中温柔地封住她因委屈而噘起的双唇，可长晴仍旧不是滋味。半晌，她抬起眼帘，委屈地说：“楚楚，我吃醋了。”

宋楚颐顿住，在黑暗中紧盯着她，那颗心脏差点都被那句话给傲娇酥了。这女人，说个“吃醋”都能说得这么撩人，而且哪有女人好意思承认自己吃醋的。

“别吃醋了，”宋楚颐的唇挨着她的唇，沙哑地说，“以后只跟你一个人去海边玩。”

“嗯。”长晴的嗓音微弱地应着，脸颊一副委屈的模样靠近他的脖子处，翻身像小乌龟似的压在他身上，缠得他紧紧的。

大晚上的，宋楚颐被她这样抱着有点吃不消，尤其是她身上的体香扑鼻，格外撩人。他无奈地说：“长晴，这样睡不好。”

“不要，”长晴嘴巴噘得更高了，摇摇头，娇娇柔柔地开口，“楚楚，我有点想爱爱了。”

宋楚颐只觉得脑子里的血突然噌噌地冲到脑顶，这个女人，绝对是个活生生的妖精，而且妖得越来越过分了。

“不行啊，你的大姨妈还没走呢，快睡吧。”宋楚颐低舒一口气，安慰她说。

“嗯。”长晴再次从鼻子里发出声音，翻了个身，慢慢地挨着他躺好。

之后没多久，她就睡着了，但宋楚颐被她撩拨得就这么华丽丽地失眠了。

翌日，长晴醒来，看到他顶着两个疲倦的黑眼圈去上班时，一副偷笑的模样：“楚楚，你昨晚没睡好啊？”

宋楚颐瞪她一眼：“你说呢？”

他现在绝对相信，她昨晚是故意的：“过两天，看我怎么收拾你，我要让你一天都下不了床！”

回医院后，宋楚颐便着手请假的事。医院请假必须得提前，这样上面才好提前排班。于主任立即批准了他的假，笑呵呵地说：“也是该好好陪老婆出去玩玩了，你上班这几年，年假都让给别人了，下周五开始休吧。”

“嗯。”

请完假后，他打电话给长晴，电话里，长晴高兴得快飞起来了。她每天在台里闲着没事就查马尔代夫的攻略，哪里有好吃的，哪里有好玩的，该住哪里，都查得一清二楚。

宋怀生得知他要出去度假的事，特意打了个电话过来：“听说你要跟长晴去马尔代夫旅行，今晚是不是也该回来吃个饭，现在是都不打算回宋家了吗？”

“不是，是这星期为了放假的事上了两个晚班，有点累，没时间回去。”宋楚颐低声解释。

“晚上带着长晴回来吧。”宋怀生淡淡地说。

宋楚颐无奈地叹了一口气，只好打给长晴，长晴一听这事，人一下子就蔫了：“你家人都不怎么喜欢我了，我有点害怕过去。”

“只是吃个饭，吃完饭就回来，等会儿我去接你。”宋楚颐安慰了她两句。

傍晚六点钟，长晴在电视台等待时，心里一半忧愁，一半兴奋，忧愁的是要去宋家，兴奋的是还有两天就要去度假了。

十多分钟后，宋楚颐的车到了电视台。看到长晴一脸担忧的表情，宋楚颐笑着安慰：“别想太多了，觉得不自在，少说话就可以了。毕竟我和你很久没回家吃饭了，如果我家里人真的反感你了，是不会叫你去吃饭的。”

长晴想想也是，于是心情就没那么紧张了：“对了，我今天中午去商场买了三件泳衣，楚楚，你要不要看看？”

宋楚颐刚张口想说不用，长晴就把放在后座的袋子取了过来，高兴地展示给他看，全都是比基尼。

宋楚颐想着她穿比基尼的样子，身体竟然莫名发热。

“楚楚，你觉得哪套更好看？”长晴眉目弯弯地问。

“一定要在我开车的时候问这个问题吗？”宋楚颐认真看着前面的车流，“还有，为什么都是三点式的，没有连体的吗？”

“为什么要穿连体的？你真老土，去海边度假，当然要穿比基尼啦！再说，我的身材这么好，不穿可惜了！噢，对了，其实这些泳衣都是情侣款的，”长晴又掏出一条和她的比基尼花色相同的男士泳裤出来，笑眯眯地说，“到时候我们两个每天穿着情侣款出去，别人就知道我们是一对了。”

宋楚颐无语，他默默地把目光从那条艳丽的男士泳裤上收回来。他从来没穿过这么花的裤子，非常无力地说：“就算不穿这个，别人也知道我们是一对吧。”

“你不觉得很甜蜜吗？我不管，到时候一定要穿。”长晴说，“我们等会儿吃完饭早点走吧，我还要去买一根自拍杆，中午找了好久都没找到，另外防晒霜也不够用了。”

“嗯。”不理解那种想要自拍杆的女人的世界。

宋家，车子刚开到停车坪，长晴就看到一辆大众车停在几辆上百万的豪车中间，忍不住问道：“楚楚，这是谁的车？”

宋楚颐看了一眼，眉头微敛，缓缓开口：“云央的车。”

他说着打开车门，长晴立即下来，紧张地拽着他的手臂。他揽着她进屋，除了宋楚朗外，其他人都在，戴媛穿着一身长衣长裤坐在沙发上和云央聊天，不知道说了什么，眉开眼笑。

两人进来的时候，戴媛淡淡地瞥了他们一眼便收回了目光，宋奶奶的眸光也是复杂的。之前，长晴确实说话讨喜，也可爱，可自从发生那件事后，又觉得她太冒失了，倒是宋怀生朝她点了一下头：“长晴，你来了。”

“嗯，爸。”长晴松了一口气，赶紧和宋怀生打招呼，接着是宋奶奶和戴媛。

“坐吧，”宋奶奶语气淡淡然地说，“都已经嫁给楚颐了，还非要我们叫你才来吃饭。”

“可能人家忙吧，”戴媛握了握云央的手，笑眯眯地说，“哪像我们云央，医院里没事就来陪您了。”

宋奶奶点点头，眉宇之间流露出复杂的欣慰："怀生，我看云央那辆车不太合适，该换了。"

"不用了，奶奶，我觉得这车挺好的，"宋云央忙低声说，"而且我也不确定以后会不会在北城发展。"

闻言，宋楚颐深邃的眸子看向她，宋怀生点了一根烟，戴媛关切地问："难不成在医院待得不顺心吗？云央，受了什么委屈一定要跟我们说啊。你啊，年纪不小了，是该安定下来了，别老是往外跑。"

"再说吧，暂时也没想结婚的事。"宋云央转头望向窗外。

长晴看着她的脸颊，愣了愣，从这个侧面望过去感觉她和管樱好像。想到管樱，也不知道她最近怎么样了。

戴媛突然问："长晴，你一直看着云央想什么呢？"

长晴受宠若惊，她竟然主动和自己说话了："呃……没什么，就是觉得云央刚才给我的感觉有点像我的一个朋友。"

宋楚颐僵了一下，宋云央眸色怔忡，戴媛眼底掠过一丝玩味，正要开口，宋怀生突然说："严苛华的事情怎么样了？上回听说他妻儿在医院里闹。"

"卫生局那边已经找到了他收回扣和拿病人红包的证据，这事证据确凿，他妻子也没办法。"

"嗯，"宋怀生点头，"楚朗这件事办得不错，不过没想到后来他仔细去查，这个严苛华背后还真是不老实。"

长晴听着也无语，起初她还以为是宋楚朗陷害人家的，觉得那母子两人挺让人同情的，可要是罪有应得，也没道理求着让宋楚楚放过严苛华吧。

"对了，什么时候调回外科？"宋怀生说。

"再过些时候吧，刚调过来又调过去，不利于其他同事排班。"宋楚颐回答。

"嗯。"宋怀生也就没聊起别的了。

晚饭的时候，长晴挨着宋楚颐坐，她旁边坐着云央，两人坐得近，她礼貌地冲云央笑了一下，云央脸上掠过一抹复杂的神色，目光在她脸上定了几秒，又看看宋楚颐，移开了目光。

长晴有点尴尬。

吃饭的时候，大家都比较少说话，长晴默默地夹着面前的菜，哪个菜转到她面前，她就夹点，吃不完的、不想吃的，趁别人不注意的时候偷偷丢进宋楚颐的碗里。

宋楚颐面露无奈，一撇头，看到云央的双眼正望着他，他筷子一僵，加快了吃饭的速度。

吃完了，也没像以前一样闲坐，他们起身告辞："我和长晴先走了，过两天就要去马尔代夫，还有很多东西没准备，打算等会儿去趟商场。"

宋奶奶一听，微微皱眉："难得回来一趟，吃完饭就急着要走。"

长晴紧张了，怕宋奶奶不高兴，小声说："要不……我们……"

"要走就走吧。"宋奶奶不等她说完，起身往客厅里走了。

"我们走吧，"宋楚颐揽过她的肩膀，"等我们从外面回来后再回来住几天。"

长晴无精打采地跟着他离开，回去的路上，长晴的心情一点都不好，虽然早料到在宋家受到的待遇会和以前天差地别，但真尝到受冷遇的滋味儿时，还是很难受。

"楚楚，奶奶现在好像更喜欢云央一些了，以前她是喜欢我的。"长晴委屈地低头。

"没事，反正以后不会和他们天天住到一起，"宋楚颐摸摸她的脑袋，"等宋佩远从美国回来，她们就没心情跟你闹了。"

长晴怔住："你说的是戴嫒的儿子。"

"嗯，我爸取的名字。"

晚上两人去逛商场，一楼是珠宝，二楼是化妆品，三楼是衣服，四楼是超市和电影院。

长晴拽着宋楚颐去了熟悉的化妆品专柜，导购员知道她要买防晒霜，给她推荐了一款喷雾的，长晴往自己的手臂上试喷了一下，然后放到宋楚颐的鼻子下："你闻闻，香不香？"

宋楚颐皱眉："干吗要我闻？"

长晴咧嘴一笑："因为你天天要抱着我啊，如果你不喜欢这个味道，当然要换，要不然你不愿意抱我怎么办？"

宋楚颐低头望着她，自己还没笑，旁边的导购员就先笑了。

"您太太真可爱。"导购员说。

宋楚颐眼眸软了软，最后陪着她挑了一款香味比较浅淡的防晒霜，长晴要了三瓶。

走出化妆品柜台，宋楚颐睨了一眼抱着自己胳膊的女人，打趣："我可没说到那边要每天抱着你啊。”

“真的吗？”长晴用鼻子娇哼了一声，“行啊，那你可别后悔啊，我每天打扮得艳光四射，肯定有好多男人跟我搭讪，到时候也不稀罕你抱了。”

宋楚颐捏捏她的脸颊，算是一点小教训。

乘扶梯下去时，长晴看到旁边一个女人穿着一双很好看的水晶凉拖鞋，于是又眼红地对宋楚颐说：“楚楚，我觉得去海边还得有一双漂亮的凉鞋，你陪我去看看。”

“你衣帽间里不是有很多双凉鞋吗？”宋楚颐反驳，“你好像也没穿几次吧，不都挺漂亮的吗？”

“那些都不适合去海边穿，而且我觉得跟我买的泳衣也不搭，”长晴嘟嘴，“我要美美地去海边。”

宋楚颐一脸不耐烦，时间不早了，明天还要上班，他想早点回去，可不想跟她闲逛：“穿那么美干什么？”

“为了让你在海边被我迷得再也没心情看别的女人啊，”长晴淘气地一笑，“我想把最好看的一面展现给你。”

宋楚颐胸口一热，捏了一把她的鼻子：“分明是自己想买新鞋子，还找借口。”

“其实吧，我穿得漂漂亮亮的，不都是为了愉悦你吗？”长晴厚着脸皮说。

宋楚颐摇摇头，无可奈何地跟着她去挑鞋。事实证明，男人逛街时，体力永远是跟不上女人的，而且女人说要买鞋，肯定不仅仅是买双鞋那么简单，鞋买好后还要买搭配的衣服、包包、饰品……

第三十四章　晴天霹雳

中午时分，电视台的食堂里往往是最热闹的，相熟的主持人坐在一块儿，大家相聊甚欢。

长晴坐在最边上，文桐端了两个菜过来，看她又在查马尔代夫的资料，没好气地说："我的晏大小姐，明天不是都要去了吗？攻略也做好了，你又查什么啊？"

"忍不住嘛，就是还想再了解一下。"长晴不大好意思地收起手机。

郑妍打趣："长晴是要和喜欢的人去度假，难免想把攻略做得更周到点儿。"

"就是就是，"长晴手撑下巴，"我在想水屋该住几天好呢？"

文桐不想搭理她了，自己吃饭，长晴继续嘟囔："为什么我觉得像在做梦一样呢，这么不真实。文桐，我的幸福是不是来得太快、太突然了？"

"要不我敲你两下吧。"文桐抬起筷子就要动手。旁边新闻部的几个记者突然电话响了起来，也不知道接到什么任务，饭也没吃就急急忙忙地往外跑。

郑妍好奇地拦住他们："哎，是不是又出什么大新闻啦？"

"是啊，听说博瀚医院有医生被捅了，我得赶去采访了。"有人匆匆忙忙地说了一句就快步走了。

长晴怔了怔，猛地站起来："你们吃吧，我也不吃了。"

她边走边给宋楚颐打电话，电话响了半天也没人接，她急得心脏像被捏住了似的，医院有人被捅了，不会是宋楚楚吧？

"你是不是担心宋楚颐啊？"文桐知道她在想什么，忙跟上来，"你别胡思乱想，医院里那么多医生，怎么可能是宋楚颐，而且他一个大男人，防范能力那么强，不可能是他。"

长晴觉得有几分道理："可我心里就是七上八下的，而且楚楚没接我的电话。”

“他是个医生，给病人看诊或者动手术的时候能随便接电话吗？你先去吃饭吧，吃完饭还要录节目，我等会儿去新闻部给你打听一下。”文桐安慰地推着她往食堂里走，长晴勉强吃了几口，其实她也说不上来，可能这几天太幸福了，幸福过后却又有一种不大真实的感觉。

录节目前她又给宋楚颐去了电话和短信，结果电话没接，短信没回。

下午四点，从演播厅出来，文桐面容凝重地走过来说：“打听清楚了，不是宋楚颐，不过也姓宋，据说是宋楚颐的妹妹，伤得很严重。捅人的据说是原来和宋楚颐一个科室的严医生的儿子，这个严医生上星期台里也报道过，因为收受药品商回扣的事情被调查了。传言说是宋家人陷害的严医生，他儿子今天一大早就在医院伺机袭击宋楚颐，不知道为什么却捅了宋楚颐的妹妹。”

长晴彻底怔愣住了，严苛华的事她上回听说过，可没想到最后会发展成这个样子。想到宋云央昨天还跟他们一块儿吃饭，突然就出事了，她真的觉得挺不敢相信的。

文桐皱眉：“宋楚颐的妹妹出了事，不知道他还能不能和你一起去马尔代夫了。”

“我去医院看看。”长晴转身就走。

文桐揪住她：“别去了，上回去医院你被人踩成那样，我可不能再让你出那样的意外了。现在医院里到处都是记者和警察，你还是回去等宋楚颐的电话吧。他妹妹出了事，估计他现在很忙。”

长晴烦躁地拧了拧眉，半晌，才点点头，她现在去，确实可能会给他添麻烦。

晚上回去后，长晴心里着急，又给长芯打了个电话，虽然她现在在北京进修，但她可以通过在博瀚医院的同事了解情况。长芯很快打电话过来，说宋云央还没脱离生命危险。

夜里八点多钟，宋楚颐才给她来了电话，他的声音很低沉，有着明显的压抑：“长晴，我晚上不回去睡了，还有明天也不能陪你去马尔代夫了，今天医院里……”

“我知道了，今天在台里听说了，”长晴声音也尽量低低的，“你在医院陪云央吧，也别太担心了，云央救过那么多人，那么好的姑娘，一定不会有事的。”

“好。”他只简单地说了一个字，似乎不想多说。

“你晚上不回来了，要不要……我来看看你……还有云央。”长晴担忧地说。

“不用了，你早些睡吧，”宋楚颐说着，声音突然变得颤抖起来，“长晴，我不跟你说了，这有点事。”

电话飞快地挂了，长晴看着通话结束的字愣了愣，她不怪他，相反，心里却有点慌，刚才的情况该不会是宋云央的情况不好吧，她越想越忐忑不安。

翌日天一亮，长晴便开车去了医院。

她找到了重症病房的位置，长长的走廊上特别安静。她的脚步也不由自主地放轻。走到重症室的一间病房时，长晴便瞅见了穿着无菌服的宋楚颐。他弯腰站在病床边，握着宋云央的手，云央的脸惨白得像病房里的白墙一样，但一双微弱的黑眸还是饱含深情地凝望着宋楚颐。

脑海里闪过“饱含深情”四个字时，长晴的心里泛起一股说不清的奇异感觉，总觉得哪里怪怪的，却又说不上来。

正想叫宋楚颐出来时，她看到宋楚颐突然侧着脸弯腰朝宋云央的唇边凑去，像是要听清楚宋云央说的话，但宋云央的唇动了动，费力地轻抬起脖子吻住他的侧脸。

长晴的手里还提着给宋楚颐带的早餐，看到这一幕，她手里的东西全掉在地上，却也没惊动里面的人。

她不敢相信看到的这一幕，宋楚颐不是宋云央的哥哥吗？虽然不是亲生的，但也是哥哥啊，为什么她会亲他？

第一次在宋家见到宋云央，长晴便有种感觉，仿佛宋楚颐和宋云央感情很生疏，两人很少说话、交流，但有时候她又有种奇怪的感觉，尤其是每次宋云央看着自己的眼神都是悲凉和痛苦的，难道他们之间……

她的心中掠过一抹茫然的剧痛，不敢再多看里面的人一眼，转身便走，却因为脑袋太过空白，迎面撞上了一个结实的身躯。

“对不起。”她茫然地抬头，宋楚朗站在她面前，一身面料上等的藏蓝色衬衣上有不少褶皱，胡子也没刮，和宋楚颐有几分相似的脸流露出颓废的感觉，只不过此时此刻，他一双深不见底的双眼里透出一丝冷漠：“我们谈一谈，我带你去看个东西。”

“我们没有什么好谈的。”长晴现在已经快透不过气了，她迫切需要找个地方好好冷静一下。

宋楚朗眉起皱，终于缓缓开口：“有关楚颐曾经的事情，你不想知道吗？楚颐和云央之间的事。”

长晴目光定住，变得怔忡。

“走吧，东西就在我楼下的车里，你看了就明白了。”宋楚朗知道不用再多说了，转身。

长晴知道自己不该去，可腿还是下意识地迈了出去。

一路上，她和宋楚朗都没有说话，她能感觉到这或许和宋楚朗为什么一直不喜欢自己有关。也许她即将面对一个她不敢面对的问题，有那么一瞬间她是想走开的，但不知不觉已经走到了宋楚朗的车前。

他打开车门，从里面取出一本相册递给她：“你看看吧，这是云央一直随身携带的相册。”

长晴低头，那是一本陈旧的相册，封面的图是埃菲尔铁塔，但铁塔已经被刮得有些模糊不清了。

她心里的预感越来越强烈，她的手因为过度紧张而发抖，但还是接过来翻开了。第一页，是两个小男孩陪着一个瘦瘦的小女孩，凭着轮廓依稀可以看出是宋楚颐兄弟俩和宋云央。往后看，都是三个人的一些照片。再往后，宋楚朗渐渐不在了。长晴再翻开一页，便愣住了。

泛黄的照片里，背景似乎是摩天轮，宋楚颐抱着宋云央，两个人笑得像热恋中的情侣，十分甜蜜。

那时候的宋楚颐头发略长，模样秀气，五官和脸也不清冷，是有朝气的、阳光的。而云央披着一头直长的黑发，穿着校服，侧脸神似管樱。

依稀之间，仿佛什么都明白了，长晴呆滞地看着那张照片。

宋楚朗靠在车上，点燃了一根烟：“你再往下翻。”

长晴如梦初醒，继续往后翻，两人似乎又长大了一些：两人都穿着白大褂，背后是美式的建筑物；再后面，二十多岁的宋楚颐左手抱着冲浪板，右手揽着宋云央站在海边，宋云央的唇印在他的脸上……

如果说之前是兄妹才抱在一块儿，但现在这张照片什么都不用说了。

长晴眨了眨眼，热辣辣的太阳照得她身上仿佛脱了一层皮，灼烧得每一个地方都在疼，有那么一会儿，她觉得肯定会被这太阳给晒晕过去的。但没有，除了脸被晒得红一点，她竟然奇迹般挺住了。

宋楚朗讶异地看了她一眼，他一直以为她又蠢又笨，每天像活在象牙塔里的女人，什么都不知道，什么都不用脑子想，也以为她知道了真相会大哭大闹，但她竟然没有，她的表现异常淡定，超出了他的预料。

他深吸了一口烟："现在你应该什么都知道了吧，楚颐为什么会跟管樱交往？他并不是真的喜欢她，只是觉得管樱长得很像读书时候的云央，所以管樱劈腿他一点儿都不难过，他生气，只是因为没有面子。他娶你，是因为他知道云央今年就要回来了，他想让她死心，所以才娶了你，他一点都不喜欢你，只是想成全我跟云央。"

长晴一呆，曾经，她想破了脑袋也想不明白宋楚颐为什么会突然那么着急地要娶她，原来是这个原因。

她就知道，老天爷怎么会在晏家最困难的时候，无缘无故地送一个又帅又有钱又疼她的男人给她呢。果然，天底下没有免费的午餐，而且，她知道，自己并没有多优秀、多美，所以宋楚颐也没道理会爱上她。幸好，她一直都有自知之明。

可为什么有自知之明，她还是会那么难受呢？难受得想马上找个地方哭一哭。

她润了润被晒干的嘴唇，点点头，机械般说："既然他们喜欢，就在一起，干吗要来祸害别人呢，对吧？"

宋楚朗面露苦笑："是我，都是因为我，我们三个一起长大，情窦初开，同在一个屋檐下，日久生情，不知道什么时候开始，我也被云央吸引了，可是同时我也发现楚颐喜欢她，楚颐跟云央表白，不过被拒绝了。云央是觉得寄居在宋家，我爸对我们俩管得又比较严，她不愿让我们家里人失望，小心翼翼地生活着。楚颐心里难受，为了让云央吃醋，经常在学校逗女孩子，今天跟这个出去约会，明天又和另一个去看电影，最后云央吃醋了，十七岁那年他们就开始交往了。"

长晴心想，这不就跟那会儿青春小说里的爱情故事一样吗？真好，可惜不是属于她的，是属于她老公的。

"他们交往得还算顺利，功课没有耽误，我也帮他们瞒着家里的人。楚颐考的是医学院，云央为了能和他在一起，也学了医，他们两个一前一后都考进了美国斯坦福大学，原本是想着回国工作就结婚。但是后来楚颐知道我一直也在暗恋云央，他觉得心里愧疚。有一次，我们三个人一同去底特律玩，在那里，遇到了一起枪击事件，你也知道美国那种地方，人人都可以随身带枪。那是个精神病人，楚颐被子弹打中了后腰，他当时没晕过去，但是可能被吓到了，以至于在云央遇到危险的时候，他畏惧了，没有第一时间冲过去。那次，是我为云央挡了一枪。云央当时就晕过去了，她醒来的时候，我骗她，说是楚颐救了她。"

长晴震惊，她记得宋楚颐后腰处是有一个伤痕，没想到会是枪伤，她更没想到宋楚朗会做出这样的牺牲。

“后来很长一段时间，楚颐都在为那件事感到愧疚，”宋楚朗惆怅地吸了一口烟，“伤好了以后，他不愿见云央，觉得自己没用，懦弱，在最危险的时刻没有保护自己心爱的女人。云央察觉到他的不对劲，追问他原因。楚颐告诉她，其实我也很喜欢她。云央大概也没想到，也觉得亏欠我，于是他们约好给彼此五年的时间，五年后如果都能解除心病，就重新在一起。可是五年过去了，云央要回来了，楚颐却还是没有从那件事的阴影里走出来，于是他选择了找人结婚，为的是让云央死心，最终成全我和云央。”

长晴点点头，现在她脑子里已经翻江倒海，可能是太震惊了，以至于她还能这么平静。

“我一直想让你跟楚颐离婚，是想让楚颐回到云央身边，”宋楚朗看了一眼她的脸色，低叹，“我本来不想把这些事告诉你的，但没想到现在云央受了这么重的伤，她回来是想和楚颐好好在一起的，但她没有想到你们结婚了，她没有想过要拆散你们的婚姻，所以她每天都过得很痛苦，我想把这些幸福还给他们两个人。晏长晴，我拜托你离婚吧，即使你离婚了，我也能保证宋家的资金不会撤出晏家，你们晏氏还是可以好好地经营，你们依旧可以过得很好。如果你不愿意，我保证，会让你们晏家比之前更惨！”

他语气寒凉地说完后，抽走了长晴手里的相册：“其实……楚颐的心根本就不在你身上，他对你好，不过是为了履行夫妻之间的义务和承诺而已。我承认，或许你在某些方面很有魅力，但那恰恰说明楚颐对你只有欲望而已，没有爱情的婚姻有什么意思？”

他上了车，发动车子，倒车离开。

长晴感觉已经被太阳晒得得麻木了，她回到车上的时候，大脑一片空白，不知道接下来要去哪儿，以后要怎么办。

过了一会儿，终于渐渐有了意识，她眨了眨眼，泪流满面。

所以，现在……她做了几个月的美梦是要醒了吗？

没有什么马尔代夫，更没有什么婚礼仪式。

她开着车慢吞吞地在街上游荡，直到快要闷得窒息时，才想起没有开空调，赶紧打开冷气，凉凉的冷气吹得她大脑渐渐清醒过来。

她颤抖地拿手机打给阮恙：“阮恙，你在哪里啊？”

“我在上海啊，怎么啦？”

“你忙不忙，我来找你行不行？”长晴哆嗦着说。

阮恙愣了愣，觉察出有点不对劲：“我还好，你过来吧，我让助理去机场接你。”

长晴已经记不得自己是怎么上的飞机，又怎么到的上海，甚至见到阮恙的助理，被接到阮恙的酒店时，她都是浑浑噩噩的。

阮恙忙完事情回到酒店，看到蜷缩在沙发里一脸呆滞的长晴时，心里一惊，认识长晴这么久，从没见过她这副失魂落魄的模样：“发生什么事了？”

“阮恙，原来宋云央……真的是宋楚颐的情妹妹。”长晴茫然地抬头。

阮恙的心下一沉，坐到她面前，轻轻握住她的手，发现手竟然是冰冷且颤抖的。

她问：“怎么回事？”

长晴哆哆嗦嗦地把事情的来龙去脉都告诉她：“你说……我现在该怎么办？”

阮恙眨眼看着她：“你觉得宋楚颐喜欢你吗？”

长晴面露茫然，摇摇头：“我不知道，以前我觉得他是喜欢我的，可看了那些照片后，我才知道原来宋楚颐可以对着宋云央露出那么温柔甜蜜的笑，他从来没有说过喜欢我、爱我之类的话。”

阮恙的心更疼了，伸手抱住她。

长晴抱着她，眼泪就稀里哗啦地流了出来，一直到哭得泣不成声时，才渐渐安静下来，呆呆地说：“我想通了，其实我也没吃什么亏，不就是陪他睡了几次吗？最起码晏家的公司得到了好转，我姐和我姐夫还是好好的。真的挺好的，离了婚也没什么，大家是商业联姻，说白了不就是互相利用吗？我早知道的，我也没指望他真的喜欢我，真的。”

她连说了好几次“真的”，好像唯恐别人会不相信。

阮恙低头看着她，心里自然是生气的，不过作为旁观者，她还是说道：“其实，到目前为止，你也只看到宋云央亲宋楚颐，宋云央没有忘掉宋楚颐是肯定的。但宋楚颐呢，他是怎么想的？你还是亲自问问他比较好。”

“有什么好问的，”长晴用手背擦眼泪，却怎么也擦不掉似的，抽噎，“他就是在骗我，一开始就是在利用我，你没看到宋云央上学时的照片和管樱有多像，一开始，管樱就是宋云央的替身，只是管樱背叛了他，而宋云央要回来了，他才找的我。我傻不拉叽的，还为了他和管樱反目成仇，结果，他的心思根本就不在我们俩任何一个人身上。”

阮恙坐在边上安静地看着她，听她边骂边哭，后来是哭累了睡着的。

第二天凌晨醒来，外面天色还没亮，眼睛酸涩得仿佛不属于自己了，她坐起来，一旁的阮恙被惊醒了，带着淡淡的睡意问：“你没事吧？”

“阮恙，我来，没打扰你工作吧？”长晴心里愧疚，还打扰人家睡觉的时间了。

“没关系，不就是个工作嘛，钱没了可以再赚，朋友没了就找不到了，”阮恙坐起来靠在床头背上，“对了，昨晚你爸打电话过来，我说你来上海找我玩了，你爸很担心你的。”

“嗯，”长晴落寞地低头，“阮恙，我想通了，我不怪任何人，本来……这场婚姻就是各取所需的交易。他从始至终没说过喜欢我，也没给过我任何承诺，是我自己情不自禁喜欢上了他，是我想太多了，他们宋家帮助我们晏家摆脱了债务危机，我和他结婚、陪他睡几晚，也就这样吧，回去我就和他提离婚。”

阮恙问：“你舍得离婚？”

“舍得舍不得都是要结束的，他们自己家的三角关系，凭什么把我也卷进去，”长晴低头伤感地说，“就是怕我爸爸难受，他一直都觉得宋楚颐挺好的。”

阮恙摸摸她的头发：“我呢，只是你的倾诉对象，很多事还是要你自己做决定，不过婚姻不是一件随便的事，你自己想清楚吧。”

上午十点多钟，长晴乘坐的飞机降落在北城，她没有回家，先回电视台销假。

梅导看到她的时候，吃了一惊：“你不是准备和宋医生去马尔代夫度假了吗？”

“他家里出了点事，推迟了，”长晴强打精神说，“反正在家里没事做，我还是先把假销了吧，不然下次想去旅行时又请不到假了。”

“怪不得，原来是想着下次旅行，”梅导笑着摇摇头，“随便你吧，反正最近工作也不多。”

下午，长晴回家，晏磊见她回来，松了一口气，埋怨：“你怎么突然之间跑上海去了？”

长晴看到爸爸关心的样子，眼眶又红了起来。

“怎么哭啦？”多久没看到女儿这样隐忍地哭了，晏磊就知道不妙，“是不是跟楚颐吵架了？”

长晴摇头，哭着抱住晏磊，哽咽：“爸，我想离婚了。”

晏磊的脸一沉，推开她：“不许乱说，夫妻俩吵吵闹闹是常有的事，离婚不要随便拿来说。”

“不是的，我是真的想离婚了，”长晴咬着唇，流泪说，“他心里根本就没有我。”

有些事，长晴没打算隐瞒，毕竟如果要离婚，晏磊迟早会知道原因的，而且长晴知道自己的爸爸不是蛮不讲理的人，凡事只要对自己好的，晏磊都会站在她这边。

“所以，宋楚颐跟你结婚根本就是为了那个宋云央，”晏磊气得青筋暴露，握紧拳头，当场就想去医院找宋楚颐问清楚，不过冷静下来想想，也懊悔，毕竟当初也是为了公司摆脱困境才会让女儿去相亲，“长晴，是爸爸不好，爸爸对不起你！爸爸当初就不该让你为了公司去相亲，爸爸看你们郎才女貌，以为你们是真的互相喜欢……”

他是真的没有想到，当初以为是年轻人的一见钟情，却没想到人家另有目的。

“不是的……”长晴一张口就又哗啦啦地哭了，比对着阮恙哭得还厉害，她边哭边摇头：“我……我没委屈，他虽然不爱我，但对我挺好的。真的，不骗你，其实……离婚没什么大不了的，我这么……年轻漂亮，还怕找不到又帅……又温柔的男人吗？我觉得我挺幸福的，我有全世界最疼我的爸爸，还有对我那么好的姐姐、姐夫。”

晏磊已经心疼得不知道该说什么好了，从小到大，就没见自己的女儿哭得这么伤心过，越想他越自责：“爸去找楚颐……”

“爸，您别去，这样我会很丢脸的，”长晴使劲地抱着他，“说到底，这也许只是一场交易，他帮助我们晏家摆脱了危机，他只是不爱我罢了。我们家利用他们家的经济条件，他利用我让宋云央死心，谁都没有吃亏。您不要去找他，等他回来，我跟他谈离婚。爸，您别插手这件事，也不要告诉宋家人。”

晏磊抹干净她脸上的泪，他一直以为她是不懂事的，可现在才发现，她比自己想象的要懂事多了。

晚上，宋楚颐还是没有回来，长晴没有给他打电话，也没发信息。

到了第二天，宋楚颐坐在病床边陪云央吃东西的时候，猛地想起长晴已经两天都没有给他打过电话了。

“二哥，二哥……”宋云央虚弱无力地叫了他几句，“你在想什么呢？我刚叫了你几次都没听到。”

“我是在想……严长龙的事情，”宋楚颐低声说，“你叫我有什么事吗？”

“我就是突然有点想吃以前我们学校门口的焦糖布丁了，”宋云央扯出一抹虚弱的笑，“你能给我去买吗？我想吃。”

“好，我现在就去，”宋楚颐站起身来，“顺便……回家一趟。”

宋云央一怔，眸角黯然：“二哥，你不能离婚吗？我知道让你离婚不好，不过当我晕倒的那一刻，我以为自己要死了，只想再看你一眼；我昏迷不醒的时候，迷糊中听到你在说话，我只想快点睁开眼见你一面。”

“云央……”宋楚颐喉咙微涩，百感交集。

宋云央苦笑了一声：“五年前的事就不能让它过去吗？没错，是大哥救的我，但是我爱的人是你。如果因为谁救我，我就得跟谁在一起，那就不是爱情了吧？”

“不，云央，”宋楚颐回头，清俊的脸泛起一丝深深的无力，“是我害怕，那个时候受了伤，怕会死，我没有大哥勇敢。曾经，我一直以为自己很爱你，可以为了你命都不要。年少的时候，发过很多誓言，但当危险真正来临的时候，我连大哥一半都不如。他出事后，还让我一定不要把真相告诉你，他对你的爱，不是求你一定要跟他在一起，而是希望你能获得幸福。云央，回过头，好好去看看一直在你身边的那个人吧，不是我。其实他一直都在用另一种方式守护着你，我现在在这里照顾你，是以一个哥哥的身份。昨天早上，你不该那样的，我说过，我已经结婚了，并且我的婚姻很幸福，你不要再提这种话了，我想今天晚上还是让看护来照顾你吧。”

他沉重地说完，不去看云央的脸色，低头安静地走出了病房。

第三十五章　我们离婚吧

十二中学校门口，云央说的那家小吃店竟然还在，宋楚颐买了两份焦糖布丁，一份给云央，另一份准备留给长晴那个好吃鬼，她肯定会喜欢吃的。

回到晏家，罗本懒洋洋地趴在屋檐下睡觉，见他回来了，懒懒地抬了一下眼皮，动也懒得动。宋楚颐走进客厅，里面安安静静的，张阿姨靠在沙发上不小心睡着了，听到脚步声，睁开眼，看到他时，愣了愣，淡淡地说："宋先生，您怎么过来了？"

张阿姨说话阴阳怪气的，主要是昨天听到长晴在晏磊面前哭得肝肠寸断的。她虽然只是个佣人，可听着也难受，长晴多可爱的姑娘啊，也从没瞧不起她，总是把她当亲阿姨一样，好吃的、好喝的、好玩的，从没亏待过。平时没事也爱跟她撒娇，阿姨长阿姨短的，简直比亲人还要亲。

宋楚颐连这么可爱的长晴都舍得利用，太缺德了。张阿姨越想越不高兴，宋楚颐一门心思望向别处，没察觉到张阿姨的反常，只说："我回来换身衣服，长晴呢，没在家吗？"

"不在，去上班了。"张阿姨没像以前那样站起来迎接他，更没有像以前一样给他端茶倒水的。

宋楚颐一怔："什么时候去上班了？"

"早上，反正不去马尔代夫了，她当然去上班了。话说回来，这种事您一点儿都不知道吗，还问我？"张阿姨不友善地说。

宋楚颐终于察觉到了，他看向张阿姨，解释："我也不是故意不跟长晴去马尔代夫的，是我妹妹受伤进医院了，下次我会陪长晴去的。"

张阿姨不作声了，以前觉得他挺好的，可现在想着长晴的泪水，越来越觉得他连院子里的罗本都不如，要不是看罗本长得可爱，真是连狗粮都不想喂它。

宋楚颐上楼洗了个澡，换了一身衣服。下楼时，他放了一份焦糖布丁到冰箱里，然后跟张阿姨说："阿姨，我给长晴买了布丁，等会儿她回来你告诉她一声。还有，我今天晚上会回来。"

"好。"张阿姨淡淡地说。

他车子一走，张阿姨就取出焦糖布丁，翻开盖子，拿到外面去喂罗本了。罗本尝了两口，不一会儿吃得干干净净。

晚上八点，长晴和同事吃完饭回来，看到门口的焦糖布丁盒子时，跟张阿姨说："您还给罗本喂布丁啊，它这日子过得也太舒服了吧！"

张阿姨说："是宋楚颐下午回来的时候顺便带过来给你的，我看着不爽，就喂狗了。长晴，你不会不高兴吧？"

长晴眨眨眼，竖起大拇指："张阿姨，您真是我的亲阿姨，干得漂亮。"

张阿姨听长晴这么夸她，也笑了："对了，他说今晚会回来。"

长晴微微失神，直到裤子被咬了一下才回过神来。她低头，罗本正在她脚边摇晃着尾巴。

长晴看着它，心里一阵忧伤，叹了一口气，对着它说："我要是跟宋楚楚离婚了，你肯定就回去跟宋楚楚过了，以后要好好的，别淘气了。"

罗本冲她嗷嗷地叫了一声。

长晴看着傻气的罗本，鼻子一酸，摸摸它的脑袋："舍不得跟宋楚楚走，是吧？也是，成天住在他那小公寓里，哪有我家这么有意思啊。不过你本来就不是我的，而且就算没有我，宋楚楚很快也会带漂亮的美女回公寓住的，希望宋云央会喜欢你。罗本，你一定不要总咬衣服玩了，还有，不要总是好吃懒做，要讨新主人欢心才能过上好日子。"

长晴越说越难受，低头抱住罗本的脑袋，罗本撒娇地往她怀里蹭。

这时，外面传来汽车声，长晴心里一紧，不知道是宋楚楚回来了，还是晏磊回来了。要是宋楚楚该怎么办呢？她赶紧往客厅走。夜晚很安静，她坐在沙发上，听着外面传来的脚步声，便确定是宋楚颐了。人跟人之间很微妙，相处久了，连脚步声都能听出来，她以为他会在医院里多陪云央几天的，没想到今晚就回来了。她还没有想好该如何跟他说呢，难道要问他有没有喜欢过自己吗？

很多事情，长晴越想越酸溜溜的。

宋楚颐换好鞋子，抬头，看到客厅里的小妻子一直低头抚摸着上身趴在她膝盖上的罗本，正眼儿都没瞧他这边。

他皱眉，不过想想她期待的马尔代夫没有去成，而他这两天又一直在陪云央，心里多少有点过意不去，早知道回来时应该买点她爱吃的什么东西。

“你把请的假取消了吗？”他清清嗓子，朝她走去，罗本见他过来了，不大高兴地甩甩尾巴，老老实实地趴在地上。

“嗯。”长晴自始至终都低着头，头顶的灯光笼罩在她的脸上，一根根睫毛都能数得清清楚楚。

宋楚颐渐渐也感觉到她的情绪不对，伸手，抚上她的肩膀：“生气了吗？这次是事情太突然，我下次再陪你去马尔代夫。”

“不用了。”

“长晴，这次真是人命关天的事，”宋楚颐微微歉意，“云央差点就没命了，而且她之所以被捅伤，也是因为我和严医生的事情才被报复的。不管怎样，我都没办法再安心地去度假。”

“不去挺好的。”长晴端着桌上自己的水杯喝了两口水。

宋楚颐眉目微拧，扶住她：“别闹了。”

长晴心里一直积压的委屈和愤怒被他那句话给噌噌地激发出来了，她真的特别想破口大骂，也想哭，不过这样太有损自己的形象了。说不定离婚的那一天，宋楚颐对自己这个前妻的印象就是没有教养、歇斯底里，那样不好。

就算离婚了，她也要表现得端庄、优雅、矜持。这样，他以后说不定会有一丝丝的后悔，后悔他当初为什么要利用这么好的女人。

“算了，”她咕哝了一声，抬起头来，眼眶微红，“我们离婚吧。”

“就因为没有陪你去度假？”宋楚颐怔了一下，蹙眉，“长晴，不要孩子气。”

“我没有孩子气，我都知道了，”长晴平静地说，“宋云央根本就是你以前的女朋友，你们交往了五年，你娶我，只是为了让她死心，然后嫁给你大哥。可你的心其实一直都在她身上。在美国的时候，你们三个人遇到枪杀案，你因为害怕，没有及时去保护宋云央，是你哥帮她挡了那一枪，这么多年，你都觉得自己对她的感情不如你哥。你跟我结婚，无非就是想找个挡箭牌，以便让宋云央死心。”

宋楚颐清雅的脸一寸寸地暗沉下去，他开口，声音冰冷：“谁告诉你这些的？”

长晴犹豫了一下，回答：“你哥说的，而且我昨天早上去了医院，我看到……宋云央亲了你，你也一直紧紧地握住她的手，我看得出来，你还喜欢她。”

“你不要听了他的话就胡思乱想，我跟云央是交往过，不过那都是过去的事了，”宋楚颐沉下英挺的脸，身体也不由自主地挺直紧绷起来，“至于你说的亲吻，没错，云央那时候是亲了我，但我已经明确地拒绝了她，我不可能再跟她有什么。”

“没有什么？”长晴垂着眸，努力想要平静，但声音还是有点哽咽，眼眶也红了，“如果你真的忘了她，那你为什么会找管樱，因为管樱和读书时的宋云央很像，是吗？你找她无非就是找个替代品。还有，奶奶生日的那天晚上，你的反常，也都是因为她，对不对？我觉得自己像个傻子一样被蒙在鼓里，真的很可笑。”

宋楚颐手臂一滞，清俊的脸上划过一丝不易察觉的尴尬，也有心痛：“对不起，我和云央的过往是有些复杂，我承认，找管樱确实是因为她和云央很像，但你和云央一点都不像。”

“是啊，不像，可这更让我觉得恶心，你一面跟我在一起，一面又对宋云央念念不忘，”长晴看向窗外，深吸一口气，继续说，“我还这么年轻，才二十四岁，不想为了做你的挡箭牌而跟你继续生活在一起。不过我也不怪你，反正你们宋家帮了我们晏家，大家各取所需，其实我想过你娶我可能有别的目的，不过我没想到会是这样。早知道原因，我当初就算嫁给别人，让别人帮我们晏家，也不会嫁给你的。因为你，我赔了自己一段友情，我真的觉得挺不值的。这样吧，你什么时候有时间，我们去办理离婚手续，大家好聚好散。”

宋楚颐第一次想砸东西，骂人。

他这个时候十分庆幸自己没心脏病、脑溢血，不然肯定被气死去：“你说了半天，还是认为我们之间的感情连你和管樱的友情都比不上？”

长晴愣愣地抬起氤氲的双眼，疑惑地开口：“我们之间有感情吗？”

他根本就不喜欢她吧，就像宋楚朗说的，他对她只有欲望，没有爱情，不然，为什么连一句爱都没有说过。

宋楚颐的太阳穴狠狠跳了跳，轻描淡写地说出这么毒辣的话，真是厉害啊。本来张阿姨在这里，有些夫妻间的话不想说，可是这会儿实在忍不住了，他吼道：“你那天晚上在床上自己明明说过喜欢我的。”

长晴的脸微微一热，更加悲从中来，半晌，她面无表情地说：“我随口说的，你别当真。”

宋楚颐死死地瞪着她，恨不得把她给吃了，他用力地深吸了几口气，才逐渐冷静下来：“长晴，现在你在气头上，我不想跟你吵，但是你好好想一下，我跟你在一起的点点滴滴，你就知道我对你到底有没有感情。明天我再来找你。”

他说完，迈开步子离开了晏家。他一走，长晴就蔫了，果然，没有做好心理准备，一切都谈得糟糕。

一缕阳光透过sky集团顶层办公室的落地窗照了进来，宋楚朗正在和公司高层开会，宋楚颐不顾外面助理的阻拦硬生生地闯了进来。

“你们先回去，晚点再聊。”宋楚朗对高层领导说。

高层们面带疑惑，真是奇怪，今天宋家二少爷竟然来集团了，不是说兄弟俩感情很好吗？怎么今天好像要吵架似的。

助理把门关上，宋楚颐上前一步，阴冷地瞪着坐在皮椅上的宋楚朗：“你什么意思，谁让你把我和云央的事告诉长晴的？”

宋楚朗淡然地说：“你一直不和她说，那我就帮你说喽。你不知道，我跟她说这件事的时候，她挺冷静的，这个女人确实让我有了不一样的看法。不过正因为这样，我才觉得你们更应该离婚，别耽误人家了。你和云央的事情，何必建立在人家的痛苦之上呢。”

“你什么都不懂，”宋楚颐气愤地敲着桌面，“我们过得挺好的。”

“那只是你自己觉得吧。”宋楚朗淡淡地扬起英俊的脸。

宋楚颐的脸色更加难看了。

宋楚朗缓慢地抽了两口烟，纾解了一下抑郁的心情：“她已经知道了事情的真相，你们还能回到从前吗？楚颐，别再骗自己了。说实话，你做的事，比我还要能伤害一个女人，你心里难道一点都没有云央的位置了吗？那云央出事的时候，你干吗害怕成那副样子？”

宋楚颐的喉结烦躁地动了动，为什么不管走到哪里，都要问这个问题。

“你自己想想吧，不要跑到这里来质问我，”宋楚朗眸底射出一抹冷意，“我把这一切告诉晏长晴的时候，你知道她是怎么说的吗？她说，既然你们互相喜欢，为什么又要来祸害别人。”

宋楚颐的心口微微一震。

宋楚朗站起身来，指尖一下一下地敲击着桌面：“从一开始，我就不赞成你的做法。楚颐，在别人眼里，你看着很完美，是一个很尽职的医生，但是在我这个哥哥的眼里，你是一个失败者，是个懦夫。五年前，你因为懦弱不敢跟云央在一起；

五年后，你还是不敢，所以晏长晴、管樱，在你眼里都不过是一个挡箭牌，你觉得对她们好就不是利用了，不离婚就是尊重婚姻了？”

宋楚颐的拳头猛地狠狠攥紧：“所以你认为我离婚，和云央在一起就是最好的结果了？”

“那你觉得什么是最好的结果？”宋楚朗摊开手，“继续拿晏长晴那块挡箭牌挡在你前面，你要看人家愿意吗？晏家一开始同意和你结婚，也是看中宋家可以帮助晏家，这场游戏，晏家不见得会陪你再玩下去。”

“这不是一场游戏。”宋楚颐瞪着他。

“想想云央，她做错了什么，为什么要这样被你抛弃？”宋楚朗背对着他坐到办公桌上，“楚颐，她还在医院里等着你呢。”

宋楚颐的心一阵一阵地抽搐，不能再聊下去了。五年后，他再一次觉得所有的事情都糟糕透了。

傍晚，张阿姨接到晏磊的电话，说是晚上有应酬，不回来吃饭了，话筒刚放下，就听到外面传来汽车声，还有狗叫声。紧接着，宋楚颐抿着薄唇，眉头紧皱地大步走了进来。

张阿姨蹙眉，继续扫地，宋楚颐走到她面前，问：“长晴呢？”

“出去工作啦，说是这几天都不回来了。”张阿姨淡淡地回答了他。

宋楚颐思考了一会儿，便立即从晏家出来了，上车，立即给展明惟打电话：“帮我查查长晴去哪儿了，今天上班没有。”

展明惟头疼：“你这是第几回在我这儿打探你老婆的行踪了？”

“明惟，我是认真的，”宋楚颐正色，“长晴知道了我跟云央以前的事，现在跟我闹离婚呢。”

展明惟一听，心想事儿果真闹大了，立即打给冯台长，不到十分钟，那边就有消息传过来了。他回给宋楚颐：“你今天还真找不到她，她和团队去外地录制一个节目，要两到三天的时间，回来之后还要录制《挑战到底》。这几天她还真忙，我不告诉你地方，免得你去打扰她，弄得台里工作没办法正常进行。”

宋楚颐的心脏都被气疼了：“展明惟，你到底是不是我兄弟？等三四天，我的休假时间都快结束了，我哪还有那么多时间。”

展明惟叹气：“楚颐，我是你的兄弟，但晏长晴也有自己的工作，你不能因为两个人吵架，就借着我这层私人关系跑去打扰团队工作。那是一个团队，几十号人，电视台的人和时间都是很紧的，你耽误了他们的工作，会影响下面的节目。你别急，不就这几天嘛，等她忙完了，我肯定告诉你她的行程。”

宋楚颐冷哼了一声，实在没有耐心地挂断电话，但又无可奈何。

长晴在广州参加一个三天两夜的录制，这三天中，各种各样的游戏都玩了个遍，把她累得半死，尤其是长隆的过山车，简直都让她小死一回了。

回到北城录制《挑战到底》的时候，左骞看着她笑着说：“黑了，也瘦了。”

长晴无辜地瞪眼：“你不知道那边有多热，我都差点中暑了。”

“谁让你要参加那档节目的，”左骞微微一笑，对于她主动去广州录制那期节目，还真挺意外的，“那就是个累活，嘉宾都是花了重金请过去的，只有你，台里用那点小钱就把你打发了。”

“能赚一点是一点吗！”长晴龇牙。

“女人也不要太拼命了，别忘了，你有宋医生。”左骞疼爱地摸摸她的脑袋瓜子。

“左老师，人家是一个以事业为重的女人，”长晴鼻子一哼，“我要去看台本了。”

左骞看着她的背影无奈地笑了笑。

节目开录前，长晴正在补妆，接到阮恙打来的电话。

“长晴，我回北城了，晚上一起聚聚吧。噢，对了，朵瑶也回来了。”阮恙声音愉悦地说道。

长晴整个人都激动了，三人好久没聚过了。

“你们怎么突然回来啦？”

“这不是听说你要失婚了吗？怕你想不开，姐妹嘛，无非就是这个时候派上用场。”阮恙笑着说。

长晴激动得差点连妆都没心情化了。

“你几点录完啊？我和朵瑶先会合，找地方坐会儿，到时候你再来。”阮恙说。

“我录完节目就联系你们。”长晴挂完电话，恨不得立刻就能录完节目。她踏进北城后，心情就很不好，必须要好好喝两杯。

北纬，是北城一家低调的会所，虽然不是很有名，但装修华丽，来的都是高官富商和大明星。所以，在隐私方面做得非常好，狗仔队从来没有在里面拍到过照片。

长晴风风火火地赶过去，阮恙和江朵瑶已经点好了酒菜，大屏幕上放着抒情的歌，不吵，听着很舒服。

长晴惊讶地说：“你们怎么突然想到要来这里？”

“每次不是去咖啡厅，就是待在酒店里，没意思，”江朵瑶一脸不爽地说，要不是因为我是大明星，肯定要去酒吧里泡泡帅哥。”

阮恙端着酒杯看向长晴：“谈得怎么样了？”

长晴叹气：“他不愿意离婚。”

江朵瑶开玩笑地说：“为什么呀，他该不会爱上你了吧？”

长晴失神了一会儿，但很快自己都不大相信地摇头：“你爱上我的几率都比他爱上我的几率要高。”

“那他干吗要这样？”江朵瑶看向阮恙，“你是情感专家，你分析一下吧。”

“别给我戴高帽子，我自己的事都解决不了呢，”阮恙抿了一口红酒，蹙起眉头，“或许他是真的喜欢你，又或许他喜欢两手抓，很正常。”

长晴眨眼，不过能理解。

“男人的欲望比我们女人要多得多，”阮恙晃了晃杯中暗红色的液体，敛眸，“其实我这次回来，心情也不是太好，我听到消息，辛子翱十月份要结婚了。”

长晴呆住，她知道阮恙有个交往多年的男朋友，今天才知道是辛子翱，当年阮恙拍戏最困难的时候，辛子翱一直对阮恙照顾有加，阮恙是挺感动的，起初阮恙也不愿意和辛子翱在一起，因为辛子翱有个未婚妻，辛子翱当初追她的时候是承诺过会和未婚妻解除婚约的，阮恙就和他断断续续地牵扯了好几年，但没有等到辛子翱解除婚约，却等来他要结婚的消息。

长晴仿佛再一次受到打击：“为什么会这样呢？”

“很多男人都是嘴上说一套，行动上却是另一套，”阮恙苦笑又无力地耸肩，“他要结婚了，这是事实，不是每个男人都像你爸那样。男人愿意对一个女人好和甜言蜜语，有时候不见得是真心喜欢，也许只是想得到。”

长晴彻底沉默了，阮恙的话让她不寒而栗。

“你们两个说得我都不敢谈恋爱了。”江朵瑶手托着腮看着她们。

“别吓坏咱们朵瑶啊，来，喝酒，”阮恙举杯，说，“可惜管樱不在。”

江朵瑶黯然：“我之前打了电话给她，感觉话题没以前那么多了。唉，幸好宋楚颐不在这里，不然我拼着老命也要把鞋拍在他脸上。”

阮恙笑了笑：“别说这些了，喝酒吧。”

凌晨一点，三个人带着微醺的醉意从包厢里出来。

“唉，我们等会儿去哪儿？要不然去吃夜宵吧，”江朵瑶喝得最多，走路有些摇晃，“吃完夜宵再去吃麻辣烫。”

“好啊好啊，”长晴举双手赞成，“不吃到撑死不回家。”

阮恙扶住这两个人，等电梯时，旁边不远处的包厢里突然走出一群人，里面好几个人身材、模样都不错，仔细一看，其中还有赵姝和管樱。管樱穿着一套清纯的白裙子，一个四十多岁的中年男人似乎喝多了，拖住她的手腕往怀里带。

管樱挣扎：“齐总，请您放手。”

“哎哟，我不放手怎么着，”叫齐总的男人大手使劲往她身上捏，一脸流氓相，“你装什么正经啊，就你这种货色，看上你都是你的福气。王总、严总，你们要不要跟我一块儿走啊，一起玩玩？”

“你们够了，我不是出来卖的。”管樱红着眼睛使劲挣扎。

齐总一巴掌把她打倒在地上，旁边的几个艺人站在一边，看着管樱，也没人上前扶。赵姝笑眯眯地说：“管樱姐，不就是陪齐总他们几个人一夜嘛，没什么大不了的，你当初陪傅总还不是一样。”

“赵姝，你别太过分了。”管樱脸色雪白地想站起来打她，被后面几个男人拖住。

长晴看到这一幕，脑子里的血液一冲，想也没想地冲上去直接就跟那两个男人打起来：“你们干什么啊，敢打我朋友，我朋友是你们能打的吗？”

她平时没打过架，只会撕咬、硬抓。

那几个男人看着这个也不知道从哪儿突然冒出的女人，刚开始有点愣，回过神来，很快就揪住了长晴的头发。那边，江朵瑶见了，也完全忘了自己是公众人物，赶紧冲了上去。

阮恙有点傻眼，怕姐妹受到伤害，顾不得那么多，拎起一旁的灭火器就冲了过去。旁边一些新艺人看着和几个男人打成一团的三个女人，目瞪口呆，不敢相信，这几个人竟然是天后阮恙、当红艺人江朵瑶，还有刚蹿红的主持人晏长晴。

管樱傻傻地看着她们，眼眶一红，没来由地想起大学的事。那年，她谈了第一个男朋友，结果那男生后来劈腿了，她们三人也是这样义愤填膺地跑到那个男生的宿舍楼下围追堵截，把人家狠狠地教训了一顿。

现在，在自己遇到危险的时候，她们依然义无反顾地站了出来。

江朵瑶的头发被扯住，阮恙被人掐住了脖子。长晴脸上被打了好几巴掌，出了血，但她仍脱了高跟鞋，用力抓着鞋子往男人的头上敲过去，敲得那人当时就头破血流。

接着长晴被那人踹倒，又爬起来。疼得她眼泪都流了出来，不过看到自己几个好姐妹被欺负，她只想变成一只野兽，把这些人通通咬死，再也不许别人欺负她的朋友。

第三十六章　晴宝

楼上，厉少彬刚和几个兄弟从包厢出来，便看到一群服务员往楼下跑，楼梯上还站了许多看热闹的人，连有些客人都跑了出来，大家议论纷纷。

"我的天啊，阮恙和江朵瑶竟然在楼下和人打架，是我眼花了吗？"

"听说和她们打架的是齐总他们那帮人，几个女人被打得很惨，也没人敢帮忙。"

……

厉少彬一个激灵，赶紧往旋转楼梯上走，往下一看，正是长晴、阮恙、江朵瑶和管樱四个女人和几个男人打得如火如荼。许多人站在旁边拍照，却没人敢上前。

他瞅得心惊肉跳，赶紧招呼兄弟们："快快快，把那几个欺负女人的杂种给我抓起来。"

他的兄弟个个都是人高马大的打架高手，一上去，不用两分钟便把那几个男人制服了，而之前跟着齐总他们的赵姝等人，见势不妙，赶紧溜了。

长晴摇摇晃晃，疼得摔倒在地上。她哪儿都疼，身上没有一个地方不疼的，这辈子，从来没这么跟人打过架，也没被人这样打过，疼得想哭。她抬起头来，看到旁边一样鼻青脸肿、披头散发的江朵瑶、阮恙、管樱三人，却又笑了，笑容里夹着泪水和血水。

江朵瑶、阮恙、管樱也互相看了看，也跟着笑了。四个女人笑了一会儿，又哭了。

四个人早已经没有任何形象可言，可是这一刻，她们却有一种从来没有过的温暖、感动，仿佛又回到了读大学的时候，四个人依然是学校里最好的朋友，没有矛盾，没有为男人而争吵，更没有因为一个朋友和另外两个玩得好冷落自己而产生的嫉妒。

管樱默默地淌着泪，她这段时间是很恨长晴，嫉妒长晴，可是，她真的没有想到，在她被人欺凌、最没有尊严的时候，长晴却是第一个冲上来帮助自己，被打得最惨的那个人。她捂着脸，啜泣的泪水从指缝间流出来。

长晴看着她，阮恙拉着江朵瑶、长晴，上前默默地抱住管樱，低声说："就算我们四个人之间闹再大的矛盾，也永远不许外人欺负我们。"

江朵瑶吸着鼻子附和："对，我们只能自己人欺负自己人。"

厉少彬有点傻眼地看着这四个模样狼狈、浑身是伤的女人，都这个鬼样子了，竟然还能抱在一起又笑又哭。

胡植凑过来说："老大，这几个人怎么办？"

"当然往死里打，打得他们连爹妈都不会叫了。"厉少彬回头，板着脸阴沉地怒喝。

"别，厉……"齐总那几个人还没来得及求情，无数个刚硬的拳头就招呼下来了，这些拳头完全不能和长晴她们那几个绣花拳头比，顷刻间，那几个人便被打得血流满面，昏倒在地。

厉少彬懒得理会他们，来到长晴面前："我的祖宗，你们这个样子，还是快点上医院吧。"

长晴抬起发黑的双眼，使劲眨着眼才看清楚厉少彬，嘴巴嚅了嚅："不去……博瀚医院，不告诉宋楚楚。"

厉少彬很为难："为什么呀？"

长晴捂着被打肿的脸，惨兮兮地想了想，说："我跟他快要离婚了，但是我现在这个样子太丑，要是被他看到了，他肯定会想幸好要跟这个女人离婚了，这么难看。"

厉少彬表示真的不懂女人的世界，这是重点吗？突然想起来："你们为什么要离婚啊？"

"你是他兄弟，别说你不知道，"江朵瑶抽疼地嘶着冷气说，"能先去医院吗？我们快疼死了。"

"打的时候你们倒是挺生猛的，"厉少彬啧啧了几声，赶紧安排车送她们去医院。

上车前，他回头很有魄力地对胡植说："好好找今晚值班的经理说说话，看他干什么吃的，几个大明星在北纬被人打成这个鬼样子，也没人出面管一下。"

阮恙闻言，忍不住多看了他一眼，说：“还有，齐总那几个人有点不大对劲，为什么来了那么多女艺人，他却偏偏只针对管樱一个人，我记得赵姝当时也在的。”

“还有别的艺人？”厉少彬皱眉，“那调监控，看看同行来的还有谁，一个个全部都查出来。”

“好的。”胡植听话地点头。

厉少彬回头得意地说：“幸好你们今晚遇上我，要不然你们这几个女人怎么被打死的都不知道。”

长晴四人已经疼得连说话的力气都没有了。

“瞧瞧你们现在这个样子，”厉少彬继续像长辈一样训斥，“要打架，直接给我打一个电话不就行了吗？长晴，你是我兄弟的女人，我还能不帮你吗？”

长晴嚅了嚅出血的嘴唇，心里纳闷，他什么时候跟她关系好了。

夜深人静的医院里，做完检查，包好伤口后，四个人面面相觑，再次温暖地笑了。

江朵瑶喉咙沙哑地先开口：“我们四个人很久没有这样团结过了。”

管樱无声地看了长晴一眼，长晴顶着脸上几个伤口看着她，小声说：“小樱，我们能和好吗？”

管樱握紧拳头，低头，眼眶泛红，她心里现在百感交集，有感动、有复杂。

阮恙坐在病床上，低低地说：“不是有句歌词吗？‘朋友比情人更懂得倾听，我离不开darling，更离不开你’。”

“是啊，”江朵瑶点头，“你们知道的，我最没心没肺了，可是我们四个人的聚会只要少一个人，都不像真正的聚会，我们不要因为一个男人影响我们的友情好吗？”

阮恙点头，轻叹一口气：“管樱，其实我们都知道，四个人里，你给自己的压力最大，你渴望成功，有时候你羡慕我们，但是你难道忘了我最初走得有多心酸吗？我并没有比你好到哪里去。还有长晴，她之所以和宋楚颐结婚，也是为了自己家的公司。她并没有骗你，只是缘分凑巧，让她相亲遇到了宋楚颐，如果她当初不那么做，晏氏会垮，她爸爸也会去坐牢。她选择不跟你说，是在乎和你的这份友情，我们为什么要吵呢？我们都有做错的时候，但是我们对彼此的友情是真心的。”

长晴含泪用力地点着头：“管樱，那件事我错了，如果重来一次，我和宋楚颐结婚前，肯定会先和你说一下的。”

“如果你当初先问我，我肯定会同意的，”管樱红着眼圈说，“没错，我是喜欢宋楚颐，但是当时你家遇到那样的情况，我也不可能那么自私。我后来会生气，可能是觉得傅愈和宋楚颐都喜欢你吧，我不甘心，我嫉妒，我愤怒。”

“管樱……”后面的帘帐突然被拉开，傅愈出现在四人面前，大约是半夜三更听到她们出了事，立即从床上爬起来的，睡眼惺忪的。

长晴吃惊：“傅愈哥，你怎么来了？”

“自己公司的艺人打架这么大的事，能不被惊动吗？”傅愈看向管樱，复杂地说，“其实……最近一阵子薛高之所以会给你安排活动，是因为长晴打电话来求过我关于你的事，她一直觉得很愧疚。”

管樱怔忡，长晴挤着一抹难看的笑容跟她说：“我总觉得……我们一定会再和好的，因为读大学的时候，朵瑶都不愿意跟我换下铺睡，只有你愿意。愿意换四年下铺的人得多大度啊，反正我是做不到。”

“喂，你们干吗扯上我？”江朵瑶嘟囔着想抓狂，“说得我好像不如你们两个重视友情似的。”

众人失笑，管樱长吸一口气，主动握住长晴的手，含泪笑着说：“对不起，长晴。”

“对不起，管樱。”长晴拥抱住她，再次哭了，不过是喜极而泣。就算知道宋楚颐曾经爱着宋云央，她或许即将失去他了，可是她最好的朋友回到了她身边，这没什么不好的，仿佛一切都回到了最初的原点。

待在外面瞅着里面的厉少彬都唏嘘，他没想到女人的友情也蛮感人的。他懒洋洋地交叉双手放在脑后走进去：“刚才我的手下查清楚了，是赵姝私底下和齐总那几个老家伙打了招呼要整管樱的，之前说是在管樱的酒里放了东西，不过她没喝，就想着用强迫的手段。同行的还有上纬公司的另外三个新艺人和两个模特，不过都事先知会过了。傅愈，我说你们公司风气也太差了吧，竟然有大批的艺人联合整人。你们不是正规的公司吗，怎么弄得跟卖身一样？”

“我回去会严肃处理的，这次我欠你一个人情，”傅愈有点尴尬地说，“就麻烦你送他们回去吧，我去处理赵姝那边的事。”

坐厉少彬的车回去的路上，长晴坐在前面，阮恙等三个人坐后面。凌晨三四点了，大家都疲倦不堪。

厉少彬好奇地问：“长晴，你还没说为什么要跟老宋离婚呢。”

“别说你不知道啊，”长晴睨他一眼，“宋云央，你们不都是一个学校的吗？”

厉少彬恍然，老宋到底是纸没包住火啊：“其实也用不着离婚吧，我觉得老宋心里是有你的。你也知道，我跟老宋打小就认识，没错，以前老宋是很喜欢云央，不过后来美国的事情发生后，老宋身上就像套了一把枷锁，从美国回来，人也沉默了很多，可是自从跟你结婚后，他变得开朗了。长晴，这一切都是因为你而改变的。”

长晴心里微微一动，江朵瑶气得用力一掌拍到他的座椅靠背上：“你是他兄弟，当然为他说好话，那他之前还把管樱当替身呢。”

厉少彬被她吓得手都抖了抖，唯女子与小人难养也，他还是避开这个话题为好，然后玩味地问长晴：“感觉打架怎么样啊？”

长晴心不在焉地想了想，说：“我打算去学跆拳道。”

送她们到阮恙家楼下，长晴再次叮嘱：“你别跟宋楚颐说啊，别说，说了我就不理你了。”

厉少彬撇撇嘴，真是好可怕的威胁啊！

一大早，厉少彬在自家卧室里睡得昏昏沉沉，有只手突然粗暴地把他给弄醒了。

“谁呀，吵我睡觉，找抽……”睁开眼，看清楚站在面前一脸阴冷的宋楚颐时，喉咙里的话硬生生地卡住，“老宋，你……你怎么来我这儿了？”

“你说呢，我一早上都在打你电话，”宋楚颐一脸阴沉，“你还是不是我兄弟，昨晚长晴她们在北纬被打了，你还在场，这么大的事为什么不告诉我？”

厉少彬心虚，这会儿再累也没睡意了：“我这不是想着那么晚，你睡着了嘛，还想睡醒了打给你呢。哎，不过你是怎么知道的？”

“我一大早到医院，医院的同事、病人都在说，我怎么可能不知道，”想到长晴那张被打得惨不忍睹的脸，宋楚颐火冒三丈，“微博上都有视频，她们被打得很惨吗？严不严重？谁干的？后来你怎么没把她们送到我们医院来啊，现在她人在哪儿啊？”

“呃……”厉少彬苦恼地抓抓后脑勺，“她们在北纬附近的医院包扎的，人也……还好啦，没生命危险，打她们的那帮人我已经解决了。”

宋楚颐一听，脸色并没有好转，反而越来越难看。

厉少彬被他盯得心里七上八下，支撑着身体坐起来：“我……难道做错了吗？”

“我是长晴的老公，这种事情，你不是应该第一时间告诉我，由我去解决吗？”宋楚颐面无表情地开口。

厉少彬挠挠短得可怜的头发：“老宋，你该不会是想在你老婆面前展现英雄救美的姿态吧，或者为她出口气，证明你的魅力？”

宋楚颐没说话。

厉少彬突然好想大笑，没想到老宋也这么幼稚：“老宋，你好阴险啊，不过非常抱歉，昨晚英雄救美的是我，哈哈，你不知道，她们几个女人有多佩服我、感激我。”

宋楚颐已经听不下去了，忍无可忍地从衣柜里扯了套衣服丢给他：“快点换衣服，带我去找她们，我现在是临时请假出来的，时间有限，边走边穿。”

“喂，你够了啊，”厉少彬语气里有点咬牙切齿，谁能边走边穿衣服的，“我答应过长晴不告诉你的。”

宋楚颐眯眸，很好，终于说出真实原因了：“你到底是我兄弟，还是她朋友？你别忘了，当年要不是我冒着生命危险救你，你早看不到今天的太阳了。”

厉少彬无力地开口：“可是你跟云央到底是怎么回事啊？我觉得吧，你要是还没忘不了云央，或者没想好如何处理，暂时就别去找长晴吧。既然她都知道了，这样对人家也不公平，她们几个女人挺真实的，但也挺惨的，男人都不把她们当回事儿。”

宋楚颐沉默了一下，继续揪着他往外走：“谁说我没把她当回事儿，她是我老婆，等会儿你就把昨天欺负她们的人告诉我，我再揍他们一顿。”

“那你要去找赵姝麻烦了，”厉少彬说，“这事就是赵姝整出来的。”

宋楚颐皱眉：“怎么又是这个小贱人？”

厉少彬万万没想到老宋也会骂出“小贱人”这种话了。

复式小楼里，阮恙打着哈欠在厨房里煮面条，听到外面门铃声响起，凑过去往猫眼儿里一看是厉少彬时，皱眉打开门：“你怎么来了？”

厉少彬眨眨眼，宋楚颐从一旁走过来，阮恙脸色大变，忙关门，宋楚颐伸手挡住，大步闯了进去。

“喂，姓宋的，我这里不欢迎你进来。”阮恙气愤地说。

宋楚颐转身问："长晴在哪里？"

"没在我这儿。"阮恙推他出去。

宋楚颐瞅了一眼边上眼熟的凉鞋，抬起脚步就往楼上走。不一会儿，楼上就传来女人的尖叫声，还穿着睡衣的长晴被宋楚颐扛在肩上下来了，长晴不安分的手和腿在他背后又踢又抓。

宋楚颐抓住她的两只手，笔直地往门口走，阮恙冲上去要阻止，厉少彬赶紧冲上去挡住了阮恙。

安静幽暗的停车场里，宋楚颐直接把长晴扔进了车里，打开里面的车灯，长晴姿势狼狈地爬起来。她脸上贴着两块纱布，没贴的地方，也是青一块紫一块的，妖精似的漂亮小脸现在肿得像个包子一样。手臂上、膝盖上还有多处淤青。

宋楚颐看清楚后，瞳孔一缩，变得冰冷起来。

长晴气鼓鼓地指着他："宋楚颐，我要跟你离婚，离婚！你竟然这样对我，你把我当什么了，货物吗？"

宋楚颐握住她的指头，顺势把她拉到怀里，近距离地看着她脸上的伤口："打架的时候为什么不告诉我一声，你看看你自己，三脚猫的功夫，还学人家打架，痛不痛？"

他说话声线太低沉，听起来严肃，却又流露出满满的温柔。

长晴下意识地想起昨晚的无助，眼圈一红，撇开脸："我才不痛，告诉你有什么用，说不定您老人家正抱着你的初恋在病房里缠缠绵绵呢。"

"你胡说什么，"宋楚颐低声轻斥，"你这么一个磨人的小妖精我都应付不过来，哪还有心思找别的女人。"

"你自己心知肚明，"长晴倔强地扭动胳膊，试图挣扎出来，但越挣扎，反而牵动了伤口，疼得差点要哭了，"你够了啊，明知道我有伤在身，还这样对我。"

"我是怕你走，这几天到处在找你，"宋楚颐低低地叹气，皱眉，"长晴，我们能冷静地谈一谈吗？"

"我们还有什么好谈的？"长晴负气地撇开脸。

"我跟你说说我和云央的事吧。"宋楚颐轻轻地拂开她额间的一缕秀发。

"你哥已经跟我说过了，"长晴气鼓鼓的，现在是要向她诉说他们的爱情有多缠绵悱恻吗？"你们三个人的爱情还真是轰轰烈烈，挺感人呢，都可以拍电视剧了。我们这些人就是绿叶，来衬托你们这些鲜花吧。"

宋楚颐变得无奈，说："没有谁是绿叶，也没有谁是鲜花。如果非要这么形容的话，也许我只是一棵被虫子咬得丑陋而空洞的树。”

长晴一怔，没想到他会这样形容自己，可是在她眼里，他一直都像高高在上的白云一样，高雅又干净，“因为你在美国没救宋云央？”

“我哥有句话说得对，我表面上看起来很完美，其实我是一个懦夫，一个失败者，和云央在一起的每一天，我都要去承受这些。那时候的我太没用，承受不了，”宋楚颐低声说，“你无法想象那一天，在底特律的时候，一个精神病拿着枪在街上见人就开枪，连五六岁的小孩和老太太都没放过。虽然我经常面对病人的死亡，也观摩过尸体解剖，但当亲眼看到那一切在自己面前发生时，我恐惧了。我的后腰被打中一枪，知道吗？当时我特别害怕会死。云央也中了一枪昏倒了，不过不是致命部位，当精神病再次拿枪朝她的脑袋射击时，我竟然害怕得双腿发麻，因为我知道，如果我扑过去很有可能就会没命。但是我哥却那么做了，他被射中了一枪，差点没命，也是从那一刻起，我意识到了自己的懦弱。”

长晴抬头看他，从他脸上看到了她从未见过的宋楚颐，浓浓的伤感。

“后来那几年我一直处在深深的羞愧中，所以当年我和团队一块儿去了非洲，参加了那场登革热急性传染病的救治。不止那次，我私下里还参加过很多有风险的医学研究。”

长晴听得心里越发不是滋味，为什么要跟她说这些。

“其实宋云央真的喜欢你，是不会在意这些的，”长晴说出来，觉得自己好伟大，还成全老公和前女友，她简直是世界第一人了，“你们两兄弟不要总想着互相成全，要看她到底愿意跟谁在一起。”

宋楚颐愣了那么几秒，皱起了眉头：“晏长晴，你好像迫不及待地要把我推走似的，我好歹是你的第一个男人，你跟我在一起不是也挺快乐的吗？你对我就这么没有感情？”

长晴噘起小嘴：“可是你带给我的不愉快也有很多吧，你找了和宋云央有几分相似的管樱，现在想想，管樱劈腿就是劈得对，不然干吗，等着你来爱她啊？”

“没错，我找管樱最初是看她和云央有些相似，但是你和云央一点都不同。”

“因为我就是个挡箭牌啊，”长晴阴阳怪气地说，“不过我真的不怪你，你不也帮了我们家吗？放心吧，我很大度的，就算你们在一起，我也不会诅咒你们的。”

宋楚颐头疼，好想拿纸塞住她的嘴巴：“发生那件事后，我曾试图跟云央继续在一起，但每次面对她，都让我想到我哥的付出和我曾经的懦弱，我哥付出的远不止为她挡一枪那么简单。我和云央之后相处得一点也不好，好几次都吵得很厉害，所以我才想给我们彼此几年时间想清楚，但我还是没从当初的阴影里面走出来。我想过，如果我和云央在一起，我哥怎么办，我永远都没办法坦然，会觉得自己的幸福是我哥换来的。跟你结婚，确实，对我们两个来说，都是一场有目的的意外，但是和你在一起的日子很舒心，我没有说过喜欢你，并不是不喜欢你，只是自己并不擅长说这些，我跟你在一起要比和云央相处自在多了。你没有觉得，自从我跟你在一起后，连罗本都快乐了很多吗？”

宋楚颐的眼眸温润地注视着她。

长晴有点蒙，他说的话究竟是什么意思，她情商太低，智商太低，不懂，这跟罗本快乐有什么关系：“罗本只要喂得饱，有一个大一点的地方，陪它玩，吃饱玩好，它就会开心吧？”

宋楚颐默默地咬牙，她是不是理解能力有问题啊，他刚刚都很明显地暗示喜欢她了。他要说的也不仅仅是罗本快乐啊，他无力地揉揉眉心，想了想，说：“其实我挺喜欢你的家庭氛围的，我的家太复杂，太精于算计，而你们家，处处都很温馨，这样的氛围我从小到大都没感受过。”

长晴越来越弄不懂了：“所以你因为我的家庭氛围好，就不想跟我离婚，是吧？”

宋楚颐深深地无力，他说了那么多，是白说了吗？

他直接点开手机，翻出通讯录，指着里面的“晴宝”说：“是谁在我的手机里把来电提示改成晴宝的，既然决定要做我的宝了，就是一辈子。不是你说走就能走的，不是你说离就能离的。别说手机来电名，这几个月里，你撩拨了我多少回，现在，你是想撩拨完了就拍拍屁股走人了吗？休想！”

说到手机里的来电提示，长晴就有些脸红了。前些日子，她无意中发现宋楚楚的手机里她的电话号码备注是“晏蠢蠢”，于是她偷偷地改成“晴宝”，没想到他一直没有修改。

不过也只脸红了半分钟，她就觉得懊恼了：“明明是你先撩拨我的，别睁着眼睛说瞎话陷害我，你现在把责任推到我头上，大不了我把来电名改过来。”

她伸手去抢，宋楚颐把手机往裤袋里一收，抱住她，侧脸的线条在昏暗的车灯里变得温柔蛊惑。

他低头，飞快地吻住她，这张微肿的唇，还泛着浓浓的药水味，但是却一如既往地水润，他加深了这个吻，长晴蹙起眉用力反抗，这个死流氓，竟然还有脸吻她。

他的唇微缓，用低哑的嗓音说：“做了我的晴宝，就不能半途而废。”

长晴呆滞，傻眼，这是什么意思，什么意思？

他刚刚说了那么多，不是说和宋云央在一起就对不起宋楚朗吗？怎么这么跳跃，她就成他的晴宝了，是她听漏了什么吗？

就在长晴怔忡的工夫，宋楚颐吻得更深了，好些日子没品尝这张气人的小嘴了，竟是格外地想念，可他到底不敢太用力，毕竟她现在脸上好几道伤口，怕弄疼她。

长晴被他吻得云里雾里的，回过神，慢慢地找回理智，推开他。她水嫩嫩的小唇被他滋润得更性感了：“我要离婚，我不做你的晴宝了。”

“不行。”宋楚颐捏捏她的小屁股，板起脸。

长晴敛眸：“我不想要别人要过的男人，你还我一个初恋，我就不离婚了。”

宋楚颐无语。

这时，科室的于主任突然打电话给他：“楚颐啊，你到底什么时候回医院，现在因为一起意外事故，急诊室病人很多，人手不够，你快点回来！”

“好，我马上就回来。”宋楚颐挂了电话，低头看着她的模样，然后飞快地脱了自己的T恤套住她上身。

长晴瞪他：“干吗？”

“你没穿内衣，这个样子只能我看，”宋楚颐打开车门，抱着她出去，送她到电梯口，“你不许乱跑，晚上我来接你，知不知道？”

“不要，你去接你的宋云央。”长晴嘟唇。

“不行，我要接我的晴宝。”宋楚颐亲亲她的嘴唇，电梯门关上后才转身急忙开车去了医院。

第三十七章　烟花

长晴使劲抹了抹嘴角，想骂，又骂不出口，什么晴宝，都要跟他离婚了，还晴宝，真不要脸。不过她还是为那句“晴宝”心动了一下。

回到楼上，阮恙正在煮面，见她回来了，随口问道：“宋楚颐找你下去干吗啊？我还以为你不会回来了呢。”

“我也不知道他想干吗，说了一大堆奇奇怪怪的话。”长晴茫然地挠了挠后脑勺。

“说了什么？”

“嗯……”长晴仔细想了想，“说他跟宋云央以前的一些事，说跟我在一起的日子挺舒心的，说没有说过喜欢我并不是不喜欢，跟我在一起要比和宋云央在一起快乐。还说我家的家庭气氛很好，连罗本都觉得快乐，说我撩拨了他后，不能拍拍屁股就走人。最后还说做了他晴宝就不能换了。”

阮恙笑了笑：“他大约是想说其实他是喜欢你的，和你在一起比跟宋云央在一起要舒服。不过你们私下里还晴宝晴宝的，真肉麻。”

长晴不大好意思，嘟嘴，转移话题：“就算他喜欢我，也不能说明他心里没有宋云央啊，想到他是因为宋云央而娶我，我心里就不舒服。”

“再看看吧，你看他跟宋云央有没有保持距离，如果没有，就算了。”阮恙正说着，她的经纪人就打电话过来了，无非是说昨晚她们四个人打架的事已经在网络上传开了，现在外面的媒体争相打电话想要采访事情的来龙去脉。

吃过早餐后，大家各自去面对媒体了，长晴坐文桐的车去电视台。

车上，文桐说道：“今早齐总那帮人在医院被记者堵得水泄不通，最后为了洗脱清白，就说是赵姝让他们那么干的。上纬那边紧接着召开了记者招待会，对昨晚参与的艺人采取了永不录用的惩罚，并且公开表示公司将和赵姝解约，虽然没有明确说陷害管樱的是同公司的艺人，但是面对记者的提问也没有否认。”

长晴开心地说：“总算把赵姝这个坏女人给弄走了。”

文桐笑：“其实傅愈之前没想那么快把赵姝弄走，毕竟你们的新戏还没上映。如果女主角一再地陷入丑闻，会影响你们那部电视剧的收视率，不过我猜这倒给了你一个机会，之前原本就是双女主，这回剧组肯定会多留你的戏份，多删赵姝的戏。”

“反正以后红也好，不红也罢，我都还是要老老实实地做我的主持人，”长晴笑眯眯地说，“风险不大，又管饱。”

文桐默默不语，真是跟了一个胸无大志的主子。

电视台楼下，等候很久的记者围过来，七嘴八舌地问：“晏主播，你身上的伤就是昨晚被打的吗？”

“听说昨晚动手的那几个人都很有势力，你就不怕影响自己的前途吗？”

“看网上视频，你被打得很惨，你戴着口罩和墨镜，不会是毁容了吧，《挑战到底》还能录制吗？”

……

长晴不高兴，这些记者都提的什么问题啊，不过她还是非常婉转地说：“我只是受了点皮外伤，医生说过些日子就会好。我不清楚昨晚的事是不是赵姝干的，只是我看到她和其他几个同公司的艺人站在旁边不但不帮忙，还添油加醋，我感到非常寒心。大家都是一个圈子里的，同样都是女人，为什么要为难自己的同伴，帮着男人欺负女人？反正，看到自己的朋友受到伤害，我就算拼了命也会保护朋友的。”

说完，长晴雄赳赳气昂昂地走进了电视台。

午休时分，宋楚颐忙完后，疲倦地拿着饭盒在食堂里找了个位置坐下吃饭。

前面电视上正在播放最近的娱乐新闻，刚好显示到长晴那张惨不忍睹的小脸上，她说得义正词严，前面坐着的几个女护士小声议论：“晏长晴好重义气啊，以前我不怎么喜欢她，不过这次可要路转粉了。”

“还有阮恙，江朵瑶，管樱，娱乐圈能有这种友情太难得了！”

宋楚颐默默地吃饭，忽然觉得好笑。

这个小妖精，又在厚脸皮作妖了，也不知道脸红。

下午五点半，宋楚颐脱掉白大褂，去病房看望云央，病房里安安静静的，她捧着一本书在看。

宋楚颐在门口站了一会儿，好半天也没动，直到宋云央转头："你要在那儿站多久啊，跟我在一起真的有那么大的压力吗？"

宋楚颐抬起僵硬的长腿，提着自己午休时买的一些水果放在桌上："在看大哥给你买的书吗？"

"嗯。"宋云央轻声颔首。

宋楚颐挑了一些水果去卫生间洗了："吃点葡萄吧。"

"我今天吃得挺多了，"宋云央低头看书，眼睛自始至终都没从书里抬起来，"二哥，你走吧，我知道你的心已经不在我这里了。"

宋楚颐越发歉疚："大哥呢，大哥什么时候过来？"

"我不知道，而且我没有跟他交往，"宋云央终于从书里抬起头，眉头蹙紧，"二哥，你自己不想跟我在一起就算了，能不能别硬把我推给大哥。"

宋楚颐眸光闪烁地扯了扯衬衣领口："云央，你曾经说过，你之所以会喜欢上我，是因为那次你在学校补课，后来下起暴雨，我在电闪雷鸣中去学校接你，那次你觉得很感动。"

"别再提以前的事了，好吗？"宋云央紧紧地捏住书，眼眶泛红。

"其实那次送伞的不是我，"宋楚颐低头，清雅的脸上泛起一丝丝愧疚，"是大哥，他知道你在学校补课，下着大雨，怕你淋着，特意送雨伞给你，而我是在跑出校门口的时候遇到的他。我根本不知道那天你在学校，他知道我喜欢你，就把伞给了我，让我给你，然后自己走了。我把伞给你的时候，看到你感动的样子，就什么都没说。"

宋云央目光呆滞，好半天才问："你为什么……到今天才说？"

"我根本就没有想到你是因为送伞那件事才会对我有感觉的，还是后来到美国后，你无意中说起我才知道的。也许我们两个从一开始就错了，"宋楚颐无力地苦笑，"大哥默默地为你做了很多很多，我也是后来才知道的。你知道戴媛为什么会从楼梯上摔下来吗？是我哥找佣人在楼梯上动了手脚，他一是想除掉戴媛肚子里的孩子，二是想让宋家的人讨厌长晴，然后逼我和长晴离婚，我希望你能劝劝他，而不是让他这样一错再错。"

宋云央没看他，只是手里的书慢慢地掉在被子上，外面，看护拿着饭菜进来。

"想买什么东西跟我说，我毕竟还是你哥哥。"宋楚颐低叹了一口气站起身来，对看护交代了几句才离开。

在车里，他独自安静地坐了一会儿，才打给长晴，可是无法接通。他开车往电视台去，一路上打了几个，还是不通，渐渐地，他感觉出不对劲了。

这个小妖精，肯定把自己拉进黑名单了。

长晴确实把他拉进黑名单了，而且这个时候已经坐上了飞往扬州的飞机。她猜到宋楚颐会来找她，可她还没有做好心理准备。这次打架受了伤，台长放了她几天假，她从电视台出来干脆直接奔往扬州了。上飞机之前，她打电话告诉晏磊，晏磊支持她，让她好好散散心，放松一下。

晚上八点下了飞机，到扬州老宅时，晏奶奶还没睡，正在看电视，看到她回来又惊又喜："晴宝，你怎么突然回来了？也不跟奶奶说一声，哎呀，你的脸是怎么回事啊？"

"奶奶，您没看新闻啊，我这是为了朋友出手相助、行侠仗义时弄伤的，现在网络上都在报道我的英雄事迹呢，"长晴得意扬扬地挽着晏奶奶的手说，"台长说我现在这模样有点丑，让我养好脸上的伤再回去上班，我想您了，就回来陪您住几天。"

"好呀，奶奶最近也很想晴宝呢，"晏奶奶笑得嘴都合不上了，"对了，楚颐怎么没跟你一起来？"

"他要上班，没时间啊。"长晴低着头往屋里走，不想奶奶瞧见她不开心的模样。

"噢，也是，他是医生，肯定很忙。"晏奶奶没想那么多，完全沉浸在孙女回来的喜悦当中。

长晴放好行李，陪着奶奶看电视，晚上又和奶奶一块儿睡，仿佛回到了小时候平静幸福的日子。那时候，她还没有结婚，只有偷偷暗恋的傅愈，没有喜欢的宋楚颐，更没有宋云央、宋楚朗那些人，她的日子简简单单。

第二天，长晴陪着奶奶包饺子，在院子里摘葡萄。累了就坐在院子的躺椅上懒洋洋地晒太阳。正晒得迷迷糊糊要睡着时，她打了个喷嚏，睁开眼，傅愈正拿着一根狗尾巴草笑眯眯地站她的面前。

"傅愈哥……"长晴以为自己在做梦，揉揉眼睛，眼前的傅愈一身简单的休闲裤、白衬衣，仿佛还是读高中那会儿的样子，"你怎么在这儿？"

傅愈伸着懒腰在她边上坐下："我听我妈说了，怕你想不开，顺道也来老家散散心，最近太累了。”

长晴挠挠后脑勺，窘：“我不会想不开的。”

“我还是有点担心啊。”傅愈安安静静地轻叹。

长晴转头望着他清隽的侧脸，怔忡了片刻又默默地收回目光：“我早上听文桐说了，傅愈哥，你做得实在是太漂亮了，不过我也明白，赵姝背景不小，你和她解约，肯定会得罪她后面的人。”

傅愈轻叹：“赵姝给我捅的娄子一个比一个大，没想到她一点儿都不知道悔改，欺负不着你们，就对同公司的管樱下手，而且她在公司里和下面的新艺人拉帮结派，把公司的风气都带坏了，太不像话了。就算没有这件事，新片上映后，我也不会再留她。”

长晴深有同感地点头，做人有时候也不能太无下限了，赵姝这种人在她眼里已经是坏到骨子里去了。

“哟，傅愈也回来啦，晚上一起吃饭吧。”晏奶奶出来看到他来了，笑呵呵地说。

傅愈轻轻摩挲了一下下巴：“傍晚一起弄烧烤吧，天气还不错，记得小时候晴宝最喜欢吃烧烤了。”

“好啊好啊，”长晴举双手赞成，换了衣服便和傅愈去菜市场买烧烤用的材料了。

烧烤是太阳下山后才开始准备的，傅愈是烧烤的主力选手，长晴帮着切西瓜，晏奶奶给傅愈打下手。感受着这样的家庭氛围，长晴突然觉得自己不该那么难过，毕竟，人生还有那么多美好的事。

吃完烧烤后，傅愈又不知从哪儿抱出来许多烟花，他一个个地点燃，烟花在夜空中绽放，绚烂而夺目。

长晴呆呆地看着那五光十色的烟花，又美又浪漫。傅愈安安静静地走到她的身边，温声说：“晴宝，希望你早点变回我从前认识的那个快乐又开朗的晴宝！今天晚上，一起烧烤，好像又回到了小时候。”

“嗯，”长晴感动地望着那些烟花，“傅愈哥，谢谢你！”

傅愈抿唇微微一笑，什么也没说，安静地陪她欣赏这样的美景。他突然觉得这样也挺好的，能在她最难受的时候用最近的距离陪着她，就算是宋楚颐，也没有他这样的身份和资格。

北城，篮球场边上，宋楚颐满头大汗地从球场上下来，拿起一旁的手机，上面有条新的微博更新提示，他点开，是长晴更新了一条微博，照片是一张在烟花下的自拍照，笑容明媚，附字：只要有亲爱的家人在身边，便会觉得自己仍旧是无比地幸福，再大的坎、再多的伤感其实都算不了什么，现在，我依然是快乐的。那些讨厌的人、讨厌的事，通通滚蛋吧！明天，我还是快乐的我，是不一样的烟火……

宋楚颐站起身来，把篮球狠狠往地上一砸。

什么叫讨厌的人、讨厌的事，难道说的是他？

还让他滚蛋，他要气疯了，凭什么他快气疯的时候，这个女人还快快乐乐的。看着照片里的那张笑脸，真的好想使劲捏一把，这条微博就是写给他看的吧，是故意气他的吧。所以，他在她心里真的是一个轻易就能跨过去的坎吗？

“老宋，看什么呢，突然发这么大脾气？”展明惟凑过来，瞅了一眼微博，顿时明白了。从昨天到今天，宋楚颐一直联系不上晏长晴，跑去晏家问，晏磊也不说，今晚他特意约宋楚颐出来打篮球，也是想让他出来发泄发泄，没想到又看到一条这样的微博，估计是火冒三丈了。为了让他的消气，展明惟忙说：“发微博好啊，这样就可以让少彬找人查到她现在在哪儿了。”

宋楚颐一听，脸色才稍稍好转。

展明惟从裤兜里掏出烟盒，给自己点了一根烟后，立即打电话给厉少彬，厉少彬说要十多分钟才能查到。

放下手机，展明惟递给宋楚颐一根烟：“要不要抽两口？”

宋楚颐犹豫了两秒，接过烟，就着展明惟手里的火点燃了。展明惟瞅着他鼻孔里徐徐喷出烟雾的模样，问：“好久以前就想问你一个问题，你是不是喜欢上晏长晴了？”

宋楚颐盯着手里的烟，沉默了足足半分钟，才说：“她就是一个小妖精。”

他承认，初时，他确实对她没太多感觉，只是觉得结婚了，对这个女人的义务还是要履行的。可是相处久了，看到她差点把狗弄丢了，然后哭得一塌糊涂的模样，他又气愤又有一种无力发火的感觉。她太娇气，但娇气得可爱，不会让男人讨厌，甚至连她无理取闹的时候他都觉得很可爱。

宋楚颐不明白爱情和情欲是不是分开的，反正每次看到她用一双明亮的桃花眼看着他时，他的心就酥软了。还记得第一次感到悸动是那次欢爱过后，他要离开时，她伸着手对他说“要抱抱”。

他低头，用力地吸了两口烟：“明惟，小时候我们看聊斋故事，不总是有书生被妖精迷惑的吗？我觉得我现在好像就是那个样子。”

“噢，意思是她对你用了妖法，”展明惟吞吐烟雾，好笑，“那以前云央对你用的是什么？”

“我也说不上来，那时候只有十多岁，在感情方面本来就很容易萌芽。跟云央分手后，说实话，我没想过会再对另一个女人有感情，尤其是她跟云央一点都不一样。”宋楚颐失神了一会儿，回答了这个问题。

“也是，”展明惟点头，“云央从小寄养在你们家，虽然看起来也乐呵呵的，可我们都清楚，她懂事很早，从来不敢在你们家放肆地撒娇，平时对你爸爸、奶奶也是毕恭毕敬，可是晏长晴就不一样，她的家庭很完整，没有那么多乱七八糟的事，她生活得很健康。就算她暗恋的人不喜欢自己，她也能用乐观的心态继续成长。她就像一个小公主，没有远大的目标，可能就是想找个喜欢的人幸福地过一辈子吧。”

“是啊，我从来不知道原来有人可以活成那个样子，就像一个小孩，但是却有着成熟女人的身体，她就像太阳，我就像……就像……”

“一只猫，”展明惟笑着接过他的话，“楚颐，在我心里，你就像一只猫，猫常常喜欢行走在黑夜中，看起来优雅、内敛、自负、孤独，其实有点任性。”

宋楚颐听着，怔了怔，他还是第一次被自己的朋友形容成一只猫，他有点啼笑皆非，但觉得又有几分道理：“我任性吗？”

“任性啊，别人说什么都很少听的人，不是任性是什么？”展明惟低低一笑，手里的烟灰颤抖着掉在裤子上，他拍掉，说，“我们楼下有很多野猫，每次被人发现后，都会飞快地跳进花丛里，白天从不曾见到它们。有时候我会想，这些猫难道就一点都不想跟我们这些人接触吗？后来想想，其实猫都是很敏感的，也许它们不是不想走到阳光下来，只是怕有人会伤害它们。但它们，也许很想让人上去摸一摸它们。楚颐，在我看来，你就像我们楼下的一只野猫。”

“胡说什么呢。”宋楚颐板起脸，耳根却下意识地微微发热，有没有搞错，竟然有人把他比喻成一只野猫，太丢脸了。

“楚颐，也许你已经爱上晏长晴了，只是你自己都不知道。正因为你家庭的不完美，你才更加喜欢跟她相处，因为她所有的健康的东西都在吸引着你。还记得小时候，你跟我说，你爸妈经常吵架，吵得最凶的一次，你哭着跟我说为什么你会生活在这样一个不幸福的家庭里，你说你羡慕少彬的家。从那时候起，我就知道，你看起来很冷淡，其实你骨子里很渴望幸福。就像你会成为一个医生，你对病人有着你平时没有的耐心，你从来都不是一个物质的人，这些，你跟你哥完全不一样，”

展明惟笑着站起身来，“如果你爱上了晏长晴，一点都不要奇怪，因为她拥有你没有却渴望拥有的一切东西。”

宋楚颐浓长的睫毛轻轻地颤了颤。

展明惟拿着篮球往球场里跑去了。

“明惟，楚颐怎么还坐在那儿，什么时候能上场啊？”队友问。

“可能要过一会儿吧，他需要理清一些东西。”展明惟笑了笑。

清晨，屋子里传来阳台上鸟雀叽叽喳喳的叫声，长晴抱着床褥翻了个身，睡意全无。

长晴爬起来，打开窗帘，旁边阳台的傅愈朝她招手：“长晴，一起去初中校门口的那家早餐店吃汤包去吧。”

想起初中那会儿每天早上都一定要吃的汤包，长晴立即有了馋意，二话不说地点了点头。

早上的老街，人流穿梭不息，长晴简单地梳了个马尾，和傅愈一块儿走在马路的右侧。初中的学校离家也不过十多分钟的距离，傅愈瞅着身边的小姑娘，心情不错，感慨：“好像又回到了我们一起上学的时候。”

长晴轻嗯了一声。那时候他们在同一所中学，长晴在初中部，傅愈在高中部，两人每天早上一块儿去学校，傅愈总是帮她拿着书包，她每天最期待、最甜蜜的也是那个时候。不过事过境迁，当傅愈如今走在她身边的时候，她已经没有了当初甜蜜的感觉，只有满满年少时的回忆：“傅愈哥，你知道你妈和我爸的事吗？”

傅愈温润的脸突然僵住，眸底划过一丝隐晦的痛楚。

长晴低头接着说：“你做我哥哥挺好的，我们也应该替他们感到高兴才对。”

傅愈别开脸苦涩地望向远处，怎么办呢，他一点都不想只做她的哥哥，到现在，依然如此，尤其是走在这条有无数回忆的马路上，更想和她一起走一辈子。

在学校门口买了几个汤包、豆浆回来，长晴一路上吃得津津有味，还是和以前一样，吃着东西就不注意前面。傅愈小心翼翼地照料着她，偶尔拉一下她的手臂，或拽一下她的手腕。

长晴吃得差不多时，一抬头，晏家老院子门口，宋楚颐斜靠在铁门上。他上身穿着一件拼接的几何图案衬衣，下身穿着一条蓝色牛仔裤，裤脚微卷，搭配白色的球鞋，一张干净的脸清冷雅致。他最近似乎修剪了一下头发，露出了部分额头，显得一张脸比之前更好看、更年轻了，不过那张年轻的俊脸正呈现出难看的铁青色。

长晴眨眨眼，以为眼花了，再定睛一瞧，宋楚颐拧着眉头朝两人走来。大老远的，他便瞅见这两人亲亲热热地吃着早餐走过来，胸膛里的怒火烧得像要炸开似的。他在北城因为联系不上她，急得睡也睡不好，也没办法好好工作。她倒好，在这里又和傅愈搅在一块儿，日子过得甜甜蜜蜜的。

看到他一脸愤怒的样子，傅愈不动声色地挡在长晴前面，警惕地看着他。

宋楚颐脸色再次狠狠一沉，两人正僵持时，晏奶奶从院子里出来，笑着说道："晴宝，你们回来啦，你和傅愈刚走，楚颐就过来了。这孩子可真是有心啊，为了你早上七点就到了，估计凌晨四五点就起来了。"

长晴略带错愕地从傅愈身后探出脑袋看向他，这才发现他的黑眼圈很重，眼睛里也有血丝，看来是很疲惫。她心里划过一丝细微的悸动。

宋楚颐看了她一眼，绷着俊脸转身往院子里走。

长晴跟在他后面慢吞吞地进去，她把带回来的早餐给晏奶奶，晏奶奶又给宋楚颐，说："这是晴宝小时候最喜欢的学校门口的汤包，一大清早特意去买着吃的，你快尝尝。"

宋楚颐正好饿了，接过来不一会儿就解决了三个。

晏奶奶笑道："瞧你饿的，没吃早餐吗？"

"哪里有时间吃，"宋楚颐凝视着长晴，"起那么早，也是为了能快点看到某个人。"

长晴不自觉地噘起小嘴，晏奶奶悄悄地朝傅愈招招手："傅愈，来，帮奶奶一个忙。"

傅愈知道晏奶奶是为了支开他，可也没办法，只能和晏奶奶进了里屋。

长晴有点怕和宋楚颐单独相处，忙站起来，后面一只大掌扯住她，宋楚颐强势地搂她入怀："你这个小妖精，竟然敢把我拉进黑名单，还一声不响地来了扬州，又和傅愈走得那么近，看你们刚才亲热的模样，到底我是你老公，还是他是你老公？"

长晴被他抱得吃痛，懊恼地说："我不要你这个老公。"

"我那天跟你说了那么多，白说了吗？"宋楚颐皱眉，没好气地说，"不想要我，还想要谁啊，傅愈，他不是都快成你哥了吗？"

"既然知道他快成我哥了，你干吗还总说他，"长晴没好气地推他，"你快点放开我，我刚才吃多了，要上洗手间。"

宋楚颐犹豫地拽着她，见她眉头难受地皱在一起，手微松，长晴得了空立即往屋里的洗手间跑去。

这会儿，傅愈帮完晏奶奶后回了客厅，晏奶奶也不知道去哪儿了，两个大男人四目相对。宋楚颐深吸一口气，心里的怒气像岩浆一样往外涌，不过他努力克制着。他坐到傅愈对面，带着一丝疲倦的口吻道：“傅愈，你到底想怎么样？我听说你妈和长晴爸爸已经在交往了。”

傅愈眯眼冷笑了一声，低声说：“是啊，他们在交往了，所以我现在可以用长晴哥哥的身份来警告你，离长晴远点，别再做出伤害、利用她的事情来，从今以后她由我守护。”

宋楚颐腾地站起来，拳头握得咯咯作响，怒火一触即发时，厨房门口，晏奶奶端着一个果盘出来，笑呵呵地说：“你们小曾阿姨这两天有事，没过来，家里没什么好吃的，找了半天，就找出这几样水果。”

“奶奶，我帮您洗。”宋楚颐收敛起怒气温和地走过去接果盘，晏奶奶推拒了半天，挡不住他的热情，由着他去厨房洗水果了。

长晴从洗手间出来，宋楚颐端了一个漂亮的水果拼盘出来，柚子也剥得干干净净，晏奶奶赞不绝口，直夸赞他能干，傅愈一脸郁闷，不就是切个水果吗，谁不会啊？

第三十八章　求婚

临近中午，外面的阳光是一天之中最烈的，晏奶奶的保姆小曾阿姨提着菜从外面进来，傅愈立即走过去接过菜篮："小曾阿姨，我来帮您打下手吧，一整天都在晏家吃吃喝喝的，总得帮忙做点什么。"

小曾阿姨哪敢让他帮忙，忙推拒："不用，我自己来就行，你是客人，去坐着吧。"

晏奶奶则说："他哪是什么客人啊，我看着他长大的，跟我半个孙子一样。"

"没事，反正闲得慌。"傅愈说笑着，陪同小曾阿姨一块儿进了厨房。

宋楚颐气得牙痒痒，这个傅愈脸皮真厚，他原本也是想帮忙打下手的，没想到被他抢了先，现在过去倒显得像凑热闹了。

中午的菜端上来后，五菜一汤，晏奶奶只稍微瞅了一眼，便笑道："小曾，这三道菜看起来不像是你的手艺啊？"

"您好眼力，是傅愈做的，原来他的手艺比我还好呢。"小曾笑着给大家摆碗筷。

傅愈笑容满面地给长晴和晏奶奶夹菜，长晴尝了一口，赞不绝口："嗯嗯，傅愈哥，你这道千叶豆腐做得真好吃，没想到你出国留学这么多年，做菜的手艺比以前更厉害了。"

晏奶奶诧异道："傅愈以前会做饭？"

"是啊，以前你们不在家的时候，傅愈哥常常做饭给我和姐姐吃。"长晴解释。

"这样啊，"晏奶奶恍然，却感觉到旁边的宋楚颐一直沉默，转头问他，"楚颐，你会做饭吗？"

“会一点儿，但不是很精通。”宋楚颐淡淡地扯唇，夹了一口菜，吃在嘴里，食之无味。

一顿饭，吃得热热闹闹，长晴快吃完时，突然发现宋楚颐很安静，瞄了他一眼，见他只是敛着眸咀嚼米饭，很少说话。

她心里微微咯噔一下，他不会又生气了吧，他每次生气的时候都会看起来很严肃。她有些怕，饭后忙积极地收碗筷，趁晏奶奶睡午觉后，又叫上傅愈一块儿玩跳棋。

晚上，傅愈离开后，她陪着奶奶看了一会儿电视，便嚷着陪晏奶奶一块儿睡觉，晏奶奶劝她：“长晴，楚颐难得过来，你好好陪他，回自己房去休息吧。”

“不嘛，”长晴挽着她的胳膊撒娇，“人家说，老人家见一面少一面，我和他还有很长时间呢，现在最要紧的是陪您。”

晏奶奶听得心暖，也为难，直到宋楚颐开口：“奶奶，就让她陪您睡吧。”

长晴一愣，回头，他已经转身上楼去了，她看着他的背影，不知怎么回事，心情略微烦躁起来。

陪着奶奶回房后，晏奶奶展开被子，突然笑着对孙女说：“你是不是和楚颐吵架了？”

“哪有。”长晴扭捏地钻进被窝里。

“下午小曾阿姨都说了，你一直陪着傅愈玩跳棋，不怎么搭理楚颐，”晏奶奶疼爱地看了她一眼，“长晴，奶奶不知道你们发生了什么事，但如果你还喜欢这个人，就不应该用这种态度，否则你就会失去他。”

“失去就失去啊。”长晴一听，更加负气起来，鼻头也酸酸的，本来就是他对不起她。

晏奶奶语重心长地说：“你可以陪着一个女人玩，不搭理楚颐，但你跟一个男人玩完全不搭理他，很有可能会让误会更深，他会以为你心里没有他。”

长晴猛地一怔，心里莫名泛起一丝细微的慌乱。她甚至没弄清楚这丝慌乱来自何处，但想到今天晚上宋楚颐越来越冷淡的表情，那丝慌乱就越来越浓了。她不清楚为什么会这样，明明还在不甘心地和宋楚颐吵着要离婚，可只稍微想想两人真的离婚了又无比痛苦。

如果有一天，宋楚颐也同意离婚，他们之间就真的结束了吧。她胡思乱想，结果失眠了，一直到夜里十二点多才睡着。

翌日，长晴睡到日上三竿，起床后发现客厅里一个人影都没有，长晴特意走到鞋柜边上看宋楚颐的鞋在不在。不在，他肯定是穿着出去了，这个点他去哪儿了？

正胡思乱想着，傅愈提着一碗馄饨从外面进来："我就知道你会睡懒觉，刚才去吃早餐的时候顺便给你带了一碗，就是拐角处那家老馄饨店。"

"噢，那家呀，好久没吃过了。"长晴正好饿了，忙接过馄饨，打开准备吃时，忽然想起昨晚晏奶奶说的话，她拿着勺子的手顿了顿，问，"傅愈哥，你打算什么时候回去？"

傅愈斜靠在椅子上，转头望着外面的石榴树，侧颜明朗："你呢？"

"我……明天就走吧。"长晴低头吃着馄饨，回答。

傅愈目光在她身上停留了一会儿，扯唇："那我也明天走吧，有个伴也不至于无聊。"

长晴皱了皱眉，外头突然传来晏奶奶的声音："哎呀，你怎么吃上早餐了，楚颐给你去买汤包了。"

长晴愣住，晏奶奶道："他看你昨天早上出去买汤包，知道你爱吃，早上特意问了我地址，现在应该快回来了吧。哎呀，瞧，说曹操曹操就到。"

正说着，宋楚颐提着一杯豆浆和汤包从外面进来，当他一双湛黑的清眸望过来时，长晴的手抖了抖，刚才还吃在嘴里的美味馄饨突然之间像变了味儿一样。

宋楚颐也看到了那碗馄饨，还有一旁的傅愈。傅愈满怀歉意地开口："不好意思，我不知道你也给长晴买早餐了。"

一个"也"字，用得恰到好处，足够让人清楚这碗馄饨是他买的。

清晨的光线笼罩在宋楚颐身上，长晴望过去，只觉得他的俊脸被光照得模糊，眼神也是深不见底，让人不知道他在想什么。她心里咯噔一下，觉得自己这个时候该说点什么，但一想到宋云央的存在，就让她的话卡在某处说不出来。

短暂沉默后，宋楚颐走过去把早餐放在她面前："你要不要再吃一点？"

长晴张了张嘴，口不对心地低下头："不用了，我昨天吃了，今天不想吃了。"

宋楚颐静静地看着她，好像要把她看穿，晏奶奶着急："这孩子，人家楚颐一番心意，特意去给你买的。"

"没关系，这种东西可能吃多了确实会比较腻吧，反正我也没吃早餐，我自己吃吧。"宋楚颐坐在一边吃了起来，晏奶奶心里过意不去，凑过去道："正好，奶奶也没吃饱，我也尝尝。"

长晴默默地舀了一勺馄饨就要开吃，傅愈拦住她，柔声提醒："小心烫。"

"噢。"她低头吹了吹，吃了一整碗，却不记得馄饨的味道。

吃完早餐后，长晴怕尴尬，假装没睡够，跑进晏奶奶的房间去补眠，一直磨蹭到中午才出来。厨房里传来热闹的说话声，似乎有小曾阿姨的，还有傅愈的，客厅的沙发上只坐了宋楚颐一个人，见她出来，他朝她招招手。

长晴没过去，躲闪着往楼上走，他皱眉起身，笔直地朝她追上来，一直走到二楼才拽住她。她抗拒地挣扎，宋楚颐居高临下地注视着她极力抗拒自己的眼神，身体一僵，许久才低哑地开口："我大老远地过来找你，和你说上一句话就这么难吗？你不停地躲着我。长晴，我们的婚姻你就这么不愿意走下去了吗？"

长晴的心疼了一下，咬着嘴巴不说话，宋楚颐看着她的眼神也渐渐冷却下来，再次问："你真的就这么想跟我离婚？"

长晴偏开脸，喉咙涩得难受，事到如今，她想不想离婚自己也不知道，唯一知道的就是他因为宋云央和自己结婚，让她难受得快要窒息。

见她一直不说话，宋楚颐的手慢慢地放开她，挺拔的身体退开了几步，眼神冰冷地说："好，长晴，我如你所愿。麻烦你跟奶奶说一声，我回北城了，不在这里吃午饭了。"

他说完，就转身下楼了，长晴回过神时，只看到他离开的背影，不过几秒钟，他的背影就彻底消失在视线里了。

她呆住，满脑子都是那句"我如你所愿"。

他说的是离婚吗？她总是和他说要离婚，可是当他同意的时候，她为什么会这么难受呢，疼得五脏六腑都碎了似的。不只疼，还有害怕，以后她的世界里是不是再也不会有宋楚楚这个人的存在了？他会回到云央身边吗？会把以前对她的好都给另一个女人吗？会抱着宋云央叫她"云宝"吗？

长晴忍不住哭了出来，在厨房里听到哭声的晏奶奶和傅愈立即走出来，看到她哭得鼻子通红，泪珠大颗大颗地落下来。

晏奶奶心疼地赶紧抱住她："哎呀，我的晴宝，怎么啦，楚颐呢？"

"他……他走了，他以后都不会……来了，"长晴哭得一抽一抽的，鼻涕眼泪都混在一块儿，毫无形象，"我们……要离婚了。"

"发生了什么事非得要离婚啊？"晏奶奶抱怨着要拿她的手机打给宋楚颐，长晴使劲拽着不让，只是一直哭。

傅愈站在边上递给她一张纸巾，不一会儿就哭湿了。他心里涌起一阵揪痛，从来没想过他的晴宝会为了宋楚颐哭成这个样子，上午的时候他还因为他们冷冰冰的样子而庆幸，可他怎么忘了，长晴越在乎一个人就越会这样别扭。

他突然悲伤起来，原来长晴已经这么爱宋楚颐了。

这场大哭谁安慰都没用，长晴一直哭累了才睡着，连中午饭也没吃。睡到下午三点多起来，她无精打采地望着窗外，一句话都不想说。

傍晚，她躺在床上，又有点想哭了，晏奶奶几次叫她下去吃饭，她都推拒了，怕晏奶奶问，到时候她肯定又会哭的。

夜里八点多钟，她的房门再次被推开，长晴揉揉眼睛嘟囔："奶奶，我不饿，您别叫我了。"

"不叫你，饿坏了怎么办？"头顶，突然传来男人清冽又无奈的声音。

长晴猛地回头，不敢相信中午离开的男人这个时候又出现在自己的床边，他还是穿着白天的衬衣，不像是自己哭得迷糊了在做梦："你……你不是走了吗？"

"我走了，你要是眼睛哭瞎了可如何是好？"宋楚颐心疼地抚了抚她湿湿的眼角，"你起来，我带你去个地方。"

"我不要，"长晴意识到自己丢脸了，想拿被子蒙住自己，宋楚颐抢先一步，拦住她，把她扛到自己肩上，迅速下楼。

"宋楚颐，你放开我，"她使劲地捶他，看到客厅里看电视的晏奶奶还求救，"奶奶，救我。"

"晴宝，别闹，好好跟着楚颐去玩。"晏奶奶笑呵呵地摆手，自家孙女就是矫情，人家走了就哭，回来了又闹。

陌生的轿车上，长晴被强迫系上安全带，她懊恼地瞪着开车的男人，没好气地说："你要带我去哪里？"

"别急，很快就到了。"宋楚颐认真地握着方向盘。

十多分钟后，轿车停在河边，古老的河边霓虹灯闪烁，灯光倒映在湖面上，瑰丽得让人分不清年代。

河边，停靠着一艘有古韵风格的红色游船，船的周围用一簇簇的鲜花装饰，宋楚颐牵着她的手下车，长晴愣住："你要干吗？"

"跟我来。"宋楚颐强硬地拽着她登上游船。

走进去，长晴便呆住了，游船里的灯光被调成一种浪漫的色调，天花板上都是气球，不过最让她震惊的是船舱两边挂满了她的照片，都是不同时期的。

有她刚大学毕业时稚嫩的模样，她第一次参加主持时紧张羞涩的模样，还有她曾经放在微博里的各种各样的自拍照，做鬼脸的、大笑的、卖萌的、淘气的……起码有上百张，照片都是随着她的成长逐一放置的。

她呆了呆，屏息地看着墙上那些属于她的回忆，有些照片甚至连她自己都快记不得了。

再往里面走，正中间摆放着一个三层的蛋糕，蛋糕的顶端用奶油做了一个很小的踮着脚的小公主，公主戴着皇冠，周围还点着一圈小蜡烛，看得出是花了许多心思才弄得如此栩栩如生的。

“这些……都是我自己亲手挂上去的，”宋楚颐握拳轻咳一声，耳根处微微发红，他从来没想到有一天自己也会弄这些东西，“我今天中午离开就是在弄这个，女人都喜欢浪漫，所以我就想了想，把你的照片都洗了出来，把在网上找到的漂亮的、可爱的都打印了出来。”

他转过脸，深邃的眼眸犹如外面的星空，熠熠生辉，他的声音犹如最甜蜜动人的情话，丝丝缕缕地敲击在她的心房。

长晴鼻头猛地酸了起来，半晌，喉咙里才发出酸涩的声音：“你不是说要回北城了吗？你骗我。”

“当时也不是骗你，只是走出来没多久就想起你口是心非又倔强的小模样，就放弃回去的念头了，”宋楚颐宠溺地微微一笑，“幸好我没有离开，不然就没办法看到某个小家伙哭得伤心欲绝的模样了。”

“你讨厌，我不理你了。”长晴丢脸死了，懊恼地转身要走。

宋楚颐从后面抱住她，不让她走：“长晴，这两天我看你和傅愈亲密的模样，有时候也问过自己，你是不是不喜欢我，尤其是早上，心都凉了半截。”

“我喜不喜欢你不重要，反正你心里有宋云央。”长晴委屈地嘟囔。

“云央已经是过去式了，”宋楚颐盯着她迷糊的眼睛说，“其实有些事不发生，也不知道你对我有多重要，以前没想过我跟你之间的问题，可是却觉得你会是那个一直在我身边和我过一辈子的人。原谅我的后知后觉，其实我早就被一个叫晏长晴的小妖精迷得昏头昏脑了。我喜欢你在我身边，回家的时候有你缠着我撒娇，还有自言自语地陪着罗本玩耍。长晴，我知道我自己想要的是什么，你就是我的幸福。”

长晴被他说得心跳加速，抬头看了他一眼，目光像被灼伤了似的立即别开，她握了握拳头，有点甜蜜，又有点委屈和难受：“就算你说的是真的，但你们现在在一个科室工作，她又是你的初恋，你们交往过那么多年，我不可能若无其事。在感情方面，我是很小气、很自私的，而且宋云央也不一定想放手，她都主动亲你了。”

“有些事我跟云央已经说清楚了，这段时间除了给她送点水果或者偶尔送送饭，我们之间很少有其他交流，我能感觉出来她已经放弃了。我们现在在一个医院，也是没办法的事，不过我跟她现在不在一个科室，她在住院部，我在急诊大楼，基本上很难碰到面。你要是不喜欢，我就暂时留在急诊室。”宋楚颐盯着她那张娇软诱人的红唇，俊脸几乎快要贴上去了。

“什么叫暂时？”长晴皱眉，捂住他那张越来越靠近的嘴巴，别以为她不知道他想干吗。

“暂时就是没有你的允许我就一直不调，你同意了我再回神经外科。”宋楚颐一双明亮的眸闪烁着令人动容的光芒。

长晴的心软了软，宋楚颐牵着她的手再次往船的后面走。一排排水灯漂浮在水面，犹如烟波浩渺的银河上有万盏灯火闪烁。

长晴的目光逐渐变得迷离，不敢相信，这条数千年历史的河会因为她而变得如此瑰丽，水灯渐渐漂得近了，依稀可见上面用毛笔写的字，她再仔细一瞧，那上面用英文写着“Marry Me”。

宋楚颐从后面慢慢地抱住她，低沉的声音夹杂着一丝温柔的气息，在她耳畔蛊惑诱人地说：“再接着看。”

长晴屏息，被他提醒，又仔细瞧了瞧，但没看出任何端倪，直到一阵清风拂过，水灯略微旋转，才发现另一面写的是“I LOVE YOU”。

“我爱你。”宋楚颐轻轻吻住她露在空气中的耳垂，一股酥麻感忽然从长晴的脚底蹿进了脊椎，再至心脏，她浑身再也控制不住地埋进了他的怀里。

她的心扑通扑通地跳着，好像已经不属于自己。

她从来没想过宋楚颐会为她做如此精心、浪漫的告白。以前，哪怕再亲昵的时候他都没有说过喜欢的字眼，但她的心里一直都是期待的，可也不敢问，怕问了，他不喜欢，不愿回答。

宋楚颐慢慢地将她的身体转过来，长晴的眼眶是红的，他的眼睛太过于灼热，她突然不大好意思面对他，扭捏紧张地别开脸，支支吾吾地说：“为什么是Marry Me，我们不是已经结婚了吗？”

“是结过婚了，但是我的老婆不是最喜欢浪漫嘛，我欠你一个求婚仪式，”宋楚颐从兜里掏出一枚钻戒，低声说，“晴宝，你愿意跟我在一起一辈子吗？”

长晴看着那枚钻戒，哭了，是感动得哭了：“那以后……都要忘了宋云央，不许你再记着她，只能爱我一个人，疼我一个人。”

“好，这辈子，我就疼你一个人，爱你一个人。”宋楚颐继续用撩人的嗓音在她耳边说。

长晴被他温热的气息弄得耳垂和脚尖都是痒痒的，无所适从地低头，过了好久，才鼻尖酸酸地小声嘟囔：“都没花……”

宋楚颐终于笑了，摸摸她的小脸蛋，疼爱地说：“傻瓜，答应我了，这辈子的鲜花我都包了。”

长晴在他的胸膛上轻轻捶了两下，最后还是被他按进怀里。闻着他熟悉的气息，感受着他滚烫的温度，她既温暖又甜蜜。其实从头到尾，她的心里都舍不得他，不想跟他离婚，但又怕他不爱自己，现在知道他是爱自己的，心里像吃了蜜一样甜。

她低头望着河灯上的字，看得越来越害羞：“会不会被别人看到，多不好意思啊。”

“有什么不好意思的，没人知道是我们，”宋楚颐微笑地亲亲她的额头，“放心吧，我已经安排了人在下游打捞。”

长晴轻嗯了一声，还是痴痴地看着那些字，这样的夜景，也许这辈子都不会看到了。

心中一动，她赶紧拿手机拍下来，说：“我要做个证明，免得你以后对我不好，不爱我了。”

宋楚颐低笑着不说话，只是把她抱得更紧。

她这么可爱，他怎么可能会不爱她呢。其实他也没有想过，这辈子除了云央，他竟然还能这般喜欢一个女人，遇上了她才知道，当初对云央的喜欢只是年少时的悸动吧。

她就是个小妖精，从遇上她的那一刻，他就在不知不觉中被她迷住了。

“走吧，我们进去切蛋糕。”直到河灯从船边渐渐漂远，宋楚颐才牵着她往船舱里走。

长晴恋恋不舍地看了一眼河面，才慢慢地往里面走。

蛋糕上面的蜡烛还燃烧着，长晴仔细打量了一眼用奶油制作出来的公主，疑惑地问：“为什么会给我弄一个蛋糕，今天又不是我生日。”

宋楚颐摸摸她细软的头发："重点不是你生日，是蛋糕上面的公主，意思是你以后要做我一辈子的公主。"

长晴开心得飘飘然了，露出两颗洁白的牙齿："怎么办，你这么说，我都舍不得吃掉这个公主了。"

"没关系，那我吃掉。"

"讨厌，我才是女主角，公主是我的。"

……

小小的船舱里回荡着长晴娇嗔的笑声，一切都甜得不可思议。

晚上，回到晏家老宅，长晴吃得饱饱的，赖在车上，宋楚颐打开车门时，她伸手："不想动，抱我上去。"

"好。"刚哄好的老婆是老大，宋楚颐弯腰把她抱出来，长晴钩住他的脖子，幸福地靠在他的肩膀上，被他扛着出去和被他抱着回来完全是两种心情，不过她现在又真真实实地成了他的晴宝，比什么都要好。

隔壁院子的阳台上，傅愈安静地点着烟注视着下面，月亮的余晖洒在他的身上，更显得落寞寂寥。

他深深地吸着烟，直到那两个人进了屋子，才恍然如梦地收回目光，唇角勾起一丝苦涩的笑容。从中午看到长晴哭得泪流满面的时候，他就明白了，正因为长晴在乎，所以这两天才会对宋楚颐表现得那么冷漠。其实，她很久很久以前就已经不喜欢自己了。

第二天早上，宋楚颐还在床上熟睡，长晴腻歪着爬到他的身上撒娇："人家想吃学校门口的汤包，你给我去买。"

宋楚颐捏了捏身上的小妖精，懒洋洋地轻哼："说不定傅愈会给你买馄饨呢，确定要我去买汤包？"

长晴水汪汪的大眼睛瞅了他几秒，继续卖萌："可我就想吃你买的。"

其实她昨天就想吃了，只是不好意思。

宋楚颐亲了她两口，这会儿真是一点气都生不起来了："等着。"

小妖精说要吃他买的，他再不想起床也得起来。

九点多钟，他买了汤包回来，长晴正好洗漱完了，捧着他买来的汤包靠在他怀里吃得有滋有味。和老公一起吃小时候爱吃的东西感觉果然不一样，吃不完的，她全塞进宋楚楚的嘴里："我不想吃了，你帮我吃了。"

宋楚颐懊恼地直皱眉头，这女人，才惯了一天，就又无法无天了。

晏奶奶笑呵呵地看着这小两口，和好了就是不一样。自家孙女也太善变了点儿，昨天还哭哭啼啼的，今天就高兴成这样了。

晏奶奶忽然想起来一件事，说："对了，傅愈早上八点钟的时候走了，说公司有急事，不跟你们一块儿走了。"

长晴愣了几秒，随即松了一口气，傅愈走了也好，她现在心里真的只是把他当哥哥。

宋楚颐勾着嘴角捏捏她的小脸，傅愈这回总算识相了，也应该死心了吧。

北城的傍晚，晏磊正在看电视新闻，外面突然传来狗吠声，不到几分钟，自家女儿提着手提包像公主一样走进来，宋楚颐在后头帮她拎着大包小包。

"爸，我回来了。"长晴开开心心地往晏磊身边蹭去。

晏磊摸摸女儿柔顺的头发，去之前，自家女儿一副无精打采要失恋的模样，回来的时候，像中了百万大奖一样高兴。他想起下午晏老太太打的那通电话，笑了笑，冲提着东西上楼的宋楚颐打了声招呼，然后低头问女儿："和好了？"

长晴不大好意思地点点头："爸，你会不会也觉得我原谅得太快了？"

"感情的事是你们俩自己的事，只要我的宝贝女儿开心就好，"晏磊眉宇间都是宠溺，"爸永远是站在你这边的。"

"谢谢爸。"长晴感动地靠在老爸的肩膀上。

从今天开始，她又是那个有老爸宠、老公疼的人了。

第三十九章　最好的结果

长晴再次回到宋家的时候差不多到立秋了，但天气还是很炎热，树叶也仍旧是青翠的。

这天下午，接到要回宋家的消息时长晴正在电视台上班。宋楚颐说：“我今晚要回宋家吃饭、睡觉，我爸和戴嫒前阵子去了美国看宋佩远，我奶奶打了好几次电话，总得回去陪陪她。”

“那……宋云央也在？”长晴试探性地问。

宋楚颐沉默了一会儿，轻声回答：“她受伤后一直住在宋家，不管怎么说，名义上她还是宋家的女儿。”

长晴一听就不舒服了，要换成以前不知道就算了，但现在自己老公和初恋将要住在一个屋檐下，她真的没办法淡定。

宋楚颐在那端说：“你跟我一块儿去吧。”

“我不想去……”长晴噘嘴，怕看到宋楚朗和宋奶奶，也不想看到宋云央。

“那我先过去了。”宋楚颐也没勉强她。

“嗯。”长晴低声应着，挂完电话后，脸上写满了不高兴。

“怎么啦？”坐在她对面的文桐说，“刚才还高高兴兴的，一下子就乌云密布了，谈个恋爱也不用谈得这么善变吧。”

“才不是，今晚宋楚颐要回宋家，宋云央也在，”长晴撇嘴，“宋云央伤还没好，要是哪里假装痛一下，你说他们两个还不得肌肤接触了。”

“是啊，”文桐若有所思，“所以你晚上一定得过去啊，千万不能让他们两个旧情复燃。”

听到“旧情复燃”四个字，长晴就有点毛了：“我才不要去，要是这么容易就旧情复燃了，那我算什么。再说，强扭的瓜不甜，男人要这么容易变心，我勉强有什么意思。”

“女人任何时候都得有一颗防患于未然的心，”文桐继续说，“你现在是正室，就应该过去，两人表现得要多亲密就有多亲密，让宋云央明白，这个男人已经是你老公了，让她早点彻彻底底地死心。没错，强扭的瓜不甜，但前女友这种生物，女人是一定要防的，我要是你，肯定立马去了，记得戴上他送你的戒指。”

长晴被她说得小宇宙有点燃烧起来：“可是……宋家人不喜欢我，还有宋楚朗也很讨厌我。”

文桐拍拍她的肩膀：“宋楚朗这么一而再再而三地欺负你，我要是你，肯定得振作起来在气势上压倒他，让他知道你并不是那么好欺负的。”

“可是我真的就很好欺负啊。”长晴无辜地撇嘴。

“他就是看你好欺负，才一再地欺负你，你强硬点，他就是个屁。”文桐鼓励她，“你想想，现在宋楚颐正是宠你的时候，你就应该仗着这份宠溺站稳脚跟，女人有时候就是要懂得妖言惑众，想想人家褒姒是怎么让周幽王为她烽火戏诸侯的，你没褒姒那个本事，但总能迷得宋楚颐站在你这边吧。你要这点本事都没有，那真是枉费你这张狐狸精的脸了。”

“谁狐狸精了，”长晴好笑又好气地打她，不过心里还是被文桐说得痒痒的。

是啊，她干吗总怕宋楚朗，只要宋楚颐爱她就行了啊。

晚上和几个赞助商吃饭吃到八点多，文桐亲自开车送她过去，到宋家门口时，郑重其事地拍拍她的肩膀：“从这一刻开始你就是个狐狸精，向人家褒姒学习，实在学不了，就学苏妲己吧。”

长晴翻了个白眼儿，为什么她要学那些祸国殃民的坏女人。

宋家的门卫认识她，很快打开了大门，还笑着说：“晏小姐，您好些日子没来啦。”

“是啊，”长晴腼腆地笑笑，走了三四分钟，便看到宋楚颐从宅子里走出来，眉梢挂着微微的诧异，“不是说不来的吗？”

“想了想还是觉得来比较好，”长晴娇哼了一声，“免得你跟旧情人背着我眉来眼去。”

宋楚颐微愣之后莞尔，瞧着月光下，她那张狐狸精的小脸蛋上嘴唇微翘，眼角里飞射出小心眼儿的娇气，都能让男人把她抱在怀里亲两口。这个女人，吃醋都吃得这么可爱，而且女人吃醋也没有什么不好的，他好笑地说道："那你是要监督监督了。"

说完，挽着她的腰往大门口走："吃饭了没有？"

"吃了，"长晴抓着他的胳膊小声说，"我还是有点怕你奶奶，你等会儿一定要替我说话。"

"好。"宋楚颐捏捏她的小鼻子，心疼，要不是自己，她哪需要受这样的委屈。

客厅里，宋奶奶看到她来，眉心不自觉地皱了皱："不是忙吗，怎么又过来了？"

长晴脸红，虽然早做好了心理准备，不过还是很尴尬："奶奶，我下午是想过来的，但台里有事。"

"好了，坐吧。"宋楚颐挡住宋奶奶的目光，陪着她坐在一边。

长晴抬头看到了坐在一旁的宋云央，她也正看着自己，水雾般的眼睛里透着一股淡淡的伤感，才不过一个月没见，看起来瘦了不少，大约是之前伤得太重，宽大的家居服在她身上显得空荡荡的。

长晴原本还想发挥狐狸精的潜质，这一刻，突然觉得不大好意思了，发自内心地问候："云央，你身体好些了吗？"

"好得差不多了。"云央低声开口。

"那就好，"长晴尽量找话题，"应该快可以上班了吧？"

宋云央闻言，抬头看她，顿了几秒，又看向宋楚颐，马上收回来，淡淡扯唇："不去上班了，我打算过几天回德国。"

长晴愣了愣，见宋楚颐低头抿紧双唇，她的心情并没有因为这个回答而轻松："我听说……楚颐的妈妈好像也是在德国吧？"

"是啊，之前在德国的时候一直是住在一块儿的。"宋云央说完静默了，长晴也就没再说话了。

夜里十点多钟，长晴和宋楚颐上楼回到卧室后，把门反锁，短暂沉默后，长晴回头，皱起眉头，走到他面前，嘟嘴："宋云央要回德国了，你是不是着急了，难受了？"

"胡说什么。"宋楚颐捏捏她嫩嫩的小脸。

"看你无精打采的样子。"长晴哼哼唧唧。

"没有，只是今天晚上突然听到她要回德国的消息有些意外，还有些……愧疚吧，”宋楚颐轻叹一口气，“我觉得自己亏欠了她，如果没有我，也许她和我哥早就在一起了。”

长晴想到今晚宋云央无精打采的样子，实在嫉妒不起来，毕竟宋云央没有再死缠烂打，愿意离开就是最好的结果。

长晴认真地说：“我想，当医生的心地应该都很好吧，老天爷一定会给她一份幸福的，那个人是不是你哥，重要吗？说实话，你哥喜欢她那么多年，却一直只在背后默默地撮合你们，我不赞成这样的喜欢方式。”

“是吗？”宋楚颐一愣，良久扯了扯唇，“不过，我们先不说我哥了，我们好久没有温习功课了，再不练习，都生疏了。”

“流氓，谁要和你练习。”长晴嘴上说着不愿意，心却怦怦乱跳，确实是好久没有亲热了，她有点紧张。

两人真的很久没有过了，长晴又感到了疼，不过没多久就又抱着宋楚颐哭哭啼啼、哼哼唧唧，东南西北都分不清了。

宋楚颐人都被她哭软了，都说女人是水做的，她肯定属于水的成分特别高的那种。

完事儿后，长晴像只小猫儿一样趴在他的胸膛上，宋楚颐抱着她这里摸摸，那里亲亲。结果，长晴的身上又多了不少“草莓”。

第二天早上，宋楚颐醒来准备去上班时，身边的小女人还在熟睡，他没有吵醒她，爬起来把车钥匙留给她才蹑手蹑脚地离开。

长晴睡到八点多钟醒来，见宋楚颐不在，自己也不敢在宋家多睡，很快爬起来梳洗。

富丽堂皇的客厅里，只有宋奶奶一个人坐在那里看电视，长晴和她打了一声招呼：“奶奶早。”

“早。”宋奶奶回答得淡淡的，自从戴嫒出事后，宋奶奶对她的态度一直都是不冷不热的，长晴也不敢像以往那样肆无忌惮地撒娇。

打完招呼，长晴往停车坪走，快到车门时，宋楚朗从越野车里大步走了出来，一身黑色衬衣衬得整个人更加冷峻。

长晴暗暗叫苦，赶紧打开车门就要上去。

宋楚朗冷漠地朝她走来：“招呼都不打，就打算走了？”

长晴一僵，只能硬挤着笑回头：“我是看大哥不喜欢我，所以想早点从你的视野里消失。”

“你知道就好，既然如此，为什么还要来我们宋家，难道上次我的话白说了吗？而且我已经跟你说过，只要你离婚，你们晏家的公司不会受到一点影响，”宋楚朗面无表情地开口，说出的话也冷得像毒针一样，“还是，你们晏家想要更多？”

长晴气得俏脸通红，还是文桐说得对，他这么一再地欺负自己，就是看自己好欺负。她得振作起来，不能总被他这样欺凌了，兔子急了还咬人呢。

她深吸一口气，噘嘴哼了哼：“我也提过离婚啊，不过楚楚不愿意，他跟我说已经放下了和云央的过往，他现在爱的人是我。你心里不舒服，别找我，去找你弟弟做思想工作。”

宋楚朗脸色一变，行啊，一段日子不见，这个女人都敢跟自己呛声了，果然是越来越不像话了：“要不是你用那套床上的伎俩迷惑他，他怎么会这样，你觉得建立在床上的婚姻和感情有意思吗？”

“请问你结过婚吗？”长晴眨着眼睛反问。

宋楚朗眉宇紧皱。

长晴冷冷地替他回答：“你没有，你对我们的婚姻状况一无所知，你只是用你的主观意识看待我们的婚姻生活，如果楚楚真的这么容易被迷惑，那当初和云央分手肯定就有别的女人了，但他没有啊。就算和管樱交往也没有一丝越界，这说明他是爱我的。别什么都推到我身上，说我迷惑了他，我又不会妖法。”

宋楚朗脸部的肌肉线条一根一根地抽动，早晨的太阳也晒得他俊脸微红：“晏长晴，你别自以为是，从头到脚，你哪里比得上云央了？”

“我比不比得上不是你说了算，”长晴气呼呼地说，“你以后别总是一口一个我迷惑你弟弟了，你不觉得这是在侮辱你弟弟吗？我知道你很爱云央，所以逼着我们离婚，希望他们俩在一起，可他们要能在一起早就在一起了。你就别瞎操心了，也别乱点鸳鸯谱，我要是你，与其整天担心宋云央能不能幸福，还不如自己去给她幸福。”

“你根本什么都不懂。”宋楚朗气得咬牙切齿。

“不懂的是你吧，”长晴说，“宋云央喜欢楚颐，你就非得把他们凑在一块儿，那要是哪天宋云央不喜欢楚颐了，你是不是又要把他踢走，再弄一个她喜欢的过来啊。那你自己对她来说算什么呢？你的想法真的太畸形了，还是你心里自卑，根本不敢追求爱情啊？”

“你敢再乱说一句试试看，”宋楚朗心底的怒气上来了，“他们两个是互相喜欢，再说，云央不是那种会随便变心的女人，如果不是你，事情不至于走到今天这个地步。”

“这是你们三个人的事没有解决好，你别把我扯进去，”长晴觉得这个人真是蛮不讲理，不过被他凶神恶煞的模样吓得还是畏惧地微微后退一步，低声说，“没错，我承认你在感情方面很伟大，你明明那么喜欢她，却总是拱手成全别人，但你不是当事人，根本不知道他们之间真正的问题所在，便强行挤进去对人家的生活指手画脚。我想有你这么一个哥哥存在，楚颐跟宋云央在一起的时候一定会觉得自己非常无能和没用。还有，你那么喜欢一个人，却一丁点都不去争取，我建议你去看看心理医生，真的。”

宋楚朗粗暴地扯住长晴的手腕：“你再敢多说一句试试看，别以为我不敢拿你怎么样。我早就看你不顺眼了，云央好不容易回来，要不是你，也不会这么快又要离开，是你逼走了她。”

他眼底的寒气越来越浓，长晴心里也涌起一股恐惧，使劲挣扎，宋楚朗愤怒地把她推倒在地上。

长晴后脑勺撞到汽车门，发出沉闷的撞击声，她脑子嗡了嗡，疼得差点晕过去。

上面一抹阴影笼罩下来，她吃力地抬头，热辣辣的太阳下，宋楚朗逆光站着，让人看不清楚他的表情。

她张口想叫，一旁突然传来一声低沉的呵斥声。

“住手，大哥。”宋云央难以置信地走过来，她穿着一件简单的白T恤，一头乌黑的直发安静地披垂至胸口，显得脸色极为苍白。

“云央……”宋楚朗握紧拳头。

宋云央没看他，扶起长晴，轻声问：“你没事吧？”

长晴吃痛地揉着后脑勺摇头。

“你先走吧。”宋云央乞求地看了她一眼。

长晴怔了怔，正好也不想跟宋楚朗这个疯子再说什么了，她打开车门，忍着痛慢吞吞地开着车离开了宋家。她不知道这两个人会聊些什么，但总希望宋楚朗别再那么偏激了，或许宋云央如今是唯一那个能改变他的人了。

宋云央目送奥迪车远去后，才收回目光，用一种看陌生人的眼神悲伤地注视着宋楚朗：“大哥，我上次已经说过，我决定放弃了，你为什么还要这个样子？”

“我知道你不想放弃，你心里还有楚颐，都是被她逼的，”宋楚朗愤怒地说，“云央，我不相信你现在心里一点都没有他了，你太善良，明明喜欢却总是隐忍着……”

“我争取过，但失败了，难道非让我为了一段感情弄得一点自尊都没有了才够吗？”宋云央控制不住地红了眼眶，“我说过，我已经决定离开了。你知道吗，楚颐说当年冒着雷雨来给我送伞的人根本就不是他。大哥，如果你喜欢我，哪怕有一点点争取过，也许当初我就不会那么无可救药地爱上楚颐。如果我不爱上他，爱上你，也许现在就不会这么痛苦了，但你从来都没有努力过，你觉得当年楚颐喜欢我，我们就应该在一起，其实我在你眼里跟货物没什么分别。”

宋楚朗彻底愣住了，眼睛里流露出深深的痛苦：“你从来都不是货物，楚颐是我最亲爱的弟弟，你是我最在乎的人，当初我以为只要你们开心，我都无所谓。”

“你的无所谓其实是最自私的，楚颐跟我说过，戴嫒掉下楼梯，然后让众人怪罪晏长晴的事情都是你一手策划的，你变得让我认不出来了，你还是我认识的那个亲切、体贴的大哥吗？”宋云央眼睛里流露出悲悯，“你连一个小孩都不放过啊。”

宋楚朗的神情彻底惨淡，如果这个世界上有一个人能让他感到害怕，那就是宋云央，他希望自己在她心目中的形象是高大的，但现在他从她的眼睛里看到了陌生。

宋云央垂眸：“大哥，其实我都懂，你对付戴嫒、对付孩子，并不是觊觎宋家的财产，你是讨厌她，你怪戴嫒毁了你们的家。我相信你这么努力只是不希望宋家的公司和财产落到戴嫒母子手里，你不想他们痛快。但是人应该有底线，不能为了所谓的报复让自己去做违背良心的事。你知道吗？其实你不必如此愤怒，妈曾经跟我说过，就算没有戴嫒，她跟爸也走不到最后，爸太大男子主义了，他希望妈成为一个贤妻良母，而妈偏偏想往高处飞。妈说这一场婚姻本来就是个错误，没有戴嫒，还是会有另外的女人出现。妈现在在德国过得很开心、很自由，她希望你和楚颐也能找到自己的人生目标，把自己这一辈子过得圆满、快乐。如果她知道你变成了现在这个样子该有多难受啊，毕竟她一直希望你们兄弟和睦，不是吗？”

宋楚朗身躯一震。

宋云央苦涩地注视着他：“不要再恨任何人了，这些日子，我也想明白了，没有晏长晴，楚颐也不会跟我在一起。男人都想找一个会让他轻松、自在的女人过一辈子，而我，美国那一次后，我已经成为他内心深处懦弱的那一块反光镜，我也已经决心放下了。我这次回来，不是找回自己的爱情，而是告别从前，你呢，还要一直活在过去的枷锁中吗？”

回到电视台后，长晴发现自己的后脑勺微微红肿了，她疼得本来想打电话向宋楚颐诉苦，不过后来想想还是算了，说不定会让宋楚颐夹在中间为难，到时候他们两兄弟发生争吵，宋楚朗会更讨厌自己。

下班后，她开车去医院接宋楚颐时，他已经在那等了一会儿了。他站得笔直，不像一个医生，倒像个军人，气质绝佳，那张优雅帅气的脸吸引了路边好几个小姑娘的目光，可是宋楚颐依然目不斜视，只望着她这边的车流。

长晴上午还委屈得难受，这会儿便只剩下小得意了，一脚油门溜到他面前停下，宣告这个好看的男人是她的。

宋楚颐迈开长腿，动作利落地坐进来，眸光淡淡地看着她：“来得这么晚。”

“路上堵车，”长晴瞅着他闷骚的样子，心里默默地冷哼，当初就是被他高冷的外表给欺骗了，“你今晚不回宋家吃饭没关系吗？”

“没关系，我们今晚回观湖公馆吧，好久没过二人世界了，先去附近的那家超市买点菜，冰箱都空了，回家做菜给你吃。”宋楚颐摸摸她的脑袋宠溺地说。

长晴撇嘴，发动车子：“我才不稀罕呢，你做的菜又不好吃。”

宋楚颐揉揉眉心：“要不然你做给我吃吧。”

“我不会做。”长晴理直气壮地说。

宋楚颐无语。

他哥没有说错，这个女人真的脸皮够厚。

在超市门口停好车，宋楚颐解开安全带，说：“这个时间超市里人很多，你在车上等我吧，我去买点东西就回来。”

“不，我要跟你一起去。”长晴说着，开始戴口罩。

宋楚颐没辙，牵着她往超市里走的时候说：“你就不怕被人认出来？”

“认出来就认出来啊，”长晴说，“就算别人说我交男朋友了、结婚了又有什么关系，我们是正大光明的夫妻，又不是偷情。”

宋楚颐眸色加深，松开握住她的那只手，转而搂着她走。

他没说错，下班时间正是超市里人最多的时候，宋楚颐想往蔬菜区走，长晴却拽着他往零食区走，最后由着她买了一大堆热量高的食物，拦也拦不住。

买完零食，两人又走向水果区，长晴选了柠檬、猕猴桃和樱桃。

宋楚颐很满意，怪不得自己老婆每天都娇滴滴的，原来吃的水果营养成分这么丰富：“多吃猕猴桃好，猕猴桃维C多。”

“我一般每天都吃一个，以后的猕猴桃你都包了好不好？”长晴撒娇地说。

“包一辈子。”宋楚颐微笑着牵着她的手往蔬菜和生鲜区走，挑的菜基本都是长晴爱吃的，当然主要是以肉类为主。没办法，他的女人喜欢吃肉。

买完菜排队结账的时候人太多，每个队都排着十多个人，长晴看到后眉头就皱上了，宋楚颐让她先回车里，自己排队。

长晴在车里等了半个小时，才见他一手一袋地提着走过来。不知道为什么，看到那一幕，长晴心里软得一塌糊涂，心似乎也比往常跳得厉害。

她觉得，这样的宋楚楚比平时的宋楚楚还要帅，还要迷人，虽然手里提的不是昂贵的国际品牌纸袋，而是最平凡的超市塑料袋，却比高冷的宋楚楚多了一些烟火气息，也让他变得平凡了许多。

她更喜欢这样平凡的宋楚楚，会站在鲜肉柜台前和老板说买几斤她喜欢吃的排骨的宋楚楚，会站在水果货架前帮她细心挑选每一个猕猴桃的宋楚楚，会推着购物车默默走在她后面的宋楚楚，会站在收银台前默默挤在人群中排队的宋楚楚，每一个这样的他都是迷人的。

宋楚颐看她乖乖地坐在副驾驶位上，看来是想让自己开车了，他把购物袋放进后座，然后坐进驾驶位。昏暗的停车场里，自家女人一言不发地用大眼睛瞅着自己。

他系上安全带：“怎么了？”

“下次我们还是不要这个时间来买菜了，人好多，还得排队，”长晴噘起小嘴，“你排了那么久。”

“是你在车里等得不耐烦了吧，”宋楚颐笑笑，“可我要上班，一般也只有这个时间才比较有空。”

“才没有，我是心疼你。”长晴说完，不大好意思地望向别处。

宋楚颐怔了怔，望着她的眸子微微加深。

空气中的安静让长晴不自然的脸和身体一点点地发热，她的唇又嚅了嚅：“我的意思是……”

“其实我挺喜欢这样逛超市的，觉得这样排队也没有什么不好，平常的夫妻生活不都是这样子吗？”宋楚颐忽然说。

“嗯。”长晴不由自主地转头，看着他温柔似水的双眼，她仿佛被电触了一下，立即低下头，“那以后……有空我就陪你来逛超市。”

开车回观湖公馆，不过七八分钟的车程，宋楚颐打开房门，长晴磨磨蹭蹭地走进去，不想穿拖鞋，就光着脚丫踩在地板上。

宋楚颐放下手里的东西，看了一眼她小巧的脚，朝她招招手：“长晴，过来。”

长晴回头，看他的眼睛灼热得像燃烧了一团火，仿佛意识到了什么，她感觉有一股火焰噌地从脚底板蹿了上来：“那个……”

“刚才在超市的停车场就想亲你了。”宋楚颐低哑地说着，抱住了她，当她说心疼自己的时候就想亲了。

长晴害羞地低着脑袋瓜子躲闪，其实她那时候也是有点想亲亲的，总觉得那样的宋楚楚太迷人，原来两人想到一块儿去了。

宋楚颐瞅着她水润的嘴唇，温柔地吻上去，长晴身子往后略微倾斜，不小心撞到了后面的墙壁，疼得她直叫。

宋楚颐放开她，见她摸着后脑勺，他用手摸上去，摸到了一个包，皱眉：“怎么搞的，都肿了。”

“嗯……录节目的时候不小心撞了一下。”长晴低头。

“冒失鬼。”宋楚颐从冰箱拿出一个冰袋，拉着她坐到沙发上，帮她冷敷。

长晴咬着唇，有些疼，不过也有丝丝的凉意，她悄悄抬头，昏黄的灯光从头顶影影绰绰地照落在宋楚颐身上时，他全身上下温润得不可思议，连他的目光都是柔软的。

她心里一甜，把早上的委屈从心里抹去，悄悄地钻进他的怀里。

自家老婆又开始撒娇了，宋楚颐低声提醒：“晴宝，别闹，还没敷完。”

长晴不但没撒手，还黏糊得更紧了，宋楚颐眸色转深，放下冰袋，横抱起自家淘气的老婆往卧室里走去，他决定要吃干抹净再来好好训她，让她不要随便撒娇。

长晴是在一个星期后才知道宋云央离开北城的，到月底时，宋怀生和戴媛从美国看完孩子回来，长晴和宋楚颐一块儿回宋家探望他们，刚下车，戴媛就满脸欢笑在门口热情地迎接他们。

长晴看到她脸上的笑容时有点蒙，戴媛对她的态度是一百八十度大转弯，让她以为自己没睡醒。还没反应过来，戴媛已经亲切地牵起了她的手：“长晴，真对不起，前些日子是我误会你了。”

长晴微微张大嘴巴，疑惑地看向身边的宋楚颐，他面色淡然。

“你还不知道吧？”戴媛看了一眼宋楚颐，才低声和长晴解释，“前两天宋楚朗突然交了一封辞职信离开了，说是想出去走走，信上他还承认，上次你和我摔下来其实是因为他买通了家里的佣人在楼梯上动了手脚……”

长晴呆住，觉得完全不可思议，怪不得她当时会觉得脚滑，原来是这样。可是宋楚朗也太恶毒了吧，不管如何讨厌她和戴媛，也不能对一个还未出生的孩子下毒手啊。

“长晴，我很抱歉，当初对你那么过分，”戴媛非常抱歉地说，“还有楚颐，要不是你，佩远恐怕也活不下来。”

“我只是做了一个医生该做的。”宋楚颐冷淡地说完，牵着长晴往屋里走。

长晴一直都被那个消息震得晕晕的，直到宋怀生向她道歉时，她才回过神来，良久，感慨道：“算了，都已经过去了。”

“长晴，你真的很好，是奶奶误会你了，年纪大了，有些事想不通，犯糊涂，你别跟我一般见识，”宋奶奶从桌上的锦盒里取出一个翠绿镯子套进她的手腕，“这是上回楚颐他二叔给我带回来的，我当时一看就觉得这镯子挺适合你的。瞧，人好看，就是戴什么都好看。”

“哦……”长晴紧张得不知所措，这镯子一看就不便宜，赶忙说，“奶奶，我没事儿的，谢谢您，可是这镯子太贵重了，我不能收。”

“没关系，好好戴着，不许摘了，”宋奶奶叹了一口气，“我真没有想到楚朗会干出这样的事。”

宋怀生阴沉着脸，谁也不愿再提起宋楚朗，直到戴媛转开话题：“长晴，你们也该着手准备婚礼的事了吧？”

“对啊。”宋奶奶殷切地注视着他们。

“我和长晴打算年底办婚礼。”宋楚颐微笑着握住长晴的手，与她对视一下。长晴嘴角弯了弯，用力点了一下头。

夜晚，宋楚颐开车离开宋家，长晴窝在真皮座椅里，望着窗外夜色发呆。宋云央走了，宋楚朗也走了，宋家的人也对她完全消除了芥蒂，从今天开始她和宋楚颐之间终于没有任何矛盾和障碍了吧，可总有一丝不真实的感觉。

宋楚颐腾出一只手轻轻地握住她：“怎么啦？”

长晴低头思索了几秒，才开口：“你哥是去找宋云央了吗？”

“不知道，”宋楚颐摇头，“也许是吧，也许不是。”

“你哥真的很爱宋云央呢。”长晴不会忘了那天在停车坪，宋楚朗看着宋云央的眼神，不知道他们后来说了什么，竟然会让宋楚朗不顾宋家的继承权就这样离开了。

“嗯，我一直都知道的，”宋楚颐心里默默叹息，也欣慰，或许这是最好的结果吧，“长晴，你恨我哥吗？”

“恨啊，不过现在都看不到他了，想恨也没地方恨。”长晴撇嘴。

宋楚颐低低一笑，其实因为戴媛的事他心里一直有愧疚，不知道如何跟长晴解释，还好，他哥自己主动坦白了。

第四十章　婚礼

元旦前夕，长晴一大早就在电视台忙着排练跨年的节目，宋楚颐放假，一整天都陪着罗本，还去了趟超市买东西。从现在开始他决定给罗本喂热量比较低的狗粮，因为罗本自从到晏家后吃得越来越胖，有点不像话了。

罗本兴致不高，不想吃，后来在他的威逼利诱之下才忍不住吃了两口，一人一狗吃完晚饭，宋楚颐把罗本扔在家里，开车去北城体育场。今晚是北城电视台最盛大的节目演出，一早就在体育场内搭好台了，今晚会有上千人来观看这场节目。

宋楚颐的位置被安排在最前排，周围正好是晏长晴的年轻小粉丝，他身后几个姑娘看着还像学生，拿着长晴的海报和巨大横幅。他坐过去的时候，后面的美女还不满地推了推他："别靠着晏长晴的粉丝牌，这是我们在家做了好久的。"

宋楚颐看了一眼后面的横幅：陪伴是最长晴的告白。

他无语，现在的小女孩真是……

"你坐在第一排怎么就拿这么一点东西啊，真是的，你这粉丝太不敬业了。"一个十七八岁的微胖小女生直接拿了一个牛角灯扣在他的头上。

他脸色一变，想赶紧拿下来，那小女生忙拉住他，一脸严肃地说："我告诉你啊，别以为你长得帅，就能任性了，为了长晴，我们要团结一致。对了，你在粉丝团里叫什么名字啊？"

他嘴角抽搐："什么粉丝团？"

"你不知道？这你都不知道，"小女生说，"我们是晏长晴的晴粉，我是她晴粉团的团长，今晚主要是为了给长晴捧人气，她第一次主持这样的大型晚会，我们要给她加油打气。"

宋楚颐呆了呆，第一次知道粉丝团这种事情。晴粉的团长，什么鬼？

“他可能是最近才喜欢上我们家晴晴的粉丝吧，”右边一名长着雀斑的小姑娘说，“今年晴晴的粉丝大增啊，我们要规范管理，不能给晴晴丢脸、抹黑。”

宋楚颐不想跟这群小女孩凑热闹，默默地把手机调成了静音。

晚会开始时，长晴和左骞等几个主持人一同上场，总共有六位主持，每两人一对，长晴理所当然地和左骞成为一对。

长晴今天穿了一双红色恨天高，出来时，她一眼瞥到坐在台下戴着牛角灯的宋楚楚，惊讶得差点摔倒。她勉强集中精神，可余光忍不住往下瞄，真是不能忍受这样的宋楚楚。他今天本来穿了一件黑色的皮衣，模样帅气，可左手拿着荧光棒，右手举着写有她名字的牌子，头上再戴一个牛角灯……

真的是太可爱了，尤其是他好像挺不高兴的，好看的脸耷拉着，就像一只受了委屈的牛。看得出，宋楚楚今晚真是豁出去了。

左骞也很快就认出了宋楚颐，眼睛里闪过一丝诧异，看到身边使劲忍着笑的女人，无奈地笑着提醒：“好好做节目。”

“嗯嗯。”长晴悄悄应着。

晚会的节目倒是设计精心，颇为精彩，不但花巨资邀请了韩国的人气偶像，还请了各个年龄层次都会喜欢的歌后级人物，当然也有小品和戏剧表演。长晴还参演了一个小品，在里面饰演一个村姑。

晚会每过一个小时就会有一个抽奖环节，参加抽奖的人都是在现场看节目的观众，十一点钟抽奖时，竟然抽到了宋楚颐。

长晴也发现了，眼睛故意往他这边瞄。

宋楚颐硬着头皮站起来走上去，左骞看到他，眼眸也闪过一丝诧异，他笑着拿话筒问道：“这位先生姓什么，从事什么工作啊？”

“姓宋，”宋楚颐淡淡地回答，“医生。”

“医生好啊，”左骞继续从善如流地问，“马上就要过新年了，你有什么新年愿望吗？”

宋楚颐沉默了足足五秒，认真地说道：“过完年我就要结婚了，希望我的妻子嫁给我能够幸福。”

他话一说完，台下立即响起了雷鸣般的掌声。

长晴微微脸红地注视着他，今晚的宋楚颐穿着黑色皮衣、牛仔裤，挺拔帅气，站在他旁边一身笔挺西装的左骞似乎也被他夺走了光彩。

掌声停下来后，长晴声音轻柔地说：“我想你妻子一定会幸福的。”

左骞也温润地笑："我也这么认为，来，抽奖吧。"

长晴笑盈盈地把红色箱子拿过去，宋楚颐把手伸进去。

"哇，这位先生手气真好啊，"左骞笑着说，"一下子就抽中了我们这里的二等奖，65英寸大屏幕电视机！您有什么想说的？"

宋楚颐又思考了一会儿，回答了这个问题："正好，我们的新家需要一个电视机，我老婆应该会很高兴。"

长晴假装拿手里的卡片挡住脸，不行了不行了，宋楚楚干吗老在台上撩拨她，弄得她心跳加速，完全不能好好主持了，于是赶紧说："你老婆肯定会很高兴的，好啦，今天麻烦这位先生了，请您先回到座位上吧，接下来让我们欣赏由台湾的一位天后演唱她的经典曲目，大家能猜到是谁吗？看看就知道了。"

……

将近十二点时，天后级的歌手压轴演唱，然后全场主持人一起倒数十秒，当最后一秒结束时，四周的烟花冲上夜空。

长晴在台上和大家互相道贺说新年快乐，偶尔余光瞥一眼坐在下面不远处的宋楚颐，他正抬头仰望着头顶色彩斑斓的烟花。

她心里霎时一暖，虽然自己的第一句新年快乐不是跟他说的，虽然不能陪伴在他身边，但是她在台上，他在台下，一同望着同一片夜空的烟花，心意相通，好像也没有什么不好的，这个新年，似乎因为有他而与众不同。

台上，每个主持人都发表了对新年的感慨，轮到长晴时，她忍不住饱含笑意地说："还记得去年跨年的时候，我心里默默地许愿说来年要找到一个自己喜欢，也喜欢自己的人，其实当时心里是不抱什么希望的，可我没有想到真的找到了，还嫁给了他。人家说，人生处处有惊喜，以前我不信，现在我信了。也许人生中你喜欢的那个人就那么不期而遇地来到了你的身边，新的一年，我希望还单身的人都能找到自己的幸福。"

一直以来，长晴的绯闻都是极少的，但在这跨年的夜晚，她突然宣布有喜欢的人了，还结婚了，现场的人全部愣住了，但片刻后全场响起了雷鸣般的祝福掌声。

跨年晚会正式结束时差不多到了十二点半，宋楚颐在车里等到一点半左右，长晴才披着一件大衣四处张望地钻进他的车里："等很久了吧，不好意思，今晚台长给我们发红包，我等了好一会儿。"

她说完，从包里掏出一个厚厚的红包，眼睛亮晶晶的："让我数数看有多少钱啊。”

宋楚颐无奈地摇头，真是个财迷。

“哇，竟然有两千块。”长晴惊喜地说。

“两千算多吗？”宋楚颐好笑，“以你的消费能力，这点钱能干什么呀？”

“不多吗？”长晴小心翼翼地把钱整整齐齐地放进自己的钱包里，“我可以加几箱汽油，还可以买很多好吃的，也能买好几支口红，用处多着呢。”

宋楚颐摸了摸下巴：“那我刚才中了一台彩电，是不是省了一大笔费用？”

长晴一脸怀疑：“你确定不是和展局长打过招呼，暗中做了手脚？”

“你觉得我需要为了一台电视找关系做手脚吗？”宋楚颐自己听着都觉得不可能，“既然要动手脚，那我干吗不拿一等奖，非要拿个二等奖？”

长晴想想也是，不过他这运气是真的好啊。

长晴凑过去问：“对了，楚楚，你觉得我今晚的表演怎么样？”

“嗯，”宋楚颐边开车边颔首，“村姑演得很到位。”

长晴喜笑颜开，过了一会儿又觉得不大对劲：“你是在夸我还是损我？”

“夸你演技好。”宋楚颐认真地看着前面。

长晴这才放心，凑过去亲了亲他的脸颊，“楚楚，你今晚真让我感动！”

宋楚颐嘴角勾起一丝温润的笑，腾出一只手握住她，低低地说：“有句话你说得对，人生处处有惊喜。”

长晴疑惑地看着他：“嗯？”

“你就是我的惊喜。”宋楚颐含笑地看了她一眼。

长晴顿时甜得像开了花一样。

宋楚颐什么都没再说，只是在回去的路上安安静静地握着她的手。

她不知道，有好几年的时间，他一度以为自己要活在宋云央和宋楚朗的阴影里，无法走出来。好几年，他一直觉得自己懦弱、胆小，从没想过自己能过得像现在这样轻松和幸福。他早已做好了接受那样不完美的人生的准备，但她却给予了自己完美的生活。

两人的婚礼时间定在十二号，地点是三亚，伴娘是江朵瑶。

婚礼前一天晚上，长晴和江朵瑶在酒店的别墅里闹腾到很晚才睡，躺下没多久，宋楚颐打来电话。

“干吗？”长晴怕吵到身边的人，小声说，“这么晚还没睡，你不会紧张得睡不着觉吧？”

“不会，”宋楚颐嗓音低低地说，“明天来接你的时候，不要和伴娘出什么刁钻古怪的主意。到时候，我给你们多塞点红包就行了。”

长晴听着他那口吻就不舒服了：“明天是你娶我的大日子，干吗还要听你的？”

她刚才和江朵瑶搜肠刮肚地想了好多明天刁难新郎和伴郎的主意，已经用小本子记下来了。

“……大庭广众的，做不来那些事，”宋楚颐无奈地说，“少彬也做不来，你要非让他做，他就不想当这个伴郎了。”

“厉少彬是厉少彬，你是你，娶我的是你啊，”长晴莫名地委屈了，“还没办酒席你就这个样子，那之后是不是不管什么事情我都要听你的？不行，我不干。”

宋楚颐头疼：“明天会有很多人，你也知道，太肉麻的事情我在大庭广众之下做不出来，你要么就出点脑筋急转弯之类的问题。你要听肉麻的话，明天晚上我们两个人的时候，我单独说给你听，乖，好不好？”

长晴还是哼了哼，她就是要高调，高调得让大家都知道宋楚楚有多爱自己，本来还想让他明天念念什么保证书，然后再跳个舞或者唱首歌呢。

“宋楚颐，我现在不高兴，”长晴委屈地说，“就这么一点儿事你都不能忍受，面子就真的这么重要吗？”

“长晴，我爱你这是毋庸置疑的，但有些事……性格问题。我说过，私底下你想如何都可以，明天晚上新房里你有什么想做的，剩我们两个人的时候都可以提，我会满足你的。”宋楚颐低声哄她。

“我不想跟你说了。”长晴不高兴地把电话挂了。

江朵瑶问道：“怎么啦，大婚前夕吵架，不会吧？”

“嗯，”长晴把宋楚颐说的话告诉她，气呼呼地说，“你说他过不过分？”

“确实有点过分，那来接亲的时候多无趣，不过只要红包大点，这个倒也无所谓啦。”江朵瑶“大义灭亲”地说。

“重点不是红包的问题，”长晴一本正经地指责她，“江朵瑶，你能不能别这么财迷。”

“说的好像你不财迷一样，”江朵瑶说，“要是我结婚，你来堵门，人家塞你一沓红包，你肯定比我更没节操，屁颠屁颠地就把我送走了。”

“不跟你说了。”长晴拿被子蒙住脸。

“哎，要不我们逃婚吧。”江朵瑶坏笑着说。

“逃你个头。”长晴很不爽。

晚上因为不爽，长晴直到凌晨都没睡着。第二天化妆师来给她化妆，看到她的黑眼圈打趣道：“该不会是要结婚了心情太激动，失眠了吧，瞧，都有黑眼圈了。”

长晴懊恼：“你一定要把黑眼圈给我盖住，我今天要美美的。”

她要美得像天仙一样，然后晚上不让宋楚颐碰她，气死他，让他只能看却不能吃，最后苦苦地哀求她，让他亲一口。

“放心吧。”化妆师笑了笑。

上午十一点，宋楚颐和厉少彬过来接新娘。

江朵瑶堵住门说：“什么都不要说了，把所有的红包全部塞进来就让你们进来。”

长晴瞪她一眼，财迷的朋友果然太不靠谱了。

紧接着，房门下，就塞进来厚厚的一个又一个的红包，江朵瑶两只手几乎都拿不下了。

外面传来厉少彬的声音：“红包全给了，真的一个都没留了。”

她很满意，就欣赏这么爽快的，又说：“宋医生的工资卡全部交出来啊。”

长晴点头，这个还是挺靠谱的。

没多久，那边直接塞进来一个黑色钱包。

宋楚颐说：“我把钱包都给了，可以开门了吧？”

江朵瑶赶紧把钱包扔给长晴，打开房门，宋楚颐站在门口，今天的他似乎比往常更帅，浅咖色的西装外套里面搭配着咖啡色的马甲和浅蓝色的格子衬衣、深红色领结，下面是深蓝色的九分长裤和棕色的皮鞋，露出精致的脚腕，鼻梁上架着茶色墨镜，简直太潇洒不羁了。

长晴看到这样的宋楚颐，屏住呼吸，好吧，宋楚楚本来就够帅了，新郎的礼服设计得更是别出心裁，显得他好潇洒、好清贵啊，怎么会有人这么帅呢，而且这么帅的人还是自己的老公。

长晴看得小脸绯红，幸好头上披着的头纱挡住了脸。

她望着宋楚颐一步一步地走到自己面前，突然害羞又紧张地低下头，双手使劲揪着身上的婚纱。

宋楚颐单膝跪地把鲜花交给她，长晴默默地接过。

他站起来直接打横将她抱起来，然后附在长晴耳边用只有两人才听得见的声音低低地说：“晴宝，你今天真美，我爱你！”

蛊惑的声音钻进长晴的耳朵里，长晴的脸蛋更红了，连耳朵也像被烧了似的。

她默默地钩住他的脖子，害羞地把脸埋进他的怀里，突然觉得就这样也挺好的。不需要新郎跳舞，也不需要他唱歌，更不需要念保证书，就这样安安静静地、悄悄地在她的耳边说好听的情话，比他当着许多人的面大声说“我爱你”来得更动人、更令人心醉。

宋楚颐一路抱着她走向婚礼的草坪，天气很好，太阳温暖地照着，不冷不热，但距离有点长，长晴心疼他：“要不你放我下来，我自己走吧。”

“不用，你不重。”宋楚颐低声说。

十分钟后，长晴终于看到了面朝着大海的婚礼现场。草坪上绿意盎然，现场的布置也犹如一个浪漫的童话世界。童话里，先穿过粉色玫瑰包裹的拱形花门，再进去，铺着长长的红地毯，地毯两旁，长长的花瓶里插满了鲜花，一直到地毯尽头。那里更美，一个巨大的花环在天空中形成流苏往下垂，花环的周围还围着一层唯美的白色雪纺纱。

他们的婚礼将在那里举办，而两边，坐了四五十位亲朋好友。

傅愈坐在中间，感慨地望着这一幕，竟然觉得眼眶酸涩。从小一起长大的小姑娘要嫁人了，他曾经无数次幻想过小姑娘长成美丽的公主嫁给他的那一天，那时候他要把最好的都捧到她面前，然而现在和小姑娘牵手的却是另外一个男人。人生，真的有太多不可掌控的变化！

“我在前面等你。”宋楚颐放下她，径直往举办婚礼仪式的地方走去。

晏磊牵着长晴的手一步一步穿越过拱形花门，将女儿的手交到宋楚颐的手里。

不知怎么回事，长晴眼眶一热，险些哭了。后来司仪说祝词时，长晴没忍住，哭得稀里哗啦，幸好她的妆不容易花，不然早哭得像熊猫一样了。

交换完戒指，司仪微笑着说道：“现在，请新郎亲吻新娘。”

长晴害羞地闭上眼睛，当宋楚颐掀起白纱亲吻她时，她又哭了，是幸福地哭了。

“恭喜你们正式结为夫妻！”司仪最后宣布。

尾声

办完婚礼后，长晴和宋楚颐就登上了去马尔代夫的飞机。等飞机起飞的时间，长晴闲着无聊，抓着宋楚颐的手拍了一张合照发到微博上：我和我家亲爱的要去度蜜月了，好开心。

晚上大家似乎都挺无聊的，不到一分钟，就有上千条回复。

蛋皮酥：哇，好幸福噢，晴宝手上的钻戒好大好闪，我能肯定晴宝嫁了一个高富帅，那我就放心了。

最爱起司味：我能感觉到晴宝的老公很帅，研究表明，拥有这么修长漂亮的手的男人一定又高又帅，流口水中。

爱呼吸的蝴蝶：怎么办，我感觉我已经爱上了晴宝老公的手。

……

长晴原本是想秀秀自己手上巨大的粉钻，没想到大家都爱上了她家老公的手。

她没好气地拿起宋楚颐的手仔细端详，虽然她一直知道他的手好看，可这么看着竟然陶醉了："楚楚，你怎么连手都这么好看呢？"可能是因为常拿手术刀，他的手指笔直有力。

宋楚颐轻蔑地看了一眼自己花痴的老婆，说："没办法，你运气好，一不小心捡了个极品。"

"不要脸，"长晴靠在他的肩膀上，哼着说，"楚楚，我现在感觉你简直跟入赘一样，带着狗吃我家，住我家。"

"嗯，吃老婆的、喝老婆的没什么不好，"宋楚颐边看手机新闻边漫不经心地回答，"自从和你结婚后，生活费都省了不少。"

长晴愣了愣，然后回过味儿来，顿时不爽了，因为她总爱住在晏家，宋楚颐也过来住，所以他们基本上都不回观湖公馆住。他们在家里吃吃喝喝不说，还带着罗本蹭吃蹭喝。罗本每个月的花费至少要上千块，有时候随便送去宠物店做个美容、洗个澡都要好几百，自己心情好的时候还要给它买几套衣服。

长晴突然发现她这段时间在狗身上花费了一大笔巨款，顿时觉得自己好亏。

她懊恼地皱眉："我们以后的孩子要跟我姓，嗯，我想好了，名字就叫晏窝。"

燕窝？

宋楚颐眉头一抽，亏她想得出来，他有点为将来的孩子担心了："随便啊，正好孩子吃喝拉撒、上学读书的费用就全交给你了。"

"我随便说说的，还是跟你姓吧，"长晴赶紧说，她连自己和那条狗都快养不起了，还要养孩子，那得穷死，"咱们以后的孩子就叫宋晏窝啦。"

送燕窝……

宋楚颐默默地继续玩手机，已经不想搭理她了。

长晴越想越起劲，越发觉得晏窝好听，于是又说："楚楚，我想好了，以后我们生一男一女，女孩小名叫燕窝，男孩叫鱼翅，你觉得怎么样，是不是很有新意，都不会有重名的？"

宋楚颐无语，幸好她没说叫鲍鱼，现在他是真的有些为他们未来的孩子担忧了。

番外　人生巅峰不过如此

年底的时候，各大明星总是有各种各样的颁奖典礼需要出席，长晴虽然算不上是特别有名气的主持人，但也会收到许多这些活动的邀请，用她的话说，就是蹭红毯。

今年，由某电视台举办的风尚典礼在上海举办，这场年度盛大的仪式吸引了无数的媒体和各大明星的粉丝到场。

夜晚来临，长晴和好姐妹江朵瑶一起来到举办典礼的酒店。刚下车的瞬间，两边媒体的闪光灯咔嚓咔嚓地闪着，长晴一瞬间还真有点不适应，好在江朵瑶见惯了这种大场面，淡定自如地牵着她一块儿往前走。

在红毯尽头签了字后，长晴和朵瑶一起走进典礼现场。里面星光熠熠，几乎闪花了长晴的双眼，有不少面孔长晴还是见过的，毕竟她在台里担任主持人，很多明星都被邀请做过嘉宾，不过也只是普普通通的见面打个招呼的关系。

“今天晚上的目的就是认识Augustine Rong，最好要她一张名片。”江朵瑶一进场就东张西望。

“Augustine Rong，”长晴面露茫然，“谁啊？”

江朵瑶嫌弃地看了她一眼：“亏你还是台里的当红主持人，太孤陋寡闻了，算了，你没参加过巴黎时尚周，又没上进心，不知道也正常，我告诉你啊，Augustine Rong目前是欧洲最红的华人设计师，还获得过国际时装界不少大奖，她在欧美时尚界都很有口碑，她现在是GY的首席设计师。近五年来，GY所有昂贵且畅销的春夏装全都是来自她的设计。很多名模、明星都想认识她，并通过她的引荐，登上国际时尚舞台。今天晚上正是因为她也会来参加，才会吸引这么多的大咖过来走红毯，要不然你以为我来就是为了走红毯啊？”

长晴恍然大悟。

没多久，江朵瑶就被助理叫过去接受媒体的采访了。

长晴已经习惯了，江朵瑶比她红，被媒体争相采访是正常的。她闲着无事，和几个相熟的人聊了几句，一转身，看到赵姝也来了。她因为上次剧组的事件而声名狼藉，消失了一段时间，现在又悄悄复出了，长晴也不奇怪，毕竟赵姝的老爸有点后台。

长晴不想和她交锋，正想避开，正在这时，会场突然有人热烈激动地议论起来，“快看快看，那就是Augustine Rong啊”。

长晴抬头望去，这才发现大家的目光都集中在正中间被好几个天王、天后、名模包围住的身影，那是一个看起来四十多岁的女人，身着一件很长的枣红色的风衣，风衣一直长到小腿处，再到脚踝露出里面的黑色西裤，下面蹬着裸色的高跟鞋，脖子上系着丝巾，大部分人都撑不起这一身衣服，但对方一米七五的身高把这套衣服穿出了满满的国际范儿，把旁边盛装打扮的天后气场都压了下去。

大约是气场太大，长晴忍不住多看了她两眼，发现Augustine Rong乍一看有几分混血的感觉，鼻梁很高，眼窝深邃。

长晴叹气，女人要是能活到这种地位也真是厉害啊。

突然，Augustine Rong目光好像往她这边看过来，长晴吓了一跳，与这种大人物眼神接触，让她好不自在，不争气地赶紧避开眼神，四处张望。

“哟，好久不见啊，怎么一个人站这里啊？”赵姝突然走了过来，“左骞呢，阮恙呢，江朵瑶呢，怎么今晚你的帮手一个个都不在啊？”

长晴抬头眼睛，一副藐视这个人的表情：“赵小姐，没看到网络上那么多人讨厌你吗？你怎么又冒出来了，不怕被媒体追着问你一些不想回答的问题吗？”

“晏长晴，你说话给我注意点，我告诉你，我出席今晚的颁奖典礼，是因为我爸和赞助商是好朋友。”赵姝狠狠警告，“哦，听说你是宋家的儿媳妇，我可没放在眼里。”

长晴都无语了，早知道就不来参加颁奖典礼了，遇到这么个倒胃口的人。

她转身想走，迎面张子芯又走了过来：“你们俩在聊什么呢？”

长晴暗呼倒霉，因为左骞一直对她照顾有加，惹得张子芯很不高兴，还在公开场合说过她主持功底不好，这次狭路相逢，她肯定是来找碴儿的。

赵姝忙说：“子芯姐，你来得正好，刚才晏长晴还在嘲笑我名气不行，没资格来参加这种颁奖典礼。”

“没资格？”张子芯笑看长晴，挑眉，“长晴，你是不是最近仗着拍电视剧红了一丁点，也跟其他艺人一样开始目中无人了，连我如今这种地位都不敢说这种话，你知道她是谁吗？赵董的女儿！左骞平时就是这么教你的吗？”

长晴心里不服气，不过在这种场合，她身份地位确实都不如张子芯和赵姝，只好忍了忍：“子芯姐，是我刚才说话不经大脑，你们两个慢聊，我就不打搅你们了。”

她说完，转身就走，张子芯突然不动声色地上前踩住她的裙摆，长晴走得太急，再加上穿着高跟鞋，后面被绊住，摇摇晃晃地站不稳，赶紧抓住一旁的桌角，这时赵姝突然上前撞上她的右肩，嘴里大叫着：“哎呀，长晴，小心！”

长晴被那股力量一撞，猝不及防地摔倒在地，因为摔倒时扯到桌布，桌上的果汁和点心都落在她身上，一片狼藉。

这么大的动静惹得整个宴会厅的人全部瞧过来，长晴摔在冰凉的地面上，疼得半天也站不起来。当然，这不是让她最尴尬的，最尴尬的是别人望着她看热闹的眼神。

她的脑袋一下子空白了，完全不敢相信自己会陷入这样前所未有的窘地。

“长晴，说了让你小心的，你怎么这么不小心呀？”赵姝赶紧假装去扶她。

长晴气愤地推开了她，她不会没发现刚才就是赵姝撞倒自己的。

但她没想到的是赵姝又借着她推开的这股力道假意后退了几步，撞到后面的桌上，小脸露出难以置信的表情，“长晴，你怎么这样，我知道你摔倒了，有点没面子，可也不用冲我发脾气啊。”

张子芯皱眉上前说道：“长晴，你做得确实过分了，人家赵姝好像没有得罪你吧，刚才你侮辱人家就算了，这会儿还推她。”

她的话一出，周围的人都开始议论纷纷。

长晴气得面色通红，正要说话，这时，一个冷清的声音从围观的群众里飘了出来：“张子芯小姐，我之前跟你合作过一次，还以为你为人不错，今天看到你背后的小动作，倒是让我有点大开眼界了。”

说话的人让众人一愣，长晴更是激动得说不出话来，不敢相信地看着Augustine Rong的身影越来越近，她这才彻底看清楚Augustine Rong的容貌，她的眼角有细细的皱纹，但依旧看得出年轻的时候也是个美人，脸颊略微消瘦，但是身材好得跟世界级名模一样。

长晴不敢相信，Augustine Rong在替她说话？

张子芯听到Augustine Rong走过来说的那句话，脸色难看极了，她今天的主要目的也是想和Augustine Rong搞好关系，但她万万没想到对方会为长晴说话。她赶紧解释："容老师，您误会了，我刚才是看她欺负一个新人，所以就路见不平说了她几句。"

"我没有看错的话，好像是你从后面踩了这位晏小姐的礼服，然后这位小姐假意上前扶她时，又把她撞倒在地上。"Augustine Rong毫不留情地说道，"所以我才说，张小姐，你让我大开眼界啊。"

人群顿时哗然起来，有Augustine Rong替长晴说话，顿时看张子芯的眼神也变得鄙夷起来。

张子芯顿时花容失色，勉强笑道："容老师，您是不是看错了，我怎么可能会这样欺负她？"

"我没有看错啊，"Augustine Rong又指着赵姝说："至于这位小姐，说刚才晏小姐推了她，就那浮夸的演技，难道你们看不出来她是在演戏吗？"

"对对对，其实我也看出来了，"曾经获得过影后奖项的李夏雪立即站出来说，"刚才就觉得不大对劲，想说，没想到容老师您先站出来了，不过没想到容老师当时跟我们在说话，还能将这边的情形看得一清二楚啊。"

Augustine Rrong转头盯着长晴，用温柔的嗓音一字一句清清楚楚地说道："当然，因为我从进场以来就在仔细打量这位晏小姐。"

众人再次一愣，连长晴都愣住了，难不成这位Augustine Rong看自己的身材不错，有意邀请她到欧洲去搞搞什么时尚周，她的小宇宙突然凌乱起来，虽然她对什么时尚周不感兴趣，可Augustine Rong要是主动邀请自己，她要不要去试试?

Augustine Rong突然朝她微微一笑，"因为她是我的儿媳妇"。

本该是热闹的会场里突然诡异地安静下来，这些人看长晴的眼神立刻都不一样了。

长晴自己也呆若木鸡，不敢置信。

Augustine Rong是不是搞错了?

她是她儿媳?

难不成她是宋楚颐的……妈?

应该不会这么巧吧?

她的婆婆怎么会是欧洲顶尖的华人设计师呢，完全没听楚楚说过啊。

还有，Augustine Rong就这么任性地公开宣布她结婚了，这样真的好吗?

会不会太任性了？

Augustine Rong旁边的李夏雪呆了呆，然后笑着说道：“原来如此啊，怪不得您这么关注长晴呢，不过没想到长晴年纪轻轻的就结婚了啊。”

“就是就是。”旁边又有人跟着附和。

“年轻人嘛，看上眼了，总是结得比较快。”Augustine Rong笑着端详长晴的衣着，说：“这样子是没法好好参加晚会了，正好，我今天带了一套裙子过来，走，我陪你上楼去换上吧。”

她说完，也不等长晴的反应就轻轻握住了她的手往楼梯口走，走了几步，又回头对主办风尚典礼的吴董说：“贵公司今晚办的晚宴真是让我失望啊，是不是有点后台，什么乱七八糟的没素质的人都能跑进来，吴董，你这么办下去，以后我可不来了。”

“是是是，容老师，您说得确实有道理，”吴董强挤着笑附和完后，才不满地看向赵姝和张子芯，说道：“容老师都这么说了，我也是没办法，要不你们先走吧，我可得罪不起她。”

长晴傻傻地跟着Augustine Rong往楼上走，一路上像梦游一样，好不容易鼓起勇气，瓮声瓮气地说道：“容老师，您是不是认错人了，我怎么是您的儿媳呢？”

Augustine Rong回头诧异地挑眉，不解：“你不是楚颐的老婆吗？”

长晴呆滞：“是啊。”

“那不就是了，”Augustine Rong不紧不慢地说，“我是她妈妈，那你说，你是不是我的儿媳妇儿？”

长晴感觉自己的思绪已经飘走了。

更衣室里，长晴趁换衣服的时候偷偷给宋楚颐打了个电话：“楚楚，你到底有没有把我当成你老婆啊，你妈是欧洲顶尖的华人设计师Augustine Rong，你怎么之前都没跟我说过啊？”

“哦，她这么红吗？我不知道啊。”宋楚颐并不以为然，漫不经心地回答。

长晴想吐血：“她是你亲妈，你都不知道吗？”

“不清楚，我以为她就是在欧洲摆弄摆弄衣服。”宋楚颐淡淡地说，“没想到她还混出了点名堂啊。”

长晴简直无语：“总之你妈就是很……厉害的设计师呢，国内很多时尚界、影视界的大咖都想争取和她合作。你说，你妈会不会因为我是她的儿媳妇，就把我带到时尚界的国际舞台啊。我从来没想过有一天会成为国际明星啊。”

宋楚颐无语：“你想太多了，你那身材，还不够格。”

长晴撇撇嘴：“那我以后总可以在娱乐圈里自由行走吧。”

宋楚颐：“……随便你。”

“楚楚，我觉得我的人生巅峰也不过如此啊。”长晴深吸一口气说道。

宋楚颐轻嗤，这就是人生巅峰？

老婆太肤浅，有时候也很无奈。